MARIANA ENRIQUEZ

Nuestra parte de noche

Mariana Enriquez es una escritora y periodista argentina. Tiene un bachillerato en Comunicación Social de la Universidad Nacional de La Plata. Es subeditora del suplemento *Radar* del periódico *Página/12*. Enriquez ha escrito novelas, crónicas de viaje y colecciones de cuentos como *Los peligros de fumar en la cama* y *Las cosas que perdimos en el fuego*, esta última publicada en veinte países.

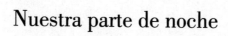

Nuestra parte de noche

Nuestra parte de noche

Mariana Enriquez

VINTAGE ESPAÑOL
Una división de Penguin Random House LLC
Nueva York

PRIMERA EDICIÓN VINTAGE ESPAÑOL, ENERO 2021

Copyright © 2019 por Mariana Enriquez

Todos los derechos reservados. Publicado en los Estados Unidos de América
por Vintage Español, una división de Penguin Random House LLC,
Nueva York, y distribuido en Canadá por Penguin Random House Canada
Limited, Toronto. Originalmente publicado en España por
Editorial Anagrama, Barcelona, en 2019.

Vintage es una marca registrada y Vintage Español y su colofón
son marcas de Penguin Random House LLC.

Información de catalogación de publicaciones disponible en
la Biblioteca del Congreso de los Estados Unidos.

Vintage Español ISBN en tapa blanda: 978-0-593-31245-2
eBook ISBN: 978-0-593-31246-9

Para venta exclusiva en EE.UU., Canadá, Puerto Rico y Filipinas.

www.vintageespanol.com

Impreso en Colombia - *Printed in Colombia*

10   9   8   7   6   5

ÍNDICE

Who is the third who walks always beside you?

T. S. ELIOT, *The Wasteland*

Las garras del dios vivo,
enero de 1981

> Creo que perdemos la inmortalidad porque la resistencia a la muerte no ha evolucionado; sus perfeccionamientos insisten en la primera idea, rudimentaria: retener vivo todo el cuerpo. Solo habría que buscar la conservación de lo que interesa a la conciencia.
>
> ADOLFO BIOY CASARES, *La invención de Morel*

> *I cried, 'Come out of the shadow, king of the nails of gold!'*
>
> W. B. YEATS, *The Wanderings of Oisin*

Tanta luz esa mañana y el cielo limpio, con apenas alguna mancha blanca en el azul cálido, más parecida a un rastro de humo que a una nube. Ya era tarde y tenía que salir y ese día de calor iba a ser idéntico al siguiente: si llovía y llegaba la humedad del río y el agobio de Buenos Aires, jamás iba a ser capaz de dejar la ciudad.

Juan se tragó sin agua una pastilla para evitar el dolor de cabeza que aún no sentía y entró en la casa para despertar a su hijo, que dormía tapado por una sábana. Nos vamos, le dijo mientras lo sacudía apenas. El chico se despertó de inmediato. ¿Otros chicos también tendrían ese sueño tan superficial, tan alerta? Lavate la cara, dijo, y le sacó con cuidado las lagañas de los ojos. No había tiempo de desayunar, lo podían hacer durante el viaje. Cargó los bolsos que ya tenía preparados y dudó un rato entre varios libros hasta que decidió agregar dos más. Vio los pasajes de avión sobre la mesa: todavía tenía esa posibilidad. Podía acostarse y esperar la fecha del vuelo, en unos días. Para evitar la pereza, rompió los pasajes y los tiró a la basura. El pelo largo le hacía transpirar la nuca: iba a resultar insoportable bajo el sol. No tenía tiempo de cortárselo, pero buscó las tijeras en los cajones de la cocina. Cuando las encontró, las guardó en la misma caja de plástico en la que llevaba las pastillas, el tensiómetro, la jeringa y algunas vendas, primeros auxilios básicos para el viaje. También su cuchillo mejor afilado y la bolsa llena de ceniza que finalmente iba a usar. Cargó el tubo de oxígeno: iba a necesitarlo. El auto estaba fresco, la cuerina no había absorbido demasiado calor durante la noche. Subió la heladera de pícnic, con hielo y dos sifones de soda fresca, al asiento delantero. Su hijo debía viajar en el asiento de atrás aunque él hubiese preferido tenerlo a su lado; pero estaba prohibido y no podía tener ningún problema con la policía o con el ejército, que custodiaban brutalmente las rutas. Un hombre solo con un chico podía ser sospechoso. Los represores eran impredecibles y Juan quería evitar incidentes.

Gaspar, llamó, sin levantar demasiado la voz. Como no obtuvo respuesta, entró en la casa para buscarlo. El chico intentaba atarse los cordones de las zapatillas.

—Te hacés un lío bárbaro —le dijo, y se agachó para ayudarlo. Su hijo lloraba pero no pudo consolarlo. Gaspar extrañaba a su madre, ella hacía esas cosas sin pensar: cortarle las uñas, coser los botones, lavarle detrás de las orejas y entre los dedos de los pies, preguntarle si había hecho pis antes de salir, enseñarle cómo hacer un nudo perfecto con los cordones. Él también la extrañaba, pero no quería llorar con su hijo esa mañana. Llevás todo lo que querés, le preguntó. No vamos a volver a buscar nada, te aviso.

Hacía mucho que no manejaba tantos kilómetros. Rosario siempre le insistía con que al menos manejara una vez por semana, para no perder la costumbre. A Juan el auto le quedaba chico como le quedaba chico casi todo: cortos los pantalones, tirantes las camisas, incómodas las sillas. Comprobó que la guía del Automóvil Club estuviese en la guantera y arrancó.

—Tengo hambre —dijo Gaspar.

—Yo también, pero vamos a parar para desayunar en un lugar genial. Dentro de un rato, ¿está bien?

—Si no como, vomito.

—Y a mí me duele la cabeza si no como. Aguantá. Es un rato. No mires por la ventanilla que te mareás más todavía.

Él mismo se sentía peor de lo que quería reconocer. Los dedos de las manos le hormigueaban y reconocía las palpitaciones erráticas de la arritmia en el pecho. Se acomodó los anteojos oscuros y le pidió a Gaspar que le contara el cuento que había leído la noche anterior. A los seis años ya sabía leer muy bien.

—No me acuerdo.

—Sí que te acordás. Yo también estoy de malhumor. ¿Tratamos de cambiar juntos o vamos a hacer todo el viaje con cara de culo?

Gaspar se rió porque había dicho «culo». Después le contó sobre una reina de la selva que cantaba cuando caminaba entre los árboles y a todo el mundo le gustaba escucharla. Un día vinieron soldados y ella dejó de cantar y se hizo guerrera. La atraparon y pasó una noche encerrada y se escapó y para escaparse tuvo que matar al guardia que la vigilaba. Como nadie quiso creer que tenía fuerza para matarlo porque era muy delgada, la acusaron de bruja y la quemaron, la ataron a un árbol que se prendió fuego. Pero a la mañana, en vez del cuerpo, encontraron una flor roja.

—Un árbol de flores rojas.

—Sí, un árbol.

—¿Te gustó la historia?

—No sé, me dio miedo.

—Ese árbol se llama ceibo. Por acá no hay tantos, pero, cuando vea alguno, te lo muestro. Cerca de la casa de tus abuelos hay un montón.

Por el espejo retrovisor vio que Gaspar fruncía el ceño.

—¿Cómo que hay muchos?

—Es una leyenda, ya te expliqué lo que es una leyenda.

—¿Entonces la chica no existe?

—Se llama Anahí. A lo mejor ella existió, pero la historia de las flores se cuenta para recordarla, no porque haya pasado de verdad.

–¿Entonces pasó de verdad o no?

–Las dos cosas. Sí y no.

Le gustaba ver cómo Gaspar se ponía serio y hasta enojado, cómo se mordía el costado del labio y abría y cerraba una mano.

–¿Ahora queman a las brujas también?

–No, ya no. Pero tampoco hay muchas brujas ahora.

Era fácil salir de la ciudad un domingo de enero por la mañana. Antes de lo que esperaba, los edificios quedaron atrás. Y las casas bajas y las de chapa de las villas de la periferia. Y de pronto aparecieron los árboles y el campo. Gaspar ya dormía y a Juan el sol le quemaba el brazo como a un padre común en un fin de semana de club y paseo. Pero no era un padre común, las personas a veces lo sabían cuando lo miraban a los ojos, cuando hablaban con él un rato, de alguna manera reconocían el peligro: no podía ocultar lo que era, no era posible esconder algo así, no demasiado tiempo.

Estacionó frente a un bar que anunciaba submarinos y medialunas. Vamos a desayunar, le dijo a Gaspar, que se despertó de inmediato y se restregó los ojos azules, enormes, un poco distantes.

La mujer que limpiaba las mesas tenía todo el aspecto de ser la dueña del local y de ser afable y chismosa. Los miró con curiosidad cuando se sentaron lejos de la ventana, cerca de la heladera. Un chico con su autito de colección en la mano y su padre que medía dos metros y tenía el pelo largo y rubio rozándole los hombros. Les limpió la mesa con un trapo y tomó el pedido en una libreta, como si el bar estuviese lleno. Gaspar quiso un submarino y facturas con dulce de leche; Juan pidió un vaso de agua y un sándwich de queso. Se sacó los anteojos oscuros y abrió el diario que estaba sobre la mesa aunque sabía que las noticias importantes no salían en la prensa. No había noticias de los centros clandestinos de detención, ni de los enfrentamientos nocturnos, ni de los secuestros, ni de los niños robados. Solo crónicas sobre el Mundialito que se jugaba en Uruguay, que no le interesaba. Fingir normalidad a veces era difícil cuando estaba distraído, cuando estaba tan irremediablemente triste y preocupado. La noche anterior había intentado, otra vez, comunicarse con Rosario. No lo conseguía. Ella no estaba en ningún lado, no lograba sentirla, se había ido de una manera que le resultaba imposible entender o aceptar.

–Hace calor –dijo Gaspar.

El chico estaba transpirado, el pelo húmedo, las mejillas coloradas. Juan le tocó la espalda. Tenía la remera empapada.

–Esperame acá –le dijo, y fue al auto a buscar una remera seca. Después lo llevó al baño del bar, para mojarle la cabeza, secarle el sudor, ponerle la remera, que olía un poco a nafta.

Cuando volvieron a la mesa, los esperaban el desayuno y la mujer; Juan le pidió otro vaso de agua para Gaspar.

–Hay un camping precioso acá, si se quieren refrescar en el río.

–Gracias, no tenemos tiempo –dijo Juan, intentando sonar amable. Se desprendió un poco más los botones de la camisa.

–¿Viajan solitos? ¡Qué ojazos tiene este nene! ¿Cómo te llamás?

Juan tuvo ganas de decir hijo, no le contestes, comamos mientras la dejo muda para siempre, pero Gaspar dijo su nombre y la mujer, ya lanzada, preguntó con voz hipócrita, aniñada:

–¿Y tu mami?

Juan sintió el dolor del chico en todo el cuerpo. Era primitivo y sin palabras; era crudo y vertiginoso. Tuvo que aferrarse de la mesa y hacer un esfuerzo para desprenderse de su hijo y de ese dolor. Gaspar no podía contestar y lo miraba buscando ayuda. Se había comido solamente media factura. Tenía que enseñarle a no aferrarse así, ni a él ni a nadie.

–Señora –Juan trató de controlarse, pero sonó amenazante–, ¿qué mierda le importa?

–Es para dar conversación nada más –contestó ella, ofendida.

—Ah, qué bien. Usted se enoja porque no tiene su conversación imbécil y nosotros sufrimos su indiscreción de necia, de vieja chusma. ¿Quiere saber? Mi mujer murió hace tres meses atropellada por un colectivo que la arrastró dos cuadras.

—Lo siento mucho.

—No. Usted no siente nada porque no la conocía ni nos conoce a nosotros.

La mujer quiso decir algo más, pero se alejó casi lloriqueando. Gaspar lo miraba todavía, pero tenía los ojos secos. Estaba un poco asustado.

—No pasa nada. Terminá de comer.

Juan mordisqueó su sándwich de queso; no tenía hambre pero no podía tomar la medicación con el estómago vacío. La mujer volvió con gesto de disculpas y los hombros adelantados. Traía dos jugos de naranja. Invita la casa, dijo, y le pido perdón. No me imaginaba una tragedia así. Gaspar jugaba con su auto de colección colorado, un modelo nuevo al que se le abrían las puertas y el baúl, regalo de su tío Luis, enviado desde Brasil. Juan obligó a Gaspar a terminarse el submarino y se levantó para pagar en el mostrador. La mujer seguía pidiendo disculpas y Juan se agotó. Cuando ella extendió la mano para recibir el dinero, él le tomó la muñeca. Pensó en enviarle un símbolo que la enloqueciera, que le metiese en la cabeza la idea de arrancarle la piel de los pies a su nieto o hacer un estofado con su perro. Se contuvo. No quería cansarse. Mantener este viaje con su hijo en secreto ya lo había agotado y tendría consecuencias. Así que dejó a la mujer en paz.

Gaspar lo esperaba en la puerta: se había puesto sus anteojos oscuros. Cuando intentó sacárselos, el chico salió corriendo, riéndose. Juan lo atrapó cerca del auto y lo alzó: Gaspar era liviano y largo, pero no iba a ser tan alto como él. Decidió que buscarían un lugar para almorzar antes de seguir hacia Entre Ríos.

El día había resultado agotador a pesar de la absoluta normalidad de todo el viaje: poco tránsito, un almuerzo delicioso en una parrilla al paso y la siesta a la sombra de los árboles, la orilla fresca por la brisa del río. El dueño de la parrilla también les había dado charla, curioso, pero, como no había preguntado por su mujer, Juan decidió conversar mientras tomaba un poco de vino. Se había sentido mal después de la siesta y durante todo el trayecto hasta Esquina: el calor era inaudito. Pero ahora, cuando pedía una habitación y trataba de hacerle entender al encargado que necesitaba una cama matrimonial para él y otra de una plaza para su hijo y que no importaba el precio, se daba cuenta de que, además, podía necesitar asistencia. Pagó por adelantado y aceptó que alguien más subiera los bolsos por la escalera. En la habitación encendió el televisor para entretener a Gaspar y se acostó en la cama. Sabía cómo evaluar lo que sentía: la arritmia estaba fuera de control, podía escuchar el soplo, ese ruido de esfuerzo, la náusea de las válvulas confundidas, le dolía el pecho, le costaba respirar.

—Gaspar, pasame el bolso —pidió.

Sacó el tensiómetro y comprobó que tenía la presión baja, lo que era bueno. Se acostó en diagonal, la única manera de que sus pies quedaran sobre el colchón, y, antes de tomar las pastillas e intentar descansar, en lo posible dormir, arrancó una hoja del anotador que el hotel dejaba para los huéspedes en la mesa de luz y con la lapicera (decía «Hotel Panambí – Esquina») escribió un número.

—Hijo, escuchame bien. Si no me despierto, quiero que llames a este número.

Gaspar abrió mucho los ojos y después hizo pucheros.

—No llores. Es por si no me despierto, nada más, pero me voy a despertar, ¿está bien?

Sintió que el corazón daba un salto, como si aumentara de velocidad con una palanca de cambios. ¿Iba a poder dormir? Se llevó los dedos al cuello. Ciento setenta, quizá más. Nunca había tenido tantas ganas de morir como ahora, en esa habitación de hotel de provincias, y nunca había tenido tanto miedo de dejar solo a su hijo.

—Es el teléfono de tu tío Luis. Tenés que marcar 9, te da tono y ahí recién marcás el número del tío. Si no me despierto, sacudime. Y si cuando me sacudís no me despierto, lo llamás a él. A él primero, después al señor de abajo, el de la entrada, ¿me entendés?

Gaspar dijo que sí y con el número apretado en el puño se acostó a su lado, cerca, pero lo bastante lejos para no molestarlo.

Juan despertó transpirado y sin sueños. Era de noche, pero la habitación estaba apenas iluminada: Gaspar había encendido el velador y leía. Juan lo miró todavía sin moverse: el chico había sacado del bolso su libro y esperaba, el papel con el número de teléfono estaba a su lado, sobre la almohada. Gaspar, lo llamó, y el chico reaccionó con delicadeza, dejó el libro, se le acercó gateando, le preguntó si estaba bien; como un adulto, como se lo habían preguntado tantas veces tantos adultos que lo habían cuidado. Juan se sentó y esperó un minuto antes de contestar. El corazón había vuelto a un ritmo normal, o lo que para él era relativamente normal. No estaba agitado, no estaba mareado. Estoy bien, sí, le dijo, y sentó a Gaspar sobre sus piernas, lo abrazó, le acarició el pelo oscuro.

—¿Qué hora es?

Gaspar le señaló el reloj con el dedo.

—Ya sabés leer la hora, decime.

—Las doce y media.

En ese pueblo no iba a haber nada abierto para cenar tan tarde. Podía, claro, caminar hasta el centro, entrar en alguna despensa o restorán cerrado y hacerse con lo que quisiera, abrir una puerta era muy sencillo. Pero, si alguien los veía, tendría que lidiar con ese testigo. Y cada pequeño acto semejante se acumulaba hasta convertirse en una cadena larga y agotadora de rastros que borrar, ojos que cerrar, recuerdos que hacer desaparecer. Se lo habían enseñado hacía años: era mejor tratar de vivir con la mayor normalidad posible. Él podía conseguir cosas que para la mayoría de la gente eran imposibles. Cada conquista, sin embargo, cada ejercicio de la voluntad para lograr lo deseado, tenía un precio. En cuestiones poco importantes no valía la pena pagarlo. Ahora debía convencer a quienquiera que estuviera de noche como conserje del hotel de que le preparase comida. No sentía hambre; seguramente Gaspar tampoco. Pero el chico no había merendado, él se había olvidado de sacar las sodas del auto, tenía que comportarse como un padre.

Antes de dejar la habitación, sin embargo, debía bañarse, porque apestaba. Y a lo mejor cortarse un poco el pelo. Gaspar también necesitaba un baño, no con tanta urgencia. Se levantó de la cama con Gaspar todavía en brazos y lo llevó hasta la ducha. Abrió el agua caliente, esperó un rato y confirmó lo que sospechaba.

—Yo con fría no me baño —dijo Gaspar.

—Hace calor, vamos, ¿no? Entonces, después te limpio con una toalla.

Juan se metió en la ducha y escuchó que Gaspar hablaba, sentado sobre la tapa del inodoro, le contaba lo que había leído y lo que había visto desde la ventana del hotel, pero él no prestaba atención. La ducha estaba demasiada baja y tenía que agacharse para poder lavarse la cabeza, pero al menos el hotel ofrecía champú y jabón. Con la cintura envuelta en una toalla, se paró frente al espejo: el pelo mojado le llegaba por debajo de los hombros y tenía las ojeras hinchadas.

—Traeme las tijeras, están en el bolso chico.

—¿Me dejás cortarte? Un poco.

—No.

Juan se quedó mirando su reflejo, los hombros anchos, la cicatriz oscura que le partía el pecho, la quemadura en el brazo. Rosario siempre le cortaba el pelo. Varias veces lo había afeitado también. Se acordaba de sus aros grandes, que nunca se sacaba, ni para dormir a veces. Se acordaba de cómo había llorado una vez, en cuclillas y desnuda en el piso del baño, porque había engordado durante el embarazo. Cómo se cruzaba de brazos cuando escuchaba algo que le parecía estúpido. La recordaba gritándole en la calle, furiosa; lo fuerte que era cuando lo golpeaba con los puños cerrados en alguna pelea. ¿Cuántas cosas no sabía hacer solo, cuántas había olvidado, cuántas solamente conocía ella? Usó el peine para estirar el pelo y cortó con toda la prolijidad que pudo. Se dejó un mechón más largo adelante y usó el secador para averiguar si había hecho un desastre. El resultado le pareció aceptable. Tenía un poco de barba, pero solamente se notaba porque estaba demasiado pálido. Tiró el pelo cortado, que había dejado caer sobre un pañuelo, en el inodoro.

—Vamos a ver si conseguimos algo de comer.

El pasillo del hotel estaba muy oscuro y olía a humedad. La habitación que les habían dado quedaba justo en la esquina, junto a la escalera. Juan dejó que Gaspar saliera primero y el chico, en vez de bajar directamente, corrió por el pasillo. Al principio Juan creyó que iba hacia el ascensor. Pero enseguida se dio cuenta de que Gaspar percibía lo mismo que él, aunque la diferencia era radical: en vez de evitarla —Juan estaba tan acostumbrado a esas presencias que las ignoraba—, la iba a buscar, atraído. Lo que se escondía al final del pasillo estaba asustado y no era peligroso, pero era antiguo y, como todo lo muy viejo, era voraz y desdichado y envidioso.

Por primera vez su hijo tenía una percepción, al menos en su presencia. Estaba esperando que sucediera, Rosario insistía en que iba a suceder pronto y ella solía tener razón, pero comprobar que en efecto Gaspar había heredado esa capacidad lo desalentó, le cerró la garganta. No tenía muchas esperanzas sobre la normalidad de su hijo, pero en ese pasillo se desvanecieron del todo y Juan sintió el desaliento como una cadena alrededor del cuello. La condena heredada. Trató de fingir tranquilidad.

—Gaspar —dijo, sin levantar la voz—. Es por acá. Por la escalera.

El chico se dio vuelta en el pasillo y lo miró con una expresión confusa, como si despertase en una habitación extraña después de un sueño de días. La mirada duró un segundo, pero Juan la reconoció. Tenía que enseñarle cómo cerrarse a ese mundo flotante, esos pozos pegajosos, cómo evitarlos. Y tenía que empezar pronto porque recordaba el espanto de su propia infancia y Gaspar no tenía por qué vivir lo mismo.

Mi hijo va a nacer ciego, repetía la presencia del final del pasillo, que no tenía pelo y llevaba puesto un vestido azul. Gaspar no podía escucharla aunque a lo mejor la había visto. De ella había hablado en el baño, antes: una mujer sentada en la plaza frente al hotel, que miraba hacia la ventana con la boca abierta. Juan no le había prestado atención porque no lo había contado con miedo y eso era bueno. El chico tenía razón intuitivamente: no había nada que temer, esa mujer era apenas un eco. Había muchos ecos, ahora. Siempre había cuando se perpetraba una matanza; el efecto era idéntico al de los gritos en una cueva, permanecían hasta que el tiempo les ponía un final. Faltaba mucho para ese final y los muertos inquietos se movían con velocidad, buscaban ser vistos. *The dead travel fast*, pensó.

Bajaron por la escalera en silencio para no despertar a los huéspedes. La que seguramente era una de las dueñas del hotel hojeaba una revista en la recepción. Levantó la cabeza cuando los vio entrar y se puso de pie; con un solo gesto rápido se acomodó la blusa y el pelo, oscuro, algo revuelto.

—Buenas noches —dijo—. ¿Los puedo ayudar en algo?

Juan se acercó al mostrador y apoyó una de las manos sobre la guía telefónica que estaba abierta al lado de la lámpara.

—Buenas noches, señora. ¿Por casualidad habrá algo abierto para comer?

La mujer ladeó la cabeza.

—A lo mejor pueden encontrar algo en la parrilla del club de pescadores, pero me dejan que les llamo y pregunto, porque es un tirón.

Un tirón, pensó Juan, imposible, en ese pueblo chico nada podía quedar muy lejos. Las paredes de la recepción cubiertas hasta la mitad de madera, el piso marrón plastificado, las llaves colgando del tablero. Gaspar se había acercado a una pecera pequeña y acompañaba con el dedo el nado de un pececito. No atiende nadie, dijo la mujer después de intentar comunicarse durante un rato. Bueno, nos iremos a dormir sin comer. Juan sonrió y notó que la mujer —que era joven, poco menos de cuarenta años, pero parecía mayor en la luz triste del hotel silencioso— lo miraba en detalle y sin disimulo. Me quedé dormido, dijo Juan. El viaje es largo desde Buenos Aires y no estaba bien descansado.

Afuera el silencio era total. Vio pasar las luces azules de un patrullero pero apenas oyó el motor. ¿Incluso custodiaban este pueblo?

—Perdone la indiscreción —dijo la mujer, y salió de atrás del mostrador de la recepción. Se abanicaba. El ventilador estaba encendido, sin embargo—. ¿Ustedes están en la 201? Mi empleado me dijo hoy que le parecía que el señor de la 201 no se sentía bien. Nos preocupamos, pero, como no escuchamos nada y no llamó acá, no quisimos molestarlo.

—¿Y cómo sabe que soy yo el de la 201?

La mujer, entre tímida y coqueta, respondió:

—Mi empleado dijo es un señor altísimo y rubio con una criatura.

—Gracias por la preocupación, señora. Ahora me siento bien, tenía que descansar. Tuve una cirugía hace seis meses, a veces creo que ya estoy totalmente recuperado y me extralimito.

Y deliberada, teatralmente, Juan apoyó apenas una mano sobre la camisa oscura que llevaba abierta hasta la mitad del pecho, para que fuera evidente y visible la enorme cicatriz.

–Vamos –dijo ella–. Les hago unos sándwiches, aunque sea. ¿El nene come tallarines? Los calentamos a baño maría con un poco de manteca y listo.

–¿Qué son tallarines? –preguntó Gaspar, que había abandonado la pecera.

–Fideos, *mitaí* –le dijo la mujer, y se arrodilló–. ¿Te gustan con manteca y queso?

–Sí. Con salsa también.

–A ver qué te podemos hacer.

–¿Puedo mirar cuando cocina?

–Le gusta cocinar –dijo Juan, y encogió los hombros para demostrar su desconcierto.

Una hora después Gaspar había aprendido a usar el abrelatas, los dos habían comido una pasta algo pegoteada con una salsa deliciosa, habían tomado agua fresca, con hielo, y la mujer los había acompañado con un vaso de vino dulce y cigarrillos. Cuando terminaron, Juan se ofreció a lavar los platos para que ella pudiera volver a la recepción y la mujer aceptó; antes de irse, le dijo ojalá se ponga bien pronto. Gaspar ayudó a secar, pero antes le dijo gracias a la mujer con los labios manchados de salsa de tomate y ella le dio un beso en la frente.

Gaspar se negó a entrar en la habitación: en la puerta, inmóvil, le brillaban los ojos y parecía asustado.

–Papi, hay una señora en la pieza –le dijo. Juan parpadeó para verla y sentirla: era la misma del pasillo, que se movía por el hotel.

–No la mires. –Le tomó la cara a Gaspar con las dos manos; eran tan grandes que casi le rodeaban totalmente la cabeza–. Mirame a mí.

Después se sentó en el piso y encendió el velador. Por suerte Gaspar no escuchaba lo que la mujer decía. Siempre era mejor solamente ver. Juan la escuchó un minuto, por curiosidad. La misma repetición desesperada y solitaria de la muerte, el eco de la muerte. Después estuvo sordo para ella pero no la echó, eso tenía que aprender a hacerlo su hijo y rápido. Juan no quería que tuviese miedo ni un minuto más.

—Escuchame bien ahora.

—¿Quién es, papi?

—No es alguien. Es un recuerdo.

Le apoyó una mano debajo del esternón y sintió el corazón de su hijo rápido, fuerte, sano. La envidia le secó la boca.

—Cerrá lo ojos. ¿Sentís mi mano?

—Sí.

—¿Qué te toco?

—La panza.

—¿Y ahora?

Con dos dedos de la otra mano le ubicó la vértebra que estaba detrás del estómago.

—La espalda.

—No, la espalda no.

—La columna.

—Ahora tenés que pensar en lo que está entre mis manos, como cuando te duele la cabeza y me contás que te parece que tenés algo adentro. Bueno, pensá en lo que está adentro.

Gaspar apretó los ojos y se mordió el labio de abajo.

—Ya está.

—Bueno, ahora decile a la señora que se vaya. No se lo digas hablando. Se lo podés decir en voz baja si querés, pero decíselo como si esta parte tuya que está entre mis manos pudiese hablar. ¿Me entendés? Es importante.

Esto podía tomar toda la noche, Juan lo sabía.

—Ahí le dije.

Juan miró a la mujer, que seguía al lado de la cama, embarazada, y la boca abierta, seguramente hablando todavía de su primer hijo, con los ojos vacíos.

—Otra vez. Como si le hablaras desde ahí, como si tuvieras una boca adentro.

—¿Se lo digo fuerte?

¿Qué clase de pregunta era esa? Se merecía una respuesta a la altura de esa duda tan pertinente.

—Sí, hoy sí.

La imagen de la mujer desapareció lentamente, como se desvanece el humo. El aire de la habitación se limpió como si se hubieran abierto las ventanas. La luz del velador se hizo más clara.

—Muy bien, Gaspar, muy bien.

Gaspar miró alrededor de toda la habitación buscando a la mujer que se había ido. Estaba serio.

—¿Y no vuelve más?

—Si vuelve, hacés lo mismo que recién.

Gaspar estaba temblando, un poco por el esfuerzo, un poco por el miedo. Juan recordó la primera vez que él había echado a un desencarnado: le había resultado igual de fácil, quizá incluso un poco más fácil dadas sus circunstancias. Ojalá este fuese el fin de las capacidades heredadas de Gaspar. Ojalá nunca lograra el tipo de contacto del que él era capaz. Rosario estaba segura de que el chico iba a heredar sus capacidades. De pronto el recuerdo fue tan vívido que lo sintió como si tocara accidentalmente a un insecto en la oscuridad: Rosario, terca, sentada en la cama, con su bombacha blanca de algodón y el pelo atado en una cola de caballo alta. Gaspar iba a heredar todo, todo lo que él cargaba. Sintió calor en los ojos.

—Ahora voy a seguir durmiendo porque en un rato tengo que manejar.

—Quiero dormir con vos.

—No tengas miedo. Andá a tu cama. Si no podés dormir, leé tu libro. La luz no me molesta.

Pero Gaspar no quiso leer. Se acostó boca arriba y esperó que llegara el sueño, con una disciplina impropia de su edad. No había bajado las persianas, así que las pocas luces de la calle iluminaban apenas la habitación y las ramas de un árbol se reflejaban en las paredes. Juan esperó hasta que la respiración de

Gaspar le indicó que dormía y entonces se le acercó: los labios separados, los dientes de leche pequeños, la transpiración pegoteándole el pelo en la frente.

Podía hacerlo sentado en su propia cama, al lado de Gaspar. Pero no quería que el chico se despertase y lo viera. El baño era un lugar tan bueno como cualquier otro. No necesitaba mucho: apenas silencio, el pelo de Rosario, algún instrumento afilado y las cenizas.

Sentado sobre las baldosas frías, enredó el mechón de pelo de Rosario que llevaba encima, guardado en una cajita, entre sus dedos. Me prometiste, le dijo en voz baja. Y había sido una promesa seria, una promesa en sangre y herida, no de palabras sentimentales.

Tomó un puñado de ceniza de la bolsa de plástico y la regó sobre el suelo, frente a él, para dibujar el signo de la medianoche. Desde la muerte de Rosario lo hacía todas las noches con idéntico resultado: el silencio. Un desierto de arena fría y estrellas opacas. Incluso había intentado métodos más rudimentarios y la respuesta era siempre la misma: el viento sobre el vacío.

Repitió las palabras, acarició el mechón de pelo, hizo la llamada en el lenguaje infeccioso que se debía usar para el ritual de la ceniza. Y con los ojos cerrados vio las habitaciones y los rincones vacíos, las hogueras apagadas, las ropas abandonadas, los ríos secos, pero siguió vagando hasta que volvió al baño del hotel, al silencio y la lejana respiración de su hijo, y volvió a llamar. Ni un roce, ni un temblor, ni un engaño, ni una sombra tramposa. Ella no venía ni estaba a su alcance y, desde su muerte, no había conseguido una sola señal de su presencia.

Había hecho ofrendas impropias, los primeros días. La verdadera magia no se hace entregando la sangre de los demás, le habían dicho alguna vez. Se hace entregando la propia y abandonando toda esperanza de recuperarla. Juan tomó la gillette que había puesto a su lado y se cortó la palma de la mano en diagonal, siguiendo vagamente la línea que llamaban de la mente o de la cabeza. Era una herida insoportable, que nunca terminaba de curarse, la peor posible y, por eso mismo, la que funcionaba. Cuando, en la oscuridad, sintió el calor de la sangre, apoyó la mano sobre el signo de cenizas trazado en el piso. Dijo las palabras necesarias y esperó. El silencio era vertiginoso. Juan sabía que era un síntoma de su propia pérdida de poder. Si era porque estaba muy enfermo o porque se había desgastado demasiado no lo sabía, pero la sensación de debilidad resultaba muy obvia. Hacer este llamado apenas le requería un esfuerzo: el mundo de los muertos estaba muy cercano para él y era una puerta liviana, vaivén. Con otro ritual, casi cualquier otro, podía dudar de su capacidad para hacerlo. Con este no. Este era como estirar las piernas.

Se lavó la mano, resignado, y limpió la sangre del piso con una de las toallas. Ya no se enojaba. Después de los primeros intentos fallidos había insultado a Rosario, había roto muebles y casi se había quebrado los dedos de darle puñetazos al piso. Ahora sencillamente levantaba los restos resignado y volvía a guardar el mechón de pelo en la caja. *For the dead travel fast*, pensó otra vez. Era cierto, en general. A él se le negaba esa rapidez habitual.

Gaspar seguía durmiendo aunque había pasado bastante tiempo: el ritual del signo de la medianoche parecía corto para el que lo hacía, pero tomaba varias, inadvertidas, horas. Juan se cubrió la herida con una venda. Amanecía cuando se echó un poco de alcohol sobre el tajo que nunca terminaba de curarse porque debía seguir cortando y cortando en el mismo lugar para darle sangre a la ceniza que no le traía más que ese silencio tan sospechoso, que le hacía pensar en su mujer silenciada, con los labios cosidos por alguien que quería separarlos definitivamente.

El desayuno del hotel se servía en un salón comedor de paredes blancas y mesas cubiertas con manteles a cuadros. La decoración era pinturas de peces, pescados disecados detrás de vidrios y otra pecera, un poco más grande que la de la recepción. Esquina era una especie de capital de la pesca. Juan no había pescado un solo día de su vida. Y no entendía por qué, si el tema recurrente del hotel era la fauna ictícola, se llamaba Panambí, que quería decir «mariposa» en guaraní. No había mariposas por ningún lado, ni siquiera en el logo. Tomó un té poco cargado y le untó tostadas con dulce de leche a Gaspar, que estaba muy callado.

–¿Qué pasa?

–¿Estás enojado conmigo?

–No, hijo, estoy de malhumor. Cuando termines de desayunar, vamos al agua.

Gaspar había llorado toda la mañana, hasta que bajaron a desayunar. Desde que había muerto su madre lloraba todos los días, cuando se despertaba. A veces porque sí, a veces se enojaba por alguna tontería, a veces decía que le dolía la cabeza o tenía sueño o calor. Soñaba con ella, Juan lo sabía; en general soñaba que su muerte era un sueño. A veces Juan lo dejaba llorar solo, a veces se sentaba a su lado en silencio, a veces le lavaba la cara con agua fría, pero nunca sabía exactamente qué hacer. Esa mañana, cuando Gaspar se había tranquilizado después de un llanto gritado, después de tirarse del pelo e incluso darle puñetazos a la almohada, le había propuesto ir a la playa. Gaspar había aceptado preguntándole si el agua era fría como en Mar del Plata. Le explicó que no, que era un río, y los ríos eran distintos, más parecidos a una pileta. Era mentira, pero servía. Juan era el que necesitaba nadar y ya era momento de que su hijo mejorara la poca técnica que le había enseñado. Él había aprendido a los ocho años y por pura irresponsabilidad de su hermano, que cuando lo sacaba a pasear no sabía cómo entretenerlo y un día lo había llevado a un club. Juan sabía que lo tenía prohibido; su médico, Jorge Bradford, le había indicado que no podía hacer ejercicios fuertes. Bradford jamás se había enterado de las tardes en la pileta o se había hecho el tonto: su médico siempre tenía actitudes ambivalentes, gestos de extrema generosidad y posiciones mezquinas, a menudo impredecibles.

Bradford le había enseñado a cerrarse a los seis años, cuando él se recuperaba de una crisis cardíaca: muchas de las cosas más importantes de su vida habían ocurrido en una cama de hospital, entre el dolor, la anestesia y el miedo. Usó el mismo método que él le había enseñado a Gaspar la noche anterior. El doctor Bradford, que lo había operado cuando estaba desahuciado, que lo visitaba todos los días y que iba a adoptarlo con la excusa de darle los cuidados que necesitaba. Un secuestro elegante. Una compra: había pagado dinero por él. Es un milagro, les había dicho Bradford a sus padres, un milagro que todavía esté vivo, necesita tratamientos y cuidados que por desgracia ustedes, por su situación económica, no pueden ofrecerle. Ellos habían aceptado.

Aquella noche en la cama de hospital Juan no podía bajarles el volumen a las voces, sentía manos tocándole todo el cuerpo –por adentro y por afuera–, veía gente alrededor de su cama aunque cerrara los ojos. Y Bradford lo sentó, le humedeció el pelo con agua fresca y le dijo más o menos lo mismo que él le había dicho a Gaspar. Usá la voz entre la columna y el estómago, deciles que se vayan y se van. Recordaba claramente que lo había intentado varias veces, guiado por los ojos oscuros y codiciosos de ese hombre hasta que llegó el silencio y la sala de terapia intensiva volvió a ser un cuarto lleno de moribundos y lastimados. Bradford se había quedado con él hasta que consiguió dormir. A la mañana, al despertar, volvieron las voces y las imágenes y Bradford seguía ahí. Otra vez le indicó qué hacer y Juan lo consiguió al primer intento. Después Bradford le pidió que le contase lo que veía. Y Juan enumeró: despertar y que con el desayuno estuviese sentado a la mesa, o en la cama, un cadáver; las bocas que se reían de él, la mano que le tapaba la cara y no lo dejaba respirar por la noche, los pájaros y los bichos que lo atacaban volándole directo a la cabeza cuando salía al patio, las dos caras chiquitas que lo miraban desde debajo de la piedra que su madre usaba para mantener abierta la puerta del galpón del fondo. Se lo había contado a sus padres, pero ellos no parecían entender. Bradford sí.

Sus padres le tenían miedo: trataban de tranquilizarlo y querían cambiarle de tema. Su hermano Luis era distinto. Él también se asustaba, pero intentaba ayudar. Le decía que pensara en otras cosas. Le había enseñado a nadar.

Ahora él tenía que enseñarle a su hijo, pero primero quería nadar solo, un rato, en el río. Manejó hasta el balneario de la ciudad, que era precioso y limpio y estaba casi vacío, y sentó a Gaspar sobre el pasto, bajo un árbol, con la heladerita a su lado. Le sirvió soda en un vaso de plástico y le dijo papá se va a nadar, pero, si alguien se te acerca, se va a enterar, no te preocupes. No te vayas porque te encuentro y después ya sabés lo que pasa.

Cuando entraba en el agua, se cruzó con una pareja, que salía del río. Ella era bonita, tenía una malla enteriza azul y lo saludó; el hombre lo miró con cierta agresividad y tomó a su mujer de la cintura con fuerza. Ninguno de los dos pudo evitar estudiarle la cicatriz del pecho sin disimulo. A Juan no le importaba. Nadó quince minutos, lo justo para no agitarse demasiado. Podía nadar mucho más tiempo, pero, si después tenía que manejar, no quería estar cansado. El río se veía plateado bajo el sol, pero el agua estaba algo turbia. Flotó un rato antes de salir: de su hijo no sentía más que calma. Cuando el agua le llegó a las rodillas, le hizo señas a Gaspar y le gritó vení que tenés que aprender, sacate la remera y las zapatillas. Acostó a Gaspar sobre el agua y se agachó un poco. Yo te sostengo, le dijo, cuando notó que el chico se retorcía por el miedo a hundirse. Pataleá, le dijo, empapame, hacé ruido.

Había algo en esa mañana calurosa y la piel resbalosa del chico en sus manos le hizo sentir a Rosario a su lado y la recordó muerta de frío en un campo de Inglaterra, la recordó cantándole una canción que decía *tonight will be fine,* bailando una canción de Bowie y quejándose porque nunca pasaban buena música en la radio, y su cuello y sus pechos, que eran grandes pero ella jamás usaba corpiño, ni siquiera después del nacimiento de Gaspar, y las mañanas que la despertaba, ella quejándose, dejame dormir, pero después de un rato también lo abrazaba y él le levantaba las piernas, las ponía sobre sus hombros y la acariciaba con la lengua y los dedos hasta que ella se humedecía.

No podía encontrarla. Podía ver a esa pobre mujer embarazada del hotel, podía ver a cientos de asesinados todos los días y sin embargo no podía dar con ella. Se lo había pedido, cuando estaba viva, una vez, casi en chiste, imitando a un personaje de novela, no me dejes solo, *haunt me,* no había palabras en castellano para ese verbo, *haunt,* no era embrujar, no era aparecer, era *haunt,* pero ella nunca se lo había tomado en serio. Si él debía morirse primero, era lo más lógico, era ridículo que todavía estuviese vivo.

A veces pensaba que Rosario se estaba escondiendo. O que algo no la dejaba acercarse. O que se había ido demasiado lejos.

—¿Y ahora?

—Ahora metés la cabeza abajo del agua. Pero sin taparte la nariz.

—Me ahogo.

—No te ahogás para nada.

Practicaron dejar de respirar afuera del agua. Gaspar llenaba los cachetes de aire y Juan empezó a sentir el inconfundible dolor de cabeza en las sienes. Demasiado tiempo bajo el sol. Pero no iba a irse hasta que el chico aprendiera a aguantar la respiración.

De vuelta bajo el árbol, se sirvió soda fría y le agregó algunos de los hielos que ya flotaban en la heladerita. Se tragó dos pastillas y cerró los ojos apoyado sobre las raíces para que el dolor cediera un poco. Le latía la cabeza, pero al menos le latía de manera regular, algo lenta.

—No me ahogué —dijo Gaspar de repente.

—Viste. Es fácil nadar, vas a aprender enseguida.

—¿Te vas a despertar?

—No estoy durmiendo, estoy descansando.

—¿Querés un sánguche?

—No, en un rato vamos a comer. Y esta noche vamos a ver a Tali.

—¿Me puedo hacer un sánguche para mí?

La mejor manera de orientarse para llegar a la casa de Tali era encontrar, sobre la ruta, un viejo puente de hierro oxidado que estaba en desuso, sobre el que crecía la vegetación imparable del Litoral con sus lianas y sus flores. Una vez que se llegaba al puente, aparecía la vieja Capilla del Diablo y entonces solamente había que seguir derecho por un camino de tierra que resultaba intransitable si estaba embarrado. La capilla era la entrada formal a Colonia Camila. Tali amaba vivir ahí, en ese pueblo de doscientas personas y dos almacenes.

Tali era su medio cuñada. La hija del padre de Rosario con su amante correntina, una mujer de clase media que se había ido a vivir al campo, había fundado un templo para San La Muerte y se había hecho famosa en la región como sanadora y como una gran belleza. Ella había muerto joven —Juan y Rosario sabían que, aunque se había enfermado, la muerte estaba lejos de ser natural— y Adolfo Reyes, que la quería de verdad y era coleccionista de imágenes del santo (de hecho así se habían conocido), había conservado su templo. Tali ahora continuaba la tradición de su madre, que, para ella, era una «guardiana» o «promesera». Con Rosario había armado una sala dedicada a San La Muerte en el Museo de Arte Popular de Asunción, parte de la colección permanente; era reconocida como la mejor del Paraguay, de la región y probablemente del mundo.

Desde hacía años, en el santuario de Tali se organizaban festejos semiclandestinos. Colonia Camila estaba lejos de cualquier ciudad, cerca del río pero extrañamente aislada de balnearios y muelles: ahí se podía ser devoto con relativa tranquilidad de un culto que disgustaba a la Iglesia y provocaba miedo y desconfianza. En el último tiempo, Tali había mantenido su santuario en un discreto silencio. Sabía de militares que destrozaban altares domésticos en allanamientos y a veces se llevaban secuestrados a los dueños, los tenían algunas noches detenidos en una comisaría solo como una demostración de poder. Ella era hija de un hombre rico y bien conectado. No iban a tocarla, pero cuidarse no estaba de más.

Adolfo Reyes también había comprado varias hectáreas alrededor del templo y la casa de su hija porque en el terreno estaba la Capilla del Diablo de don Lorenzo Simonetti. Una iglesia construida por un inmigrante italiano que, misteriosamente, nunca había sido consagrada. Tali la limpiaba de noche, iluminada por un farol a querosene. Mucha gente había visto el resplandor de las ventanas y se contaban historias sobre lo que sucedía detrás de las paredes, aunque ninguna era cierta. Juan se lo había confirmado, a Tali y a su padre, más de una vez: la iglesia era extraña, pero no era un lugar visitado. Adolfo Reyes, porque le gustaba divertirse, no se resignó: él había inventado rumores, nuevas historias, tanto que ya era casi imposible diferenciar la ficción del sencillo hecho histórico de esa capilla y ese pueblo olvidado.

Lorenzo Simonetti había llegado a Corrientes con sus ocho hijos, viudo, desde Italia. En 1904, un año después de establecerse en Colonia Camila, empezó a construir la capilla sin pedir permiso a las autoridades eclesiásticas. Era artesano: talló la Virgen en madera de urunday y trató de imitar los rasgos de su esposa muerta de parto. Hizo todo lo demás, la albañilería, los bancos de madera, el vidrio de los precarios *vitraux,* con ayuda de algunos vecinos. Las campanas se las trajo un compatriota desde Italia. El altar tenía flores de hojalata y diseños de plantas. Una iglesia de la selva y de la frontera, cerca de Brasil y Paraguay.

Don Lorenzo había puesto todo su entusiasmo en la pared de la sacristía. Ahí montó su obra maestra, el motivo del miedo de los vecinos y posiblemente la razón por la que la iglesia no había logrado ser aceptada por la Curia. La talla de madera se conservaba bien a pesar del paso del tiempo y el desgaste de algunos colores. Era una visión del infierno, un retablo de advertencia: niños de cabeza desproporcionadamente grande y piernas retorcidas bailando danzas rituales alrededor de fogatas, jugando con dragones y víboras. Mujeres desnudas, con la cintura encadenada por serpientes. Entre ellos caras alucinadas, ojos redondos siempre abiertos y más reptiles y sobre todo sapos, una verdadera obsesión por los sapos en referencia a la plaga de Egipto. La escena del juicio final la completa la figura de un hombre sentado con un libro, que observa las horribles escenas de dolor con gesto impasible.

Una vez terminada, Simonetti intentó donar la iglesia a la Curia, pero, después de que dos sacerdotes la visitaron, su obsequio fue rechazado. Hubo más negociaciones y más rechazos. Las causas, aparentemente, fueron burocráticas, pero todos se negaban a creer esa explicación. Decían que el retablo representaba a la Salamanca, la reunión de brujos con el demonio, el aquelarre criollo. Decían que don Lorenzo había participado de las ceremonias. Simonetti murió intentando convencer a los curas de lo sagrado de su obra. Quizá cumpliendo una promesa hizo el sacrificio –no era viejo, pero estaba enfermo– de caminar desde Colonia Camila hasta Goya, para entrevistarse con una autoridad de la Iglesia. Cuando volvió, se acostó a descansar y por la mañana estaba muerto.

En el almacén más grande de Colonia Camila, el que tenía un modesto bar, se contaba que lo habían visto al fantasma de Simonetti vestido de negro, caminando hacia Goya. También corrían historias sobre una congregación oscura que le daba la espalda al altar y se arrodillaba frente al retablo del juicio final.

Lo oyó antes de verlo, a las seis de la tarde, cuando el sol incendiaba el cielo con una llama amarilla y las palmeras a lo lejos parecían sombras. Tali salió corriendo, el vestido blanco olía a un jabón de jazmín que le habían traído de Paraguay y en el apuro se olvidó de calzarse. Dudó cuando todavía solamente lo oía, pero cuando lo vio desde la pequeña elevación de terreno donde estaba su casa y su templo, no tuvo ninguna duda. Bajo el sol del atardecer el pelo rubio tenía brillos anaranjados y la remera negra se teñía de un azul crepuscular. Incluso cuando se reía así, con la boca abierta y los hoyuelos marcados, con algo tierno en el modo en que quebraba las piernas larguísimas que se resbalaban en el barro, incluso cuando extendía los brazos y le decía a su hijo «dale» y el chico daba pasos chiquitos a su lado, incluso en esa escena familiar y sencilla era entendible que se lo conociera como el Dios Dorado, con sus brazos de venas que parecían cables bajo la piel y las manos demasiado grandes, los dedos finos, las palmas anchas y largas.

Ella nunca había visto a un hombre así antes o después y ahora, cuando volvía a verlo, le parecía tan extraordinariamente hermoso que los ojos se le nublaban y mirarlo era como un atardecer sorprendente, cuando la naturaleza mostraba su peligro y su belleza.

—Ahora te gusta el barro, chamigo —gritó. Esperaba que la voz le saliera firme y así fue, irónica y cálida al mismo tiempo. Juan la reconoció al instante.

—Tali, ¿por qué esta desgracia? ¡Estamos empantanados!

Juan y su hijo —Gaspar, grandecito ya, y delgado— se reían como locos. Tali no podía creerlo. Esperaba encontrarlo tan rabioso y triste como cuando lo había visto hacía unos meses. Y ahora estaba ahí en la puerta de su casa, doblado de risa con los pies hundidos en el barro, diciéndole a su hijo: «¡Son las arenas movedizas de Corrientes!»

—Hagan el esfuerzo, che; si se caen, después se bañan.

Tali se apoyó en la tranquera y se relajó para disfrutar de un espectáculo inaudito: el Dios Dorado divirtiéndose con su torpeza, jugando a que se hundía, fingiendo que gritaba asustado. El chico, más liviano, salió del barro primero y Tali abrió para que pasara. Él la miró a los ojos curioso, alerta. Hola, Tali, le dijo. Y se dio vuelta y aplaudió a los gritos un resbalón que casi dejó a su padre extendido en el camino.

—Sabés, Juancito, que el camino de acá a la vuelta está asfaltado.

—Me mentís.

—Más o menos. Le tiraron ripio nomás.

—¿Por qué es de ripio ese camino? ¿Lleva a algún campo grande?

—No, pero esto es Corrientes. Lógica no podés pedir.

—Después muevo el auto, entonces. Espero que no se haya quedado estancado.

—Lo empujamos.

Juan llegó de un salto a un tramo de pasto seco y de ahí, con dos pasos de sus piernas largas, alcanzó la tranquera con facilidad. Tali por fin pudo verlo de cerca y se dio cuenta de que la ilusión de la luz del atardecer era demasiado esperanzadora: Juan tenía las ojeras hinchadas y había adelgazado; los ojos tan extraños, con su iris de colores mezclados, destellos azules, verdes y algo de amarillo, estaban cansados y adormecidos. Sin embargo lo que le dejó saber a Tali que el chiste del barro era nada más que eso, un chiste, fue la palidez de Juan.

—Si no supiera que estás vivo, diría que sos un fantasma, che, puta que estás blanco.

Él fingió no escucharla y la abrazó con fuerza, tanto que la levantó del suelo. Se le ensució el vestido pero a Tali no le importó. Sintió otra vez, después de tanto tiempo, el cuerpo de Juan, que era firme y frágil; era tranquilizador hundirse en un pecho tan ancho y oler en la remera el calor y la nafta y el repelente de insectos. Lo sintió respirar hondo con alivio. Tali se quedó con los ojos cerrados escuchando su respiración y los insectos de la noche que despertaban y zumbaban. Él le tomó la mano y ella pudo sentir la tristeza en la punta de sus dedos, como si la irradiara. Notó, también, que tenía una venda sucia que le cubría una herida en la palma. Tenés que cambiarte ese trapo, le dijo, y Juan no contestó. Gaspar estaba sentado en el suelo, tratando de limpiarse las zapatillas blancas.

—Dejá, *mitaí,* yo te las lavo —dijo Tali, y enseguida resolvió varias situaciones. Le dio la mano a Gaspar, llamó haciendo señas como si saludara a uno de los chicos que trabajaba en el campito que tenía detrás de la casa y le ordenó que trajera el coche por el asfalto, y sirvió tereré bien frío en la mesa de la galería—. Tengo de cedrón nomás. Ahora te traigo a vos algo, *mitaí,* ¿te gusta la Coca-Cola?

Cuando volvió con la gaseosa, Juan estaba extendido todo lo que podía en el sillón hamaca y había usado un poco de agua fresca para humedecerse la cara.

—Me podrías haber avisado que venías, les preparaba algo, ponía bien la casa.

—No sabía si iba a poder llegar solo, así que me apuré un poco. Y, cuando me di cuenta de que era demasiado temprano, preferí visitarte antes de ir a Puerto Reyes.

—¿Estás bien?

Él no la miró. Prefirió el rojo del atardecer entre los árboles.

—¿Y el nene cómo la está llevando?

—No hablen como si yo no estuviera —protestó Gaspar, y dejó el vaso de Coca sobre la mesa con el ceño fruncido. Después se cruzó de brazos.

—Ahí tenés. Preguntale a él.

—Qué carácter, criatura. ¿Estás bien?

—A veces sí, a veces no. Extraño a mi mamá y me da miedo cuando él se enferma. —Y con una expresión de enojo, casi acusatoria, señaló a su padre con el dedo.

Tali abrazó al chico y lo sentó sobre sus rodillas aunque Gaspar ya estaba grande para andar en brazos. Como no sabía qué hacer porque nunca había escuchado a un chico de seis años hablar tan clara y sinceramente, le dijo vamos a cambiarte las zapatillas y le preguntó a Juan si le había traído otro par.

Claro, le contestó él, y también le traje sandalias, aunque por acá puede andar descalzo. No, descalzo no, dijo Tali, hay demasiados bichos.

En el baño le lavó las piernas a Gaspar, le cambió las zapatillas y la remera y lo escuchó hablar de los animales que había visto en la ruta, incluso un ciervo con cuernos. A ella le pareció rarísimo que hubiese un venado tan lejos de los esteros, pero qué podía ser raro si Juan estaba cerca.

Tali había conocido a Juan en Buenos Aires. Su padre la había llevado para obligarla a estudiar, pero Tali se escapaba de la escuela, se tiraba al piso, lloraba. Rosario había tratado de retenerla, diciéndole que el colegio no era para tanto, que la podían pasar bien, y ella le había contestado que no era la escuela lo que odiaba: era la ciudad. Así que Adolfo Reyes desistió de educar a su hija menor en el mejor instituto de Buenos Aires, como había hecho con Rosario, y la dejó volver al norte, con su templo y sus yuyos y su escuela rural.

Rosario y ella eran íntimas amigas además de medio hermanas. Tali había llorado cuando Rosario, a los dieciocho, se había ido a Inglaterra a estudiar. Se iba, le había dicho a Tali, a la mejor universidad del mundo y estaba feliz. Juan ya había cumplido los quince y ese año había pasado todo el verano en Puerto Reyes. Él también estaba muy triste. Tali, de visita, se había quedado pasmada cuando volvió a ver a Juan en el fresco de la terraza que daba al río. Ella había crecido viendo hijos de inmigrantes altos y rubios como ese chico, los suecos de Oberá, los alemanes de Eldorado, los ucranianos de Aristóbulo del Valle. En los recorridos con su padre a veces almorzaba salchichas y admiraba las orquídeas en las fiestas de las colectividades; se había enamorado tontamente de muchos de esos jóvenes de ojos transparentes y piel oscurecida por el sol. Pero, cuando Juan se levantó de la silla de mimbre y le besó las dos mejillas, todos esos hombres y mujeres le parecieron ensayos de un pintor torpe, bocetos indecisos de una mano que practicaba hasta que, al fin, dibujaba a Juan y le daba vida y decía es esto, esto estaba buscando, este es el acabado perfecto. Juan tenía quince años, ella diecisiete y sin embargo le ardieron las orejas cuando él se quedó mirándola en silencio. ¿Querés que vayamos a caminar?, le preguntó Tali. No hace demasiado calor. Claro, le dijo el chico. Caminaron por el jardín salvaje de la casa. Ella le contó sobre los escandinavos de Oberá y le preguntó si su familia también era de ahí. Juan le dijo que sí, pero que se habían ido para Buenos Aires cuando él nació porque estaba muy enfermo. A lo mejor te queda familia acá todavía. No sé, dijo Juan.

Esa noche, después de cenar yacaré con mandioca frita, especialidad de Rufina, la cocinera de Reyes, Juan arrancó una hoja del cuadernito donde había estado garabateando mientras los demás tomaban café (él no tomó) y se la dio: era el dibujo de dos perros ladrándole a una luna con rayos que más bien parecía un sol, pero era una luna porque tenía cara, y era una cara de mujer; a la distancia había dibujado dos edificios, dos torres bajas, una para cada perro y frente a ellos un lago o un estanque del que salía un bicho que podía ser una langosta marina o un escorpión. Debajo decía La Lune y Tali reconoció enseguida que era una de las cartas del Tarot que tiraba Rosario, la Luna del Tarot de Marsella. Su hermana había tratado de enseñarle, pero Tali prefería las cartas españolas.

—Yo te puedo enseñar, también, ahora que ella se fue —le dijo Juan.

—Cómo sabías que quiero aprender.

—Me dijo Rosario, me contó que nunca te supo explicar bien. Yo sé enseñar mejor que ella.

—¿Y esta carta qué significa?

—Depende de la interpretación.

Juan guardó el lápiz en el bolsillo de la camisa blanca, impecable, que llevaba puesta. No parecía enfermo pero ella sabía que estaba grave. ¿Por qué se lo habrían escondido estos últimos años?, se preguntó entonces. Lo supo poco después, brutalmente.

Todavía guardaba ese dibujo, esa luna, esos perros.

Gaspar, limpio y con cara de cansado, se sentó en otra de las sillas hamaca. Ya no iba a llover, pero la noche caía húmeda y oscura. Guillermito, el chico que trabajaba en la casa de Tali, encendió las luces del patio y la galería. Juan se desprendió la camisa y la sacudió, para secarse un poco el sudor. Te traigo el ventilador, ofreció Tali. No, dejá, dijo él.

—Te deben estar buscando.

—No me pueden encontrar. Ahora me resulta más difícil mantener el secreto, pero todavía puedo hacerlo.

—¿Betty no viene este año tampoco?

—No cambió nada con respecto a ella y a su hija. No puede asistir al Ceremonial hasta que decidan qué hacer con la nena. Para ella, por ahora, es muy conveniente. Cuando sepan qué hacer con su hija, que probablemente sea quitársela, veremos qué sucede.

—Che, sabés que tienen perros nuevos ahí en Reyes. A mí me dan terror, son enormes, parecen caballos. Hay uno negro que debe medir metro y medio, se llama Nix.

—No puede medir metro y medio un perro, no seas exagerada.

—¿Qué es Nix? —quiso saber Gaspar de pronto.

—Juancito, esta criatura es un peligro, escucha todo.

—Nyx se llama la diosa griega de la noche. Es la noche.

—¿Y está en mi libro?

—No creo, es una diosa olvidada. Ya te conté de los dioses olvidados. La gente que los adoraba era poca y con el tiempo fue menos y entonces se dejaron de contar historias sobre ellos.

—Es retriste.

—Es triste, sí. Pero se saben algunas cosas sobre Nyx. Estaba

42

casada con Érebo, que es la oscuridad, que no es lo mismo que la noche, porque oscuridad podés encontrar de día, por ejemplo. Y tuvo dos hijos, mellizos, Hypnos y Thanatos. Hypnos es el sueño y Thanatos es la muerte. Se parecen, pero obviamente no son iguales.

—¿Y viven todos juntos?

—Eso no se sabe, así que imaginate lo que quieras.

Juan miró a Tali y dijo está leyendo un libro de leyendas. Le prometí que le iba a mostrar el ceibo, por Anahí. En voz baja, Tali dijo este se te va a aburrir en la escuela.

Guillermito se acercó a la mesa. Necesito que vayas a buscar un colchón chico para el nene, le dijo Tali. Pedile a Karina, que tiene un montón. Desde la esquina del pasillo se asomó una nena apenas más grande que Gaspar. Tenía las rodillas embarradas y el pelo atado en dos desprolijas trenzas.

—Che, Laurita, por qué no te llevás acá a Gaspar a jugar un poco con vos. ¿Querés ir a jugar con ella, Gaspar? Después los llamamos para comer.

A los chicos les costó un rato animarse a estar juntos, pero Laurita le habló a Gaspar de un cachorro que le habían regalado y le preguntó si quería verlo y se fueron. Tali notó que Juan los miraba mientras se iban mordiéndose el labio.

—No pasa nada, la nena es de acá, está acostumbrada, lo va a cuidar mejor que vos. Es normal lo que te pasa.

—Nada es normal. No puedo hablar con ella.

—¿Con Rosario? Juan, tenés un Ceremonial en unos días. Tenés que concentrarte en eso.

Juan la miró con sus ojos cambiantes en la luz baja de la galería. Se sacó la venda de la mano y le mostró la herida. Tali la miró con atención: no estaba hinchada, no estaba infectada.

—No puedo hacerla venir ni con el signo de la medianoche. Si no puedo comunicarme con ella con este rito, es que alguien impide que la alcance.

—¿Alguien lo puede hacer?

—Alguien poderoso podría; varios trabajando juntos también. Creo que son varios.

—A veces no llegamos a nuestros muertos, eso vos lo sabés.

—No creo que esta vez sea así.

—¿Vos la sentís en algún lado?

Juan miró a Tali y se sacó un mechón de pelo de la cara.

—Yo no siento nada.

Ahora que ya ni se oían las voces de los chicos, Tali se acercó a Juan y le tendió la mano. Vamos que te doy un baño y te limpio esa mano, le dijo. Me compré una bañadera enorme, mirá, como si supiera que la iba a necesitar. Él se levantó despacio, perezoso, y en el pasillo que iba para el baño Tali se puso en puntas de pie y lo besó y lo empujó hasta su habitación y alcanzó a cerrar la puerta con la espalda. Siempre era un poco brutal estar con Juan, incluso cuando él trataba de ser delicado, y ahora ni lo intentaba; a Tali le dolía abrir las piernas para recibir el cuerpo ancho, le había dolido caer sobre el piso de su habitación, le dolía la madera en la espalda. Siempre había un momento de quiebre cariñoso y delicado también, un envión, un deslizamiento vertiginoso cuando reconocía las manos que la despeinaban y él se movía dentro de ella. Y siempre había un momento peligroso cuando ella tenía que pedirle de alguna manera que detuviera lo que empezaba como una sensación agradable, de temblor y fiebre, y que terminaba sintiéndose como el avance rápido de la marea, una ola cálida y demasiado profunda que no se parecía al placer. Él siempre la escuchaba y se detenía: esta vez se sentó, tiró de ella con una sola mano y la obligó a mirarlo a los ojos.

Después, Juan se acostó desnudo en la cama, de costado, y lloró de la mano de Tali, que lo conocía lo suficiente como para escucharlo en silencio y esperar. *Angá,* es la primera vez que llora por ella, pensó, pero no se lo dijo porque Juan no toleraba bien la compasión. Le acarició el cabello, tan fino y claro, no se le había puesto más oscuro con la edad como a muchos rubios. Él se desprendió de ella con cuidado. Vas a tener a alguien, alguna vez, quiso saber él, y Tali se acostó a su lado, encendió un cigarrillo, le ofreció una pitada, él fumó con los ojos cerrados y la cara húmeda, no se había secado las lágrimas. No, dijo ella, vos sos mi hombre. Pero no tengo el coraje de Rosario. No haría cualquier cosa por vos.

Juan apagó el cigarrillo en el cenicero de la mesa de luz y besó a Tali; ella, detrás de la nicotina y el cedrón, sintió el salado de las lágrimas y el regusto químico de la medicación. Voy a buscar a Gaspar, dijo él y se fue, descalzo y sin camisa, todavía con barro salpicado en las piernas. Al rato Tali lo oyó hablar con Gaspar cerca de la ventana de la habitación. Seguían hablando de la diosa de la noche y sus hijos mellizos, tan parecidos y tan diferentes, la muerte y el sueño.

Tali le hizo lugar a Juan cuando él se metió en su cama a la noche. Había dejado a Gaspar durmiendo en el living: el chico quiso poner el colchón ahí y no en una habitación y no tenía ningún sentido discutir, podía dormir donde quisiera. Juan se había bañado y tenía ese aire distanciado que ella le conocía bien, así que no lo tocó. Pronto estaba dormido. Le daba la espalda. En la semioscuridad podía verle la cicatriz que empezaba en las costillas y terminaba en la espalda, marca de una de las cirugías de la infancia. La primera vez que lo había visto desnudo, las cicatrices la habían impresionado tanto que estuvo a punto de rechazarlo; además, ella era mayor, ¿qué hacía acostándose con un adolescente enfermo? Había sido en Puerto Reyes, en una de las muchas habitaciones de huéspedes de la mansión. Tali recordaba esa primera vez como algo cuidadoso; él era virgen y, aunque estaba tan recargado de hormonas como cualquier chico de su edad, conservaba cierto distanciamiento, como si fuera capaz de estudiar la situación y evitar la ansiedad adolescente. Y, de alguna manera, podía. Era la enfermedad, le había explicado él después. Cada cosa que hacía era una negociación,

45

un cálculo. Como si fuese su deber cuidar y cargar con una delicada alhaja de cristal que jamás podía dejar de lado ni en un lugar seguro y tuviera que moverse con cuidado para no dañarla, no romperla, pensando antes de cada movimiento, siempre en puntas de pie, siempre preguntándose si esa brusquedad sería el accidente, la rotura final.

Aquel verano, Tali había sido iniciada en la Orden por Adolfo Reyes, su padre, y fue invitada al Ceremonial. Cuando vio a Juan en el lugar de poder, se desmayó. Nadie se dio cuenta, todos estaban en algún tipo de trance. El miedo no le duró mucho. Hacía años que su padre le había hablado de la Orden y le había contado las historias de los médiums. Pero no se esperaba que el médium fuese Juan. Lo habían ocultado muy bien, la propia Rosario, tan cercana, se lo había ocultado durante años, y Tali entendía por qué.

Poco más de un año después, Juan se fue a Londres a operarse y a reencontrarse con Rosario. Se quedó viviendo en Inglaterra algún tiempo, pero el desastre lo trajo de vuelta. Tali no se había enojado cuando supo que Rosario y él estaban juntos, porque sabía que así debía ser. Solamente había llorado cuando se enteró. Después intentó olvidarse de él y no lo logró.

Tali se durmió al amanecer y cuando despertó, apenas algunas horas más tarde, Juan y Gaspar estaban en la cocina preparando el desayuno. Se puso un vestido fresco y se acercó a la mesada para ayudarlos. Gaspar le dijo estamos haciendo cosas ricas. Por un momento pensó por qué no. Por qué no tomar el lugar de su hermana y hacerse cargo de su viudo y su hijo.

—Buen día, muchachitos —les dijo.

Gaspar untaba con extrema atención unas tostadas algo quemadas pero perfectamente comestibles. Juan le dijo:

—La protección de tu templo es un desastre.

Ahí estaba ese tono despectivo que ella odiaba, esa superioridad que la irritaba.

—Yo no tengo tus destrezas.

–Está clarísimo. Después voy a hacer lo necesario.

Gaspar le dio una tostada. Tenía mucha mermelada, pero Tali se la comió igual. Juan siguió preparando el mate. Tali decidió no discutir.

–¿Vamos a la laguna más tarde? –propuso.

–¡Vamos, vamos! –gritó Gaspar–. Yo ya sé nadar.

–Está aprendiendo –dijo Juan.

–Podemos ir, ya no hay más palometas.

–¿Qué son palometas?

–Son unos peces parecidos a las pirañas. Pero nada más muerden, no te comen.

Gaspar abrió mucho los ojos.

–A lo mejor tenés suerte y ves alguna –le dijo Juan.

–Pero no quiero que me muerdan.

–No te preocupes por eso, yo te cuido.

–¿Puedo mirar la tele?

Tali le dijo que claro y le llevó la leche y las galletitas al living. Cuando volvió a la cocina, Juan estaba sentado a la mesa, fumando.

–¿Te levantaste temprano?

–Trato de levantarme antes porque Gaspar se despierta llorando.

La miró a los ojos y ella vio un enojo tan profundo que tuvo miedo. Él apagó el cigarrillo en una taza, sacó un cuaderno de su bolso y le dijo tenemos que arreglar ese templo. Nos vamos a dar una vuelta por afuera, le dijo a su hijo, volvemos en un rato. El chico asintió hipnotizado por los dibujitos animados de la mañana, y eso a pesar de que la antena era muy precaria y la imagen se llenaba de rayas verticales y de lluvia. Afuera, Juan se quedó un rato en el jardín de Tali, que era pequeño pero tenía pasionarias, crisantemos, dalias, nomeolvides, glicinas que se apoyaban sobre altos helechos y llegaban hasta la casa y trepaban por la pared hasta el techo, dedaleras púrpura que parecían capuchas y algunas orquídeas colgando del tronco de un duraznero.

Tali siguió a Juan hasta el templo, que ella cerraba con un candado. Lo abría poco; los fieles venían casi todos en agosto, a hacer sus ofrendas. Si alguien tenía un pedido especial, la visitaba a ella primero y en ese encuentro decidían una fecha para el ritual.

—¿Querés entrar?

—Ahora no.

Juan había abierto su cuaderno y dibujaba con un lápiz muy chico o que al menos parecía muy chico entre sus dedos largos. Cuando dibujaba parado siempre arqueaba el cuerpo, adelantaba las caderas y curvaba la espalda. No le tomó mucho tiempo: cuando terminó, se levantó los anteojos oscuros para ver mejor si el resultado lo satisfacía y se secó con la remera la frente húmeda. Después se acercó a la puerta del templo y la tocó, la acarició.

—Vení, Tali —dijo.

Le pidió que sostuviera el cuaderno para poder ver el dibujo y sacó del bolsillo de atrás de sus jeans una navaja. Se cortó el dedo medio de la mano derecha desde la punta hasta el nudillo y dejó colgar la mano. Cuando empezó a sangrar mucho, usó el dedo como un lápiz para reproducir el dibujo del cuaderno sobre la puerta pintada de blanco. Tali miró el sello. Era delicado y tenía la corrección geométrica típica de Juan. Recién cuando admiraba el diseño de protección, que parecía sencillo, pero que hasta a ella le causaba una incierta repulsión, Tali se dio cuenta del silencio.

—Con esto no le va a hacer falta otra protección nunca más. Hasta podés dejar la puerta abierta. —Hizo un silencio y miró a Tali a los ojos—. Es un sello que me fue dado hace poco.

—¿Estás pidiendo protección?

Juan se miró la venda de la mano, sucia de sangre y transpiración.

—Estoy buscando protección y me la ofrecen, lentamente, como siempre. Sabés bien que todavía no me dieron lo que realmente quiero.

Después le pidió el cuaderno con la mano sana.

—Si querés nadar, te hago una venda buena para que te puedas meter al agua.

En el baño, más tarde, Tali limpió la herida, pensando en la mugre de esa puerta y en la fragilidad de Juan; sabía que, para él, una infección era muy peligrosa. Él la dejó hacer y solamente le pidió que ajustara mejor el vendaje.

—Estás hermosa —le dijo cuando ella terminó.

—No me digas eso, sabés que no me gusta.

—Siempre fuiste hermosa. Rosario era linda, pero vos sos hermosa.

—Pero vos la querés a ella, así que no me digás así.

—Ah, pero enamorarse no tiene nada que ver con la belleza.

Tali se puso las manos en la cintura y tuvo que respirar hondo para no gritar.

—Sabés, Juancito, que me tenés que avisar cuando venís, porque si no pasan estas cosas.

—Qué cosas —dijo él, y se sentó cruzado de piernas en el borde de la bañadera.

—Pasa que yo nunca me olvido de vos pero la voy llevando y estoy contenta con mis plantas, mi casa, mis perros, tengo mi cama y algunas noches me imagino que sos vos cuando escucho pasos pero otras duermo lo más tranquila, nomás te digo. Y de repente venís con la criatura y yo estoy como estúpida, como una estúpida, me entendés, pensando que se van a quedar y vamos a estar juntos y todas esas pavadas. Pienso hasta, mirá lo que son las cosas, que mi hermana estaría contenta si se quedan conmigo. Pobre mi hermanita querida. Qué bronca me das, que te parió.

Alguien golpeó suavemente la puerta del baño y Juan dijo pasá, hijo. Gaspar entró tímidamente. Tali se paró derecha al lado del lavatorio y se acomodó el pelo, que llevaba muy largo, casi hasta la cintura. A veces pensaba que estaba un poco vieja para esa melena. Gaspar ni la miró.

—¿Qué te pasó en el dedo?

—Me corté afuera.

–¿Con qué?

–Con una botella rota que había para que no entren los gatos al gallinero.

–¿Te duele?

–No.

–Cuando te cortaron ahí te redolió. –Y Gaspar le señaló el pecho.

–Pero nada que ver –le contestó Juan, y Tali vio cómo contenía la risa–. Este es un corte chiquito en el dedo. Y, además, ya te expliqué, lo que duele en el pecho es el hueso.

–Claro, porque te serrucharon el hueso para operarte.

–Ay criatura, no digás así –dijo Tali.

–Lo partieron, ¿no sabías? –Gaspar la miró parpadeando, como si le molestara la luz–. Lo abrieron por la mitad y después lo cosieron de vuelta. Fue para curarle el corazón, pero me parece que no se lo curaron muy bien.

Juan empezó a reírse a carcajadas. Se levantó para alzar a su hijo en brazos.

–¡Es que tu padre no tiene cura! Sos una bestia, estás asustando a Tali.

–Yo le quiero explicar.

–Ya le expliqué todo por teléfono hace un montón.

–Entonces no tengo que explicarle yo.

–No, no hay que explicarle nada.

–¿Y al agua no vamos?

–Vamos ya mismo.

Juan besó a Gaspar en la frente y agarró de la mano a Tali para sacarla del baño, pero ella le dijo vayan ustedes, están los dos locos. Yo me quiero cambiar y lavar un poco. No hagas un drama, murmuró Juan, y ella dijo que no con la cabeza. Necesitaba unos minutos, mirarse al espejo, juntar la crema para el sol y las toallas, mojarse la cara, limpiar la sangre de la bañadera, esperar hasta que dejaran de temblarle las manos.

Vamos con mi coche, dijo Tali, manejo yo. La laguna quedaba cerca y era mejor para bañarse que el río, traicionero en ese tramo, con sus remolinos y los pozos de arena. El calor resultaba agobiante pero el cielo estaba despejado, ni una nube de lluvia; a lo mejor más tarde, aunque ojalá no, pensó Tali, la humedad de enero podía ser desesperante. Acarició la pierna de Juan después de arrancar; él se había puesto un pantalón de grafa y parecía muy incómodo en el asiento del Renault, que le quedaba chico. Gaspar estaba silencioso atrás y Tali intentó distraerlo preguntándole sobre los dibujitos, pero, como no tuvo respuesta, desistió. El chico estaba de duelo y ella también y se daba cuenta de lo triste que era ese aire caliente, el horno abierto del mediodía les daba en la cara. Se había muerto su mamá. Nada iba a ser suficiente para consolarlo.

Paró el auto en la banquina y salió.

—Vení, Gaspar, que te muestro una cosa —le dijo al chico desde afuera.

Frente a una casa de madera pintada de celeste que parecía a punto de venirse abajo había un alto ceibo en flor. Gaspar bajó malhumorado, pero hizo caso.

—Este es el árbol que te decía tu papá, el de la indiecita, el de Anahí.

El chico se acercó al tronco y, desde abajo, se quedó mirando las flores rojas.

—Hay un gato en la rama.

—A ver.

Tali se acercó y miró para arriba; un gato amarillo dormía despatarrado en el fresco de las hojas. Gaspar seguía serio y ella se agachó para estar a su altura y mirarlo a los ojos. Tu mamá te sigue queriendo, le dijo. No puede estar más con vos, pero te quiere con locura. Gaspar se tapó la cara y empezó a llorar balanceándose y Tali lo dejó, no miró al auto, no quiso saber si Juan les prestaba atención, si se acercaba para interrumpirlos, si iba a enfurecerse porque ella hacía llorar a su hijo. No va a volver más, ¿no?, le preguntó Gaspar, y Tali no tenía ganas de contestar esa pregunta, pero le dijo lo que debía decirle: que no, que no iba a volver. ¿Sabías que la atropelló un colectivo? Sí, no te acordás de que estuve para el funeral, a lo mejor no, cuando uno está muy triste se olvida de las cosas.

—Hay muchos colectivos por acá, no me gusta.

Está muerto de miedo, se dio cuenta Tali, y quiso abrazarlo, pero no había nada en la actitud del chico que la autorizara a tocarlo. En eso se parece al padre, pensó, son como gatos.

—Acá les decimos micros. Son distintos a los colectivos.

No iba a conformarlo con eso, pero al menos era verdad.

—¿Vamos al agua?

No quiere estar lejos de su papá, pensó Tali, y sorprendida tomó la mano que Gaspar le tendía. En el auto siguió silencioso, pero al menos miraba por la ventanilla: antes había tenido la cabeza gacha. Juan no dijo nada, pero encendió un cigarrillo y lo fumó despacio, llenándose los pulmones de humo como si el calor no fuera suficiente.

El resto del día fue tranquilo y silencioso a pesar de que las playas de la laguna estaban llenas de gente. Gaspar recibió muchos aplausos cuando pudo hacer la plancha sin la seguridad de los brazos de su padre y, aunque no comió mucho en el almuerzo, aceptó jugar a hacer pozos cuando lo invitaron unos chicos que estaban cargados de palas y baldes. Se quedan cerca que los podamos ver, les dijo Tali y los chicos sí, señora, y se acomodaron a menos de tres metros. Juan se metió muy adentro de la laguna para nadar y Tali, sola, debajo de la sombrilla, por fin se tranquilizó. Ya estaba lista para escuchar lo que Juan tenía para decirle. Porque, se daba cuenta, algo tenía que decirle. Juan no era su amante de ocasión. Ella no era una promesera del río. Los dos eran miembros de la Orden. Podían jugar a olvidarse, pero no por mucho tiempo.

Gaspar seguía haciendo su pozo, que, según la madre de los otros chicos, que los miraba atenta, parecía un cráter. La radio de un auto estaba encendida y se escuchaba un melancólico chamamé, una mujer gorda paseaba por la orilla con un perro negro que le saltaba y la hacía reír, dos hombres jóvenes guardaban sus cañas y carnadas y pescados en la parte de atrás de la camioneta: los cocinarían a la parrilla en alguna parte. Tali reconoció a un hombre que, hacía dos meses, le había venido a pedir protección y ella lo había dejado entrar y rezarle al santo en el templo, solo, y le había bendecido su esqueleto con vino y ceniza. También reconoció a una señora que había venido a tirarse las cartas, preguntando por su hija: Tali la había visto muerta, ahogada, y se lo había dicho. Una de las tantas chicas asesinadas por los militares y arrojadas a los ríos, los ojos comidos por los peces, los pies enredados en la vegetación, sirenas muertas con el vientre lleno de plomo. Tali no mentía, no daba falsas esperanzas. Los padres y madres de jóvenes desaparecidos por la dictadura la buscaban para, al menos, saber cómo habían muerto, si su cuerpo estaba en un pozo de huesos o bajo el agua o en un cementerio perdido. La mujer ahora no la miraba: jugaba con una niña. ¿Sería la hija de la chica muerta? Se acordaba de ese atardecer: llovía, el cielo estaba negro y la mujer se había querido ir igual, sin miedo a los rayos; la había visto cuando corría por el camino de tierra. Tali había juntado las cartas, las había apilado en su mazo y se había quedado tomando mate, afuera el gris oscuro, viendo cómo el viento sacudía el duraznero y los árboles allá lejos, junto al río. *Ka'aru*, pensó, tenía que hablar más guaraní, estaba perdiendo el idioma, pasaba demasiado tiempo sola.

Juan volvió y ella no lo vio llegar por la playa; venía por atrás, había dado un rodeo. Se tiró a su lado, sobre la toalla. Estaba tan agitado que, después de unos minutos, Tali se alarmó.

–¿Vos te das cuenta de que es un desastre si te descompones acá? ¿Vos sabés lo que me pueden hacer? Tenemos que ir hasta Corrientes para atenderte. *Nde tavy*, carajo.

Juan no pudo contestarle por un rato y Tali aprovechó para mirarlo con desaprobación hasta que él recuperó el aliento.

–No hagas un escándalo –dijo Juan, y tomó Seven-Up del pico de la botella.

–Gaspar está jugando lo más tranquilo con unos chicos.

–Ya sé. Tenemos que hablar.

–Desde que llegaste que tenemos que hablar, me di cuenta.

–Necesito tu ayuda.

Juan se sentó cruzado de piernas y de pronto ya no era su amigo ni su amante, ni siquiera el hombre que la hacía enojar y del que estaba enamorada. Era el médium. Tali sabía que la gente que estaba alrededor no podía escuchar lo que decía o, si escuchaba, entendía cosas diferentes o creía que hablaban un idioma que desconocían. Se daba cuenta porque el aire alrededor de ellos parecía temblar y los suaves pelos de los brazos se le erizaban como si en vez del sol le estuviera tocando la piel un pedazo de hielo.

¿Hace falta que hagas esto? Ya estás en el secreto y no tenemos a nadie cerca.

Desconfío de todos. Desconfío de mí. Gaspar está atrapado. Ellos quieren que sea mi heredero. O porque heredó mi capacidad de convocar a la Oscuridad o porque voy a trasladar mi conciencia a su cuerpo cuando llegue el momento. Así seguiré atrapado.

Ya sabemos esto, por qué me lo contás de nuevo.

Para ordenarme. Y para pedirte. Estoy seguro de que mataron a Rosario. Hubo una pelea entre Rosario, su madre y Florence. Fue cuando yo estaba internado. Rosario les pidió que nos dejaran en paz. Les dijo que no podían seguir usándome, que yo no quería convocar más y que jamás les iba a entregar a Gaspar para que usaran su cuerpo.

Tali sintió un mareo. Lo que escuchaba era imposible.

Mi hermana estaba loca. Angá, cómo no la paré.

Para ellos es inconcebible que me niegue a usar el cuerpo de Gaspar. Yo les dije que lo haría, claro. Rosario me contó sobre la pelea poco antes del accidente. Estaba furiosa porque hacer el Ceremonial me había llevado al límite, pero puso en peligro a Gaspar.

Van a volver a probar si es médium, como siempre, pero esta vez el resultado será positivo.

¿Estás seguro de eso? ¿No será que es sensible y nada más?

Estoy seguro. Si logramos que no se den cuenta, que la prueba sea nula como siempre, solamente queda esperar que cumpla la edad para que yo ocupe su cuerpo y en esos años estoy seguro de que conseguiré la manera de alejarlo de ellos. Tarda y me desespera, pero voy a conseguirlo.

¿Por qué no te lo contó antes Rosario?

Estuve meses entrando y saliendo del hospital hasta que pudieron operarme. No se atrevió. No sé.

No la culpás.

Sí, la culpo. La culpo y también la perdono.

¿Vos podés negarte a convocar?

No. Me van a obligar. Ya lo hicieron hace años, cuando me negué porque estaban usando prisioneros como sacrificio, un sacrificio que nadie les pedía.

Tali se miró las manos. Ella tampoco podía olvidarse de eso, de su propia complicidad.

Todavía usan a los secuestrados.

Lo sé, pero no puedo enfrentarme a ellos. Amenazaron con romper el pacto y quedarse con Gaspar, criar a Gaspar en los ritos, formarlo, destruirlo. Creen en lo que la Oscuridad les dice. Escuchan, obedecen. Y no tienen a nadie más que pueda convocarla. Mercedes siempre está en busca de otros médiums. Es sacerdotisa de un dios que la ignora igual que todos los sacerdotes de cualquier denominación son y han sido ignorados por sus dioses. Su dios habla conmigo. Para ella siempre fue una especie de maldición tener un oráculo tan poco confiable. Yo creo en la Oscuridad pero creer no significa obedecer. Cómo no voy a creer si le pasa a mi cuerpo. Pasa en mi cuerpo. Lo que la Oscuridad les dice no puede ser interpretado en este plano. La Oscuridad es demente, es un dios salvaje, es un dios loco.

Lo que quiero saber es si podés negarte en serio. Si querés.

Claro que no, soy un esclavo. Soy la boca. La Oscuridad puede encontrarme, es una batalla perdida. Tali, necesito pedirte. Necesito que trabajes con Stephen para bloquear a Gaspar. Yo hago mi parte, pero no es suficiente, ya no, estoy solo. Vio una presencia ayer y no cualquier presencia. Supongo que ahora empezará el crecimiento. Necesito que lo cuides de ellos en Puerto Reyes, necesito que lo ocultes con ayuda de Stephen.

Igual querrán que uses su cuerpo.

Faltan años para eso. Tengo tiempo y capacidad de engañarlos. Lo más difícil será permanecer vivo. Necesito tiempo. Tiempo para criar a Gaspar y conseguir la forma de alejarlo de la Orden. Voy a hacer el Ceremonial como siempre. Yo soy la puerta abierta, no puede cerrarse, pero tengo que proteger a Gaspar. Ya me quitaron a Rosario, por muchos motivos, pero sobre todo para debilitarme. Te sacamos a tu compañera, para que ella no pueda ayudarte a abandonarnos, para que ella no pueda ayudar en tu retiro y en tu traición. Mi retiro no es posible.

Y cuando dijo eso, Juan aflojó el aislamiento que les había permitido hablar casi sin mover los labios y Tali sintió una especie de pequeño torbellino a su alrededor mientras el sol, la laguna, la gente se desdibujaban con un brillo dorado, como los espejismos de la ruta. Juan le puso una mano en la frente y ella enseguida pudo acomodar la vista y el dolor de cabeza, que amenazaba ser fuerte, se convirtió en una débil palpitación.

—¡Basta! —gritó, y de un golpe se sacó la mano de Juan de encima. La gente alrededor los miró y ella sonrió, fingió que estaban jugando. Juan estaba pálido. Era cierto, entonces. Hacía años, ella lo recordaba bien, no le costaba casi nada generar la energía para hablar en secreto. Ahora estaba usando lo último que le quedaba para que ella no se sintiera mal y no podía permitirlo. Tali se culpó porque nunca había aprendido a hacerlo también, él se había esforzado solo. Lo abrazó para que no perdiera el equilibrio. Tali no quería que Gaspar los viera tocarse, pero ahora tenía que hacerlo.

—Tranquilo, qué necesitás, decime qué hago.

—Acostame —dijo Juan, muy bajo.

Tali le obedeció y usó el bolso como una almohada, para acomodarle la cabeza. Él se llevó dos dedos al cuello y se lo masajeó suavemente. Ya no estaba húmedo del agua de la laguna: estaba empapado de sudor y respiraba como después de una carrera. Tali miró a Gaspar, que estaba entretenido armando algo con la arena sucia, una estructura sin forma clara. Los otros chicos la decoraban con ramas y plumas. Usó una toalla para secarle el sudor a Juan, al menos de la cara y el pecho.

—Si podés abrí los ojos —le dijo.

Juan la miró y acomodó la cabeza sobre el bolso. Todavía no podía sentarse. Tenía las pupilas dilatadas.

—Llamalo a Gaspar.

—Si te ve así se va a asustar.

—Llamalo.

Gaspar llegó corriendo, sucio de agua y arena: se arrodilló al lado de su padre y le preguntó qué quería. Nada, dijo Juan, que me des un abrazo. Qué tarado, dijo Gaspar, y le rodeó el cuello y se quedó apoyado sobre el hombro de su padre un rato, hablándole del castillo que estaban haciendo cerca de la orilla, ¿después leemos cuentos de castillos? Cuando te vayas a dormir, le dijo Juan. Ahora vuelvo con los chicos. Son remalos para hacer castillos. Me imagino. Quiero un vaso de sevenap. Llevate la botella, compartila con ellos. Se llaman Sebastián y Gonzalo. Bueno, llevales vasitos de plástico, así no toman todos del pico, que es un asco.

Gaspar volvió a su juego con la botella y los vasos y los chicos lo recibieron festejando.

Se quedaron hasta el atardecer. Juan apenas se movió de la cama improvisada que le había armado Tali hasta que Gaspar pidió ir al agua un rato más, antes de que se hiciera de noche, y Juan lo acompañó. Hizo nadar a su hijo con la cabeza afuera y adentro del agua. Todavía era un crol elemental, pero lo hacía bien; todavía era incapaz de soltarse mucho tiempo, pero lo hacía bien.

–Qué rápido aprende –lo felicitó, cuando volvían a la playa, la madre de los chicos del castillo de arena.

Juan le dijo que sí, que estaba contento. La mujer, que era joven, se había quedado tomando mate con Tali mientras él nadaba con Gaspar; ahora les ofrecía chipá y facturas. Este te encanta, dijo Juan dándole un chipá a su hijo, que, no bien mordió el pan, sonrió, recordando: lo había comido varias veces, años anteriores, en Puerto Reyes. Él también comió y, antes de ponerse los pantalones, buscó en un bolsillo la medicación. La tomó sin pudor frente a la mujer; ella, instintivamente, le ofreció un vaso de soda para ayudarlo a tragar.

–Ay, le admiro nomás que pueda tragar todas juntas; yo, cuando un antibiótico es muy grande, no me pasa, debo tener un defecto en la garganta.

Juan le sonrió.

–Es que estoy muy acostumbrado.

–Le decía a su mujer que, si tienen ganas más tarde, hacemos una chamameceada allá cerca del balneario del río. Va a venir más gente con guitarras.

–La policía no molesta mucho acá si la gente se junta –le explicó Tali cuando Juan la miró extrañado.

–Y la milicada tampoco –dijo la mujer–. Hace unos años desarmaban todo. Pero ahora ya dejan. Van aflojando. Están invitados, con el chico también, es bien familiar.

–¿Querés ir? –le preguntó Juan a Gaspar–. Van a tocar música.

–¿Y vos querés?

–Te estoy preguntando a vos.

–Sí.

–Tendrías que descansar –dijo Tali en voz baja, y Juan se le acercó, le acarició la mano y le dijo no te preocupes, yo sé lo que hago.

—Va a haber empanadas también —explicó la mujer para terminar de convencer a Tali.

—¿Ves? Así no tenés que cocinar.

—No seás pelotudo, Juancito, te pido.

No se quedaron mucho. Tali opinó que las empanadas estaban demasiado grasosas, pero a Gaspar le gustaron; ¿no es un poco raro que un chico coma cualquier cosa?, le dijo a Juan, y él le contestó que sinceramente no conocía a otros chicos, pero su hijo siempre había sido así, alimentarlo era lo más fácil del mundo, incluso se aburría de comer siempre lo mismo y pedía variantes. El baile no arrancaba salvo por algunas parejas que se balanceaban perezosas con «Puente Pexoa» y «Kilómetro 11». La noche estaba pesada, cruzando el río y después de los árboles el cielo estaba claro, señal de que la noche se nublaba y había un viento que no aliviaba, el viento húmedo de la tormenta. La madre de los chicos del castillo los encontró y los invitó con sopa paraguaya, cortada prolijamente en porciones. El humo de la parrilla traía los olores de la carne y Tali le pidió cambio a Juan para ir a buscarse un choripán. Cuando hacía la cola, escuchó las conversaciones ya borrachas de los hombres —algunos la miraban con ojos rojos; en otro momento hubiese ido a buscar a Juan, pero ahora quería evitar cualquier pelea—. Estaban tomando vino, que se vendía de a litro, en latas de aceite de auto con los bordes remachados para evitar cortaduras. Para ignorarlos se concentró en la música y se dio cuenta de que ya no estaban tocando chamamé. Se dio vuelta y, entre el humo y la luz tenue que daban algunas bombitas y un sol de noche, vio a una chica de pelo largo atado que cantaba una zamba preciosa, tengo miedo que la noche me deje también sin alma, la añera es la pena buena y es mi sola compañía. Cuando volvió con Juan, que estaba sentado sobre un tronco, fumando, él le dijo: si estuviese cantando esto en otro lado se la llevan presa, nos llevan a todos, tienen suerte acá. Es muy linda la chica, ¿la conocés? Tali le pegó en la cabeza y el pelo rubio le cayó sobre la cara; de repente Juan parecía un adolescente. No, no la conozco. Y no nos vamos a quedar para que vos sí la conozcas. Me vas a perdonar, querida, pero me gusta mucho más la zamba que el chamamé. Y en cada vaso de vino tiembla el lucero del alba, cantaba la chica. Y después de saludar y presentarse, dijo que iba a cantar una canción muy triste de un cantor que estaba enfermo; no nombró al cantor por su nombre y Juan dijo que debía estar prohibido. No sé para qué volviste, si ya empezaba a olvidar, no sé si ya lo sabrás, lloré cuando vos te fuiste, decía la canción, y qué pena me da saber que al final de este amor ya no queda nada. Juan le dijo que él no sabía mucho de música, era Rosario la que escuchaba, pero esa canción era de Daniel Toro, está prohibido, sí, y eso que son canciones de amor. Rosario decía que era una estupidez prohibirlo porque sus canciones eran todas cursilerías, no tenían nada político.

Cursilerías, pensó Tali. Y ella estaba a punto de ponerse a llorar por culpa de una de esas cursilerías. Rosario, siempre fuiste bastante perra, chamiga, hermanita, pensó, cómo te extraño.

—Sabés que no sé si está más tranquila la cosa o no, pues. Cada vez que se vienen a tirar las cartas, veo muerte, muerte, pero un montonazo. ¿Sabés lo que veo? Una guerra. Acá no, en el mar, en el frío. No me animo a decirle a la gente, porque no me van a confiar más.

—Estoy seguro de que tenés razón —dijo Juan.

Gaspar bostezó. ¿A la cama, hijo? ¿Comiste bien? Sí, la sopa que no es con agua es riquísima. Estaba muy bien hecha, reconoció Tali. La chica de la guitarra avisó que era la última canción y, cuando Tali arrancó el auto, escuchó «Gracias a la vida».

—Qué valiente esa pendeja —dijo Juan—. Y dale, vamos, que esto lo escuchaba Rosario todo el día con Betty y no quiero que Gaspar se acuerde.

Gaspar ya dormía en el asiento de atrás. La ruta hasta la casa de Tali estaba oscura y, como era de tierra, ella aceleró: varias veces se había quedado en el barro. Sin embargo la tormenta no se terminaba de desencadenar; truenos lejanos, relámpagos y esa inminencia húmeda. De chica les había tenido miedo a las tormentas pero ahora, después de tantos años, ya le daban igual salvo que creciera el río. La inundación no llegaba a su casa, que estaba construida sobre una loma, pero casi nadie más tenía ese lujo.

—Acostalo en mi cama —dijo Tali, después de apagar la luz—. Yo duermo en el colchón esta noche. Te necesita tu hijo, dormí con él.

Juan no le discutió, le sacó la ropa a Gaspar y encendió el ventilador. La casa estaba fresca. Tali lo esperaba en el sillón del living. Ninguno de los dos tenía sueño.

—¿Querés pedirle al santo por tu salud?

—Tali, no va a servir de nada.

—Qué desconfiado te volviste, che, qué te pasa. Dejame ayudarte en lo que puedo.

Juan se quedó mirando el techo un rato. Afuera, por fin, había empezado a llover.

—La mayoría de los pacientes que nacieron con un problema como el mío, en aquella época, cuando eran experimentales las cirugías, viven bastante mal. Los que no se murieron. Yo sobreviví, pero nunca me recuperé y tengo constantes complicaciones. Se puede decir que tengo suerte.

—¿Entonces te vas a dejar morir y listo?

—Intenté e intento muchas maneras de curarme, además de la medicina, y seguramente me ayudaron. Ya hablamos de esto muchas veces. No quiero morirme, Tali. Tengo miedo. Los que son como yo no se van a la muerte. Se van a la Oscuridad.

—Eso no lo sabés.

—Sí, lo sé. A veces decido no creerlo. Cuando lo creo, haría cualquier cosa por evitarlo.

Juan se levantó.

—Vamos a ver al santo. Quiero que me lo pongas debajo de la piel. ¿Podés? ¿Puede ayudarme a vivir, puede darme tiempo?

Tali se acercó a Juan, le acarició las ojeras hinchadas, la barba que no se había afeitado. Después lo sacó de la casa de la mano.

El templo era sencillo. El Señor de la Muerte, no. Tali había elegido para el santuario una talla grande, de casi un metro, de plata. Tenía una túnica negra. Se acercó al esqueleto y llenó de whisky un vasito pequeño, para ofrecérselo. Después encendió tres velas rojas. Había muchas más en el templo y debía encenderlas todas ella, porque era la guardiana.

—No te muevas —dijo—. Quedate ahí.

Tali encendió todas las velas, algunas rojas, otras negras, y puso ante el santo claveles rojos, que mantenía frescos en un jarrón de vidrio blanco. Apagó la luz eléctrica. El pequeño santuario iluminado por las velas hacía temblar al santo plateado, su capa negra, su guadaña que asomaba. A diferencia de otras imágenes que lo representaban con corona, su San La Muerte tenía la calavera pelada, sin ningún adorno. Tampoco usaba capucha. Los ojos de la calavera estaban iluminados desde adentro por piedras brillantes que se veían o no según cómo ardieran las velas. Y esa noche ardían como fogatas. Tali nunca las había visto o sentido arder así.

—Arrodillate, Juan.

Él le hizo caso y Tali se lo agradeció profundamente. A Juan no le gustaban las ceremonias. Pero a ella sí, como a su hermana, y confiaba en su santo. Dijo, en voz fuerte y clara:

Poderoso San La Muerte,
Eficaz abogado y protector de aquellos
Que te invocamos,
Ruego tu intercesión para que este enfermo
Recupere rápidamente la salud.
Poderoso San la Muerte,
Hasta que llegue el último momento
Permite que viva plenamente

Para cumplir la misión que tiene encomendada.
Que así sea.
Amén.

La luz hacía sonreír al santo y Tali le devolvió la sonrisa, mostrándole los dientes, en mutuo entendimiento. Después se le acercó, le tocó los pies de plata –que estaban calientes por el calor del día– y abrió la cajita de palosanto que había sobre el altar, junto a la imagen. Miró los talismanes. Tenía uno tallado en una bala, bendecido dos veces. Lo había conseguido ella misma, en el cementerio de Mercedes. Su madre le había indicado adónde tenía que ir a buscarlo. No quería ese para Juan, había estado bajo la piel de un hombre despreciable. Eligió su favorito, el que pretendía quedarse para siempre, pero que ahora iba a entregar. Era de un estilo diferente. El señor San La Muerte estaba sentado sobre una piedra, con los codos sobre las rodillas y las manos apoyadas en la mandíbula. Ella amaba esa representación inexplicable.

–Te voy a poner en el cuerpo al Señor de la Paciencia, es lo que necesitás. Es de hueso de cristiano. Levantate nomás.

Volvió al altar con whisky y una gillette que desinfectó con alcohol. El corte, en el hombro, debía tener menos de tres centímetros y Tali fue precisa, trató de no tajear muy profundo. La piel de Juan era delicada, se abría enseguida. Levantó la piel apenas –a diferencia de todos los demás devotos a los que ella les había injertado el santo, Juan ni se movió ni respiró hondo ni hizo ruido alguno, estaba acostumbrado al sufrimiento físico– y metió con cuidado la talla, que previamente había hundido en un vaso lleno de alcohol, bajo la herida. Se llenó la boca de whisky, lo escupió sobre el tajo y dijo algunas palabras en guaraní. Tenía también vendas limpias, y, aunque era innecesario porque la incisión era muy pequeña y con suerte iba a cicatrizar pronto, le hizo un parche.

–Ya está, mi amor –dijo Tali–. Es el payé más poderoso

que tengo y el que yo más quiero. ¿Ves la luz? Nunca arde así, siempre se apaga alguna vela. Esta vez no se apagó ninguna.

—¿Se va a enojar tu señor si te doy un beso?

—No —dijo Tali, y se dejó besar—. ¿Querés dejarle algo? Si no le ofrecés nada, sí que se puede enojar.

Juan se acercó al altar, depositó un cigarrillo a los pies del santo y, arrodillado, agachó la cabeza. Se sacó la venda de la mano y dejó caer algunas gotas de sangre en un plato con agua que había frente a la talla. Tali se dio cuenta, entonces, de la enormidad de lo que había ocurrido. La sangre de un hombre como Juan era un premio para su santuario.

Antes de salir, la tomó de la cintura y le dijo al oído:

—¿Tu señor puede custodiar algo? Con la protección en la puerta, nadie va a poder entrar a buscarlo. Quiero dejarlo acá.

Juan sacó del bolsillo una cajita plateada: Tali ya la había visto y pensó que se trataba de un pastillero para llevar la medicación. Juan la abrió. Adentro había un largo mechón de pelo castaño, trenzado y amorosamente acomodado en espiral. Un mechón de Rosario, lo reconoció enseguida. Tali cerró la caja, le dijo claro que lo guardo y lo ubicó detrás del santo, bajo su túnica negra.

—Después del Ceremonial lo pasás a buscar.

Juan no le contestó y Tali tuvo el presentimiento de que ahora era la custodia de esa reliquia, de que estaba guardándola para algo más o para alguien más. Afuera ya no llovía. Había sido una tormenta breve. Salieron. En el camino de vuelta, Tali le dijo:

—No pensé que a vos te iba a importar el santo.

—¿Por qué? Yo siempre lo respeté.

—Eso sí, pero nunca le habías pedido nada.

—Necesito toda la ayuda que pueda tener, ahora.

Respiraba agitado otra vez. Ella entró primero en la casa y se asomó a la habitación. Gaspar dormía de costado, tranquilo. No había pensado en el chico pero mientras cerraba con cuidado la puerta, se lo imaginó despierto y solo en la casa, con la tormenta, y agradeció ese sueño tan pesado.

—Me dieron ganas de tomar whisky —dijo Juan. Tali preparó dos vasos, con hielo.

—Justo traje del Paraguay. Es bastante berreta, pero si estás antojado, whisky es. ¿Te duele?

—¿El hombro? No.

—¿Por qué preguntás? ¿Te duele otra cosa?

—Me duele el dedo. Me duele la mano. Me duele una picadura de no sé qué bicho en la espalda.

—Tendrías que tomar antibióticos, sabés.

—Seguro tenés para darme.

—Tengo porque la gente que se los pone no sabe cuidarse bien y se infectan y no quiero que nadie me eche la culpa.

—Ahora no me des nada. Después.

—Claro que después —dijo Tali, y se sacó el vestido húmedo y se acostó desnuda sobre el suelo. Juan se acostó a su lado y Tali esperó con los ojos cerrados a que él estuviera más tranquilo, a que su respiración fuera menos trabajosa.

Se despertó a la mañana sola, sobre el colchón, en el living. Juan la había cubierto con una sábana liviana y le había acercado un ventilador. Tali miró el reloj de la pared. Las seis de la mañana. Muy temprano, pero ya no podía dormir más. Se acercó a su habitación y miró dormir a Juan y a Gaspar. A pesar del calor, estaban abrazados, Gaspar apoyado sobre el pecho de su padre, su padre que le pasaba el brazo por la cintura. Tali, en puntas de pie, buscó la Polaroid que se había comprado en Asunción. La cámara era muy ruidosa, pero esperaba que el ventilador, que también hacía mucho ruido, tapara el disparo. No se despertaron cuando los fotografió y salió de la habitación para ver aparecer lentamente la imagen sobre el papel. La luz de la mañana, filtrada por las cortinas, le había dado un efecto especial: los dos parecían menos pálidos, más dorados. A Juan no le gustaban las fotos, así que no pensaba mostrarle esa imagen robada. Cuando el papel se secó, la guardó sobre la heladera, donde él no iba a encontrarla.

Juan sintió el dolor de su hijo como una alarma que lo despertó y esa mañana pudo abrazarlo antes de que empezara a llorar con desconsuelo y le acarició el pelo hasta que se tranquilizó. Lo llevó al baño para lavarle la cara y lo dejó solo para que se cepillara los dientes. Tali les había preparado el desayuno y había dejado una nota sobre la mesa. Se había ido al pueblo a comprar cosas que necesitaba.

Juan escribió en la parte de atrás de la nota. Gracias por todo, nos fuimos, nos vemos en PR. Calentó la leche para Gaspar, que odiaba tomarla fría. El chico estaba sentado en una banqueta alta, sin respaldo, a la que se había trepado. Estaba incómodo, le costaba hacer equilibrio. Juan no le dijo nada, no le pidió que bajara a una silla, no podía hablarle esa mañana; le latía la cabeza, había soñado con pasillos húmedos y marcas de manos en las paredes, con la luz negra que mordía.

—¿Adónde vamos?

—Nos vamos.

Gaspar empujó la leche y escupió sobre la mesa. Odiaba la nata. No quiero más, es un asco, dijo. Juan vio cómo el enojo le endurecía las mandíbulas, cómo apretaba los dientes. No me quiero ir, dijo Gaspar y se cruzó de brazos. Y por qué no, pensó Juan. Por qué no dejarlo ahí, con Tali, que ella cuidara de su hijo. Él podía venir a visitarlo de vez en cuando. O no: en unos años él sería un recuerdo lejano y Tali podía ser su madre, se iba a criar entre los esqueletos y la iglesia misteriosa, un chico del río que hablaría en guaraní, que pescaría surubíes. Noches de pacú a la parrilla y sexo sobre la arena, los jangaderos lo saludarían. También podía abandonarlo en la ruta, en algún lugar cerca del río. O en la puerta de un hospital, de una comisaría. Había chicos perdidos por todo el país. Chicos robados, chicos abandonados. Los chicos que les quitaban a los secuestrados. Alguien podía quedarse con él. Las adopciones ilegales eran una epidemia. Gaspar tenía suerte, lo aceptarían con los brazos abiertos: era hermoso y no estaba dañado, no mucho, al menos. Por supuesto, lo que imaginaba era imposible. Lo encontrarían en minutos, estaría desprotegido. Tali era la hija de Adolfo y una iniciada periférica y rebelde, pero parte de la Orden. Gaspar nunca estaría seguro con ella. No había posibilidad de escapar. Podía fantasear con huidas, lo hacía con frecuencia, pero no solo los atraparían sino que, debía reconocerlo, él no quería renunciar a su poder. Con todo su odio, su desprecio, sus ambivalencias, su repulsión por la Orden, el poder seguía siendo suyo y él no poseía demasiadas cosas. Renunciar es fácil cuando se tiene mucho, pensó. Él nunca había tenido nada.

—Andá a vestirte.

Juan se levantó y dijo obedeceme, andá ya mismo, y cuando el chico volvió a negarse, lloriqueando y con los brazos cruzados, le dio un golpe en la mejilla con la mano abierta, un golpe que le dio vuelta la cara, lo hizo tambalear sobre la banqueta y finalmente lo hizo perder el equilibrio. Gaspar cayó con un golpe seco, de costado, y la banqueta también cayó al piso, cerca, pero no lo tocó. Juan se le acercó ignorando sus gritos, lo sentó de un empujón y vio la marca roja en la mejilla y el labio hinchado. La punzada de arrepentimiento desapareció en cuanto Gaspar empezó a llorar. Callate, le dijo, y tirándole del pelo lo obligó a mirarlo a los ojos, a tensar el cuello hacia atrás. Le sacudió la cabeza, el pelo suave se le enredaba en los dedos porque el chico transpiraba. No seas flojo, no pasó nada. Gaspar trató de decir algo, la silla, el golpe, y Juan lo amenazó de vuelta con la mano extendida hasta que lo obligó a dejar de llorar. Andá a cambiarte, repitió, y es la última vez que te lo digo. Gaspar obedeció, corrió hasta la habitación y no cerró la puerta. Iba a tardar en vestirse, primero tenía que descargarse dándole puñetazos a la almohada, gritando te odio, te odio, te odio, pero eso Juan podía soportarlo.

Lo que no podía soportar era el sol de esa mañana, el cansancio, el dolor constante en el pecho que ya no sabía si era consecuencia de la última cirugía, de la angustia o de algún mecanismo de su cuerpo que se iba descomponiendo como un motor viejo que irremediablemente arrancaba cada vez con más dificultad hasta el ahogo final.

Se acercó a la habitación. Llevaba en la mano una tijera y un sobre. Gaspar se había puesto bermudas y una remera. Estaba sentado en la cama intentando ajustarse las sandalias, pero todavía no sabía cómo usar el velcro.

–Dejame –dijo Juan, y Gaspar lo miró con los ojos secos. Le extendió el pie para que lo ayudara. Tenía el labio hinchado, pero no sangraba. Las sandalias franciscanas eran nuevas y al principio Gaspar las había odiado, quería estar siempre con zapatillas. A lo mejor las había elegido para ofrecer una tregua. Es inteligente, pensó Juan.

–No te odio –dijo Gaspar–. Perdoname, papi, ¿me perdonás?

Juan no le respondió. Con una tijera que había traído de la cocina le cortó un mechón de pelo a Gaspar, que lo miró sorprendido. Juan no le explicó, siguió cortando y metió el pelo en el sobre. Después trazó sobre el papel dos signos: Tali sabría interpretarlos. Eran necesarios para proteger a Gaspar. Se tocó la espalda y recordó que tenía que lavarse la herida donde Tali había incrustado el Santo Esqueleto bajo la piel. Esa región y sus huesos. Tantos huesos. Como los huesos del Otro Lugar en los que Juan no quería pensar, se negaba a pensar. Rosario le hablaba de que los guaraníes, tradicionalmente, enterraban a los muertos en ollas de barro y los conservaban cerca, a veces en sus casas, porque creían que podían devolverlos a la vida. Incluso los conservaban en esas inofensivas cestas artesanales de caña trenzada que ofrecían en los mercados y a los costados de la ruta: el cadáver quedaba ahí hasta que se pudría y deshacía.

Después lavaban los huesos y la familia los guardaba en un recipiente de madera. Aquellas chozas antiguas debían apestar. Rosario decía que, en algunos relatos de sacerdotes evangelizadores, se hablaba de templos donde se alababan esos huesos, el esqueleto colgado de dos palos en una red o en una hamaca decorada con plumas. El lugar estaba perfumado y el cura decía que ese esqueleto era un demonio y hablaba.

–No te olvides de la mochila –dijo, y se levantó de la cama. Fue al baño a ponerse alcohol sobre la herida; no le ardió. Trató de no mirarse al espejo. Después fue a buscar su bolso a la habitación de Tali. Antes de salir, dejó el sobre con el mechón de pelo de su hijo sobre la mesa, para que Tali lo utilizara. Esperó a Gaspar bajo el sol, en el patio de la casa.

–¿Va a estar caliente el auto?

Juan miró alrededor. El verde era atroz, hermoso, tantos tonos que era injusto llamarlos a todos por el mismo nombre. El auto estaba estacionado debajo de un sauce, a la sombra.

–Un poco, pero no le dio el sol, no va a quemar.

–Si miro el sol me duele la cabeza. Aparecen las flores esas raras en el cielo.

–No mires, entonces.

Juan también veía las flores negras en el cielo antes de una migraña. En eso eran exacta y extrañamente iguales. En cuántas cosas más se parecían, ese era el problema.

Encendió el auto y le costó maniobrar sobre el ripio hasta llegar a la ruta. En la curva de salida vio el retén policial, que estaba parando autos y revisando baúles: una larga fila esperaba su turno. Pasó junto a ellos mirando apenas, fingiendo curiosidad, y uno de los policías le hizo señas para que siguiera adelante: llevaba un arma en la mano como si estuviese a punto de usarla o la necesitara para defenderse. Juan aceleró un poco, no tanto como para que el policía pensara que estaba escapando, lo suficiente para hacerle ver que había entendido su orden. Gaspar, en el asiento de atrás, lo miró alarmado por el espejo.

–Pasate adelante –le dijo Juan.

La Orden nunca había usado para el sacrificio a policías ni a militares. La coherencia ideológica era impecable, pensó Juan. Solamente sacrificaban a quienes perseguían sus amigos y así los ayudaban. Él contribuía, pero no se sentía cómplice. Se sentía inocente. Él también era un prisionero.

El paisaje ahora estaba manchado del rosado de las hortensias, del reflejo del río entre las ramas quietas de los sauces y al costado de la ruta empezaban a aparecer las mujeres sentadas, con el pelo largo, abundante y enredado, que vendían sus cestas de caña, firmemente trenzadas con cintas vegetales de verde clarísimo y marrón casi blanco, marfileño. Estaban silenciosas con sus hijos correteando alrededor y peligrosamente cerca de la ruta. Mujeres y cestos, sauces, chicos y cruces. Gaspar quiso saber sobre las cruces, los chicos morenos y pequeños, desnutridos, no le interesaban. Son de gente que se murió en la ruta, en accidentes. ¿Están enterrados acá? No, se las ponen de recuerdo, están enterrados en el cementerio como todo el mundo.

Como todo el mundo no, pensó Juan, pero era demasiada información para esa mañana. Junto al cartel que decía Bella Vista 80 km había una cruz enorme, blanca, decorada con papel crepé rosado, varios rosarios y cintas para envolver regalos. Una cruz reciente, con su decoración intacta, que todavía no habían desteñido el calor ni la lluvia. Un muerto reciente. ¿Cuánto faltaba para que Gaspar viera a alguno? Él estaba viajando cerrado: no quería ver a un atropellado tambaleante en la ruta después de ver a Rosario en la camilla de metal de la morgue, los fémures partidos que habían roto la piel de las piernas y asomaban rosados de sangre, la cara hundida por donde había pisado la rueda; parece una medialuna, había pensado, porque así se veía desde donde él la miraba arrodillado en el piso porque no podía estar parado, los rasgos hundidos, la nariz destrozada, los ojos en algún lugar del cerebro y la frente y el mentón sobresalidos en casi una media circunferencia perfecta. La había tapado después

70

de un rato, después de acariciarle los brazos intactos y las manos extendidas. Un médico o una enfermera le entregó una bolsita de nylon con los anillos de Rosario y sus pulseras carísimas. Juan no recordaba si el de la bolsita era médico o enfermera, varón o mujer, pero sí recordaba que le había preguntado a quién tenía que llamar. No sabía cómo continuar. La funeraria, el entierro, qué hacer. Y ella o él se lo había explicado con paciencia y claridad. Juan había tomado nota mentalmente, pero antes de hacer cualquier cosa, antes de llamar a Adolfo y Mercedes, de avisar a los guardias y a los abogados, paró un taxi en la puerta del hospital y dio la dirección del colegio de Gaspar. No podía hacer todos esos trámites solo. Entendía que no era su hijo quien debía acompañarlo en la organización de un funeral. Entendía que él debía ocuparse de todo y después tenía que consolarlo, explicarle con delicadeza la muerte de su madre. Sin embargo no le importaba lo que hacía la gente normal. Ni Gaspar ni Rosario ni él eran normales.

—¿Mamá no tiene cruz en la calle?

—No, en la ciudad no se usan.

—¿Por qué no?

—Es una costumbre de las rutas.

—¿Le podemos hacer una?

Gaspar se quedó callado, con las manos apoyadas en la guantera. Afuera, los árboles bajos parecían despeinados, desorganizados y eran definitivamente feos. Juan no se atrevía a pasar el camión que lo atrasaba y que apestaba a fertilizante. El camión dobló por un camino de tierra entre los árboles y la ruta se abrió a jacarandás y ceibos; de pronto todo era violeta y rojo y Juan respiró hondo para controlar las palpitaciones que sentía en el pecho y el cuello.

—Gaspar, pasame el agua.

El chico le dio la botella de vidrio —originalmente era de gaseosa, de Crush, que a Gaspar le encantaba— llena de agua fresca. La modesta heladera de telgopor funcionaba bien.

–¿Y eso qué es?

Juan miró hacia donde apuntaba Gaspar, que había vuelto al asiento de adelante y también tomaba el agua fría del pico.

–Eso es un santuario.

Disminuyó la velocidad para ver de qué santo se trataba: no era el Gauchito porque faltaban los típicos trapos rojos.

Era San Güesito.

Quién es, quién es, insistía Gaspar. Es un chico de tu edad, más o menos. Lo mataron unos borrachos. Por qué, ¿era malo? Los borrachos eran malos, no él. Vivía en la calle, era un chico pobre. En la calle no, en realidad, por acá, por la selva, cerca de la ruta.

Gaspar se quedó pensando, concentrado. No puedo decirle la verdad, pensó Juan, no puedo explicarle que al Güesito lo violaron antes de matarlo. ¿Entre cuántos? No se acordaba, alguna gente hablaba de cinco, otros de diez. Habían mutilado su cuerpo y habían usado su cabeza para rituales. Así lo encontraron, desangrado y sin cabeza al costado de la ruta, hacía más de veinte años. Estaba enterrado en el cementerio de Goya y su tumba estaba cubierta por todos los juguetes que no había conocido en vida.

–No quiero bajar –dijo Gaspar.

Juan coincidía con él. Tampoco le gustaba el Güesito ni su efigie, un muñeco moreno y medio desnudo con los ojos pintados en un estilo vagamente egipcio, delineados y ciegos. Le daba curiosidad qué habían puesto en la casita de ladrillos que lo protegía, pero mejor era seguir viaje.

Un cartel anunciaba 78 km. Podía llegar en una hora a Bella Vista y había tiempo de hablar con su hijo en el camino. Era más fácil en el auto: el movimiento parecía hipnotizarlo. Pasarían la noche en un buen hotel, en Corrientes. Lo necesitaba antes de intentar lo que planeaba. También necesitaba convocar cierto tipo de energía sexual que le iba a resultar difícil encontrar en estos pueblos. Podía dejar ese problema para después.

—Gaspar, ¿viste a otra señora como la del hotel?

—Señoras no.

Juan se acomodó los anteojos oscuros. Le gustaba que Gaspar entendiera exactamente qué le estaba preguntando. Lo miró y vio que en el hombro del chico –se había sacado la remera, por el calor– crecía un moretón. El golpe contra el suelo cuando lo había tirado de la silla al golpearlo. Juan le pasó el dedo suavemente por la mancha oscura.

—¿Entonces?

—En el río cuando comimos la sopa que no era agua y había música salió un señor del agua.

—¿Y cómo supiste que era como la señora del hotel?

—Porque estaba desnudo y todo hinchado y no podía estar así. Entonces hice como me enseñaste y se fue.

—Se fue enseguida.

—Sí.

Impresionante, pensó Juan.

—¿Te dio miedo?

Gaspar dudó un minuto y se pasó la mano por la frente. Su gesto de preocupación. El otro era cerrar la mano izquierda en un puño. Muchas veces Juan tenía que obligarlo a extender los dedos y no era poca la fuerza que Gaspar ponía en ese gesto de ansiedad. Se va a morir joven si sigue así de nervioso, le había dicho una vez a Rosario, y ella, furiosa, le había gritado que nunca dijera algo así de Gaspar, que cómo podía ser tan bruto, no se va a morir nuestro hijo. Todo eso parecía tan lejano ahora, esa discusión de madrugada, Rosario llevándose la almohada para irse a dormir a otra habitación, el portazo y el perfume caro en las sábanas.

—No me gustó –contestó Gaspar.

—Dame la mano y juramos para que veas que no te miento.

Juan disminuyó la velocidad. La ruta estaba vacía, así que podía manejar con una sola mano y mirar a los ojos a su hijo.

—Te lo juro. No te pueden hacer nada. No son señores y señoras, son ecos. ¿Viste cuando gritás en el garaje de casa y se vuelve a escuchar tu grito? Pero esa ya no es tu voz, la segunda vez. Esto es lo mismo. Alguna vez fueron personas, alguna vez fueron la señora del hotel y el señor del río, pero ahora no. No te pueden hacer nada. No te pueden lastimar porque ni te pueden tocar. Se te pueden poner cerca, pero no te pueden tocar. Te lo juro.

—¿Y por qué los vemos?

—Hay gente que puede verlos. Hay gente que puede ver muchas cosas más.

—Vos ves otras cosas.

No era una pregunta.

—Sí.

—¿Y yo también?

—No sé. Vamos a hacer la prueba, si querés. Y, si querés, también, hay una forma de que veas a los que son como el señor y la señora solamente cuando tenés ganas.

—¿Cuando tenga ganas?

—Claro.

—¿Y por qué voy a tener ganas?

Era una buena pregunta. Juan se rió.

—Entonces te voy a enseñar a no verlos nunca.

—¿Las flores negras son como las señoras que no son? Porque las vi al lado de las nubes y ahora me duele la cabeza.

—¿Dónde te duele?

—Acá en el ojo.

Juan estiró el brazo hacia el asiento de atrás y tanteó hasta encontrar el bolso. Tenía que darle una aspirina ya a su hijo, antes de que la migraña se desatara. Tomala con agua, le dijo, y quedate quieto con los ojos cerrados. Gaspar había heredado los desarmantes dolores de cabeza de su familia. Era imposible explicárselos a los afortunados que tenían jaquecas comunes, esos martillazos debajo del cráneo, los ojos como si fuesen dos piedras incrustadas en la cara, la luz como un cuchillo, cada ruido amplificado. Y las náuseas.

Lo peor no era eso, para él. Lo peor era que no podía quitarle el dolor a Gaspar. Los únicos dolores que podía quitar eran los que él mismo provocaba.

—Quiero vomitar papi —dijo Gaspar quince minutos después, y Juan detuvo el auto al costado de la ruta y abrió la puerta para que el chico pudiera vomitar sobre el asfalto y no se ensuciara. Le sostuvo la frente y el pelo detrás de la nuca y sintió cómo el cuerpo de Gaspar se esforzaba, se contraía y transpiraba de dolor. Iba a tener que parar en algún lugar fresco y oscuro para que el chico pudiera dormir; si no, bajo esa luz de mediodía las horas de migraña iban a ser inaguantables. Tenía que volver a casa de Tali. Sacó de la heladerita un poco de hielo y lo pasó por la frente de Gaspar, que se apretaba las sienes como un adulto.

—No llores, que es peor —le dijo.

Gaspar vomitó otra vez. Ya no tenía nada en el estómago y el esfuerzo lo hacía temblar. Juan estaba tan concentrado en sostenerle la cabeza que no notó el auto que se detenía a su lado. Oyó la voz antes de percatarse de la presencia del auto y se irritó consigo mismo, ¿estaba perdiendo reflejos, qué le pasaba?

—Buen día, ¿están bien?

Juan se dio vuelta. A su lado había un Peugeot, y el que le hablaba, el conductor, era obviamente porteño y joven e inofensivo. Ahora estaba alerta y absorbía al desconocido con toda su atención. Confiable, lo supo con total seguridad. Otro inocente.

—Mi hijo se siente mal.

—¿Necesitan ayuda? Acá, a doscientos metros, hay una proveeduría, estoy parando con la familia, tienen teléfono.

¿A doscientos metros? ¿En el monte? Juan sintió una punzada leve de desconfianza y al mismo tiempo percibió que el joven del auto también porfiaba. Ahí, en el norte, la dictadura era menos opresiva, pero cualquier persona consciente al menos encendía las alarmas ante una situación extraña. Pero, pensó Juan, esta no lo era: un chico descompuesto en la ruta, en verano. Eso era normal. Podía aceptar la ayuda y el desconocido actuaba con naturalidad al ofrecerla. Nada le indicaba peligro.

—Lo tienen escondido de la ruta al negocio, muy bien no les debe ir.

—La gente de por acá conoce dónde queda, ¿ves el camino?

Lo tuteaba, otra buena señal. Juan vio el camino de tierra: hasta había un pequeño cartel de madera que, en letras blancas, decía «provedduría Karlen».

—Mirá, mi hijo sufre migrañas. Lo que necesita es un lugar oscuro y fresco para descansar, no un negocio con gente que haga ruido. Iba a buscar un hotel.

El desconocido asintió.

—La familia vive ahí y estoy seguro de que le pueden hacer lugar en alguna de las piezas. Son doscientos metros.

Juan miró a los ojos al desconocido. Tenía rulos y, aunque ahora no los llevaba puestos, usaba anteojos: se notaban las marcas sobre el puente de la nariz. El auto estaba bastante sucio: venía viajando. La camisa beige que llevaba puesta estaba limpia. Iba a poder usarlo más tarde, si quería.

—Te sigo —dijo Juan.

La proveeduría Karlen apareció enseguida. Era una construcción modesta, mitad de ladrillos, mitad de madera, con un estacionamiento amplio, un patio y, detrás, la casa familiar, pintada de blanco. El negocio tenía una galería con una mesa larga que, en ese momento, a pesar de que era mediodía, estaba vacía. Había dos hombres tomando alguna bebida, caña quizá, apoyados en la baranda. El desconocido del auto se bajó primero y habló con la mujer que estaba parada en la puerta, una mujer de batón floreado, delantal y el pelo canoso recogido. No bien escuchó lo que el desconocido tenía para decirle, se acercó corriendo al auto de Juan, que había abierto la puerta del lado del conductor y seguía pasándole hielo por la frente a Gaspar; el chico no movía la cabeza: ya sabía que hacerlo aumentaba el dolor.

La mujer se presentó como Zulema, la señora de Karlen, la dueña de la proveeduría y el aserradero y le dijo a Juan que, si quería acostar al chico en la cama de su hijo, ella estaba encantada de ofrecérsela. No estará ojeada esta criatura, dijo, después de que Juan se presentara y le dijera que el chico se llamaba Gaspar. Puede ser que esté ojeado, le contestó Juan, pero no conozco a tanta gente que sepa curar bien el mal de ojo. En eso tiene razón, dijo la señora de Karlen, como es que le dicen, hay mucho chanta. Vengan por acá. Mi madre tenía dolores así pero yo nunca había visto en un chico. ¿No estará insolado? A lo mejor, dijo Juan. El tono de la mujer era vagamente crítico, un hombre que no sabe cuidar bien a su hijo, pensaba, pero Juan no se molestó: algo de razón tenía. No le había comprado un sombrero a Gaspar, por ejemplo. No lo obligaba a usar el cinturón de seguridad y si lo irritaba era capaz de golpearlo brutalmente, más incluso que esa mañana. Siguió a la mujer con Gaspar en brazos.

—Mi marido y mi hijo están en la isla —dijo la mujer, como si Juan entendiese de lo que estaba hablando. La casa de atrás tenía piso de cemento y en el patio una chica adolescente barría con una escoba hecha con hojas de palmera. La casa, con las habitaciones separadas por cortinas de tiras de plástico en vez de puertas, era sorprendentemente fresca. Sobre la mesa, Juan vio un vino abierto, un arreglo de flores de plástico y estampitas de la Virgen de Itatí en las paredes, enmarcadas con delicadeza. La heladera hacía ruido.

—Acá —dijo la señora de Karlen, y corrió la cortina de plástico de una habitación pequeña, con una cama de una plaza y la ventana cerrada por postigos de madera.

Juan tuvo que parpadear para acostumbrarse a la oscuridad y acostó a Gaspar con cuidado. La mujer desapareció en la cocina y volvió con una pequeña olla de aluminio con agua, hielo y un pañuelo para mojar. Juan le agradeció y ella le preguntó si quería papas. Sí, dijo Juan, pero las corto yo, usted tiene que atender. Es un segundo, dijo la mujer. No sé cómo agradecerle, dijo Juan, y la señora de Karlen lo ignoró.

Juan sacó la almohada para no mojarla y le pidió a Gaspar que se pusiera de costado. Por experiencia sabía que era mejor y además evitaba que se ahogara con el vómito si volvían las náuseas. Empapó el pañuelo en la ollita de agua y hielo y se lo puso mojado a Gaspar en la cabeza, como un gorro. La señora de Karlen trajo varias rodajas de papa, cortadas muy finas, y se las dio a Juan, que las ubicó sobre la frente de Gaspar. Cuando el chico se soltó de su mano, cuando se quedó dormido con la boca abierta y los ojos tapados por el pañuelo helado, Juan pensó en salir, subir al auto y abandonarlo ahí, en esa proveeduría perdida. Sería lo mejor para vos, hijo, pensó. Lo imaginó crecido, atendiendo detrás del mostrador o, a lo mejor, hasta manejando la jangada. Si lo abandonaba, iba a ser un hombre rabioso y callado, pero había muchos hombres así. Dejó la habitación. Afuera, la chica que había estado barriendo le preguntó en voz baja si el nene se sentía mejor y él le dijo que estaba durmiendo, que iba a estar bien cuando se despertara. Una suerte que mi hermano y mi papá estén en la isla, así teníamos lugar, si no yo le prestaba mi pieza, pero la de él es mejor. Dónde están, quiso saber Juan. Están en la isla, en el obraje. ¿Tienen un aserradero? Para hacer cajones de fruta nomás. De limones y naranjas. Vaya, señor, si quiere, a tomarle algo allá, le dijo. Si se despierta la criatura le aviso, yo le pego un par de horas de siesta pero tengo un sueño livianito nomás.

La amabilidad de los extraños, pensó Juan. ¿No se había encontrado con demasiada gente generosa y desinteresada? ¿No era una señal, no estaba frente a alguna trampa, una puesta en escena? Cerró los ojos para concentrarse mejor mientras caminaba hacia la proveeduría. No pudo sentir ninguna acechanza. Las chicharras gritaban, los pájaros estaban mudos, en los campos latía una violencia antigua y percibió también la más reciente, pero ninguna dirigida a él ni a su hijo. Lo que sí sintió, como una ráfaga, fue el deseo del desconocido del Peugeot que se había presentado como Andrés.

Ahora en la mesa de la proveeduría había dos hombres comiendo: uno terminaba un plato de fideos y el otro mordisqueaba distraídamente un sándwich. Los que tomaban alcohol apoyados en la baranda seguían ahí y hablaban de un manguruyú. Juan trató de recordar qué significaba la palabra: era un pez, creía. Uno de ellos decía «soy más feo que desayunar caballa con mate cocido» y Juan sonrió: el hombre que hablaba era realmente feo, tenía la cara marcada por alguna enfermedad infantil y era gordito, petiso, le recordaba las imágenes estereotipadas de duendes de la siesta.

Andrés, el desconocido del Peugeot, salió de la proveeduría con la señora de Karlen y después de preguntarle por Gaspar quiso saber qué quería tomar, como si fuera un empleado. Que no lo era resultaba obvio en sus modales, en su acento de Barrio Norte de Buenos Aires, en la calidad de su ropa.

—Una gaseosa. Bien fría, si tienen.

—Tienen, no sabés lo fuerte que ponen el frío de las heladeras por estos lados.

Juan levantó una ceja. Sí que sabía.

—¿Trabajás acá?

—Me quedé con ellos unos días y como no aceptan plata los ayudo antes de irme.

Andrés destapó la Crush con dificultad. Estaba nervioso. No se sentó a la mesa hasta que se retiraron los dos camioneros y los de la baranda, ya bastante borrachos, se fueron a descansar bajo un sauce; Juan se dio cuenta recién entonces de que estaban muy cerca de una laguna.

—¿No querés comer algo?

—A lo mejor más tarde —dijo Juan, y se quedó mirando la botella vacía de Crush que se había tomado en tres tragos, del pico.

Andrés se acomodó los rulos que llevaba bastante crecidos y le explicó cómo había llegado a la proveeduría. Dijo que era fotógrafo, que estaba haciendo un trabajo sobre la Mesopotamia. Lo llamó así: «un trabajo». Fotografiaba gente, sobre todo. Los Karlen lo habían dejado entrar en su intimidad y no solo los había fotografiado en la proveeduría y en su casa, sino también en el obraje de la isla del Paraná donde de noche gritaban y peleaban los monos carayá. Contó el viaje por el río: de ida en lancha y de vuelta en jangada. Ahora los hombres estaban otra vez en la isla. También contó sobre un baile que había fotografiado apenas dos noches antes: lo habían llevado los hijos de Karlen en tractor porque la lluvia había embarrado demasiado los caminos de tierra. Juan escuchó con atención. Por qué Corrientes, por qué esta zona, quiso saber. Porque no conozco la Argentina, dijo Andrés. Viví en Italia varios años.

—¿Y por qué volviste? ¿No te dan miedo los milicos?

Andrés dio un respingo.

—No te pongas paranoico —dijo Juan.

—¿Adónde están yendo ustedes?

Juan sabía que le debía una explicación y además era la única forma de darle confianza. El fotógrafo había sido amable, aunque a lo mejor no del todo desinteresado. A Juan le había costado entenderlo, pero sabía el efecto que causaba su apariencia en hombres y mujeres. Había aprendido a entender el deseo de los demás, y a usarlo, si no era capaz de disfrutarlo.

—Vamos a visitar a mis suegros, a Posadas.

No iba a contarle la verdad, pero sí una versión paralela creíble, similar, espejada.

—Son ricos. Podría haber venido en avión, pero quise hacer el viaje en auto. Yo tampoco conozco tanto el país.

No tenía sentido mentirle porque, cuando Gaspar se despertara, iba a hablar —siempre, además, estaba extrañamente conversador después de una migraña—, así que le dijo que era viudo y que era la primera vez que viajaba solo con su hijo.

La señora de Karlen, desde la puerta de la proveeduría, escuchó la charla y se apuró a traerle a Juan un plato de milanesas con puré diciéndole que tenía que comer algo. Después, anunció que ella también se iba a dormir la siesta.

–Aviso si la criatura se despierta nomás le digo. Pase cuando quiera a la casa a verle.

Andrés quería saber por qué eran ricos sus suegros y Juan le dijo que tenían una maderera importante. Después preguntó si podía usar el sillón hamaca que estaba cerca de la puerta y Andrés dijo que sí y trajo otro de adentro del negocio. También llevó dos cervezas. Juan sacó dinero del bolsillo y le pidió al fotógrafo que después lo agregara a la caja o donde fuese que guardaban la plata los Karlen. Le pidió otra gaseosa, no quiero tomar alcohol y manejar, dijo. Pensé que se iban a quedar más. No, mañana tengo que estar en Posadas.

El fotógrafo pareció decepcionado y después le contó que se estaba cansando de fotografiar gente. Que había empezado a sacarles fotos a los santitos de la ruta. Lo había impresionado el altar de San Güesito; mucho más después de conocer la historia, y a eso iba cuando se los encontró en la ruta, a fotografiar más altares.

–No te quiero interrumpir –dijo Juan–. Todavía tenés buena luz, andá.

–Prefiero quedarme con vos –dijo el fotógrafo, arriesgado, y le dio un trago a la cerveza–. Vos me interesás más que cualquier otra cosa ahora.

Juan sonrió apenas. Ahora él tenía que dar el siguiente paso.

–Qué coraje. Yo no sé si me animaría a intentar un levante por acá, con tantos cuchilleros medio en pedo.

–No te creas. No sabés lo que se coge. En el baile, la otra noche, cogí más que en todo el tiempo que viví en Italia. Están desatados.

Juan se rió.

–¿Conocés la Capilla del Diablo? La tenés que fotografiar.

–Algo me dijeron, la gente le tiene miedo.

–Se hacen misas. Aunque no está consagrada. Eso dicen. En vez de vino usan el agua de un recipiente donde se haya bañado un bebé sin bautizar. Uno pensaría que lo más adecuado sería una copa de sangre, ¿no?, pero prefieren agua sucia.

–¿Y para qué se hacen esas misas? –quiso saber el fotógrafo.

–Para lo que siempre se hacen cosas así: para dañar a alguien. ¿Sacás fotos de noche? Entonces, podés ir a ver si pasa algo. Si pasa, seguro es los viernes.

–¿Vos creés en esas cosas?

–No –volvió a mentir Juan–. Mi mujer creía bastante. Si hace mucho que estás por acá no te tengo que explicar que son todos medio brujos. Voy a ver cómo está mi hijo.

En la casa el silencio era total, salvo por el suave zumbido de los ventiladores. Fue directo a la habitación donde dormía Gaspar y, con cuidado, le sacó las rodajas finas de papa, que estaban calientes y secas; quedaba hielo en la olla y volvió a empapar el pañuelo. Logró hacerlo sin despertarlo. Salió tratando de no hacer ruido. Cuando volvió a la proveeduría, el fotógrafo había sacado un ventilador del negocio y lo esperaba con otra gaseosa. Una Coca-Cola. Tampoco podía tomarla. Parecía un chiste: el fotógrafo quería agasajarlo y se equivocaba cada vez. Además, se había quitado la camisa. Era delgado y lampiño en el pecho, lo que resultaba sorprendente porque sus brazos eran casi hirsutos, oscuros. El fotógrafo estaba nervioso. Juan no hizo nada para tranquilizarlo. Se sentó cerca de él y le pidió que le contara más sobre sus fotos. Andrés le habló de las islas del río y del miedo que le habían dado las peleas de los monos. No había podido retratar a ninguno. No le interesaban las fotos de animales, le dijo. Las haría solamente por dinero. Si me contrata la National Geographic, por supuesto. Lo que le gustaban eran la gente y los edificios. En Italia se había cansado de los edificios porque era todo trascendente o fastuoso, pero ahora, en las casas sencillas y aparentemente similares del Litoral, había encontrado de vuelta el gusto por los lugares donde vivía la gente. Juan estuvo a punto de decirle que debía explorar mejor, que en la región había mansiones extraordinarias, de piedra blanca en medio de parques con palmeras que ocupaban hectáreas. Prefirió preguntarle si conocía Venecia y escuchó lo que el fotógrafo tenía para decir sobre los canales y el Palacio del Duque. *I stood in Venice / A palace and a prison on each hand*, pensó Juan, que recordaba bien los versos. Se sacó la camisa, despacio: hacía mucho calor. Esperó la reacción del fotógrafo: no todos se impresionaban. A algunos las cicatrices de las operaciones les resultaban más o menos indiferentes, no todos tenían suficiente información para comprender su significado o su gravedad.

El fotógrafo, sin embargo, entendió. Dios mío murmuró, pero no con lástima: con sorpresa.

—¿Qué te pasó?

—Son cicatrices de cirugías. No me dispararon ni nada. No soy un revolucionario herido.

El fotógrafo murmuró que no había pensado eso. Y después Juan le contó todo: que había nacido con un defecto cardíaco muy grave. Y que lo habían operado varias veces de chico. Otra de adolescente, en Europa. La última hacía unos seis meses.

—¿Seis meses? ¿Y andás solo por acá?

—Estoy recuperado —dijo Juan. Miró al fotógrafo a los ojos y se apoyó contra el respaldo de la silla.

—No parecés enfermo. Sos muy pálido, pero ¡sos muy rubio! Y tenés un cuerpo increíble, no parecés, no sé, débil. ¿En serio estás mal? ¿No sirvió de nada la operación de hace poco?

—De algo sirvió. Pero no voy a curarme nunca. Por eso no puedo tomar tu Coca, al menos no ahora, porque después tengo que manejar.

—Por la cafeína. Sos valiente, en la ruta, con una criatura, solo. ¿La cicatriz de las costillas también es por el corazón?

Juan la tocó con el dedo: la cicatriz iba desde las costillas hasta la espalda. Giró un poco el tronco para que el fotógrafo pudiese verla entera.

—Sí, esta es la primera.

—¿Y lo del brazo?

—Una quemadura.

—Te pasa de todo.

Se miraron en silencio.

—Gracias por mostrarme —dijo el fotógrafo.

—Quería que supieras porque a lo mejor me muero arriba tuyo dentro de un rato.

El fotógrafo no se rió.

—Si querés, te llevo en auto a Bella Vista.

Juan se levantó del sillón y se acercó a Andrés, que lo agarró de las caderas como si quisiera evitar que se le cayera encima.

—No quiero que me lleves a ningún lado.

El fotógrafo acarició el vientre plano de Juan con la punta de los dedos. Tenía las orejas coloradas.

—No puedo creer que quieras estar conmigo. Sos el tipo más hermoso que vi en mi vida. Más que hermoso.

—Callate —dijo Juan—. Acá no, vení.

Entró en la proveeduría. Pasó detrás del mostrador, lejos de la máquina de cortar fiambre, y se apoyó contra la heladera, que era vieja y ruidosa y estaba pintada de marrón, como si fuese de madera. Ahí dentro, ya protegidos por la cortina de plástico, el fotógrafo preguntó si las cicatrices dolían. A veces, dijo Juan. El hueso, el esternón, me duele siempre cuando está por llover. Prometeme que no te va a pasar nada, dijo Andrés, mientras le desataba el cinturón. Juan lo dejó agacharse y bajarle los pantalones. El fotógrafo gemía y transpiraba y Juan pensó que si alguien los encontraba podían pasarla mal; si los descubrían, los borrachos no iban a ser amables con dos maricones. Agarró a Andrés de los pelos con fuerza y le dijo: «Más despacio.» El fotógrafo dijo que sí con la cabeza apenas y, cuando cambió el ritmo, Juan sintió cómo la transpiración le humedecía la espalda casi hasta hacerlo resbalar sobre la puerta de la heladera que zumbaba en el calor de la siesta. Entonces cerró los ojos y se concentró en el signo, se concentró hasta que estuvo lejos del calor y la siesta, flotando entre estrellas muertas, buscando entre los huesos el sello de la llamada, el permiso, la bienvenida.

No tuvo que decirle que se tragara hasta la última gota, Andrés lo saboreó con una voracidad inquietante. De todo lo que alguien podía usar para dañarlo, nada era más conveniente que el semen y Juan no quería dejar un resto en ningún lado. Se alejó hasta la puerta de la proveeduría para vigilar que nadie entrara mientras el fotógrafo se masturbaba en un rincón. El fotógrafo no tenía ninguna posibilidad de saber qué estaba sucediendo realmente. La doble corriente, lo llamaban en la Orden. Él, como todos, siempre había tenido compañeros de ambos sexos: el andrógino mágico. Los rituales, por supuesto, eran complejos y poco tenían que ver con un encuentro como el que había tenido con el fotógrafo, pero Juan, como siempre, caminaba al borde de la herejía y el peligro. Además, lo disfrutaba. Dejó que el fotógrafo lo besara en los labios, volvió a ponerse la camisa y oyó cómo el fotógrafo iba hasta el baño del fondo a lavarse. Era un baño externo, pero aparentemente tenía alguna canilla rudimentaria, porque Andrés volvió con las manos mojadas y se las secó en los pantalones. Juan sintió en sus propias manos la potencia de la energía convocada. Iba a alcanzar para lo que tenía por delante, la invocación que quería realizar.

–Quedate a dormir –pidió el fotógrafo–. Osvaldo y el hijo no vuelven hasta mañana.

Juan no le contestó. Miró la hora: apenas las dos de la tarde. Sin contestar, fue al auto: sacó del bolso algunas hojas en blanco que tenía para que Gaspar dibujara. Y la medicación. Su hijo se estaba despertando.

Cuando volvió a la proveeduría, Andrés le había traído una Fanta pomelo. Esto sí podés, no me digas que esto tampoco. Juan le dijo esto sí y usó la gaseosa para tragar las pastillas. El fotógrafo lo miraba con los ojos húmedos. Juan pensó que había sido egoísta, que tendría que habérselo cogido hasta hacerlo gritar sobre el mostrador de la proveeduría, pero estaba cansado. Dejó la gaseosa por la mitad y fue a buscar a Gaspar, que sentado en la cama miraba alrededor con más curiosidad que susto.

—¿Cómo te sentís?

—Tengo hambre.

—Entonces estás bien.

Lo alzó en brazos y cruzó el patio lentamente. Tengo que comprarle un sombrero, pensó. Después le pidió a Andrés que, por favor, hiciera un sándwich de milanesa para Gaspar. Mientras el chico comía, fumó un cigarrillo. Dejó el dinero del sándwich sobre el mostrador.

—Necesito un retrato de ustedes —dijo el fotógrafo.

—No. Odio las fotos.

—Yo soy muy buen fotógrafo, de verdad. Te voy a hacer famoso.

—Peor.

—Con ese cuerpo y esa cara, no podés odiar las fotos. Qué te cuesta. Un recuerdo.

Andrés los ubicó contra la pared blanca de la proveeduría. Gaspar dejó el sándwich sobre la mesa, a pesar de que el fotógrafo le aseguró que podía tenerlo en la mano. Queda feo, dijo el chico, y el fotógrafo se rió. Juan se cruzó de brazos; tenía la camisa abierta hasta la mitad del pecho. Andrés se le acercó para acomodarle el pelo. Gaspar se abrazó a la pierna de su padre. Antes de disparar, el fotógrafo los miró: el chico de ojos azules redondos y el pelo oscuro, un poco ojeroso después de la siesta y el dolor de cabeza, con su remera lisa y limpísima; el hombre hermoso que se metía las manos bajo la camisa oscura y miraba la cámara con una expresión tranquila que encubría su apuro. El mentón partido, el largo hoyuelo; los ojos sobre todo verdes, pero también amarillos. La cicatriz que brillaba un poco, como si estuviese recubierta de una pátina de cera. Tomó dos fotos en blanco y negro y una en color, y cuando intentó pedirles que hicieran alguna otra cosa, que posaran diferente, Juan le dijo de ninguna manera. ¿Nos vas a mandar las fotos?, quiso saber Gaspar, mientras le daba vueltas al sándwich que ya no quería comer.

—¿Conocés Posadas? —preguntó Juan de repente.

—No, pero pienso ir pronto.

—Vamos a estar dos semanas ahí. La casa de mi suegro es muy fácil de encontrar. Cuando llegues, buscá el Hotel Savoy. Es histórico, lo conoce todo el mundo. Ocupa media manzana. La otra media manzana es la casa de mi suegro.

Juan vio la esperanza en los ojos del fotógrafo y siguió mintiendo.

—Tocá el timbre nomás. Gaspar, terminate la soda ya. Si no querés comer, dejá el sándwich, o lo guardamos en la heladera. ¿Te duele la cabeza? ¿No? Bueno, nos vamos.

El fotógrafo los acompañó hasta el auto.

—Voy a ir a Posadas a buscarte. Me volvés loco. Te digo en serio que voy a ir.

—Tranquilo —dijo Juan, y subió al auto. Antes de arrancar le dijo al fotógrafo andá a la Capilla del Diablo, no te olvides, te va a gustar. Y, por favor, dale esto a la señora de Karlen.

Le entregó un papel. Era una breve nota de agradecimiento. Cuando arrancó, el fotógrafo corrió detrás del auto un poco y gritó no sé tu apellido. Juan, que iba despacio, pisó el freno. Dinesen, le dijo. Como la escritora. Qué escritora, preguntó el fotógrafo, con las manos sobre la ventanilla. Isak Dinesen, le contestó Juan. Vamos, que sos un chico educado en Europa. El fotógrafo se quedó parado bajo el sol: Juan se dio cuenta de lo joven que era. Veintiuno, veintidós años. No le había preguntado la edad. No le interesaba. Después volvió a arrancar y Gaspar se asomó por la ventanilla y saludó con la mano al fotógrafo, a la proveeduría y al perro gordo que les ladraba a las ruedas del auto.

Gaspar habló todo el viaje hasta la ciudad de Corrientes y Juan trató de prestarle atención sin irritarse. Recordó una tarde fría, cuando un chofer los llevaba desde la casa donde vivían con Rosario hasta el departamento de sus suegros en Avenida Libertador —siempre les mandaban chofer aunque a Rosario le encantaba manejar—. Estaba incómodo con sus piernas largas en el asiento de atrás, las ventanillas cerradas lo ahogaban y Rosario insistía en un juego monótono con Gaspar, una serie de adivinanzas: ¿qué tiene el cuello largo y cuatro patas y come hojas de los árboles? ¡Una jirafa!, gritaba el chico, y retumbaba en el espacio cerrado la carcajada y la felicitación con voz aniñada de la madre y Juan trataba de concentrarse en la ciudad afuera, pero era incapaz de bloquear las sensaciones de la calle, 1978 y la matanza era general. Juan odiaba salir de su casa, no tenía la fuerza para cubrir los ecos y el temblor de la maldad desatada: no había sentido nunca algo así. Incluso lo había alejado de su hijo, que estaba en una edad ruidosa y demandante, ya no se parecía a su niño adorado de la primera infancia. Rosario solía decirle «cerrate, te ayudo» y no quería creerle que los métodos habituales no eran suficientes, que hacía falta una reinvención de la protección y él no tenía las herramientas para encararla. Los dos primeros años de la dictadura habían sido así: lo desencadenado, para Juan, se sentía como un ataque directo. Rosario seguía: qué ladra y tiene el hocico frío, qué tiene bigotes y araña, qué tiene ocho patas y camina por las paredes. Y los gritos de Gaspar. Recordaba cómo la violencia lo hacía sentirse afiebrado, cómo tuvo la seguridad de que, si el chico no se callaba, iba a romperle el cuello como si fuera un tallo o un animal pequeño. Le había pedido al chofer que se detuviera y se bajó del auto sin decirle nada a Rosario: prefería la vibración del mal en la calle, la sentía más cercana y en cualquier caso más fácil de soportar que el griterío en el auto. Rosario lo siguió y él, recordaba, le había dicho no me toques, no voy a volver, dejame en paz. O qué, dijo ella. O los mato a los dos, contestó él, y, aunque no creía ser capaz de siquiera golpear a Rosario, en ese momento estaba diciendo la verdad de lo que sentía y caminó durante horas, escuchando y temblando, hasta que tuvo que sentarse en un banco de plaza, perdido y mareado, con la respiración vacilante y dificultosa. La ciudad gritaba, el aire estaba lleno de ruegos y rezos y risas y aullidos y sirenas y la vibración de la electricidad y chapoteos pero él no podía convencerse de volver a su casa y no había nadie que pudiese recibirlo salvo su familia.

Volvió a la casa por la noche, cuando los ruegos y los alaridos y los disparos se hicieron insoportables, cuando lo rodeaban ecos de asesinados con los ojos vendados, los pies atados, algunos con la cara o el cuerpo entero hinchados, otros que se arrastraban encerrados en bolsas de arpillera, una legión que no conseguía hacer desaparecer. Lo buscaban. Sabían que él podía verlos y reconocerlos. Era instintivo, eran como polillas que iban hacia la luz, pero Juan no podía espantarlos. Rosario lo estaba esperando en la puerta de la casa, sentada; el chico dormía adentro. No vuelvas a hacerme esto, había dicho, y le había clavado las uñas en el brazo antes de besarlo y de empezar a llorar. Yo te voy a ayudar a mejorar la protección, no puedo creer que esto te afecte tanto, podemos mudarnos, en Puerto Reyes es más tranquilo. No, le había contestado él, a pesar de la desesperación. A Puerto Reyes no. En la habitación de arriba de la casa que compartían, ella ya había preparado lo necesario para reforzar sus defensas, su protección. Los círculos de tiza sobre el piso de madera, los signos dibujados con delicadeza que irradiaban calma y poder.

Ahora, en el auto, bajo el calor insoportable de la tarde correntina, Gaspar hablaba y hablaba y Juan trataba de orientarlo para tener más información sobre sus habilidades, pero, se daba cuenta, estaba fallando. Si quería saber de qué más era capaz Gaspar, tenía que forzarlo. Podía, cierto, sondearlo. Pero era un método engañoso incluso si su hijo cooperaba. Esa misma noche iba a sacarse la duda.

Antes de entrar a Corrientes capital, otro grupo de militares lo obligó a disminuir la velocidad. Lo miraron con gesto duro y Gaspar, con una intuición asombrosa, les sonrió y uno de los militares insólitamente le devolvió la sonrisa. Con la mano, le indicó a Juan que siguiera. Quince minutos más tarde vio el puente que parecía delicadamente dibujado sobre un cielo sin nubes y la costanera rosada, con los lapachos en flor, algo podridos por el calor. Las siete de la tarde.

—¿Querés ver el atardecer? Nos compramos algo para comer y esperamos para verlo.

Faltaba una hora, por lo menos: era enero. Juan compró dos helados. Se llevó muchas servilletas de la heladería: Gaspar era torpe para comer helados y con semejante calor ni siquiera era su culpa si se le chorreaba por las manos y los brazos. Se sentaron en un banco de madera en la Costanera; los pilares de cemento estaban algo descuidados y el río reflejaba el cielo, más azul que de costumbre, con retazos plateados y marrones.

Gaspar se levantó para juntar flores de lapacho y armó una especie de ramo pegajoso. Juan vio cómo se quedaba mirando una flor cortada, caída sobre la vereda de la Costanera, una flor que no era de lapacho; el chico dejó su improvisado ramo en el suelo y se acercó con la flor extraña en la palma de la mano, como si se tratara de algo vivo. Juan la reconoció de inmediato. Era una pasionaria, con sus filamentos violetas, los pétalos blancos y los pistilos y estambres erguidos que recordaban a un insecto. La corona y las heridas de Cristo, decía una de las leyendas que le había dado el nombre. Mirá, papá, gritaba Gaspar, que nunca había visto algo así.

—Se llama mburucuyá. Esta se le debe haber caído a alguien, después te muestro una planta con más flores.

—¿Hay más?

—Claro que hay más, qué te pensás, ¿que es la única en el mundo?

—Es rara.

—Tiene una historia ¿sabés? como la del ceibo.

Gaspar esperó la historia con la flor en la mano y los ojos muy abiertos, más redondos aún por la expectativa.

—Había una chica española que se enamoró de un indio guaraní. ¿Sabés lo que es un indio guaraní?

—Sí. Un indio de por acá. Como las señoras de la ruta.

—Entonces, el padre de la chica no la dejó enamorarse del indio. El padre era un capitán. ¿Entendés por qué no quería?

—Porque los capitanes son malos.

Juan sonrió. Eso también era cierto.

—Son malos, sí, pero acá el problema era que ella era española. Vos sabés que los españoles no querían mezclarse con los indios.

—Mamá me dijo que al final se mezclaron.

—Es cierto, pero al principio no. Este capitán no quería que su hija se mezclara. Entonces mandó a matar al indio.

—¿Al novio? ¿En serio?

—Sí. Y ella se clavó una flecha de plumas en el corazón y se mató. De la herida, creció la flor.

Los ojos azules de Gaspar estaban llenos de lágrimas. Es tan distinto a mí, pensó Juan, le falta tanto para endurecerse.

—¿Y qué pasó?

—En la herida, cuando se cayó muerta, creció esta flor.

—¿Todas las flores son chicas muertas?

Juan miró el sol, que estaba a punto de tocar el río. No veía flores negras en el cielo. ¿Serían también el recuerdo de chicas muertas? El cielo estaba anaranjado, envuelto en llamas.

—No. ¿Te ponen triste?

—Sí.

—Los dos estamos tristes. Vení a ver el sol.

Gaspar se sentó y Juan sintió que metía la mano bajo su camisa y la apoyaba, pegajosa, sobre su pecho. Está chequeando mi corazón, pensó Juan. Ya lo había encontrado haciéndolo antes. Cuando dormían juntos, por ejemplo: a veces sentía la manito sobre el pecho, comprobando los latidos. O lo encontraba con la cabeza apoyada sobre sus costillas, escuchando. Mi chiquito, le dijo, y le acarició la mano ansiosa; de pronto sintió unas ganas vívidas de tomar vino hasta emborracharse, hasta el desmayo. Incluso sintió el amargo sabor del alcohol en el paladar. Mirá el sol, mirá los colores del cielo. Gaspar prestó atención con los ojos entrecerrados y respiró hondo. Era brutal el atardecer sobre el río, casi irreal, con la línea púrpura del horizonte y el cielo enrojecido.

—¿Me puedo quedar con la flor?

—Por acá hay un montón, buscamos más. ¿Te gustan las flores? A mí también.

—¿En serio? Un chico del grado me dijo que era maricón.

—¿Por qué te dijo eso?

—Porque le pregunté a la seño por los jazmines del patio, tienen un olor lindo.

La próxima rompele la cara a ese chico idiota, pensó Juan, pero dijo:

—No tiene nada de malo ser maricón.

—¿Y entonces por qué?

Gaspar no sabía cómo terminar la pregunta pero Juan lo entendió.

—Porque lo usan para insultarte, porque la gente dice maricón como dice pelotudo. Porque la gente es estúpida y mediocre —dijo Juan—. Pero vos sos distinto y yo también soy distinto.

—¿Qué es mediocre?

Juan no contestó.

—Vamos, que necesitamos conseguir hotel. Esta noche tenemos cosas que hacer.

Gaspar corrió hasta el auto con la flor en la mano, que ya tenía la cruz rota, aunque él no se había dado cuenta.

Eran menos de veinte cuadras hasta el cementerio municipal, pero Juan las recorrió con inquietud. No resultaba fácil caminar con Gaspar, que estaba de malhumor porque lo había despertado de un sueño profundo; por suerte, había encontrado una puerta alternativa en el hotel para no tener que salir por la principal, llamando la atención del recepcionista nocturno. Sabía que llegarían mucho más rápido si cargaba a Gaspar en brazos pero el chico ya era pesado y él no podía hacer el esfuerzo. No estaba seguro de que el sexo con el fotógrafo le sirviera como ritual propiciatorio. Estaba cansado y confundido.

Si te empacás en la calle sabés lo que pasa, le dijo, y Gaspar lloriqueó un poco, pero caminó, a los saltos de a ratos, incluso corriendo. No debía ser fácil, pensó Juan, tratar de sostener el paso de un hombre de dos metros, pero había horarios para hacer ciertas cosas.

Las puertas principales del cementerio estaban cerradas: eso no significaba un problema. Apenas un candado. Juan lo tomó entre las manos y trazó, con la punta de los dedos, un signo. La apertura. Las puertas se abrieron repentinamente, como si las hubiese empujado, pero sin ruido.

Ahora debía encargarse del cuidador del cementerio. Gaspar, dijo, quiero que me esperes acá; si te movés, me voy a dar cuenta y la vas a pasar mal. Gaspar se encogió de hombros y se sentó. Estaba cansado. A lo mejor podía dormir más tarde. Tenían varias horas por delante. Eran las dos de la madrugada.

Juan se tanteó los amplios bolsillos de su pantalón y escuchó para encontrar al cuidador. Si alguien hubiese sido capaz de verlo en la oscuridad del cementerio, alto y delgado frente a la avenida principal de las bóvedas, habría visto cómo ensanchaba los hombros para concentrarse y cómo olía el aire. Era diferente, ahora: los dedos largos se movían casi involuntariamente, pulsando cuerdas secretas, y tenía los ojos desenfocados y sin embargo alertas. Podía sentir en el cuerpo la energía de la doble corriente. Andrés había sido un regalo inesperado. Por supuesto, un regalo que no servía para evitar intrusos, un visitante nocturno, el cuidador, alguien que pudiese verlos.

Caminó hacia atrás, hacia la pequeña oficina. El cuidador estaba durmiendo. Era una inmensa suerte: debía sorprenderlo en sueños porque no creía poder enfrentar la defensa del hombre; Juan era en apariencia poderoso, pero tenía poca fuerza física real. Se acercó al catre donde dormía el sereno: la puerta de la oficina, ubicada junto a la capilla, estaba sin llave. El hombre no solo roncaba de sueño, estaba borracho. Juan olió la potencia del alcohol en el ambiente y la sintió fuertísima cuando se arrodilló junto al catre. Caña o ginebra. Algo demoledor. ¿Era necesario maniatarlo de todos modos? Juan creyó que sí. No podía correr riesgos. Encendió la linterna y la colocó cerca de la cama: tenía que actuar rápido, no le quedaba otro par de pilas. Movió la cabeza del cuidador para dejarlo boca arriba: el hombre no se despertó, aunque frunció el ceño. Juan le rodeó el cuello con una mano y buscó la arteria carótida que latía con fuerza, dilatada por la borrachera. La ubicó y la masajeó con delicadeza y precisión. El hombre se movió apenas. Bajo sus dedos, el ritmo cardíaco del cuidador había descendido hasta que los latidos, de tan espaciados, parecían ausentes. Juan supo que ya no estaba durmiendo solo por la borrachera: había perdido el conocimiento. En un rato podía despertar o podía morir si la bradicardia le provocaba un síncope. No le importaba. Para taparle la boca usó una media, que también traía consigo, y después le ató los pies y las manos con cuerda de nylon, tan fácil de comprar sin sospecha («es para un paquete, necesito una bien firme») como imposible de romper sin un gran esfuerzo o un cuchillo.

Antes de dejar solo al hombre inconsciente, revisó los cajones de un pequeño aparador y se llevó dos cuchillos y una tijera. También le iban a ser útiles. Salió y comprobó que la puerta de la capilla estaba cerrada. Apoyó las manos sobre la cerradura y se abrió para él, con un quejido. El altar, la cruz, las flores, todo estaba limpio y en perfecto orden: la capilla se usaba, el cementerio era un camposanto. Muchos no lo eran: años atrás le costaba diferenciarlos. La demonología cristiana podía funcionar en otros espacios, pero nunca con tanta eficacia como en lugares consagrados. Juntó todas las velas que pudo y se llevó también el candelabro.

Gaspar esperaba en el mismo lugar, en la puerta, sentado y de malhumor. Juan reconoció la ráfaga de inquietud y curiosidad en sus ojos brillantes cuando vio el candelabro. No tenía miedo, no estaba asustado. Su padre lo dejaba solo en la entrada de un cementerio de madrugada y el chico sencillamente se sentaba a esperar, por más enfurruñado que estuviese. Sin duda podría ser un Iniciado excepcional. Intuitivo, atento, indudablemente más disciplinado que él. Sin embargo no iba a tener esa vida: ya estaba decidido que su hijo no sería parte de la Orden al menos mientras él pudiera evitarlo. No tendrían ese trofeo.

—Yo llevo esto, vos llevá las velas —le dijo, y Gaspar obedeció sin preguntar. Caminaron en busca de terreno llano, pasando los mausoleos y las bóvedas que en este, como en todos los cementerios municipales grandes, estaban cerca de la entrada. Después de las tumbas en tierra, mucho antes de llegar al paredón que cerraba el cementerio, había espacio suficiente para trabajar. De hecho, ya se había trabajado bastante en ese lugar. Juan, preparado y sensible, sintió el temblor de una reciente fosa de muertos no identificados. También los restos de un poderoso ritual afrobrasileño mal ejecutado. Se alejó del lugar donde todavía quedaban plumas, se alejó de los huesos sin nombre. Durante todo el camino, ayudados por la linterna, Gaspar y él habían juntado velas, algunas casi enteras, otras chorreadas y pequeñas. Todas eran necesarias. No iba a usar la luz de la linterna.

—Gaspar, necesito que claves las velas en la tierra y las enciendas.

El chico sabía usar el encendedor sin quemarse. Estos meses, entre su cirugía y la muerte de Rosario, había tenido que aprender muchas cosas, como a encender hornallas. A veces sencillamente nadie tenía tiempo, fuerzas ni ánimo para calentarle la leche. Juan, además, en un arranque de furia, había rechazado ayuda. Nadie se atrevía a contradecirlo. Betty, la prima de Rosario que vivía cerca con su hija, otra criatura sagrada de la Orden, le había tocado la puerta una mañana y él había aullado para que se fuera. La mujer no había regresado.

—Ponelas cerca. Por donde quieras.

Había muchas y Juan temió que Gaspar se comportara como un chico y se pusiera a jugar con las velas, perdiendo el tiempo en buscarles alguna ubicación dictada por sus juegos, pero, en cambio, vio que cumplía su orden con entusiasmo y cierta prolijidad burocrática. Juan le dio la espalda y empezó a trazar sobre el suelo, con los cuchillos, el sello número cinco, el que había visto con los ojos cerrados cuando estaba con Andrés. Un círculo y las letras del nombre del quinto espíritu, en el orden de las agujas del reloj. Otro círculo alrededor del nombre y, dentro de este, el sello: era sencillo, los cuatro círculos unidos por líneas en un diseño casi infantil, y los estandartes de tres triángulos invertidos. Podía trazarlo rápido, de memoria, sin equivocaciones.

El sello estuvo listo pronto; el esfuerzo, aunque mínimo, le oprimía el pecho. Gaspar había encendido las velas y estaba parado en la luz amarilla. Bien, pensó Juan. Faltaba el triángulo, el lugar donde iba a presentarse el Quinto. Miró el sello y supo que iba a funcionar aunque él no estaba usando ropa blanca, ni capa, ni incienso y el trazo era solo un surco sobre la tierra, sin la sangre ni la pintura dorada necesaria, aunque, en realidad, este sello debía trazarse con mercurio. ¡De dónde sacar mercurio! Juan despreciaba lo que llamaba el recetario ocultista. Una de las velas despedía un aroma particular, no era de cera común. Cerró los ojos y dejó que ocupara su cuerpo la energía convocada con la doble corriente ganada con Andrés. Era mucho más eficaz que cualquier espada y que cualquier conjuro.

—Gaspar —dijo en voz baja—, conmigo, a mi lado.

Antes de entrar en el estado focalizado —gnosis, era el término, pero él lo llamaba sencillamente concentración—, que era

vidada, tan desamparada que ni siquiera recurría a las autoridades si les faltaba un hijo o un hermano. Y desde hacía años, además, contaba con los secuestrados que sus amigos militares le entregaban. La Oscuridad pedía cuerpos, se justificaba ella. No era cierto. La Oscuridad no pedía nada, Juan lo sabía. En la Orden, Mercedes era la más firme creyente en el ejercicio de la crueldad y la perversión como camino a iluminaciones secretas. Juan creía, además, que para ella la amoralidad era una marca de clase. Cuanto más se alejaba de las convenciones morales, más clara estaba su superioridad de origen. Florence no compartía ya sus métodos, pero no detenía a Mercedes, que, como miembro de una de las familias fundadoras de la Orden, tenía sus permisos y su agenda propia.

Tali y Stephen estaban esperándolo en la glorieta antigua rodeada por estatuas de bronce que Adolfo Reyes había hecho traer de Francia. Stephen estaba sentado en las escaleras de la glorieta y Tali, parada a su lado, fumaba un cigarrillo. Juan la besó en la boca antes de llevarla al centro de la glorieta. Ahí, cerca del Lugar de Poder, era capaz de hablar con ellos en voz alta creando un círculo de silencio a su alrededor con poco esfuerzo, porque ya se estaba alimentando de la Oscuridad, ya sentía cómo le latía en las arterias una nueva fuerza, cómo sus oídos y su piel percibían cada movimiento con la intuición de un animal nocturno.

—Tuvimos que hacer un trabajo doble —dijo Tali—. Tu criatura es poderosa, que lo tiró. No me dejaste la suficiente cantidad de pelo, pero por suerte se olvidaron ropa.

Juan sonrió. Le tomó la mano y se llevó los dedos a la boca. Apestaban a la sangre seca salada.

—Qué anticuada, Tali —le dijo.

—Lo anticuado funciona —intervino Stephen.

—A veces es lo único que funciona —dijo Juan.

No podía ver, desde la habitación, el Lugar de Poder. La ventana abierta, sin embargo, le traía el olor de las velas que le marcarían el camino en la noche, aunque él podía recorrerlo de memoria. No estaba nervioso, no tenía miedo: apenas sentía. Estaba listo para la corona de sombras. Pronto iba a ingresar en esa zona oscura donde estaba presente y sin embargo ya dejaba de existir. Era capaz de salir con facilidad: no siempre había sido así. Ahora era como un invitado a quien se le da la llave para que entre y salga cuando le plazca.

La túnica era de tul negro; Juan la dejó caer sobre su cuerpo desnudo y sacó los brazos por los agujeros de las mangas. Los brazos debían estar afuera. Alguien, posiblemente Florence, había hecho fraguar sobre la máscara dos pequeños cuernos de ciervo joven. Juan se miró al espejo antes de bajar. El atuendo era innecesario, pero la Orden prefería los detalles ceremoniales y Juan los aceptaba con resignación. Entendía su efecto.

Bajó las escaleras y, en el patio, vio las primeras velas, un camino de dos líneas serpenteantes y paralelas. El silencio era total salvo por los pájaros nocturnos, el chapotear del río, un perro en la distancia. Cuando salió del perímetro de Puerto Reyes y entró en el camino ganado a la selva, se miró las manos: ya no eran suyas. Ya eran negras, como si las hubiese hundido en un pozo de brea. Totalmente negras hasta por encima de las muñecas. Y la forma también cambiaba. De a poco y sin dolor, los dedos se agrandaban: al principio parecían afectados por un súbito reumatismo y en un parpadeo las uñas se hacían largas y fuertes, corvas, dagas doradas. Esa era su marca de médium, la metamorfosis física que lo señalaba y condenaba. El dios de las uñas de oro.

Dio un paso más y vio la primera línea de Iniciados. Pasó entre ellos. El Lugar de Poder lo atraía, tironeaba de su piel. Cuando lo pisó, se dio vuelta y, antes de abrir los brazos, recorrió con la mirada a los Iniciados, los viejos en las primeras filas, los jóvenes detrás, algunos expectantes, otros llenos de miedo, los escribas preparados, los destinados al sacrificio con los ojos vendados y las manos atadas.

Y después no vio nada más.

Tali esperó entre los Iniciados. Podía ver a su padre en la primera fila, junto a Mercedes, al lado de los escribas, pero ella nunca se hubiese atrevido a tomar un lugar ahí. Prefería estar en un segundo plano.

Siempre asistía al Ceremonial. Iba por Juan, pero también porque eso que venía con la noche era divino aunque, estaba segura, no era sagrado. Stephen, el único de toda la Orden por quien Tali sentía un afecto verdadero, la había escuchado atentamente los días anteriores, cuando trabajaron juntos para proteger a Gaspar y también para darle fuerza mágica a Juan. Quiere dejar de convocar pero dice que no puede parar, había dicho Tali. ¿Cómo no va a poder parar?

Stephen, que estaba extrañamente avejentado y delgado, le había contestado que eso era mentira. No quiere detenerse, le había dicho. Si lo deseara, puede renunciar. Tiene el poder para ocultarse, y tiene quien lo ayude a desaparecer, si así lo desea. No miente cuando pone sus excusas, pero son excusas. No sé, ni sabré nunca, lo que es estar en contacto con ese poder, pero sé que no es posible despreciarlo. Nadie podría. Él tampoco puede. No entiendo, y nunca entenderé, cómo ha pasado tanto tiempo sin enloquecer.

Stephen empapó de sangre la ropa de Gaspar y la cortó en tiras. En el suelo, había dibujado símbolos con tiza. Tenía las manos enchastradas, igual que Tali.

Trastornado está, chamigo, le contestó ella, y Stephen sonrió. Un poco, sí. Va a empeorar a medida que disminuya su poder. Tali quiso saber si el poder estaba menguando porque empeoraba su salud. No lo creo, dijo Stephen. Creo que hay un ciclo de poder y que ese ciclo está llegando a su fin. O apagándose. Ningún médium duró tanto tiempo como él, así que, en verdad, no sabemos qué le pasa, ni por qué.

Sin embargo Tali no sentía ese fin de ciclo ahora, parada entre las velas, en el calor insoportable de la selva, con los Iniciados que, a veces, se arrojaban al suelo a llorar, a temblar. Lo sentía venir como lo sentían todos, y no se atrevía a darse vuelta. Ese no era el hombre que conocía, el que dormía en su cama. Eso que caminaba con pasos tan claros que se sentía el roce de cada brizna de pasto sobre sus pies desnudos ya no era exactamente un hombre.

Tali mantuvo la cabeza agachada hasta que las exclamaciones, los gemidos y el éxtasis de los demás la obligaron a mirar.

Juan estaba ya en el Lugar de Poder. Esta vez llevaba una máscara. Abrió los brazos y movió la cabeza hacia un costado: tenía pegada la cornamenta de un animal del bosque; parecía un demonio desinteresado.

Las manos: Tali las vio cuando las extendió. Garras de pájaro completamente negras, quemadas, pero de aspecto pegajoso. Las uñas doradas brillaban como cuchillos a la luz de las velas. ¿Cuántas velas? Cientos. Y entonces el ruido de la oscuridad abierta.

Era un jadeo, pensó Tali esta vez, como de perros ahogados por correas; o de perros sedientos, hambrientos, el ingreso de una jauría. La Oscuridad crecía primero alrededor de Juan, como si fuera vapor desprendiéndose de su cuerpo, y de repente —a Tali siempre la tomaba por sorpresa ese momento— se alejaba en todas direcciones y se hacía enorme y líquida, lustrosa más bien. Era difícil mirarla: más oscura que la noche, compacta, tapaba los árboles, las luces de las velas y, mientras crecía, elevaba a Juan, que flotaba, suspendido en la negrura de alas. Los escribas anotaban, Tali los veía, pero ella no escuchaba nada, nada más que los jadeos y ese batir de alas. ¿Qué escucharían los que escuchaban la voz de la Oscuridad? Juan una vez le había dicho que no escuchaban nada, que era pura sugestión, que lo que escribían era una especie de dictado automático de sus mentes. Y, si escuchan algo de verdad, le había dicho, no puede ser algo bueno. Tali intentó buscar a Stephen entre la gente pero ya era imposible: las filas estaban rotas, algunos intentaban correr hacia los árboles y los Iniciados más firmes los detenían y de la Oscuridad llegaba un aliento helado y maloliente.

Era el momento del sacrificio. Mercedes lo precedía. Los que eran entregados a la Oscuridad estaban con los ojos vendados, las manos atadas, daban tropezones. Drogados y ciegos, no tenían idea de a qué se enfrentaban. Quizá esperaban dolor. Tali vio a un hombre joven, muy delgado, completamente desnudo. Lloraba, estaba más despierto que los demás, le temblaban los labios. ¡Dónde nos llevan!, gritaba, pero sus gritos quedaban ahogados por el jadear de la Oscuridad y el murmullo de los demás.

Mercedes no debía hacer mucho. La Oscuridad tenía hambre y nunca rechazaba lo que le era ofrecido. Los que fueron entregados a la Oscuridad desaparecieron de un solo bocado. Habían tenido suerte, pensó Tali. Le había cuestionado esta práctica a su padre. Rosario también lo había hecho. Él, con desprecio, les había dicho que de todas maneras iban a morir. ¿Qué se les había metido, defender tanto a esta pendejada? Están marcados para la muerte, hijas. Les hacemos un favor.

Muchos miembros de la Orden pensaban que, en realidad, les hacían un honor. Como el hombre joven vestido con un traje negro a pesar del calor, que se acercaba voluntariamente a la Oscuridad. Era el primero. Tali lo vio extender los dedos para tocar esa luz negra compacta, al costado de Juan, a la altura de su cadera.

Y vio cómo la Oscuridad le rebanaba los dedos primero, después la mano y, enseguida, con un sonido glotón y satisfecho, se lo llevaba entero. La sangre de los primeros mordiscones salpicó a Juan, pero él ya no se movía. No iba a moverse por un rato, hasta que la Oscuridad se cerrara.

Las siguientes fueron dos mujeres, de la mano. Una joven, la otra vieja. ¿Madre e hija? La Oscuridad tomó a la vieja de la cabeza y por un momento su cuerpo degollado siguió caminando. La joven ni la miró o, si lo hizo, no se impresionó. Entró en la Oscuridad con decisión y una sonrisa, y arrastró el cuerpo sin cabeza detrás de sí, agarrándolo del brazo. Desaparecieron dejando solamente un rastro de sangre, los chorros que la carótida había regado sobre los devotos de las primeras filas que ahora retrocedían un poco, porque la Oscuridad bajaba, bajaba como un techo de tinieblas o una garganta sin fondo y parecía tener ojos y poder elegir.

Tali vio cómo se llevaba, entero, a un hombre desnudo que estaba de rodillas. Después vio cómo los Iniciados no podían evitar levantar los brazos y rozar la Oscuridad, que se comía dedos, manos. Vio, apenas un segundo, a Stephen entre la multitud manchada de sangre; las velas seguían encendidas pero poco podían luchar contra el encierro negro de la Oscuridad que bajaba como un manto.

Y entonces empezó la retirada. Primero subía ese techo oscuro como de murciélagos, lejos, y haciéndose pequeña rodeaba a Juan, que bajaba los brazos despacio y volvía la cabeza al frente. La Oscuridad no se desvanecía: retrocedía como nubes de tormenta, pero se mantenía alrededor del médium y lo devolvía al suelo gentilmente. Los Iniciados, los asustados y los alucinados, los tranquilos y los escribas, todos obedecían a quienes tenían más carácter o más experiencia, y se obligaban a formar de nuevo las filas. Algunos encendían las velas que la cercanía con la Oscuridad había apagado. Todos fingían no sentir terror; los que temblaban preferían decir que era de éxtasis, de emoción, la gloria de presenciar la aparición de un dios vivo.

Juan ahora estaba arrodillado sobre una sola pierna y se oía su respiración agitada y dolorosa. Todavía lo rodeaba un finísimo halo negro que, sabían todos, era extremadamente peligroso: cortaba como una guadaña.

El médium se levantó. Caminó derecho, guiado, los ojos muy abiertos y húmedos. Tali se le acercó: olía a transpiración, su cuerpo estaba empapado bajo la túnica, olía a mar y sal y algo ácido. Retrocedió. No quería que la marcara. El médium levantó la cabeza y pareció husmear la noche. El fino halo que lo rodeaba serpenteaba, lo seguía de a ratos, como si su cuerpo humeara. Los Iniciados le traían a los heridos por la Oscuridad. El médium –Tali no podía llamarlo Juan ahora, no lo reconocía– pasaba sus manos negras sobre las heridas y las quemaba. Cauterizaba las heridas y los Iniciados gritaban de dolor pero solo un instante, porque la pérdida de un miembro, creían, los marcaba como elegidos y favoritos. Después de ser curados, lloraban de alegría. Manos y brazos perdidos en la Oscuridad que ahora eran extremidades nuevas, mordidas, arrancadas. La Oscuridad se achicaba cada vez más y los Iniciados se arrojaban a los pies del médium, como perros hambrientos, pensó Tali, y le ofrecían sus cuerpos desnudos. Eran muchos esta vez: muchos esperando un pedazo de pan, tocándose; algunos se rasguñaban. Por fin, el médium accedía. En general marcaba a muy pocos. Esta vez eligió a una chica delgada, de pecho plano y caderas anchas, que estaba lejos de la primera línea de Iniciados aulladores, una chica que le pedía por favor con los labios, de pie, una chica que no era una loba ni una perra sumisa: una chica que parecía una serpiente, con sus ojos pequeños y su nariz chata. El médium se acercó a ella, la rodeó con sus pasos lentos, y usó tres de sus uñas doradas para rasgarle la espalda de un zarpazo. La sangre le chorreaba por las piernas desnudas, le dibujaba un cinturón oscuro: los Iniciados miraban boquiabiertos. Después contarían que los tajos, tan profundos, habían dejado ver la columna y las costillas. La chica trastabilló, pero el médium la sostuvo y, con su otra mano, que estaba volviendo de a poco a la normalidad –ya no tenía las uñas de garras amarillas, ahora tan solo era deforme y negra, reumática–, le acarició la espalda herida. Y dejó de sangrar. Y los tajos se transformaron en cicatrices oscuras, como si la mano estuviese cargada de tiempo. Después, dejó caer a la chica al suelo y se fue caminando, lentamente, hacia la casa. El halo negro lo había abandonado. Lo último que vieron los Iniciados fue que, cuando doblaba por el camino de velas, aún tenía las manos negras. Estaba prohibido seguirlo. Solo Stephen y un grupo selecto estaba autorizado a acompañarlo. Tali entre ellos, porque había sido requerida por el médium y a él se le concedían ciertos caprichos.

Los Iniciados ignoraban lo que pasaba después, las consecuencias del Ceremonial sobre el cuerpo del médium. Ellos debían quedarse junto al altar y seguir a Florence en los ritos de cierre, cuando los mutilados eran ungidos en los círculos, cuando la sangre era recogida, los textos leídos, los muertos retirados. El amanecer, todavía lejano, marcaba el fin del Ceremonial.

Tali no participaba de los ritos finales. Corrió, con el pelo oscuro suelto y el vestido blanco manchado de sangre, hacia el camino de velas y hacia Juan. Extrañaba a Rosario más que nunca, extrañaba su entereza y su sensatez.

Tardaba tanto en salir de la inconsciencia que Tali no quería esperanzarse por un temblor de los dedos o un cambio en la respiración. Había que esperar. Bradford sonaba optimista. La doctora Biedma, su discípula, parecía preocupada. Juan había perdido la conciencia, pero su corazón no se había detenido. Hacía años que no pasaba eso, pensó Tali.

Después de diez horas, Stephen salió de la habitación. Tengo que dormir, dijo. Tali le apoyó una mano en la espalda, lo sabía agotado y entendía que no quisiera dormir en ese cuarto tan triste, con la luz encendida, el ruidoso monitor que registraba el errático latido del corazón de Juan y su esforzada respiración. Incluso Rosario lo evitaba, mientras Juan estaba inconsciente.

Tali no tenía sueño. Bradford la trató con desprecio, como siempre. Para Bradford, ella era el producto de las indiscreciones de Adolfo con una bruja de pueblo. Tali tenía preparada, en su cabeza, una combinación potente para, al menos, molestar el sueño del doctor Bradford unas semanas. No bien volviese a su casa, iba a concentrarse en hacerle un trabajo, breve, pero efectivo. Juan y Stephen no debían enterarse, porque los dos siempre le advertían sobre hacer magia solo por enojo o por disgusto. Quiénes eran ellos para juzgar, qué coraje, con las cosas que habían hecho y hacían.

Tali miró de reojo su reflejo en el vidrio de la ventana. Había cumplido treinta años. Cuando le decían que era hermosa, se referían a su cabello pesado, a su cuerpo acostumbrado a las caminatas y al brillo de sus ojos oscuros. Pero nunca se maquillaba, no se preocupaba por su piel, le disgustaban los anillos y las pulseras; cuando la elogiaban siempre había puntos suspensivos, «pero serías mucho más linda si...». Sentía que estaba poniéndose vieja, que necesitaba hacer algo con respecto a las líneas de expresión alrededor de la boca, o a las estrías en las caderas, resultado de sus veranos en bicicleta, que le habían adelgazado bastante las piernas. Se acercó a la cama donde Juan seguía inconsciente. Le acarició la mano izquierda, la lastimadura que no cicatrizaba, y no tuvo ninguna respuesta. Llevaba un día entero así. De todos modos, no podía compararse con las horas desesperantes del año anterior, que ella no soportó: terminó encerrada en un baño del hospital, rezándole locamente al Santo, pero sobre todo asustada, hasta que la propia Rosario la buscó y le pidió que la reemplazara, porque ella tenía que estar un rato con Gaspar: el chico, por una no tan extraña coincidencia, volaba de fiebre y no podían bajársela. Recordaba a su hermana cansada, con el pelo atado en un rodete y una determinación envidiable. Tali había sabido, al verla, que Rosario estaba destinada a ser la jefa de la Orden. ¿Y si la habían matado por eso? Juan no podía ni quería entender la política de la Orden, ni la profundidad de las ambiciones de Rosario. Para eso estaba Stephen.

Juan se desprendió de su mano y, en un movimiento que a ella le pareció rapidísimo, se sacó la máscara de oxígeno de la cara. Antes de ir a buscar a Bradford, le acarició los labios pálidos, las ojeras inflamadas. Tenía los ojos tan extraños como siempre después del Ceremonial. Más transparentes y cruzados de pequeños derrames: parecían ciegos. Tali sabía que mejorarían con las horas. Ella se agachó para besarle la frente y él le preguntó en voz baja cuánto tiempo había pasado. Un día, más o menos, contestó ella. Enseguida vengo, dijo, y abrió la puerta: Bradford estaba ya del otro lado, como si algo lo hubiese alertado. Tali los dejó solos. Se recostó contra la ventana del pasillo. Afuera, el cielo amenazaba con otra tormenta: sobre el negro de la noche se desgajaban nubes moradas y el aire parecía estar hecho de miel. Tali acarició el talismán que llevaba bajo la piel delgada del brazo, tan pequeño que parecía una picadura o alguna imperfección. Mi Santo, gracias, le dijo, y le prometió con palabras que no podía conocer nadie un perfecto regalo cuando volviera a su casa, a su templo. Le había preguntado al Santo alguna vez quién era la Oscuridad, se lo había preguntado de noche, hacía años, entre vino y velas, y el Santo había contestado en las cartas: una y otra vez salía en el centro de la tirada, como respuesta, la Luna. Era la carta que Juan le había dibujado y la que Tali menos entendía y que siempre interpretaba como un cambio importante, un cambio voluntario. Pero también era la decepción, el desconcierto, la ensoñación. Incluso la locura.

Bradford salió de la habitación y le indicó a Tali, con la cabeza, que podía pasar. El médico tenía el pelo algo sucio y ella tuvo una sensación de asco, como si tocara accidentalmente el fondo de una olla con carne podrida.

Juan estaba sentado en la cama: se abotonaba una camisa limpia, blanca, de manga corta. Sobre las sábanas se enredaban los cables del suero y los electrodos y todo lo demás. Cuando la miró, ya tenía menos derrames en los ojos, que de a poco volvían al verde manchado de amarillo habitual. Juan le pidió que se acercara: le temblaban las manos, no podía terminar de abrocharse la camisa. Tali lo ayudó. Le preguntó si ya podía salir y él le contestó que Bradford decía que no, pero él no iba a quedarse en la cama. Quiero que me lleves a caminar un rato, le pidió. Tali terminó de prenderle los botones y le preguntó si podía sostenerse en pie. No te aguanto el peso si te caés, le dijo. Juan apoyó los pies en el piso y las manos sobre los hombros de Tali. Cuando se enderezó, respiró profundo para mantener firmes las rodillas. Puedo, le dijo. ¿Y Stephen? Está descansando, pero lo puedo llamar.

La sala que Juan usaba para recuperarse del Ceremonial quedaba en la planta baja; de otra manera, Tali no se hubiese atrevido a caminar con él, no podía bajar escaleras. Lo dejó apoyarse sobre ella todo lo que su fuerza podía sostenerlo, él la abrazaba por la cintura. En el corto pasillo hacia el patio no se cruzaron con nadie y tampoco afuera, cerca de la fuente y el sauce. Cuando estuvieron un poco más lejos de la casa, Juan preguntó:

—¿Ya probaron a Gaspar?

—Esta tarde —dijo Tali—. A mí no me cuentan nada, pero a Stephen sí. Dice que no pasó ninguna de las siete pruebas.

Juan la miró con una sonrisa que lo hacía parecer muy joven, un adolescente. Tali no podía encontrar en su cara al hombre que la había aterrado la noche anterior. Se sentaron en un sillón, uno de los tantos que Mercedes había hecho llevar al jardín para reemplazar los bancos de madera y de metal, tan incómodos. Tali se sentó en la punta y Juan a su lado, pero mantuvo el torso vertical para poder respirar mejor. El jardín estaba muy oscuro. Para usar el aire acondicionado se apagaban todas las luces posibles, incluso con el generador encendido. La casa de huéspedes estaba llena y se intentaba tenerlos cómodos. Se les prohibía acercarse a la casa grande donde permanecía el médium.

—No sabés lo fuerte que es el chico —dijo Tali. Juan no respondió. La dejó hablar—. Tuvimos que trabajar mucho. ¿Es porque es chico?

Juan se sentó derecho en el sillón para contestarle. Ya tenía el blanco de los ojos casi normal.

–No. Porque es chico debería haber sido fácil.

–Bueno, no fue un parto tampoco. Pero costó. ¡Se me escapaba por todos lados!

Juan se despejó la frente. No transpiraba a pesar de que el calor era húmedo y amenazante.

–Tengo que pedirte un favor. Quiero que lo mantengas así. A Gaspar.

–Más vale, Juan, hasta que te vayas va a estar bloqueado.

–No me refiero a eso.

–Juan, para hablar tendríamos que usar el silencio, ¿no?

Él negó con la cabeza. Estaba agitado.

–Hoy puedo sentir cómo crecen las plantas, puedo escuchar cada susurro de la casa, los pasos de los invitados, hasta los lamentos de los que Mercedes esconde en el túnel. No nos escucha nadie. Salvo Stephen, que está acercándose. Estamos solos.

Y entonces le pidió: quiero que mantengas a mi hijo bloqueado para siempre. Necesito saber si podés hacerlo. Tali dijo que podía intentarlo, pero también le explicó lo doloroso que resultaba anular a alguien tan joven. Había sentido, cuando hacía los trabajos para bloquearlo, que estaba lastimando físicamente al chico. Fue como si chillara, dijo Tali, y recordó el escalofrío, la sensación de que estaba cortando músculos cuando manipulaba el muñeco hecho de sangre, pelo, ropa y huesos. Que estaba ahogando a un gato fuerte, recién nacido, desesperado por vivir. Stephen había tenido que trazar los signos muchas veces porque se desvanecían, como si les faltara fuerza, como si una mano los borrara. Mantener ese estado durante mucho tiempo era posible, pero trabajoso, y, creía Tali, iba a resultar dañino para Gaspar. Y letal para ella y para Stephen, si los descubrían.

Los ojos de Juan estaban fríos.

–No van a descubrirlos si trabajan en el Templo. El signo de protección que dejé oculta cualquier cosa que suceda adentro.

–Sos turro, no me dijiste que lo hacías para eso.

—¿Podés mantener bloqueado a mi hijo?

—No sé qué puede pasar cuando crezca.

—Cuando crezca, veremos. Nadie va a enseñarle nada. Necesito que sigan creyendo que no sirve. Una sola sospecha sería suficiente para que empiecen a usarlo.

Stephen entró al jardín por el camino que llevaba a la casa de huéspedes. Se sentó en cuclillas frente a Juan y lo observó atentamente. Había dormido; parecía aliviado.

—Mi madre lo consideró un Ceremonial magnífico y quiere verte en cuanto te sientas bien. Tu hijo está con Marcelina.

—Me contó Tali que Gaspar no superó ninguna prueba.

Juan recordaba las siete pruebas con claridad. Eran sencillas y efectivas. Él las había superado todas sin mayor esfuerzo mucho antes de manifestarse. Gaspar también lo hubiese logrado sin la intervención de Stephen y Tali.

—El niño podría ser asombroso si lo entrenaras. Si me permitieras entrenarlo. Rosario quería eso y tú lo sabes.

—Y lo entrenó bastante. Gaspar tira el Tarot y tiene seis años. No quiero revivir esas discusiones. No vamos a discutir nosotros. Es mi decisión. No van a resignarse, ¿verdad?

—Por supuesto que no. Probarán al niño una vez por año o cuando lo consideren necesario. No me han dicho cómo lo harán pero, vamos, a eso no puedes negarte.

—Acabo de pedirle a Tali que mantenga el bloqueo de Gaspar, tenés que ayudarla.

Stephen suspiró.

—Mira: sé que, ahora mismo, la prudencia no puede importarte menos, pero tener esta conversación aquí es de locos.

—¿Vas a ayudarla?

—Pues claro que sí. Y basta, ya basta.

Stephen tomó a Juan de las manos. Como Tali, acarició la herida en la palma de la mano. Voy a buscar a Gaspar, dijo.

Cuando Gaspar entró en el jardín, con sueño en los ojos y acompañado de Stephen, estaba muy serio, hasta que vio a su padre y entonces corrió y trepó al sillón y lo abrazó con tanta fuerza que Tali tuvo que mirar para otro lado, hacia la noche y su tormenta, las luces de la casa de huéspedes, las orquídeas blancas que colgaban sobre el musgo de los árboles.

Juan y Gaspar durmieron y pasaron la mañana juntos: cenaron y desayunaron en la cama, miraron la televisión. Juan sentía la particular distancia que seguía al Ceremonial: un exceso de sensibilidad mezclado con cansancio y cierto aturdimiento.

Gaspar no le hablaba de las pruebas a las que su abuela, Florence y Anne lo habían sometido. Juan no quería preguntarle. ¿Las habría confundido con un juego? Ya se lo contaría. En el cansancio de las horas posteriores a la inconsciencia, prefería esta suspensión. Sin embargo, conocía lo suficiente a su hijo como para saber que, si no mencionaba lo que había pasado, era porque todavía lo estaba pensando. Y cuando Gaspar callaba y pensaba, era porque algo le había molestado, porque no encontraba todavía las palabras para decirlo. Necesitaba tiempo y Juan estaba dispuesto a dárselo. Hablaba de otras cosas. Del zoológico adonde lo había llevado Marcelina. Es para cuidar a los animales, le decía, porque la gente caza por maldad. Por maldad. Juan sonrió: había copiado esa expresión de alguien. Notaba claramente el trabajo que habían hecho sobre su hijo Tali y Stephen. Él, sin embargo, todavía podía adivinar lo que sentía y también hablar con él sin pronunciar palabras. Lo que ya no percibía era esa vibración que se venía acentuando desde la noche que los dos habían visto el fantasma de la mujer embarazada en el hotel. La vibración había sido tensa y palpitante como un dolor de cabeza. El chico estaba mejor sin esa carga.

Bradford había entrado varias veces durante la noche, a comprobar que Juan estaba bien. También la doctora Biedma. Gaspar dormía con tanta tranquilidad a su lado que ni siquiera se despertó las varias veces que Bradford usó el tensiómetro

142

para tomarle la presión. Era tan grato taparse con la sábana, sentarse en la cama y mirar la noche por la ventana, dejar atrás la sangre salpicada, las manos doloridas por la transformación, la visión de los entregados para el sacrificio, con los ojos vendados y las bocas abiertas.

Y, sobre todo, dejar atrás una nueva certeza. Él no había abierto la Oscuridad para Rosario. Nadie más podía abrirla y él no lo había hecho. Y como nadie más era capaz de abrir la Oscuridad, ella no podía estar ahí. El demonio lo había confundido. No era inmune a sus sugestiones, aunque le gustara creer que sí. Cuánta arrogancia. Era un alivio saber, de todos modos, que Rosario no estaba en los bosques de manos, los campos de torsos, en el bosque de huesos que ella había considerado un templo. O en el valle de los ahorcados, donde hombres y mujeres colgaban de los pies, donde pasaba su eternidad Eddie, el hermano menor de Stephen, el chico que había sido entrenado para médium y había fracasado. En esos páramos nunca había seres vivos, sin embargo. Apenas restos humanos. ¿O había alguien más, en la Orden, capaz de abrir la Oscuridad? ¿Mercedes había encontrado un médium entre los secuestrados que mantenía prisioneros? ¿Él podía no darse cuenta?

No, dijo en voz alta. No debía volver a rumiar hasta enloquecer. Las horas después del Ceremonial eran las más difíciles cuando se trataba de mantener la cordura.

Después de desayunar, acompañó a Gaspar hasta la pasarela de madera que se suspendía sobre las copas de los árboles y bajaba, con una escalera empinada, hacia una playa limpia desde la que se veía el muelle principal de Puerto Reyes. Se sentó sobre la arena gruesa y oscura y miró jugar a Gaspar, que se entretenía con ramas y esqueletos de peces, con sus propios autos y chapoteando en la orilla. Había pedido que nadie los acompañase salvo los guardaespaldas, distintos a los que contrataban en Buenos Aires, que se mantenían a distancia. El río estaba nervioso, crecido por las lluvias, marrón y opaco. Marcelina le había conseguido a Gaspar, el día anterior, un balde de plástico y el chico lo usaba para cargar las flores que dejaban caer los jacarandás, las flores rojas del ceibo, todo tipo de hojas verdes. Juan tuvo ganas de nadar, pero no se sentía físicamente fuerte para hacerlo. Cuando extendía los brazos, las manos todavía le temblaban.

Podía mejorar con los días o no. Bradford se lo había explicado: no había más que hacer desde el punto de vista médico. Tenía el corazón dilatado y en insuficiencia, era irreversible. Contaba con la medicación y los avances de la medicina y otros paliativos. Lo más probable, sin embargo, era la ya imparable decadencia hasta la muerte en meses, en pocos años, en un segundo.

El sol le hacía doler la cabeza.

—¡Me voy a trepar al árbol! —gritó Gaspar.

Juan lamentó no haber traído algo para tomar: tenía sed. No quería pedirles a los guardaespaldas. Miró la agilidad con que su hijo trepaba por el tronco torcido de un árbol y después sorteaba las ramas hasta sentarse en una, más bien baja, que usaba como caballito. Había aprendido eso seguramente en los paseos con su madre, cuando los dos salían de excursión mientras él se quedaba solo, postrado. Él, de chico, nunca había trepado a un árbol. Una envidia posesiva le llenó la boca de metal y se dio cuenta de lo peligroso de esa sensación, de lo que significaba para Gaspar, para él, para lo que le quedaba de cordura.

Sintió los pasos de Stephen: estaba a unos cien metros, venía por la plataforma. Algo tintineaba: traía alguna bebida, con hielo. Lo vio bajar con un equilibrio delicado por la escalera empinada y recibió la bebida con una sonrisa. Era té helado: Stephen detestaba el tereré y la yerba mate en general, pero disfrutaba mucho del té de Misiones, que le parecía bastante mejor de lo que sus esforzados cultivadores creían.

—Buenos días —saludó Stephen una vez que se sentó. Juan tomó el vaso de té de dos tragos y el frío lanzó un agudo dolor hacia su ojo izquierdo—. Quieren hablar contigo hoy. Por supuesto, respetarán tu decisión si prefieres posponer el encuentro.

—No —dijo Juan—. Cuanto antes mejor.

Stephen se quejó del calor y se sacó la remera oscura. Hacía tiempo que no tomaba sol, su piel gruesa y manchada de pecas en los hombros estaba pálida. Tenía los brazos dorados hasta la mitad, como un camionero. En la espalda, las cicatrices gemelas que empezaban bajo los omóplatos y se extendían hasta la cintura eran gruesas y sobresalientes. Juan las acarició con la punta de los dedos: él había abierto y cerrado esas heridas.

Stephen había viajado a Misiones con su madre. Tenía quince años y Florence juzgó que tenía la edad suficiente para asistir. Juan, a los doce, era alto y delgado: en aquellos primeros Ceremoniales todavía no comprendía bien qué era esa sensación en las manos, ese deseo de marcar. Stephen le enseñó el camino cuando se puso ante él, se arrodilló, se dio vuelta y le ofreció la espalda. Después le había contado que el corte había sido muy rápido y doloroso: Juan recordaba cómo sus uñas doradas chocaban contra los huesos de las costillas de Stephen. Stephen no había gritado ni temblado: se aferraba al pasto con las manos. También le había explicado el alivio que llegaba cuando las manos cerraban la herida, las uñas eran como una caricia. Juan recordó cómo Florence, entonces, había llorado de alegría. Lo consideraba una bendición. Le daba un poco de envidia, había admitido. Ah, ella llevaría con orgullo las marcas de las uñas de oro. Florence sabía que la marca era un compromiso con Juan, una cicatriz de fidelidad. La idea de que la fidelidad de su hijo mayor estuviese dividida entre el médium y la Orden no le resultaba del todo grata, pero Florence respetaba y no cuestionaba las decisiones de la Oscuridad. Era un honor que la Oscuridad hubiese tocado a su hijo mayor y era una desdicha que hubiese despreciado a Eddie, su hijo más chico, el fracaso más importante de su vida. Y era una pena que no la hubiese elegido a ella.

Los marcados tenían un estatus diferente en la Orden: mayor acceso a conocimientos, a rituales, a decisiones del círculo interno. Habían sido tocados por los dioses. La joven que había sido marcada la noche anterior ahora sería invitada a rituales mayores, se le concederían caprichos y, si Juan quería, podría tener una relación cercana con él. Stephen tenía tanta libertad y tanto acceso a él no solo porque era el hijo de Florence, sino también porque era uno de los marcados. Con los años el lazo se había vuelto íntimo, fraternal y sexual. Si a Florence le había molestado, nunca lo había dicho en voz alta. Todos sabían, sin embargo, que hubiese preferido ese privilegio para su otro hijo. Pero ya nadie hablaba de Eddie, que había desaparecido hacía casi diez años.

Gaspar sacudió la rama con tanta fuerza que algunas hojas alcanzaron a Juan y a Stephen.

—¡Bajá ya mismo! No te voy a ir a buscar.

Hubo un silencio y después un lento y dubitativo deslizar de manos y piernas. El árbol no era alto y Juan sabía que su hijo era capaz de arreglarse solo. En menos de cinco minutos estaba de vuelta en la playa y venía corriendo hacia él.

—Es más difícil bajar que subir.

—¿Y eso es raro?

—Sí, porque por ejemplo en las escaleras es al revés.

Tenía una de las manos llena de hojas y las agregó a su colección del balde. Hola, le dijo a Stephen, y se sentó a su lado. Cuando se puso a ordenar y seleccionar sus flores y yuyos y hojas sobre la arena oscura de la playa, Juan le preguntó:

—¿Cómo te fue con la abuela ayer? Me contaste mucho del zoológico pero de lo que hiciste con ella nada.

—Me aburrí. Me dijo de ir a jugar, pero jugamos a cosas raras que no estaban buenas. No me gusta estar con la abuela. Con el abuelo sí.

—¿A qué jugaron?

Gaspar contó las pruebas a su manera, confusa y caótica, pero a Juan y Stephen, que las conocían, les fue sencillo entenderlo. Le habían tapado los ojos y le habían preguntado quién estaba en la habitación. Gaspar había nombrado a los presentes. No sentía a nadie más. Todavía con la venda, le habían pedido que imaginara símbolos. Como qué, había preguntado Gaspar. Como números. U otros. Él les había hablado de las flores que veía antes del dolor de cabeza.

—¿Eso no cuenta para nada? —preguntó Juan.

—Parece que no les ha llamado la atención. Es un aura de migraña. No son imbéciles.

El chico hablaba como en un sueño mientras apilaba flores violetas, flores rojas, hojas verde claro, hojas verde oscuro, cortezas, como ingredientes para el caldero.

—Después me hicieron caminar por una parte rara del zoológico y ellos corrían alrededor, creo. No sé qué juego era. Como a la escondida, pero me asusté por los ruidos y además algunos no tenían ropa puesta y no me gustó. El abuelo me vino a buscar, pero después de un rato relargo. Como de noche.

—Está bien. Y qué más.

—Después eso aburrido, cuando me sientan arriba de unos redondeles en el pasto. ¿Son de tiza, papá?

—Sí, son de tiza.

Juan pensó: antes eran de sangre, hijo, pero tu madre se los prohibió cuando creciste. Es sorprendente que le respeten el deseo.

—Y otra cosa aburrida, querían que me quede en una cama con las patas torcidas y pensando en cosas que ellos me decían, como imaginándome cosas, pero no las entendí bien. Y tienen una mano como la que tenía mamá en la cartera, capaz es la misma.

Juan frunció el ceño. No le gustaba que se mencionase esa mano delante de Stephen, pero además sabía que estaba oculta. Si la habían encontrado, era un problema grave. Sin embargo, Stephen habló.

—No es la misma. La de Rosario sigue bien escondida. En Argentina sobran los muertos anónimos y esta casa ha sido una cárcel clandestina por años.

Juan se frotó los ojos. El dolor de cabeza le endurecía el cuello. También la frustración.

—La abuela se enojó porque cuando me la dieron porque casi se me cae, es repesada. Mamá no me dejaba tocarla y yo no sé cómo agarrarla.

—¿Cómo se enojó?

—Me la sacó y me pegó y me dijo que era un tarado, algo así. No sé si un tarado. Una cosa fea. Pasa que se me cayó. Es pesada.

—Te pegó.

Gaspar hizo el gesto de una bofetada, con el dorso de la mano sobre su mejilla.

—No me dolió, igual. No me dolió en serio.

Juan miró a Stephen.

—Algún día la voy a matar —dijo. Y añadió—: Gaspar, haceme un favor. Armá una pista de carreras para los autitos, con forma de ocho.

Gaspar obedeció, como si agradeciera el fin del interrogatorio, y se puso a trabajar en la arena, alisándola con las zapatillas.

La reunión se hacía en la sala principal de Puerto Reyes. La migraña que se había insinuado en la playa del Paraná ahora daba martillazos en la cabeza de Juan y con cada uno de los violentos y desiguales latidos de su corazón crecían las náuseas. Se sentó en el inadecuado sillón de cuero, inadecuado porque enseguida se humedecía, era pésimo para el calor y la humedad y esa sala, demasiado grande, no tenía aire acondicionado, apenas un ventilador de techo. Había dejado a Gaspar durmiendo en brazos de Marcelina. El dolor lo obligaba a cerrar los ojos. Era tarde para tomar un medicamento y, además, sabía que necesitaba algo muy fuerte; y un analgésico poderoso iba a bajarle la presión demasiado, más de lo que ya lo habían hecho los medicamentos de Bradford, cuyos rastros le recorrían en pequeños pinchazos la parte interna del codo. Desde el sillón podía ver la pintura de Cándido López. *Asalto de la 3.ª Columna Argentina a Curupaytí.* Un rectángulo de metro y medio de largo con sus hombrecitos con escaleras, el herido en la camilla, algunas explosiones, el hombre sobre el caballo blanco que parecía ajeno a todo, con su espada en alto, en el fondo las explosiones como nubes bajas, el suelo un pantano, el cielo nublado de guerra. Era una belleza. Era la muerte lejana, observada, infantil.

Stephen preparaba bebidas frías como si la conversación que iba a seguir fuese un intercambio amable y sin chantaje, una especie de té social. Él mismo, sin embargo, tomaba whisky de la interminable bodega de Adolfo. Juan le rechazó un vaso cargado de hielo: el dolor empeoraba con el alcohol. Stephen se le acercó y le pasó un hielo por la nuca.

–¿Esto te sirve?

Juan no contestó. No servía, pero necesitaba a Stephen cerca. Le había demostrado su lealtad hacía mucho y de una manera tan definitiva que era imposible dudar.

Solo Mercedes, Florence y Anne Clarke estaban en la sala. Las mujeres, las jefas. Florence usaba un vestido floreado, de seda, que parecía flotar a su alrededor. Era alta y esa tarde casi no llevaba maquillaje ni joyas: al natural, su piel demasiado blanca tenía un tinte grisáceo y los dientes, algo amarillentos, solo aparecían cuando sonreía. Se había recogido el cabello, largo e indomable, en un rodete. Habló sobre cómo esta vez la Oscuridad se había proyectado de una manera única. Doce tocados por la Oscuridad, el mayor número jamás conseguido. Juan quiso confirmar cuántos habían sido tragados y ella, con un orgullo desbocado, dijo ocho, y dijo *eight,* hacía eso, mezclaba el inglés y el castellano cuando se dirigía a él, que entendía ambos idiomas.

Por esto queremos ante todo agradecerte, dijo Florence. *So grateful.* Porque los dioses hablaron y el registro de sus palabras también fue extenso. Sabemos lo que le cuesta a tu cuerpo hacer esto y sabemos que estás lleno de dudas. Es normal que un médium dude. Pero nosotros debemos proteger a la Orden de la locura de los médiums. Sabemos de tu deterioro. Sabemos el precio que pagan por ser la puerta.

—El médium está acá —dijo Juan—. No hables como si te refirieses a otra persona. Antes de que me comuniquen lo que deben comunicarme, necesito saber algo y van a responder. Estoy harto del silencio.

Las mujeres levantaron la cabeza, expectantes, y Juan levantó la voz. Afuera, los perros ladraban.

—En el viaje hacia acá convoqué a una entidad. Por qué lo hice no es algo que deba explicarles. Respondió a una de mis preguntas con palabras que interpreté de una manera particular. Equivocada. Y persistí en el error. La manera en que persistí y lo mucho que me costó convencerme de que estaba pensando una tontería me dieron la pauta: la confusión era un trabajo mágico. Muy bueno, porque no lo sentí. Me hizo falta estar en esta casa para salir del error. Para entender quiénes son «los que me hablan». Y son ustedes.

Miró a las mujeres detenidamente. Ellas estaban tranquilas. Anne, con su pelo blanco perfectamente peinado, parecía la única algo inquieta. Era la más vieja y la más escrupulosa.

—Me subestiman. Saben que es posible que esté llegando al fin de mi ciclo. Pero, como vieron anoche, el ciclo todavía tiene descargas muy poderosas.

Florence quiso hablar, pero Juan levantó una mano.

—Ahora no. Quiero que me digan por qué estuvieron manipulándome.

Fue Florence la que respondió y fue muy concreta:

—Tenemos a Rosario —dijo—. La tenemos atrapada en un lugar donde no puedes alcanzarla. *Out of reach*.

Juan cerró los ojos. El dolor se le extendía a la mandíbula, porque tenía los dientes apretados.

—¿Adónde está?

—Eso no lo sabemos. Eso debes averiguarlo.

—Hicieron un conjuro sin saber cómo deshacerlo. Eso me están diciendo.

—Sí, es correcto. —Florence se cruzó de brazos.

—¿Por qué mataron a Rosario? ¿Para quitarme poder? ¿Porque pensaban que ella quería tomar el control de la Orden?

Mercedes se puso de pie.

—No matamos a mi hija. La sangre se respeta. Tuvo un accidente.

—Y entonces vieron la oportunidad.

Mercedes lo miró fijo, detrás de sus cristales oscuros. No dijo nada.

—No les creo. No importa. ¿Adónde mandaron a mi mujer?

—No lo sabemos y no mentimos —siguió Florence—. En el último Ceremonial, los dioses hablaron de diferentes lugares de muerte. Mandamos su espíritu a uno de ellos. Pero no nos enseñaron, aún, cómo encontrarla y tampoco podemos alcanzarla. *We just can't. Like you.* Cada año, cuando hagas el Ceremonial para nosotros, podrás preguntarle a la Oscuridad dónde queda ese lugar y cómo se la puede sacar de allí. Tarde o temprano dará la respuesta.

—¿Es un lugar de sufrimiento?

—Sí —dijo Florence, con frialdad—. Tenemos que asegurar nuestra protección y tu compromiso. No puedes dejarla allí, ¿verdad? Tienes que buscarla y tienes que venir a buscarla aquí, en el Ceremonial. Quizá puedas buscarla por tu cuenta también, no es de nuestra incumbencia. Solo debes saber que la respuesta que buscas está aquí.

Juan cerró los ojos fingiendo dolor, pero en realidad estaba estudiando la energía de la habitación para ver si podía lastimarlas. Cuando se acercó a Mercedes y a Florence lo notó. Algo las protegía y era poderoso. Retrocedió. ¿Cuándo se habían vuelto tan fuertes, si las tres siempre habían sido apenas notables brujas prácticas? Entendía: eso era la disminución del poder. Lo que antes parecía mínimo ahora era importante y potente. Las condiciones se igualaban. Escuchó, como en un sueño, la voz de Stephen:

Si las eliminas nunca te dirán qué hicieron con Rosario. No las dañes.

Está en los textos, dicen. Puedo acceder a los textos.

Ese texto lo tendrán bien escondido. Lo averiguaremos, pero si mantienes la calma. Tienes otros caminos para buscarla y ellas no los conocen. No olvides eso. La encontraremos.

Juan no tuvo nada que decir. Entonces Rosario estaba en la Oscuridad. De alguna manera. El demonio no le había mentido ni él había interpretado del todo mal. Solamente le faltaba información.

—Es nuestra manera de asegurar que volverás y seguirás convocando, porque si no lo haces, la abandonarás en ese lugar —siguió Florence—. Y de que aceptarás intentar el Rito con tu hijo cuando sea necesario.

—Y nos darás las pistas para que todos podamos hacerlo con éxito —agregó Mercedes—. Hasta ahora la posibilidad es solo para el médium. No podemos dejar que nada interrumpa el proceso.

—Rosario lo podía interrumpir —dijo Juan—. Ustedes creyeron que ella tendría ese poder sobre mí, que protegería a su hijo.

No hubo respuesta. Juan siguió:

—Mercedes, no te quedan hijos para poder mudar tu conciencia.

Ella sonrió.

—Juan, el dolor de cabeza te ha dejado estúpido. No tengo a mi hijo, pero tengo a mi nieto.

—El cuerpo de Gaspar es mío.

—Si fracasás, no. Si decidís fracasar como, me temo, tenés ganas de hacer, lo tomaré yo. La sangre es lo que importa.

Volvió a sonreír y miró a Florence, que dijo:

—Juan, nunca hemos tenido un médium con quien se te pueda comparar. Necesitamos protegernos de lo que te está ocurriendo. Los médiums pierden la cabeza. *They lose their mind! It happened too many times.* Se vuelven incontrolables, se rebelan. Lo entendemos. Pero lo que la Oscuridad, nuestro dios antiguo, nos está dando no se debe interrumpir por un capricho o una locura momentánea. Ni siquiera por tu enfermedad. Tenemos que protegernos de tu poder. No puede detenerse el mensaje solo porque decidas ponerte en nuestra contra. Nos está enseñando cómo vencer a la muerte. Nos está enseñando cómo contactar con otros Dioses Antiguos. *Imagine that.* Debes seguir convocando para nosotros. Tu mujer nos dijo que ya no querías hacerlo y no podemos permitirlo. Y sabes perfectamente que, cuando es necesario hacer algo por la Orden, yo no retrocedo. *I'm so terribly sorry.* Te estoy más agradecida que a nadie en este mundo. Pero no puedo permitir que abandones ni que ejerzas poder sobre nosotros.

–¿Realmente piensan que puedo dejar de convocar? ¿Que la Oscuridad lo va a permitir?

Florence ladeó la cabeza y el rodete estuvo a punto de desarmarse. Le cayó sobre la frente un mechón de pelo rojo.

–Es posible que lo logres, por un tiempo, si lo deseas. Lo que nosotras tememos es que decidas terminar con tu vida. *You can kill yourself,* y esa sería tu forma de dejar de convocar. No sería el primer suicidio de un médium.

–También puedo morir en cada Ceremonial.

–Lo dudo. Al menos sé que podemos salvarte y es un riesgo que debemos correr. Pero si decides morir por tu mano, no nos queda nada. Ahora que tu mujer está atrapada, no creo que lo hagas, creo que vas a continuar para liberarla. La Oscuridad dictará dónde está.

–Además –agregó Mercedes–, no creas que vamos a conformarnos y no volver a probar las capacidades de mi nieto. Mi hija pudo habernos mentido o no, no es importante. Era ambiciosa y quería heredar la Orden, yo no voy a culparla por eso, pero nunca confié en ella. Gaspar podría revelarse más tarde.

–Gaspar no es mi heredero. No es un médium.

–Todavía no. Si lo es, será marcado como lo fuiste tú. La mano izquierda encuentra su camino, extiende sus dedos. Eso no puede esconderse. *It radiates.* Sé lo que sientes por el niño –dijo Florence–. Los he visto juntos. Están llenos de amor. Creíamos que el niño era talentoso. Todavía lo creemos aunque ahora mismo no se haya manifestado. Si lo es, será tu heredero. Si no lo es, sé que te será difícil hacer el Rito cuando sea el momento. Pero usarás su cuerpo y querrás hacerlo. ¿Quién no querría? Es un acto de amor. Tenemos a los hijos para continuar, son nuestra inmortalidad. Lamento que el Rito sea imposible ahora, el niño es demasiado pequeño. Conozco las reglas. Es mejor que seas tú el que ocupe su cuerpo, ¿verdad? Si decides suicidarte, alguien más podría tomarlo. Eso no lo quieres, *of course you don't.*

Juan respiró hondo antes de hablar.

–Estos años, hasta que Gaspar tenga edad para hacer el Rito, quiero que lo dejen en paz. No quiero que sepa nada de ustedes. Nada. Quiero que sea un chico normal lo que le quede de vida.

–Claro, mi querido –terció Florence, y miró a Mercedes con fastidio. No lo irrites, decían sus ojos–. No vamos a romper el entendimiento que teníamos hasta ahora contigo y con Rosario: la vida será normal. Un médium, bien lo sabes, se revela solo. *And it's a powerful revelation.* Nos daremos cuenta. Siempre hay miembros de la Orden cerca de ti: ellos ya custodian a tu hijo, lo seguirán haciendo. Si Gaspar se revela, nos lo informarán. Un médium no puede ocultarse indefinidamente. Además, estará cerca de la niña, el milagro negro. Ella lo potenciará, ella ha sido tocada. ¿No quieres traerlo aquí cada verano, durante el Ceremonial? Pues no lo hagas. *I agree with you.* Puede ser peligroso. ¿Y si la Oscuridad lo desea y perdemos su cuerpo? Es tu decisión, y no me opondré.

–Ninguno de ustedes va a acercarse a él. No tendrá relación con Mercedes y Adolfo tampoco.

Mercedes se levantó de la silla. Juan le vio la furia en los ojos.

—Será custodiado y recibiremos informes. Es imposible que escape. No tendrá otro sitio adonde ir. Su cuerpo es precioso y necesario. Vamos a encontrar maneras de mantenerte con vida hasta que sea mayor y pueda recibirte.

—Ustedes nunca me mantuvieron con vida. Esta vida detestable se la debo a Bradford.

—En eso nunca estaremos de acuerdo. Él ha sido fundamental. *But we helped too.*

Florence siguió hablando, pero Juan había dejado de escucharla. Estaba demasiado enojado y demasiado agotado para discutir. La necesidad de Rosario lo atravesó con una certeza de fiera. Habían ganado y solo le quedaba someterse. Esta vez le tocaba perder. Sintió que el dolor se ubicaba detrás de sus ojos. Ellos tenían a Rosario y él debía buscarla. Debía hacerlo porque ella lo hubiese hecho por él. Se paró y caminó hacia la puerta.

—No me sigan —dijo—. Puedo matarlos a todos. ¿No son suicidas, acaso, los médiums? ¿No se vuelven locos?

Les sonrió. Con un resto de fuerza, desde detrás del dolor, se retiró de la sala. Afuera, la luz del sol era blanca, como del desierto.

Juan le pidió a Stephen que lo dejara solo, quería descansar en su habitación; el dolor de cabeza no lo dejaba pensar ni caminar. Encontró a Gaspar durmiendo, boca abajo. Tenía olor al cloro de la pileta y el pelo húmedo. No quiso despertarlo. Siempre le extrañaba que los Iniciados vinieran al Ceremonial solos. ¿Cuántos habían venido esta vez? ¿Cincuenta, sesenta? ¿Y sus hijos? Porque todos tenían hijos. Eran ricos. Podían pagar niñeras hasta que los chicos fuesen lo suficientemente grandes como para asistir también. Y a esa edad se llegaba pronto, sin contar el caso de Adela, que había sido un accidente: una vez, la Oscuridad, a través de él, le había arrancado un brazo, desde el hombro, a un chico de diez años. La madre, en vez de tener la habitual reacción extática de los Iniciados, se había puesto histérica, había amenazado con sacar todo a la luz, con denunciarlos. Florence no toleraba ese tipo de rebelión. La mujer había sido arrojada, con piedras en los pies, al río Paraná. A que fuera parte de todos los muertos que se esconden en los lechos de los ríos argentinos. Los crímenes de la dictadura eran muy útiles para la Orden, proveían de cuerpos, de coartadas y de corrientes de dolor y miedo, emociones que resultaban útiles para manipular.

Juan subió apenas el aire acondicionado y cubrió a su hijo con una manta. Buscó en su bolso la jeringa y el analgésico inyectable: ya era tarde para combatir la migraña con pastillas. Usó el cinturón para apretar el antebrazo y buscar una vena que pudiese usar. Apenas podía ver lo que hacía: el dolor de cabeza le nublaba la vista. De todos modos lo logró. Ya no temía los efectos que pudiera causarle: la idea de arrojarse él mismo al río lo perseguía como un zumbido. Pero si decidía matarse en el río, tenía que llevarse con él a Gaspar. O pedirle a Stephen que buscara a su hermano en Río de Janeiro y le entregase a la criatura. Pero la Orden seguro le sacaría el chico a su hermano, tarde o temprano. Para ser el recipiente de Mercedes. Para ser el médium, después de descubrir y destrozar el trabajo de Stephen y Tali y matarlos a los dos. Estaban en peligro. Él había diseñado la protección de su hijo con elementos traídos del Otro Lugar, de una zona de la Oscuridad que la Orden desconocía. Y todavía necesitaba la protección definitiva y final, que se retrasaba. El Señor de la Paciencia, pensó, y se tocó la espalda. Esperó el efecto del analgésico con los ojos cerrados. Tardó en llegar. No iba a quitarle todo el dolor, pero adormecería la intensidad de los mazazos, la presión en las sienes, los latidos que parecían mover hierro caliente en vez de sangre.

Cerró la puerta despacio, guardó una pequeña linterna en el bolsillo de atrás del jean y caminó tratando de no hacer ruido hasta la entrada del túnel entre las casas. Hacía años se había usado para excentricidades: para que los sirvientes lo transitaran cuando llovía, así no ensuciaban ni la casa de huéspedes ni la principal con barro colorado; para guardar muebles en desuso y para encuentros clandestinos; alguna vez se había instalado una especie de lavandería subterránea de platos y ropa. Pero después de la inundación ya no quedaba túnel: el barro había arrasado con los ladrillos, provocando una avalancha. Salvo en el primer tramo, que aún mantenía la vieja puerta de hierro con su candado.

Juan la abrió sin pensarlo siquiera: no existía una puerta que se le pudiese resistir. Cuando entró, sintió el olor y el sufrimiento de las criaturas que vivían ahí. Encendió la linterna y caminó casi arrodillado: el túnel era bajo y para él, que medía dos metros, resultaba estrechísimo. Entonces encontró al primer chico.

Estaba en una jaula para animales, seguramente traída del zoológico vecino. (¡Tiene tucanes, pa, los tucanes son increíbles!, le había gritado emocionado Gaspar.) Recordó cuando Rosario había sido obligada a cuidar de otra camada de chicos secuestrados, que Mercedes los guardaba en uno de sus campos de la provincia de Buenos Aires, y él había decidido ayudarla. Aquella vez también estaban en jaulas. Ahora el primer chico estaba en una jaula oxidada y sucia que posiblemente había cargado animales. La pierna izquierda la tenía atada a la espalda en una posición que había obligado a quebrarle la cadera. Como era muy chico (¿un año?, difícil saberlo por la mugre), seguramente la quebradura había resultado sencilla. Tenía el cuello ya torcido también, por la ubicación del pie, y, cuando Juan le acercó la linterna para verlo mejor, reaccionó como un animal, con la boca abierta y un gruñido; le habían cortado la lengua en dos y ahora era bífida. A su alrededor, adentro de la jaula, estaban los restos de su comida: esqueletos de gatos y algunos pequeños huesos humanos.

Juan siguió. Había más jaulas. Los otros niños y niñas eran más grandes. Muchos lo miraban detenidamente con sus ojos negros: algunos eran niños guaraníes que probablemente no sabían hablar español. Otros quizá eran hijos de los hombres y las mujeres que se entregaban en sacrificio a la Oscuridad. Algunos reaccionaban a su aparición yéndose hacia el fondo de la jaula, otros apenas abrían los ojos. Vio criaturas con los dientes limados de forma tal que sus dentaduras parecían sierras; vio a chicos con la obvia marca de la tortura en sus piernas, sus espaldas, sus genitales; olió la podredumbre de chicos que ya debían estar muertos. ¿Dejaban los cadáveres ahí para que el olor se les volviera familiar a los demás? A Rosario la habían obligado a enterrar a los enjaulados que morían. Vio heridas supurantes, infecciones, ojos por los que caminaban los bichos de la humedad y el río. Se detuvo después de unos cien metros de jaulas llenas de criaturas destrozadas, vivas y muertas. Dedujo que las jaulas ocupaban los cien metros que quedaban de túnel. Volvió, dispuesto a enfrentar a Mercedes, que lo esperaba junto a la puerta, junto a su invunche. Juan apagó la linterna cuando Mercedes encendió una débil lamparita, la única iluminación del túnel.

—Así que esta es tu nueva colección, Mercedes.

—Dará resultado. Nuestro dios lo dice, indica que debe hacerse así.

—Es un dios loco, como vos.

—Sigo órdenes de la Oscuridad.

Juan se rió y su risa rebotó en ecos obscenos por las paredes del túnel. Algunos de los chicos moribundos y heridos se quejaron. Del fondo llegaba un gimoteo agónico.

—Aquí no hay búsqueda de un médium, Mercedes. Esto siempre fue solo para tu placer.

Mercedes aflojó los brazos, que hasta entonces llevaba cruzados sobre el pecho.

—¡Ahora no es hermoso, pero lo será! ¡Cuando trabajen juntos! ¡Hay muchos dioses! El nuestro lo dice y ordena la búsqueda de otro médium. ¡Está en el libro!

Juan se acercó a Mercedes hasta que pudo ver el brillo de sus ojos detrás de los anteojos oscuros que usaba constantemente, incluso en la semipenumbra del túnel.

–¿De dónde sacás a estos chicos? ¿Chicos indígenas, Mercedes? ¿Los hijos de los prisioneros? ¿Por qué no les pedís un sacrificio, una entrega, a los Iniciados ricos de la Orden? ¿Los robás de noche o te los venden madres muertas de hambre? ¿Los padres saben dónde están sus hijos antes de ser arrojados a la Oscuridad? Aprendiste unas cuantas cosas en las salas de tortura de tus amigos.

–Cuánta compasión. ¿Por qué no los salvás? Tenés el poder para hacerlo.

Juan le puso a Mercedes la linterna sobre los anteojos oscuros. Quería verle los ojos. Quería cegarla.

–Eso sería otra crueldad. Están lejos de cualquier ayuda.

Con la linterna, Juan se iluminó una de las manos y Mercedes empezó a balbucear y pedir piedad. Intentó huir por la puerta, pero la cerraba herméticamente la voluntad de Juan. Estaba sola en el túnel con el dios dorado y señor del portal.

–¿Sabés por dónde pasaba este túnel? No va de una casa a la otra en una línea recta. Los que lo construyeron tuvieron que rodear algunos lagos subterráneos, porque está muy cerca del río. Y en un tramo, varios metros después del principio del derrumbe, alcanza el Lugar de Poder. ¿Ves?

La mano iluminada ahora estaba rodeada de luz negra.

–Las mujeres médium son mucho más poderosas. Tienen el poder de convocar donde sea, solamente deben encontrar las condiciones de concentración propias o debe dárselas el ritual. Los hombres dependemos de Lugares de Poder. No son pocos. Algunos médiums sencillamente se chocan con ellos, otros aprenden a encontrarlos. Yo sé encontrarlos. También sé cuál es el radio de poder que emanan. Lejos de los lugares, somos casi normales. Yo tengo talento natural pero me cuesta mucha energía. Lejos del Lugar de Poder, Mercedes, vos y yo no somos tan diferentes. Cerca, en cambio.

La mano irradió esa luz oscura, filosa, un cuchillo de sombra. Se la acercó a la cara.

—Por suerte para vos, este dios está aburrido y solo quiere saber si mataste a Rosario. Si mataste a tu hija. Quiero que lo reconozcas, Mercedes, porque esta mano no te va a dejar piel sobre los huesos. Yo no respeto a la sangre. No sé qué significa eso.

Mercedes temblaba. Juan metió los dedos entre las rejas de la jaula y con un movimiento sencillo degolló al niño invunche, que apenas se movió. Su sangre, caliente, inundó los zapatos de Mercedes.

El resto de los niños, enloquecidos por el olor salado, rugían.

—Qué más. Quién la ejecutó. Estuve con el chofer del colectivo que la atropelló. Ni siquiera recuerda el accidente. Fue enviado. Pudiste hacerlo con ayuda, claro. ¿Por qué? ¿Qué te dijo ella?

El llanto de Mercedes sorprendió a Juan. Era convulsivo y triste, algo desesperado.

—Tenía un plan para matarme. ¿Lo sabías? ¿No te lo dijo? Tuve que defenderme.

Juan recordó a Rosario y sus pulseras de plata, su vincha blanca en el pelo y que podía hablar en guaraní con una rapidez que dejaba asombrado a todo el mundo. Rosario con sus perfumes caros y el lápiz entre los dientes cuando leía y se acomodaba el ventilador para que le diera en la espalda y no en la cara. Rosario con sus listas y sus dedos manchados de la tinta de la birome, o de tiza.

Con delicadeza, dibujó un círculo alrededor de la boca de Mercedes y en la mano abierta, sobre la palma, recibió los labios y los dientes de su suegra. Enseguida cauterizó la herida. Los gritos de Mercedes y los de los niños enjaulados lo ensordecían, pero continuó con su trabajo. Limpió cada diente con la lengua y masticó los labios ante los ojos desorbitados de Mercedes, que ya no sufría porque, cuando la herida se cerraba, desaparecía el dolor. Las cicatrices de las heridas que producía

Juan nunca tenían la ternura de una herida reciente, eran duras y viejas. Después atrajo la cara de Mercedes hacia la suya y limpió, a lengüetazos, todos los rastros de sangre en su mentón y en el cuello. Cuando terminó, la tiró al piso de un empujón.

–Debería cortarte la mano con la que golpeaste a mi hijo. Es nada para vos, ¿no? Pero con esto –y abrió la mano para mostrarle los dientes brillantes, algunos ennegrecidos por el tabaco y las emplomaduras– tengo material suficiente para que jamás vuelvas a tocarlo, ni siquiera a intentarlo. También puedo usarlo para controlarte y lastimarte de otras maneras.

Mercedes gruñó. Con las encías al desnudo y los anteojos era ridícula, horrible. Juan no tenía nada más que decirle. Salió y cerró la puerta detrás de sí: la dejó trabada con otro signo que algunos miembros de la Orden, ciertamente Florence, serían capaces de reconocer y revertir. Pero no enseguida. Mercedes estaría un buen tiempo encerrada, oyendo morir a sus mascotas, paseando por ese túnel malsano, alimentada a través de las rejas como los animales del zoológico, ahogada en el olor de su mierda y en la descomposición de los chicos. No era importante. Ellos habían ganado y a él no le sobraba tiempo, pero ahora sabía lo que quería saber. Ya no podían engañarlo.

Juan preparó el bolso con tranquilidad y le pidió a Stephen que lo llevara hasta el aeropuerto. No podía volver solo: ya tenía sobre él a los guardaespaldas y no podía escaparse de ellos. Le costaba respirar y una tos constante, molesta, empeoraba con las horas.

Mercedes aún no pedía ser rescatada del túnel. Era orgullosa. Juan quería irse antes de que Florence supiese del pequeño encuentro que había tenido con su suegra. Gaspar estaba despierto y vestido sobre la cama, esperando. Desde que sabía que volvían en avión estaba excitado pero callado, nervioso. Te da miedo, buh, Gaspar tiene miedo de que el avión se caiga, se había burlado Juan, y su hijo lo había golpeado con los puños, falsamente enojado.

Juan cruzó el patio interno y la galería hasta la casa de Marcelina. Le agradeció haber cuidado de Gaspar y revisó en su bolso de cuero: encontró un collar que en un impulso había comprado para Tali en el ostentoso hotel casino de Corrientes y que no le había regalado porque creía que no iba a gustarle mucho. Eran piedras duras de las minas de Wanda, que quedaban cerca de Iguazú. Las piedras –azules, blancas, rosadas, verdes, violetas– estaban engarzadas y el collar podía usarse dándole varias vueltas o sencillamente llevarlo largo. Marcelina se emocionó, intentó rechazar el regalo sin entusiasmo y Juan le puso el collar con cuidado, tratando de no enredar las piedras en su largo pelo negro. Te queda precioso, le dijo. Ojalá lo disfrutes. Marcelina acarició las piedras y después sacó del bolsillo del delantal una pluma de caburé.

–Para el chiquito –le dijo.

Juan aceptó el amuleto en nombre de Gaspar. Después, le pidió permiso a Marcelina para llevarse las cosas que Rosario le había dejado en custodia. Marcelina lo dejó pasar al cuarto que usaba para guardar trastos viejos. Juan buscó hasta que encontró la caja con el signo discretamente trazado en una punta, la abrió y encontró adentro una bolsa de plástico, una inocente bolsa de hacer los mandados. Sonrió cuando vio el contenido. Qué inteligente haber dejado la reliquia con Marcelina. Era más seguro, incluso, que esconderla en el templo de Tali. La Orden jamás hubiese revuelto las pertenencias de una sirvienta, aunque fuese una sirvienta de confianza.

Tali lo estaba esperando fuera de Puerto Reyes, apoyada en su auto. La besó tomándole la cara con las manos. Ella, en puntas de pie, le hundió los dedos en el pelo.

–Puta, que me besás como si fuera la última vez. Tenés que pasar por casa para buscar lo que me dejaste de Rosario.

No, dijo Juan con la cabeza.

—Es tuyo. Ella puede darte una señal.

Tali lo estudió con sus ojos oscuros.

—No quiero que vuelvas a esta casa ni al Ceremonial —dijo Juan.

—Vos no me das órdenes a mí, eh.

—Es un pedido, no una orden. Un favor. Cada año, cuando veo que Stephen y vos no entraron en la Oscuridad, vuelvo a respirar. No le puedo pedir a Stephen que deje de venir porque esta es su familia y su mundo. A vos te lo puedo pedir.

Juan volvió a abrazarla, a sentir su cuerpo; dejó que ella le metiera una mano bajo el pantalón para acariciarlo.

—Está bien —le dijo—. Ahora no tengo ganas.

Se miraron en el calor, bajo el sol, los dos excitados y algo locos y tristes. Se escuchaba el río crecido, un pájaro nervioso. La casa, lejana y silenciosa, parecía muerta. ¿Cuándo se irían los huéspedes? El estacionamiento seguía lleno. Juan pensó en contarle sobre Mercedes, pero no era el momento. Tampoco se lo había dicho, todavía, a Stephen. Lo haría en el avión.

—¿Dónde tenés el coche? Tengo cosas para darte, pero no quiero que nos vean.

Tali lo llevó de la mano hasta su Renault 6, que estaba completamente cubierto por una capa de polvo rojizo. Abrió la puerta y Juan se acomodó en el asiento de atrás. Sacó del bolso la Mano de Gloria que había estado guardada entre los cachivaches de Marcelina. Estaba perfectamente conservada. Tali la admiró, la recibió con cuidado.

—¿Y esto?

—Tu hermana quería que fuese tuya. Ellos no saben que tenemos una Mano de Gloria, no saben que existe. Tu hermana siempre la escondió bien. Bueno, los dos la escondíamos.

—¡Sos loco! Mi hermana jamás me la hubiese dado.

—Bueno, te la doy yo. ¿Sabés cómo usarla? Te va a servir para mantener bloqueado a Gaspar. La Mano no es suficiente, pero servirá mucho.

–Sé cómo usarla. Rosario no la prestaba, pero siempre fue de explicar. Era generosa así, ¿no?

Juan le sonrió. Era generosa a medias, sí. Le hizo señas a Tali para que la guardase. Ella la escondió en su bolsa de mimbre. Una bocina los interrumpió. Stephen ya había cargado los bolsos y a Gaspar en el auto. Hay pasajes, gritó. Tenemos que llegar al aeropuerto en una hora.

–¿Y por qué no la usás vos?

–No puedo, me recuerda lo que hice, no lo soporto. No le falles a mi hijo, Tali –dijo Juan–. Nunca van a dejar de vigilarlo.

–Vos no te preocupes. Vamos a ir encontrando la manera entre los tres. Y vas a conseguir el signo final. Tené paciencia. El Santo te va a ayudar con la paciencia.

–Él va a crecer y va a cambiar. Y hay que seguir cubriéndolo, hay que evitar que se le acerquen.

Tali lo besó en la frente para que se callara, para que confiara. Juan pensó decirle que, en otra vida, ella hubiese sido su mujer, pero se calló la boca. No había otra vida. No quería mentir.

La mano izquierda
El Dr. Bradford entra en la Oscuridad, Misiones, Argentina, enero de 1983

Quiero gastar tus vísceras a besos,
vivir dentro de ti con mis sentidos...
Yo soy un sapo negro con dos alas.

BALDOMERO FERNÁNDEZ MORENO,
«Soneto de tus vísceras»

Mientras espera arrodillado porque sabe que será esta noche, Bradford piensa que todo se parece a esas estúpidas historias sobre los minutos previos a la muerte que incluso sus pacientes, los más y los menos ignorantes –porque todos se
vuelven brutos ante la muerte–, le contaron alguna vez: me pasa
la vida frente a los ojos, veo toda mi vida. Aunque no es mi vida
exactamente, piensa Bradford, es mi vida con él, porque lo que
pasó antes, aunque no carece de sentido, ya no tiene importancia. Sabe que será esta noche, lo siente en el lugar de los dedos
que le faltan, los dedos ausentes llaman a los dedos presentes que
la Oscuridad se comió hace mucho, y esta noche la Oscuridad
brilla, cómo explicar a quien nunca vio esta oscuridad brillante
que emana de ese chico que ahora es un hombre y que abre los
brazos enorme y pálido, la cabeza gacha, ojalá levante la cabeza
en el momento final, Bradford quiere verle los ojos amarillos
antes de entrar en la Oscuridad y ahora le arden las cicatrices
que le dejó en el vientre, él creyó, cuando se le acercaron esas
zarpas, garras, uñas, nunca es fácil recordarlo después, dedos negros y afilados, no hay nada humano ni animal que se le parezca, quizá algún instrumento mecánico, una prótesis, un disfraz,
sus manos, en fin, le desgarraron el vientre y él esperó ver las tri-
pas grises desparramadas por el pasto en la noche calurosa, pero

no, las heridas latían y no explotaban y no se abrían y no se abrieron y cuando el chico que ya era un hombre las cauterizó lo hizo con puro frío, y ahora aunque está desnudo Bradford no puede verse las cicatrices pero las siente, frías y ardientes, el hielo que quema, todo lo llama hacia la Oscuridad, será esta noche, ojalá me muestres los ojos, Juan, una última vez.

La primera vez los ojos del chico estaban rodeados de ojeras, como ahora, como siempre. Bradford acababa de terminar la especialidad en cirugía cardiovascular y había ingresado en el equipo más prestigioso del país, el del Hospital Italiano. Era 1957 cuando le trajeron al chico, un paciente del hospital que ya no podía continuar con el tratamiento medicamentoso. Tenía cinco años y Bradford decidió no esperar para operarlo. Sería su primera cirugía de una cardiopatía congénita, una Tetralogía de Fallot. La criatura había sido inolvidable desde el principio: se estaba muriendo y sin embargo lo miraba desafiante y erguido a pesar de la insistencia de sus padres, dos brutos inmigrantes de Europa del Norte que, de no estar encorvados y verse tan serviles, habrían parecido reencarnaciones de Thor y Freya, pero así, lloriqueando, que pobrecito, que no les alcanzaba la plata, que se va a morir, doctor, que mi hermana también sufría del corazón, cómo odiaba Bradford esa ordinariez, dos campesinos que merecían la humillación. El chico no. Tenía la piel azulada, los labios color violeta, ya no podía caminar. Ni siquiera notaba la degradación de sus padres y parecía concentrado en respirar, en vivir, con una voluntad que Bradford juzgó monstruosa y le dio el atrevimiento para operarlo con los métodos más complejos, para pacientes y médicos, de la época. Los repite ahora, arrodillado, mientras la Oscuridad se extiende sobre su cabeza, esto pasó la última vez también, la Oscuridad que invadía el cielo, ¿y dicen que su poder disminuye? No se siente así esta noche de calor insoportable. Bradford recuerda y espera: corte horizontal desde el esternón bajo la axila hasta tercer espacio intercostal, división de segundo y tercer cartílago, entrada a la cavidad pleural, el pulmón izquierdo de apariencia normal, y entonces Bradford se interrumpió en su recuerdo, alejado de lo que pasaba alrededor, los gemidos y el frenético anotar de los escribas –él nunca había escuchado la voz de la Oscuridad–, y se dijo que eso era mentira, ese chico nunca había parecido normal por dentro, era hermoso por dentro, tocar su cuerpo frío –en las cirugías de la época se bajaba tanto la temperatura que una operación se parecía a una autopsia o una lección de anatomía, salvo que los órganos se movían, respiraban, sangraban, latían–, el chico no era normal no solo por su defecto cardíaco que, una vez abierto el costado, se revelaba aún más intrincado de lo que habían pensado sus cardiólogos, con varios defectos sumados a la Tetralogía –una comunicación interauricular de unos 10 milímetros y una anomalía muy importante en la descendente anterior de la arteria coronaria derecha que iba a dificultar mucho la corrección quirúrgica de la estenosis pulmonar, ¿cómo había llegado vivo hasta esa mesa de cirugía?–, no era normal porque era hermoso por dentro, tocar su corazón esforzado e hipertrófico le había resultado a Bradford una experiencia semejante al hallazgo de una ninfa en un bosque sagrado, a un amanecer dorado, a la sorpresa de una flor que se abría por la noche. Los colores del interior de ese chico eran más intensos, su sangre olía a un desconocido metal salado, sus arterias eran pinceladas grises y azules y rojas. Arteria pulmonar derecha identificada y cortada. La vena superior pulmonar demasiado pequeña, identificada y cortada la arteria subclavia izquierda, transposición de arteria vertebral a tronco tirocervical. Clip en arteria subclavia en el punto distal a su origen desde la aorta. Dos clips en arteria pulmonar izquierda, el primero ubicado en el origen, el otro en la entrada al pulmón. Incisión transversal en la pared de la arteria pulmonar. Anastomosis realizada con hilo de seda entre el final de la arteria subclavia izquierda y el costado de la arteria pulmonar izquierda. Casi no hay sangrado una vez removidos los clips.

Ese cuerpo tiene seda adentro, pensó Bradford, y recordó lo pronto que se había recuperado el chico, estaba rosado en menos de un día y sentado en la cama, pero extrañamente las enfermeras, que en cualquier otro caso se hubiesen conmovido, no le tomaban real afecto al enfermito. Le decían el enfermito y qué rabia, a los pacientes se los llama por el nombre, y ellas fingían quererlo pero les costaba y cómo no, si era una bestezuela furiosa contra su cuerpo y contra los que querían ayudarlo y contra sus padres y solamente se aliviaba, físicamente se aflojaba, con su hermano, otro de esos chicos orgullosos que, creía Bradford, había que agradecerle a Perón, a quien él debía odiar aunque en realidad le resultaba indiferente y un poco admirable, no sentía la afrenta de clase y tampoco ninguna consecuencia económica porque los miembros de los Cultos de la Sombra siempre están cerca del poder y por lo tanto a salvo de los vaivenes. Así que a Bradford no le importaba Perón ni su mujer –esa fascinante mujer moribunda– y secretamente le agradecía por esos chicos llenos de prepotencia, que no bajaban la cabeza, así era Juan y así era su hermano Luis, en aquel momento casi un adolescente de ojos aguamarina, el hermano que se quedaba más tiempo con el chico que sus propios padres, siempre apurados, siempre con la excusa de tener que trabajar, los colectivos, los tranvías, poner comida en la mesa, Bradford los odiaba, apestaban a encierro y humo, por eso en parte, porque los sabía hacinados en una casucha de la periferia, pidió una reunión con el jefe del equipo, el director del hospital y el del servicio de cardiología para solicitarles que le permitieran dejar al chico en internación permanente. Habló de condiciones de higiene en el hogar del niño pero también de procedimientos pioneros que pondrían al hospital a la vanguardia de la cirugía ya no regional sino mundial y no exageró las buenas posibilidades del chico: a diferencia de la mayoría de los cardiópatas congénitos, no estaba desnutrido, tenía un tamaño normal para su edad –esto era insólito: siempre se había mantenido así aunque a veces perdía peso– y había soportado la primera cirugía paliativa de manera excelente. Quería llevar a cabo la segunda, más extensa, la correctiva, en pocos meses. Se lo aceptaron. El vicedirector del hospital era un amigo íntimo de su familia, también integrante de la Orden, aunque periférico. Gonzalo Biedma. Su brillante hija sería, en el futuro, su mano derecha, la mano que ahora le faltaba.

Así funcionaba la influencia: solo debía pedir para obtener lo que quería. Durante mucho tiempo Bradford había pensado que no era más que eso, influencia, cofradía, reuniones de amigos, masonería con otro nombre, donde se bebía y a veces se cantaba alrededor del piano, reuniones de mujeres luciendo sus joyas pesadas y de hombres que compartían secretos de caza y el gusto por los libros antiguos, reuniones donde en algún momento se hablaba de las diferencias entre los seguidores de Vishnu y los de Shiva y se discutía sobre los cientos de cultos tántricos. Durante mucho tiempo, que su familia formase parte de un Culto de la Sombra, de la Orden, apenas significaba que se movía en un círculo internacional de dinero, privilegios y relaciones.

Entendió que la Orden era diferente cuando, a los dieciocho años, a punto de ingresar en la universidad, su padre lo llevó a un rito en el campo, no en la estancia propia sino en la de Florence Mathers, la inglesa, como le decía su familia, era raro que le dijesen la inglesa como si ellos no fuesen también ingleses, pero Bradford suponía que no, que ya no lo eran, él había nacido en Buenos Aires, su padre también. Hablaban el idioma, habían ido a sus colegios, pero ya no eran ingleses. Su padre estaba orgulloso: yo soy un criollazo, solía decir. A Bradford le daba igual. Él era cirujano y cardiólogo: los cuerpos enfermos eran su patria.

Después del rito, su padre le había hablado de los médiums. De la falta de médiums. De la existencia de muchos Cultos de la Sombra con diferentes interpretaciones y prácticas, algunos hostiles entre sí, otros hermanados. Jorge Bradford entendió esa tarde en el campo, mientras algunos hombres y mujeres todavía deambulaban como sonámbulos, tocando el aire y llorando, por la estancia y por los sembrados, asustando a los perros y a los caballos, que aquello no era un club. Que Florence era una sacerdotisa. Jorge Bradford había visto cosas que no podía explicar. Cosas que lo mantuvieron despierto durante muchas noches y que lo hicieron volver a los libros de su padre, que jamás había despreciado, pero que había estudiado con cierto desinterés. Ahora estaban a la par que sus seminarios, sus libros de medicina, su agotadora residencia. Decidió pasar algunos meses en Londres para perfeccionarse como cirujano y visitar la gran biblioteca de la Orden en esa ciudad. Florence, la inglesa, que pasaba un tiempo en Inglaterra entre viajes, le permitió leer el Libro, con sus anotaciones e interpretaciones aportadas por los expertos. Bradford creyó. Tenía sus dudas, pero pronto serían derrumbadas.

Ahora, con Bradford de rodillas, se escucha un gemido y la Oscuridad se lleva a un alto Iniciado. Todavía lejos, todavía a unos treinta metros. Esta noche vendría por él pero aún le quedaba tiempo. Recordó el primer encuentro con la Oscuridad. Había sido inesperado y desagradable, como pisar por error agua cloacal.

La segunda operación del niño Juan Peterson se hizo cinco meses después del shunt paliativo. La hipotermia, recordaba Bradford: el chico azul otra vez hundido en hielo, hermoso como un muerto. Recordaba el placer de la sierra contra el esternón, la expresión estúpidamente desdichada de la instrumentadora, había tenido que decirle le estamos salvando la vida, guárdese el radioteatro, y ella había murmurado algo sobre la compasión que casi le había hecho temblar las manos, lo peor para un cirujano. Era una cirugía inédita en el país, en rigor tres procedimientos: cerrar la comunicación interventricular con un parche, abrir la válvula pulmonar y retirar el músculo engrosado y colocar un parche en el ventrículo derecho y la arteria pulmonar para mejorar la circulación en los pulmones. Si tenía tiempo, también cerrar la comunicación interauricular. Tuvo tiempo: Bradford logró completar todo en seis horas, descansando apenas minutos; no quería dejar que ningún otro suturara ni siquiera en los tramos más sencillos.

Recordaba los instantes anteriores a la revelación con una precisión insoportable. Cuando iba a anunciar que había terminado, que iban a proceder a cerrar, el corazón, que había soportado tanto tiempo, apenas acelerado en algunos tramos, comenzó a latir de forma descontrolada, arrítmica y Bradford reconoció la fibrilación ventricular, el temblor incontrolable del músculo, ese signo de la muerte. Empezó la reanimación manual con cuidado, había que ser decidido y delicado y dio la orden de preparar el desfibrilador eléctrico, un aparato novedoso y al que el equipo de cirugía cardiovascular le daba un uso discrecional y exitoso.

Antes de poder usarlo, se cortó la electricidad. Fue un apagón húmedo, así lo recordaba Bradford, de una humedad fría. El chico llevaba varios minutos de reanimación manual, pero iba a necesitar una descarga. Un sol de noche linternas velas generador cualquier cosa, gritó, y entonces sintió, con una certeza horrible, que otra mano lo sacaba de adentro del cuerpo del chico. Bradford gritó, acusó al equipo de cirugía, qué están haciendo, y en la oscuridad —era de madrugada— escuchaba nada, doctor, no hacemos nada, el resto del hospital tiene luz, el corte es solamente aquí en el quirófano y cuando alguien acercó un sol de noche a la mesa de operaciones todos vieron, con claridad, que sobre el pecho abierto del chico, sobre el hierro que le mantenía el esternón separado, sobre el corazón quieto, flotaba lo que solo podía describirse como un pedazo de noche, pero transparente, hollín quizá, humo espeso y cuando el cirujano ayudante quiso tocarlo, atravesarlo, murmurando qué ocurre aquí dios santo, no bien sus dedos rozaron el polvo negro, el ayudante gritó y sacó la mano y ya no era su mano, ahora le faltaba la mitad de los tres dedos más largos, el medio, el anular y el índice, y gritaba y gritaba, y la electricidad no volvía y Bradford no iba a arriesgarse como su ayudante, porque aunque no entendía lo que pasaba y no podía creerlo, sabía que esa oscuridad que se retiraba despacio era peligrosa. Más que peligrosa. La Oscuridad de la que le había hablado su padre, la que hacían venir los médiums de la Orden, la que buscaba desesperadamente la inglesa. El chico llevaba quince minutos en paro cardíaco y las enfermeras gritaban cursilerías, atendían al ayudante, alguien decía que había sido un accidente, que sin querer el ayudante habría tocado algún bisturí, eso era imposible, pero la gente prefiere justificar, inventar, negar y no ver cuando tiene que creer. Bradford resistió la estampida de enfermeras, anestesista, instrumentadora, que decían haber visto al chico rodeado de oscuridad como un capullo, resistió hasta que la oscuridad se retiró y volvió a tocar el corazón inmóvil del chico y le susurró vamos, estás aquí por un motivo, si eres la voz de los dioses late, y el corazón latió entre sus dedos como si nunca se hubiese detenido. Bradford cerró el pecho solo y en silencio, sin escuchar las explicaciones, los reclamos y las quejas de los demás, ni sabía quiénes eran, si otros médicos, si directivos, si quién. Cuando terminó de suturar, accidentalmente movió la sábana verde que cubría los brazos del chico y entonces vio la prueba. La marca. Una mano en el brazo del chico, la marca de una mano, como una cicatriz de quemadura. No era raro, se dijo incluso entonces: a veces el frío del hielo usado para lograr la hipotermia en cirugías dejaba quemaduras; menos extraño era después del desastre que se había producido en el quirófano. Una enfermera podía haber apoyado su mano ahí y el hielo habría dejado la marca. La estudió. Era profunda. Parecía antigua. Era una cicatriz. Una mano izquierda sobre el brazo izquierdo, la Mano Izquierda de la Oscuridad. Había leído sobre ese signo. Entendía lo que significaba.

Esperó a que el chico despertara en terapia intensiva. Diez horas. Estaba seguro de las lesiones cerebrales –se las había explicado a los padres, que no parecieron entender como no entendían cosa alguna–; ah, pero el hermano mayor sí entendió, de dónde les salía la inteligencia a los gringuitos estos, esperó el coma, esperó una nueva arritmia que lo matara definitivamente. En cambio, el chico despertó alrededor del mediodía, y el encefalograma estaba normal y Bradford ordenó que no se lo dejara sufrir un segundo, y como no podía dormir pero tenía que hablar con alguien, casi chocó con el auto camino a su casa y con ese ánimo golpeó la puerta del departamento de su hermana, su lúgubre hermana, que ocupaba dos pisos del mismo edificio donde él vivía, uno de los edificios de la familia en Buenos Aires, el más amplio, el más hermoso. Mercedes dominaba ese departamento donde casi siempre su marido la dejaba sola, se había casado con un hombre rico, divertido e infiel. Y su hija, Rosario, pasaba todo el tiempo en el colegio y después en su habitación o con sus amigas. Bradford quería a su sobrina: tenía la alegría indisimulable de la inteligencia. Bradford habló y Mercedes escuchó en un silencio interrumpido por la cuchara de té y el enorme reloj que presidía la sala. No te apures, dijo ella. Por eso había recurrido a Mercedes: porque era fría. Tiene que ser tuyo si es cierto lo que pasó. Tiene que ser nuestro. Pero no hay que tener comportamientos sospechosos. No puedo dejarlo en manos de esos brutos, Mercedes, de esos payucas. Por supuesto que no, pero debemos ser cuidadosos.

Ah, el plan, piensa Bradford de rodillas mientras escucha más gemidos ahogados y siente que le arde el vientre, que ya no le queda tiempo. Dejé que tus padres te llevaran. Contraté gente para que me informara y me contaron de tu madre llorando, tu padre borracho, tu hermano siempre decente, el único decente en esa casa de chapa patética. De la triste escuela a la que te mandaban y que así llamaban, escuela, cuando te merecías un colegio. Los cardiólogos me decían que mejorabas, pero no podían controlar las arritmias y yo adiviné, ah, adiviné, antes de la noche que nos unió para siempre, que era miedo, que era el pánico lo que no podías manejar, así se llamaba el terror colectivo de las ninfas cuando aparecía el gran dios Pan, pánico, y eso sentías, ese horror. Te trajeron de vuelta al hospital, delgado pero todavía fuerte, tu padre diciendo estupideces sobre que no podía cuidarte, mi alegría ante su alcoholismo y su miseria y ante la claudicación de tu madre, y esa primera noche que confirmó todo, porque todo lo veías, era peor en un hospital, claro, te dejé que sufrieras, tenía que estar seguro, era una prueba que de todos modos debías pasar, dejé que llegaras al límite, te reanimé una vez –cuántas veces, Juan, ya grande me decías tu resucitador personal en broma– y esa noche, cuando yo sabía y todos sabían que no ibas a sobrevivir si continuaban las arritmias ventriculares, hablamos. Qué pasa, te pregunté, y me contaste de hombres y mujeres que nadie más veía, y que te hablaban, pero también de un bosque detrás de una ventana y de pies que flotaban y de alguien que le comía la nuca a una mujer y me dijiste que no sabías quiénes eran, pero no se iban. Acá hay más, me dijiste, acá gritan. Ya no te brillaban los ojos. Y te enseñé la forma más sencilla de bloquear lo que te ocurría, la que yo nunca había necesitado pero que la inglesa enseñaba a todos los miembros de la Orden. Te apoyé una mano en la boca del estómago tal como había escuchado que ella explicaba y te retiraste apenas, tu cuerpo harto de ser manoseado y lastimado. Sin embargo lo soportaste y aprendiste la técnica en segundos. No era un engaño ni una sugestión, eras el que esperábamos, eras el médium, cuando dejaste de ver lo que veías te caíste sobre la almohada y de a poco se tranquilizaron tu respiración y tu corazón y me preguntaste qué hago si vuelven y te dije por ahora repetir ese ejercicio. Ah, Juan, la confianza de esa primera vez. Ojalá pudiese ver tus ojos una última vez antes de entrar en la Oscuridad.

Te llevé a casa cuando te recuperaste. Nunca nos separamos. Cuando la Oscuridad que abriste se quedó con mis dedos nunca pude volver a estar en tu interior. Solo pude mirar. Dos veces más. Y eso fue todo. Y ahora la Oscuridad se queda conmigo: come primero las entrañas y no duele y tengo tiempo de pensar y de intentar ver tus ojos, pero ya están demasiado lejos, ya estás lejos, y le pido compasión a la Oscuridad porque ahora la escucho por primera vez.

Compasión. Y cuando la Oscuridad vuelve a morder y siento el olor de su regocijo mezclado con el de mi sangre, mientras veo que come mis manos, mis hombros, que ataca mi costado, recuerdo que alguna vez me dijiste que la Oscuridad no entiende, que no tiene lenguaje, que es un dios salvaje o demasiado lejano. ¿Seré recordado como el hombre que encontró y salvó más de una vez al médium? ¿Escribirán sobre mí, se dirá mi nombre con admiración? No debo pensar en mi gloria. Que sea secreta si debe serlo. Dejo de reclamar compasión. No hay palabras de este mundo para la entrada en la Oscuridad, para el último bocado.

La cosa mala de las casas solas,
Buenos Aires, 1985-1986

yo tenía pocos años y ya era
rigurosamente anciana

ELENA ANNÍBALI,
La casa de la niebla

Gaspar abrió la ventana y sintió en la piel la humedad fría de la llovizna. Ya era la tarde del sábado: la bicicletería del barrio estaría abierta. Necesitaba llevar su bicicleta para que la arreglaran: la cadena y los rayos se habían cortado en un accidente tonto esa misma mañana, cuando había mordido el cordón en la esquina de su casa. Le gustaba andar muy rápido especialmente los sábados, temprano, cuando no había nadie en la calle. Se había lastimado apenas, solo raspones en los codos, las rodillas, una mejilla irritada.

Intentó salir en silencio para no despertar a su padre, pero se sorprendió cuando lo encontró despierto, serio pero tranquilo, saliendo de la cocina con una taza de té en la mano. La casa, como siempre, no estaba iluminada por luz eléctrica: solamente el televisor encendido en el living, vacío salvo por el sillón de pana, amarillo, muy grande, casi una cama. Cuando Juan vio a Gaspar se le acercó y encendió un pequeño velador que estaba sobre el piso. Tenía un cigarrillo en la otra mano.

—No tendrías que fumar —dijo Gaspar.

—Dejame de romper las pelotas. —Y le tomó la cara con la punta de los dedos para mirarle la lastimadura reciente. Después se agachó para inspeccionar el pantalón, manchado de grasa de la cadena de la bicicleta.

—Me caí.

—No me mientas. Primera vez que te lo aviso.

—Estaba andando rápido y me llevé por delante un cordón.

Gaspar sintió cómo su padre se le acercaba y lo husmeaba de una manera que le parecía, ¿posesiva? Algo así. Como si se lo pudiera comer pero de verdad. Aunque también era cariñoso.

—¿Cuántas veces te expliqué por qué tenés que tener cuidado? Estamos solos. Yo estoy enfermo. Si piensan que no te cuido bien, te van a venir a buscar. Nos van a separar. No puedo estar atrás tuyo todo el tiempo.

—Ya sé. No pasó nada.

—Bueno. Lavate bien con jabón.

—Ya me puse agua oxigenada y me lavé. ¿Te parece que va a salir la mancha del vaquero?

—No tengo idea —dijo Juan, y le dio una pitada larga al cigarrillo. Volvió a agarrar la taza de té que había dejado en el piso y apagó el velador—. Si no sale te comprás otro.

—¿Estás bien, papi?

—Mejor. ¿Y vos?

—Sí. Me voy al parque a ver si me arreglan la bici. Después seguro me quedo en lo de Pablo.

—Como quieras. Voy a estar en el cuarto.

—¿Abajo o arriba?

Juan dudó un minuto. Finalmente dijo:

—Abajo.

—Vuelvo a dormir. ¿Tenés comida?

Juan no contestó pero se acercó a Gaspar y, despacio, le abrió la mano que tenía cerrada en un puño y le acarició la palma como si quisiera darle calor.

Desde la esquina, Pablo oyó primero y después vio a Gaspar y su bicicleta. Como siempre que lo veía sonrió y después se obligó a ponerse serio: le daba vergüenza demostrar cuánto lo alegraba verlo. No era el único que reaccionaba así. Todos querían a Gaspar, el señor del kiosco de revistas y el almacenero, el chapista y casi todos los padres, las chicas que se reían cuando lo veían pasar. Gaspar vivía en una casona, iba al colegio más caro del barrio, que tenía su propia pileta de natación y era bilingüe, pero no se portaba con arrogancia ni te hacía sentir que tenía plata, era normal y generoso, prestaba todo, la ropa, la videocasetera, el carnet del videoclub, sus libros. La vida de Gaspar era muy diferente a la de los otros: su papá, que estaba enfermo y casi nunca salía, no trabajaba; una persona venía a limpiar y cocinaba: dejaba lista la comida cuando Gaspar estaba en el colegio, él casi nunca la veía. Otros visitantes, abogados y contadores, según Gaspar, traían el dinero y se ocupaban de las cuotas del colegio y los servicios. Nadie vivía así, al menos entre la gente que Pablo conocía. Así, con todo resuelto. Aunque lo eran, los Peterson no vivían como ricos: casi no tenían cosas. Pero nunca les faltaba plata y si necesitaban algo, enseguida aparecían esos empleados tan extraños que llegaban con puntualidad, como si estuviesen de guardia.

Y aparte Gaspar es superlindo, pensó Pablo, pero enseguida se mordió el labio inferior porque sabía que no debía pensar en eso, su papá lo había agarrado de los pelos hacía menos de una semana porque Pablo había tardado un rato largo en elegir la ropa para ir al cumpleaños de su tío. Nunca antes había hecho una cosa así: tenía olor a mate en la boca cuando le dijo: «¿No serás medio marica, vos?» Le gustaba vestirse bien. Se lo había dicho a su papá y eso había provocado que casi le pegara. A la vuelta del cumpleaños había diseñado un plan: anotó toda su ropa en la última página del cuaderno de los deberes, en tres columnas, y después la unió con flechas, una especie de cuadro sinóptico usando lápices de diferentes colores, como había aprendido en clase para unir oraciones. Tenía que aprenderse de memoria las combinaciones o mirarlas rápido antes de salir y así no perdería más el tiempo tratando de ver si los pantalones de corderoy marrones iban con el buzo verde o no.

Gaspar nunca tenía esos problemas. Ahora mismo lo veía venir con su bicicleta, un buzo finito que le quedaba un poco grande, color mostaza, y los jeans azules y las zapatillas Topper, y no era ropa genial, pero le quedaba genial. Incluso si tenía puesto algo raro, el resultado era canchero: usaba, por ejemplo, cinturones de cuero muy largos que, a veces, le quedaban colgando. Eran de su padre y a veces tenía que darles una vuelta alrededor de su cintura. Sin embargo, la hebilla de hombre y el cuero anticuado no parecían un disfraz, sino el toque que lo hacía diferente a los demás. Claro que no era solamente la ropa: era la manera en que se sacaba el pelo de la cara, las piernas largas y los ojos azul oscuro, redondos y aparentemente inocentes al menos hasta que sonreía o se enojaba, y entonces pasaba algo rarísimo porque los ojos apenas le cambiaban de expresión y Pablo no sabía cómo se podía llamar eso pero le gustaba y le daba desconfianza, le recordaba a su gato, que se dejaba acariciar ronroneando y de repente, porque sí, tiraba un zarpazo al aire, sin intención de lastimar, solamente para dejar claro que ya había recibido lo que necesitaba.

Cuando llegó a su lado, Gaspar buscó en el bolsillo de atrás y le ofreció a Pablo un chicle algo aplastado. Se pusieron a hacer globos en la vereda, protegidos por un balcón que hacía de techo, porque había empezado a llover.

–¿Me acompañás al parque? –Y apuntó a la bicicleta–. Volé, no sabés, pero no me hice nada.

Se lo decía con tranquilidad y Pablo sabía que probablemente ni se había asustado con la caída. Había algo duro en Gaspar: tenían la misma edad, pero Pablo lo sentía mucho mayor. A lo mejor era porque no tenía mamá, porque su papá estaba enfermo, porque no tenía a su familia cerca, porque estaba bastante solo. No se reía mucho y escuchaba muy atento. La mamá de Pablo decía que era un chico traumatizado; la mamá de Vicky, que era un chico triste. La mamá de Adela, la cuarta amiga que completaba el grupo de inseparables, decía Juan es

184

viudo y está enfermo, no es fácil criar solo a un chico, Gaspar está muy bien.

Cuando el chaparrón se volvió llovizna, Pablo se subió el cierre de la campera y dijo: «Vamos.» El parque quedaba muy cerca, a apenas doscientos metros. Esa tarde, por el mal tiempo, iba a estar vacío; cuando había sol, casi no quedaba lugar para jugar a la pelota o sentarse a tomar una gaseosa porque todo el barrio se pasaba la tarde sobre el césped descuidado, bajo los árboles centenarios y entre los caminos de tierra colorada. Estaban por cruzar la calle cuando vieron llegar, corriendo, a Vicky y Adela. Vicky estaba llorando, con el pelo oscuro suelto y lustroso como el de una chica japonesa. Adela, que la llevaba de la mano, tenía puesto un piloto amarillo enorme que parecía una carpa y le tapaba por completo el muñón del brazo izquierdo.

–Ey, qué pasó –dijo Gaspar, y se acercó a Vicky. Ella lo abrazó rodeándole el cuello con los brazos y gritando que se había perdido Diana, desde la mañana que no aparecía. Diana era una de las dos perras de Vicky, la que ella más quería, una ovejero alemán de ocho años que la había acompañado prácticamente toda su vida.

–Se le escapó al forro de mi papá –dijo Vicky. Y entre las lágrimas y los quejidos pudo reconstruir que el padre había dejado la puerta del pasillo abierta y a Diana sin la correa, y que la perra había corrido hasta la vereda. Él le había gritado, ella no había obedecido. Esperaron que volviese, pero Victoria y su madre insistieron y salieron a buscarla con el auto. Nada. Desde las nueve de la mañana estaban así.

–La estamos buscando nosotras, ahora que no hay tantos autos a lo mejor está más tranquila –dijo Adela, y con su único brazo se sacó un mechón de pelo húmedo de la cara.

–Puede estar en el parque –dijo Gaspar.

–Íbamos ahora.

–Nosotros también. Dejo la bici para que la arreglen y los acompaño.

Los cuatro tomaron el pasaje de las casas inglesas hacia el parque. Adela, como siempre, se ubicó al lado de Gaspar. Empezó a hablarle de los perros que volvían, de los perros que se quedaban en la puerta de los hospitales esperando a que dieran de alta a sus dueños cuando se enfermaban, de los que vivían en cementerios porque habían acompañado al amo hasta el final. Adela era fantasiosa y exagerada y cada vez mentía más, pero se lo aguantaban y no solo por lástima. Era divertida. Adela vivía con su mamá en una casa al final de un pasillo, una casa algo oscura porque quedaba en el medio de la manzana y le tapaban la luz las construcciones de alrededor y hasta los árboles de los patios grandes de los vecinos. Igual, era una casa bastante linda; su mamá, Betty, elegía bien los tapices y las reproducciones de cuadros, tenía muebles sencillos pero cómodos y de colores, a veces cubiertos por mantas con diseños andinos. Era una casa medio hippie y muy distinta, pensaba Pablo, a la suya, con los viejos adornos de vidrio de su abuela, pájaros anaranjados y cisnes blancos, tucanes negros de pico amarillo y flamencos rosados, que tenía prohibido tocar. Adela no tenía papá y nadie sabía bien por qué, si se había muerto o se había ido. Nadie se animaba a decir en voz alta que podía estar desaparecido, aunque algunos se atrevían a insinuar que era al revés, que era policía y había muerto en un enfrentamiento.

También era un misterio por qué le faltaba un brazo. El muñón era pequeño y proporcionado, como si hubiese sufrido un corte limpio sobre el codo. La madre de Adela decía que había nacido así, que era un defecto congénito. A muchos chicos les daba miedo o asco. Se reían de ella, le decían monstruita, adefesio, bicho incompleto; que la iban a contratar en un circo, que seguro estaba su foto en los libros de medicina. A ella le dolía, a veces lloraba, pero había decidido responder siempre a las burlas con otros chistes o con insultos. No quería usar un brazo ortopédico. En general no ocultaba el muñón. Si veía la repulsión en los ojos de algún chico o incluso de un adulto, era capaz de refregárselo por la cara o sentarse muy cerca y rozar el brazo del otro con su apéndice inútil hasta dejarlo al borde de las lágrimas.

Su versión sobre el brazo ausente era espectacular, como podía esperarse de ella. Contaba que la había atacado un perro, un dóberman negro. El perro se había vuelto loco, les suele pasar a los dóberman, una raza que, según Adela, tenía un cráneo demasiado chico para el tamaño del cerebro; por eso les dolía siempre la cabeza y enloquecían. Decía que la había atacado cuando ella tenía dos años. También decía que se acordaba: el dolor, los gruñidos, el ruido de las mandíbulas masticando, la sangre manchando el pasto. Había sido en la quinta de sus abuelos, y había sido su abuelo el asesino del perro: le había disparado con excelente puntería, porque el animal, cuando recibió el tiro, todavía cargaba con Adela bebé entre los dientes.

Insólitamente, porque era el que mejor escuchaba y menos discutía de los cuatro, Gaspar siempre se negaba a creer en esta versión. No podés acordarte, le decía. Tenías dos años. Yo apenas me acuerdo de mi mamá y cuando se murió tenía seis.

—Bueno, pero esto fue muy traumático —decía Adela, y remarcaba la palabra «traumático», que había aprendido hacía poco.

—¿Sos pelotuda? Lo de mi mamá también fue traumático.

—De algo te debés acordar.

Y Gaspar insistía en que sí, de algo sí, pero demasiado poco, quería acordarse de tanto más; eran fotos, escenas cortas de una película, sin conexión. Y nada de nada de cuando tenía dos años. Nadie se acordaba de los dos años, imposible, insistía.

—A mí igual no me importa que mientas —le decía, y Adela se ponía furiosa—. Pero con algunas cosas tenés que mentir mejor.

Adela siempre se iba de esas discusiones con la cara y las orejas muy coloradas; era pecosa y exageradamente rubia, tanto que la palidez de la piel hacía que sus dientes parecieran amarillos. Tenía los ojos marrones y chiquitos bajo las pestañas casi blancas.

—Esperen acá —dijo Gaspar cuando llegaron al parque Castelli.

Le hicieron caso: Adela secó con su piloto un banco de madera y los tres se sentaron en silencio. El parque ocupaba doce manzanas y adentro había un colegio, dos piletas de natación —una al aire libre, otra climatizada; era donde nadaba Gaspar los fines de semana, cuando estaba cerrada la de su colegio—, un rosedal y una fuente enorme que lanzaba chorros de diferente altura, sincronizados para dar la impresión de que el agua bailaba. También tenía una calesita en el sector de juegos para chicos, pero ellos ya eran demasiado grandes para visitarlo, salvo las hamacas; a las chicas, especialmente, les encantaban las hamacas y también el rosedal, con su glorieta del siglo XIX, las enredaderas verde oscuro y los caminos de piedritas rojas que manchaban las zapatillas.

Gaspar volvió pronto de la bicicletería y organizó la búsqueda: Pablo se ocuparía de la parte que iba desde el colegio hasta la avenida de la iglesia; él, de la fuente y las piletas; las chicas se dividían el rosedal y el área alrededor de la entrada del subte. Busquen bien, les dijo. Puede estar asustada. Atrás de todos los árboles y debajo de todos los bancos. La escuela está cerrada, pero seguro hay un señor que cuida, Pablo, llamalo y preguntale, tocá el timbre. Yo hago lo mismo en la pileta. En una hora nos encontramos de vuelta acá. Los demás le dijeron que sí con la cabeza y, antes de empezar la búsqueda, Gaspar se agachó y tomó agua de un bebedero con forma de cabeza de león, una cerámica color azul antigua que chorreaba y dejaba un pequeño río ensangrentado sobre el camino de tierra colorada.

Gaspar rodeó el edificio del club, con su bar abierto y sin clientes —seguramente por la lluvia y la hora: empezarían a llegar cuando se acercara la merienda—, y entró. El único mozo y el dueño lo conocían: a veces comía algo ahí los sábados y domingos a la tarde después de nadar o incluso hacía los deberes en una de las mesas que daban a la parte más arbolada del parque, cuando su padre estaba de muy mal humor, lo que en el último año era cada vez más frecuente, al punto de que Gaspar había empezado a extrañarlo como si ese hombre que vivía en su casa fuese otro que se iba metamorfoseando en alguien más silencioso, violento y distante.

Les preguntó a los dos si habían visto a la perra, pero ni el mozo ni el dueño recordaban a un ovejero alemán; había muchos perros dando vueltas por el parque, a la mayoría los conocían, les dejaban comida, pero no les había llamado la atención ninguno nuevo. Gaspar aceptó un vaso de Fanta que el dueño le ofreció y siguió rastreando por las escaleras a cada lado de la fuente. El parque se elevaba en el centro, estaba construido sobre una pequeña colina, y esa subida terminaba en la pileta descubierta, que ya estaba cerrada hasta el siguiente verano: la rodeó y se quedó mirando el trampolín. Se metió entre las estrechas rejas –le costó un poco: aunque era muy delgado, en un tiempo iba a ser demasiado grande para pasar por entre los barrotes– y llamó a Diana con un chiflido que, sabía, la perra iba a reconocer. Nada. Dio una vuelta a la pileta y volvió a llamar: extraño, el cuidador no estaba. A lo mejor se había tomado la tarde, lloviznaba, nadie se iba a meter en el agua. Él lo hacía, a veces: le gustaba nadar cuando hacía frío, salir tiritando, con la pileta para él solo y sin que nadie lo vigilara. Su padre no sabía de esas escapadas, por supuesto.

Cerró los ojos. Le dolía la mejilla y un poco las rodillas; le sangraban un poco todavía, se había fijado en el baño, y ya sentía la piel tensa, se le estaban formando las cascaritas.

La perra no estaba cerca de la fuente ni de la pileta, así que la buscó detrás de los árboles. El parque tenía muchos y a Gaspar le hubiese gustado distinguirlos, saber cuál era un álamo, cuál un níspero, solamente distinguía los pinos. Ojalá enseñasen esas cosas en la escuela, en vez de fracciones o de organismos unicelulares. Le iba bien en el colegio porque le resultaba fácil, pero se aburría y siempre se había aburrido. Leía por su cuenta: su papá podía ser caprichoso y podía dar miedo, pero lo dejaba leer cualquier cosa. Ahora estaba leyendo *Drácula*: ya había visto como diez películas y el libro era totalmente distinto a todas. Se había quedado pensando en una frase y ahora el escalofrío que sentía cerca de la fuente no era solamente porque su campera era de una tela liviana: esa frase le parecía terrible. «Los muertos viajan deprisa.» Eso le decía un personaje, un compañero de viaje, a Jonathan Harker, que iba a la casa del Conde. Había buscado el libro en inglés en la biblioteca de su papá, que dibujaba, distraído, en uno de sus cuadernos. La había encontrado enseguida, y en inglés era «for the dead travel fast». El libro en inglés decía, además, que la frase estaba traducida del alemán y que era de un poema que se llamaba «Lenore». Le preguntó a su padre si lo tenía —su padre tenía muchos libros de poesía— y él, sin dejar de dibujar o escribir, sin mirarlo, le dijo que no. «¿Es verdad?», le había preguntado. «¿Es verdad que los muertos viajan rápido?»

Su padre por fin había levantado la cabeza y le había dicho, sencillamente: «Algunos.»

Bajó corriendo las escaleras hasta la explanada donde estaba la escultura del tigre dientes de sable y rodeó el parque por el camino paralelo a la calle Mitre. Vicky y Adela ya estaban esperándolo en la glorieta, cerca del rosedal. Por sus caras se dio cuenta de que tampoco habían encontrado a la perra.

—Va a volver, Vicky —dijo Gaspar—. Ahora, si querés, le sacamos fotocopias a una foto y las ponemos en los negocios y en los palos de luz. La vamos a encontrar.

Vicky lloraba.

—Es vieja, se va a perder.

Pablo llegó corriendo y miró a Gaspar antes de decir que no con la cabeza.

—¿Vas a ofrecer recompensa? —preguntó Adela—. Si ofrecés recompensa es recontramejor.

–¿Y con qué plata pago recompensa? Mi papá no va a poner para eso.

–Yo te presto plata, eso no es un problema –dijo Gaspar, y le pidió a Adela que lo acompañara a la fotocopiadora.

El resto de la tarde la pasaron armando, en una hoja tamaño oficio, el póster de perra perdida de Diana. Vicky eligió una foto con el fondo claro, para que se distinguiera bien. Hugo, el padre de Vicky, le dijo a Gaspar en chiste que con la inflación poner recompensa no tenía sentido y Vicky se enojó tanto que se encerró llorando en su cuarto. Adela y Gaspar terminaron el collage mientras Pablo escuchaba a Hugo, que explicaba la huida de la perra. Él había dejado la puerta abierta, era cierto. Un minuto, porque se había olvidado el paraguas y lo necesitaba, llovía esa mañana cuando había salido para atender la farmacia. Y algo asustó a la perra, algo que se cayó adentro de la casa. A lo mejor Virginia, la hermana menor de Vicky, había tirado un juguete contra la pared o la abuela, que estaba medio sorda, había subido la radio y eso alteró al animal, que salió corriendo. Él también la quería a la perra, la adoraba, estaba hinchado las pelotas de que Vicky le echara la culpa e hiciese semejante teatro.

–Va a volver –dijo Adela, y de nuevo se puso a contar sus anécdotas de perros fieles con sus amos. Gaspar se levantó después de terminar de escribir el número de teléfono de Vicky y le golpeó la puerta de la pieza.

–Vamos a pegar los papeles. Vení con nosotros, cortala un cacho.

Hubo un silencio tenso y Vicky abrió la puerta. Tenía los ojos colorados, pero ya no lloraba.

–Cortala –repitió Gaspar–. Ya hicimos los carteles.

Se miraron en la oscuridad del pasillo de las piezas. La lamparita se había quemado. Gaspar recordó el verano que había pasado con Vicky y su familia en Mar del Plata: jugar a la paleta en la playa, nadar un poco –mucho no: a ellos les daba miedo que Gaspar se metiera hondo y él no quería ponerlos nerviosos—, las caminatas por la arena húmeda al atardecer. Había hablado mucho con Vicky, a veces hasta que se quedaban dormidos tardísimo, con el velador encendido. Era el segundo verano que Gaspar se sumaba a las vacaciones de los Peirano, que alquilaban un departamento cerca de las playas semivacías del faro, un departamento grande y cómodo que, sospechaba Gaspar, no pagaban ellos. Estaba casi seguro de quién lo pagaba, pero jamás se lo hubiese siquiera insinuado. Su padre no le había dicho nada, ninguno de los veranos. Le había dado permiso para ir a la playa un mes. Si te invitan, andá. Confío en ellos. Todos los veranos, los empleados que les traían plata también habían aparecido por la costa, para asegurarse de que él tenía lo que hacía falta. No eran los mismos empleados pero Gaspar ya los conocía a todos, eran siete, ocho, contando a los choferes que llevaban a su papá al médico o a cualquier otro lado que quisiese ir. Cuando era más chico no lo notaba, pero de grande sí era evidente que nadie más tenía ese tipo de asistentes o cuidadores. Cuando le preguntó a su padre, él le dijo, por toda respuesta, tu madre era rica, vos también. Seguramente viste en la tele lo que le puede pasar a la gente rica. Gaspar recordó las noticias de secuestros y la explicación de la mamá de Vicky: son mano de obra desocupada de la dictadura, decía, ahora se dedican a chantajear y pedir rescates, conocen el método del secuestro a la perfección. ¿Qué, estoy en peligro, me van a secuestrar? No, siguió su padre, porque te cuidan ellos. Y cuando volvió a preguntar, la respuesta fue idéntica y el fastidio enorme. Así que ahora lo aceptaba.

El primer verano, Gaspar lo había pasado genial. Pero el segundo, no sabía bien por qué, una noche sintió miedo por su padre y se escapó del departamento hasta un teléfono público. Apoyado en el plástico lleno de agujeros de la cabina redonda que le recordaba a un huevo gigante, llamó a su casa varias veces. Y repitió las llamadas la noche siguiente. Nadie atendía. Era enero. Gaspar sabía que, en verano, su padre se iba unos días, tenía amigos, pero nunca faltaba de la casa tanto tiempo. Diez como mucho. Era el 15 de enero y no contestaba y Gaspar estaba a punto de pedirle a Lidia y Hugo Peirano que lo dejasen volver, que por favor le compraran un pasaje, aunque no sabía exactamente qué podía hacer cuando llegara a la casa vacía. ¿Llamar a su tío de Brasil? ¿Hablar con los contadores? ¿Pedir por sus abuelos maternos, que no veía desde hacía años, de los que apenas se acordaba? Sentado en los escalones de la puerta del edificio de Mar del Plata, mientras los turistas entraban y salían, algunos para ir a cenar a restoranes, otros con la compra del supermercado para cocinar en los departamentos, Gaspar se había puesto a llorar y Vicky le había dicho:

—Seguro que aparece. No digamos nada. Llamamos mañana de vuelta.

Y esta vez, cuando llamó, su padre dijo hola con voz cansada y fastidiosa. A Gaspar se le aflojaron las rodillas cuando lo reconoció.

—Te estuve llamando —le dijo, enojado—. Nunca te vas tantos días.

—Gaspar, pasala bien —le contestó su padre, y cortó.

Mientras miraba a Vicky ahora, Gaspar recordaba esos días de incertidumbre, hacía apenas tres meses. Y ella dijo que sí con la cabeza. Entendía. Se ató el pelo sedoso y muy oscuro en una colita.

—Perdón, los tendría que haber ayudado a hacer los carteles.

Y después volvió a abrazar a Gaspar, que le besó la cabeza y se quedó oliendo su pelo, un poco de lluvia, otro poco del champú que tanto les gustaba a las chicas ese año, un detergente verde que estaba de moda y olía a jugo de manzanas.

La casa de Victoria Peirano estaba siempre en construcción. El terreno era grande y la casa se extendía, larga, al costado de un pasillo que comunicaba el patio delantero y el garaje

193

con el fondo; había un modesto jardín con galpón donde las perras dormían a la sombra de un limonero y la parrilla se usaba casi todos los domingos. En esa casa ruidosa y desordenada cada cual se acostaba cuando quería; si tenían ganas de comer todos juntos en la mesa, lo hacían y, si no, se llevaban su plato a la habitación o al fondo, la abuela escuchaba tango en la radio y nadie nunca encontraba los papeles perdidos.

No parecía la casa de un farmacéutico y una médica. Victoria pensaba, a veces, que sus padres eran injustamente pobres porque sus compañeros de colegio con padres médicos vivían en otro tipo de casas. Alguna vez los había escuchado hablar de la mala suerte que tenían, de las oportunidades desperdiciadas; la madre trabajaba en un hospital público y hacía guardias en una clínica a veinte cuadras de su casa; su padre no quería abandonar la farmacia donde había empezado a los dieciocho años, adoraba al dueño, no le importaba que el sueldo fuese bajo. Discutían bastante por plata pero eran felices. Se divertían juntos. Y la plata la gastaban: en vacaciones a Bariloche, a Pehuencó, a Mar del Plata, a las sierras de Córdoba, al Valle de la Luna. Gaspar pasaba mucho tiempo con esa familia. Su propia casa era amplia y elegante y, lo sabía, la envidia del barrio; pero también era oscura y estaba vacía, con el jardín seco, poquísimos muebles, la obligación del silencio.

–¿Por qué no se quedan a cenar? –preguntó Lidia, la madre de Vicky. Había llegado del hospital casi a las nueve de la noche con unas prepizzas para poner al horno. Recién se enteraba de la escapada de la perra y después de escuchar le dijo a su marido:

–Sos un pelotudo, Hugo. Realmente.

Y felicitó a los chicos por haber hecho los carteles. Los habían dejado en todos los almacenes, los kioscos, el bar del parque, la bicicletería, los postes de luz: el día siguiente era domingo; si no llovía, la gente iba a salir a la calle mucho más y, si alguien había visto a la perra, tenía que aparecer. Habían dejado también los teléfonos de Adela y Pablo; no el de Gaspar: su padre no soportaba el sonido de las llamadas telefónicas.

Después de poner las pizzas sobre la mesada para enfriarlas un poco, Lidia entró en su pieza, se sacó el uniforme blanco y volvió a invitar a comer a Pablo y Gaspar. Pablo dijo que lo esperaba su mamá. Gaspar dijo que no, gracias.

—¿Cómo está tu papá? —quiso saber Lidia antes de meterse en la ducha.

—No sé —dijo sinceramente Gaspar—. Por eso también quiero ir. Pero está mejor que hace unos días, gracias.

—Me avisás cualquier cosa.

Gaspar saludó con la mano. Extrañaba la bicicleta: le había encargado al bicicletero, además, que cambiara la luz que usaba cuando oscurecía, porque últimamente parpadeaba. Adela lo acompañó: de todos, era su vecina más cercana. Le gustaba estar con ella: podía relajarse con Adela porque la sinceridad no la incomodaba.

—¿Vos creés que va a aparecer Diana?

El pelo un poco seco, la lengua siempre afuera, ese entusiasmo amoroso, Gaspar se acordó de todo de repente y sintió una piedra en la garganta. Él quería a la perra. Como no le dejaban tener mascotas, se encariñaba con las de los demás. Diana era su favorita.

—No —dijo—. No creo que aparezca.

—Yo tampoco, pero no quise decir nada.

—Capaz nada que ver y nos equivocamos.

—Ojalá. ¿Por qué no tenés perro vos?

—Papá odia a los animales.

No era exactamente así; una vez le había dicho «no quiero nada vivo en esta casa». Pero eso iba a sonar demasiado extraño incluso para Adela.

—Es tan mala onda tu papá.

Se rieron. Adela lo decía con frescura y con conocimiento: Betty, su madre, tomaba mucho cuando estaba triste. No era violenta, no trataba mal a Adela, nada más se encerraba con una botella y a veces vomitaba en el baño. O en la casa. Gaspar había ayudado a Adela, varias veces, a vaciar los vasos llenos de vino que aparecían en los rincones y a usar desodorante de ambientes en el baño cuando Betty limpiaba mal su vómito. No se emborrachaba muy seguido, pero cuando lo hacía, eran días difíciles. Gaspar caminó más despacio, un poco para demorarse y pasar más tiempo con Adela, otro poco porque la falta del brazo hacía que ella fuese un poco más lenta, como si le faltara un remo para impulsarse. Ya no llovía, Adela había dejado el piloto en la casa de Vicky y llevaba solamente un buzo rojo, arremangado sobre el muñón. Siempre decía que odiaba llevar la manga vacía, colgando. Prefería que lo obvio fuese visible. A Gaspar también le gustaba la compañía de Adela porque hablaba mucho y no la incomodaba el silencio. Ahora, sin embargo, estaba callada. Y no era por la perra, que no era su amiga, ella prefería estar lejos de los perros, eso lo mantenía con firmeza para aferrarse a su historia del ataque del dóberman.

Gaspar decidió romper el silencio:

—¿Te pasa algo?

—Una cosa que me pasa siempre pero de repente está peor.

—Bueno, contame.

—Es medio asqueroso.

—Mejor.

Adela lo empujó hasta hacerlo trastabillar.

—Qué tarado.

Ella miró para abajo mientras hablaba, como si les prestara atención a sus pasos.

—Me pica el brazo. Este brazo —dijo, y movió el muñón.

—Y rascate.

—No seas tarado. Me pica el brazo en la parte que no tengo. Ya fui al médico. Se llama miembro fantasma, me dijo. Es porque el cerebro no registra que no lo tenés más y entonces se siguen sintiendo cosas.

Gaspar la miró con atención bajo las luces amarillentas de la calle. El pelo de Adela tenía alrededor una especie de aureola: se erizaba con la humedad.

—Mentira.

Ella lo miró con odio achicando los ojos oscuros.

—¿Por qué nunca me creés?

—No te puede picar algo que no existe.

—Me repica y vos no entendés nada —gritó Adela, y se alejó corriendo hasta su casa, llorando, sin dejar que él le viera la cara. Gaspar estuvo a punto de seguirla pero la dejó irse. Estaba cansado, tenía hambre y hasta que calentara las milanesas en el horno iba a pasar un rato. No sabía si tenía pan para hacerse un sándwich. Tendría que haber aceptado la invitación a comer, pero quería volver a su casa, estar un rato solo y ver a su papá.

Entró despacio en la fresca oscuridad de la casa y, antes de pasar por la cocina, se asomó a la habitación de la planta baja donde dormía su padre.

El velador en el suelo, un vaso vacío sobre la mesa de luz y su padre con el pecho desnudo sentado en la cama; ya nunca dormía acostado. No podía darse cuenta de si estaba dormido o no: solamente podía ver que tenía los ojos cerrados.

Gaspar encendió la luz de la cocina, casi el único lugar de la casa donde se le permitía usar la lámpara principal, además del baño. Encontró dos milanesas en la heladera. Las olió: perejil y pan y un poco de limón y el aroma metálico de la carne fresca. Untó con aceite una de las bandejas del horno y lo encendió. Había que sostener la perilla apretada un tiempo largo, casi un minuto, para que la llama del horno se mantuviera encendida. Si la soltaba antes de tiempo y el semicírculo de fuego azul se apagaba, debía esperar más de diez minutos para volver a intentarlo. No se atrevía a freír esa noche, por el ruido chispeante del aceite; no quería despertar a su padre y además la comida frita, a veces, cuando se dormía sin hacer bien la digestión, le provocaba una de sus pesadillas más odiadas, la del hombre que flotaba sobre su cabeza y de sus manos caían gotitas calientes de algo que llevaba en brazos, algo vivo y pequeño que se estaba muriendo, eso estaba muy claro en el sueño; él no podía distinguir si era una persona o un animal, porque no lo veía, solo veía los pies del hombre flotante y un poco de sus piernas pálidas como huesos, justo encima de su cabeza. Así que milanesas al horno. Y un tomate partido al medio, con un poco de aceite y orégano.

Le gustaba cocinar. Le hubiese gustado cocinarle más a su padre, que últimamente comía poco y desganado. Gaspar sabía que estaba muy enfermo, siempre lo había sabido, pero ahora sentía algo peor en lo que no quería pensar: sentía que iba a morirse pronto. Estaba siempre tan cansado, tan enojado, tan débil, tan insólitamente delicado, justo su padre, altísimo, poderoso, con manos tan grandes que, cuando lo acariciaban, podían tomarle toda la cabeza y, cuando le pegaban, eran como guantes de box sin la protección de la tela y la goma, pura furia de huesos en la palma pesada y el revés brutal.

Se sacó las zapatillas y las medias, que tenía húmedas, y buscó medias secas en el tendedero de la cocina. No tenía sueño, así que, después de servirse una milanesa con tomate, puso junto al plato el mapa político de Asia que tenía que completar. Miró las líneas que demarcaban los países y, aunque para el trabajo en casa estaba permitido usar una enciclopedia que los ayudara, trató de recordar los nombres sin consultarla: así iba a ser el examen. China, Pekín. Casi en chiste pintó el enorme país de amarillo. La isla allá arriba era Japón. Tokio. Iba en rojo. Le gustaba geografía. No le gustaban matemáticas y menos geometría, pero para eso tenía a Belén, su compañera que quería ser ingeniera y a quien le intercambiaba resoluciones de problemas y trazados con el transportador por la tarea de inglés y lengua. El intercambio era perfecto salvo por el hecho de que le gustaba Belén. También le gustaban otras chicas, pero ninguna le parecía tan linda como Belén ni lo ponía tan nervioso y tan contento al mismo tiempo. Que quisiera estudiar Ingeniería hacía que le gustara más todavía: era diferente a todas.

Todavía no se animaba a invitarla a salir o pedirle que fuesen novios. Sabía que las otras chicas la gastaban por lo de Belén y Gaspar: el lugar de nacimiento de Jesús y uno de los reyes magos. Era un chiste. Su nombre y el de la chica que más le gustaba, juntos, eran un chiste. Y ella era arrogante, tan linda con su boca ancha y sus ojos oscuros y la piel tan fina que parecía transparente, en las mejillas se le veían todas las venas azules; a Gaspar le parecía, también, una especie de mapa. Y las medias que usaba, blancas, hasta bien por debajo de la rodilla, y el anillo plateado en el meñique.

Ahora no se acordaba de la capital de Irán. ¿Teherán o Bagdad? Teherán, se decidió, y pintó el país de violeta. Le quedaban varios países más, los que siempre confundía: recordaba los nombres –Malasia, Indonesia, Camboya–, pero no podía distinguir sus trazos en el mapa. Ahora no tenía ganas de subir al primer piso a buscar una enciclopedia: podía buscarla al día siguiente.

Fue hasta su habitación descalzo: daba a la calle, o mejor dicho al patio delantero, que era angosto y tenía varios canteros secos. La ventana estaba cerrada y la persiana baja y Gaspar no las abrió. Revisó lo que tenía para leer en la mesa de luz pero no tenía ganas de ninguno de los libros, ni de los de poesía, que le gustaban más que todos aunque no los entendiera, porque a veces al leer dos palabras juntas en voz alta, cuando causaban un efecto hermoso, le daba ganas de llorar. Tampoco de escuchar música en el walkman nuevo que le había mandado desde Brasil su tío para Navidad. Tampoco podía mirar películas porque le había prestado la videocasetera a Pablo. Tenía que dormir. Se sacó los pantalones, pero se dejó la remera; tiró el buzo sobre la silla. Las lastimaduras de las rodillas ya estaban secas, iban a picar al día siguiente y después él iba a arrancarse la cascarita e iban a tardar un montón en curarse; siempre hacía lo mismo.

Antes de taparse, después de acomodar la almohada doblada en dos, sacó del cajón el fascículo de la colección de historia de arte indígena y popular que había escrito su mamá y que tenía su foto. Había otros artículos de ella en diferentes libros de la casa, algunos en inglés. Gaspar se acordaba del título de todos. «El mundo tupí-guaraní en vísperas de la conquista», «Si Dios fuese jaguar: canibalismo y cristianismo entre los guaraní», «Sociocultural dimension of epilepsy: an anthropological study among Guaraní communities in Argentina» y muchos más, también sobre otros temas, pero ninguno de esos capítulos o libritos cortos traía su foto. Este fascículo sí. La colección completa era de diez, le había dicho su padre, pero en la casa había nada más que cinco. Tu mamá estaba orgullosa y también muy enojada porque era la única mujer de la colección, le había contado. ¿Por qué enojada?, había preguntado Gaspar. Por muchas cosas, porque había pocas antropólogas, porque a las pocas que había no las invitaban a charlas y congresos, porque estaba cansada de trabajar solamente con hombres.

El fascículo era de una colección publicada por el Centro de Artes Visuales del Museo del Barro, Paraguay, según se indicaba en la primera página. El título era «Arte indígena y arte mestizo de los grupos indígenas guaraníes». Empezaba con un texto de cuatro páginas sin imágenes muy difícil, al menos para Gaspar, que explicaba las «familias lingüísticas» indígenas, definía lo «popular»..., le resultaba aburrido. Pero las diez páginas que seguían tenían fotos, a color, que le encantaban: una talla en madera de la cabeza de un Cristo ensangrentado del siglo XVII, otro Cristo de cuerpo entero que se llamaba «de la columna», todo lastimado y con las manos atadas a un palo que le llegaba a la altura de la cintura; una Virgen rarísima, una especie de torso sin piernas que tenía el corazón, de lata, atravesado por espadas y del lado de afuera del pecho, se llamaba «Dolorosa»; después, una pintura donde al Cristo crucificado le salía sangre a chorros del costado del pecho y un ángel la juntaba, como si fuera en un balde, con una copa dorada. La segunda parte del fascículo se titulaba «Santería popular» y era su favorita. Había varios esqueletos que se llamaban San La Muerte: todos distintos, en cuatro fotos. En una, el esqueleto era muy alto, llevaba una guadaña en la mano izquierda y en la derecha una escoba; en otra, el esqueleto era gordito y petiso, tenía dibujada una boca sonriente y llevaba una guadaña corta que más bien parecía un cuchillo: ese era gracioso. El que seguía no: el esqueleto en un ataúd pintado de negro, serio y a medio levantarse. Y el último era el más raro: la referencia decía que estaba tallado en hueso (no aclaraba si animal o humano), que medía nada más que cinco centímetros y era un esqueleto sentado, con la cabeza entre las manos, como si esperara en un banco. Después seguían San Son, un hombre vestido de rojo con una espada en la mano, sobre un jaguar: era de madera. Y después Santa Librada, una mujer crucificada. La sección final, de dibujos indígenas, era la más aburrida: pájaros y tatúes y telarañas enormes entre árboles, peces en el río, cocodrilos, gente plantando vegetales grandes que parecían zapallos.

En la contratapa estaba la foto de su mamá y un resumen de su vida y de lo que había estudiado. Decía: «Rosario Reyes Bradford nació en Buenos Aires en 1949 y es la primera mujer argentina doctorada en Antropología en la Universidad de Cambridge, Reino Unido. Se especializa en antropología simbólica, antropología de la religión y etnografía guaraní. Es docente e investigadora de la Universidad de Buenos Aires. Ha publicado más de veinte artículos en Argentina, Paraguay, Brasil, Colombia, México, Estados Unidos, Inglaterra, Francia y Bélgica. Es autora del libro *Tekoporá: Exploraciones antropológicas sobre historia, religión y ontología guaraní.*»

Al lado de la foto había un texto firmado por su mamá donde agradecía a Cristino Escobar, director del Museo, y a la editorial, a las comunidades mbyá de Misiones y el sur de Paraguay, a una lista de gente, y después lo que a Gaspar le interesaba. Decía: «Gracias a Tali, mi hermana, mi mejor amiga y mi compañera de trabajo. Le agradezco a Juan por su amor incondicional y a Gaspar, el hombre de mi vida, que soportó las ausencias de su mamá como un valiente y la recibió en cada regreso con alegría y sin reproches.» Gaspar le había preguntado a su padre por qué se refería a Tali, una amiga de la familia a quien veía de vez en cuando, como «su hermana» y Juan le dijo que era una manera de decir, porque se querían mucho. Gaspar se decepcionó: esperaba que fuese su tía, quería un poco más de familia.

Trató de recuperar todos los recuerdos de su mamá: ella bajando por la escalera, poniéndole un pañuelo frío sobre la frente cuando le dolía la cabeza; ella diciéndole que volvía enseguida, que se quedara sentado quietito (se acordaba muy claro del «quietito») y yéndose después por un pasillo, pero dónde estaría ese pasillo. También se acordaba de una pasarela o un muelle como los que había en el mar, pero, en vez de agua, debajo había árboles. Copas de árboles. Ella lo llevaba de la mano y tenía el pelo oscuro. Ella en la cama enseñándole lo que significaban las cartas. Ella besando a su papá en puntas de pie y él agachado, agarrándole la cintura.

En la foto que acompañaba a los agradecimientos, su mamá miraba la cámara. El fascículo era de 1979, pero la foto, le había dicho su papá, era anterior y en blanco y negro. Llevaba una camisa blanca de manga corta: sus brazos eran muy flacos pero, y a Gaspar le daba un poco de vergüenza pensarlo así, era tetona. Era muy linda, eso pasaba, y a él no le gustaba pensar así de su mamá, pero era muy linda, con el pelo suelto y algo desarreglado y los labios gruesos. Una vez su papá le había dicho que ella siempre se maquillaba muy poco y que eso era rarísimo entre las mujeres de esa época. Pedile a cualquiera de tus amigos que te muestre fotos de sus mamás de hace diez años, fijate. Y Gaspar lo había hecho y era cierto: la mamá de Vicky aparecía con tanta sombra oscura sobre los ojos que parecía el mapache de los dibujitos animados y también tenía la boca como empastada de rojo y los cachetes manchados de polvo colorado. Las cejas eran lo peor. La mamá de Pablo, por ejemplo, no tenía cejas directamente en las fotos de su casamiento, bah, tenía cejas pintadas sobre la piel, muy finitas. Su mamá, en esa foto y en otras, tenía las cejas normales. Por qué se sacan las cejas las mujeres, quiso saber Gaspar, y su papá, sonriendo, contestó que lo mismo se preguntaba su madre. Era una loca de la ropa y de la moda tu mamá, le había dicho, pero no se parecía a nadie. En la foto tenía una pulsera ancha: si se la miraba con atención, se podía ver que era una víbora con la boca semiabierta y una lengua bífida apoyada sobre su muñeca.

Cerró el fascículo y se secó los ojos con la sábana. Del bolsillo del buzo se asomaba una de las fotocopias con la cara de Diana. Las otras las había dejado sobre la cocina. No tenía sentido salir a pegarlas ahora, que llovía. Pensó en la perra. Se la pasaba acostada, jugando con una pelota de tenis. Tenía un problema en la cadera y le costaba levantarse: al principio caminaba lentamente, después ya se normalizaba, como si su cadera necesitara ejercitarse un poco antes de volver a funcionar. Era buena y un poco tonta, por eso resultaba tan raro que se hubiese ido.

Gaspar había leído en algún lado –¿una revista?, ¿algún cuento?, no se acordaba– que, si se deseaba algo con fuerza, si uno se concentraba y cerraba los ojos y pedía lo que quería sinceramente, era posible conseguirlo. Él pensó en Diana, en su cabeza grandota y el lomo un poco hundido, en cómo a veces parecía despabilarse, especialmente cuando Electra, la perra más joven de Vicky, la molestaba, y corrían juntas, con la lengua afuera y esa especie de sonrisa que a veces tenían los perros, por el fondo de la casa, un fondo chico con canteros todo alrededor, canteros con flores, hortensias y rosas y azaleas, explosiones de violeta y rojo contra los ladrillos pintados de blanco. Se durmió pensando en Diana comiéndose los jazmines y la abuela de Vicky gritándole que no le arruinara las plantas que le daban tanto trabajo.

Primero se despertó con frío y se dio cuenta de que, en el sueño, había pateado la frazada. Lo hacía muy seguido. Vicky le había dicho, en las últimas vacaciones, que se movía un montón y que hablaba dormido. Qué digo, le había preguntado, y Vicky, muy seria, le había contestado que no se le entendía nada. Gaspar no le había creído. Tenía que poner el grabador alguna noche, para escucharse.

La segunda vez que se despertó dudó sobre dónde estaba: había soñado con Diana. Un sueño raro: la encontraba en la pileta del parque, flotando, seguro de que estaba ahogada, pero, cuando la llamaba, la perra levantaba la cabeza y se le acercaba jadeante y contenta, moviendo las patas delanteras con mucho esfuerzo. No lo había despertado el sueño: lo habían desperta-do, justamente, patas. Patas de perro que rascaban la persiana y el gimoteo de un animal que quería entrar.

–¡Diana! –dijo en voz alta, y pensó que se la llevaría ya mis-mo a Vicky en el medio de la noche. Gaspar se levantó rápido, abrió la ventana y subió la persiana. No había nada afuera. Nada más que las rejas, la puerta cerrada y el patio vacío; sobre el pavi-mento, la lluvia suave pero continua que lo volvía resbaladizo y plateado bajo las luces. El cielo estaba nublado y claro: era una noche húmeda y luminosa. Sacó la cabeza por la ventana y dijo ¡Diana! en voz baja, pero entonces sintió un violento tirón en el pelo que lo devolvió a la pieza y un empujón que lo sacó de la ventana y lo mandó contra la pared, aunque no con fuerza. Vio a su padre, desnudo salvo por los calzoncillos negros, que cerraba la ventana de un golpe y bajaba la persiana con una velocidad que le pareció extraña, demasiado urgente. Después lo miró. No esta-ba enojado, no del todo, no estaba furioso. Estaba asombrado.

–¿Qué estás haciendo? –le dijo, no muy alto, no gritaba. Gaspar relajó los hombros, que había encogido en un movi-miento reflejo–. ¿Por qué estás llamando a los muertos?

–Era la perra de Vicky.

–¿Qué perra? ¿De qué estás hablando?

–¡A Vicky se le perdió la perra y recién la escuché que ras-caba la persiana!

Ahora su padre se aflojó, abandonó la posición amenazante y se pasó una mano por el pelo. Tenía arqueada la ceja izquier-da, un gesto muy común, de incredulidad, algunas veces de desprecio, otras, las menos, de que algo le resultaba gracioso. Se sentó en la cama de Gaspar y se cubrió los hombros con la frazada.

–Andá y traeme lo que estaba tomando, está en mi mesa de luz. Y los cigarrillos.

A Gaspar no le gustaba que su padre fumara en su pieza, le dejaba un olor horrible; no le gustaba que fumara en general, pero ya le había pedido que dejara de fumar y no tenía sentido insistir. Trajo el vaso de whisky y los cigarrillos. Su padre encendió uno y lo apagó enseguida, en el suelo.

–Vení. –Y le hizo lugar a su lado para taparlo con la frazada.

Después de un trago de whisky y de pasarse la lengua lentamente por los labios, le dijo:

–La perra está muerta. Esa no era la perra de Vicky. Si es que era una perra.

Gaspar sintió que el miedo le secaba la boca. Su padre lo miró fijo: estaba ojeroso, con los labios algo violáceos, como los de un ahogado.

–¿Estás seguro? Nomás se fue esta mañana...

–Estoy seguro.

Su padre olía a alcohol. Estaba un poco borracho, creía Gaspar, pero nunca se sabía. Se acomodó mejor en la cama y accidentalmente tocó el fascículo, que estaba sobre la almohada. Lo corrió y lo puso sobre la mesa de luz.

–¿Alguna vez lo intentaste con ella, con tu mamá?

–Qué cosa.

–Lo que hiciste esta noche cuando llamaste a la perra de tu amiga.

–Yo no la llamé...

–Gaspar, los dos entendemos perfectamente de qué estamos hablando.

¿Qué tenía que contestarle? Le daba miedo su padre ahí sentado bajo la frazada, y la luz del velador, la lluvia de pronto más fuerte –con el viento, las gotas golpeaban la persiana– y las patas del perro fantasma rascando en su cabeza.

Tengo que contestarle la verdad, pensó.

—Sí, lo intenté, pero nunca pasó nada.

Su padre respiró hondo y, cuando soltó el aire, lo hizo lenta y temblorosamente.

—No hay que mantener vivo lo que está muerto —dijo—. No lo vuelvas a hacer nunca.

—Yo no sabía que la perra estaba muerta.

—No, claro que no. Pero no vuelvas a hacerlo. Es muy peligroso.

—Nunca la hubiese llamado, cómo la voy a llamar si está muerta.

—Pero llamaste a tu madre.

Gaspar dudó.

—No sabía que pensar en ella y querer que volviese era llamarla.

Su padre terminó el whisky de un solo trago.

—En general, no lo es. No quiero que vuelvas a hacerlo.

—Ya entendí, papá.

—Los fantasmas son reales. Y no siempre vienen los que uno llama.

Su padre volvió a encender un cigarrillo y esta vez lo fumó, en la oscuridad. A veces, cuando exhalaba el humo, tosía. Se había sacado la frazada de los hombros y ahora solo se tapaba las piernas largas y delgadas, cubiertas de vello rubio. El cigarrillo se apagó lentamente en el resto de whisky del vaso. Gaspar esperaba que su padre se fuera, pero se estiró en la cama y Gaspar se sentó en el borde opuesto, con las piernas dobladas contra el pecho.

—No puedo dormir —dijo su padre, a modo de explicación.

Se miraron en la semioscuridad. Afuera la lluvia sacudía los árboles y Gaspar creyó escuchar otra vez patas de perro, ahora corriendo sobre el pavimento, pero trató de no prestar atención.

—¿Te puedo preguntar una cosa?

—Vos tampoco tenés sueño.

–No, aparte ya dormí un poco. Ayer estuve hablando con Adela y me dijo que a veces le pica el brazo que le falta. Yo le dije que mentía porque es obvio que me mentía, ¿no?, pero se fue llorando y no sé, yo la conozco cuando miente, es muy mentirosa, y me pareció que capaz decía la verdad.

Juan sonrió y se sentó en la cama. Gaspar se dio cuenta de que recostado le costaba demasiado respirar y todavía más si iban a hablar.

–No te mentía. Cuando hubo una amputación, es muy común. Creo que el cerebro sigue teniendo un área para ese miembro que falta, entonces produce sensaciones que considera coherentes. No sentimos con la piel, hijo, sentimos con el cerebro. El dolor está en el cerebro.

–¿De verdad?

–Vamos a hacer una prueba. Traeme, a ver: un guante de los que se usan para revisar, ¿hay? ¿No dejó algunos la enfermera?

–Sí, en el baño.

–Bien. Un guante y dos cepillos de dientes y un cuchillo y una cuchara. Y necesito una madera.

–¿Tu tabla de dibujar?

–No tan grande.

–El otro día se cayó la tapa de la persiana del living. Está contra la pared.

–Ni me enteré.

–Yo después la arreglo; cuando venga la señora o los de la plata, me sostienen la silla.

–Esa tapa va a funcionar bien, es alta. Traé algunos diccionarios de la biblioteca para sostenerla. Apurate que te quiero mostrar.

Gaspar salió rápido de la pieza, tratando de ocultar su entusiasmo. Si su padre se daba cuenta de lo contento que lo ponía jugar con él, pasar un rato con él, podía irse sin darle ninguna explicación. Hacía un tiempo que Gaspar conocía estos cambios de humor repentinos y ya no intentaba explicarse por qué pasaban: sencillamente, si su padre quería pasar un rato divertido con él, tenía que aprovecharlo, así estaban las cosas.

Juntó todo y lo puso sobre el colchón. Su padre se arrodilló de un lado de la cama y le indicó que se acomodara del otro. Después le pidió que se pusiera el buzo y que por favor inflara el guante como si fuese un globo.

—Vamos a ver si lo podemos anudar para que quede inflado y parezca una mano.

Gaspar lo logró después de dos intentos. El guante era chico e inflado resultaba una mano de palma corta, puros dedos.

—Ahora sacá el brazo de la manga del buzo. El brazo derecho. Que quede la manga colgando vacía. Y apoyá la manga vacía sobre la cama.

Juan puso el guante inflado en el lugar donde debería haber estado la mano de Gaspar. Y después colocó la tabla de forma vertical sobre la cama, a modo de biombo, y le pidió a Gaspar que pusiera su brazo real del otro lado.

—A esto le dicen la ilusión de la mano de goma —dijo, y acomodó la mano real de Gaspar, que quedaba tras la madera, en la misma posición, con los dedos para arriba, como una araña dada vuelta, y a la misma altura que la mano de goma.

—No mires tu mano de verdad. Mirá el guante y mirate la otra mano, la que no está atrás de la madera. Y ponela sobre la cama también, como si tuvieses tres brazos.

Entonces, Juan agarró el cepillo de dientes y acarició suavemente el dedo medio de Gaspar de la mano tras la madera y también el dedo medio de la mano de goma.

—Con suerte —siguió—, esto te va a hacer sentir que la mano de goma es tuya.

Juan repitió la caricia con los dos cepillos de dientes a la vez, y no dijo nada. Gaspar contenía la respiración. Después del dedo medio, el cepillo acarició al mismo tiempo los dos índices y los dos pulgares.

—No dejes de mirar la mano del guante —dijo Juan. La madera estaba sostenida por cuatro diccionarios apilados. Las caricias continuaban; afuera, la lluvia había disminuido, ahora se escuchaba apenas el viento y algún auto.

—Cuando paso el cepillo por el guante, ¿sentís que lo estoy pasando por tu mano?

—Pasalo otra vez —pidió Gaspar, y cerró los ojos. Sí, eso era lo que sentía a pesar de que veía, muy claro, el guante amarillo adentro de la manga de su buzo azul—. Lo siento, sí, como si fuera mi mano.

—Bien. Abrí los ojos —dijo Juan, y muy rápido tomó el cuchillo. Con un movimiento certero y preciso, lo clavó en medio del guante. Gaspar vio venir el cuchillo y pensó no, no, ¡me lo clava!, y ahogó un grito porque, para cuando se echó hacia atrás para evitar ser apuñalado, ya se había dado cuenta del truco. Había sentido que el cuchillo se clavaba en su mano cuando en realidad solo había desinflado, con el filo, el guante de látex.

—A la mierda —dijo. Juan le sonrió—. ¡Lo tendrías que hacer en los cumpleaños y eso! ¡Es mejor que los magos!

—Hacelo vos, ahora que lo aprendiste. Con una mano de plástico, de maniquí por ejemplo, es mejor. ¿Te das cuenta? Sentimos con el cerebro.

—Está buenísimo. ¿Querés que te lo haga a vos?

—No.

—¿Dónde lo aprendiste?

Juan, de repente, estaba serio.

—En el hospital. Alguna vez, internado, me lo enseñó un médico, para divertirme.

Volvió a cubrirse con la frazada y subió a la cama. Gaspar sacó los libros y la madera y dejó todo en un rincón. A su padre no le molestaba que la casa estuviese desordenada o que dejase las cosas por cualquier parte.

—Entonces es verdad lo que me dijo Adela.

—No solamente es verdad, es muy común. Me extraña que no lo supieras ya o que ella no lo hubiese mencionado antes.

—¿Y qué hago?

—Le tenés que pedir disculpas.

Gaspar puso los ojos en blanco.

—Te equivocaste y es lo que tenés que hacer. Ella tiene derecho a burlarse de vos un tiempo.

Gaspar sacó la lengua. Después se acomodó en la cama junto a su padre, que compartió con él la frazada.

—Papá, vos podés averiguar dónde está Diana, si querés.

Juan pasó la mano por el pelo de Gaspar, tan fino y muy limpio, y le rascó la nuca.

—No me gusta, y tampoco debería, hacer videncia por algo tan menor.

—Pero podrías.

—Podría. ¿Querías a la perra?

Gaspar pensó.

—Sí. Aparte la quiero a Vicky y la quiero a Electra, la otra perra. Está trastornada. Estuvo llorando toda la tarde. Diana es como la mamá porque es vieja, aunque no es la mamá de verdad. La extraña.

—La extraña porque ya sabe que está muerta. Los animales tienen una percepción que nosotros perdimos.

Juan se levantó de la cama y dejó que la frazada tapara completamente a Gaspar. Tomó el cuchillo y el guante roto y dijo:

—A dormir.

Si fuera posible ver esa parte del barrio desde arriba, sobrevolando las manzanas como en un sueño o un helicóptero, se verían casas con terrazas, la mayoría con un patio en el fondo, algunas, muy pocas, con pileta de natación. Se verían muchos árboles en las veredas, toda una rareza en la ciudad, y algunas pequeñas fábricas cerradas o que funcionan pocas horas por día. Una avenida divide el barrio en dos mitades idénticas, y aunque es una avenida angosta, los que viven de un lado generalmente se quedan ahí, hacen sus compras ahí, tienen sus amigos ahí; no es que desconfíen ni que se crean diferentes de los del otro lado, es que la avenida funciona como un río, como un límite natural.

Victoria, Gaspar, Pablo y Adela viven del lado izquierdo de la avenida. La casa de Adela queda a veinte metros de la avenida, sobre la calle Villarreal. Limita a la derecha con el almacén de Turi, a la izquierda con el fondo de doña María y don Ramón, que tienen árboles frutales y alguna vez tuvieron un gallinero, ya clausurado.

La casa de Gaspar queda en la misma manzana que la de Adela, pero sobre la calle R. Pinedo, perpendicular a Villarreal. Está ubicada justo a media cuadra, casi exactamente en el medio, y ocupa un cuarto de la manzana. Es la única casa lujosa, elegante, en todo el barrio, pero el descuido la tiene sucia y asalvajada. El fondo, con sus elegantes caminos de baldosas y restos de lo que pudo haber sido una fuente, está completamente arrasado, el pasto no crece, solo hay un tendedero para la ropa que gira apenas cuando hay viento. La terraza está cubierta de vidrio, miles de astillas de botellas verdes y transparentes, como para evitar que alguien se trepe o algún animal se pose sobre la casa.

Hay que cruzar R. Pinedo y retomar Villarreal para llegar a la casa de Victoria, que queda entre un kiosco modesto y siempre caluroso y la casa de los tanos, que a veces funciona como herrería. Al fondo, limita con una maderera que trabaja apenas dos días por semana, pero deja en el aire un olor fresco, serrín y vegetal, un olor a nuevo que ayuda a olvidar que la pequeña empresa, con apenas dos empleados, está por cerrar.

La casa de Pablo es la más llamativa de la calle Mariano Moreno. Tiene dos pisos y techo de tejas. En el patio delantero hay hortensias y rosales y pensamientos. Su madre es profesora de inglés. El padre trabaja como gerente de una empresa de gas natural comprimido para autos; está abriendo sucursales y estaciones de servicios en toda la provincia. Muchos creen que va a fracasar, que la gente nunca va a dejar la nafta, por costumbre, que les da miedo el tanque de gas en el baúl, porque temen una explosión. Se equivocan. El negocio lo va a hacer rico. Ella quiere tener otro hijo porque se siente sola. No se entiende mucho con Pablo. No quiere repetir lo que su marido dice de su hijo mayor. Ella también se da cuenta. Si fuese una buena madre, lo querría igual, a pesar de todo, pero no es tan buena madre y quiere volver a probar, a ver si un chico nuevo le sale mejor. El fondo de la casa limita con el depósito de la imprenta grande. Es silencioso. Al lado del depósito, que tiene como entrada una cortina de hierro pintada de verde, está la casa abandonada, en el número 504 de Villarreal, entre Moreno y Ortiz de Rosas. Muchos vecinos pasan inconscientemente más rápido por delante de su portón oxidado; quieren dejarla atrás lo antes posible aunque no se den cuenta. Tratan, también, de no mirarla.

Una tarde, después de la escuela, Victoria acompañó a su mamá hasta el supermercado y se dio cuenta de que ella no solo se apuraba al pasar por la vereda de la casa abandonada, sino que directamente corría por esas baldosas amarillas viejas y rotas. Victoria le preguntó por qué. Ella se rió.

—¡Soy más tonta! Me da miedo esa casa, no me hagas caso.

—Por qué.

—Por nada, porque está abandonada. No me hagas caso, te dije. Me da miedo que se esconda alguien adentro, un ladrón, cualquier cosa, pero son fantasías.

Victoria siguió interrogando, pero no pudo obtener mucha información. Apenas que los dueños, un matrimonio de viejitos, habían muerto hacía unos quince años. ¿Se murieron juntos?, quiso saber Victoria. No, se murieron uno atrás del otro. Les pasa a los matrimonios de viejitos: cuando uno se muere el otro se apaga enseguida. Y desde entonces los hijos se están peleando por la sucesión. Qué es la sucesión, quiso saber Victoria. Es la herencia. Se están peleando a ver quién se queda con la casa. Pero es una casa bastante chota, dijo Victoria. Y sí, pero a lo mejor es lo único que tienen.

La casa no es especial a primera vista, pero si desde arriba se pudiera bajar y quedar flotando frente a ella, aparecerían los detalles. La puerta, de hierro, pintada de marrón oscuro. El patio de entrada tiene el pasto muy corto y reseco. Está quemado, arrasado, nada es verde: en ese patio es sequía e invierno al mismo tiempo. La casa a veces parece sonreír. Los dos ojos cerrados, las ventanas tapiadas con ladrillos, le dan un aspecto antropomórfico, pero además los chicos del barrio, que mueven la cadena y su candado en intentos inútiles de abrir la puerta principal, a veces los dejan colgando de tal manera que parece una boca en semicírculo, la sonrisa entre los ojos ventana. Una noche, la de Año Nuevo, con mucha gente en la calle, Victoria se acercó a la casa. Tuvo la impresión de que se miraban, de que sus ventanas tapiadas eran dos ojos cuadrados que le decían te estuve engañando, cuando pasaste todos estos años por mi vereda me hice la tonta, me escondí, pero ahora quiero que sepas, quiero que cuentes que tengo algo adentro. Victoria volvió corriendo con sus padres, que intentaban en vano encender una cañita voladora, y no dijo nada. Recordaba haber cruzado una mirada con Juan Peterson, que insólitamente estaba en la calle con un vaso de cerveza en la mano. Él no le dijo nada aunque estaba muy serio. Hugo Peirano encendió al fin la mecha y Victoria se tapó los oídos y cerró los ojos. Cuando los abrió, Juan Peterson ya no estaba entre la gente y el vaso de cerveza había quedado vacío sobre el techo de un auto abandonado que se oxidaba junto al cordón de la vereda.

Gaspar se despertó tarde: le solía pasar los domingos porque ningún ruido le interrumpía el sueño, especialmente si se había acostado tarde. Nunca se desperezaba ni pasaba tiempo en la cama, ni siquiera las mañanas más frías del invierno. Le daba cierta aprensión quedarse acostado demasiado tiempo: le recordaba la enfermedad y el cansancio de su padre. Y, a veces, tenía la sensación de que, si se quedaba durmiendo, abrigado, respirando su propio olor, podía no volver a levantarse, dejarse llevar por ese estado vacío, tan similar al de flotar con el cansancio de haber nadado demasiado.

Se preparó el desayuno pensando en qué hacer: seguir buscando a la perra, a lo mejor encerrarse con una revista porno en el baño antes de salir –no quería que su padre lo encontrase mirando esas hojas satinadas; aunque estaba seguro de que no iba a enojarse, le daba un poco de vergüenza–, escuchar el partido a las cuatro de la tarde, comprar algo para comer porque, si dejaba pasar muchas horas con el estómago vacío, le dolía la cabeza. Mientras calentaba la leche en un jarrito y cortaba el pan para untarlo de dulce de leche, se asomó a la puerta de la cocina para ver si su padre estaba despierto. Había cerrado la puerta de la pieza y eso no necesariamente significaba que estuviese dormido, pero sí que no quería que nadie lo molestara. Era mejor si salía pronto. Más tarde podía almorzar en el bar del parque Castelli.

Cuando se sentó a la mesa de la cocina para desayunar, vio la nota. Su padre la había escrito detrás de una de las fotocopias con la foto de Diana. Decía, en su letra clara: «La perra está en el estacionamiento de Llaneza. Enterrala antes de que se pudra.» Entendió enseguida a qué se refería: Llaneza era el supermercado que quedaba pasando el parque. No dudó un segundo de que la perra estaba ahí. Con la birome, que había quedado sobre la mesa, contestó «gracias» debajo del mensaje y salió a la calle con la boca llena de pan. No llovía, pero estaba húmedo y hacía un poco de frío, así que se subió el cierre del buzo hasta taparse el cuello.

La bicicletería abría los domingos porque, además de vender y arreglar, alquilaban para los que quisieran andar por el parque el fin de semana. Gaspar retiró la suya, con su nueva luz para la

214

noche, y pagó con el dinero que siempre llevaba enrollado en el bolsillo del pantalón o la campera. Con la bicicleta arreglada y más liviana porque el bicicletero había aceitado la cadena, se acercó al estacionamiento de Llaneza. Frenó en seco cuando vio la cola y las patas de la perra. Estaba indudablemente muerta. Tenía la misma quietud que las palomas despanzurradas sobre la vereda, algo definitivo y lejano, repulsivo por ajeno. No le miró la cara y volvió muy rápido, sin apoyarse en el asiento ni dejar de pedalear, hasta la casa de Vicky. Sabía que, a esa hora, Hugo Peirano estaría lavando el auto en la calle y seguramente escuchando alguno de los partidos que se jugaban al mediodía.

Y así era. Hugo Peirano fumaba y manguereaba su Taunus amarillo. Un color ridículo para un auto, pensaba Gaspar. Frenó con ruido cerca del cordón y, sin bajarse de la bicicleta, saludó al padre de su amiga. Lo dejó hablar primero, del campeonato que empezaba en julio, de que el viento la noche anterior le había volado las chapas de la parrilla, de que tenía que llevar el auto al mecánico.

Cuando terminó, Gaspar dijo:

—Encontré a Diana.

Hugo se quedó duro con la manguera en la mano. En esa posición salía poca agua, pero la suficiente para mojarle los pantalones. Se había dado cuenta por la expresión de Gaspar de que haber encontrado a la perra no era necesariamente una buena noticia.

—Está en el estacionamiento del Llaneza del parque.

—¿Estás seguro de que es ella?

—Sí, la vi cuando fui a buscar la bici.

—La puta madre que lo recontraparió —murmuró Hugo, y miró para abajo, para que Gaspar no viera que había entendido y que la muerte de la perra lo afectaba. Gaspar también bajó la cabeza, entendía que a la mayoría de los varones no les gustaba que alguien los viera llorar y menos otro varón y menos todavía un chico.

–Y bueno. Qué desgracia, pobre animal. ¿Le decimos a Vicky? ¿O hacemos como que se perdió?

¿Se lo estaba preguntando de verdad o era una manera de decir? Por las dudas, Gaspar fue completamente sincero:

–Claro, no le vamos a ocultar que se murió Diana. Si se entera, nos va a odiar.

–Tenés razón. Acompañame, dale –dijo Hugo, y Gaspar entró la bicicleta al garaje de los Peirano, cerró la puerta y siguió al padre de su amiga por el pasillo. Se oía a las mujeres, las nenas, la abuela, la mamá, jugando a las cartas en el quincho del fondo, lo mismo que hacían todos los domingos antes de almorzar.

–Es en aquella casa –apuntó Adela–. ¿No, mamá?

–No sé en qué casa es. Tampoco creo que aparezca ningún ahorcado.

Gaspar miró a Betty porque se dio cuenta de que su tono de voz era ansioso. Tenía una chalina color azul alrededor del cuello y le quedaba rara, le daba un aspecto de ave, intensificado por su nariz. Gaspar a veces pensaba que llamarla Betty era un poco injusto porque una mujer tan alta y tan delicada en sus gestos se merecía el nombre completo, Beatriz, y no un diminutivo.

Adela siguió contando. Habían venido las topadoras para tirar abajo las casas y hacer la autopista. Esta que nos pasa por encima. Alguna gente no quería entregar su casa. Este tipo, cuando vinieron a obligarlo a irse, se ahorcó. Lo encontraron así. Lo sacaron y tiraron la casa abajo. Y ahora algunas noches se ve la sombra, que se bambolea. Yo la vi. Cuando aparezca de vuelta te la muestro.

–¿Es verdad que tiraron abajo las casas así? –le preguntó Gaspar a Betty.

–Sí, ¿cómo ibas a defenderte? Uno no le discutía a la dictadura.

–¿No protestaban? Yo leí que se protestaba.

–Algo habrán protestado, pero no había mucho que hacer. La dictadura decidió hacer una autopista acá y obligó a la gente a irse. No se podía negociar. Los mandaron a unos departamentos de porquería.

Los autos pasaban sobre el techo del bar: había locales construidos debajo de todo el largo de la autopista. En los últimos años habían abierto algunas canchas de tenis y se preparaban piletas, incluso colegios y alguna que otra plaza con el cemento como techo. A Gaspar le gustaba mirar las paredes de lo que alguna vez habían sido casas de dos pisos o departamentos: los empapelados de las habitaciones de los chicos, con monitos y tortugas; las duchas y las canillas sobre azulejos opacos; incluso una pared que todavía tenía las marcas de los cuadros alguna vez colgados.

–Te juro que lo veo. Tiene las piernas separadas y las manos muy grandes.

Betty suspiró.

–Yo te creo, hija –dijo. Gaspar no pudo descifrar su expresión: si le creía de verdad o decía eso para que Adela olvidara la obsesión y se comiera su sándwich de jamón y queso en pan de Viena. Gaspar había pedido un tostado. Ese día había ido a hacer los deberes en el bar porque su padre estaba inquieto, caminando a zancadas por la casa, y era mejor evitarlo cuando resultaba imposible adivinar qué le molestaba o por qué.

De pronto, Betty preguntó:

–¿Vos también ves cosas, Gaspar? ¿Como ve Adela?

¿Estaba buscando su complicidad? Eso era raro. Los padres, en general, preferían que sus hijos no hablaran de cosas como la sombra del ahorcado sobre la autopista. Betty seguía ansiosa y se acomodaba la chalina. Tenía el pelo muy largo y siempre lo llevaba suelto.

–No –dijo Gaspar–. Esas cosas no existen.

–Nunca nada, entonces.

–¿Vos sí, Betty?

Adela los interrumpió.

–¿Sabés qué sería genial? Ir al cementerio de heladeras. Le dicen así. Queda cerca del campo de deportes del colegio.

–No sé por qué están ahí –dijo Gaspar.

–Las descartó la fábrica que las hacía cuando cerró –explicó Betty–. Es una de las muchas fábricas nacionales que cerraron. No las podían vender porque pararon la producción. Es un lugar peligroso porque ese modelo de heladeras tiene una puerta que se traba y es fácil quedarse encerrado.

–Por eso –siguió Adela–. Me contaron que hay gente que deja a sus perros adentro de las heladeras cuando ya no los quieren tener.

–Qué pavada –dijo Gaspar, después de darle un sorbo al café con leche–. ¿Para qué los van a meter ahí si los pueden soltar y listo?

–Los perros vuelven, si hasta se quedan en el hospital cuando se muere el amo o van a dormir arriba de la tumba.

–Otra vez con los perros que vuelven, estás obsesionada. Si les dan una paliza bien bestia, no vuelven más, tampoco son tarados. No hace falta meterlos en las heladeras. Estás inventando.

–No. Y también dicen que hay bebés de mujeres que no quieren tenerlos. Y asesinados. Desaparecidos. Llevame, Gaspar.

Betty le puso azúcar a su té y no dijo nada. Sabe que no voy a llevarla, pensó Gaspar.

–Ni loco. Lo más probable es que no haya nada de eso, pero seguro hay gente viviendo porque está cerca de la villa, es lejos y no sabemos quién se puede esconder.

–¡Imaginate que encontramos algo!

–Adela, basta –dijo Betty–. Te obsesionás y no parás, Gaspar tiene razón. No ves que no quiere llevarte. Además no podés hablar así de los desaparecidos, es una falta de respeto, ya te lo dije. Nadie sabe dónde están los asesinados. Seguro que no están en unas heladeras cerca del Riachuelo. Basta.

—Gaspar siempre dice primero que no y después afloja, ¿no?

Adela sonrió y ladeó la cabeza; tenía trenzas, una se desarmaba y Betty empezó a peinarla otra vez, con prolijidad. Nunca le duraban las trenzas.

—No me contestaste, Betty —dijo Gaspar—. ¿Vos viste alguna vez algo?

Los ojos de Betty parecían llorosos, como si estuviera emocionada, o le ardieran. Afuera se hacía de noche y los mozos del bar, que estaba casi vacío, miraban un partido del fútbol en la televisión.

—Otro día te cuento, ahora con ella así excitada prefiero callarme la boca.

—¡Contá! Nunca me contás —pidió Adela.

—Porque te ponés loca —dijo Betty, y la besó en la frente—. ¿La podés ayudar con Lengua y Literatura, Gaspar? No entiende nada, les piden que analicen oraciones. Los paso a buscar en una hora. ¿Está bien?

Gaspar dijo que sí y Adela le pasó su cuaderno, que era desprolijo, todos los bordes de las hojas estaban doblados y la letra parecía de una chica mucho menor, con el trazo tembloroso de dedos infantiles.

Esa tarde Pablo iba a visitar a sus abuelos, con sus padres, pero el paseo se suspendió. Antes de salir con el auto, sus padres se pelearon. La madre gritó que no quería ver a esos viejos de mierda y el padre le respondió que claro, que él tampoco quería que la vieran así, sucia y desencajada. Era cierto: su madre estaba sucia y fumaba todo el tiempo y lloraba frente al televisor. La había escuchado decir, por teléfono, que a lo mejor iba a ayudar tener otro chico, pero que «no podía pasar» por la «experiencia» de perder otro. No quería que su madre quedara embarazada, no quería tener un hermano si ellos se llevaban mal: no creía que un bebé pudiese mejorar algo, tenía compañeros de escuela con hermanos chicos y contaban que sus padres se peleaban, no podían dormir porque el bebé gritaba, estaban siempre cansados y de malhumor.

Cuando su madre se metió en la pieza a llorar y su padre salió con el auto a una velocidad rabiosa, Pablo decidió ir a buscar a Gaspar. Siempre era complicado porque no podía llamarlo por teléfono. Podía, eso sí, golpear la puerta, pero a veces —Pablo no sabía bien por qué— le daba miedo hacerlo. Juan Peterson rara vez atendía si estaba: a veces miraba a través del vidrio de la ventana de arriba, y si veía que era Pablo, a lo mejor le avisaba a Gaspar, pero la mayoría de las veces seguía con lo que estaba haciendo y lo ignoraba. No tenía miedo de que el padre de Gaspar abriera la puerta, porque eso no pasaba nunca. No podía precisar qué le daba miedo.

Hacía frío, así que Pablo se puso un pulóver y la campera inflable y para entrar en calor corrió hasta la casa de Gaspar. No había nadie en la calle y las ventanas cerradas apenas dejaban pasar el murmullo de los televisores encendidos aunque permitían ver sus luces, más brillantes si la pantalla era a color.

Cuando llegó, se quedó clavado en la vereda, sorprendido. Las dos puertas estaban abiertas, la del jardín reseco de la entrada y la principal, la de la casa. ¿Qué podía haber pasado? Pablo se asomó: la casa estaba muy oscura, parecía vacía, pero eso era normal. A veces solamente la pieza de Gaspar, que daba a la calle, tenía luz.

Entró sin hacer ruido; la puerta, de madera, lo dejó pasar en perfecto silencio y no hizo ruido cuando se abrió un poco más. Pero no bien pisó el amplio pasillo de entrada («vestíbulo», lo había llamado una vez Gaspar, una palabra rara que seguramente había copiado de su padre), Pablo supo que ocurría algo extraño. No había estado tantas veces en esa casa como para conocer sus ruidos o sus movimientos, pero se dio cuenta de que algo golpeaba el piso de madera de la planta alta y de que todo el aire de adentro de la casa era sofocante, parecido al de una pileta climatizada; hasta esos pocos ruidos, los golpes arriba, le llegaban como a través de agua y no podía localizarlos. Quizá venían de las habitaciones comunicadas que usaba el padre de Gaspar, en las que no se podía entrar, o de la enorme sala del primer piso que parecía un salón de fiestas vacío. Pablo caminó primero por la planta baja apenas iluminada por las luces de la calle; una de las ventanas del living tenía la persiana subida, otro descuido. No había nadie. La pieza de Gaspar estaba abierta y vacía, lo mismo que la cocina. Y el living, que cambiaba de color cada vez que pasaba un auto por la calle, le dio miedo. Lo mejor, pensó, era irse. Gaspar debía estar en lo de Vicky o en la casa de algún otro amigo o por la calle. Si volvía, iba a encender la luz, Pablo la vería desde la calle y lo llamaría como siempre, tirando una piedra chica o un palito al vidrio de la ventana. Pero el corazón le latía fuerte, se moría de curiosidad y los ruidos del primer piso no sonaban amenazadores. De a ratos, escuchaba voces, lejanas, filtradas por ese tapón de agua insólito. Se dio cuenta de que estaba transpirando: el calor de la casa le recordaba el vapor del baño después de una ducha muy caliente o el que su mamá usaba para aliviarle la tos cuando se enfermaba. Pero no había humedad en el aire ni en las paredes, que Pablo tocó y estaban perfectamente secas.

Subió por la escalera con las mejillas ardiendo, sabía que las tenía coloradas, cómo detestaba ponerse colorado. Cada escalón le costaba más, como cuando trataba de correr en sueños y las piernas no se movían. La escalera era de madera y siempre crujía, pero ahora Pablo no podía escuchar ningún ruido salvo su respiración, demasiado agitada para tan poco esfuerzo. Cuando llegó al primer piso, se apoyó contra la pared para tomar aire. Ahí las habitaciones estaban distribuidas alrededor de la sala central; las tres últimas las ocupaba el padre de Gaspar. Había, también, una escalera más corta que daba a un pasillo con dos habitaciones que hacían de biblioteca; ese pasillo tenía una baranda de madera, una especie de balcón o mirador desde donde se veía la sala con piso de madera, cerrada en la parte de atrás por un ventanal enorme tapado por cortinas oscuras, como de un escenario. Del otro lado había un balcón que daba al patio interno que alguna vez debía haber sido hermoso y ahora estaba tan seco como las plantas de la entrada. Para recuperarse, Pablo se sentó en los escalones de la escalera breve que llevaba a la biblioteca. No veía a nadie y ya no oía los golpes. Todavía se sentía algo abombado y notó que tenía el cuello empapado de sudor. ¿A lo mejor la casa tenía calefacción central? Gaspar nunca lo había comentado. Al contrario: solía quejarse de la falta de estufas.

Pablo se levantó para irse cuando un movimiento en la sala vacía le quitó la respiración. Se encogió en la escalera; solo asomaban sus ojos, la parte superior de la cabeza. Había un hombre en la sala abriendo las cortinas y las ventanas. Bajo la luz de la luna –el patio del fondo no estaba iluminado–, Pablo vio que estaba desnudo. Enseguida, el padre de Gaspar salió de una de las habitaciones. Él también estaba desnudo y a Pablo le pareció enorme bajo la luz plateada, altísimo y fuerte. El hombre que había abierto las ventanas también era alto, no tanto; se acercó a uno de los extremos de la sala, se agachó y encendió una vela. Pablo, claro, no las había visto, pero siguiendo el movimiento del hombre desnudo –que era canoso aunque no tenía cara de viejo, para nada, parecía de la edad de su papá o apenas mayor– contó siete. Siete velas. Y entonces vio que había un dibujo en el piso de la sala vacía: un círculo blanco con algo trazado adentro que Pablo no podía distinguir del todo. Rayas, unos círculos. El padre de Gaspar entró en el círculo como si traspasara una puerta y, de rodillas, esperó al hombre desnudo. Los dos estuvieron por un momento frente a frente, completamente quietos, hasta que el padre de Gaspar besó al hombre desnudo sin ninguna delicadeza, no como los besos que Pablo había visto en las películas ni como los que se daba la gente en la calle, y de pronto le costó respirar porque nunca había visto a dos hombres besarse, nunca se había imaginado que pudiesen hacerlo, pensaba que estaba ¿prohibido? Algo así. El padre de Gaspar se sentó en el suelo y Pablo vio cómo el hombre desnudo hacía algo increíble, imposible: se sentaba sobre el pito del padre de Gaspar y empezaban a coger como en las revistas porno pero con movimiento. Lo había visto en las que escondía Gaspar en el garaje, coger así, pero no entre dos hombres: había visto cómo un hombre se la metía por el culo a una mujer y le había parecido un asco. Pero no le parecía un asco ahora. Sí le daba vergüenza lo que veía y al mismo tiempo no podía dejar de mirar: el padre de Gaspar obligaba al otro hombre a ponerse en cuatro patas sobre el piso y, muy derecho, brillante de transpiración como una estatua mojada, se ponía detrás de él y lo hacían como perros, en completo silencio salvo por el golpeteo de los cuerpos. Pablo tuvo miedo de que lo viesen ahí escondido, espiando, pero al mismo tiempo era el mejor momento para escaparse, porque ellos estaban concentrados. ¿Cómo atravesar ese tramo entre la sala y la escalera sin que lo notaran? Ahora Pablo sentía que todo el sudor se le secaba, helado, ya no hacía calor en la casa, pero pasaba algo peor: las habitaciones parecían ocupadas. Hasta oía el murmullo de conversaciones en voz baja y el subir y bajar de picaportes. Arriba y abajo. Pasos en la escalera. Las sombras de las velas que hacían figuras demasiado grandes sobre los cuerpos de los hombres. No podía mover las piernas de miedo y al mismo tiempo, cuando miraba a los hombres –que estaban de nuevo frente a frente–, sentía que se mareaba, que la sangre se le volvía liviana y tenía ganas de llorar aunque no estaba triste o asustado; no entendía lo que hacían los hombres adentro del círculo pero le gustaba, le gustaban los brazos fuertes apoyados sobre el suelo, las espaldas húmedas de transpiración y saliva, la manera que tenían de agarrarse las mejillas y la nuca cuando se besaban y el olor metálico y dulce que le llegaba hasta la nariz ahí, escondido en la escalera. ¿Qué podía hacer? El padre de

Gaspar tenía los ojos cerrados y estaba distinto, hermoso, pensó Pablo, hermoso, todos decían que estaba enfermo, ¿cómo era posible? ¿Los enfermos no eran siempre feos? Bajo la leve luz de las velas y la luna Pablo alcanzaba a ver el pecho del padre de Gaspar y la cicatriz tan larga, pero parecía eso, una cicatriz, no una señal de debilidad. No lo hacía menos hermoso. El otro tenía cicatrices en la espalda, alcanzó a ver Pablo. Parecían cortados por un mismo cuchillo o separados como siameses.

Los ruidos del piso de abajo bajaron de volumen o pararon del todo y Pablo otra vez dudó si salir o no. Los hombres debían poder oír su respiración, no podía controlarla, era acelerada y ruidosa, como después de correr. El padre de Gaspar estaba arrodillado con la cabeza torcida hacia un lado, una posición extraña, floja, como si escuchara algo, una música que venía de la ventana o el techo. El hombre canoso se desprendió de su abrazo y se paró; cuando iba caminando solo hacia la habitación de donde habían salido se detuvo y Pablo supo que era porque había notado su presencia. El hombre canoso se dio vuelta y lo miró directo a los ojos: los suyos parecían hundidos, tenía los párpados pesados, Pablo pudo ver esos detalles a la luz de la luna y las velas mientras el padre de Gaspar estaba quieto en el medio del círculo, lejano y tenso, con las manos enormes muy extendidas; las sombras las hacían parecer más largas de lo normal. El hombre canoso no habló en voz alta, pero con los labios dijo, muy claramente, vete. Así, no andate como hubiese dicho cualquiera, sino «vete», como en las series mexicanas. Pablo le dijo que sí con la cabeza y el hombre canoso lo siguió mirando hasta que llegó a la escalera. Bajó corriendo y trató de ignorar las voces que ahora tenían volumen otra vez; había una mujer que hablaba de una iglesia en ruinas, otra que decía hace falta humo y tierra, un hombre repetía una frase en un idioma que Pablo no conocía y algo se arrastraba, podía escucharlo, era el mismo ruido que hacían las zapatillas cuando caminaban entre hojas secas. ¿Habría gente en las otras habitaciones? ¿Sería un disco? Pablo llegó a la puerta agotado, como si en vez de algunos metros lo hubiesen separado de la salida varias cuadras, y corrió hasta su casa pensando en el pelo rubio del padre de Gaspar, en cómo se humedecía los dedos metiéndoselos en la boca, en la fuerza de sus brazos cuando besaba al hombre canoso. Lo que había visto parecía mentira ahora, mientras corría hasta su propia casa; las voces y el calor sofocante y el círculo dibujado en el suelo, todo lo hacía pensar en algo oscuro y mortífero, en arañas y en cementerios abandonados, en el piso frío del baño a la noche y la sangre que salía de entre las piernas de su madre y olía a metal y a carne, en las cadenas que el viento hacía chocar de noche en la fábrica vacía de la avenida y en la casa abandonada y tapiada de la calle Villarreal, en el silencio que venía después de un corte de luz y en sueños sobre manos frías que se metían entre las sábanas y le acariciaban el estómago hasta despertarlo y en la mancha de humedad del techo que algunas noches se parecía a un gato gordo y otras noches a un animal con cuernos.

Gaspar se despertó más temprano que Vicky y Adela y escuchó, desde el sillón, cómo Lidia Peirano hablaba en voz baja para no molestarlo mientras preparaba a Virginia, su hija menor, para ir a la escuela. La nena lloriqueaba, todavía medio dormida. Gaspar no se quedó acurrucado bajo la manta a pesar del frío; se puso los pantalones y corrió al baño. Después, se acercó a la cocina y compartió el desayuno con Lidia y Virginia antes de salir para el colegio. La nena bostezaba y lloriqueaba; me parece que se está por resfriar, le dijo Lidia. Está muy molesta.

Gaspar plegó el sillón-cama en el que había dormido, llevó las sábanas hasta el lavarropas y esperó que Vicky o Adela se despertaran para saludarlas, pero la puerta de la habitación donde dormían las chicas estaba cerrada y no se escuchaba más que silencio. Era bastante frecuente que él se quedara a dormir en lo de Vicky: si se hacía tarde siempre lo invitaban. A veces forzaba la invitación si notaba a su padre muy malhumorado o si, como la noche anterior, lo visitaba Esteban. Prefería dejarlos solos. Que Adela pasara la noche en lo de Vicky era más raro, pero su mamá se había ido, supuestamente, al casamiento de una amiga; la fiesta era lejos, en una quinta, iba a volver tarde. Pero Adela no se lo creía. Para mí tiene un novio, había dicho, molesta. Adela todavía esperaba el regreso de su papá.

Adela y Vicky no se despertaron y Gaspar se fue sin saludarlas. Era temprano y podía llegar caminando muy rápido, así que antes pasó por la puerta de su casa. El auto de Esteban ya no estaba. ¿Se habría ido solo? No tenía tiempo de entrar a comprobarlo. Gaspar había visto varias veces cómo su padre y Esteban se acariciaban distraídamente, alguna vez hasta los había descubierto durmiendo juntos, desnudos. Esa vez se había asustado: le parecía, por las cosas que escuchaba, que debía ser ilegal tener un novio varón, que podían ir presos. Averiguó y no: la gente es muy prejuiciosa, le había dicho la mamá de Vicky, no soportan que la gente viva con libertad. No es ilegal. Entendía que si se enteraban en el colegio o en el barrio iban a maltratarlo y burlarse para siempre porque era el hijo del puto. Gaspar estaba dispuesto a soportarlo. A veces pensaba que, si Esteban se mudaba con ellos y mantenían la cuestión en secreto, las cosas podían mejorar. Esteban parecía capaz de lidiar con su padre, no de dominarlo, pero al menos era alguien a quien escuchaba. Su papá reaccionaba de diferentes maneras con Esteban; a veces se tranquilizaba, Gaspar notaba que hasta se le aflojaban los hombros y dormía mejor y a veces, especialmente después de que Esteban se iba, se encerraba o se ponía furioso o hacía cosas delirantes como cubrir la terraza de pedazos de vidrio puntiagudos (el año pasado) u obligarlo a tener siempre las luces apagadas, incluso las de la cocina y las del baño (desde el último verano, y así seguía); o desaparecía varios días, dejándole dinero sobre la mesa y una nota sencilla y sin información que a Gaspar le daba terror: qué pasaba si no volvía, si no lo veía más.

Gaspar salió de la escuela un poco más temprano por una amenaza de bomba. Había amenazas casi todas las semanas y él sabía que las hacían los chicos de séptimo, pero la directora no se atrevía a ignorarlas. Había juntado a los de sexto y séptimo cuando empezaron los llamadas y les había hablado de que la democracia se había recuperado hacía poco y podían perderla. Desgraciadamente, estas cosas hay que tomarlas en serio, porque hemos vivido épocas muy duras en este país. Muchos chicos se miraban entre ellos durante la charla, no entendían a qué se refería la directora. Gaspar sí.

Volvió caminando a pesar del frío y de un leve dolor de cabeza que, le parecía, no iba a convertirse en una migraña. Por las dudas, paró en la farmacia y se compró una tira de Cafiaspirinas. Ya no le hacían mucho efecto, pero decían los médicos, incluso la mamá de Vicky, que todavía era muy chico para tomar algo más fuerte. Sin embargo, él tomaba cosas más fuertes: su papá se las daba. No tenés por qué sufrir, le decía. Gaspar creía que tenía razón. A veces no podía ir a nadar por el dolor de cabeza; no se le pasaba ni siquiera después de dormir y hacía poco había soñado con que se arrancaba los ojos con cucharas, como si fuesen porciones de flan. Los ojos siempre le dolían primero y le costaba moverlos: después venía esa especie de casco apretado y antes, a veces, dibujos negros en la vista, como flores que se abrían, sobre todo si miraba para arriba: flores en el cielo. El aura, sabía que se llamaba. Era un aviso.

Tragó las aspirinas sin agua y sintió que el sabor amargo se le pegaba al paladar. Entró en su casa con la intención de ir directo a la cocina para tomar agua y tragar los restos de pastilla, pero se detuvo cuando encontró a su padre en el living, sentado en su sillón amarillo, frente al televisor encendido que no miraba.

–Vení, hijo.

Gaspar se acercó y vio que su padre tenía una caja de cartón a su lado, bastante alta, como de un pequeño electrodoméstico.

—¿Esteban se fue?

—Esta mañana. Mirá lo que tengo, Gaspar, fijate.

Gaspar primero le miró la cara. Estaba sonriendo con una ceja levantada y estaba borracho. Eso era una señal pésima. Cada vez que respiraba le hacía ruido el pecho. Qué desastre todo, pensó Gaspar. Es una de esas veces: Esteban se fue y dejó a mi papá hecho un loco. Iba a tener que hacerle caso si quería evitar los golpes, los gritos o un castigo peor.

—Meté la mano.

Gaspar lo hizo con aprensión: sabía que esa caja no podía guardar nada bueno. Sintió un latido doloroso en la sien. Sus dedos en la caja tocaron lo que, pensó, eran bichos secos: tenían una textura frágil y hacían ese ruido nacarado; eran cientos de pequeñas cosas que habían estado vivas. Cuando sacó uno de los bichos para comprobar qué podían ser —no le dio miedo en ese momento, parecía algo inofensivo, a lo mejor asqueroso—, notó que las cosas eran mucho más compactas que insectos, que tenían todas el mismo tamaño. Juntó tres en la palma de la mano y se agachó para mirarlas mejor a la luz del televisor. Entonces se dio cuenta de que, lo que al primer tacto le parecieron patitas, eran pelos. No podía ser. Miró lo que tenía en la mano más de cerca. Eran pelos, sí. Pestañas. Tenía en la palma de la mano párpados secos, con sus respectivas pestañas.

Toda la caja estaba llena de párpados. Tiró al piso los párpados cortados y vomitó frente al televisor; salpicó un poco las piernas de su padre. Está loco, pensó. Tengo que escaparme. También tengo que saber. Y tengo que tomar otra aspirina antes de que me duela tanto que no pueda caminar.

—¿De dónde los sacaste? ¿De dónde sacaste los ojos?

—No son ojos y no son míos, son un regalo.

—¿Quién te los regaló?

Su padre hundió una de sus enormes manos en la caja de párpados y jugó con los restos de piel casi traslúcida como si se tratara de monedas.

—¿Los cortaste vos? ¿Son de muertos?

—Algunos. La gente puede vivir de muchas maneras. Tu amiga puede vivir sin brazo, por ejemplo. Yo vivo casi sin corazón. Alguna gente puede vivir sin ojos. O sin párpados. Algunos se los dejan cortar.

Su padre se paró, con la caja entre las manos. Por un momento, Gaspar pensó que iba a tirarle los párpados encima, como una lluvia de pestañas muertas, y entonces él iba a gritar y gritar hasta volverse loco también. Pero no: se iba al piso de arriba, a su habitación, probablemente.

—Limpiá eso.

—Limpiá vos.

—Yo me voy unos días.

Gaspar escuchó esa información con alivio, hasta con alegría. Cuando su padre empezó a subir la escalera, corrió hasta la cocina y se tomó dos aspirinas más con mucha agua, directamente de la canilla. Pensó que iba a vomitar otra vez, pero aguantó hasta que los ojos se le humedecieron. Y, una vez que se le humedecieron, se dejó llevar, se acostó en el piso de la cocina y lloró hasta que el dolor de cabeza se hizo insoportable y sintió que la cabeza le ardía por adentro, como si alguien hubiese escondido en su cerebro un cuchillo que le daba puñaladas.

Si se pudieran recorrer las calles del barrio por la noche, o de madrugada, se oirían las radios de los que no pueden dormir sin música o sin voces y algunos ventiladores, las pesadillas y los paseos de los insomnes. En general el barrio es muy silencioso y los ruidos empiezan a la mañana, cuando los que van a trabajar lejos salen de las casas en auto o a pie para esperar el colectivo en la avenida.

La madrugada es la hora más silenciosa.

Y algunas madrugadas se podría ver a Juan Peterson salir de su casa, cerrar la puerta sin llave y caminar dos cuadras, completamente solo, hasta la casa tapiada de la calle Villarreal; el viento fresco de la noche le mueve el pelo y deja ver una herida en el cuero cabelludo, una herida reciente, la sangre gotea por el cuello, se detiene en el hombro. La puerta de la casa tiene un candado y la cerradura está bloqueada con cemento, pero, cuando Juan pisa el pasto quemado del jardín abandonado, no bien avanza por el camino de baldosas amarillas, se arrodilla, toca la herida y deja su sangre en la puerta, poca sangre, la puerta vibra y se abre para él; la casa lo espera.

Juan ingresa sin mirar atrás; desde adentro –si alguien pudiera verlo y nadie lo ve, nadie lo sigue– sale una luz tenue. La puerta se cierra detrás de él y, si alguien intentara empujarla, sería inútil. No es el candado ni el cemento lo que la mantiene sellada.

No es posible ver el interior de la casa. Las ventanas están tapiadas con ladrillos. Si los ladrillos pudieran derribarse, se vería solo oscuridad.

Es posible escuchar, un poco, desde afuera. La vibración es lo primero, la casa tiembla: se parece a un insecto atrapado en una habitación, el zumbido crece cuando se acerca al oído que escucha, se aleja cuando el insecto se detiene en un rincón o vuela a menor velocidad o se posa sobre la pared. Juan sale antes de las primeras luces y vuelve a su casa tambaleándose; si alguien lo viese, lo creería borracho, pero nadie lo ve, la casa lo protege, al menos lo protege hasta que llega a la suya y por lo general se desploma en cuanto abre la puerta. No siempre vuelve destrozado, jadeante, de la casa abandonada. A veces regresa caminando con tranquilidad, sin agitación, y se encierra en su cuarto.

Gaspar había intentado seguirlo, una vez. Lo escuchaba entrar y salir, de noche, y le daba curiosidad saber adónde iba. Tenía unos ocho años y era una noche fresca. Salió a la vereda, miró para ambos lados, y se sorprendió de ya no ver a su padre, que recién había salido de la casa. Pensó que a lo mejor lo había esperado un auto, algunas veces lo venía a buscar un chofer, pero, cuando miró mejor, vio que sencillamente estaba apoyado en la puerta de la casa de al lado, escondido, listo para encontrarlo en falta. Gaspar no dudó y salió corriendo para adentro de la casa. Antes de empezar a subir por las escaleras, sintió cómo su padre lo agarraba de los tobillos y en un mismo movimiento cerraba la puerta con un golpe tan fuerte que, pensó Gaspar, a lo mejor despertaba a los vecinos. Su padre lo volteó con un movimiento único y, cuando Gaspar quiso levantarse, le apretó los brazos contra el piso. Era como si lo ajustaran esposas de metal. Todavía se acordaba de su cara tan cerca, los labios pálidos y los ojos furiosos: las manos que lo aplastaban contra el piso temblaban de enojo y Gaspar estaba mudo de terror. No entendía por qué seguirlo era tan grave, pero en el suelo, con su padre encima como un animal salvaje que lo olía —recordaba haber pensado que era un lobo, que iba a comerle la garganta—, comprendió que era peor de lo que se imaginaba, que podía ser imperdonable.

Su padre habló. Le dijo cómo se te ocurre seguirme. Y después le rodeó el cuello con las manos y apretó. No mucho, pero Gaspar estaba tan asustado que no podía respirar. A veces, ahora, años después, se despertaba con una sensación de ahogo y tenía que levantarse de la cama y respirar hondo mientras caminaba por la habitación. El apretón no duró mucho. Su padre le soltó el cuello, lo alzó en brazos —Gaspar trató de patearlo y recibió un cachetazo que le hizo sangrar la nariz: no podía pelear con su padre— y lo subió por las escaleras, sosteniéndole las piernas para que no las moviera. Cuando llegaron arriba, su padre abrió una de las habitaciones que ya entonces estaban cerradas, las paredes manchadas de humedad y el piso de madera quemado en partes. Una habitación completamente vacía y con las persianas caídas, rotas. Te quedás acá, le dijo. Gaspar lo miró desde el piso de madera. Se había golpeado la cabeza, pero de puro miedo no le dolía.

Gaspar no sabe cuántas horas estuvo ahí. Sabe que durmió en el piso, que tuvo hambre, que hizo pis en la oscuridad contra la pared y que el olor, en el encierro, le dio asco, pero se acostumbró. Sabe que soñó con el colegio: las paredes de su aula se derrumbaban de a poco y él corría pero la grieta en las paredes parecía perseguirlo. Sabe que en la oscuridad lloró y pidió salir y golpeó la puerta y llamó a los vecinos y a su mamá hasta que se sentó con la espalda pegada a la pared y esperó imaginando jugadas de fútbol, un gol olímpico, el mejor corner del mundo, o un centro y él cabeceando y clavándola en el ángulo, pero el olor a transpiración y a pasto no le llegaba en esa habitación húmeda que ahora apestaba a pis y lágrimas. Cuando su padre abrió la puerta, no sabía si un día o dos después o apenas horas, Gaspar corrió al baño a los tropezones, porque tenía las piernas medio dormidas y los ojos acostumbrados a la oscuridad, corrió al baño porque necesitaba hacer caca y ahí, parado frente al inodoro, sintió la inconfundible sensación que venía antes del dolor de cabeza, esas flores negras que flotaban en el aire y se abrían, y después el puntazo en el ojo. Mientras buscaba en el botiquín del baño las pastillas, agradeció que le doliese ahora que podía ir a su cama, aunque no se le iba a pasar si no comía algo antes, pero su padre no le iba a dar de comer y él en esa época apenas sabía cocinar algunas pocas cosas, y seguro no había nada para cocinar en la casa. Temblando, por el miedo, por las piernas flojas, porque escuchaba a su padre caminando por la casa con sus pasos poderosos, obviamente todavía enojado, bajó por las escaleras, en la cocina buscó un repasador, abrió la heladera, sacó algunos hielos, los envolvió y se los apoyó arriba del ojo y miró la hora: las dos. De la tarde, porque era de día. En la heladera había una botella de vidrio con agua. Con el repasador lleno de hielo sobre el ojo salió a la calle, no hacía frío, y caminó despacio hasta la casa de Vicky porque, si corría, el dolor se volvía como de martillazos. Y, cuando llegó, mintió. Vicky seguía en el colegio, pero su mamá estaba en la casa: raro, porque trabajaba todos los días. Le dijo algo, se acordaba Gaspar, sobre tomarse franco, él no entendía qué quería decir franco, entre las olas de dolor mintió, le dijo que su papá no se sentía bien, que estaba en la cama y no se animaba a despertarlo, que le dolía la cabeza y que por favor necesitaba comer, que, si comía, se le pasaba un poco, que él podía cocinar pero no con ese dolor, que estaba cerrado el súper para comprar algo, le podía pagar o podían ir a comprar a otro lado que estuviese abierto, él no conocía y la madre de Vicky se agachó para mirarlo. Le dijo no llores que te va a doler más. Le dijo yo te hago un churrasco y hay ensalada. Le dijo qué suerte que me encontraste en casa. Le dijo después me paso un rato a ver cómo está tu papá y Gaspar quiso decirle no, no pases, pero no dijo nada, comió y después se acostó en la cama cucheta y, cuando se despertó, la cabeza le latía suavemente aunque todavía le temblaban las manos, la puerta de la habitación estaba cerrada para que pudiese descansar, la perra Diana dormía a sus pies y nunca supo si la madre de Vicky había ido o no a su casa, si había visto a su padre, no se lo preguntó y no se lo dijeron, pero esa noche se quedó a dormir ahí, fue una de las primeras veces, y no podía recordar cuándo había vuelto a su casa ni nada más, las horas en la oscuridad y los días que siguieron habían ido desapareciendo. Pero nunca más se había atrevido a seguir a su padre cuando se iba de madrugada.

Gaspar pedaleó hasta la maderera. Aunque quedaba a dos cuadras, tenía ganas de usar la bicicleta. No había visto a su padre esa mañana. Seguía enojado con él y asustado. Siempre le pasaba lo mismo cuando veía, accidentalmente o no, algún fragmento del mundo secreto donde vivía su padre. ¿Por qué le mostraría esas cosas? Después parecía arrepentido. O peor:

Gaspar tenía la sensación de que era como en las películas de poseídos, como que algo se le metía adentro y se transformaba en otro; el que le había mostrado la caja no era su padre. No podía explicarlo. La caja con párpados había sido uno de los souvenirs más horribles que le había dejado ver, pero, como otros, se iba transformando en un sueño, el recuerdo se retiraba a una región de donde resultaba difícil rescatarlo, donde perdía fuerza. Gaspar se daba cuenta de que eso también era extraño, aunque al mismo tiempo ese olvido, ese adormecimiento, lo reconfortaba. No lo había soñado, estaba claro, pero lo sentía como un sueño; así era más soportable. De la misma manera casi había olvidado las huellas rojas de manos en las paredes del piso de arriba. O esa voz que había retumbado una noche en su cabeza, tan potente que subió corriendo por las escaleras y golpeó la puerta de la habitación de su padre hasta que él le abrió, despeinado y con los ojos recubiertos como por una película de aceite. O cuando había encontrado a su padre caminando como un sonámbulo por la casa, con algo escrito en la parte interna de los brazos, dos palabras que no se podía olvidar: Solve y Coagula. Las había buscado en el diccionario, pero no eran en castellano: eran en latín. Había un diccionario de latín en la biblioteca de la escuela, pero siempre estaba prestado. Y a veces prefería no saber. Su padre había desaparecido una semana después de mostrarle la caja de párpados. Ahora estaba de vuelta, pero apenas se cruzaban.

Gaspar tenía que buscar el regalo para Adela en la maderera. Había encontrado el diagrama en un libro de su biblioteca, había arrancado la hoja y se la había dado al carpintero para que copiara el diseño. La maderera estaba abierta pero no había nadie en el mostrador; Gaspar aplaudió y el ruido de sus manos hizo eco en el galpón. Enseguida oyó una puerta, y cuando don Sixto lo vio, le gritó: ah, esperá un cacho, querido. Y después volvió del fondo con la fotocopia y con la caja.

—A ver si es como querías —le dijo.

Gaspar miró primero el diagrama, para comprobar que fuese al menos parecido.

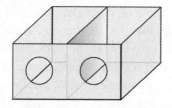

Era. El espejo en el medio, separando los dos compartimientos agujereados de un lado. Metió su propio brazo en el agujero de la derecha: entraba cómodo. La caja era bastante grande, pero don Sixto había elegido una madera liviana y Gaspar podía levantarla sin esfuerzo. El espejo va a pesar siempre, le dijo, pero el pino no pesa nada. ¿Es como querías?

Sí, respondió Gaspar, y miró su propio brazo en el espejo. La caja era perfecta.

El cumpleaños de Adela se hacía en su propia casa. Los Peirano, por supuesto, habían ofrecido la suya, pero Adela había dicho no, gracias y después le había confesado a Gaspar que no quería usar ese fondo grande para su fiesta, que iba a tener tan pocos invitados. Se va a notar más que no viene nadie, le dijo, y Gaspar entendió. Era mejor hacer algo sencillo en el pequeño pero agradable departamento de Adela y Betty, porque siempre se sentía una ausencia: la de su padre, a quien nadie conocía. Una vez Vicky le había preguntado a su mamá, mientras lavaba los platos, si era cierto que al padre de Adela se lo habían llevado, y Gaspar, que secaba los cubiertos, había escuchado la respuesta: la verdad, Vicky, yo la conocí a Betty ya sola. No sé quién es el papá de Adela y no le pregunté nunca, esas cosas no se preguntan si no te las cuentan.

Betty había arreglado la casa bastante bien. Las guirnaldas adornaban todo el pasillo hasta la puerta final, la de la casa de Adela, que tenía un póster de Sarah Kay que decía «¡Feliz cumple!» al lado del dibujo de una nena que olía una rosa. Cuando Gaspar llegó, ya estaban los abuelos de Adela, Vicky y Virginia con su jueguito de agua del que no se desprendía, Lucrecia, una compañera de colegio que era bastante amiga de las chicas, y nadie más. Esperaban solamente a Pablo, que siempre llegaba tarde. Apareció con un rompecabezas de mil piezas de un castillo alemán con un nombre impronunciable; Adela se lo agradeció con un abrazo: le gustaban los rompecabezas, pero mucho más le gustaban los castillos. Betty parecía contenta y emocionada; los abuelos, en cambio, tomaban gaseosa en silencio. Eran silenciosos, nada cariñosos, muy poco abuelos. Aparecían solo en los cumpleaños, y cuando hablaban, lo hacían solamente con Betty. Adela, sin embargo, aseguraba que la pasaba muy bien con ellos cuando, cada verano, iba a su quinta de vacaciones en San Isidro. La torta era muy rica: un bizcochuelo relleno de dulce de leche y crema, con una capa de chocolate decorada con bolitas plateadas. Gaspar comió un pedazo después de aplaudir durante el feliz cumpleaños –nunca cantaba en voz alta en público– y se sintió lleno, había comido muchas salchichitas. Los abuelos le pidieron a Adela que se probara el vestido, el regalo de ellos; era blanco, parecía de comunión, y ella lo desfiló con una sonrisa falsa porque era obvio que no le gustaba, pero no quería ofenderlos. Ellos se fueron poco después. Los chicos los saludaron y después, ya solos, se aliviaron. Los abuelos tenían algo que los incomodaba: parecían estar ahí por obligación, cumpliendo órdenes. Lucrecia también había salido: tenía que irse temprano. Adela se sentó despatarrada, teatral, en el sillón. Pablo, que estaba terminando un pedazo de torta, le ofreció cortarle más y ella aceptó. Después, con los labios manchados de dulce de leche –no le resultaba tan fácil sostener la servilleta sin enchastrarse con una mano sola–, le dijo a Gaspar:

–¡Quiero mi regalo!

La bolsa con la caja estaba en un rincón, al lado de la mesa. Gaspar la fue a buscar y se acercó a Adela para decirle:

–Pero te lo tengo que mostrar a vos sola, no te lo puedo dar adelante de nadie.

–¿Por qué no? –preguntó ella, y se limpió la boca y lo miró fijo con sus ojos oscuros de pestañas cortas.

–Porque no sé si funciona.

Betty dijo cuánto secreto con una sonrisa, pero su mirada era seria. Adela actuó rápido, tomó a Gaspar de la mano y medio lo arrastró hacia su habitación. Cuando entraron, cerró la puerta.

–¿Y? Mostrame.

Gaspar se acercó a la cama de Adela y apoyó la caja sobre el cubrecama turquesa.

–Vení –le dijo.

Ella se acercó, desconfiada.

–¿Qué es esto?

Gaspar se rascó la nariz, estaba un poco nervioso.

–Se llama caja de, esperá que no me sale el nombre. Ramachandrán. Eso. Caja de espejos de Ramachandrán.

–¿Es de magia?

–No. Más o menos. Parece por el nombre, ¿no? Esperemos que sí, igual. Meté el brazo acá –dijo, y le señaló uno de los agujeros. Adela se agachó para hacerlo, obediente–. Ahora meté el otro brazo en el otro agujero.

Adela lo miró con fastidio, con un principio de enojo.

–Vos sabés lo que quiero decir. Me contaste que sentís el brazo, ¿no? Metelo.

Ahora lo miraba con los ojos llenos de lágrimas. A Gaspar le dio lástima verla ahí arrodillada, en el piso de su habitación, con su vestido colorado, dos trenzas en el pelo, una nena que no quería ser diferente. Se sintió más grande que ella.

–Ade, no sé si va a funcionar –le dijo, y tuvo que aclararse la garganta–. Lo saqué de un libro. Pero te juro que no es un chiste. Yo nunca te haría una joda así. Nunca. Probemos.

Ella dudó un minuto, dijo que sí y, con los ojos cerrados, hizo un pequeño movimiento con el muñón.

—Ya está —dijo.

—Genial. —Gaspar se arrodilló a su lado—. Ahora mirá el espejo, ¿ves? Ahí está como si tuvieses dos brazos. Decime dónde te duele.

—Hoy no me duele. Me pica.

—Lo mismo. Dónde. Pero no me mires a mí, no mires tu brazo de verdad, mirá el reflejo nomás. Indicame.

La caja estaba abierta por arriba, no tenía tapa. Gaspar metió su propia mano y siguió las indicaciones de Adela. Al costado del codo. No, un poco más abajo. No, un poco más arriba.

—A veces tarda —dijo Gaspar, y en vez de seguir buscando el lugar de la picazón le acarició la mano a Adela, los dedos, el brazo, le movió las pulseras, un rato largo, en silencio, hasta que ella dijo ¡siento el brazo! Y él, entonces, volvió a seguir sus indicaciones y encontró el punto que picaba, la picazón fantasma que había sido imposible de olvidar hasta ahora, hasta este cumpleaños número doce sobre la cama turquesa.

—¡Ahí! —dijo Adela en voz baja, y Gaspar rascó suave, con sus uñas cortas, mientras ella miraba con una expresión extrañada el brazo reflejado. Siguió hasta que Adela dijo ya está y ella misma sacó el brazo de la caja y, sentada en el suelo, se tapó la cara con la mano. No lloraba. Gaspar no sabía qué le pasaba. Quería preguntarle si no estaba contenta, por qué no estaba contenta, si había funcionado o no, pero sabía que tenía que callarse la boca un rato. Adela rompió el silencio. Afuera de la habitación, en la cocina, se oía la conversación de Vicky y Pablo y también llegaba el ruido de platos en la cocina: Betty lavando los restos de la fiesta.

—¿Por qué? —preguntó Adela, y Gaspar se dio cuenta de que estaba enojada. Entonces trató de explicarle que se le había ocurrido después de una charla sobre el miembro fantasma con su papá y que él le había dicho que había un diagrama en un libro de la biblioteca, pero ella lo interrumpió.

–No, pará, no te pregunto a vos. Quiero decir: ¿por qué nunca me hizo esto el médico? ¿O mi mamá? ¿Por qué nunca me dijeron que se podía solucionar cuando me duele o me pica el brazo?

Gaspar abrió la boca, pero no dijo nada y se encogió de hombros.

–¿No sabían? ¿Son tan brutos? Los voy a matar.

Ahora sí lloraba y le temblaba el labio de pura bronca. Gaspar se puso en cuclillas frente a ella.

–Capaz no sabían.

Ella seguía enojada y Gaspar la dejó. Dejó que se parara, no insistió preguntándole si el regalo le gustaba, dejó que abriera la puerta de un tirón y corriese hasta la cocina y, cuando escuchó el ruido de los platos rompiéndose contra el piso, Gaspar les dijo a los sorprendidos Vicky y Pablo mejor vamos, y los empujó hasta el pasillo; la puerta estaba abierta. Los gritos se escuchaban, los de Adela y los de su mamá, y era imposible entender qué decían porque una gritaba sobre la otra y las dos lloraban.

–¿Qué cagada te mandaste? –dijo Vicky, medio corriendo por el pasillo mientras Pablo suspiraba de alivio al comprobar que la puerta de calle estaba abierta, sin llave. Gaspar no supo qué contestarle. Tenía que hablar con ellos para entender qué había hecho mal.

–Vamos al kiosco –dijo, y se revisó el bolsillo de atrás para comprobar que tenía plata suficiente para una Coca-Cola.

Gaspar no quiso volver a casa de Adela, como le propusieron Vicky y Pablo, y cuando se terminó la gaseosa, se puso la campera y los saludó. Se le va a pasar, le dijo Vicky, y Gaspar no le contestó. Volvió a su casa. Cuando cerró la puerta, antes de que pudiese dar un paso hacia su habitación, escuchó la voz de su padre, que lo llamaba desde el piso de arriba.

No había amenaza en su tono y Gaspar hizo un esfuerzo por ignorarlo, por seguir caminando, por fingir que no lo había escuchado, pero respondió. Qué querés, gritó. Que subas un rato, dijo en voz alta pero sin gritar, sin violencia, sin burla. Gaspar obedeció. La escalera de madera crujía mucho; alguna vez, recordaba, había tenido una alfombra para silenciar los pasos, pero ya no estaba. A lo mejor la habría arrancado su padre, posiblemente había sido combustible para una de sus periódicas hogueras. No lo sabía y de hecho recién recordaba la existencia de esa alfombra ahora, mientras subía rápido.

La puerta de la biblioteca-estudio de su padre estaba abierta y Gaspar entró con tranquilidad cuando lo vio recostado en el sillón, con un libro a su lado. No se sentó: apoyado contra el escritorio, miró los libros desordenados, un dibujo sin terminar, el cuaderno de tapas oscuras cerrado.

—¿Cómo estás?

Gaspar se encogió de hombros y escuchó cómo su padre se ponía de pie; no lo miró hasta que lo sintió muy cerca.

—Podés seguir enojado conmigo para siempre, pero no sé si tiene sentido.

Los ojos de su padre brillaban en la habitación iluminada solamente por el velador que usaba para leer. Tenía puesta una remera gris de manga larga que le quedaba corta y dejaba ver lo delgado que estaba. Gaspar respiró hondo antes de hablar.

—¿Por qué me hiciste tocar lo que había en la caja?

Hacía calor en esa biblioteca, olía a polvo; su padre, recién bañado, con el pelo todavía húmedo, olía a jabón.

—A veces no soy yo mismo. Te pido disculpas.

Gaspar tuvo un escalofrío.

—¿Y eso qué quiere decir, eso de que no sos vos?

—Quiere decir exactamente lo que dije: que a veces no soy yo mismo.

Gaspar apoyó los codos sobre el escritorio y, con descuido, levantó el dibujo que su padre no había terminado. Parecía una ciudad pequeña, unas pocas casas en una llanura y en el cielo un sol negro o quizá un tachón, pero muy grande y centrado.

—¿Por qué nunca me decís qué es lo que hacés, qué es todo esto? —Y Gaspar señaló los libros, la puerta cerrada, los rincones oscuros.

—¿El padre de tu amiga Vicky le cuenta a ella lo que hace, por ejemplo?

—Sí. Es farmacéutico.

—¿Y qué más sabe ella, aparte de que es farmacéutico? ¿Sabe cuántos antibióticos vende por semana? ¿Sabe cómo cambian los precios? ¿Sabe si la insulina es gratuita? ¿Sabe si le gustaría tener una sección especializada en homeopatía?

Gaspar apretó los dientes.

—Capaz que sí.

—Claro que no lo sabe. ¿Qué hace el padre de Pablo?

—Algo con gas.

—Qué hace con el gas.

—¡No sé! Se lo pone a los autos.

—¿Para qué se lo pone a los autos? ¿Creés que Pablo sabe más que vos?

Gaspar se resignó.

—No tiene nada que ver. Lo que vos hacés es más raro.

—¿Cuántas veces tuvimos esta conversación antes? Es aburrido, Gaspar.

—Solamente quiero saber.

Su padre se agachó para estar a su altura. Tenía las ojeras hinchadas como si lo hubiesen trompeado, pero se lo veía mejor que otros días, menos cansado.

—Elegí el libro que quieras. Leé lo que quieras.

—¿En serio?

—En serio.

Gaspar se acercó a la biblioteca en puntas de pie. ¡Había tanto para elegir! Arriba de todo, adentro de una caja de madera, en el estante más cercano al techo, estaban las cenizas de su mamá. Gaspar le había pedido a su papá que abriera la caja una vez, quería verlas. No se había impresionado: parecía tierra más que ceniza. Lloró porque su mamá era apenas eso, un montón de polvo en una caja, pero no tuvo miedo. No lo perturbaba esa caja en el rincón. Su padre le dijo que, cuando llegase el momento, iba a tirar las cenizas al río. Pero pasaban los años y seguían ahí.

Ahora buscó en los estantes, en los libros amontonados, dio vuelta los que tenían el lomo hacia la pared. Algunos estaban en inglés. Dion Fortune, leyó, *The Training and Work of an Initiate*. Había en castellano. Juan Carlos Onetti, *El pozo*, Thomas Hardy, *Jude el oscuro*, Françoise Sagan, *Buenos días, tristeza*. García Lorca, Keats, Yeats, Blake, Eliot, Neruda: los de poesía que Gaspar siempre tomaba prestado porque le gustaban. Pasó a otro estante, más alto: *Babylonian Magic & Sorcery*, Leonard M. King. *The Magical Revival*, Kenneth Grant. Por fin, en una punta y algo caído, encontró un lomo que le pareció el elegido: *Dogma y ritual de Alta Magia*, de Eliphas Lévi. Era un libro de tapas blandas, grises, muy usado. Lo sacó y se lo mostró a su padre, que dijo que sí con la cabeza.

—Leé lo que quieras.

Gaspar abrió en cualquier parte. La página 40 tenía el dibujo de una estrella de seis puntas, parecida pero diferente a la estrella judía. Leyó: «Los elementos materiales análogos a los elementos divinos se conciben como cuatro, se explican como dos y no existen, finalmente, más que como tres. La revelación es el binario: todo verbo es doble y supone, por consiguiente, dos.» No entiendo nada, pensó. Abrió el capítulo «La magia negra» y lo decepcionó que fuese solo una página. Decía que quienes tuviesen miedo podían cerrar el libro, pero la advertencia no le sirvió. El capítulo tampoco. Lo que decía era mucho menos aterrador que lo que había visto él mismo en varias películas. Miró a su padre con curiosidad y él le sonrió una vez más sin burla, con cierta tristeza.

—Aburrido, ¿o no?

—¿Puedo agarrar otro?

—No. No son tan diferentes. Gaspar, eso es lo que hago.

—¿Qué cosa?

—Estudiar lo que dicen esos libros.

—¿Solo? ¿Hay un lugar donde se estudia?

Gaspar vio que su padre volvía a recostarse en el sillón y arrojaba un almohadón al piso, cerca de él.

—Soy un autodidacta. Estoy demasiado viejo y enfermo para ir a la universidad. Sentate.

—No estás viejo. ¿Cuántos años tenés? ¿Enseñaste alguna vez, como mamá?

—No. Tengo treinta y cuatro, pero me siento de doscientos.

Gaspar se sentó en el almohadón y, con la rodilla, hizo tambalear una botella. Su padre la sostuvo para que no se derramase y después la levantó del piso y tomó un largo trago. ¿Cómo no le había olido el alcohol en el aliento? Ahora Gaspar entendía por qué estaba recibiendo tanta información: su padre estaba borracho. Otra vez.

—¿Estudiás eso porque siempre adivinaste cosas o es al revés? ¿Estudiaste esto para adivinar cosas? ¿Siempre viste gente?

—Sí, pero no me molestan. Hay una técnica para no verlos, a voluntad, y la uso muy bien.

—¿Nunca te falla?

—Todo falla, pero no les tengo miedo. Son ecos. Manifestaciones. No pueden tocarnos. Solamente es desconcertante.

—¿Qué quiere decir desconcertante?

—Algo que te sorprende, que te agarra desprevenido. ¿Qué vocabulario aprenden en ese colegio al que vas?

—No enseñan mal, pasa que yo no uso mucho el diccionario.

—Está bien.

—Papá, ¿yo voy a ver esas cosas, esos ecos?

–No. Y, si los vieras, te darías cuenta sin duda alguna.

Gaspar se quedó pensando. Otro largo trago. El libro que su padre había estado leyendo se cayó al piso y Gaspar miró el título de reojo: *Selected Poems,* John Keats. Después lo agarró, lo abrió y leyó: «Season of mists and mellow fruitfulness.» Estación de nieblas. Temporada de nieblas.

–¿Me lo puedo llevar?

–Es difícil. Usá el diccionario. Te va a gustar Keats. Se murió muy joven, ¿sabés? A los veinticuatro. En qué más andás, hijo. Quiero saber en qué cosas normales andás. Contame.

Gaspar apoyó la cabeza sobre las piernas de su padre y decidió que el episodio de la caja de párpados no era importante, había sido parte de una pesadilla, estaba perdonado, olvidado. Sintió la mano de su padre acariciándole el pelo y le contó que a Adela no le había gustado el regalo de la caja de espejos.

La gente enferma es diferente, le dijo su padre. Ella no está enferma, contestó Gaspar. Ya lo sé, pero, de todos modos, los que tenemos problemas físicos somos todos iguales y distintos a los sanos. Si, por ejemplo, me regalaras una silla de ruedas, no te lo agradecería. ¿La necesitás? No, todavía no. Pero, si me regalasen una silla de ruedas, la incendio. No hace falta que lo entiendas, basta que lo sepas. ¿Se le va a pasar el enojo? A lo mejor sí, es diferente tener un defecto a estar moribundo. No digas eso, papá. ¿Cómo querés que lo diga? Qué más. ¿Tenés novia? Escuché que hablabas con una chica por teléfono. ¿Escuchaste? Estabas encerrado acá, pensé que no oías nada. Tenía, pero me dejó. Se llama Belén. ¿Te dejó? Sí, me mandó una carta y me dijo que no quería ser más mi novia. ¿Y qué hiciste? Nada. Pablo me dijo que, si yo le escribía pidiéndole que sigamos siendo novios, ella iba a decir que sí, porque eso hacen las chicas. Pero no me dieron ganas. ¿No te gusta ella? Sí me gusta pero no sé de qué hablarle, ella no habla mucho.

Gaspar escuchó la risa suave de su padre. No puedo ayudarte en eso, no sé nada de mujeres.

Se quedaron en silencio un rato. Gaspar cerró los ojos. No había un ruido en la casa. Sintió cómo su padre le acariciaba el pelo, despacio, con una delicadeza casi femenina. No le había dicho que la carta de Belén, corta y escrita con mayúsculas, lo había hecho golpear los azulejos del baño. No por ella, que lo aburría un poco, salvo cuando lo dejaba besarla y tocarla; por él, porque no había sabido cómo retenerla. Se acomodó sobre el almohadón con las piernas estiradas y corrió la cabeza hasta apoyarla sobre el costado de su padre y recordó cómo se sentía dormir a su lado cuando era chico, junto a ese cuerpo enorme y el corazón que latía violento e irregular.

–Gaspar, está tu amiga en la puerta.

–¿Qué amiga?

–Adela, creo.

–¿Cómo sabés?

–Te llamaba. Tiró algo, una piedra, a tu ventana. Estabas dormido.

–Prefiero quedarme con vos.

–Y yo prefiero que te vayas. Te está esperando, andá.

Gaspar se paró malhumorado; había dormido, era cierto, notaba el gusto a sueño en la boca. Agarró el libro de Keats y se quedó mirando a su padre desde la puerta. Iba a decirle algo (¿qué?, ¿que lo quería?), pero él ya le había dado otro trago a la botella y cerraba los ojos.

Adela esperaba sobre el pavimento: a esa hora, los fines de semana, ya de noche, no había demasiado tránsito y los faros de cualquier auto, el ruido incluso, se dejaban ver y escuchar con tanta anticipación que no había peligro y los chicos y grandes se habían acostumbrado a caminar por veredas o calles indistintamente. Ella esperaba con las piernas cruzadas y mirando el suelo; se había cambiado la ropa, notó Gaspar, llevaba sus zapatos Kickers color azul claro, el pantalón de gimnasia bordó de la escuela y una remera con volados en la cintura y dibujos de flores, muy chiquitos. Gaspar sintió el silencio de la calle de una manera tan abrumadora que se acercó a Adela y con un gesto de la cabeza le pidió que caminara a su lado, por la vereda, hacia la avenida. Como ella no hablaba, nada más intentaba mantener el paso a su lado y tampoco levantaba la mirada, Gaspar decidió empezar. No le gustaba y nunca le había gustado quedarse callado, ni las miradas esquivas y los silencios incómodos, la manera, sobre todo de los adultos, de mirarse entre ellos y tragarse las palabras, la forma en que su padre le decía esto es todo lo que voy a decirte y no vas a saber más allá. Sentía que, si lo dejaban preguntar y hablar, no iba a parar nunca, que la curiosidad lo invadía como las hormigas a una mermelada abierta y olvidada en la cocina.

—Perdón si no te gustó la caja —dijo Gaspar—. Pensé que a lo mejor te servía.

Adela lo agarró inesperadamente del codo, con mucha fuerza. A veces Gaspar olvidaba la fuerza de esa única mano.

—Es el mejor regalo que me hicieron en toda la vida —le dijo. Tenía las mejillas irritadas de llorar.

—¿Entonces por qué te enojaste? Decime. No aguanto que me digan no sé. Estoy harto.

Ella empezó a caminar otra vez. Se estaban acercando a la casa de la calle Villarreal y Gaspar, instintivamente, dobló en la esquina que los desviaba y los llevaba hacia la pequeña sala de videojuegos, que los domingos estaba abierta hasta muy tarde.

—Porque me enojé con mi mamá. ¿Por qué no se le ocurrió a ella? ¿Por qué no le preguntó al médico? Nunca me creyó que me dolía o me picaba el brazo. No me la agarré con vos. Igual ustedes se fueron, me dejaron sola.

—Nos dio cosa, yo pensé que estabas enojada conmigo.

—Nada que ver. Sos el más bueno de todos. Ya los vi a los chicos y les dije que eran unos cagones por irse.

Gaspar sintió que le ardían las orejas. Le había gustado es-

246

cuchar sos el más bueno. Así que se sacudió el pelo que le tapaba la frente y dijo:

—Cuando necesites, yo te ayudo a rascarte o hacerte masajes, no sé. Pero no voy a estar siempre, le vas a tener que pedir a tu mamá.

—Mi mamá que se vaya a la mierda. Ya les pedí a Pablo y a Vicky. Si vos me ayudás también, ya está.

Gaspar había logrado alejar a Adela de la casa de la calle Villarreal, en un rodeo que los llevaba hasta la puerta de su propia casa. Como a todos en el barrio, la casa abandonada le daba desconfianza y ya había escuchado a Adela sugerir que, a lo mejor, podían entrar. Una excursión, una visita a la casa embrujada del barrio. A Gaspar no le hacía ninguna gracia. Tenía hambre pero no podía invitar a comer a Adela: tenía prohibido invitar gente de sorpresa. La bicicleta atada a las rejas del patio le dio una idea.

—¿Ya comiste?

Adela dijo que no tenía mucha hambre, después de la torta y los sanguchitos. Las chicas son así, pensó Gaspar, no les gusta comer: rarísimo. Él siempre tenía hambre y sus amigos varones también.

—Bueno, si no querés comer igual acompañame. Vamos a La Curva, ¿dale?

—Una porción de pizza sí me comería —dijo Adela.

—Subite.

Gaspar se ajustó el cinturón: había adelgazado y se le caían los pantalones.

—¿Por qué no te comprás uno de tu tamaño? —se rió Adela, y Gaspar le contestó que siempre se olvidaba.

—Es de mi papá, por eso es tan largo. ¿Me queda muy payaso?

—No —respondió ella—. No sé por qué, pero te queda buenísimo.

Adela se acomodó sobre los apoyapiés ubicados al costado de la rueda trasera. Así podía ir parada, agarrándose de los hombros de Gaspar. Le pidió que fuera rápido, que pedaleara fuerte y, como no había nadie en la calle, Gaspar le hizo caso y dio un rodeo largo hasta la pizzería para que ella pudiera disfrutar más de la velocidad y el viento en el pelo.

Había muchas historias sobre la casa de la calle Villarreal. No todas se contaban, sin embargo. Una tarde Haydée, la mujer de Turi, el almacenero, había hablado con sus clientes de los dueños, según ella unos viejitos que vivían solos sin ayuda de nadie, sin enfermeros, sin los hijos; se volvieron locos ahí adentro. Locos de viejos: demencia senil. La vieja, cuando alguien pasaba, se acercaba a la ventana y abría la boca como si gritara, pero no gritaba. Después se iba corriendo. A veces estaba desnuda. El viejo era mucho más tranquilo, pero se negaba a sacar la basura y una vez había venido alguien –un pariente o un asistente social– y se había llevado bolsas de cosas, sobre todo de comida podrida, mientras el viejo lloraba sentado en el patio, que en esa época tenía alguna planta, y decía que ahora sí lo iban a encontrar, ahora sí.

Turi, el almacenero, decía que él no conocía esa historia pero sí sabía que, cuando la vieja había muerto, la encontraron en la cama con dos esqueletos de gato a su lado, uno sobre la sábana, el otro sobre la almohada. El dueño del bar del parque corroboraba la historia, pero aseguraba que los esqueletos de los gatos estaban alrededor de la heladera, llena de hongos y de paquetes de fiambre y pan lactal sin abrir.

Lo extraño era que ninguno de los viejos de barrio, ninguna de las abuelas y abuelos, recordaba a los dueños de la casa cuando eran jóvenes. Como si hubiesen sido siempre ancianos. O se los hubiesen imaginado. La abuela de Vicky una vez había dicho: cuando nos vinimos a vivir con tu abuelo, los dueños, que ya eran viejos... Vicky la había interrumpido casi gritando. Pero cuando vos te casaste eras joven, ¿ellos ya vivían acá? ¿Y eran viejos? Imposible, estás diciendo pavadas. La abuela dudó y dijo que creía que sí, que ya eran viejos, sí, a lo mejor polacos. ¿Qué tiene que ver que fuesen polacos? La gente rubia envejece mal, respondió su abuela. No como vos, Vicky, que sos una morocha criolla hermosa, mi negra. Vicky se desprendió de su abrazo y más tarde, cuando lo comentó en la mesa –la abuela ya se había ido a dormir–, Hugo Peirano se limpió los labios con la servilleta y dijo bueno, se está poniendo viejita, los viejos se confunden.

Esa vez Vicky se calló y juntó los platos, que eran de vidrio verde; los vasos eran marrones. La mesa bosque, le decía ella. Había comido poco. Adela también comía poco. A las dos les pasaba lo mismo. Tenían miedo. El miedo era difuso y Vicky no podía determinar claramente a qué se debía, pero había empezado hacía menos de un mes, frente al televisor. Estaba en el sillón del living de su casa, viendo el noticiero de las ocho, que la aburría –noticias sobre cómo los radicales habían ganado las elecciones legislativas, sobre las amenazas de bombas en las escuelas y el estado de sitio, que tenía histérica a su mamá– cuando vio una noticia que le llamó la atención: había entrado en erupción un volcán en Colombia. A Vicky le gustaban y le daban miedo los volcanes, había estado durante un tiempo obsesionada con Pompeya y Herculano. Esa noche fue solo la erupción, pero al otro día Vicky se sentó a ver si seguían hablando del volcán y se encontró con algo que la dejó muda y temblando, tanto que le dio la mano a Gaspar, que estaba tirado en el sillón, a su lado. La lava del volcán había arrastrado hielo y barro; todo ese material había desembocado en los ríos, que crecieron cuatro veces e inundaron los pueblos cercanos.

–Ay, le tengo terror a la inundación –dijo la abuela, y Vicky la hizo callar.

En un pueblo que se llamaba Armero quedaron atrapadas personas en sus casas, esperando que las rescataran. Pero todas las cámaras, en una transmisión medio movida y de colores extraños, enfocaban a una chica de trece años, Omaira –qué nombre más raro, pensó Vicky–, que estaba medio hundida entre escombros y barro; no podía moverse, pero podía hablar y, cuando le pusieron el micrófono, allá en Colombia (¿dónde queda Colombia?, le preguntó Vicky a Gaspar, y él le dijo en el Caribe, pero no es una isla, es al lado de Venezuela), la chica dijo algo que a Vicky le dio ganas de irse corriendo: le apretó el brazo a Gaspar hasta sacarle un ey, pará, lo que era mucho, a él nunca le dolía nada. La chica, Omaira, dijo: toco con los pies en el fondo la cabeza de mi tía. Su tía muerta ahogada, claro, pensó Vicky, y se imaginó los pies resbalosos apoyados en una cabeza muerta y mecánicamente se ajustó los cordones de las zapatillas.

Durante tres días siguieron mostrando a Omaira, ya no solamente en el noticiero de la tarde: en el del mediodía también. Vicky la veía cuando volvía de la escuela y a la tarde, cuando regresaba de las clases de gimnasia. La nena sabía que no podían sacarla, pero Vicky no entendía por qué y su mamá, a su manera brutal de médica, le había dicho que la única forma era amputarle una pierna y ahí, en el barro, no estaban dadas «las condiciones de higiene». Omaira decía quiero que ayuden a mi mamá porque se va a quedar solita. Quería ir a la escuela. Tenía miedo porque no sabía nadar y, si el agua la tapaba, se ahogaría. Había cantado. Quería estudiar para un examen de matemáticas. Llamaba a su mamá –estaba lejos, en Bogotá– y le pedía que rezara para que pueda caminar y esta gente me ayude. Le decía que la quería, le decía que ojalá la escuchara, y también decía que quería a su padre. La abuela de Vicky dijo yo no puedo ver esto, qué dignidad esa criatura, no lo tienen que mostrar, y se fue y nunca quiso volver a sentarse frente al televisor para ver a Omaira morirse.

Una de las tardes, mientras veía la agonía televisada de Omaira, Lidia Peirano entró con Juan Peterson, que se quedó un rato a tomar un té –nunca tomaba café–, y Vicky lo observó atentamente porque el padre de Gaspar casi nunca venía a su casa. Su mamá lo apreciaba, siempre insistía con que era un tipo bueno y fascinante. Eso decía: «fascinante». Vicky sabía que se peleaban mucho con Gaspar y se enojaba cuando veía a su amigo triste y, demasiadas veces, golpeado. Esa tarde, sin embargo, Gaspar estaba sentado al lado de su papá y conversaban en voz baja, de a ratos, como si estuviesen solos. No eran parecidos físicamente, pero tenían gestos idénticos: la forma de sacarse el pelo de la cara, cómo se recostaban en el sillón, el torso siempre erguido.

—¿Querés comer algo, Juan?

—Gracias, pero no tengo nada de hambre.

Lidia insistió con una pastafrola que había comprado en la panadería, pero el padre de Gaspar se volvió a negar. Lidia dijo:

—Estos chicos están obsesionados con la criatura colombiana, es de una morbosidad espantosa. Adela, la nena de Betty, tampoco habla de otra cosa. Yo los dejo que lo miren porque, si se lo prohibís, van y lo ven en otra casa.

Juan no dijo nada. Todos se callaron la boca, de todos modos, porque, desde Colombia, un médico anunciaba que habían intentado succionar el barro alrededor de Omaira pero, lamentablemente, la gangrena había avanzado demasiado en las piernas. Se terminó, pobrecita, dijo Lidia. Se va a morir, hija, ya está. No mires más, es muy triste.

Pero Vicky quiso ver y vio al médico llorando, lloraba y decía: no es justo, después de que luchamos tanto y ella aguantó. Y su madre le preguntó al padre de Gaspar: Juan, ¿te acordás que hace años hubo un caso parecido con un chico italiano?, y él contestó que sí con la cabeza, demasiado serio, y no dijo nada más y le pasó una mano por los hombros a Gaspar, que ahora también estaba hipnotizado frente al televisor porque lo que pasaba era que iban a verla morirse en cámara y que iban a transmitir la muerte, no iban a dejar que tuviese ese momento sola. Omaira estaba en toda la pantalla del televisor color y se la veía claro, sin fantasmas, sin lluvia: tenía los ojos totalmente negros, como si no tuviera iris ni blanco del ojo, los párpados hinchados y las manos, que se agarraban a una madera, eran desproporcionadamente grandes y muy blancas, demasiado blancas, ya muertas, no la piel de la cara, que seguía siendo linda y morenita, las manos parecían cubiertas de cera, es por estar demasiado tiempo debajo del agua, pensó Vicky, se ponían así, arrugadas y blancuzcas, pero igual eran extrañas. ¿Por qué tiene los ojos todos negros?, le preguntó Vicky a su madre, pero ella solamente le respondió te voy a apagar, eh, es una barbaridad que estén mostrando eso por televisión. Pero no apagó y ella también se dio vuelta y se quedó mirando a la nena que agonizaba en su tumba de barro y mugre, con las piernas atrapadas y los pies apoyados en la cabeza de su tía.

Fue Juan, que nunca le hablaba, quien le contestó la pregunta sobre los ojos. Es sangre, dijo de pronto. Tiene los ojos llenos de sangre. Ya no le circula por el cuerpo y se acumuló ahí. Vicky miró a su madre para confirmar y ella dijo sí, es algo así. Si fuesen las pupilas dilatadas no estaría agarrada, ya no tendría fuerzas. Y después cumplió la promesa: apagó el televisor. Basta. No se van a sacar esa imagen de la cabeza en la vida si siguen viendo.

Vicky protestó y se metió en la pieza con Gaspar y el teléfono, que tenía un cable larguísimo para poder moverlo de acá para allá. Llamó a Adela: también estaba viendo morirse a la nena. Pablo estaba con ella porque no se lo habían dejado ver en su casa. ¿Por qué tu mamá te deja?, quiso saber Vicky, y Adela, del otro lado, contestó: es que no está, salió un rato. Capaz que no me dejaba. ¿Quieren venir?

–¿Querés ir? –le preguntó Vicky a Gaspar, y él, después de pensarlo, dijo que no.

–Andá vos si querés.

–Yo voy, obvio. ¿Por qué no querés?

Gaspar se quedó callado un instante y después dijo:

–¿Viste la parte que ella dijo, bah, pidió que se fueran a descansar y que después volvieran y la sacaran? Ya estaba medio alucinando, me parece, pero fue como pedir que la dejaran tranquila, ¿no?

—Pero a nosotros no puede vernos, estamos relejos, no la molestamos.

—Qué sabés si no la molestamos.

—Sos más raro vos.

Y Vicky se fue corriendo a lo de Adela a pesar de las amenazas de su madre, para ver la agonía con precisión y detalles. Ella, Pablo y Adela lloraron juntos, de la mano, frente al televisor. Betty nunca llegó para interrumpirlos. Adela dijo después que lo peor habían sido los ruidos del final, esos ronquidos dolorosos, como gemidos de perro, ¿así se muere la gente?, les preguntó, pero no supieron responderle. Pablo dijo que no se iba a olvidar nunca de las manos, que eran grises y parecían de un pájaro; también le habían dado miedo los ojos llenos de sangre negra. Para Vicky eran los pies, los pies muriéndose y tocando una cabeza muerta en el barro, dejar de sentir los pies, pero saber que siguen apoyados sobre algo que se pudre. Nunca más pudo dormir con los pies fuera de la cama, nunca más pudo dormir sin medias, y las noches en las que caía agotada, después de mucho estudio o mucho estrés, solía soñar con Omaira en el agua, agarrada a una rama, que le sacaba la lengua tan negra como sus ojos mientras se moría en el barro.

Hugo Peirano logró terminar la pileta que les había prometido a sus hijas justo para Navidad. No pudieron usarla la Nochebuena porque debían esperar que se secara la pintura y llenarla y comprobar que el filtro funcionase bien, pero sí pudieron festejar en el agua el Año Nuevo: Hugo se llevó a la pileta una copa de champagne mientras las chicas entraban y salían a los chapuzones, comían nueces y esperaban los fuegos artificiales. Vicky no quería meterse descalza: se había comprado unas sandalias de plástico porque el suelo de la pileta a veces estaba resbaloso y le hacía acordar a Omaira parada sobre la cabeza de su tía y todo ese barro de la muerte en Colombia.

En el estreno de la pileta, en Año Nuevo, a la madrugada, después del brindis vinieron Gaspar, Pablo y Adela. Gaspar y Pablo nadaban, Adela solamente se animaba a meterse en la parte más baja, Vicky prefería hacer la plancha. Después de ir a tirar cañitas voladoras a la calle, quedaron en el agua solamente Gaspar y Pablo, jugando a ahogarse, a aguantar la respiración bajo el agua y, sobre todo, jugando a luchar hasta que las perras ladraban. Vicky no entendía por qué se les había dado por jugar a la lucha todo el tiempo y encima con el calor. De Gaspar lo entendía más porque tenía fuerza, era bruto y ganaba casi siempre; ya sabía que los chicos querían ganar. Pero Pablo, que era igual de delgado y alto, no tenía tanta fuerza y a veces ella notaba que sufría cuando Gaspar se le sentaba sobre la espalda en el suelo o le retorcía el brazo. En fin: no entendía por qué se pegaban sin enojo, ellos claramente no estaban enojados; al contrario, se llevaban mejor que nunca.

Ese verano era extraño para ella. Tenía miedo y no sabía por qué. Se lo había dicho a su madre: a veces tenía tanto miedo que, cuando quería respirar hondo, sentía que no se le llenaban los pulmones del todo. Había sido un error decirle eso a su madre, que la había auscultado, después la había llevado al hospital para que respirase en una especie de silbato –le decían «espirógrafo»– y, cuando todo salió normal, hubo una larga charla sobre si debía ir al psicólogo o no, que se resolvió, por el momento, con «hay que esperar» y «son cosas de la edad». Vicky sabía que la edad no tenía nada que ver. No podía explicar qué le parecía tan amenazante y al mismo tiempo la obsesionaba. Era Omaira un poco, pero no solamente. Tenía miedo de encontrársela en la oscuridad, pero iba más allá de la chica de ojos negros. Si de noche quería hacer pis, no se animaba a levantarse de la cama, pero al mismo tiempo podía pasar horas escuchando cada ruido de la casa y esperando ese ruido diferente, el que iba a sacarle las dudas de que había una presencia, una mano que desordenaba intencionalmente los libros y los platos, algo negro que flotaba contra el cielorraso y que podía bajar para mostrarle su cara.

Y también estaba el zumbido, tan fuerte algunas noches. Al principio había pensado que se trataba de las luces de la calle, que parpadeaban, incluso del tubo fluorescente del garaje o algo eléctrico nuevo en el barrio, pero se volvía más profundo y más intenso con el calor y parecía venir del suelo. Le había preguntado a su padre si por ahí pasaba el subte, pero él le dijo que no, que, aunque había una estación a seis cuadras, en el parque el tren se desviaba para el otro lado, no les pasaba ni cerca y era imposible o muy raro que se sintiese una vibración. Además, qué estúpida, pensó Vicky, de noche no andaban los subtes. Una noche de calor, para comprobar si la vibración venía del suelo, como le parecía, Vicky salió a la calle a tocar el asfalto. Sus padres y su abuela estaban sentados en el garaje después de cenar; ahí la casa estaba casi fresca, a lo mejor porque el techo era más alto, a lo mejor porque la mitad del día no le daba el sol. Rodeaban un ventilador de pie con sillas, el reverso de una fogata, y conversaban aburridos. No venía de ahí. Se lo había vuelto a mencionar a su padre, una vez desechada la teoría del subte; él le dijo debe ser el autódromo. ¡Qué sensible, hija! Victoria conocía el zumbido del autódromo, que solo ocurría los domingos por la mañana y se oía lejos, en oleadas. La vibración nocturna no tenía nada que ver con las carreras. Y tampoco había carreras de noche. No volvió a hablar del tema con su familia. Cuando la veían salir a la vereda y ponerse de cuclillas en el medio de la calle, la miraban con perezosa curiosidad, alguna vez la abuela decía cuidado, por los autos.

Adela la encontró una vez en la calle, cuando volvía de la pizzería con Betty. Vicky no les había hablado del zumbido a sus amigos, todavía no: nombrarlo le daba miedo, era como admitir que existía de verdad. Al final se lo contó y Adela se puso a mirar para todos lados, como si el zumbido pudiera verse, como si fuese una sombra en el aire. Betty la obligó a ir a su casa, a comer la pizza, pero después la dejó reunirse con Vicky otra vez. Era verano. En esos meses, era más permisiva.

—Yo creo que viene de la casa —dijo Adela—. La casa de acá a la vuelta, la de Villarreal.

Vicky se vio reflejada en las pupilas de Adela y el miedo que ya sentía, que no se iba nunca, se intensificó como si se lo hubieran inyectado en las venas.

—Ya te habías dado cuenta —dijo, triunfante, Adela—. Vamos a ver si viene de ahí.

Y la agarró del brazo. Vicky pensó: no la conozco. No sé quién es esta nena.

—No. Me da miedo. ¡Soltame!

No tuvo que pelear. Adela la soltó de inmediato. Le transpiraba la frente. No era raro, con el calor.

—Da miedo la casa, ¿viste? Sabés las cosas que dicen, ¿no? Si entrás y te quedás a dormir, te parece que hay un montón de cuadros alrededor. Retratos. Qué raro, pensás, pero como está oscuro porque no hay luz, no mirás bien. Además la casa da sueño. Una vez mi mamá me llevó a una curandera y también daba sueño.

—¿Te llevó a una curandera? ¿Para qué?

—No me acuerdo bien, pero creo que no podía dormir de noche, entonces esa señora me hizo dormir. La cosa es que te dormís en la casa y cuando te despertás, con la luz del día, ves que no hay retratos alrededor.

—¿Y?

—Y, si no eran retratos, las caras eran de gente tarada. ¡Gente que te mira cuando dormís!

Vicky tuvo ganas de llorar y Adela pareció darse cuenta, pero no paró. Como si estuviera enojada, como si la estuviera castigando.

—¿Nunca viste, cuando pasás por enfrente, a la vieja con la boca abierta en la ventana?

—No vive nadie en la casa –dijo Vicky, en voz baja.

—Capaz se mete la vieja, ¿no? ¿Y cómo sabés que no vive nadie? Hay gente que vive en casas abandonadas. Linyeras. En el cementerio de heladeras también vive gente. Gaspar no me quiere llevar, ¿vos creés que me va a llevar a la casa de Villarreal? Es lo que más quiero en la vida.

—No sé –contestó Vicky, y le dijo a Adela que ahora ella tenía que ir a comer. Corrió hasta su casa mientras sentía que se le cerraba la garganta y que, sin embargo, la idea de esa casa abandonada crecía en algún lugar de su cabeza, la idea de seguir ese zumbido y comprobar que venía de ahí, una colonia de bichos, un hormiguero, las moscas que se rascaban las patas como si planearan un ataque antes de lanzarse sobre la carne podrida.

Habían pasado dos días del Año Nuevo, la mayoría de los negocios del barrio y la avenida estaban cerrados por vacaciones y Gaspar sabía que ese verano no iba a irse de vacaciones con Vicky. Los Peirano saldrían en diez días, en auto, y se quedarían hasta principios de febrero en una cabaña en las afueras de Esquel. Lo insólito era que iban a acompañarlos Betty y Adela, que no pasaban el verano en la quinta de los abuelos, como siempre. Habían alquilado una combi para ir todos juntos. Le habían hablado de la Patagonia, los bosques, el desierto, los lagos, y Gaspar tuvo una punzada de envidia, pero su padre le había pedido –no le había ordenado ni lo había obligado: le había pedido– que se quedara con él. Gaspar entendió de inmediato. Su padre apenas dormía y apenas comía y le costaba llegar al baño, tenía que detenerse varias veces para recuperar el aliento cuando caminaba. Después pasaba mucho tiempo en la bañadera y dejaba que Gaspar le hablara mientras él descansaba en el agua tibia, con la puerta entreabierta. Se llevaban, en esos días de calor y enfermedad, muy mal y muy bien. Gaspar había escuchado a la médica, en una de las visitas, decirle que necesitaba estar internado, que

257

era una locura quedarse en casa, y su padre había percibido que él escuchaba porque enseguida vino el portazo y después, cuando ella se fue, un cachetazo que le hizo sangrar los labios y la advertencia de que nunca, nunca me escuches a escondidas. Dormía con oxígeno todas las noches y se dejaba la barba y casi nunca se desprendía de su cuaderno, donde dibujaba símbolos que Gaspar tampoco se atrevía a espiar. Lo había encontrado una mañana tratando de afeitarse en el baño, con las manos temblorosas y un corte en el mentón, que sangraba, y Gaspar sintió con seguridad y contundencia que esos eran los últimos días de su padre. En vez de asustarse y llorar —eso quería hacer, pedirle por favor que se curara, decirle que no sabía cómo estar solo—, entró en el baño, le sacó la afeitadora de la mano y le limpió el mentón primero con una toalla húmeda, después con alcohol.

—Te quedó por la mitad —le dijo—. Yo no sé afeitar pero si querés intento.

Su padre dijo que no importaba, pero Gaspar insistió: tenés barba en la mitad de la cara, es un desastre. Y lo ayudó a levantarse y llegar hasta la cama.

Recostado sobre almohadas, su padre le dijo:

—Tu tío Luis vuelve en estos meses.

Gaspar había hablado por teléfono con su tío el día de su cumpleaños y también en Año Nuevo: hacía poco le habían llegado sus regalos de todos los años, siempre dos: una caja con cuatro autitos de colección Chevrolet Bel Air 1957 y un reloj robot; ningún regalo iba a superar el Scalextric de hacía dos años que estaba en el garaje. La noticia lo sorprendió.

—A mí no me dijo nada.

—Lo decidió hace poco. Se separó de la mujer. Siempre fue su plan volver cuando terminase la dictadura.

—Se atrasó un poco.

Su padre sonrió.

—Quería volver con su mujer, pero no la convenció. Vuelve solo.

—¿Nos va a visitar?

—Se va a quedar acá. Hay que empezar los trámites para que te adopte cuando yo me muera.

—No quiero que me adopte, vos no te vas a morir.

—Hijo, no digas pavadas. Despabilate un poco.

Gaspar se cruzó de brazos, un poco ofendido, pero decidió callarse la boca. Me voy a hacer algo de comer, dijo. Su padre le contestó cerrando los ojos. Gaspar chequeó con la mirada que tuviese el oxígeno y se fue a la cocina. Minutos después, cuando abrió la heladera, sintió el llamado de su padre en todo el cuerpo. Nunca iba a ser capaz de explicar cómo se sentía, era algo parecido a cuando uno se da cuenta de que perdió la billetera o que la maestra descubrió el machete, una alarma debajo de la piel y en la garganta. Regresó corriendo y encontró a su padre sentado en la cama, pálido y brillante de sudor. Trataba de tomar aire, pero Gaspar podía escuchar el ronquido de sus pulmones, un ruido de silbidos y ahogo. Sabía qué le pasaba, había pasado antes y era una de las circunstancias en las que tenía que actuar rápido, con todo el plan de urgencias que él, su padre y la médica habían diseñado, una serie de pasos a cumplir sin perder la calma y en orden. Primero, se acercó a su padre y le agarró la cara con las manos.

—Quedate tranquilo —le dijo. Y le acercó el oxígeno. ¿No había podido levantarse para alcanzarlo? Eso era muy preocupante. Su padre obedeció y se puso la mascarilla. Gaspar corrió hasta el baño para buscar una toalla y secarle un poco el sudor, especialmente del pecho y la frente. Recién después siguió el plan. Primero, llamar a la doctora Biedma. Ella siempre atendía enseguida, como si pudiese adivinar de dónde venía la llamada, y llegaba, si hacía falta, en minutos. Vivía cerca, pero Gaspar nunca la había visto por el barrio. A lo mejor trabajaba todo el día. Después, llamar a los abogados: debía avisar que su padre estaba con una crisis. Después, llamar a Esteban. A Gaspar esta llamada le costaba mucho más porque una vez su padre le había dicho: es el único que sabe qué hacer con vos y conmigo si me muero. Esteban tardaba un poco más en contestar que los demás.

—¿Puede hablar? —le preguntó.

Gaspar miró a su padre, sentado, con los ojos cerrados y ese ruido desesperante de la respiración que sonaba húmeda.

—No —contestó.

—Los espero en la clínica, entonces.

Y cortó. Gaspar se sentó al lado de su padre y le tomó la mano, que temblaba. No podía hacer nada más que quedarse ahí y no dejarlo que se acostara, porque, si se acostaba, era peor, se ahogaba por completo. Ya tenía las puntas de los dedos azules. Gaspar se concentró en distinguir el ruido del motor de la ambulancia, que venía siempre en pocos minutos, nunca llegaba a cinco la tardanza. Todo estaba bien organizado. La doctora Biedma decía que necesitaban una enfermera permanente y Gaspar estaba de acuerdo, pero había escuchado a su padre decir, con calma, si traen a una enfermera sabés de lo que soy capaz.

Sabía cómo serían los siguiente días: los quince minutos al mediodía y los quince minutos a la tarde de visita en la terapia intensiva, esperar que lo pasaran a una sala común y la recuperación lenta y el malhumor; Gaspar iba a sentirse viviendo adentro de una burbuja de plástico, aislado, capaz de oír y ver todo, pero flotando, como si pisara con la punta de los pies y su cuerpo fuera más liviano y tuviese que hacer un esfuerzo para no perder estabilidad. Acarició la espalda de su padre. A Gaspar le dolió la garganta como si estuviese tratando de tragar una nuez entera y entonces oyó el motor de la ambulancia: nunca llegaba con la sirena.

—Ya vengo —dijo, y bajó corriendo para abrirles la puerta a la médica y los camilleros. Subieron rápido las escaleras y Gaspar esperó en la calle. No quería escuchar ni ver nada más. Iba a ser suficiente acompañarlo en la ambulancia, los cables, las máquinas, las explicaciones de los médicos que lo trataban de estúpido, las corridas y los incómodos asientos de la clínica.

Llegaron muy rápido porque era de noche y la clínica también quedaba cerca. Gaspar fue sentado en el asiento de adelante, junto al conductor; no lo dejaron acompañar a su padre y no discutió. Saltó afuera no bien llegaron, pero la camilla entró corriendo y las puertas de la guardia se cerraron en su cara; tuvo que empujarlas para entrar y se encontró solo, no sabía por cuál de los pasillos se había ido su padre ni si lo habían metido en el ascensor y, sin darse cuenta, casi se tapó los ojos con las manos, le dolía la luz fluorescente, le molestaban los canteros con flores de plástico, el suelo plastificado, el olor a desinfectante, la gente con gestos agotados esa madrugada de calor. Nadie se le acercó hasta que oyó la voz tranquilizadora de Esteban, muy cerca:

—Gaspar, estoy aquí. Tenemos que esperar en el tercer piso.

Subieron al ascensor callados. Esteban estaba despeinado y con la camisa arrugada. Llegaron a la pequeña sala de espera de terapia intensiva y Gaspar vio entrar y salir durante horas a las enfermeras y enfermeros vestidos de verde hasta que apareció la doctora Biedma, con su pelo bien corto y el uniforme blanco. Parecía tranquila y, antes de mirar a Gaspar, le dijo que sí con la cabeza a Esteban. Gaspar habló antes que ella.

—¿Puedo pasar a verlo?

—Ahora no. Mañana. Está sedado, descansando. Gaspar, tu papá tuvo un edema agudo de pulmón, ¿sabés lo que es o querés que te lo explique?

—Ya sé lo que es, tuvo antes y ya me explicaste. No me olvido de las cosas.

Y después ella se dirigió a Esteban y le dijo que Juan estaba muy grave, que por suerte —Gaspar atesoró ese «por suerte»— lo había causado una arritmia, que iban a probar nuevas drogas y que la insuficiencia cardíaca estaba descompensada. Después, con una confianza —¿tanto se conocían?— que sorprendió a Gaspar, le apoyó una mano en un hombro y le dijo: no hace falta que se queden acá, pero vayan a un lugar con teléfono. Esteban le contestó que iban a estar en casa de Juan. Ella, antes de volver a entrar a la terapia, le dijo a Gaspar: estuviste muy bien, querido. Muy tranquilo y, sobre todo, muy rápido.

—Recién dijiste que estaba grave.

—Está muy grave tu papá, Gaspar, pero podría estar muerto.

Gaspar se había cruzado de brazos y miraba a la médica con un enojo que no entendía de dónde le salía, una rabia que apenas podía contener; no quiso seguir hablando. Siguió a Esteban hasta su coche, un Mercedes gris. El estacionamiento de la clínica era muy grande y el ruido de las llaves producía eco. Esteban apenas le había hablado en la sala de espera, a pesar de que habían pasado horas ahí. Nunca le hablaba demasiado. Gaspar se acomodó en el asiento de adelante y pensó en lo poco que conocía al mejor amigo de su padre. Trabajaba en el consulado de España; alguna vez le había explicado que era como una embajada, pero menos importante. Se habían conocido en Europa, cuando su madre estudiaba en Inglaterra. No tenía familia, no estaba casado. Y eso era casi todo lo que Gaspar sabía de él.

—¿Por qué no vamos a tu casa? —preguntó.

Esteban encendió el auto, después un cigarrillo y dijo:

—Porque tu padre no quiere que sepas dónde vivo.

La sinceridad de la respuesta sorprendió a Gaspar; se quedó mirando a Esteban, que fumaba sin apuro por arrancar el auto.

—¿En serio?

—¿Acaso te extraña? Venga, a tu casa, entonces.

Ya había amanecido y Gaspar se puso una mano sobre los ojos, a modo de visera, para evitar que le diese el sol: hacía horas que no comía y eso podía darle dolor la cabeza. Se lo dijo a Esteban, que, rápido, estacionó frente un bar para desayunar. No sabe qué hacer conmigo, pensó Gaspar, y está muy preocupado. Aunque tenía hambre, le costó tragar la medialuna. Ojalá se muera, pensó. Ojalá papá se muera de una vez y se termine todo esto y yo pueda vivir con el tío o con Vicky o solo en casa y no tenga que pensar más en habitaciones cerradas, voces en la cabeza, sueños de pasillos y muertos, familias fantasmas, párpados en cajas, sangre en el piso, adónde se va cuando se va, de dónde viene cuando vuelve, ojalá pudiese dejar de quererlo, olvidarlo, ojalá se muera. La medialuna le pasó por la garganta con dolor. Esteban tomó su café negro de un sorbo y volvió a fumar. Pagó sin llamar al mozo, dejó el dinero sobre la mesa y le hizo señas a Gaspar para que subiese al auto y lo esperase: tenía que hacer un llamado desde el teléfono público del bar. Debía ser a su trabajo, pensó Gaspar, pero ¿y si le estaba avisando a alguien sobre su papá? No tuvo tiempo de comprobarlo: Esteban volvió al auto muy rápido, la conversación había durado pocos minutos. Igual de rápido llegaron a su casa: había poco tráfico, pero además Esteban manejaba con precisión y cierta brutalidad riesgosa que a Gaspar le encantó. Seguían sin hablarse. Pero cuando entraron a la casa, Esteban dijo:

—Duerme un poco, te despertaré si alguien llama.

—¿Por qué no hablás como argentino? —preguntó Gaspar, mientras se sacaba las zapatillas. No tenía sueño.

—Nunca pude acostumbrarme a usar el «vos». Algunos giros se me escapan, se mezclan, mejor dicho. Tú y yo nunca hablamos mucho.

—¿Por qué?

—Porque eres un niño. No me llevo bien con los niños.

Gaspar dijo que sí con la cabeza y después:

—No te creo. Bueno, a lo mejor no te llevás bien con los chicos, pero yo no soy un chico. Él no quiere que me hables. Yo sé. No entiendo por qué, pero me doy cuenta.

Esteban no pareció incomodarse. Gaspar pateó las zapatillas y cruzó corriendo el living hasta su habitación, descalzo. Se sentó en la cama. No iba a poder dormir. No sabía qué hacer. Esteban apareció en la puerta del cuarto: lo había seguido.

—Tienes muchos discos —le dijo.

—Me compré un equipo para Navidad y algunos discos son míos, pero la mayoría eran de mi mamá.

–¿Quieres escuchar música?

Gaspar intentó seguir ofendido, pero Esteban también parecía incómodo y estaba intentando ser amable. Esto no es culpa suya, pensó Gaspar. Es culpa de papá y la locura que tiene.

–No pude probar los parlantes todavía porque a papá le molesta la música, no le gusta, qué sé yo. ¿Siempre fue así?

Esteban se sentó en el suelo y tomó la mitad de la pila de discos. La apoyó sobre sus piernas cruzadas. Es mucho más joven de lo que parece, pensó Gaspar.

–Cuando éramos más jóvenes, tu madre y yo escuchábamos mucha música. Era ella la que compraba los discos y la que iba a los conciertos. Él siempre prefirió el silencio y, desde que ella no está, bueno, es que la música se la recuerda, supongo. ¿Sabes cuáles eran las canciones favoritas de tu madre?

–Algunas las marcó. Papá no me dice nada.

Esteban buscó en la pila de discos y puso a su lado, sobre el piso, algunos elegidos. Gaspar señaló *Ziggy Stardust*.

–Este me encanta. Ella lo anotó mucho.

–Era amigo de tu madre este artista. Amigos, bueno, como podíamos serlo en aquellos años, pero se conocían. Luego él se hizo famoso y dejaron de verse.

–Creo que acá no es conocido.

Esteban puso un disco de Led Zeppelin.

–Cuando a tu madre le gustaba mucho una canción, y esta le gustaba, la ponía una y otra vez hasta volvernos locos.

Gaspar miró la anotación junto al título. Eran unos diez signos de admiración, en rojo.

–Yo no hago eso –dijo Gaspar–. No sé si me gusta tanto la música. ¿Es raro? Me gustan más las películas. O los libros. ¿A vos?

–¿La música? Pues no tanto.

–¿Y qué te gusta?

Esteban pensó.

–Las casas –dijo–. La arquitectura.

–Como a mi tío.

—Ah, este disco. Yo se lo mandé a tu madre desde Barcelona cuando salió. Tu debías tener menos de un año. No sé cómo llegó sano y salvo.

—¿Se lo mandaste por correo?

—Con algunas otras cosas.

—A la mamá de mi amiga Vicky le gusta mucho Serrat.

—Y a ti no.

—Es un poco aburrido.

—Es muy aburrido. Aquí sin embargo hay una canción bien bonita, una favorita de tu madre. Si te aburre buscamos otro.

Stephen se detuvo en varias portadas, pero se sorprendió cuando llegó a *Space Oddity*.

—Ese mamá lo marcó todo. Fíjate, anotó cosas al lado del título de cada canción.

—¿Ya lees inglés?

—Sí, pero esa letra es difícil.

—El chico de ojos salvajes de Freecloud. A ver. «El pueblo no detectado por las estrellas». Vamos a escucharla.

Gaspar trató de entender la historia, pero incluso con la ayuda de Esteban le costaba. Un joven ahorcado, que iba al patíbulo sonriendo. «Es la locura en sus ojos». Un día que terminaba para algunos, una noche que empezaba para uno. Vio cómo Esteban sacudía la cabeza y daba vuelta el disco para poner otra canción. «A Letter to Hermione».

—¿Esta es para su novia?

—Así es, y una novia verdadera, además. Una chica bellísima. ¿Ya tienes novia, Gaspar?

—Tenía, pero no me enamoré ni nada.

—¿Y cómo es eso?

—No me pongo triste pensando en ella así, como en la canción. Está buena la canción pero son feos los instrumentos.

—Muchos deberían grabar otra vez todo su catálogo. No ha envejecido bien. Siempre es triste enamorarse.

—¿Y vos?

—No tengo pareja, no.

—¿Querés tener?

—No, es demasiado complicado.

—¿Es complicado por lo que dice la gente y eso? ¿Te tratan mal? Papá dice que son todos prejuiciosos y que la gente es estúpida.

—Lo que diga la gente me tiene sin cuidado, pero enamorarse es un rollo atroz, Gaspar. En eso tienes razón.

—¿No estás enamorado de mi papá?

Esteban sonrió. No parecía sorprendido. A Gaspar le había costado hacer la pregunta, tanto que había tenido que apretar los puños y mirar por la ventana.

—Qué dices. No.

—Pero algo pasa. A mí me gustaría que él, no sé, no me gusta que esté solo.

Esteban lo miró con franqueza, pero no dijo nada.

—¿A mi mamá le gustaba mucho esta canción?

—También le gustaban cosas más alegres. A ver qué hay por aquí.

Escucharon durante dos horas. Los Rolling Stones, los Beatles —que a Gaspar le pareció música para chicos, y así se lo dijo a Esteban, que asintió y dijo entonces pasemos a cosas más serias—, Donovan, Leonard Cohen, Bob Dylan, Pink Floyd, Janis Joplin, Jimi Hendrix, Led Zeppelin, Caetano Veloso, Maria Bethânia. Gaspar se acostó vestido mientras Esteban ponía canciones y, en un momento dado, le pidió que bajara un poco el volumen porque había empezado a bostezar. Gaspar cerró los ojos escuchando a una mujer que cantaba en portugués: *Para além dos braços de Iemanjá / Adeus, adeus...*

Los días siguieron como solían seguir cuando su padre estaba internado; Gaspar se sentía libre y preocupado, sensaciones que, intuía, no debían ocurrir juntas. Las breves visitas, su padre semisentado y adormecido, algunos pacientes quejándose alrededor, lavarse las manos antes de entrar y escuchar a la médica antes y después diciéndole lo de siempre: las primeras veinticuatro horas son las más importantes, estamos probando nueva medicación. Después de la primera visita, Esteban lo dejó en la casa de Vicky. Qué va a pasar cuando ellos se vayan de vacaciones, le preguntó. Se van en diez días más o menos. Adela y Betty viajan con ellos. Qué pasa si papá no salió de la clínica. Saldrá, dijo Esteban. Gaspar no discutió. Pasaba el día con Vicky y Virginia, que había recibido para Navidad un regalo sencillo, un juguete de plástico con forma de lupa pero sin vidrio que, acompañado de un baldecito con agua jabonosa, servía para hacer burbujas. Y se la pasaba haciendo burbujas en el patio, bajo la mirada curiosa de las perras.

Gaspar iba a la clínica todos los días: a veces lo pasaba a buscar Esteban, a veces lo llevaba la madre de Vicky, a veces pasaba el chofer de su padre. Él quería ir solo, pero no lo dejaban al menos hasta que su padre estuviese mejor. Esteban le dijo bien claro: estás bajo mi responsabilidad y no voy a dejarte solo por la calle. No me importa si eres el rey de la bicicleta.

Al quinto día, la médica decidió que su padre ya podía pasar a sala común y Gaspar se preparó para la insistencia en dejar la clínica. Su padre odiaba las camas, demasiado cortas para su estatura, odiaba la incomodidad y los horarios y los ruidos y se ponía tan nervioso que varias veces se había decidido darle el alta solamente porque el estrés le impedía recuperarse. Pero la doctora Biedma era disciplinada y sorda a los caprichos. Te vas a quedar porque no es tu decisión, le dijo una tarde, mientras Gaspar hacía como que miraba por la ventana para que su padre no viera que sonreía.

Gaspar respetaba los horarios de visita, las horas de la tarde, porque pasar más tiempo en la clínica lo aburría. Esteban se había encargado de llevarle a Juan la ropa, los libros y los cuadernos que quería y necesitaba, así que a Gaspar solamente le quedaba esperar.

—No hace falta que vengas todos los días —le dijo su padre en una visita—. Quedate en casa de tu amiga, jueguen. Tienen una pileta, ¿no?

—Ya estuve en la pileta hoy. Hay mucho sol, me hizo doler la cabeza. ¿Me puedo tirar un rato acá?

Como siempre, su padre no compartía la habitación; había otra cama, vacía pero tendida. Esteban se quedaba algunas noches. A veces, también una enfermera contratada para no dejarlo solo o incluso la doctora Biedma, que, en situaciones de crisis, se dedicaba exclusivamente a su padre. Le debían pagar una fortuna.

Su padre cambió de actitud y con la mano le pidió que se le acercara.

—¿Por qué no me dijiste antes?

—Recién empieza, nomás me molesta el ojo, si duermo se me pasa.

Tocó el timbre que tenía a su lado, sobre la almohada, para llamar a la enfermera. La mujer, vestida de celeste, llegó enseguida. Mi hijo tiene una migraña, le dijo, y le pidió algo para aliviarlo; ella volvió a salir y regresó con un vaso de agua y una pastilla. También le alcanzó un pañuelo húmedo, muy frío, para ponerse en la frente. Gaspar lo usó como capucha, sobre la cabeza, y la enfermera sonrió antes de irse.

—Andá a la cama.

Gaspar no hizo caso y se sentó sobre el colchón de la cama de su padre. Él le acarició la mano con cuidado. Esta vez tenía vías de suero o medicación clavadas en los dos brazos, la piel cubierta de moretones, algunos ya verdosos. Gaspar se acomodó el pañuelo frío sobre la cabeza y estudió la cara de su padre. Le pareció que estaba más cansado que nunca; notó que el duro plástico del tubo de oxígeno le estaba lastimando la piel delicada de la nariz. Lo sorprendió que la mano que acariciaba se desprendiera de la suya, lo tomara de la nuca y, suavemente, lo obligara a recostarse. Gaspar descansó sobre el hombro de su padre. No se levantó cuando entró Esteban; con la sensibilidad extrema que acompañaba sus migrañas sintió el tenue olor a cigarrillo. El analgésico lo adormeció un poco y se despertó apenas cuando Esteban lo cargó en brazos y lo acostó en la otra cama, sobre el colchón duro, la cabeza apoyada en la almohada fría.

No se durmió enseguida: quería disfrutar de la frescura de la almohada. Y escuchó, como en sueños, hablar a Esteban y su padre.

Ya conseguí lo que necesito y sé cuál es el sacrificio necesario, también

El esfuerzo casi te ha matado.

Lo conseguí, me lo dieron, finalmente. Espero en estos días completar el signo solo.

–¿Qué sacrificio? –preguntó de repente Gaspar, y los dos hombres lo miraron boquiabiertos, con una sorpresa que los hacía parecer muy jóvenes y muy lejos del cansancio, el oxígeno, la clínica al atardecer. Tenían un asombro casi cómico en la cara.

–¿Has escuchado? –preguntó Esteban.

–No estoy durmiendo –se rió Gaspar.

–Mierda –dijo Juan.

–¿Tú sabías sobre esto? –preguntó Esteban.

–¿Es un chiste? Claro que no. Arréglalo.

–Eso se dice fácil. Arréglalo. Vale.

–¿De qué hablan? ¿Qué sacrificio?

Esteban se levantó y se acercó a Gaspar. Instintivamente buscó un cigarrillo en el bolsillo de su camisa y chasqueó la lengua cuando recordó que en la habitación no podía fumar.

–Es que el imbécil de tu padre está hablando tonterías sobre cómo tu tío va a tener que cuidarte cuando él pase a mejor vida, el sacrificio que va a significarle. Escucha, yo lo conozco desde hace veinte años y desde entonces se está muriendo, así que el sacrificio será nuestro, porque tendremos que seguir aguantándolo.

Gaspar se rió. El analgésico lo tenía un poco drogado.

—Debemos tener más cuidado por unos días —dijo Esteban—. Joder.

Gaspar se zambulló en la pileta de Vicky y, en cinco brazadas, llegó al final. Era buenísima para refrescarse, pero para nadar no servía. Tenía que esperar a que abrieran la del club, en marzo, para volver a nadar de verdad. Estaban los cuatro en la pileta. Pablo sumergido hasta el cuello, Vicky sobre un flotador con sus sandalias de plástico, Adela caminando por la parte baja, con una malla entera color fucsia.

—Ella estaba superasustada, pero la llevé igual, de día es diferente la casa. Y te juro que el zumbido viene de ahí.

—A lo mejor es un generador, hay muchos cortes de luz —dijo Gaspar.

—¿Qué es un generador?

—Es como un motor que da electricidad, algunos negocios los tienen para que no se les pudra la mercadería cuando hay apagones. Como la casa está abandonada, a lo mejor pusieron uno en el patio.

Pablo metió la cabeza abajo del agua para mojarse el pelo y peinarlo hacia atrás. Lo tenía largo y muy enrulado.

—Si tienen tantas ganas de meterse, ¿por qué no entran y listo? —preguntó.

—Solas nos da miedo —dijo Vicky.

Gaspar suspiró.

—Se llenaron la cabeza con lo que se cuenta en el barrio de la casa.

—¿A vos no te da miedo? —preguntó Adela—. Mi mamá dice que es raro que no te dé miedo.

—Me da un poco de miedo —dijo—. Yo también estoy sugestionado.

—¿Sabés alguna historia? —quiso saber Vicky.

—Hay muchas —dijo Pablo—. Mi mamá dice que los dueños tapiaron la casa porque no querían que nadie entrase, porque a ellos les pasaron cosas horribles ahí. No me quiso decir cuáles eran las cosas horribles.

—Adela no escucha el zumbido —dijo Vicky—. Pero es malo. En serio que es malo. No es un generador. Es de algo vivo. A veces me parece que canta. ¿Ninguno lo escuchó?

Pablo y Gaspar respondieron, sinceramente, que no. Gaspar pensó, además, que si hubiese oído algo, no lo diría delante de Adela. No quería entusiasmarla aún más.

Gaspar salió de la pileta y no aceptó la toalla que le ofreció Pablo. Prefería secarse al sol.

—Yo las llevo —dijo—. Cuando mi papá salga de la clínica.

Adela empezó a saltar en el agua, tan salvajemente feliz, como si le hubieran dicho que había ganado un premio hermoso. Como si le hubiesen anunciado que, gracias a un avance médico hasta entonces desconocido, podía recuperar su brazo.

—Nos vamos de vacaciones en unos días —dijo Vicky—. ¿Tu papá va a salir pronto?

—No sé. Lo hacemos cuando vuelvan, si no.

—Yo los acompaño —dijo Pablo.

—A vos te da miedo.

—Todos tenemos miedo —suspiró Pablo—. Me parece que, si no nos metemos en la casa, no se nos va a pasar.

Llevaba diez días internado y se había recuperado más rápido de lo que la doctora esperaba, eso le había dicho una enfermera. Ya estaba loco por irse y le había hablado a Gaspar de que ese año iban a pasar unos días en una quinta. La quinta de quién, quiso saber Gaspar. Técnicamente, de tu mamá. O, mejor dicho: técnicamente tuya. De tu familia materna. ¿No es que se llevan pésimo?, preguntó Gaspar, y su padre le dijo que sí, que se llevaban pésimo, por eso nunca los vemos, pero no van a negarme un lugar de recuperación. Los iban a acompañar Esteban y a lo mejor Tali si podía venir. Hacía mucho que Gaspar no veía a Tali; llamaba por teléfono seguido, pero su padre siempre se encerraba para hablar con ella. La doctora Biedma lo visitaría a diario y habría una enfermera todo el día. Hay pileta, le dijo su padre, y también caballos, el cuidador te puede enseñar a cabalgar. A Gaspar le gustó la idea. Su padre ya había superado el momento afectuoso del día del dolor de cabeza y trataba mal a todos. Gaspar estaba acostumbrado, pero prefería no tenerlo cerca. Cómo odiaba esas películas y telenovelas con los enfermos heroicos que soportaban callados el sufrimiento y les daban ánimo a los demás. Él conocía lo suficiente los hospitales y la enfermedad como para saber que la mayoría de los enfermos eran mandones y malhumorados, y que intentaban lograr que los demás se sintieran tan mal como ellos.

Lo último que recordaba de antes de salir hacia la quinta era el auto. Subirse al auto con el chofer, con la doctora y con Esteban. Había preguntado por su padre, que viajaba en otro auto, solamente con la enfermera, para estar más cómodo. Le pareció raro, pero Gaspar sabía aceptar lo raro. Quiso saber cuánto faltaba para Chascomús y le dijeron que menos de dos horas. Y cuando salieron de la ciudad, se durmió.

Ahora se despertaba en una cama desconocida, una cama matrimonial, en una habitación muy grande que, cuando quiso verla bien, dando vuelta la cabeza, empezó a girar; el mareo lo dejó quieto, boca arriba. El dolor era diferente: no era una migraña, venía desde afuera, un apretón de dos ganchos de hierro sobre las sienes, y se dio cuenta de que estaba desnudo bajo la manta y las sábanas. ¿Una manta en pleno verano? ¿No era que iban a Chascomús? No era lejos, no cambiaba el clima. Se destapó y trató de enfocar: no era un mareo común, se parecía a cuando se había emborrachado con Pablo con licor de café. Esa vez él había vomitado y Pablo se había reído y después se había puesto a llorar y terminó vomitando también. Si no movía la cabeza, era mejor: había aprendido eso. El dolor era fuerte, pero de ninguna manera peor de lo que ya sabía soportar.

Tenía los brazos llenos de moretones. De todos los tamaños pero, entre los hombros y los codos, moretones sin duda causados por manos: alguien lo había agarrado. Alguien lo había sostenido.

contra el suelo, no, contra una mesa, una mesa oscura, varias manos mientras él peleaba, ¿qué le querían hacer?, no podía recordarlo pero sí las manos

Uno de los moretones en forma de mano se parecía mucho a la marca, a la quemadura, que tenía su padre en el brazo. Estaba casi en el mismo lugar. Es su mano, pensó Gaspar, son sus dedos, los conozco.

los siento, no es solo que los conozco, es su mano, él también intentaba sostenerme, por qué quería pararme, adónde me quería escapar

Casi gritó cuando se vio el resto del cuerpo, el pecho, el estómago. Estaba lleno de rasguños y con moretones; no entendía qué podía haberlo lastimado así. No sangraba porque alguien le había hecho curaciones y, además, las heridas no eran muy profundas. Raspones. ¿Uñas? ¿Se había quedado atascado en alguna parte y esas lastimaduras eran el tirón para sacarlo? ¿Y los golpes en el pecho y las costillas?

Me tengo que escapar, pensó. Estoy desnudo porque no quieren que me escape, pero a mí no me importa pasar vergüenza, me tengo que ir. Secuestrado, a lo mejor. No reconocía nada en la habitación, no estaba su ropa. Pero tampoco estaba atado. Salió de la cama y, no bien pisó el suelo, se abrió la puerta –oyó la llave– y entró su padre, con la doctora Biedma detrás.

Y entonces la certeza fue tan clara como saber que tenía cinco dedos en cada mano o que los dientes se usaban para masticar o que la sombra era más fresca que el sol. Le bastó mirar a su padre para saber que era el responsable, para saber que él lo había atacado. No estaba secuestrado por desconocidos.

No podía recordar por qué, no podía imaginar por qué, pero era la verdad: él lo había lastimado. Vio a su padre satisfecho. Hacía tiempo que no le veía esa expresión, la boca relajada y sonriente.

Trató, primero, de retroceder en la cama; no le dio vergüenza que la médica lo viese desnudo. La ventana estaba cerca, pero tenía rejas. Si quería escaparse, tenía que salir por la puerta y pasar entre su padre y la médica. Pensó que debía intentar una huida inteligente, hablar con ellos, engañarlos y una vez afuera correr, pero algo básico le gritaba que había peligro y todo el cuerpo se le tensaba con el miedo y la anticipación.

Saltó de la cama pero era un movimiento inútil y lo sabía, iban a cerrarle el paso. Tenía que intentarlo aunque hiciese falta pelear a los mordiscones. No pudo sostenerse parado: el dolor en uno de sus pies lo puso de rodillas. Recién entonces vio que tenía el tobillo hinchado como una pelota de tenis. Era un esguince, lo reconocía porque se lo había visto a compañeros de fútbol y además, si estuviese roto, tendría un yeso. Escuchó que la médica decía está asustado; ella intentó devolverlo a la cama y Gaspar se resistió como un gato, se la sacó de encima de un empujón y la atacó directamente a la cara; ella tuvo que usar toda su fuerza, que, notó Gaspar, no era poca, para sentarlo. Quedate quieto o te voy a tener que dormir, le dijo. Y después empezó a explicarle lo que había pasado —lo hacía tranquila y con largas pausas, buscándole los ojos— pero Gaspar no la miraba, miraba a su padre, que estaba de brazos cruzados con una tranquilidad espantosa. ¿Por qué no se le acercaba? ¿Por qué no trataba de pararla? La doctora seguía hablando y Gaspar ahora sí escuchó porque era mejor saber, siempre era mejor saber. Ella decía, con paciencia, que estaba lastimado porque había tenido un accidente. Un accidente de auto, dos días atrás, cuando estaban llegando desde la clínica a esta quinta. Estamos en una quinta, le explicó. La quinta a la que iban a venir con tu papá: tu auto chocó por el camino. Esteban también está lastimado, pero no tanto como vos. Yo no me hice nada de casualidad. De todos modos, no tenés fracturas ni ningún golpe importante aunque, como te golpeaste la cabeza, tuvimos que dejarte en el hospital en observación.

No estuve en ningún hospital, dijo Gaspar. Ella insistió: sí estuviste. No te acordás del accidente ni de la internación. Es común tener periodos de amnesia después de una contusión, aunque fue leve. Es posible que lo vayas recordando de a poco, o que no lo recuerdes nunca.

Gaspar miró fijo a la médica y después a su padre, que no parecía inquieto. Sintió, ahora, que la humillación le llenaba las mejillas de sangre.

Me están diciendo que tengo amnesia como en las telenovelas. Me tratan de estúpido. Después apuntó con un dedo a su padre, que seguía impasible. Fuiste vos, le gritó. Vos me lastimaste.

Su padre por fin habló. Despacio, como la médica. Los moretones son de cuando te sacamos del auto. Los golpes, del choque. Yo no manejaba, no te lastimé.

Mentira, dijo Gaspar, y volvió a salir de la cama. Apoyar el pie era terrible, pero lo intentó. Dio tres pasos: la médica, siguiendo una mínima orden de su padre, apenas un gesto de su mano, le permitió moverse. Gaspar llegó saltando a la puerta: afuera, en el pasillo, estaba Esteban, con una venda en el cuello y el brazo izquierdo —llevaba una remera de manga corta, oscura— lleno de raspones ensangrentados. Cuando lo vio, Gaspar dudó: ¿y si era cierto lo del accidente? No. Amnesia, le habían dicho. No le podían mentir así, eran ridículos. Actuó rápido: de un lado, el pasillo llevaba a otras habitaciones, pero a la derecha había luz, ¿un patio? Corrió. Ahora no le dolía pisar. Su profesor de gimnasia le decía siempre que no tenía que correr lesionado, que no se sentía dolor por la adrenalina, pero no le importó. No era un patio: era una sala luminosa, con un ventanal enorme de vidrios de dos tipos, uno traslúcido, el otro color mostaza, en forma de tabla de juego de damas; el piso del lugar, alcanzó a ver en la corrida, era de una cerámica que formaba dibujos como los de un caleidoscopio. La puerta estaba abierta y daba a un parque. Gaspar, antes de acelerar todo lo posible –rengueaba, no podía correr–, oyó que su padre gritaba ¡dejalo! y pensó que el grito seguramente iba dirigido a Esteban, que, creía, lo había seguido. Afuera siguió un camino de cemento hasta una mesa con sillas, todas de piedra, decoradas con azulejos rotos, y después un árbol con una hamaca y después el límite del parque, cerrado por un alambre que, incluso lastimado, no le costó abrir y cruzar. Después, campo abierto, un descampado, mejor dicho, y Gaspar corrió todo lo que pudo, que no era mucho, el pie lo hacía gritar pero, cuando corría, recordaba, *estaba sobre una mesa, y su padre en otra y había gente, no mucha, parecía algo médico, una operación, su padre estaba como dormido, él trataba de despertarse pero no podía, no veía bien las caras de la gente, ¿o estaban demasiado lejos? Recordó que alguien lo agarraba de los brazos, fuerte, como si los dedos fuesen de metal, dedos que se cerraban sobre sus brazos. ¿A lo mejor era en el auto?*

No, lo del auto era mentira. Todavía se sentía sucio bajo la piel, no podía explicarlo, ¿le habían inyectado aceite? Se miró los brazos. Tenía pinchazos. Corrió. Se le volvió a doblar el pie, y se cayó, y cuando intentó levantarse ya no podía, el dolor ahora lo inmovilizaba. No tenía sentido arrastrarse. Había caído de boca, le sangraban los labios, se dio vuelta. Miró el cielo. Estaba gris oscuro, una masa compacta sin nubes que parecía muy cercana, a punto de aplastarlo. Una sola vez había visto el cielo así, en la ciudad, y de esa oscuridad baja había caído un granizo potente, pedazos de hielo, algunos tan grandes como pelotas de golf o ciruelas. Le dolía todo el cuerpo y más todavía por la caída y el pie le ardía pero intentó volver a levantarse cuando apareció la cara de su padre, sus ojos transparentes y mimetizados con el gris del cielo. Gaspar gimió al tratar de levantarse y volvió a caerse, de espaldas. Quería creer en la historia del choque y la amnesia, pero, con una certeza que reconocía y que no pensaba dejar de lado, sabía que su padre lo había lastimado. Profundamente y de una manera inimaginable, una manera de la que los moretones y las lastimaduras y el chichón en la cabeza eran un rastro mínimo y superficial.

No pudo levantarse: el dolor en el pie le hizo perder el equilibrio. Y entonces su padre, con una fuerza increíble –¿no se estaba muriendo?, ¿no tendría que estar débil?– lo retuvo en el suelo, sobre el pasto, apoyándole su enorme mano sobre el pecho, una pata de elefante, la rueda de un camión.

–Gaspar, lo que sentís no voy a discutirlo. Pero yo no te hice daño. Te estoy cuidando lo mejor que puedo y hasta donde sé cómo hacerlo.

–¿De qué me estás cuidando?

Gaspar sintió que la mano de su padre lo liberaba, se iba, aflojaba la presión sobre el pecho, pero no se escapó. Se sentó. Estaba llorando y recién se daba cuenta: las lágrimas le empapaban el cuello. Su padre parecía tranquilo y frío, como había estado antes.

–No te creo –dijo Gaspar.

–Está bien. Yo tampoco creería en algo que no entiendo. Pero necesito que confíes en mí. ¿Qué tengo que hacer para que confíes? Cuando me muera, voy a dejarte protegido. Es lo último que voy a hacer y sé que voy a llegar a tiempo.

Gaspar vio a Esteban parado al lado de su padre. Miraba hacia arriba, oliendo la tormenta. Estaba mudo y los huesos de la mandíbula le endurecían la cara. Se había sacado la venda del cuello y la herida –la herida del supuesto choque– se veía fea, oscura, con los bordes bien rojos. Parecía una mordida.

–Probámelo. Si estuve en el hospital y me hicieron radiografías, las quiero ver.

–Está bien. Vamos ahora.

Gaspar vio cómo su padre se ponía de pie. Esteban se le acercó y Gaspar no aceptó su hombro para apoyarse. La quinta quedaba a una media cuadra, había corrido muy poco. Quiso dejarlos atrás, para que no tuviesen ventaja. Se cayó dos veces durante la corrida: la electricidad de la tormenta, la humedad y el golpe en la cabeza lo mareaban. Esteban y su padre dejaron que la ventaja fuese suya.

Esteban lo llevó hasta el cuarto para que se vistiera: tenía la ropa en un bolso, todavía nadie la había sacado ni la había acomodado en los cajones, que estaban vacíos, y después lo ayudó a subir al asiento de adelante del auto. No desconfiaba tanto de Esteban, al menos no tanto como de su padre. La herida que tenía en el cuello de alguna manera lo hacía sentir que, a lo mejor, él lo había defendido. Su padre no tenía un raspón.

Le habían crecido las manos, las manos muy grandes, tenía esa imagen, ese recuerdo, ¿de dónde salía esa imagen? ¿Su padre con dedos muy largos, como de animal? ¿Con uñas doradas? No quiso mirarlo. Ahora el cielo estaba negro y la doctora Biedma dijo lo obvio, que se venía una tormenta, que se apuraran. Ella y su padre iban en el asiento de atrás. Su padre se acariciaba la barba corta que se había dejado crecer. ¿Cómo podía estar tan tranquilo? Gaspar se puso de rodillas sobre el asiento, se abrazó al respaldo y asomó la cabeza: así quedaba en línea con la cara de su padre.

–¿Qué me hiciste? Decime qué me hiciste.

Su padre estaba perdiendo la paciencia y Gaspar notó el bochorno caluroso del auto y el peligro en el aire, la electricidad de la tormenta que le erizaba los pelos de los brazos, y por un segundo pensó en abrir la puerta y tirarse a la calle.

–No te hice nada. Estás equivocado y sos estúpido.

–No me digas estúpido.

–Te estás portando como un estúpido.

–Entonces ayudame.

–Yo te saqué del auto. Y te acordás.

–Mentira. No me acuerdo.

Esteban tomó a Gaspar de los hombros, con fuerza, y lo obligó a darse vuelta y sentarse. Ya es suficiente, le dijo. Hemos llegado.

Gaspar se sorprendió, el hospital debía quedar a menos de cuatro cuadras de la quinta. Qué cerca, dijo en voz baja, y la doctora Biedma le contestó que, de otra manera, no lo habrían llevado a la quinta. Y tampoco su padre habría elegido para descansar un lugar lejos de algún centro de salud. Lo dijo así: «centro de salud». Gaspar decidió que ella era creíble y también le pareció creíble la historia de que el hospital estuviese cerca, pero, si eso era cierto, podía ser cierta toda la historia, entonces ellos tenían razón; y no quería escuchar ni pensar nada razonable, todavía el cuerpo le apestaba a peligro y sentía que si se cortaba la piel del brazo aparecería debajo una película negra como de gelatina, se sentía infectado, con un río negro latiendo en las venas. Se levantó la remera para verse las lastimaduras. Todavía la sangre, seca, era roja.

Esteban otra vez fue quien lo ayudó a subir la escalera de la entrada del hospital saltando. Su padre no intentó acercarse y la doctora Biedma tomó la iniciativa, pero Gaspar podía ver todos sus movimientos y escucharla, nunca había estado tan alerta. Hospital de Agudos Pedro Galíndez, decía un cartel, pero no agregaba dónde quedaba, dónde estaban. En la mesa de entradas la doctora Biedma preguntó por otra médica, de neurología, y, cuando dijo su propio nombre, le pidieron que esperase cinco minutos. Gaspar seguía parado en una pierna y apoyado en Esteban. Su padre se había sentado en un banco largo, de madera, y parecía agotado pero Gaspar no se preocupó, sentía que todo era una actuación, incluso los labios vagamente azulados de su padre y ese hospital tan sólido y viejo, una maqueta, es todo una maqueta, pensó.

De pronto oyó golpes de martillo que enseguida se convirtieron en un tiroteo: por fin se había desatado la tormenta y granizaba, una tormenta de verano tan fuerte que desde la puerta abierta del hospital se veían volar ramas de árboles arrastradas por el viento, como chupadas por una boca gigante.

La neuróloga llegó muy rápido. Tenía el pelo canoso, corto. Escuchó lo que tenía para decirle la doctora Biedma: está confuso, está asustado, y pidió que la acompañaran. El consultorio quedaba en el primer piso, desde la ventana se veían los rayos y el cielo negro, era de noche en pleno día. Gaspar entró solo con la doctora Biedma: su padre y Esteban esperaron afuera. En las paredes había pósters de cerebros y los títulos de la doctora, que, cuando Gaspar se sentó –lo obligó a apoyar el pie sobre otra silla–, dijo normal, normal, normal. Gaspar saltó hasta las radiografías que brillaban en la pared, iluminadas desde atrás. Chequeó que tuviesen su nombre y la fecha. Gaspar Peterson. 17/1/1986. Eran suyas, ¿o podían trucar eso tan rápido?

La neuróloga le explicó que los golpes en la cabeza producían amnesias temporales, que era lo más normal del mundo. Otra vez la telenovela, dijo Gaspar, y la médica, para su sorpresa, se rió. Lo usan mucho en las telenovelas, ¿no? Pero no es algo raro. Es posible que no te acuerdes nunca del accidente.

–Tampoco me acuerdo de haber estado acá.

–Una vez traté a un jugador de fútbol que se golpeó la cabeza en una final de campeonato y se olvidó del partido. Un poco peor que olvidarse un accidente.

Gaspar sintió que se relajaba un poco, pero se resistió.

–No es eso solo –dijo.

La doctora Biedma intervino:

–Cree que lo lastimamos nosotros.

Gaspar no dijo nada. Prefería no revelar la extensión de su desconfianza. La neuróloga le dijo que entendía que para él era real lo que sentía. Le explicó que a veces los golpes más insignificantes producían efectos que podían dar mucho miedo. Ayer no recordabas nada, ni quiénes eran las personas que te acompañaban. Por eso creí que, como la lesión es orgánicamente insignificante, era mejor que, en vez de estar en el hospital, fueses a un lugar conocido.

–La quinta no es un lugar conocido, es la primera vez que voy –dijo Gaspar.

Un lugar familiar, siguió la médica. Con una cama normal y una habitación normal y un parque. Me dijeron que tiene pileta, ¿no? Qué suerte con este calor. Los hospitales a veces confunden más porque son lugares que a la gente le resultan demasiado desconocidos. Y tenía razón porque, aunque reaccionaste alterado, ya te acordás de quiénes son todos, ¿no?

Gaspar no respondió.

–¿Quién es ella?

–La doctora de mi papá.

–¿Y quién es el señor canoso de afuera?

–Esteban, el mejor amigo de mi papá.

–¿Y el señor rubio?

–Mi papá.

–¿Venías con él en el auto cuando te accidentaste?

–No sé, no me acuerdo.

–Qué te acordás.

–Salimos del centro en dos autos. Yo con Esteban y con ella –señaló a la doctora– y un chofer. Después me desperté en la quinta.

–¿Sabés cuándo pasó eso?

–No.

–Anteayer. Esta es la tomografía de ayer.

La médica sacó las placas y las ubicó sobre las planchas de luz. Gaspar, todavía parado en un solo pie, vio la fecha. 19/1.

–¿Hoy no me van a hacer?

La doctora le explicó que el estudio no detectaba nada anormal. Que por eso le había dado el alta. Que no hacía falta otro más. Le volvió a decir que había estado sedado esos días porque, cuando le bajaban la sedación, se excitaba.

–Como ahora. Bastante más, en realidad, pero es común que pase. Vamos al traumatólogo.

Gaspar se dejó llevar. Escuchó hielo, inmóvil, yeso no. Vio cómo su padre le decía a la doctora Biedma que se iba y ella protestaba y él, como siempre, ignoraba la queja y se iba solo, posiblemente caminando.

En el pasillo, se encontró con Esteban.

–Quiero ver el auto –le pidió Gaspar.

–Eres peor que tu padre –dijo Esteban.

–¿En qué?

–En lo testarudo.

–Qué es testarudo.

–Lo que haces ahora es de testarudo. Y basta de saltar, que me pone nervioso. No sé dónde está el auto, regresemos a la casa. ¿O te piensas que todo esto es un montaje? Ya está bien de disparates.

Esteban lo alzó; Gaspar se dio cuenta de lo fuerte que era, tenía los brazos musculosos.

–Cómo te hiciste lo del cuello.

–Con la ventanilla que se quebró.

–¿Y por qué yo sé que papá me quiso hacer algo?

Esteban se agachó. Bajo la lluvia, Gaspar vio que tenía los pelos de los brazos muy largos y muy oscuros. Solamente el pelo de la cabeza era canoso.

–Creo que lo recuerdas así porque tu padre te sacó del auto y, al hacerlo, te lastimó un poco.

–¿Por qué me lastimó?

–Porque te sacó con brusquedad. Temía que estallara el coche. Tu madre murió en un accidente y la mente juega malas pasadas. Vamos a la casa, necesitas descansar ese jodido pie.

Gaspar se apoyó en el auto y dejó que la lluvia le chorreara por la cara.

–No quiero estar con él.

—Entonces estarás conmigo o con Tali. ¿A nosotros nos tienes miedo?

—No. No sé por qué.

—Es bueno saberlo.

—Vos no me mentirías, ¿o sí?

Esteban le sonrió.

—Gaspar, claro que te mentiría si fuese necesario, pero no hay por qué mentir. ¿Qué crees que sucedió?

Gaspar empapó el asiento. El cielo volvía a oscurecerse y un trueno retumbó sobre el auto; volvieron a la quinta a ciegas, ensordecidos por el aguacero, muy despacio. En la puerta, bajo un paraguas enorme, los esperaba Tali. Gaspar sintió un alivio físico cuando entró en la casa y no escuchó ni vio a su padre; estaba en la quinta, lo presentía, pero por ahora prefería ocultarse de él.

Gaspar entró en la casa en brazos de Esteban, que enseguida lo dejó sentado en uno de los sillones de ese living de ventanas con vidrios de colores. Avisó que se iba a cambiar la ropa. Del pasillo salió una mujer alta y de pelo largo y oscuro. Tenía puesto un jean y una musculosa negra y por un momento Gaspar se olvidó de su confusión, del miedo que le daba su padre y del vacío de esos dos días que no podía recordar; se olvidó de sus sospechas. La mujer, aunque mayor de edad, era hermosa, no llevaba nada de maquillaje —a Gaspar no le gustaba cómo se veía el maquillaje, especialmente el lápiz labial— y estaba descalza.

¿Te acordás de mí?, le preguntó ella. Y Gaspar le habló de un viaje y una fiesta al lado del río, de un árbol y un gato y su casa. Viniste hace poco también, pero te ibas cuando yo llegué de la escuela, nomás nos saludamos. Sos Tali. Sí, esa soy yo, le dijo la mujer. A ver si te ponemos hielo en ese pie.

Tali fue hasta la heladera, que tenía freezer, metió cubitos en una bolsa de plástico y, con un martillo chico que encontró en un cajón, los rompió. Ella dijo así quedan hechos curubica y Gaspar sonrió porque no conocía esa palabra, que le pareció rara y tonta. Era la primera vez que sonreía en todo el día. Él mismo levantó el pie: el tobillo estaba hinchado y color violeta. Ella se lo rodeó muy suavemente con la bolsa y la ató usando las puntas. Después encendió el televisor y le dio un control remoto. No hay muchos canales, se lamentó, pero hay fútbol.

–No quiero ver a mi papá –dijo Gaspar.

Tali no le contestó. Le acomodó el hielo en el pie y después le dijo: tu papá ahora está en cama. Se van a ver cuando se quieran ver, la casa es grande. Le sonrió y Gaspar sintió que le latía el pie y la cabeza y se tuvo que mojar los labios. Ella tenía los dientes muy blancos y los ojos eran tan oscuros como su pelo.

Se quedaron sentados uno al lado del otro, en silencio. Gaspar no podía oír nada de lo que pasaba en la casa. Las paredes eran gruesas. Afuera llovía y corrían pequeños ríos de barro. Esteban apareció, seco, y se sirvió una cerveza. Tali le cambió la bolsa cuando el hielo se derritió –y se derritió rápido– y después se fue. Con papá, pensó Gaspar, y, a pesar de que seguía enfermo de aprensión y se hubiese ido otra vez sin tener en cuenta ni su pie ni la lluvia, sintió un poco de celos.

Los días que pasaron en la quinta fueron aburridos y extraños. El pie se deshinchaba de a poco; increíblemente, podía dormir de noche, a lo mejor porque entre la medicación que le daba la doctora Biedma había algún sedante. Su padre era una sombra que escribía en el parque, bajo un árbol, y apenas se lo cruzaba por la casa porque pasaba la mayor parte del tiempo en la cama. Lo extraño era que los guardaespaldas estaban en la quinta y, cuando Gaspar preguntó por qué, Esteban le dijo que creían que quizá el accidente había sido un intento de secuestro. Tienes mucho dinero. Tu padre, aunque él se rebele, es viudo de una mujer muy rica y su heredero. ¿Acaso no sabes que en este país se secuestra a gente rica? Gaspar sabía y su padre ya se lo había explicado, pero ¿ellos eran tan millonarios?

Los secuestrados de quienes había oído hablar eran banqueros o empresarios. Pues sí, le dijo Esteban, no vives como un pijo porque tu padre tiene ideas éticas. ¿Qué es un pijo? Ah, no tiene que ver con la pija, como dicen ustedes. Un cheto sería la traducción, supongo. Pero es más que un cheto. Un hijo de ricos, vamos. Tú me entiendes.

La doctora Biedma lo llevó al hospital una vez más: le dijeron que por el golpe en la cabeza necesitaba control y que por el pie tenía que hacer kinesiología. Podía empezar en el hospital local o en Buenos Aires. Empezó en el hospital del pueblo. No le hacían mucho. Le envolvían el pie en hielo aislado por plástico y se lo metían adentro de un cilindro que, enchufado, mandaba ondas de ultrasonido. Después, el kinesiólogo le pasaba un aparato untado con gel sobre la hinchazón. Gaspar se llevaba, para las largas y aburridas sesiones, libros que había encontrado en una de las habitaciones de la quinta. Sospechaba que eran de su padre, porque la mayoría eran libros de poesía y algunas novelas. Pero no podía leer. Únicamente trataba de recordar, mirando el techo, el accidente. Y lo que llegaba, cuando se adormecía, en los sueños intranquilos de la mañana, en la concentración de observar hasta que se volvía borrosa una mancha de humedad en el techo del consultorio de kinesiología, era diferente a un choque. Recordaba a su padre, pero en el recuerdo tenía unas manos enormes de uñas largas. Recordaba haber estado boca arriba, como ahora, adormecido y manoseado. Recordaba a más gente, lejos. Se daba cuenta: si era verdad que su padre lo había sacado brutalmente del coche, era posible que, con la confusión del golpe y el accidente, recordara manos de bestia. Estar boca arriba y adormecido: eso era idéntico a estar internado. Sentirse manoseado también: él nunca había estado en un hospital, pero gracias a su padre conocía los procedimientos de memoria, las enfermeras sacando sangre, los vendajes, los que entraban a tomar la presión y a colocar y sacar sueros, medicaciones, incluso a bañar, era normal que recordara un toqueteo no solo sobre la piel, sino también bajo la piel, que era mucho más asqueroso. Y la gente lejana podían ser médicos con barbijos o los que siempre se juntan alrededor de un accidente.

Después del kinesiólogo, comía lo que preparaba Tali. Esteban a veces también cocinaba. Le enseñó a hacer huevos revueltos, que eran mucho más ricos que los fritos, y a freír panceta hasta que quedaba dura, como caramelo. En la pileta había aparecido una llanta negra, para que Gaspar la usara como flotador. Algunas tardes Esteban nadaba un rato. La primera vez, Gaspar le vio la espalda marcada por dos largas cicatrices paralelas. Qué te pasó, quiso saber. Me caí de unas rocas, le dijo Esteban. Estaba saltando para lanzarme al mar, así pasaba algunas tardes en el verano, cuando era joven. Las piedras suelen ser muy resbaladizas.

—Parecen de una operación, como tiene mi papá.

—Pues no, pero las piedras pueden cortar como bisturíes. Me pasé el resto de ese verano recostado boca abajo. Fue más aburrido que este verano tuyo.

—¿Cuántos años tenés?

Esteban se secó con la toalla antes de contestar. Gaspar se dio cuenta de que siempre hacía eso, nunca dejaba que el sol le secara la piel. Ni bien salía del agua, se pasaba la toalla y después se ponía una camisa.

—Treinta y nueve.

—¿Nada más? Si tenés todo el pelo blanco.

—Mucha gente tiene canas prematuras.

—Yo no conozco a nadie.

—Quizá no conoces a tanta gente.

Gaspar empujó el agua con las manos para acercarse al borde de la pileta. Esteban estaba encendiendo un cigarrillo y Gaspar quería fumar. Le pidió una pitada y Esteban lo sorprendió ofreciéndole el atado. Los dos fumaron en silencio, tirando la ceniza al agua.

El teléfono de la quinta andaba mal desde la tormenta y Gaspar trató de llamar a sus amigos desde la central de Entel del pueblo, pero no contestaba nadie. Seguro seguían de vacaciones. Pablo se había ido a Mar del Plata con sus padres; su mamá ya estaba muy embarazada. Vicky y Adela todavía no regresaban del sur. No salía mucho más y no había podido aprender a cabalgar. Como apenas podía caminar, se la pasaba frente al televisor. No había chicos cerca: cuando se acercaba a la entrada, notaba que la quinta estaba bastante aislada o, en todo caso, que el parque era muy grande. Enfrente, cruzando una calle de tierra, había campo, algunas vacas pastaban aburridas y los caballos estaban muy quietos, tenían las patas anchas y eran bastante feos, algunos blancos y gordos. Había estudiado un poco el terreno pensando en escapar, pero cada noche el plan de fuga se desvanecía. Le daba miedo. Su padre lo encontraría enseguida. Las lastimaduras que tenía no eran nada en comparación con lo que podía hacerle si se escapaba.

Tali dormía en la habitación de su padre y, tratando de no hacer ruido, Gaspar se sentó al lado de la puerta cerrada una noche para escuchar lo que decían. Le llegaban fragmentos, palabras sueltas o frases enteras de poca importancia. ¿Ella era su novia ahora? ¿Qué pensaría Esteban? ¿Estaría celoso? Se enteró de que Esteban no iba a quedarse muchos días más. Tali quería saber quién iba a cuidarlo «en Buenos Aires» y Gaspar no escuchó la respuesta. Ella se movía por la habitación: esos pasos livianos no podían ser de su padre. Gaspar cerró los ojos y la vio, el pelo oscuro levantado en una cola de caballo muy alta, no usaba corpiño. Le dio vértigo darse cuenta de que era un poco parecida a su mamá pero mucho, mucho más linda, al menos según las fotos. Escuchó que alguien, Tali seguramente, servía agua. Ahora hablaban de «el próximo intento». «Seis meses es bastante tiempo», decía Tali. «Ya comprobaron que el cuerpo no quedó lesionado.» Ahora sí eran los pasos de su padre los que se acercaban y era él quien abría la puerta y Gaspar quiso escaparse, pero no tenía sentido. Cerró los ojos con fuerza y levantó las manos para amortiguar el golpe; sentado en el suelo esperó el castigo, que no llegó.

—¿Cuántas veces te dije que no quiero que me espíes?

Gaspar no contestó.

—Entrá, querés.

Obedeció saltando; el pie estaba completamente deshinchado, pero le dolía y, sobre todo, estaba tieso: iba a costar recuperar «la movilidad», le había dicho el kinesiólogo. Tali estaba sentada en la cama, con un short de jean, la piel bronceada y una remera a rayas, como de marinero. Tenía el pelo suelto y las mejillas enrojecidas. Su padre se mantuvo a distancia, como venía haciendo esos días. No se había vuelto a afeitar ni a cortar el pelo y parecía descuidado, sucio. Enseguida volvió a la cama y Gaspar se quedó parado al lado de la puerta.

—¿Entonces? —preguntó su padre.

—¿Qué?

—Qué escuchaste, qué querés saber.

Gaspar supo que, si no contestaba, iba a venir un golpe y no quería que su padre le pegase y menos delante de Tali.

—¿Qué pasa en seis meses?

Gaspar estudió la reacción de su padre. No hubo ninguna. Tenía los ojos hundidos en la cara, hasta parecían oscuros.

—Graciela quiere que vuelva a operarme. Sería más complejo esta vez: necesito un trasplante. La operación se hace en Argentina, pero por ahora los resultados no son buenos y quiere que viaje a Estados Unidos. Tenía un candidato: por eso estábamos hablando de que mi cuerpo, el resto de mis órganos, digamos, están en buenas condiciones. Pero el candidato resultó incompatible conmigo. No tengo ganas de explicarte lo que es la incompatibilidad. Buscalo en tu diccionario. Ella considera que para intentarlo en seis meses es el tiempo ideal y quiere que viaje pronto a Estados Unidos.

—¿Te van a hacer un trasplante?

—No, porque no va a funcionar y no quiero hacerlo. Quiero morirme. Es lo mejor para todos.

—Juan —intervino Tali—. No le digas así.

Su padre parecía furioso y débil.

—Cuando me muera, te voy a liberar y a lo mejor tenés una vida. Ahora andate. No soporto verte.

Gaspar abrió la puerta y oyó que Tali lo seguía, pero no se dio vuelta hasta que ella lo llamó por el nombre y le ofreció el brazo para que se apoyara y no arrastrase el pie. Salieron al parque. La noche estaba fresca y parecían solos en la quinta, aunque la luz en la habitación de Esteban estaba encendida y desde su ventana llegaba una música baja. Se sentaron en los bancos de piedra decorados con azulejos y Gaspar apoyó los codos sobre la mesa. Estaba cansado.

—Vení con nosotros. Vengan los dos —le dijo a Tali—. No me dejes solo con él.

—No puedo, mi rey —contestó ella.

—Esteban dice lo mismo. Los dos dicen que lo quieren, también. ¿Por qué lo dejan solo?

La música que llegaba desde la habitación de Esteban se apagó y en el parque quedó el silencio, apenas acariciado por el chapoteo de insectos nocturnos en la pileta y el ronroneo lejano de un ventilador. Tali dijo sencillamente tu papá quiere estar con vos, quiere que lo acompañes vos y nadie más. Gaspar sintió que la rebelión le endurecía el estómago, que se muera solo, pensó. Alguien caminaba por el parque. Esteban. Gaspar se dio vuelta para verlo llegar: el pelo blanco brillaba bajo la luna.

—No quiero quedarme con él —le dijo Gaspar—. Por favor.

—Mira —dijo Esteban—. Lo único que tu padre ha hecho por ti, desde que los conozco a ambos, es cuidarte. De tu familia incluso, que son mala gente. Sus maneras, hijo, yo también se las cuestiono, pero de aquí te vas con él. No hay nada que temer. Tu tío vendrá pronto. No estarás solo con tu padre. Y Luis es tu familia, tu verdadera familia.

—Él siempre dice que mis abuelos y mis tíos no son buenos y que no quieren verme, ¿es cierto entonces?

—Es la pura verdad —dijo Esteban—. Son de lo peor de este país, vamos, son de lo peor y punto. No son tu familia, aunque lleves su sangre.

—¿Y ustedes qué son?

Tali y Esteban se miraron y Gaspar los vio sonreír, pero no entendió por qué. Ella dijo nosotros somos amigos. Y Esteban agregó, mientras encendía un cigarrillo, amigos que ojalá nunca necesites.

El río verde de Los Alerces no era tan verde como decían. Era más bien turquesa verdoso. Pero no la decepcionó, sobre todo porque Adela estaba tan contenta paseando por la orilla, pidiendo fotos a los gritos. El viaje con Adela y Betty había sido muy divertido, y eso que los viajes con su familia siempre eran entretenidos. Ellas se enganchaban cuando todos cantaban en la casa rodante, que tenía pasacasete, y a las dos les gustaban las parrillas del costado de la ruta. Vicky, además, notaba algo que antes le había pasado desapercibido en Betty. Era elegante, tenía algo para decir en cada conversación y su cara extraña —la nariz larga y los labios finos— era linda, o interesante, como decía su abuela. Siempre usaba polleras largas y anillos preciosos que parecían caros. Y sus opiniones políticas eran más fuertes que las de su mamá. Cuando los pararon en la ruta, por ejemplo, para pedir los papeles de la casa rodante, Betty se asomó a la ventanilla y le dijo al policía que sí, podía pedir la licencia y la tarjeta verde, pero de ninguna manera el documento. Ya no gobiernan los milicos, eh, le gritó, con desprecio. Vicky vio que su padre le pedía, con un gesto, que se callara y ella volvió a sentarse. Estaba furiosa. Los labios finos se le habían vuelto dos líneas pálidas sobre los dientes afilados. Cuando encendió un cigarrillo, le temblaban las manos.

A lo mejor lo del padre de Adela, esa historia acerca de que era un desaparecido, era cierta.

Ahora, en el camping, Adela y ella compartían carpa. Los adultos dormían en la casa rodante. Adela estaba contenta de no haber ido a la quinta. Me gusta, pero es siempre lo mismo. Tienen caballos pero son feos, tienen patas gordas, nada que ver con los caballos árabes. La pileta sí está buena. Y no hay nada alrededor, las otras casas quedan lejos. Hablaban de todo antes de dormir. Adela le confesó a Vicky que le gustaba Gaspar. Ya me di cuenta, le contestó Vicky, no sé por qué no me contaste antes. Y Adela, que se iluminaba la cara con una linterna, le dijo porque nunca me va a dar bola, no va a querer salir conmigo, soy deforme. Él es tan lindo, Vicky. ¿No es lindo?

Las dejaban alejarse un poco del camping y meterse entre los árboles y también se les permitía mojarse los pies en el río aunque no meterse para nadar; de todas maneras era imposible porque el agua estaba demasiado fría. Betty les enseñó a enterrar el papel higiénico después de usarlo –había gente roñosa que dejaba el papel colgado de las ramas y apestaba–; también a cómo defenderse de los tábanos, que eran grandes y zumbones. A la noche, Betty y sus padres cantaban canciones con la guitarra y tomaban vino: a Vicky le gustaba una muy triste que decía «y en las multitudes el hombre que yo amo». Se sorprendió porque Betty sabía un montón de canciones y hasta tocaba la guitarra. Una noche, con su mamá, se turnaron para cantar canciones de Violeta Parra. Betty cantaba muy bien: en la brisa de la noche, su vestido de seda verde se movía como el río y Vicky se la imaginó con una escopeta entre los pastizales. Algún día se iba a animar a preguntarle sobre su vida pero, por ahora, Betty la intimidaba. Además, cada noche tomaba mucho vino. Habían comprado algunas botellas de vino chileno, que, aparentemente, era mejor que el argentino.

De noche, Vicky y Adela se metían en el bosque a contarse historias. No muy adentro: desde donde estaban, podían escuchar las conversaciones del camping, incluso las duchas si alguno se bañaba tarde. No invitaban a otros chicos: no habían logrado hacerse amigas de ninguno. Se sentaban una frente a otra y se iban pasando la linterna, que ubicaban debajo del mentón para deformarse con la luz. Contaron historias de asesinos con hachas y de espíritus caníbales. Adela volvió a hablar sobre el perro negro que le había arrancado el brazo y también sobre la sombra del ahorcado que aparecía en el barrio en Buenos Aires y algunos de sus otros cuentos de terror clásicos. Vicky toleró las historias hasta que Adela, una noche, le dijo mirá esto que encontré. Alguien lo dejó en el comedor, estaba con unas guías del parque y algunos libros de fotos y planos de la Patagonia. Son mitos y leyendas de por acá. La mayoría son medio aburridas, pero escuchá esta. Adela abrió el libro y leyó. Era una historia sobre la isla de Chiloé, en el sur de Chile. Ahí vivía una secta, la Brujería. Tenían dos sedes más, una en Buenos Aires y otra en Santiago. Se reunían en una cueva subterránea, en un bosque parecido al que visitaban. Los fieles se llaman novicios y los inician, se llama así. Para ingresar a la secta tienen que matar a su mejor amigo y despellejarlo: con la piel se hacían un chaleco que brillaba en la oscuridad. Imaginate, yo te tendría que despellejar, se rió Adela, pero a Vicky esa risa le dio miedo. Se puso las zapatillas sobre las medias y, cuando cerró los ojos, vio las manos color ceniza de Omaira, agarradas a una rama, Omaira en el barro. Son malísimos, parece. A las víctimas de la secta se las puede distinguir porque tienen cicatrices que les dejan los brujos. Esto es lo peor, dijo Adela. Tienen un guardián de la cueva donde está la Brujería, se llama invunche. Es un chico de entre seis meses o un año que los brujos secuestran y lo deforman, le rompen las piernas, las manos y los pies. Cuando terminan de quebrarlo todo, le dan vuelta la cabeza como en un torniquete hasta que queda mirando desde la espalda, como en *El exorcista*. Al final le hacen un tajo muy hondo en la espalda, abajo del omóplato, y en ese agujero le meten el brazo derecho. Cuando se cura la herida y el brazo queda adentro, el invunche está completo. Lo alimentan con leche humana y después, cuando está listo, con carne también humana. Debe caminar como un bicho medio pisoteado.

Se sobresaltaron cuando las interrumpió Betty. De qué están hablando, les preguntó, enojada, borracha. Adela trató de tranquilizarla mostrándole el libro y Betty se lo quitó con furia y lo apretó contra su pecho. Vayan a dormir ya mismo y basta de hablar de estas boludeces. Temblaba. Adela susurró estás re en pedo y Betty les dio la espalda y salió corriendo: con sorpresa, las chicas vieron cómo arrojaba el libro de mitos y leyendas a una fogata.

Esa noche, Vicky y Adela durmieron abrazadas. Vicky no soñó con Omaira. Soñó con un chico con la cabeza dada vuelta y el brazo metido en un agujero de su pecho, no de su espalda. Un chico que tenía una cicatriz igual a la del padre de Gaspar, pero, en vez de estar seca, sangraba. Adela después le contó que ella también había soñado con el invunche. ¿Sabés dónde estaba?, y Vicky adivinó la respuesta. En la casa, dijo. Adela asintió. Era el guardián de la casa, en mi sueño.

Dos días después volvieron a Esquel. De noche hacía frío aunque era verano y podían encender un fuego de leña. Había mucha, ya cortada, al costado de la casa, protegida por un techito para que no se humedeciera. Una mañana hizo falta cortar más y Betty se hizo cargo: transpiraba bajo su campera y el pelo se le pegaba a las sienes. En Esquel, Betty se compró un whisky, por el frío, dijo, y Adela se enojó pero en silencio, porque, según le dijo a Vicky después, le daba vergüenza que los demás la viesen borracha. Tomaba el whisky sin hielo y a veces se quedaba mirando el fuego. Fueron todos juntos a un cerro, La Hoya, que era un centro de esquí y, aunque no podían esquiar porque no tenían plata para pagar ni el equipo ni a un instructor, sacaron fotos y tomaron chocolate caliente en una confitería hermosa. Betty dijo, al pasar, que ella de chica esquiaba, pero nunca le había gustado porque se golpeaba mucho. Dónde, le preguntó Vicky. En Mendoza, le contestó Betty, hay un centro que se llama Las Leñas. Ahí van los famosos, le dijo Vicky, ¿no es caro? Mis padres lo podían pagar, dijo Betty. ¿Sus padres, esos viejos tristes que iban al cumpleaños de Adela? ¿Eran ricos? La gente es muy rara, pensó Vicky.

La vuelta desde el sur en la casa rodante había sido bastante aburrida, todos dormían mucho y, creía Vicky, Betty tomaba en secreto, porque siempre se negaba a manejar. Ella no llegó cansada, como los grandes, que se fueron a dormir de inmediato. Después de comer algo y despedirse de Adela, pasó a visitar a Pablo. Él se había ido a la Costa y, decía, habían sido unas vacaciones horribles. Los padres peleando, la madre llorando porque iba a perder al bebé, mucha lluvia y frío. Solamente le había gustado el hotel. Sus padres habían reservado una habitación en suite, y eso quería decir que él tenía una especie de departamento propio. Guau, dijo Vicky, ¿ahora tienen plata? Pablo tuvo que admitir que sí. Su propia habitación tenía un televisor y, cuando llovía, podía quedarse ahí. Eso y comer en el puerto: lo único bueno. Qué lástima, le dijo Vicky, nosotros la pasamos genial. ¿Gaspar ya volvió? No tengo idea, tuvo que admitir Pablo. Cuando pasé estaba todo cerrado y no quise golpear. Hoy no fui.

Vamos entonces, dijo ella.

Vicky probó tirar una piedra, chica, a la ventana de la habitación de Gaspar: la persiana estaba cerrada pero, y esto era sencillamente insólito, se oía música. No muy alta pero lo suficiente para que se oyera desde la calle. Debe estar solo, pensó Vicky. Era inimaginable que el padre de Gaspar le permitiera música tan fuerte si en esa casa apenas se podía hablar sin molestarlo. Convencida de que la música no lo dejaba distinguir las piedras y de que estaba solo en la casa, Vicky tocó el timbre. La música no bajó de volumen y Pablo se estiró para golpear la persiana con el puño. Cuando se abrió la puerta, Vicky estaba preparada para encontrarse con Gaspar. Pero no: abrió Juan Peterson y ella retrocedió un poco; Pablo, a sus espaldas, respiraba hondo. Él también le tenía miedo al padre de Gaspar.

Juan Peterson no gritó ni se enojó. Los miró con cierta indiferencia y les dijo pasen. Tenía el pelo muy largo para un hombre y la barba lo hacía verse menos pálido, aunque estaba flaquísimo, los pantalones le quedaban grandes, los pómulos le sobresalían. Vicky y Pablo entraron, pero se quedaron cerca de la puerta y vieron cómo el padre de Gaspar se metía en la casa; oyeron el ruido de una puerta al abrirse, de pronto la música era más fuerte y no entendieron bien, pero creyeron escuchar «te buscan». Y después nada por un rato. La música más baja y ningún otro ruido, ni pasos ni nadie que viniera a cerrar la puerta, por ejemplo.

La música quedó a un volumen bajísimo y entonces Vicky oyó pasos, pero deformes, lentos, un pie arrastrado. Gaspar apareció muy serio y solamente con sus shorts de fútbol, descalzo, sin remera. Entonces vieron que estaba rengo y que se le estaban curando lastimaduras en los hombros, el brazo, el pecho.

Vicky tuvo una idea horrible y repentina que la mantuvo lejos de Gaspar, sin ganas de ir a abrazarlo, como hubiese hecho en otro momento. Cambiaron lugares, pensó. Se parece a su papá. Tiene la misma forma de mirar.

Pablo sí reaccionó. Se le acercó y lo abrazó palmeándole la espalda; Gaspar apoyaba apenas uno de sus pies y no le devolvió el abrazo.

—¿Qué te pasó? —preguntó Pablo.

—Chocamos y me lastimé un poco, me golpeé la cabeza también. Lo del pie es un esguince, me lo torcí.

—¿Te golpeaste la cabeza?

—Sí. Estuve en el hospital. Eso dicen, porque no me acuerdo.

—¿Cómo que no te acordás?

Gaspar perdió la paciencia, se enojó. Aunque estaba bronceado, las ojeras se le marcaban bajo los ojos. Y además nunca se irritaba así con ellos, nunca les gritaba como les estaba gritando ahora.

—¡No me acuerdo! ¿Qué querés que haga? ¿Qué quieren, para qué vinieron?

—¿Qué te pasa? —dijo Vicky. No estaba enojada: estaba preocupada.

—No me pasa nada —dijo Gaspar—. ¡Nada! Quiero que me dejen tranquilo.

Y con eso se volvió a su habitación, rengueando pero bastante rápido; parecía enfermo, estaba despeinado, un poco sucio. Vicky agarró a Pablo del brazo, para evitar que lo siguiera, y los dos dejaron la casa, cerrando la puerta con cuidado para no hacer ruido.

Esa noche, Pablo y Vicky se juntaron con Adela. Miraron películas con la videocasetera que Gaspar les había prestado y no había vuelto a buscar. Los tres decidieron que el vestido de la pelirroja en *La chica de rosa* era espantoso, ¡esperaban algo tan lindo! ¡Toda la película estaba armada para que apareciera ese vestido! Se sorprendieron cuando llegó Lidia del hospital. ¿Hoy no tenías guardia?, preguntó Vicky, y su mamá dijo que sí, pero que le dolían los ovarios porque estaba indispuesta y había intercambiado con un compañero, la próxima semana le devolvía las horas. Lidia fue a la cocina a hacerse un té y después se sentó con ellos.

—¿Qué les pasa que están tan serios?

Los chicos se miraron y Vicky habló:

—Nada, vimos una película.

—Algo les pasa, los conozco.

Entonces se animó Pablo:

—Es que fuimos a lo de Gaspar y está raro, no quiso venir con nosotros.

Lidia sorbió el té, apoyó los pies en la mesa ratona frente al sillón y después dijo:

—Le van a tener que dar tiempo. Tuvo un accidente y no lo está procesando bien.

—¿Cómo sabés?

—Porque visité a Juan, tomamos algo ayer. Le tienen que tener paciencia a Gaspar, chiquis. Tuvo una conmoción cerebral leve, pero reaccionó muy mal, estuvo confundido unos días. Piensen que su mamá se murió en un accidente, está reviviendo cosas feas. Y Juan está muy, muy grave. Lo van a tener que ayudar a su amigo, porque se va a quedar sin su papá.

—¿En serio? —preguntó Vicky.

—Me da una pena tremenda. Yo sé que no les cae bien Juan, o les da impresión, no sé, pero es un buen tipo. Un tipo especial, ¿no?, pero buena gente.

Vicky pensó cómo podés decir eso, si le pega a Gaspar y es un loco, pero no quería pelearse.

—¿Y quién lo va a cuidar, a Gaspar?

—Su tío, ya empezaron los trámites para que sea su tutor, después lo adoptará.

—¿Entonces se va a morir tan pronto?

—Hija, nadie sabe cuándo se va a morir con precisión.

—Pero cómo lo ayudamos, Gaspar no quiere ni salir de la casa —dijo Adela.

—Hay que darle tiempo —dijo Lidia, y se terminó el té.

Gaspar descubrió que la manera más sencilla de distraerse era ver fútbol y leer *El Gráfico* hasta la última línea. Lo aburría un poco leer sobre River y tener que aguantar su equipo imbatible, aunque tenía que reconocer que quería jugar como Francescoli, que ningún jugador le gustaba tanto como Francescoli, ni siquiera alguno de San Lorenzo. Odiaba a River porque tenía a Francescoli y tenía defensores bestiales, que pegaban hasta por las dudas; eso está bien, le decía Hugo Peirano, no hay que maricamear. Habían visto juntos salir campeón a River, 3-0 con Vélez. Era como estar en una película. Cuando se terminaba, la realidad era su papá en la cama, a veces en la casa, cada vez más en el hospital; a veces incluso se iba solo por ahí, Gaspar no sabía adónde, y cuando volvía, o estaba enojado o estaba tan cansado que no podía ni hablar. Gaspar veía cómo se amontonaba la medicación sobre la mesa y la casa se llenaba de papeles, garabatos, notas sin sentido. ¿No estaba tomando las pastillas? ¿Qué eran esos dibujos? Por todo eso era mejor estar en la película del fútbol, incluso estudiar para el colegio escuchando música, así no tenía que escuchar los pasos de su padre en el piso de arriba ni ver cómo cargaba con el tubo de oxígeno. No podía leer poesía ni cuentos ni lo que en general le gustaba: no lo distraían lo suficiente y hasta, a veces, algunas cosas lo hacían llorar. Había sacado de la habitación de su papá un libro de una poeta inglesa, Elizabeth Barret Browning, y cuando lo abrió el poema decía: «ENOUGH! we're tired, my heart and I. / We sit beside the headstone thus, / And wish that name were carved for us.» Parecía a propósito. La traducción era malísima, para colmo. No podía soportar leer cosas lindas ni cosas tristes. Prefería aprender las fracciones. Todavía no podía nadar, por el pie, pero esperaba con ansiedad el día de volver a la pileta. Debajo del agua era fácil pensar en otra cosa.

Estaba terminando de leer el capítulo del sistema solar en el manual del colegio cuando su padre apareció por la cocina —Gaspar estudiaba en la cocina: en su habitación no tenía escritorio ni mesa y en la cama estaba incómodo—. No usaba el oxígeno. Hacía rato que a Gaspar se le había pasado el miedo de los días después del accidente: incluso había ido a la biblioteca del barrio y a la de la escuela a buscar en libros de medicina qué podía pasar después de un golpe en la cabeza y quedó convencido de que, sí, podía ser que se hubiese sugestionado. Pero con su padre siempre había que estar en guardia. No era posible saber cuándo iba a atacar, igual que un animal lastimado.

—¿Qué estás leyendo?

Gaspar le mostró las páginas con los planetas. Entonces se dio cuenta de que la remera de su padre, de un celeste claro, tenía manchas de sangre y de que las manchas crecían sobre el estómago.

—¿Te lastimaste?

—Un poco, no es nada.

—¿Te pusiste agua oxigenada?

—Hice todo lo que tengo que hacer. ¿Te gusta leer sobre el universo?

—Tengo que dibujar los planetas.

—Eso es fácil.

Su padre se sirvió agua y la tomó de dos tragos.

—Lo que no entiendo —dijo Gaspar, cuando se dio cuenta de que esa noche podía hablar con él, algo imposible hacía meses— es por qué de noche el cielo está oscuro, si con todas esas estrellas debería haber más luz.

—Eso hasta tiene un nombre: la paradoja de no sé quién, no recuerdo. Te estás haciendo una pregunta que no tiene respuesta todavía, me parece. O a lo mejor ya lo descubrieron y yo no lo sé. Hay algo llamado materia oscura, que empuja a las estrellas, por eso están cada vez más lejos. Tres cuartas partes del universo son oscuridad. Hay mucha más oscuridad que luz sobre nosotros.

Se hizo un silencio y Gaspar vio cómo se expandía la sangre sobre la remera de su padre.

—Mostrame. ¿Te lastimaste mucho? ¿Con qué?

—No te preocupes. Quiero que me acompañes. Ya llamé al chofer. Quiero que me acompañes a tirar las cenizas de tu mamá.

Gaspar sintió que el corazón le empezaba a golpear en el pecho y no pudo hablar. Su padre le agarró la mano por sobre la mesa.

—Ya no la necesito en la casa. Pude liberarla. Esta noche es muy buena, la mejor en años, y ella se merece esta noche y que puedas despedirte de ella antes de que yo me muera.

Gaspar dejó que su papá le acariciara la mano. Lo que había dicho de la liberación era raro, pero seguro se trataba de una especie de metáfora. Por la ventana vio las luces del auto que los venía a buscar.

El viaje fue corto. Hasta la costanera sur, hermosa de noche, con olor a lluvia y a barro, el río oculto y silencioso detrás de la baranda de piedra, por qué la ciudad parecía estar tan lejos del río, era extraño, un río sin playas que chocaba contra los murallones, tan grande como un mar, sin orilla de enfrente y marrón de día, pero de noche plateado. La costanera sur con sus escaleras y faroles, las glorietas, totalmente vacía, los carritos de choripanes cerrados, las tres de la madrugada en Buenos Aires y caminar sobre el pasto y tocar las hojas de los árboles con la punta de los dedos, poca luz salvo la luna, tres cuartas partes del universo son oscuridad, había dicho su padre, y Gaspar entendía, el universo era noche, pero no todas las noches eran así, frescas y hermosas, el chofer en el auto escuchando la radio, un tango triste, todos los tangos eran tristes, y caminar hasta la baranda, no hasta la orilla, por qué no había orillas, por qué no se podía tocar el agua, Gaspar recordaba ríos de su infancia y las ganas de nadar de noche le acariciaron la piel. En la oscuridad no se veía la sangre en la remera de su padre; cuando llegaron al río, una brisa suave le movió el pelo y Gaspar recibió la caja con las cenizas de su madre, era chica, como si cargara una joya, tenía el tamaño de un cuaderno, así era ella desde hacía años, pero Gaspar la recordó cálida, ahora tan lejana, ahora tierra, ceniza, fría como la piedra de la baranda. Acá no, dijo su padre de pronto. Vamos hasta la Reserva. ¿Te da miedo? Y Gaspar dijo que no, nunca tenía miedo con su padre, podía tener miedo de él, pero no con él; a pesar de que lo sabía enfermo le parecía invencible y peligroso, a veces los animales lastimados eran así, mucho más fuertes que cuando estaban sanos. ¿Se puede entrar de noche en la Reserva?, quiso saber Gaspar. Había ido varias veces, de día, con Vicky y su familia. Todavía se estaba construyendo, o no, no exactamente, cómo se podía construir algo natural, un pantano de lagunas y pastizales, lleno de animales y caminos de tierra, que terminaba en el río, desde donde sí se podía llegar al río. Lo estaban convirtiendo en un lugar protegido, para pasear, pero también para que vivieran los animales, y de noche se cerraba, creía saber Gaspar, con rejas altas. Vamos a ver, dijo su padre, y cuando llegaron a las rejas, cerradas con candado, le dijo pasá hijo, pasá si podés, y Gaspar, confundido, le devolvió la caja donde estaba su madre y, cuando intentó empujar la puerta, se dio cuenta de que no necesitaba una llave, que si quería abrirla sencillamente la abría y cómo era posible eso no había manera de entenderlo, pero de pronto la reja estaba abierta y solamente la había tocado –y había pensado, sí, había pensado en que podía abrirla– y su padre lo siguió sin decirle nada, como si fuese lo más normal del mundo, y del otro lado, entre pastos altos y sobre un camino embarrado, los charcos brillantes como espejos bajo la luna, le tomó la cara entre las manos, se agachó para mirarlo a los ojos y le acarició el pelo, la caja estaba en el suelo, entre los dos, y le dijo tenés algo mío, te dejé algo mío, ojalá no sea maldito, no sé si puedo dejarte algo que no esté sucio, que no sea oscuro, nuestra parte de noche. Esto me gusta, dijo Gaspar, y su padre le contestó claro que te gusta, porque ahora nada puede lastimarte. ¿Nada? Ahora mismo, nada. Caminaron sin esquivar los charcos porque era imposible evitarlos, empapándose los pies, los pantalones embarrados, Gaspar paraba de vez en cuando para que su padre recuperara el aliento, podía caminar tan poco ahora, lo voy a extrañar, pensó, me voy a alegrar cuando no esté porque va a ser más fácil dejar de estar triste sin él, pero lo voy a extrañar. Caminaron dos o tres cuadras: no quedaba tan lejos el río y llegaron al agua apartando pastos altos. Había ruido de animales, Gaspar sabía que ahí había víboras, pero no eran víboras venenosas, y además recordaba las palabras de su padre, ahora nada puede lastimarte, cuánto duraba el ahora, cuánto tiempo era el presente. En la orilla al fin había arena y piedras y su padre le dijo que antes, incluso cuando él era chico, la gente nadaba en el agua, que entonces no estaba tan contaminada. Gaspar se quedó parado y olió la noche, el agua, tan enorme que parecía increíble que no fuese salada, y se sacó las zapatillas, se arremangó y se metió en el río. Vení conmigo, papá, dijo, y su padre lo siguió y los dos se quedaron parados, Gaspar con el agua por los tobillos. Ahora su padre tenía la caja y la abrió. Se arrodilló para vaciarla en el agua y la ceniza flotó un momento antes de hundirse y quedaba un resto en el fondo y entonces Gaspar vio que su padre se sacaba la remera y juntaba ceniza entre los dedos y se la pasaba sobre la herida, que ya estaba sucia, ¿había estado pasándose ceniza antes sobre la lastimadura? Gaspar no tuvo miedo: se le acercó para ver la herida y se dio cuenta de que era un tajo no demasiado profundo y con forma, parecía una especie de mira telescópica, se parecía a los garabatos que dibujaba en los papeles esparcidos por la casa, y se dio cuenta de que su padre hablaba en voz baja mientras se acariciaba la herida con la ceniza. Gaspar también tomó un poco pero solamente se la esparció sobre la mano y la besó, tenía un gusto antiguo, rancio, y sin embargo no era desagradable. Te quiero, dijo Gaspar en voz alta, y se lavó las manos en el agua y después hundió toda la caja, que su padre le había devuelto. Los muertos viajan rápido, recordó, esa frase que le había dado miedo cuando la leyó, pero ahora ya no le daba miedo, ojalá llegues rápido adonde tengas que ir, mamá. ¿Dejamos la caja? La enterramos, dijo su padre, pero antes se puso a revolver el agua con sus manos, con sus brazos largos, y cuando una nube tapó la luna y la oscuridad resultó casi total, Gaspar creyó que las manos se volvían todavía más grandes, manos garras en el agua, un animal que chapoteaba. La luna volvió y Gaspar ya no pudo ver las cenizas de su madre en el agua negra y plateada, un poco como la brea en las avenidas del barrio cuando se arreglaba el asfalto.

Su padre volvió a la orilla y cavó con las manos, más animal que nunca. Había dejado la remera flotando en el agua y

Gaspar la buscó. Estaba empapada, ¿se la iba a poner así? Ayudó a cavar, su padre transpiraba, la respiración le silbaba, pero consiguió un agujero lo suficientemente profundo para la cajita. Lo taparon entre los dos y su padre dibujó algo sobre la tumba del ataúd de cenizas vacío, algo que Gaspar no pudo distinguir, o quizá era solo una despedida final, una especie de caricia con el dedo. Se sentaron uno a cada lado del montículo de tierra y se rieron cuando, al mismo tiempo, dijeron que tenían ganas de fumar. Ah, por fin, dijo su padre. Parecía contento. Gaspar trató de no pensar en lo que había hecho con las cenizas, o lo que había hecho él, eran caníbales bajo la luna, embarrados, llenos del olor del río.

La vuelta fue como un sueño, más lenta, pero sin tantas pausas. Cuando llegaron a las rejas, que otra vez estaban cerradas, su padre lo miró: tenía los ojos casi amarillos, como le pasaba a veces, y no se había puesto la remera mojada, así que las lastimaduras sucias parecían una extraña pintada sobre su pecho, un dibujo torpe. Gaspar obedeció a la mirada: cuando apoyó las manos en la puerta enrejada para empujarla, sintió cómo la sangre le recorría el cuerpo a una velocidad temible, le latía en la cabeza, en el estómago, en las muñecas, y cuando las puertas estuvieron abiertas, se tranquilizó pero estaba chorreando sudor como si hubiese llegado al final de una carrera, como después de los partidos de fútbol del verano.

Con moderación, le dijo su padre. Gaspar se animó a preguntar, envalentonado por las cenizas y la luna, si esas cosas lo habían enfermado. Ese tipo de esfuerzos. Abrir puertas de esta manera. ¿A mí?, preguntó su padre. No, la enfermedad en todo caso me detuvo. Eso tengo que agradecerle. Soy tu padre porque estoy enfermo. Sano, no sé qué habría pasado.

El chofer, cuando los vio embarrados, ensangrentados, mojados, no dijo nada. Ni se sorprendió. Está acostumbrado, pensó Gaspar, y cuando el auto arrancó, las puertas y la luna y el río y las cenizas quedaron lejos y ahí, encerrado en el auto con su padre semidesnudo, que tenía el pecho lleno de sangre y cenizas, tuvo que contener el temblor de sus piernas, la sensación de que acababa de despertarse y de que ese rato en otro lugar estaba lejísimos, quedaba lejísimos, y era hermoso como un jardín secreto detrás de una pared de cemento, lleno de flores color violeta y de plantas que comían moscas.

Gaspar salió de la pileta corriendo y, cuando se envolvía con la toalla, el profesor de natación le dijo ¡descalzo no! Si te resbalás, te matás. Le hizo caso y se calzó las ojotas. Le ardían los ojos: demasiado cloro en el agua. Nadar lo había relajado. El esfuerzo de los brazos, el ruido del chapoteo y la extraña mudez debajo del agua lo distraían. También lo distraía pensar en el Mundial. Faltaba poco para que empezara y todo apestaba a fútbol. Hugo Peirano decía que no tenían posibilidades con ese equipo que era una murga, pero Gaspar les tenía confianza sin demasiada justificación.

Pensar en el Mundial era la mejor manera de distraerse. Porque había otras preocupaciones. Su tío. Cuándo iba a venir. Su padre no lo llamaba y, si no aparecía a tiempo, él iba a terminar en un orfanato o en un instituto de menores o algo así. ¿O podría quedarse con los Peirano mientras tanto? Pensar era una tortura. Tenía que llamar a Brasil, preguntarle a la exmujer de su tío dónde estaba él ahora y si tenía teléfono en Argentina. Se lo había dicho a su padre, se lo había pedido por favor durante una noche sin dormir, su padre doblado por el dolor en el pecho y transpirando tanto que hubo que dar vuelta el colchón. En un momento de tranquilidad, Gaspar había recibido una respuesta insoportable: ya falta poco, y por ahora necesitamos estar solos. De qué mierda estás hablando, dijo Gaspar, pero siguió ayudando como podía hasta que su padre se durmió al amanecer con una respiración extraña, irregular. Gaspar había temido que se muriera esa mañana, pero horas después estaba despierto y aceptó tomar un jugo de naranjas. ¿No vas a pedir una enfermera?, quiso saber Gaspar. Pronto, le había contestado su padre. Ni se te ocurra comunicarte con tu tío, le había dicho después y Gaspar dejó la casa con un portazo. En el kiosco de revistas había comprado *El Gráfico* y dos diarios. Guardaba los suplementos de deportes y estudiaba cada nota, cada entrevista con Bilardo y los jugadores. Era bueno poder pensar tan intensamente en otra cosa, hundirse en conversaciones sobre si Argentina había jugado bien contra Napoli y escuchar una y otra vez el equipo no aparece, no aparece, como decía atribulado Hugo Peirano mientras tomaba mate con desesperación. Se meten atrás, me vuelve loco que se metan atrás.

En su casa se vivía en otro tiempo. Su padre iba y venía de la clínica y Gaspar no lo visitaba cuando estaba internado. No podía y no quería. El Mundial lo ayudaba a olvidarlo pero de noche, cuando hojeaba sus revistas y a veces esperaba el coche que traía a su padre de vuelta, sentía que se le revolvía el estómago. ¿Con quién iba a quedarse si se moría? ¿Aparecerían los abuelos? ¿Por qué no podía llamar a su tío? Eso iba a hacerlo aunque le costase una paliza infernal o un castigo peor, era capaz de soportarlo, mucho más que la incertidumbre. Después del Mundial, se decía, después del Mundial lo llamo. ¿No tendrías que quedarte más tiempo internado?, le había preguntado Gaspar a su padre mientras la doctora Biedma le sacaba sangre. Sí, le dijo él. Pronto. Antes tengo que terminar algo acá.

La doctora Biedma cargó la sangre en un tubo de ensayo y miró a Gaspar de una manera que él no pudo descifrar. Le obedece, pensó después, en la pileta, mientras se duchaba con agua caliente. Ella sabe que él no puede estar en casa y le da permiso, pero ¿por qué? ¿Qué tenía que terminar? Algo con los dibujos. Gaspar cerró la ducha y se envolvió con la toalla que traía de su casa, que era vieja y raspaba, y lo secaba bien.

El Mundial siguió con un triunfo ante Inglaterra que había hecho desmayarse a hombres grandes y a otros llorar en el piso, envueltos en banderas. Ahora los pocos partidos que quedaban importaban. Todos contentos porque se jugaba con Bélgica la semifinal y no con España. La semifinal fue menos tensa que el partido con Inglaterra y se notaba el triunfo final, lo inevitable, el 2-0 de Maradona iluminado, tan elegante que Hugo Peirano decía me hace llorar este hijo de puta. No fue una buena noticia que Francia perdiese con Alemania, todos sabían que Alemania era un peligro total y los días anteriores al partido fueron una especie de sueño. Para que el tiempo pasara más rápido, Gaspar se decidió a aprender a hacer una tortilla siguiendo todos los pasos de un libro de recetas. Cuando la terminó y logró darle vuelta sin deformarla mucho y sin quemarla, descubrió que estaba tan rica que era una lástima comer solo. Ese día no había averiguado adónde estaba su padre en la casa y lo sorprendió encontrarlo despierto, en la habitación de abajo, con la cama llena de sus cuadernos de dibujos y anotaciones y varios libros.

–¿Querés comer, papá?

–¿La hiciste solo? No me puedo levantar, hijo, vas a tener que traerme.

–¿Cómo que no podés?

Gaspar se acercó a la cama de su padre y, cuando estuvo cerca –hacía días que no lo miraba con atención–, vio que había perdido todavía más peso. Y no llamó al tío, pensó. Cuando termine el Mundial, cuando termine, lo llamo yo. Comieron juntos, callados, viendo televisión, otro programa más con un debate sobre fútbol. Gaspar notaba que a su padre no le interesaba, pero eso era totalmente esperable. Comió despacio y dejó la mitad, pero le dijo es porque me siento mal, está deliciosa. Gaspar le preguntó si necesitaba el oxígeno y lo ayudó a ponerse el cable con el nuevo sistema, ya no usaba mascarilla en la casa sino un tubo sobre la boca, como un bigote, dos pequeñas cánulas que se le metían en la nariz.

En la final, el 2 a 0 a favor los puso tan locos que Hugo Peirano rompió un vaso y las chicas gritaban tan alto que hubo que hacerlas callar también a los gritos. Están embrutecidos, dijo Lidia. Están como si hubiesen visto un ovni. Los alemanes jugaban bien y empataron con dos goles casi idénticos desde el córner izquierdo. El silencio después del empate fue total. A los ochenta y cuatro minutos, Lothar Matthaus, el 10 alemán, quedó lejos de Maradona, a quien venía marcando. No fue muy obvio, fue un segundo, pero bastó para que Diego la tirase larga, de primera y de zurda, para Burruchaga. Qué pase más difícil de hacer, pensó Gaspar. Y entonces lo supo. Es gol, dijo en voz alta. Callate, callate, le dijo Hugo Peirano, que también se daba cuenta pero no quería ilusionarse. El que se adelantó fue Burruchaga, que cruzó el tiro, suave, y entró.

Gaspar no vio qué pasó después. Saltó y se abrazó con Pablo y con todos y los seis minutos que quedaban, sabía, iban a ser peleados, pero inútiles para Alemania; eran campeones y era como volar, como si no existiese nada más que ese momento, un momento que era para siempre y que era alegre y tristísimo porque no podía durar. Había que salir a la calle, no se podía estar solo. Las calles estaban llenas de bocinas y muñecos enrulados del 10 y banderas y papelitos mire mire qué locura mire mire qué emoción cantaba la gente, algunos sacaron el teléfono a la calle para que sus familiares que vivían en otros países escuchasen los gritos, las borracheras, y lloraban desde allá, desde Canadá y Estados Unidos y Brasil y México y España y Francia, exiliados por la dictadura, trabajando lejos porque en Argentina nunca había trabajo, algunos habían visto el partido en bares, otros lo habían escuchado por radio, todos querían volver para estar ahí, incluso en algunas provincias donde llovía y festejaban empapados, las camisetas pegadas al cuerpo. En el parque sacaron parlantes a la calle y hubo baile y choripanes y vino, la casa de empanadas cocinó para la gente y terminaron todos tirados entre el pasto a la noche, hartos de llorar y de comer y de gritar, afónicos, vestidos de celeste y blanco de la cabeza a los pies.

Gaspar recordaría ese día, y esa noche, como el último día feliz en muchos, demasiados años.

Pablo se le acercó enseguida: vio a Gaspar ni bien salió del colegio. Era raro que lo esperara a la salida. Gaspar se ofreció a llevarlo en la bicicleta. Pablo le dijo que prefería caminar. Después lo invitó a ir a comer al bar del parque. ¿O te esperan en tu casa?

—¿Pasa algo? —preguntó Pablo.

—Necesito un favor. Que me prestes el teléfono de tu casa para hablar a Brasil.

—Eso es caro, boludo. Vos tenés teléfono.

—La plata no es un problema, yo les pago a tus viejos. Por adelantado, antes de que les llegue la factura.

—Pero les pedís vos. ¿Querés hablar con tu tío? ¿No era que ya había vuelto?

Gaspar se puso una mano en la frente, como cuando dudaba, cuando estaba nervioso. Pablo se dio cuenta de que se le caían los pantalones porque había adelgazado. El cinturón largo que usaba colgaba como si llevara una serpiente en la cintura.

—Volvió, parece. Pero no sé dónde está. Y allá tiene que estar su exmujer, que capaz me puede dar el número nuevo. A lo mejor no lo tiene pero no me cuesta nada intentar.

—Y no podés llamarlo de tu casa.

—Mi papá no quiere que hable con él. Dice que se va a ocupar cuando sea el momento. Pero, amigo, yo no sé si está bien de la cabeza.

Pablo se quedó callado. Gaspar siguió.

—No puedo llamar desde mi casa. Se va a enterar. No quiero que se ponga nervioso.

—¿Y de qué vas a hablar con tu tío?

—No sé bien. Le voy a contar de papá, le voy a decir que tiene que venir, él había dicho que nos iba a acompañar. Si no,

voy a tener que ponerme en contacto con mis abuelos y eso sí
lo va a volver loco a papá, porque los odia. Yo no sé qué hacer.
Lo tiene que planear él. La otra es que me manden a un instituto para adoptar.

—No va a pasar eso.

—Claro que va a pasar, así funciona, Pablo.

—Mi mamá está en casa ahora. Le pedimos permiso.

—Tengo la plata.

—Capaz no te cobran.

—Quiero pagar.

La conversación por teléfono fue muy rara. Toda la situación, en realidad. La madre de Pablo recibió el pago por la llamada de inmediato y a Gaspar le pareció que era bastante grose-
ra: esperaba primero un «no, por favor», después su insistencia,
después un «está bien» resignado. Así se portaba la mayoría de la
gente. No le gustaba esa mujer. Estaba bastante embarazada,
pero no por reventar, y se movía con una lentitud exagerada,
que a Gaspar le parecía poco creíble.

En casa de su tío, en Brasil, atendió una mujer. Gaspar sabía que él ya no vivía ahí y esperaba que levantara el tubo la ex,
pero había creído hasta ese momento que era una mujer brasi-
leña. Hasta se había aprendido cómo decir hola y algunas palabras más en portugués con un diccionario que había consulta-
do en la biblioteca. Pero la mujer hablaba español. Un español
raro, con un acento que él no conocía: hablaba de tú, pronunciaba las erres arrastradas. Lo trató bien, sin embargo. Le dijo
que su tío todavía no tenía teléfono adonde se había mudado,
pero podía darle la dirección. Se la dio. La mujer le contó, además, que su tío se comunicaba con ella —lo llamaba por su
nombre, Luis— y le dijo que iba a pedirle que se pusiera en contacto con él. Gaspar dijo que gracias y se arrepintió mientras lo
decía, pero, al mismo tiempo, pensó, su tío llamaba de vez en
cuando, no era tan raro, no tenía por qué decir que había recibido un mensaje de su exmujer. Se le ocurrió pedirle a la mujer

que no le dijera que él había llamado pero le pareció demasiado complicado y ella claramente ya tenía ganas de cortar. Era amable aunque después de contestar las preguntas se quedaba en silencio. Gaspar cortó después de agradecer y miró la dirección que había anotado rápido.

—¿Sabés dónde queda Villa Elisa? —le preguntó a Pablo, que dijo que no con la cabeza, pero se agachó a buscar la guía T que usaba su padre. La hojearon entre los dos y enseguida encontraron el lugar: era cerca de La Plata, la capital de la provincia, y las calles eran con números, tal como la mujer le había indicado. Gaspar sintió que el nudo que hacía días tenía en la garganta se aflojaba: ahora al menos tenía adónde ir. Incluso lo podía visitar si quería: en la guía T decía que se podía llegar con el tren que salía de Constitución.

El frío era bueno para sacar a pasear a Ariadna, la nueva perra de Vicky, que todavía era cachorra y tiraba de la correa como desesperada. Después de lo que había pasado con Diana, Vicky no la dejaba suelta un minuto por la calle. A Gaspar le gustaba acompañarla en la recorrida por el barrio después de la escuela, cuando ya oscurecía; la correa era roja, igual que el elástico que Vicky usaba para atarse el pelo y que el pullover de lana trenzado que usaba Adela, al que le había cortado una manga. A ella ya no le molestaba el brazo fantasma, Adela se lo contaba a todo el mundo, y mostraba la caja que Gaspar le había regalado, la caja mágica, le decía. Había enfrentado a su madre y a su kinesiólogo por el tema de la caja y ninguno de los dos le había dado respuestas. Todos mienten, insistía.

Una tarde, después del Mundial, Adela había pedido una reunión con Vicky y Gaspar. Lo había dicho así. Quiero una reunión. Con Pablo no porque se pone imbécil, les dijo. Y en la reunión, que se hizo en la habitación de Vicky, contó: en el viaje al sur, una noche su mamá se había emborrachado.

–Fue diferente este pedo que se agarró –les contó Adela–. Se puso a llorar por mi papá. Yo aproveché y le saqué información, porque ella no me habla nunca de él. Me dijo que lo habían matado, que era un desaparecido.

Vicky y Gaspar respiraron hondo, pero intercambiaron una mirada: ¿y si era un cuento como el del brazo y el dóberman?

Entonces, continuó Adela, su mamá no quiso contarle más nada, y se metió en el baño.

–Yo ni me di cuenta de esto –dijo Vicky.

–Fue en Esquel, cuando estábamos en la cabaña. No te conté porque no me animé, no sé. Aparte me dijo algo reimportante: que ella sueña con papá, seguido, y siempre sueña que está en la casa de la calle Villarreal. Le pregunté si se había escondido ahí y me dijo que sí, pero no sé si es cierto, porque ya estaba medio ida. Cuando está borracha hay una parte que se pone medio delirante y dice cualquier cosa, dice que sí para zafar, por ejemplo. A lo mejor sí se escondió ahí, ¿no?

–¿Le volviste a preguntar? –dijo Vicky.

–Ahora niega todo, como hace siempre, pero lo de la casa me lo dijo reclaro.

–Por favor, Adela –resopló Gaspar–. No inventes pavadas. Yo sé que querés entrar pero así no.

–Vos qué sabés –le había gritado–. Todos mienten. Quiero entrar, sí, quiero ver si encuentro cosas de mi papá ahí adentro.

Gaspar se había ido ofuscado de la reunión, pero se le había pasado pronto el enojo. Estaba demasiado preocupado por su propio padre como para mantener el malhumor por la desaparición imaginaria del padre de Adela.

Vicky corrió arrastrada por Ariadna y dio vuelta en la esquina de Villarreal, pero cruzó instintivamente para no pasar por la puerta de la casa. Gaspar la siguió, pero Adela no y se acercó a la puerta de hierro. Entró en el jardín. Gaspar y Vicky la esperaron en la vereda de enfrente.

–Hace rato que no lo oigo –dijo Vicky.

—¿El zumbido?

—Sí, ese ruido a bichos que había se fue. Capaz vuelve en el verano.

—A lo mejor era un generador.

—Vos sabés que no.

—Yo no sé nada.

—No me pelees.

—No peleo. ¿Qué hace?

—Quiere ver si la puerta se puede abrir. Aunque se rompa, el candado igual está con llave.

—No se puede abrir. Yo las traigo cuando quieran entrar.

—Ella quiere subir por los techos.

—No hay de dónde agarrarse. No hay ni un árbol, está todo seco, parece mi casa.

Y cuando dijo eso, cuando dijo «parece mi casa», Gaspar sintió un escalofrío que le recorrió todo el cuerpo.

—Adela, dale, que la perra está como loca —gritó Vicky. Y después le dijo a Gaspar—: Ahora se cree que el padre fue un guerrillero y está leyendo libros y revistas de la dictadura.

Gaspar se quedó callado. Adela cruzó corriendo.

—¿Cuándo me vas a ayudar a entrar? —le preguntó a Gaspar—. Dijiste después del Mundial.

—En la primavera entramos.

Gaspar miró la casa. Las dos ventanas tapiadas, el pasto amarillo, las paredes grises. No podía explicar por qué, pero sentía que la casa lo desafiaba. A ver si podés entrar, le decía. ¿Estaba loco? Pablo le había dicho que había tenido que taparle la boca a Adela para que dejase de hablar de la casa, pero no solo porque estuviese harto: porque le daba miedo. Ariadna vio venir a otro vecino con su perro y arrastró a Vicky, que tuvo que hacer un esfuerzo para que se alejara. Y así dejaron atrás la casa, pero Adela miró a Gaspar con una de sus miradas definitivas: sería en septiembre y nadie iba a sacarle, ahora, esa fecha, ese objetivo.

Ya eran las vacaciones de invierno y Gaspar se la pasaba en la pileta del club, con su agua climatizada. También estaba bastante en su casa, esperando el llamado de su tío. Después del Mundial, se había secado de ganas de ver fútbol y lo único que quería era escuchar el teléfono. Pero cuando se enteró de que por fin su tío había llamado, la noticia lo tomó por sorpresa. Le informó sobre la llamada su padre, tranquilamente, mientras tomaba un té en el jardín reseco del fondo. Desde hacía días se sentía mejor.

–¿Por qué llamaste a tu tío sin avisarme, hijo? –le preguntó. Juan se terminó el té de un trago–. No intentes mentirme.

Juan dejó la taza en el patio y entró en la casa. Gaspar lo siguió, enojado.

–¡Porque vos no lo vas a llamar! –le gritó–. Me vas a dejar no sé con quién o solo, capaz me querés dejar solo.

–No sabés nada, hijo.

Gaspar vio que su padre subía al primer piso. Si se metía en la habitación de arriba, se le iba a escapar. Y no quería que se escondiese. Quería decirle lo que sentía. Lo agarró del brazo en la escalera y sintió cómo la rabia le ardía en los ojos. Logró que no siguiera subiendo y que se diera vuelta. Parecía altísimo ahí, dos escalones más arriba, mirándolo con sus ojos un poco verdes y un poco amarillos, al lado de la ventana de la escalera, que daba al patio.

–Gaspar, tu tío va a venir cuando yo se lo pida.

Gaspar sonrió y se apretó las sienes.

–Yo no quiero estar con vos –le dijo–. A lo mejor me voy antes, no me podés parar. Tengo la dirección del tío. Si no, busco a mis abuelos. A lo mejor me quieren ver. A lo mejor el problema es con vos. Yo sé que estás enfermo pero no sé, que te cuiden tus amigos. Yo no aguanto más.

Su padre lo miró de una manera tan diferente, tan profundamente decepcionada y furiosa que Gaspar se asustó. Lo había visto miles de veces enojado, pero ahora se sentía en peligro, el mismo tipo de peligro que había sentido en la quinta de Chascomús. Se dio vuelta para bajar la escalera, para abandonar el enfrentamiento, pero no pudo moverse. Su padre lo había agarrado de la cintura. Gaspar creyó que iba a pegarle y se encogió; el puñetazo que esperaba fue a dar al vidrio de la ventana, que se rompió y dejó aristas puntiagudas. Y después, rápido e inesperado, su padre lo giró hacia él. Aterrado, pero también sorprendido, Gaspar vio cómo le acercaba de un tirón el brazo a la ventana y le clavaba los vidrios rotos; cortaba la piel con precisión, con saña y precisión, como si estuviera trazando un diseño. Gaspar gritó; el dolor era helado e insoportable, lo dejaba ciego, y cuando escuchó el roce del vidrio contra el hueso, el mareo lo obligó a gemir. Sintió la humedad caliente en los pantalones: se orinaba y, cuando miró a su padre para que lo dejara en paz, vio que él estaba concentrado en la herida, la estudiaba. El dolor le aflojó el cuerpo y quedó colgando, lo único que le impedía rodar por la escalera era el brazo lastimado que su padre le sostenía y volvió a gritar cuando su padre apoyó los labios sobre la herida y la lamió, la chupó, se llenó la boca de sangre. Sin soltarlo, él también se cortó el brazo con un vidrio roto. Con brutalidad, apretó su propia herida contra los labios de Gaspar.

–¡Tragá! –le gritó. Gaspar, con la fuerza que le quedaba, mordió. Pero su padre no sacó la mano, ni siquiera cuando los dientes abrieron la carne. Ahora Gaspar también tenía la boca llena de sangre, y la tragó.

Cuando lo soltó, Gaspar cerró los ojos, pero un golpe en la cara lo sacó del desmayo. Su padre, ahora de rodillas, lo miraba con los ojos desenfocados, transparentes. Tenía la barbilla llena de sangre y los labios rojos. No parecía estar solo. Parecía que, detrás de él, había gente moviéndose en las sombras.

–Andate. ¡Corré!

Gaspar no entendió y su padre lo arrastró por la escalera tirándole del brazo sano y lo llevó a empujones hasta la puerta. La abrió y lo dejó del lado de afuera y cerró, sin una palabra, con llave. Por favor, papá, dijo Gaspar en voz baja, y después se vio los pantalones, meados y llenos de sangre, el antebrazo destrozado. Se levantó y pensó rápido. Un taxi, pedirle ayuda a alguien, ¿qué hora era? Pablo podía llevarlo a la salita, a un hospital.

Levantó el brazo para que no sangrara tanto –le habían enseñado a hacer eso una vez, cuando se había cortado el dedo con una trincheta en el colegio–, pero no funcionaba y estaba dejando un rastro rojo por todas partes. En la cuadra hasta la casa de Pablo no se cruzó con nadie. Era increíble, pero el barrio estaba vacío.

El timbre sonaba sin parar, como si se hubiese quedado trabado. Ya va, gritó Pablo, pero el zumbido sin fin lo inquietó. ¿Quién tocaba así, para qué? Estaba solo en la casa. Su mamá había ido al hospital a hacerse controles por el embarazo, le quedaban apenas unas semanas, y su papá trabajaba todo el día. Miró por la ventana antes de abrir y distinguió las zapatillas de Gaspar.

Iba a decirle por qué tocás así, tarado, pero se quedó mudo cuando vio el brazo, la herida del brazo: en la sangre del corte, tan rojo, la piel y el músculo se desprendían como algo comestible, como la carne bajo la luz de la heladera en la carnicería; se veía el blanco del hueso. Gaspar tenía la piel de la cara gris, transpirada, y se apoyaba en el timbre porque no podía sostenerse. Qué te pasó, entrá, le dijo Pablo, y Gaspar negó con la cabeza. No. Llevame ya al hospital con la moto.

Entrá, dijo Pablo, y empujó a Gaspar hasta el living; corrió hasta el baño a buscar toallas y le envolvió la herida. Cuando lo hizo, Gaspar gritó. Su madre nunca usaba la moto; era de su padre, para los fines de semana. Él apenas sabía manejarla: le habían enseñado un poco, pero solamente lo dejaban dar una vuelta a la manzana y alguna vez llegar hasta el parque los domingos, cuando no había mucho tránsito. Pero el hospital quedaba a nada más que diez cuadras y se animaba a ir derecho por una calle que no fuese la avenida.

–Quiero vomitar –dijo Gaspar.

–Aguantá que ya nos vamos. Apoyate.

Gaspar se paró y dejó caer todo el peso de su lado sano sobre el hombro de Pablo. Las toallas no estaban manchadas, todavía. No sangraba tanto. Pero tenía los pantalones empapados y en la vereda Pablo había llegado a ver un charco pequeño ahí donde Gaspar había esperado hasta que atendiera el timbre.

Pablo abrió el garaje y sacó la Zanella blanca lo más rápido que pudo. Gaspar se había sentado en el piso para vomitar casi silenciosamente. ¿Iba a poder levantarlo? Sacó la moto a la calle y Gaspar caminó como pudo y se subió en el asiento de atrás, pero su cuerpo se desplomaba para un costado, para adelante, no podía controlar el mareo. Se va a desmayar, pensó Pablo, y tuvo una idea.

–Hagamos esto –dijo y, rápido, usó el soporte de la moto para mantenerla en pie, le levantó la remera ensangrentada a Gaspar y le sacó el cinturón del jean. Sabía que llevaba uno de los cinturones larguísimos de su padre. Pablo se sentó en el lugar del conductor, le pidió que lo abrazara fuerte con el brazo sano y que se acercara todo lo posible –Gaspar le obedeció mecánicamente, como si escuchara órdenes en un sueño– y probó si el cinturón alcanzaba para ajustarse al cuerpo de los dos, si era lo suficientemente largo para servir de atadura, para sostener el cuerpo de Gaspar contra el suyo. Servía. Apenas. Quedaba muy apretado y le costó, un poco porque le temblaban las manos, usar el último agujero, cerrar la presilla, comprobar que su amigo estaba más o menos firme sentado en el asiento de atrás. Abrazame y no te desmayes, le dijo. Pablo sintió la cabeza de Gaspar en su hombro, el pelo suave que le daba escalofríos en la nuca. Arrancó.

Las diez cuadras hasta el hospital le parecieron cuarenta y el minuto de luz roja en el cruce de la avenida con Zuviría le resultó tan largo que pensó que el semáforo debía estar roto. Sentía la respiración de Gaspar en el cuello y cada vez que el apretón de los brazos de su amigo se aflojaba, le acomodaba el brazo otra vez. En esa calle no pasaban colectivos y lo agradeció. Varias veces le preguntó a Gaspar qué le había pasado, sobre todo para escuchar su voz, y Gaspar le contestó me tropecé en la escalera y me caí contra la ventana, te acordás de la ventana de la escalera. Pablo se acordaba. No entendía cómo podía haber pasado ese accidente, pero no dijo nada.

Cuando llegaron al hospital, Pablo dejó la moto entre dos autos y no le puso el candado ni trabó las ruedas. Gaspar estaba más repuesto y necesitó menos ayuda para llegar hasta la guardia; por el camino él mismo se sacó las toallas que hacían de vendas. Se las sacó con los ojos secos y respirando hondo, temblaba apenas, Pablo pensó que él nunca hubiese sido capaz de arreglárselas solo con una herida así, que pediría por sus padres, que seguramente estaría llorando y asustado. Gaspar estaba asustado, de eso se daba cuenta, pero también se controlaba de una manera que a él le resultaba increíble.

No bien entraron, algunas personas que esperaban sentadas en el largo banco de la guardia –Pablo distinguió a una señora que le acariciaba la cabeza a una nena de trenzas, una pareja de viejos, un hombre de la edad de su padre, pero más gordo, con el pie descalzo e hinchado– se pararon, le dieron un asiento a Gaspar y una mujer alta y gorda golpeó la puerta detrás de la que atendían los médicos gritando es urgente, es urgente. Salió una médica con el pelo recogido y algunos mechones canosos, la cara seria, acostumbrada a pacientes ansiosos. Pero, cuando vio a Gaspar, dejó la puerta abierta y dijo pasá vení, mientras lo acompañaba arrastrándolo del hombro. Pablo los siguió, cargando las toallas.

–¿Están solos? ¿Y los papás?

–No somos hermanos –dijo Pablo–. Están todos trabajando.

Por supuesto, Pablo ignoraba qué estaba haciendo Juan Peterson, que no trabajaba. O por qué no estaba acompañando a su hijo. ¿Estaría internado? Pasaba muchos días internado últimamente. No en este hospital: en una clínica carísima, exclusiva, decía su madre, ojalá yo pudiera tener el parto de tu hermano en un lugar así, un lugar fino.

La médica sentó a Gaspar en la camilla y le apoyó el brazo sobre una mesa de aluminio cubierta de sábanas blancas. Miró la herida con los anteojos puestos.

–Vas a necesitar cirugía –le dijo–. No te puedo dar unos puntos y nada más, es muy profunda.

Gaspar dijo que sí con la cabeza.

–¿Cómo pasó?

Pablo intervino y explicó el accidente tal como se lo había contado Gaspar. La médica no puso objeciones y volvió a estudiar la herida. Con guantes y una pinza levantó uno de los bordes que se estaban hinchando y dejó ver el hueso. Gaspar ahogó un grito y entonces sí se le llenaron los ojos de lágrimas, pero se las secó violentamente con su brazo sano.

–Ahora vas al quirófano.

Y se fue por la puerta del fondo después de inyectarle un analgésico. Muy rápido, antes de que Gaspar y Pablo pudiesen hablar, apareció otro médico, esta vez un hombre, y repitió las preguntas, la observación de la herida, la insistencia en que tenía que ir al quirófano. Habló del tipo de sutura, preguntó por los padres. Necesito un adulto responsable, dijo. Pablo, de repente, se acordó de lo obvio. Cómo no lo había tenido en cuenta antes era inexplicable.

–Acá trabaja la doctora Lidia Peirano, no sé si la conoce. La hija es nuestra mejor amiga, es vecina nuestra. Es amiga del papá de él.

–Ah, Lidia. Hoy está, la vi en el piso.

El médico levantó el teléfono y habló. Después, preparó otra inyección, le bajó apenas el pantalón a Gaspar y se la dio. También le sonrió, por primera vez. Vas a estar bien, le dijo. Te cortaste fulero, ¿venías corriendo por la escalera, estaban jugando? Estaba solo, dijo Gaspar, y sí, bajaba corriendo. Hay que tener cuidado, dijo el médico, y le volvió a sonreír, pero

Gaspar no le devolvió la sonrisa. No era el dolor solamente, se dio cuenta Pablo. Ni que estuviera asustado.

Estaba mintiendo.

Lidia Peirano apareció despeinada y hablando fuerte. Ay, amor mío, qué te hiciste. Otra vez la historia de la caída en la escalera. ¿Estaban juntos? No, dijo Pablo, me vino a buscar así. Nos vinimos en la moto. Lidia los miró asombrada. Después me cuentan bien, ahora hay que coserte. Ya le di la antitetánica, un antibiótico y un analgésico, dijo el médico, que le estaba tomando el pulso a Gaspar. Ya no hablaba más con ellos, se dirigía a Lidia. Está taquicárdico, perdió bastante sangre. Lidia también miraba la herida y decía que no con la cabeza. Acostate, le indicó a Gaspar, y le puso almohadas bajo los pies. Así te vas a marear menos. Después le dijo al médico: el padre es enfermo cardíaco; hasta donde sé él no tiene problemas, pero avisá y controlen, pedí un electro ya. Y después: ¿cómo te la hiciste tan profundo? Se me quedó trabado en el vidrio y tiré para sacarlo, dijo Gaspar. Pero, mi vida, hubieras roto el vidrio con la otra mano. No pensé, dijo Gaspar, me dolía mucho.

La mirada que cruzó con Pablo tuvo algo de feroz. Callate, decían sus ojos de pupilas dilatadas, ojos azul oscuro en la sala de guardia mal iluminada.

Después hablamos, le respondió Pablo solamente moviendo los labios y Gaspar respondió que sí con la cabeza.

El médico le tomó la presión y Gaspar cerró los ojos. Un poco baja, dijo el médico. Lo llevamos. Está de guardia Miller en cirugía, tiene suerte el pibe. ¡Tenés suerte!, le sonrió el médico a Gaspar y después le dijo algo a Lidia sobre nervios y tendones. Y sobre lo extraño de la herida: no tenía ni un rasguño en la parte posterior del brazo, mucho más delicada.

—Vos esperá afuera. —Lidia acompañó a Pablo hasta la sala de espera—. Yo te aviso. ¿Y Juan? Hay que avisarle. —Le dio dos cospeles—. En el pasillo hay un teléfono público, llamalo. Si no atiende, llamá a casa, avisale a Vicky y que después insista ella.

Pablo dudó y quiso decir algo, pero Lidia lo interrumpió. Yo sé que es una persona rara y que no es muy dado con ustedes, pero es el padre. Y esa es una herida muy, muy fea. Hacé caso.

En la casa de Gaspar el teléfono sonaba y nadie atendía, pero Pablo se imaginó a Juan Peterson sentado en su sillón amarillo, escuchando esos timbres como gritos hasta que dejaban de sonar.

Pablo escuchó cómo el hombre del pie hinchado le contaba que, cuando era joven, se había cortado con una chapa en la fábrica y lo había jodido más la antitetánica que el corte. Le mostró la cicatriz, en la mano. Pensé que me iba a afectar los dedos pero no. Después cerró la fábrica, ese es otro cantar. Va a quedar fenómeno tu hermano.

No es mi hermano, repitió Pablo. ¿Por qué se confundían? No se parecían en nada. Llamó a Vicky. Le contó lo que había pasado, ella preguntó varias veces ¿pero está bien? hasta hacerlo enojar y finalmente dijo:

—Yo no voy a la casa de Gaspar, y menos sola.

—Tu mamá no dice que vayas, dice que llames.

—Quiero ir al hospital, llevo cospeles y hablo desde allá.

La llamada se cortó cuando Vicky le dijo que iba a buscar a la madre de Adela: ya debía haber llegado, que se ocupara ella de hablar con el padre de Gaspar, de buscarlo si no estaba. Y Pablo volvió al asiento y a la espera. Todavía llevaba las toallas ensangrentadas en la mano. Se acordó de pronto de la moto y salió para atarla. Nadie se la había llevado, pero él se había olvidado el candado. Corrió para volver a llamar a Victoria con un cospel que había encontrado en el fondo del bolsillo y le pidió que se lo trajera, le avisó que también había dejado la puerta del garaje abierta. Después se sentó en el banco de afuera de la guardia, bajo un pequeño techo de tejas, frente a un cantero.

Pelearon y lo lastimó él, lo lastimó su papá. Estaba seguro aunque era increíble y no tenía más pruebas que la actitud de Gaspar. Recordó esa ventana. Era grande y quedaba justo donde la escalera doblaba. Él la había rozado aquella noche, cuando entró a la casa de Gaspar y vio a Juan con su amigo, con su novio, esa noche con la que Pablo soñaba y despertaba transpirando, húmedo entre las piernas; a veces tenía que encerrarse en el baño, meterse en la bañadera, cerrar los ojos y recordar la espalda de Juan, lisa y pálida bajo la luz de la luna, y la espalda del amigo, marcada por dos líneas pintadas, ¿o eran cicatrices? Trató de pensar con tranquilidad, de olvidar el círculo en el suelo, el olor, sus propios dedos enchastrados entre las sábanas cada vez que soñaba con ellos o pensaba en ellos antes de dormir. No era difícil caerse sobre el vidrio si uno resbalaba o tropezaba: tenía una ubicación peligrosa. Sin embargo, conocía a Gaspar lo suficiente como para saber cuándo mentía. ¿Y él qué debía hacer? Si Juan era capaz de algo así, había que sacar a Gaspar de esa casa. No le quedaban cospeles, pero encontró plata y cruzó corriendo al kiosco para hacer otro llamado.

–No sabés –dijo Vicky–. Mi papá se tuvo que ir porque no sé qué pasó en la farmacia, llegó un pedido y estoy acá encerrada con Virginia, no la puedo dejar con mi abuela, que se siente mal. La madre de Adela fue a lo de Gaspar. Dice que ella se encarga.

Pablo se compró una Coca-Cola y no pudo tragarla, las burbujas del gas resultaban demasiado grandes y volvió al hospital. Se sentó al lado de un paciente recién llegado, que se apretaba el brazo contra el pecho y decía que se había caído como un pelotudo en la calle. Pablo le sintió el aliento a alcohol. ¿Tenía que llamar a su madre? Miró el reloj: las cuatro de la tarde. ¿Habría vuelto? A veces tardaba bastante en el médico. Tenía que llamarla porque se iba a asustar, había sangre en la entrada de la casa, en la vereda, en el sillón, en el garaje, y faltaban las toallas del baño. También faltaba la moto, aunque Vicky había hecho a tiempo para ir corriendo y cerrar la puerta del garaje. Ese no era un problema. La sangre sí. Va a pensar que es mía y se va a asustar, es mucha sangre, a lo mejor Gaspar necesita una transfusión ¿y si le dan una sangre que no es la de él? Te matan si hacen eso. Aunque acá en el hospital tienen que saber. ¿Qué tipo de sangre tiene? Yo soy dador universal, me dijeron, le puedo dar si hace falta.

Lidia apareció sorprendiéndolo, con su uniforme blanco y el estetoscopio colgado del cuello, muy pocas veces la veía vestida de otra manera, ni siquiera los fines de semana, porque siempre trabajaba o el sábado o el domingo.

—Ya está todo marchando, lo están suturando. Va a quedar perfecto. ¿Le avisaron a Juan?

—Betty le avisa.

Pablo bajó la cabeza y apretó las toallas. ¿Dónde había dejado el cinturón? Volvió a sentir la respiración de Gaspar en su nuca, sobre la moto, caliente en el aire frío de la tarde de invierno; a lo mejor podemos dormir juntos, usar la colcha nueva que trajo mi papá que es superabrigada, de plumas. Eso si no se muere, pensó.

—Ahora vengo —dijo Lidia, y Pablo se quedó en la guardia, una chica de su edad no podía respirar, la madre gritaba que tenía asma y la chica se ponía cada vez más nerviosa hasta que una médica hizo entrar a la nena ahogada y le cerró la puerta en la cara a la madre, y Pablo pensó en Gaspar, que estaba solo mientras lo cosían. ¿Y Juan? A lo mejor estaba escondido en alguna de las piezas de esa casa grande y oscura, a lo mejor estaba con el amigo de pelo blanco que gemía como si le doliera, ¿dolería mucho?, desde que los había visto, pensaba siempre lo mismo, si dolería.

Ojalá me equivoque, pensó, y apretó las toallas. Ojalá Juan esté internado y Gaspar esté diciendo la verdad.

Lidia volvió con varias noticias: ya podés pasar a ver a Gaspar, en un rato se puede ir, pero prefiero que se quede unas horas hasta que aparezca Juan. Si no aparece, me lo llevo a mi casa.

Qué desgracia, esta criatura. Si hace dos meses nomás se golpeó la cabeza.

Gaspar no estaba solo. Había un médico a su lado, uno nuevo.

—¡Un campeón tu amigo! —le dijo—. No hizo ni una mariconada, nada. Va a estar fenómeno.

Después se llevó a Lidia a un rincón y Pablo no pudo escuchar bien, decía algo de curaciones y antibióticos. Cuando volvieron —Gaspar no lo había mirado todo ese rato, se miraba la venda—, dijeron cualquier cosa golpean la puerta de la guardia, nosotros los venimos a buscar.

Gaspar se sentó en la camilla y miró a Pablo a los ojos cuando los médicos cerraron la puerta.

—No dijiste nada, ¿no?

—¿De qué?

—Si dijiste algo, te mato.

—¡Pero de qué voy a decir algo, boludo!

Gaspar bajó la voz y encorvó la espalda: parecía un animal.

—Nos peleamos y me cortó él. Vos te diste cuenta. Si le decís a alguien, te mato.

Gaspar lo estaba amenazando, estaba rabioso, hasta parecía querer pegarle. Pablo, sin embargo, no pudo enojarse. La revelación lo había dejado agotado, le faltaba el aire. Se acercó a Gaspar aunque él extendió la mano en un claro gesto de dejame tranquilo; siguió acercándose y se sentó a su lado en la camilla y vio cómo Gaspar trataba de no mirarlo, exploraba con los ojos la pared pintada de verde, un poco descascarada, el póster con los huesos humanos detallados, un papel pegado con cinta scotch que indicaba horarios para sacarse radiografías, botellas y jeringas de vidrio. Pablo le acarició la mano y Gaspar se dejó y también se dejó pasar un brazo por los hombros, pero no aceptó más consuelo. Me vas a contar qué pasó, le preguntó Pablo en voz baja, y Gaspar asintió con la cabeza; cuando miró a su amigo, con los ojos secos, dijo: ahora no puedo y Pablo respondió que estaba bien.

—Gracias —dijo Gaspar, después de un rato, después de respirar hondo varias veces, ¿estaba intentando no llorar o tranquilizarse? Pablo no entendía, no podía entender cómo se podía sentir alguien que había sido maltratado así por su papá—. En serio. Si no te encontraba no sé qué pasaba.

—Te tomabas un taxi.

—Capaz. Lo del cinturón fue genial.

Se lo dijo sin sonreír. Pablo pensó que no iba a verlo sonreír nunca más.

—Si no, te ibas a caer a la mierda. ¿Seguís mareado?

—Un poco.

Lidia volvió a entrar, casi dando un portazo. A ver, a ver, dijo, y le tomó el pulso a Gaspar. Vamos para tu casa, Betty dice que tu papá llegó hace un rato. El brazo para arriba, no lo dejes colgando, ya te explicaron.

Antes de seguir a Lidia, Pablo detuvo a Gaspar apoyándole una mano sobre el hombro del brazo sano.

—¿Estás seguro de ir a tu casa?

—No le tengo miedo.

—¿Cómo no?

—Es entre él y yo. Pablo: si decís algo, no te voy a matar, pero no te voy a hablar nunca más en la vida.

Y con eso salió de la sala, el brazo en alto, el cinturón en su lugar y los pantalones ya secos, manchados de sangre.

Gaspar se mareó un poco con el vaivén del auto, pero no le dijo nada a Lidia. Pablo se había ido con la moto. Después nos vemos, le había prometido, pero no estaba seguro de que hubiese después, no podía explicarlo, pero no sabía si realmente iba a volver a ver a Pablo, si iba a volver a salir de su casa. Ahora no había posibilidad de escapar. Pero quería escaparse. Quería ver a su padre.

La puerta estaba semiabierta. Cuando el auto se detuvo, salió Beatriz, la madre de Adela. Siempre tan delgada y con los huesos filosos. Le extrañaba verla ahí. Ella había conocido a su madre. ¿De qué habían estado hablando esos dos? Parecía algo nerviosa. Gaspar sintió que se le aflojaban las rodillas cuando vio a su padre parado en el pasillo, con cara de preocupación falsa. Tuvo que apoyarse contra la pared, Lidia se dio cuenta de su mareo y lo llevó despacio hasta el living, donde estaba el sillón. En la planta baja, exceptuando las tres sillas de la cocina, no había un solo lugar más donde sentarse que no fuese el suelo. Betty se fue y cerró. Esa mujer oculta algo, pensó Gaspar. Por qué me doy cuenta justo ahora de algo tan obvio. A lo mejor hasta Adela tiene razón sobre su padre. Los padres no tendrían que existir, tendríamos que ser todos huérfanos, crecer solos, que alguien te enseñe a hacer la comida y bañarte desde chico y nada más.

Lidia se acercó a su padre y Gaspar no pudo distinguir qué le decía. Su padre fingía escuchar y decía gracias, eso notaba Gaspar por el movimiento de los labios, decía que sí con la cabeza mientras recibía las cajas de remedios, de desinfectante y hasta gasas. Su padre tenía el pelo muy limpio y, como estaba un poco largo, trataba de acomodarse un fino mechón rubio detrás de la oreja. Lidia le apoyó una mano en el hombro –casi tenía que estirar el brazo por completo para hacerlo– y Gaspar escuchó cualquier cosa que necesites, vos sabés perfectamente que estamos a tu disposición, y él tan falso diciendo que había encontrado la ventana rota y había visto la sangre y no había entendido hasta que llegó Beatriz.

–Estaba en la clínica. Parece un chiste de mal gusto, todo esto. Cuando iba a ir al hospital, ustedes ya estaban saliendo para acá.

–Lo que necesites, Juan, en serio.

–No va a haber problema. La enfermera nos ayuda.

Siguieron hablando así un rato. El mareo se había ido, pero a Gaspar ya no le interesaba lo que decían. Sintió la palpitación del dolor en el brazo; no era muy fuerte, le habían dado muchos analgésicos, pero ardía. Iba a ser peor.

Cuando cerró la puerta, su padre gruñó apenas. En vez de acercarse a Gaspar, se fue a su habitación: por el camino, tiró al piso la bolsa de remedios y gasa y desinfectante.

Gaspar no iba a dejar que se encerrara. No iba a dejar que lo abandonara en el living, solo y dolorido.

–¡Vení para acá! –gritó, y sintió que ya no tenía dolor ni calmantes en el cuerpo, solamente la rabia que lo hacía temblar. Podía matarlo ahora. Quería que su padre se diera cuenta–. ¡Decime algo, hijo de puta!

Gaspar se paró en el living y esperó a su padre, que volvió caminando lentamente. Sintió el impulso de acercarse y destrozarle la cabeza contra la pared. Cuando lo miró, la rabia se diluyó y tuvo ganas de acostarse en el suelo y dejar de respirar.

–¿Dónde estás, papá? Vos no sos mi papá. Él me quería. ¿Quién sos?

El silencio fue tan completo que, pensó Gaspar, ese hombre que no podía ser su padre debía haberse ido.

–Estoy vacío.

–No. No. Quiero que me digas dónde está mi papá.

–Está acá. Todavía está acá.

Gaspar escuchó los pasos que se acercaban y extendió su brazo sano. No me lastimes más, por favor, dijo. Su padre se sentó en el suelo, a su lado. Gaspar sintió su olor, lo reconoció.

–Sos lo que más quiero en la vida, Gaspar.

–Y entonces qué te pasa. Matame, papá, por favor, no tengo miedo.

Gaspar miró a su padre a los ojos y vio una codicia horrible, un deseo completamente nuevo para él, como un color desconocido.

–No me pidas eso.

–Es lo que querés.

–No. No es lo que quiero.

Gaspar volvió a sentir la rabia. Mentiroso, pensó. Estaba actuando. Ni siquiera le había preguntado si su brazo estaba bien.

–No te lo pregunté porque sé que está bien.

–Salí de mi cabeza –gruñó Gaspar.

–Siempre estoy en tu cabeza, aunque no te des cuenta. No te cierres. Si te cerrás, va a doler. Basta de dolor, Gaspar.

Y entonces Gaspar sintió algo que años después recordaría, pero no sabía nombrar: una transfusión de sangre, agua caliente en las venas, imágenes que no se veían con los ojos. Se vio durmiendo con su padre en una cama de sábanas blancas, con un ventilador. Antes, de muy chico, de bebé, acostado sobre el pecho de su padre, que leía un libro en un ángulo imposible para no despertarlo. El asiento de atrás de un auto. El ruido de las cataratas. Nadar. Sus padres bailando al lado de un tocadiscos. Una luz negra en la noche, una mujer sin labios, su madre con una remera anaranjada jugando con él en un jardín, su padre hablando en una habitación oscura, los dibujos geométricos en los cuadernos y el recuerdo de una casa húmeda con gente alrededor, y el techo manchado y su padre a su lado diciendo que no con la cabeza. Olor a nafta y risas en el agua. Y sobre todo, junto con las imágenes, ese calor en todo el cuerpo que lo hizo lanzarse sobre su padre, golpearlo con los puños. Su padre no trató de detenerlo y Gaspar trató de hundirle los ojos, de rasguñarle las mejillas, hasta que se cansó. Y cuando se cansó, se dejó caer en el piso y miró el techo, la lámpara que se movía como si desde alguna ventana abierta la alcanzara una corriente de aire. Ojalá hubiese sido distinto, escuchó.

–La gente que se quiere no se hace mal –dijo Gaspar.

–Eso no es cierto –respondió Juan–. Te lastimé para salvarte.

–¿Estás loco?

–Es posible que, para vos, esté loco, pero es demasiado tarde para que entiendas y no quiero que entiendas, hijo. Estoy preparado para que me odies. Me gustaría morir y que te quede un buen recuerdo mío, pero eso no es posible y, creo, es mejor.

–No te odio –suspiró Gaspar–. Pero me das miedo. ¿Por qué me lastimaste? Decime la verdad. Me hiciste chuparte la sangre, papá.

–Era necesario. Cada paso fue el necesario para que estés protegido.

–¿De quién, papá? ¡Si hay que cuidarme de vos, nomás! ¿Y si le cuento a alguien? Podés ir preso por lastimarme así, esto no es que me pegues un cachetazo.

–Estoy preparado también para que me denuncies.

–Recién le mentiste a Lidia.

–Podría decirles la verdad. No me importa.

Gaspar se sentó. ¿Cuánto llevaba ahí, en el piso, junto a su padre? ¿Horas? El brazo le dolía horriblemente.

–Siempre nos cuidamos, yo te cuidé este tiempo. No me tenías que hacer esto.

–Yo te voy a seguir cuidando. Esperá –dijo Juan, y le rozó la mano del brazo herido, con suavidad–. No me tengas miedo, ya no hace falta que me tengas miedo.

Juan apoyó su mano sobre la venda y Gaspar dio un respingo, pero después, enseguida, el dolor desapareció. No se fue de a poco: desapareció como si nunca hubiese estado ahí. Su padre lo miró. Tenía los ojos ensangrentados. Parecía muerto. Está muerto, pensó Gaspar.

–La herida sigue ahí. Cuidala como si te doliera, pero no te va a doler más. No tomes los analgésicos, no hace falta. Tomá los antibióticos.

–Adónde se fue el dolor.

–Eso te lo podés imaginar, hijo.

Gaspar se acostó sobre el piso. Quería dormir sin sueños, quería dormir años.

Estaba sentado en el escalón de la puerta de su casa cuando vio llegar a su tío. Lo reconoció de inmediato: el aire de familia era indudable, aunque Luis no era tan grandote como su padre y tenía algunas canas. Era más viejo, eso Gaspar lo sabía, debía tener como cuarenta años. Su tío lo saludó con la mano y se acercó corriendo. Llevaba una campera inflable negra sobre una camisa leñadora y del hombro le colgaba un bolso. Y, cuando estuvo cerca, Gaspar se dio cuenta de que estaba bronceado, era raro el contraste con el pelo rubio, más claro todavía por las canas; también tenía bastantes arrugas. Estuvieron mirándose un segundo hasta que su tío le sonrió y lo abrazó, lo despeinó, le dijo estás enorme, le contó que la última foto que le habían mandado la había recibido hacía más de tres años. A Gaspar la voz le salió temblorosa cuando dijo:

–Hay café de esta mañana. ¿Tomás café?

Su tío le dijo que sí, pero antes se detuvo a mirar la casa. Una maravilla, comentó, y señaló la puerta de madera, las persianas de hierro pintadas de verde oscuro y finalmente la firma grabada al lado de la puerta principal: O'Farrell y Del Pozo.

–Son dos arquitectos famosos –le explicó–. Vivís en una casa fantástica.

Gaspar sintió un poco de vergüenza cuando su tío entró, porque por adentro no era fantástica. Parecía un lugar deshabitado. Luis no dijo nada, aunque sí miró alrededor, algo sorprendido. Ni un cuadro en las paredes, ni muebles para guardar cosas, apenas ese sillón amarillo. Gaspar le agradeció el silencio. La cocina era más cálida y Gaspar puso a calentar la cafetera.

–¿Tu papá?

–Creo que está durmiendo.

–Me voy a quedar un tiempo, negrito, no pueden estar solos ustedes.

Gaspar respiró hondo antes de preguntar:

–¿Por qué no viniste antes?

Su tío sonrió.

–Me enteré de que llamaste a Mónica a Brasil. Tu papá me pidió que no viniera hasta que él me lo pidiese. Vos sabés que tu papá no es una persona fácil. Separarse tampoco es fácil.

—Me imagino –dijo Gaspar. La voz de su tío lo tranquilizaba. Era la misma que había escuchado tantas veces por teléfono y que lo había saludado para los cumpleaños, para Navidad, a veces para Reyes, todos los años, desde que tenía memoria. No le resultaba un desconocido, aunque lo había visto solamente en fotos. No había llamado para el Mundial, eso era raro. Se lo preguntó.

—¡Llamé! –le dijo su tío y se rió con la risa que Gaspar también reconoció, una carcajada corta y con bastante volumen, un poco gritada–. Pero nunca había nadie acá durante los partidos.

—Papá estaba, creo, pero no te iba a atender. Yo los veía en la casa de una amiga, por cábala.

—Qué lástima, me hubiese gustado hablar con vos.

A Gaspar se le cayó un poco de leche cuando la agregó a su café. Le pareció raro que su tío tomara el café sin azúcar, pero no dijo nada.

—¿Te rompiste el brazo?

Gaspar esperaba la pregunta, porque todavía llevaba el brazo medio inmovilizado. Faltaba un poco para que le sacaran los puntos. No quería hablar de eso con su tío. De tanto repetir la mentira, a lo mejor algún día se la iba a terminar creyendo.

—Me corté mal porque me caí en la escalera. Después te muestro, la escalera tiene una ventana y me resbalé y metí el brazo en el vidrio. Me operaron y todo.

—¿En serio? Tu viejo no me dijo nada.

Y claro que no, pensó Gaspar. La cicatriz le picaba, le tiraba; Gaspar se rascó con cuidado por encima de la venda apenas. Su tío sorbía el café: no sospechaba, se había creído lo del accidente. ¿Cómo iba a sospechar? Por las dudas siguió hablando. Le contó que el lunes siguiente volvía a la escuela y que todavía no lo dejaban jugar al fútbol, aunque no entendía por qué, si había jugadores que lo hacían infiltrados y con cosas peores.

No pudo terminar de contarlo ni recibir respuesta porque oyó los pasos inconfundibles de su padre en el living y, con sorpresa, lo vio entrar en la cocina. Era raro que se levantara de la cama. Y todavía con más sorpresa vio el abrazo, los ojos emocionados de su tío, el cuerpo alto de su padre que, en ese gesto de cariño, parecía frágil. Los dos salieron de la cocina; su tío le indicó con un gesto que volvía en un rato, su padre ni lo miró. Gaspar se puso a lavar las tazas con una sola mano porque no podía mojarse el brazo lastimado.

Vicky se sorprendió cuando volvió de la escuela y, en el desordenado living de su casa, vio a Luis, el tío de Gaspar, tomando mate con su madre, que tenía ese día, y el siguiente, libres en el hospital. Su mamá la presentó como «una de las mejores amigas de Gaspar» y Luis le dijo que había oído hablar de ella. Vicky pensó que era como una versión más vieja y más agradable del padre de Gaspar. La conversación importante ya estaba terminada, se dio cuenta Vicky, porque ahora hablaban de la vida de Luis en Brasil. Un barrio que se llamaba Gamboa, cerca de Santa Teresa. Qué hermoso, decía su madre, y Luis le contestaba: más o menos, a lo mejor ya no me parecía tan hermoso porque uno extraña. Hablaban del exilio, Luis decía que extrañaba los olores, la comida, que Río era una ciudad maravillosa, pero también muy melancólica. Y esta vuelta también es triste, dijo, y ahí los dos miraron a Vicky, pero ella agarró un cañoncito de dulce de leche y no se movió.

—Estaría mucho más cómodo en un hospital —dijo Lidia, de repente.

—Eso me dicen, pero él prefiere estar en su casa mientras pueda. Lo van a internar pronto.

La casa de Gaspar ya era como un hospital. Vicky había estado una sola vez, pero había notado el cambio. Estaba calentita, con las estufas encendidas. Habían comprado una cama nueva para Juan, más cómoda para atenderlo, alta, con barandas, con una manivela para levantar la cabecera y, por la mirada que ella había echado a la habitación, todos los remedios estaban sobre una mesita, ordenados. La enfermera dormía ahí, la médica casi siempre. Los días que no trabajaba en el hospital, su mamá también ayudaba. A Vicky le parecía bien, pero se daba cuenta de que, mientras tanto, nadie le prestaba mucha atención a Gaspar, que andaba por la calle, en bicicleta, o se iba a nadar, o se iba al cine y veía una película atrás de otra y parecía tan triste, flaco, ni siquiera se ponía contento ya cuando miraba un partido y faltaba a la escuela.

—Gaspar está remal —dijo Vicky.

Luis la miró, con la bombilla entre los labios y los ojos color turquesa muy atentos. Apoyó el mate sobre la mesa, lo cebó y se lo pasó a Vicky.

—Está hecho pelota. Es su papá. Y encima tuvo dos accidentes estos meses, una mala suerte el pobre.

—Igual no se llevan bien.

—Mi hermano nunca fue un tipo fácil y me parece que a Gaspar le cuesta aceptar que se va a tener que despedir de su papá.

—¿Lo va a adoptar?

—Tuteame.

Vicky estaba asombrada por ese hombre, que le hablaba con seriedad, como a una persona grande, que la miraba con franqueza y cebaba mate genial.

—Ya terminé el primer trámite, ahora soy el tutor de Gaspar.

—¿Qué es eso?

—Que soy el adulto a cargo de él.

—Entonces capaz tendrías que fijarte un poco porque mucho no lo están cuidando.

Luis entrelazó las manos sobre las piernas y pensó antes de contestar.

—Mirá, Vicky. Es cierto lo que decís. A mí también me gustaría que Gaspar me hiciese más caso, que pasara más tiempo en casa. Porque es chico todavía. Cada cual maneja la muerte de su papá o su mamá como puede. Mi mamá se murió cuando yo era apenas más grande que Gaspar. Fue una enfermedad muy fea y yo también me volví un poco rebelde. Estoy seguro de que ustedes, como amigos, lo pueden ayudar mejor que yo, porque lo conocen más.

Vicky cruzó las piernas sobre el sillón; tenía puesto el buzo de gimnasia.

–No sé cómo hacer –dijo.

–¿Ves lo que te digo? –dijo Luis–. Nadie sabe.

Gaspar volvió tarde a su casa. Su padre ya estaba internado y la casa era tan tranquila sin él, sin el movimiento de las enfermeras, sin la necesidad de hacer silencio. No sabía si estaba su tío, que dividía el tiempo entre la clínica y tratar de estar con él. Había pizza en el horno, y aunque ya estaba fría –y faltaban varias porciones–, comió sobre la mesa de la cocina. Una suerte: el bar del parque había cerrado sin aviso y él tenía mucha hambre después de haberse pasado la tarde en el cine. La puerta de la habitación de su padre estaba entreabierta y por un momento le pareció ver su figura sobre la cama, pero era un movimiento de sombras.

Oyó la puerta, las llaves. Los pasos que siguieron al ruido eran los de su tío: decididos, rápidos, de zapatillas. Se encaminaron derecho a la cocina y, cuando Gaspar le vio la cara, cansada y con el ceño fruncido, una expresión entre preocupada y triste, pensó: se viene una charla. La charla, pensó Gaspar.

Su tío se sentó en una de las sillas de la cocina y le pidió, por favor, un vaso de algo fresco. Gaspar le sirvió jugo de manzana con hielo. ¿A lo mejor quería vino? Se lo hubiese dicho.

–¿Querés venir a la clínica conmigo? Desde que internaron a tu viejo no fuiste.

–¿Para qué? ¿Cambió algo?

–Qué enojado estás, hijo.

Luis movió los hielos en el vaso, como si fuese whisky, y dijo:

—Algo cambió, sí. Ya no está consciente tu papá. Tuvo un derrame cerebral esta mañana. ¿Sabés lo que es?

—No.

—Me explicaron más o menos, yo tampoco entiendo mucho. Al final, lo que quiere decir es que no saben si se va a despertar.

Gaspar sintió que le temblaban las rodillas y al mismo tiempo el alivio era tan grande que no sabía cómo reaccionar.

—Estaría bien que te despidas, digo yo. No saben si escucha o no. Dicen que es impredecible, tu viejo.

—Para qué querés que me despida, si ni se va a enterar, me estás mintiendo —dijo Gaspar, y no quiso escuchar nada más. Se fue a la pieza y cerró con llave para que no lo molestara su tío. Como era capaz de tocarle la puerta, Gaspar se acostó boca arriba, se puso los auriculares y un disco de The Cure —el que estaba en el equipo: se daba vuelta solo— y en la oscuridad lloró tratando de no hacer ruido hasta que se quedó dormido con la música en la cabeza y soñó con su padre, que le hablaba sosteniendo entre las manos un cuchillo enorme, como de cazador, le hablaba sentado en su cama de moribundo y se había cortado los párpados, con el cuchillo, a lo mejor, aunque Gaspar no veía sangre en el sueño, solamente los ojos amarillos de su padre abiertos y sobre las sábanas las pestañas rubias pegadas a restos de piel seca.

No podía entender qué le decía y eso era lo que más lo angustiaba del sueño, porque parecía importante.

Ese sábado era el día prometido. Habían quedado en juntarse directamente en la casa de la calle Villarreal, en el patio seco de la entrada, después de la merienda. Gaspar dijo que él prefería entrar con luz, a las seis de la tarde ya estaba oscuro, pero no le hicieron caso y él no insistió. Hacía dos días que su padre ya no se despertaba. Finalmente había ido a verlo a la clí-

334

nica; su tío dejó de insistir pero él se decidió. Estaba solo en una sala de terapia intensiva especial, exclusiva para él. Gaspar se sentó en la cama. Su padre tenía los ojos cerrados. Se los abrió. La pupila del lado derecho estaba fija y negra, como un escarabajo. La otra estaba normal. Tocar su cuerpo era como tocar arcilla. No podía creer que se hubiese apagado de esa manera. No estaba muerto, tampoco estaba del todo vivo, y aunque Gaspar seguía enojado le hubiese gustado hablarle un poco, por última vez a lo mejor, decirle que no lo perdonaba pero que lo quería, ¿se iba a morir sin volver a hablarle? ¿Se había terminado tan repentinamente? Cuando su padre se movió apenas, Gaspar se acercó aliviado, todavía no estaba muerto. Respiraba tan extraño que por eso le había parecido que se movía: pasaba casi un minuto sin respirar en absoluto y de repente inhalaba como si se acordase de que debía hacerlo y entonces lo hacía rápido, agitado, y volvía a dejar de respirar. No abría los ojos pero ¿podía oírlo? Se agachó para hablarle al oído y le dijo: despertate, papá. Le dio la mano pero no tuvo ninguna respuesta. Cuando salió de la habitación, su tío lo esperaba afuera y Gaspar le preguntó si se había dado cuenta de cómo respiraba. Su tío le dijo que sí y le pasó una mano por los hombros, pero Gaspar lo rechazó. No quería que lo tocaran. ¿Dónde estaban Esteban y Tali, si eran tan amigos, por qué lo habían dejado solo? El viernes por la mañana, antes de ir a la escuela, Gaspar pasó por la habitación y creyó ver a su padre muerto en su cama, tan inmóvil, el sol entraba por las rendijas y se quedó en la puerta hasta que la imagen se desvaneció. Sí, iba a mudarse con su tío, que le caía bien, que era tan diferente y tan parecido a los padres de sus amigos, pero se sintió expulsado de su verdadera casa, una casa que no conocía del todo o a la que le habían permitido entrar apenas en unas habitaciones, una casa secreta que era completamente suya. Sintió que le habían cerrado una puerta en la cara, que lo habían enviado a un mundo diferente, donde lo iba a criar un desconocido, como en *La guerra de las galaxias*.

Había llegado demasiado temprano a la cita en la casa de la calle de Villarreal. Por el camino había visto a algunos chicos jugando al fútbol en la calle y a un grupo de chicas saltando al elástico. Era sábado a la tardecita, ya empezaba a hacer un poco de calor y el cielo parecía pintado, sin nubes, se oscurecía hacia el azul antes del negro de la noche. Gaspar llevaba en la mochila un fierro grande para usar de palanca, que había pedido en la gomería. Pablo se encargaba de traer la linterna, Adela, las llaves para el candado, y Vicky no traía nada porque de repente estaba en contra de entrar en la casa. Se lo había dicho muy claro: tengo miedo, hay algo adentro de la casa y no sé si tiene que ver o no con el padre de Adela, pero no me importa. No entres si no querés, le había dicho Gaspar. No los voy a dejar solos, le había contestado Vicky, pero ojalá no se abra la puerta.

La puerta se iba a abrir, eso Gaspar lo sabía.

Se sentó en la vereda a esperar a los otros y encendió un cigarrillo. Desde donde estaba no alcanzaba a ver la casa ni la puerta, pero podía imaginárselas.

Recordaba cómo, en la Costanera, su papá le había pedido que abriese la puerta de hierro para bajar a la playa, cuando llevaron las cenizas de su madre. ¿Qué había hecho? Solamente obedecer. Creía poder hacerlo de vuelta sin él. Su padre también iba a cremarse. Nadie se cremaba. ¿Por qué sus padres sí? Se lo había preguntado a su tío, quien, claramente incómodo, le había dicho que le parecía una costumbre sana, aunque él prefería la tierra, la tumba. Era caro cremar, también, pero eso no resultaba un problema. Le preguntó si iban a quedarse con las cenizas y su tío le dijo que podían hacer lo que quisieran. Que su padre le había dicho: cuando las tires, tiralas al río. Pero mientras estén en la misma casa que Gaspar, que decida él. Otra vez la cajita de cenizas en un estante. Eso era ser huérfano: tener cajitas de cenizas y no saber qué hacer con ellas.

Adela llegó primero, como se imaginaba. Traía las llaves. Se sentó al lado de Gaspar, en la vereda: llevaba unos jeans que le quedaban un poco grandes y un buzo rosa viejo con mangas anchas. Pablo llegó después, con Vicky. Gaspar se dio cuenta de que estaba asustada, era la que más miedo tenía de todos. Claro que ella había sido la única que había oído ese zumbido de la casa; Gaspar había intentado oírlo también, pero para él la casa estaba en silencio.

—No entremos. Por favor —dijo Vicky.

—No vengas si no querés —se enojó Adela, y se acercó a la puerta con la llave del candado en la mano. Gaspar dejó que intentara abrirlo, la dejó manosear el candado y usar la llave durante un rato, aunque sabía que, incluso si fuese posible abrirla, ella no iba a ser capaz con una sola mano. La dejó hasta que le dio demasiada pena. Pensó en su padre, en cómo se moría solo en una cama de hospital, respirando de a ratos y se dijo vamos, entremos en esta casa, qué nos puede pasar; si Adela cree que acá adentro hay alguna pista, veamos si tiene razón; sepamos qué es ese zumbido, por qué la gente le tiene miedo a esta casita de mierda, qué se esconde acá, yo puedo abrirla, yo puedo entrar en lo escondido, pensó, y se lo repitió, yo puedo entrar en lo escondido, siempre pude, pero no sé si quiero vivir así, ¿mi papá vivió así?

Corrió a Adela con delicadeza y cubrió con su propio cuerpo las manos y el candado, les tapó la visión a los otros para que no se dieran cuenta de que ni siquiera lo manipulaba, sencillamente lo tomaba entre los dedos y la puerta se abría bajo su mínima presión.

—Tenías razón —le dijo a Adela, tratando de disimular las gotas de sudor que se le formaban en la frente y le bajaban por la espalda. Su cuerpo no había hecho ningún esfuerzo, pero se comportaba como si estuviese agotado después de una carrera: el corazón le latía con fuerza y muy rápido—. Esa llave abre todo. Ahora vamos a ver qué onda la puerta. Pasame la mochila.

Adela se la dio: Gaspar trató de evitar sus ojos. Ella lo miraba con enamoramiento. Lo miraba como cuando él le había regalado la caja para que pudiese mejorar las molestias en su brazo fantasma. ¿Por qué hacía cosas por Adela? La quería, era su amiga, no era porque le diese lástima. Era como si le debiera un favor. Puso la palanca en la puerta. Era de hierro, no parecía la original, seguramente habían sacado la de madera para cerrar la casa con esta, más firme.

—¿Te ayudo? —le preguntó Pablo—. ¿No te duele el brazo?

—Un poco, pero estoy bien —mintió Gaspar. El brazo estaba curado. Le faltaba sensibilidad en un par de dedos, pero iba a recuperarla, podía moverlos, los sentía menos que los demás. Eran dedos fantasmas. Dedos fantasmas en el brazo derecho, el que le faltaba a Adela.

Gaspar fingió hacer fuerza, apretar los dientes, hacer palanca. No estaba haciendo, en verdad, más que apoyar el fierro en la juntura de la puerta. Ya se había abierto. La pateó con fuerza para que pareciese que el movimiento había sido el mismo, que la patada acompañaba el esfuerzo de los brazos y la palanca. Cuando se abrió, todos retrocedieron. Gaspar tuvo que agacharse a respirar para tratar de tranquilizarse: una vez más no se había esforzado físicamente, pero su cuerpo reaccionaba como si hubiese trasladado algo muy pesado. Por esos minutos de recuperación no vio lo que había hecho retroceder a los demás.

En el interior de la casa había luz.

Adela entró, decidida. Gaspar la siguió y notó que los otros dos iban detrás de él. Vicky le agarró la mano y él se la apretó. Lo que veían era imposible porque la luminosidad parecía eléctrica. pero del techo no colgaban lámparas: había agujeros con cables viejos que asomaban como ramas secas. También olía a desinfectante. Tenía algo de hospital, pensó Gaspar, y no dijo nada. Junto a la puerta, del lado de adentro, había un teléfono negro, viejo. Estaba desenchufado, se veía el cable arrancado, pero Vicky le dijo a Gaspar al oído: ay, que no suene. Pablo, un poco más lejos, daba vueltas sobre sí mismo mirando alrededor.

—Es demasiado grande —dijo sin mirarlos—. La casa. Es más grande de adentro que de afuera.

Tenía razón. El living, o el hall de entrada, o lo que fuese ese primer ambiente, parecía un salón vacío y tenía tres ventanas, aunque desde afuera solo se veían dos. Solo había dos. Gaspar sintió que Vicky le clavaba las uñas en el brazo, en el sano, ella tenía cuidado, jamás le había dicho que no le dolía, tampoco a Pablo, y eso que Pablo sabía lo que había pasado. Después dijo en voz alta:

—Salgamos. Está zumbando.

Ahora Gaspar también oía, aunque muy tenue, a una frecuencia muy baja, parecido a cuando el equipo de música quedaba encendido y vibraba casi imperceptiblemente. Era como si detrás de las paredes vivieran colonias de bichos ocultos bajo la pintura. Bichos pequeños, a lo mejor alados. Mariposas nocturnas. Escarabajos negros. Pensó que en cualquier momento la pintura, de un amarillo patito muy claro, se iba a desprender e iba a dejar que salieran volando los bichos, se imaginaba muchas polillas, esos animales que cuando se los atrapaba quedaban convertidos en cenizas.

Ser huérfano era cargar con cenizas.

Adela se adelantaba, entusiasmada, sin miedo, entraba en la casa iluminada por su sol privado, la casa que era otra por adentro. Pablo le pedía esperá, esperá; pero ella no hacía caso. La vibración la atraía. La luz, que no era eléctrica, al menos no venía de ninguna lámpara en el techo, la hacía parecer dorada.

La siguieron hasta la siguiente sala, que tenía muebles. Sillones sucios, de color mostaza, agrisados por el polvo. Contra la pared se apilaban estantes de vidrio. Estaban muy limpios y llenos de pequeños adornos. Adela se acercó para ver qué eran: llegaban casi hasta el techo. En el estante inferior había objetos de un blanco amarillento, con forma semicircular. Algunos eran redondeados, otros más puntiagudos. Gaspar se animó a tocar uno y lo soltó enseguida, asqueado.

—Son uñas —dijo.

Vicky se puso a llorar. Pablo y Adela seguían mirando. Gaspar los observó. Estaban raros. Fascinados, pero como si recién se despertaran, adormecidos. Él y Vicky no, ellos estaban alerta. La sensación de que algo horrible iba a pasar era clarísima, al menos para él, pero se entregó. La casa los había buscado y ahí los tenía, ahora, entre sus dedos, entre sus uñas. El segundo estante estaba decorado con dientes. Muelas con plomo negro en el centro, arregladas; después los colmillos, que, le habían enseñado en el colegio, se llamaban incisivos. Paletas. Dientes de leche, pequeños. Gaspar adivinó lo que había en el tercer estante antes de verlo, era obvio. Había párpados. Ubicados como mariposas, igual de delicados. Pestañas cortas, oscuras largas, algunos sin pestañas.

—Hay que juntarlos —dijo Adela, excitada—. ¡A lo mejor alguno es de mi papá!

Gaspar la paró. Le detuvo la mano antes de que pudiese tocar los delicados restos humanos de los estantes. Y entonces se cerró una puerta adentro de la casa. Gaspar iba a recordar el sonido durante años, clarísimo. Un golpe firme, no un golpe de viento. Un portazo sin un chirrido. Un sonido seco y definitivo. ¿De qué parte de la casa venía? Era imposible distinguirlo desde ahí. Vicky se puso histérica y quiso correr, pero no supo hacia dónde. Pablo la agarró de la cintura, mudo. Gaspar lo miró con admiración y se encargó de Adela. La miró a los ojos —ojos oscuros y ofuscados— y le dijo, bien claro:

—Ahora vamos a intentar salir. Hay alguien acá.

—No hables en voz alta —susurró Vicky, y Gaspar pensó las cosas tienen que estar claras porque ahora nos tenemos que salvar. Se sentía frío y decidido. Llevaba el fierro en la mano y sabía que era capaz de usarlo.

—Vicky, ya saben que estamos en la casa.

—Nunca tendríamos que haber entrado —dijo Pablo, y en ese momento Adela salió corriendo hacia la otra habitación.

Gaspar trató de atraparla, pero ella logró escabullirse. La siguieron. Costaba un poco correr en la casa, como si estuviese mal ventilada, como si faltase el oxígeno. Ninguno le gritó que parase, pero tampoco la dejaron sola. La siguiente habitación era una especie de comedor: en el fondo se veían los restos de una cocina oxidada. No había mesa. Y lo que sí había no tenía sentido. Un libro de medicina, de hojas satinadas, abierto en el suelo. Un espejo colgado cerca del techo, ¿quién podía reflejarse ahí? Una pila de ropa blanca, aparentemente limpia, bien doblada. Sábanas. Adela quiso agarrar una y Gaspar la detuvo con firmeza, a punto de darle un cachetazo. No hay que tocar nada, pensó. Es como si todo fuese radiactivo. Es como Chernóbil. Si tocamos la casa, no nos va a dejar salir nunca, se nos va a pegar. Lo dijo en voz alta. Le daba miedo que la presencia en la casa escuchase su voz, pero no tenía alternativa. Era imposible ocultarse.

–No toquen nada. De verdad les digo.

Solamente tengo que sacarla de acá, pensó. Si hace falta arrastrarla, lo voy a hacer. Él también sentía, aunque en menor medida que Adela, la atracción: tenían que irse y no querían o algo los retenía.

–¿Y por qué? –preguntó ella–. ¡Puede haber cosas de mi papá!

–No conocés a tu papá.

–Esos dientes capaz eran de él. A lo mejor tuvieron a mucha gente acá adentro. Mucha gente. Vos y yo leímos que los militares usaban casas comunes para torturar. A lo mejor usaron esta y nadie sabía. Acá hay partes de mucha gente.

Adela dijo eso en un tono que espantó a Gaspar. Se acordó de Omaira en el lodo y sus ojos como cucarachas; se acordó de las pupilas fijas de su padre, pensó en un mundo de cristales negros y brillantes. Acá hay partes de mucha gente. Eso no lo había dicho Adela, aunque alguien había usado su voz. ¿Quién hablaba a través de ella?

–Tenemos que salir –dijo Gaspar.

Adela tembló bajo esa luz artificial. Gaspar sintió que estaban en un teatro: se supo observado. Y, cuando ella salió corriendo y se internó por un pasillo que quedaba justo al lado de la cocina oxidada en esa casa que por adentro parecía no tener fin, la detuvo. La tiró al piso y escuchó cómo el mentón resonaba contra el suelo. Ella se retorció bajo su peso y con una fuerza inexplicable logró sacar su único brazo y meterle los dedos en los ojos. En un segundo se había soltado. Gaspar no podía creerlo. Él debía ser por lo menos quince kilos más pesado que Adela y era fuerte, nadaba, sabía pelear. Sin embargo, no podía con ella.

Porque no estaba peleando con ella, pensó, estaba peleando con la casa. O con el dueño de la voz.

Vicky también trató de pararla y tampoco pudo. Pablo sencillamente la corrió, jadeando. Y después los tres la siguieron por un pasillo ancho que tenía varias puertas a cada lado, un pasillo imposible de largo, imposible que existiese en esa casita, metros y metros, con el piso de madera algo sucio, pero no abandonado, y las paredes con un empapelado de flores de lis. Los tres vieron cómo Adela abría una puerta que debía llevar a una habitación. Parecía un pasillo de hotel, se dijo Gaspar. Antes de entrar, ella se dio vuelta y los saludó con su única mano. Ninguno la paró, porque pensaban seguirla. No podían imaginar que después del saludo ella iba a cerrar la puerta. O que alguien iba a cerrar la puerta.

Gaspar supo entonces, cuando vio desaparecer su pelo amarillo en la oscuridad –la habitación en la que había entrado estaba oscura–, que esa puerta sí que no iba a poder abrirla. Que estaba fuera de su alcance. Lo sentía en el cuerpo y en la mente con una claridad luminosa. Primero quiso abrirla Vicky: el picaporte se movía, pero eso era todo. Ninguno había escuchado ruido de llaves. Después lo intentó Gaspar, aunque ya sabía que era inútil. Lo intentaron los tres, sin pensar en la presencia, en ese alguien más que podía estar en la casa. Usaron el fierro, dieron patadas, corrieron y se tiraron contra la puerta como habían visto hacer en las películas. No había manera de abrirla.

—Tenemos que buscar ayuda —dijo Pablo, y en ese preciso instante, como si hubiese dado una orden, se apagó la luz.

Vicky gritó y después empezó a llorar muy fuerte y muy alto y Gaspar se dio cuenta de que su llanto venía desde abajo; se había sentado o se había caído, no era fácil darse cuenta en la oscuridad, que era total.

—Dame la linterna —pidió, y Pablo tanteó su espalda hasta que dio con su brazo y Gaspar la tomó y la encendió. La luz era poca, pero tenía que alcanzar. Pablo también lloraba: reconocía ese llanto contenido y bajo. Él no tenía ganas de llorar. Él tenía que sacarlos de ahí, porque solos no iban a poder.

—Vicky —dijo—, levantate y agarrame de la cintura. Pablo, vos agarrala a ella, así no nos perdemos.

—¡Y por qué nos vamos a perder! —dijo Vicky, y en su voz había una nota de nena chica, de terror tan paralizante que Gaspar le apretó un brazo y se lo sostuvo con la mano que tenía libre mientras trataba de sostener la linterna. Se había metido el fierro en el bolsillo, que debía sobresalir aunque en la oscuridad no podía verlo. No le contestó a Vicky. Era obvio por qué podían perderse: las paredes del pasillo ya no estaban ahí. Eso ya no era un pasillo. La posibilidad de volver a atravesar la sala de los estantes (¿qué habría en los de arriba?, ¿corazones, pulmones, cerebros, quizá cabezas?) le daba miedo, pero sabía que no debían seguir adentrándose en la casa. Lo que había más allá estaba muy lejos de la calle, de sus casas, del barrio, de sus padres. Si Pablo se dio cuenta de que ya no estaban en un pasillo, no dijo nada. Lo escuchaba moquear en la oscuridad. Él mismo escuchaba a su propio corazón, demasiado rápido, salteándose algunos latidos. Levantó la linterna hasta la altura de su cuello e iluminó lo que ya no era un pasillo. Tenía el aliento de Vicky en la oreja y la escuchó decir:

—Prendé la linterna, por favor, por favor.

Se sorprendió. ¿Tendría los ojos cerrados?

—Está prendida —dijo.

—No mientas, ¡tarado! No veo nada.

Pensá rápido, pensá rápido, se dijo Gaspar. Si se entera de que está encendida la linterna y que ella igual no ve, va a pensar que quedó ciega. Si hacía como que no tenía pilas o que no funcionaba, ella se iba a enojar con Pablo. Si Pablo sí veía, a lo mejor entendía lo suficiente para callarse. Era mejor esto. Era mejor Vicky furiosa que aterrorizada.

—Yo tampoco veo nada —dijo Pablo. Ya no lloraba. Gaspar sintió que confiaba en él, que no tenía que cuidarlo. No podía explicar por qué sus amigos no veían. La linterna iluminaba poco espacio, pero muy bien. Se notaba que las pilas eran nuevas. Era un detalle que a Pablo nunca se le hubiese escapado.

—Es que se apagó. Vicky, tranquila, que yo algo veo.

Ella nunca se comportaba como una nenita. Por eso era tan fácil ser su amigo. Sin embargo, ahora estaba histérica. Y empezó a decir en voz alta, justo sobre la oreja de Gaspar:

—¡Es que no aguanto más el zumbido y aparte ahora hablan! ¿No escuchan que alguien habla?

Por eso estaba portándose así, pensó Gaspar. Vicky no se descontrolaba tan fácil: escuchaba cosas, le pasaba algo distinto de lo que le ocurría a Pablo o a él. Estaba encerrada en su cabeza, además de en la casa. Gaspar no oía nada en absoluto. Ni el zumbido —que sí había oído al entrar y ahora había desaparecido— ni por supuesto ninguna voz. Gritó en la oscuridad:

—Pablo, ¿vos estás bien?

—Sí —dijo Pablo, dudoso—. Y tampoco oigo nada.

—Bueno. Sostenela a Vicky, y caminen. Yo los guío, ustedes caminen. No se suelten.

Y no voy a escucharlos más, pensó Gaspar. Porque había iluminado hacia los costados y había visto las paredes cubiertas de enredaderas y musgo. Y, cuando iluminó mejor, entre las plantas había cositas blancas. Huesos. Algunos muy chicos. De animales, se dijo. De pollo. Al menos ahora parecía más una casa abandonada. Movió la linterna y vio un piano negro y, cerca, lo que parecían maniquíes colgando del techo. El piso estaba lleno de velas consumidas y dijo en voz alta:

—Cuidado que está resbaloso.

Vicky y Pablo no preguntaron por qué; a lo mejor imaginaban algo espantoso, pero Gaspar no pudo tranquilizarlos diciendo que se trataba de cera porque la linterna iluminó una ventana y lo que había del otro lado era imposible. Gaspar no quería detenerse a ver pero lo hizo: del otro lado del vidrio sucio se veía la luna sobre los árboles, muchos árboles, un bosque quieto, como si la casa estuviese en una colina, en un lugar más alto que permitiese ver ese paisaje, ese panorama. El bosque no le pareció lindo. También podía ser una pintura muy detallada, pensó. Una pintura de una ventana que daba a un bosque. Era eso. Igual la pintura tenía algo desagradable, parecía una trampa. Toda la casa era una trampa.

No iluminó más las paredes. Ni el piso. Siguió iluminando adelante, a veces seguro de que, si había alguien en la casa, iba a llegar el momento en que le sacara la linterna de la mano, lo golpeara (los golpeara) y los arrastrara hasta alguna de esas habitaciones oscuras, como la que había elegido Adela. ¿Por qué los había saludado así? Había sido un gesto tan chiquito, una despedida.

¿Y si el que había cerrado una puerta en algún lugar de la casa era el padre de Adela? ¿Y si seguía vivo? ¿Si no era un desaparecido, sino un asesino serial? Pablo dio un pequeño grito en la oscuridad y Gaspar preguntó qué pasa, qué te pasa.

—Algo me tocó. En la espalda —dijo Pablo.

—Basta —dijo Gaspar—. Vamos a salir. No te des vuelta.

Vicky no dijo nada. ¿Lo había oído a Pablo? Era imposible que no.

La linterna iluminó una escalera de madera con una hermosa baranda: llevaba a otro piso, arriba. El problema, claro, era que la casa de la calle Villarreal no tenía piso de arriba.

—¿Ves la puerta? —le dijo Vicky. Tenía el aliento muy caliente y olía a monedas. Pero ya no se la escuchaba tan asustada. Sus manos lo apretaban tan fuerte que dolía un poco.

—Ya llegamos —contestó Gaspar, y pensó: Adela se quedó encerrada en esta casa, Pablo está por tener un hermano, y a Vicky la quieren mucho. Basta, pensó. Papá, dame la puerta. Tenemos que salir.

—Vicky, ¿escuchás algo?

—El zumbido, pero menos.

Gaspar repitió sin mover los labios: papá, dame la puerta y sintió cómo la transpiración le humedecía la nuca, la espalda y siguió caminando.

La linterna iluminó la puerta, totalmente abierta. ¿Ellos la habían dejado así, de par en par? No importaba. Se apuró sin decir nada, por las dudas, y sintió el alivio de Vicky cuando ella también vio las luces de la calle, la noche afuera, y se desprendió de su cintura y salió corriendo a la vereda, a salvo. Pablo hizo lo mismo, instintivamente. Gaspar apagó la linterna y miró la casa. Seguía igual, desde afuera. Pequeña, fea, gris, las ventanas tapiadas. Oscura. Le dio la linterna a Pablo. No podía hablar. Vicky estaba distinta ahora: el pelo largo, despeinado, le daba un aire adulto. Lo abrazó rápido pero con fuerza, y le dijo estás todo transpirado, y después gracias, gracias. Afuera volvía a ser decidida.

—Vamos a mi casa. Que llamen a la policía, hay que sacarla a Adela de ahí adentro.

Y con eso Vicky salió corriendo, directo hasta su casa; Pablo y Gaspar la siguieron. ¿Estás seguro de que te tocaron?, quiso saber Gaspar, y Pablo, corriendo pero mirándolo a la cara, le dijo que sí y que no. Capaz se lo había imaginado. ¿Vas a decir la verdad?, preguntó Pablo, y Gaspar dijo que sí. Iba a contar lo que había visto hasta que Adela se metió en la habitación. No iba a hablar de la luz de la linterna que los demás no habían podido ver, ni de la escalera grandiosa y el piano ni de que él mismo había abierto la puerta sin hacer fuerza, como si la puerta le obedeciera, como si lo hubiese estado esperando.

Él había llevado a Adela hasta ahí. Estaba seguro. Se la había entregado a la casa. No había podido pararla cuando corría, ¡una nena liviana como un juguete, una nena sin un brazo y él, que ya era grandote, no había podido pararla porque le había metido un dedo en el ojo! Ahora la culpa le retorció el pecho por adentro, ahora sabía que la única persona que podía decirle dónde estaba Adela y quién se la había llevado era su padre, y su padre ya no iba a hablarle nunca más.

Todo lo que pasó después, para Gaspar, pasó detrás de una especie de niebla. Como si se hubiese restregado los ojos hasta dejarlos medio enceguecidos. Y como si esa ceguera parcial, esa bruma gris, estuviese extendida hacia todo su cuerpo. Una distancia entre él y los demás, entre lo que decían y hacían los demás, como si viese una película en volumen bajo detrás del humo.

Su tío enojado porque habían entrado en la casa. Y porque tenía que acompañarlo a hablar con policías, con el juez de menores, con otra gente que Gaspar ya no distinguía. Betty se había desmayado con la noticia de la desaparición de Adela: había querido entrar a la casa, se había dado la cabeza contra las paredes y la puerta, había rasguñado los ladrillos que tapiaban las ventanas. Alguien le dijo a Gaspar que la puerta estaba otra vez cerrada. También que Betty le echaba la culpa a él, que había gritado es culpa del hijo de Juan, él la trajo, él la entregó. No le extrañó: Betty tenía razón. Pero él ya no podía contestar. A los policías y a la gente del juzgado, que vino mucho después, a la madrugada, sí les habló, aunque poco.

Vio a su padre entre una cosa y la otra. Seguía inmóvil. ¿Cuántos días habían pasado? La doctora Biedma le dijo que estaba en coma, que era definitivo, que no iba a despertarse. Gaspar no supo qué responderle. Tenía que hablar con su padre.

Dejaron que se le acercara. Estaba complemente quieto salvo por la respiración, que seguía siendo extraña, espaciada. Le dijo al oído: si me escuchás, decime dónde está ella. Por qué no pude abrir esa puerta si puedo abrir otras, quién se la llevó. Cómo la sacamos. Por qué la llevé hasta ahí. Y esperó sinceramente que eso lo despertase, pero esperó en vano. Su padre tenía los labios secos y ensangrentados, casi violetas. También los dedos estaban azulados. Tenía los brazos cubiertos de moretones y también el pecho, moretones grandes, y parte de la piel quemada. Habían intentado reanimarlo.

No quiero ir al colegio, le dijo Gaspar a su tío, y él le contestó: está bien. Sentía el cuerpo de Adela debajo de él, cómo se había retorcido, casi de goma, y sus dedos en el ojo, pero sabía, sabía, que con un poco más de esfuerzo no se le hubiese escapado. Se le había escapado a él. Cuando no lo llamaban para hablar con algún policía o con alguna otra persona en una oficina (¿era la jueza?, ¿era una psicóloga?), Gaspar estaba en una cama al lado de la de su padre. Lo dejaban quedarse. El ruido del monitor cardíaco no lo dejaba dormir, pero no quería moverse de ahí. Su tío tenía que insistirle para que se bañara y comiese algo. En una de las salidas de la clínica supo que Betty se había ido, no aparecía, cómo era posible que se fuera justo cuando su hija había desaparecido, y Gaspar cerró los ojos. A lo mejor Betty se había ido a buscar a Adela. Él tenía que volver al lado de su padre porque, si se despertaba por un segundo, dos segundos, iba a decirle dónde estaba Adela o cómo encontrarla. Le había mirado los ojos otra vez. Ahora los dos eran completamente negros, como si reflejaran el cielo de noche. Como los de Omaira, la nena con la que Vicky seguía soñando.

Su tío se había sentado a su lado mientras él devoraba unas empanadas en el restorán de la clínica, que era tan lindo y tenía un menú tan bueno como el de un restorán común. Se notaba que no sabía qué decirle, pero primero le pidió perdón por haberse enojado, le dijo que «entendía», que estaban haciendo

348

«travesuras», que era normal que intentase «escaparse» de lo que estaba pasando. Tío, le dijo Gaspar, Adela se me escapó. Traté de agarrarla en la casa y se me soltó. La dejé ir. Ella quiso entrar y la llevé y eso estuvo mal, pero encima la dejé ir. No es culpa tuya, no te hagas esto, le dijo su tío. Se la llevó alguien. Por mi culpa, dijo Gaspar. ¿De quién más va a ser la culpa?

Volvió al lado de su padre. Si no se muere es porque quiere hablarme, pensó. Agachado, insistió: vos sabés dónde está ella. Vos sabés cómo la puedo encontrar. Vos me ayudaste a encontrar a la perra. Es lo último que te pido. Me lo debés. Abrí los ojos. Yo pude abrir la puerta, la primera, la segunda no. ¿Por qué puedo abrir algunas sí y otras no? Tenés que hablar conmigo.

Pablo fue a verlo. Por Pablo había salido de la habitación de su padre y se había sentado en el restorán. Pidieron café con leche. Pablo le contó que la policía había entrado como en veinte casas. Que también había entrado en la suya. Allanamientos. Después le dijo que la policía no había encontrado puertas en la casa, ni nada. Y que nadie les creía. Dicen que lo que vimos adentro fue una ilusión óptica. Una cosa del shock. No nos creen lo de los dientes. Parece que encontraron ropa en la casa, ropa nueva, y creen que puede ser del tipo que se llevó a Adela. Dicen que el tipo a lo mejor puso luz en la casa para atraernos. Dicen que a Adela la secuestró alguien. ¿Fue el tipo que estaba adentro de la casa?

—No sabemos si había alguien en la casa —dijo Gaspar—. Esa casa es una trampa. Nos pasó una película. Me vuelvo con mi papá.

—Esperá —le dijo Pablo, y siguió contando—: Un canal de televisión vino al barrio, entrevistó a los vecinos, incluso a Hugo. La entrevistaron a Vicky después de declarar en el juzgado. Pasan lo de Adela en la tele —le dijo—. ¿No lo viste?

—No estoy mirando tele.

—Te quieren entrevistar porque yo dije que vos nos sacaste.

—No voy a hablar con nadie.

Gaspar se levantó, no había tocado sus medialunas. Miró a Pablo que agachaba la cabeza y de repente se sintió solo y, sin pensar, empujó la mesa para estar cerca de su amigo, que, asombrado, se puso de pie. Gaspar lo abrazó con fuerza y sin llorar. Tengo que volver con mi papá, le dijo. Los extraño. A Vicky también, pero tengo que estar con él.

En la habitación, sentado en la cama, escuchó que alguien le decía a su tío: el chico está en shock, está estresado, está deprimido. Gaspar se había metido debajo de la cama y, desde el suelo, miraba lo que sucedía en la habitación. Ni siquiera salía cuando venía una enfermera a «higienizar» a su padre, como decían. Lo llamaron del juzgado una vez más y su tío dijo que no podía ir, que estaba enfermo, y lo excusaron. Un abogado de la familia intervino con un escrito para que no pudiesen requerirlo, se enteró después. Una psicóloga lo evaluó y determinó que no estaba en condiciones de declarar más.

Gaspar se sentía enfermo y cansado porque dormir era soñar con Adela, ella se escapaba, como un pececito, ellos habían estado en una pecera, ojos grandes habían visto todo, ojos de quién, solamente su padre lo sabía, y estaba tan lejos, con sus propios ojos negros y opacos. Gaspar le hablaba cada día, su tío los miraba y moqueaba un poco.

Juan murió de madrugada y Gaspar lo sintió. El silencio primero: no más respiración. Después, no más latidos registrados, solamente un sonido continuo, una alarma. Y después sintió el dolor, tan fuerte que lo obligó a ponerse en posición fetal, aunque eso no lo alivió. Se levantó para mirarlo, sin embargo, después de un rato. No estaba solo en la habitación: estaban su tío y la doctora Biedma. En anteriores oportunidades, en el hospital especialmente, Gaspar la había visto dirigir equipos tratando de revivir a su padre. La había visto incluso subida sobre él, dándole puñetazos en el pecho. Lo había hecho días antes. Ahora no hacía nada, porque ya no tenía sentido. Gaspar se acercó a la cabecera todavía encorvado: el dolor que sentía era como si manos invisibles de uñas como cuchillos le tajearan el cuerpo. Vio que su padre tenía los ojos negros y abiertos. No entendió. ¿Los había abierto para morirse? Cuando iba a preguntar, la doctora Biedma se acercó también y le cerró los ojos fijos, dos piedras brillantes, y entonces Gaspar empezó a llorar y lloró parado junto a la cama –no se atrevía a tocarlo, no podía tocarlo– y después sentado sobre la cama donde había dormido las últimas noches y su tío tuvo que sacarlo en brazos de la habitación porque no quería irse. Gaspar cerró los ojos y fue como apagar la luz. Tenía sueños, solamente. Sueños en los que abría la puerta y encontraba a Adela. Sueños en los que ella no se le escapaba y él se la cargaba al hombro como una bolsa de papas y la sacaba de la casa. Sueños en los que su padre le explicaba cómo hacerlo. O en los que se despertaba y le decía cómo buscarla. Sueños en los que Gaspar se levantaba del colchón, su padre ya muerto, ya ceniza sobre la cama, y él iba hasta la cocina y se cortaba el cuello con un cuchillo, la sangre a chorros, empapando las paredes, los pantalones, su cara, sus manos, hasta que veía todo rojo y podía dejarse morir de una vez por todas. Podía tener él, también, los ojos negros.

Círculos de tiza,
1960-1976

Gods always behave like the people who make them.

ZORA NEALE HURSTON

1

Mi madre tiene el pelo canoso y fino; se le ve el cuero cabelludo. Sobre la frente está casi pelada y hace tiempo que no se preocupa por cubrir el vacío con mechones. A la familia de mi madre se les cae el pelo muy temprano y también se ponen canosos muy jóvenes, como si padecieran una vejez prematura. A mí no me pasa lo mismo y mi padre asegura que él me salvó gracias a su sangre criolla; cuando lo dice levanta el puño al cielo, pero nunca los ojos.

Nací en Buenos Aires, en el edificio familiar de Avenida Libertador. A nosotros tres, porque no tengo hermanos, nos tocó el cuarto piso. Mi tía materna heredó el quinto, y mi tío, el tercero. Los dos primeros pisos se destinaban a fiestas y comidas y otras situaciones sociales poco habituales, de modo que estaban casi siempre vacíos aunque impecables, los suelos lustrados, la platería brillante. Nunca me gustó ese edificio solemne con sus muebles pesados y oscuros, los suelos de madera tan cara que nunca podíamos usar zapatos para no dañarlos y la colección de arte de mi padre que no dejaba un solo espacio en blanco en las paredes.

Me gustaba un poco más la casa del campo, en Chascomús. Nunca íbamos a las otras estancias, más cómodas, algunas magníficas, porque mi madre prefería esta quinta modesta, la primera que ocupó su familia cuando llegó a la Argentina desde Inglaterra, hace doscientos años. Cerca de la casa está el cementerio que en el pueblo llaman «de los ingleses», aunque el grueso de las tumbas es de escoceses. Es pequeño y está muy bien cuidado. Mi abuela está enterrada ahí: murió muy joven y me gustaba visitarla con mi vestido negro y los zapatos de charol. El cementerio es nuestro, de alguna manera, porque mi familia es la que paga los gastos de la parroquia, siempre vacía, y de la limpieza, y de algunos, muy pocos, turistas que se interesan por esta curiosidad pampeana de cruces celtas y musgo verde oscuro que se impregna en la ropa.

Cuando yo era chica, Florence Mathers se quedaba en Libertador solo el tiempo suficiente para recuperarse del viaje y después aceptaba nuestra invitación a la casa de Chascomús. No sé cuántas propiedades tiene en la pampa, seguramente muchas: cría caballos y ganado. A ella le gusta el campo argentino, el vacío y la tristeza de los atardeceres, el perpetuo olor a quemado de las hojas en otoño y el humo de los asados noche y día.

Nuestras familias están ligadas por historia y una amistad de cientos de años, pero la suya dirige la Orden. Varias veces le pregunté a mi abuelo por qué tiene ese privilegio. Según él, en Europa fueron mucho más consecuentes con el Culto de la Sombra que nosotros. Además, Argentina queda muy lejos. ¿Lejos de qué?, preguntaba yo. Es el culo del mundo, me respondía. No podemos participar en la organización de la misma manera que ellos. Aunque, en los momentos clave, siempre hubo un Bradford presente. Somos importantes aunque, a veces, secundarios. El dinero es un país donde hay ciudades más prósperas que otras, aunque todas son ricas, me decía.

Lo que aprendí, con los años, es que la patria de la fortuna es monótona. Las propiedades, los campos, las empresas que otros manejan por nosotros, las viejas casas oscuras, las nuevas casas luminosas, las pieles ajadas de las mujeres que pasan los veranos en el sur de Francia o de España o de Italia, la platería, los gobelinos, las pinturas, las colecciones de arte, los jardines, las personas que trabajan para nosotros y de las que no sabemos nada. No importa que sea Buenos Aires o Londres. No importa, tampoco, que nuestras familias sean las fundadoras de la Orden. Ser rico nos iguala con todos los ricos. Ser fundadores de la Orden nos diferencia del mundo entero.

Mi abuelo fue el encargado de contarme la historia de la Orden. A los descendientes de las familias originales se nos llama hijos de la sangre y todos aprendemos nuestra historia gracias a los relatos de los mayores. Mi abuelo, Santiago Bradford, nos sentó, a mí y a mi prima Betty, sus dos nietas, en el patio de Puerto Reyes; de todas nuestras propiedades es mi favorita, mi casa amada de Misiones, incómoda y calurosa y hermosísima. La casa que mi madre odia, porque odia todo lo hermoso y quiere destruirlo; esa es su verdadera fe y su naturaleza.

Escuchamos la primera historia cerca del jardín de orquídeas, iluminados por un farol que les daba a sus ojos oscuros un reflejo amarillento. Mi abuelo, Santiago Bradford, nació en Argentina y heredó los campos y los yerbatales y los aserraderos y los barcos de la familia, que se hizo rica en el siglo XIX. ¿Cómo se hicieron ricos? Lo habitual: saqueo, sociedades con otros poderosos, entender de qué lado estar durante las guerras civiles y aliarse con políticos poderosos. Los primeros Bradford llegaron a Buenos Aires en 1830 o 1835, hay dos versiones diferentes, pero esa fecha no es la importante. Nuestro Año Cero es 1752. Mi tatarabuelo, William Bradford, era librero y dueño de una imprenta, y su mejor amigo, Thomas Mathers, era terrateniente. La diferencia social entre ambos era importante –yo creo que ese origen sigue marcando las posiciones de nuestras familias–, pero se hicieron amigos porque compartían la pasión por el folklore y el ocultismo. En su tiempo libre recorrían juntos el país comprando libros y recopilando las historias que les interesaban. Eran hombres educados, investigadores y coleccionistas de relatos y de testimonios de personas con dones, *gifted or cursed*.

Ellos encontraron a la Oscuridad y al primer médium en Escocia. No se toparon con él; no iban a ciegas. Habían leído

357

referencias oblicuas acerca de un espíritu que se manifestaba como una luz negra y que tenía capacidad de adivinación y de profecía. Las referencias, muy breves, aseguraban que ciertas personas podían contactarlo y hacerlo hablar. En las palabras había conocimiento, y en el contacto, la posibilidad de obtener su favor. Está claro, decía mi abuelo, que no iban en busca de la Oscuridad de forma específica, pero por algún motivo les llamaba la atención, quizá por la referencia de que aquellos capaces de contacto sufrían una metamorfosis física en distintas partes del cuerpo, pero sobre todo en la lengua o en las manos.

El médium era hijo de un campesino: pronosticaba el futuro usando el omóplato de una oveja, detalle que siempre me dio risa por la precisión en la elección del hueso. El chico alertaba sobre cosas útiles para su comunidad, cómo debían cuidar el ganado, cuánto dinero ganarían o perderían en la siguiente cosecha, si se avecinaba una tormenta, si corrían peligro en una época de violencia política. Me gustaba el nombre del método y cómo lo pronunciaba mi abuelo: *silinnenath*.

En qué lugar de Escocia, preguntaba siempre Beatriz. Cerca de Inverness, decía mi abuelo. Muy al norte. El pueblo se llamaba Tarradale, pero si lo buscás en el mapa, aparecerá como Muir of Ord, porque le cambiaron el nombre. Era un pueblo aislado por dos ríos: les costó llegar pero lo lograron, afortunadamente, porque querían conocer al vidente.

Los dos amigos asustaron al joven, que era débil, delgado, de ojos que, en los diarios, describían como «de bacalao». Lo convencieron de que los acompañara a Londres. Era época de rebeliones en Escocia y le insistieron en que moriría en un enfrentamiento porque, por su contextura y su condición enfermiza, no podría pelear. Le ofrecieron cuidarlo. No les costó llevárselo del pueblo: sus padres confiaron en los elegantes señores ingleses. Y los vecinos, aunque apreciaban su videncia, también le temían. Los más religiosos creían que el don se lo había dado el demonio.

Lo llevaron a la casa de Thomas Mathers y no tuvieron que esperar mucho tiempo para la primera manifestación. El joven les mostró la luz negra en un campo cercano. Entonces, el ritual se hacía de una forma diferente. El joven debía estar recostado sobre el suelo cuando convocaba la luz que, según ellos, entonces no lastimaba. Era menos salvaje, o dormía. «La tocamos y es fría al tacto y húmeda, como la lluvia», escribió Thomas Mathers en su diario. «El joven es el cristal negro de Dee. Es un médium, como Kelly.»

Por esas palabras llamamos médiums a los que traen a la Oscuridad aunque técnicamente deberían llamarse de otra manera, quizá sacerdotes o chamanes. El joven, como Juan, sufría una metamorfosis en las manos. Thomas Mathers describía uñas como de gato. El joven hablaba en el trance, decía las palabras de la Oscuridad. Ahora también es diferente: la Oscuridad habla, pero no a través de la voz del médium.

Una vez, cuando el abuelo nos contaba la historia –la repetía seguido, para que no la olvidáramos: hasta nos interrogaba sobre los detalles–, le pregunté cómo se llamaba el joven. Yo debía tener ocho años. El abuelo tuvo que reconocer que no habían registrado el nombre. En los diarios solo lo llamaban «el joven escocés». Eso también es ser rico, pensé entonces: ese desprecio por lo precioso y la incapacidad de ofrecer la dignidad de nombrar.

Los trances del joven escocés ocurrían casi a diario y siempre en el campo. Flotaba en un halo oscuro y hablaba con los ojos cerrados. En dos meses tuvo, de acuerdo con el médico que lo atendió y con la terminología de la época, una apoplejía. Es decir: un derrame cerebral. Sobrevivió, pero tuvo otro ataque del que no despertó días después, y murió sin recuperar el conocimiento. Lo habían obligado a convocar casi todos los días, a veces en dos oportunidades durante el mismo día. Después de uno de los trances, el joven había amenazado con matarlos y, una noche, logró salir de la habitación y morder en el cuello a Thomas Mathers. No lo hirió de gravedad: en aquellos años y sin antibióticos, la mugre dental de una mordida podía ser letal. Lo ataron. La inmovilidad probablemente causó el coágulo que lo mató. No se había vuelto loco, como decía el diario: lo habían enloquecido. En sus palabras había instrucciones, muy complejas, para convocar a la Oscuridad sin un médium. También otros métodos, crueles y peligrosos, para pedirle favores.

Los hijos de William Bradford emigraron a América buscando mejores oportunidades de negocios. El que se instaló en los Estados Unidos tuvo una imprenta, como su padre, y murió joven. El que vino a la Argentina participó de la Campaña del Desierto y recibió tierras del gobierno como recompensa por sus acciones militares. Las tierras más fértiles del mundo. Él, además de un muy eficiente asesino de indígenas, también era un investigador de lo oculto y nunca se cansó de buscar a la Oscuridad en la pampa. No la encontró, no supo cómo convocarla, aunque era capaz de ensayar los métodos más crueles sin remordimientos. Murió gritando su fracaso en la quinta de Chascomús, donde hoy descansamos y cabalgamos.

Yo soy antropóloga por estas historias. Mi cuaderno, mis apuntes, mis grabaciones, todo tiene su origen en mi infancia. Empecé a recopilar cuentos y mitos antes de saber que podía estudiarlos. Sé escuchar, preguntar, seguir los dedos que señalan e indican la casa de una curandera o la lápida de un muerto milagroso, reconozco el miedo en los ojos de los que se persignan, me gusta esperar la noche para ver los fuegos fatuos sobre las tumbas. Agradezco haber nacido en esta familia, pero no la idealizo, al menos lo intento. Todas las fortunas se construyen sobre el sufrimiento de los otros y la construcción de la nuestra, aunque tiene características únicas e insólitas, no es una excepción.

Tengo el pelo oscuro y los ojos marrones de mi padre, pero me faltan su elegancia, su cuerpo esbelto y su hermosura. Él me dijo, cuando era muy chica, que, si quería ser una mujer linda, debía hacer un esfuerzo. Me hizo llorar, pero se lo agradecí. Ser rica puede reemplazar ser bella, pero no del todo. No soy como mi madre, que encuentra la autoridad en su aspecto repulsivo. Aprendí, sin esfuerzo, qué colores hacen brillar mi piel; qué medias les quedan bien a mis piernas y por qué siempre debo usar accesorios: el collar largo, para que el cuello parezca estilizado; los aros de esmeralda, para contrastar con el pelo castaño; los anillos en varios dedos, para que los demás se enteren de que tengo carácter. Beatriz, mi prima, tampoco es bonita y heredó los rasgos felinos de la familia inglesa, la nariz ancha, los labios finos. Siempre tuvo un rostro duro y de expresión cruel. Algo de leopardo y algo de pájaro. La recuerdo en las escaleras de nuestra casa. Las usaban solamente las mucamas, los choferes y el resto del personal de servicio. Nuestros padres y el tío Jorge solamente usaban el ascensor. En Buenos Aires había cortes de luz muy seguido pero nunca los sufríamos: teníamos generador. La primera leyenda que anoté en mi cuaderno es del folklore urbano del barrio. En una de las propiedades cercanas, la familia se fue de vacaciones a Europa y cortó la luz cuando el último de ellos subió al auto. Olvidaron que la mucama, que iba a quedarse cuidando la casa, estaba en el ascensor. Nadie la escuchó gritar y murió encerrada, de hambre; el ascensor era estilo jaula, así que tenía oxígeno, lo que prolongó su agonía.

Por un tiempo, Beatriz y yo no usamos el ascensor y nos encontrábamos en las escaleras, nuestro lugar secreto. Una noche, antes de comer, en las escaleras, me preguntó si yo realmente creía en las historias del abuelo y la Orden. La recuerdo con sus dientes chicos y su nariz grande, dueña de una verdad que iba a tirarme por la cara. Son todas macanas. Mi padre me lo dijo y no quiere que escuche más esos cuentos. Las lágrimas me quemaron los ojos y quise pegarle, pero en cambio le pregunté por qué nos mentirían, entonces. La inglesa los tiene controlados, contestó. No recuerdo qué agregó, pero tenía que ver con los negocios compartidos de las familias. Esa misma noche, Beatriz me anunció que se mudaban a la casa de su padre, en San Isidro. Nosotros no queremos participar más de esta farsa, insistió, una expresión que había tomado de su padre, palabra por palabra, porque ella no hablaba así. ¿Y van a dejarlos ir?, le pregunté. ¿Por qué no?, me respondió, desafiante. En esa época supe que en la Orden es habitual dejar que los miembros se vayan sin intentar retenerlos. Mi madre dice hay que dejarlos ir porque siempre vuelven, vuelven llorando, cagados a palos, porque la Oscuridad es un dios con garras que husmea, la Oscuridad te alcanza, la Oscuridad te deja jugar, como los gatos dejan jugar a sus presas un rato, solo para ver cuán lejos llegan.

Seguí viendo a Beatriz, pero solo en el colegio, que ahora a ella le quedaba cerca. A mí, que vivía en el centro de Buenos Aires, me llevaba y me traía el chofer. El mismo año que Beatriz se fue del edificio con toda su familia, el tío Jorge trajo a Juan a vivir con él. A mí no tenían por qué avisarme nada, pero me daba tanta curiosidad y yo preguntaba tanto sobre ese chico que me contaron una parte de la verdad. Es un paciente de tu tío, él lo operó. Tiene una malformación cardíaca gravísima y sus padres, que son muy pobres, no pueden cuidarlo. Va a vivir con él. Yo era chica pero ya sabía que mi familia, y mi tío en especial, eran incapaces de una generosidad de ese tipo. Mi abuelo agregó: es un caso que puede cambiar la carrera de Jorge, porque nadie, en el mundo entero, llevó a cabo con éxito las cirugías que esta criatura necesita.

Me pregunto, a veces, si después de todo Jorge no quería tener un hijo. Jamás supe que tuviese una mujer, pero tampoco era homosexual; está claro que no podía reproducirse. Las familias de la Orden no tienen muchos hijos: es un castigo, creo, o una marca. Qué hacer con los jóvenes de la Orden es una cuestión difícil de resolver precisamente por la escasez. Entrenar a los jóvenes debería ser una prioridad pero, como también es peligroso, ¿por qué arriesgar el futuro?

Pedí ver al chico y me lo permitieron después de unos días. Le dieron una de las habitaciones principales, lo que me extrañó, porque suponía que estaría ubicado en la de servicio. Entré en puntas de pie, recuerdo. Me habían dicho que debía ser cuidadosa porque un sobresalto podía matarlo. Pero en cuanto lo vi, supe que ese chico no iba a ser fácil de matar. Tenía una dureza en la mirada que se parecía un poco a la de los chicos que trabajaban en el campo, pero también cierta altivez. Lo saludé, recuerdo, y no me contestó. Habla cuando quiere, me dijo Jorge, con él nada es fácil. Tenía los labios oscuros, azulados; también la punta de los dedos que apoyaba sobre las sábanas blancas. Las ojeras le manchaban la tez pálida y le habían cortado demasiado el pelo, tan rubio que parecía blanco. Sos como un fantasma, le dije, y su mirada me perforó y me dio un poco de risa. Esa misma noche volví a visitarlo; la enfermera tenía órdenes de no dejar pasar a nadie, pero no iba a detener a la hija de Mercedes Bradford. Mi madre inspiraba un terror incomparable.

–No te rías de mí –me dijo Juan, en cuanto me vio entrar–. No soy un fantasma. Los fantasmas existen. Yo los veo si quiero, y si no quiero, no los veo.

Así empezó nuestra costumbre de hablar todas las noches. Juan no solamente reemplazó mi amistad con Betty: se convirtió en mi hermano y en mi confidente. Había cosas que él no entendía, por ejemplo cuando yo volvía puteando por algo de la escuela o por el maltrato de Mercedes o alguna compañera, pero, incluso tan chico, me quería ayudar. A veces me quedaba a dormir con él: la cama era muy grande y él debía dormir sentado, sostenido por almohadas, porque se ahogaba cuando estaba acostado. Lo adoré desde el principio. Siempre quise cuidarlo pero también siempre lo respeté y, en algún sentido, le tenía algo de miedo y respetaba la distancia que imponía. Él no iba a la escuela y a mí me encantaba reforzar las lecciones de sus profesoras particulares leyéndole poesía, que le gustaba desde chico, o mitologías, o hasta enseñándole a escuchar música, algo que nunca aprendió

363

del todo. No nos permitían correr ni ningún juego brusco, pero él me mostró sus cicatrices, en la cama, de noche, iluminados por la luna. Sos un Frankenstein, le dije, y me acuerdo de que no entendió y prometí leerle la novela. Lo hicimos, durante meses.

Salvo por mis visitas y las de su hermano mayor, Luis, Juan vivía casi solo en el departamento oscuro de mi tío Jorge. Su madre venía a verlo, pero murió muy pronto. La recuerdo bien: vestía su uniforme de la fábrica y a veces tenía las uñas sucias. Hasta se había ofrecido como personal de servicio en la casa para estar cerca de su hijo. Parecía tan triste. Llevaba el pelo corto y prolijo. Impresionaba su tamaño; también el del padre, a quien vi solo una vez. Eran inmigrantes suecos, que venían de Misiones, trabajadores de los yerbatales que dejaron atrás un pueblo donde no había cómo tratar médicamente a alguien tan enfermo como Juan. El padre se conformó con el arreglo de mi tío y le entregó a Juan por bastante dinero, pero la madre no se rendía y, en cada visita, pedía por favor cuándo iban a dejarla volver a vivir con su hijo. La escuchaba llorar y me daba pena, pero no quería que se llevase a Juan. Le pedí a mi tío que por favor no se lo devolviera y él me dijo: quedate tranquila.

De todos modos, nunca imaginé lo que iba a hacer Mercedes, mi madre. Ya me cansó esta, dijo un día, y poco después nos enteramos de la enfermedad de la mamá de Juan: murió en semanas de un cáncer fulminante. Luis, el hermano de Juan nos avisó sobre la enfermedad y la muerte de la madre. A esa altura, el padre ya se había desentendido de su hijo. Ese hombre quería desprenderse de su hijo enfermo porque era un hijo caro. Luis, en cambio, lo venía a visitar todos los fines de semana y, cuando podía, se lo llevaba a pasear, a nadar, escuchaba con atención las indicaciones de mi tío sobre lo que podía y no podía hacer. Mi madre solía hacerlo esperar en el pallier y a veces, si llovía, también pedía que el portero no lo dejara entrar. Una vez Luis le lanzó a mi madre una mirada asesina, cargada de un odio de generaciones, y entonces lo amé para siempre. Yo los voy a ayudar, le prometí, cuando trajo de vuelta a Juan ese día, no voy a permitir que ella los separe. Lo dije por decir, nunca tuve ni tendré poder sobre mi madre. Si ella no mató a Luis fue porque no quiso o porque la aburría o porque no le pareció un peligro.

Juan cambió un poco cuando murió su madre. Se sentaba sobre el piso de madera, junto a la ventana, y yo sentía que, a veces, nos encontrábamos en un lugar desolado. Desde el balcón podíamos ver los jacarandás sobre la avenida. Él estaba triste y muy distante: yo pensaba durante todo el día cómo entretenerlo, cuáles serían las historias que dejarían satisfecho al joven rajá. Cuando comprendí que mi familia había sacado de escena a los padres de Juan para quedarse con él, quise saber más. Esto no se trataba, solamente, de la carrera del tío Jorge. Enfrenté a mi abuelo: tengo derecho a saber, le dije. Y él me lo contó sin muchas vueltas. Creemos que el chico puede ser el médium que busca la Orden. Tu tío tuvo una revelación cuando lo operó, que no volvió a repetirse. Por eso a veces, cuando lo llevamos al hospital, visitamos la sala de operaciones, a ver si vuelve a manifestarse. Todavía no pasó, creo que hay que darle tiempo, es demasiado joven.

Es una suerte que me lo haya contado. De lo contrario, cuando Juan se manifestó, hubiese corrido peligro. Esa tarde, mi abuelo me salvó de la Oscuridad.

Ese año vino a estudiar a Buenos Aires Tali, mi media hermana. Fue una etapa violenta y difícil. Tali no soportaba la ciudad y lloraba, pedía por su mamá, se arrancaba los pelos. Mercedes le pegaba; si yo intervenía, la ligaba también. Intentamos escaparnos, una vez, con Juan. Descubrieron el plan y estuvimos un mes sin cenar.

Mercedes odiaba a Tali porque odiaba a su madre, Leandra. Nunca le importó que mi padre tuviese amantes y, además, en la Orden ese tipo de celos posesivos eran y son considerados vergonzosos. Pero la madre de Tali disputaba algo diferente a la atención erótica de mi padre. Era curandera y tenía su propio templo de San La Muerte en Corrientes. Y era una belleza, no sé si volví a ver, alguna vez, a una mujer tan naturalmente magnífica y deliciosa. Mi padre pasaba mucho tiempo con Leandra, en el norte, y cuando podía, me llevaba con él. Con Tali corríamos por los caminos de tierra y sacudíamos los limoneros para que nos cayeran lluvias de flores blancas. Leandra recibía a fieles en su templo; Tali y yo limpiábamos los San La Muerte mientras escuchábamos los llantos de los promesantes. El calor era agobiante: Tali siempre llevaba el pelo suelto y, cuando transpiraba mucho, se tiraba al río. Nunca aprendí a nadar como ella. El Paraná tiene remolinos: se dice que son los muertos que viven bajo el agua y buscan compañía, entonces producen esos trompos de agua que matan y ahogan a los nadadores. Leandra nos enseñaba cómo evitarlos y besaba a mi padre en la playa. Entendí por qué Tali no quería quedarse en Buenos Aires: yo tampoco me hubiese quedado. La ciudad y especialmente nuestro departamento eran un opio. Lo único malo era que mi tío no le permitía el viaje a Juan, decía que no estaba en condiciones de irse tan lejos. Juan, sin embargo, escuchaba nuestras aventuras con entusiasmo.

Cuando llegó a casa la noticia de que Leandra tenía cáncer, mi madre aplaudió y festejó con esos bailecitos típicos que hace siempre cuando está eufórica, una mano sobre el vientre y la otra en el aire, como en un tango. Después se dejó caer en un sillón y nos dijo, a mí y a papá: son unos cagones, nunca se animan a sacar del medio lo que les molesta. Ya saqué del medio a la madre del chico ese con el que Jorge está encaprichado.

En qué te molesta a vos Leandra, a ver, le dijo papá.

A mi esa india no me molesta en nada, contestó mi madre. Mi padre me mandó al cuarto pero Mercedes dijo: dejala a Rosario, que escuche, tiene que aprender, ustedes nomás le enseñan cuentitos y boludeces. Tu amante india, Adolfo, me es indiferente. Pero a vos ella te importa. Yo puedo permitir que te acuestes con todas las putas del país, pero no puedo permitir que te importe alguna de ellas. ¿Querés saber, hija, cómo la enfermé a Leandra? ¿Querés saber cómo enfermé a la madre de tu amiguito moribundo? Vení a visitarme esta noche y te cuento. Ya es hora de que aprendas quién sos de verdad. Estos te cuidan demasiado, son unos maricones.

Nunca fui a su habitación para averiguar cómo había enfermado a Leandra. Mi madre, cuando se cansó de esperarme, salió: se pintó los labios, se puso sus zapatos de taco chino y cruzó a la confitería del hotel que le gustaba, a festejar con champagne. No me permitió ir a visitar a Tali a Corrientes y ella nunca volvió a Buenos Aires. Mi padre desistió de darle una educación en la capital y respondió a mis ruegos con una explicación disuasoria: si a tu madre se le mete entre ceja y ceja Tali, ya ves lo que pasa.

Ese verano, Mercedes me mandó sola al campo de Chascomús. Yo comprendí que era un castigo, pero no entendí bien cómo podía serlo. Me gustaba el campo, los caballos, correr con los perros, las noches alrededor de las fogatas, todas las historias que podía anotar en mi cuaderno, los atardeceres con olor a humo. Le rogué compañía, Juan o Tali o alguna compañera del colegio, incluso Betty, pero me la negó y me golpeó la cara con su mano llena de anillos hasta hacerme sangrar las mejillas. Hacete amiga de los negritos que trabajan allá, me dijo. Vos te entendés con esa gente, pedazo de pelotuda.

Ella misma me llevó, en auto, hasta Chascomús. Y me dio las instrucciones. Tenía que alimentar todos los días a los enjaulados. Mi madre no es la única miembro de la Orden que busca a un médium o intenta convocar a la Oscuridad por su cuenta, pero, hasta donde sé, es la única que usa este método. Me metió en el rancho donde estaban las jaulas y se fue. El olor me hizo vomitar y me arruiné las guillerminas rojas, mis favoritas. Salí corriendo. Pero al día siguiente entré: uno de los empleados dejaba la comida en la puerta de mi habitación y tenía órdenes de obligarme a cumplir con la tarea. De lo contrario, volvería mi madre.

Esa posibilidad era peor que entrar al rancho. Estaba cerrado con candado y adentro la oscuridad era completa. Les dejaba las bandejas en las jaulas. El olor a mierda y orín y sangre me hacía vomitar cada vez. Todo ese verano les llevé platos de comida, muchas veces en mal estado, a los enjaulados. Caminaba con las manos extendidas y, si los notaba muy quietos, los tanteaba para comprobar cuál de ellos estaba vivo y cuál muerto. Si había alguno muerto, también debía ocuparme de su cuerpo. Enterré a dos debajo de los perales, donde me indicó, por teléfono, mi madre. No parecían humanos y el más pequeño no tenía ojos. Una tarde escuché gemidos tan intensos en un rincón que, a pesar de las indicaciones que me habían dado, fui a buscar la linterna. La luz hizo gritar a todos los demás y durante un minuto creí estar rodeada de demonios alados, pero respiré hondo y me endurecí. Siempre supe endurecerme. Reconocí la cara del que gritaba: en el pueblo lo buscaban con un identikit, había carteles de ese dibujo tosco por todas partes, en el almacén, en los postes de luz, en la comisaría. Alguien lo quería de vuelta, alguien lo amaba. El trapo que le tapaba los ojos estaba tan sucio que tenía gusanos. Aguanté varios días esa mugre y su dolor hasta que no pude más y le saqué la venda. Lo limpié como pude pero seguro perdió los ojos antes de que Mercedes decidiera que no servía para nada y lo descartara, como a los demás. Se llamaba Francisco y tenía cuatro años. El identikit decía que tenía el pelo oscuro, pero en la prisión de mi madre ya estaba completamente pelado.

Mi madre había ido a ese rancho para hacer los rituales que le permitieron sacarse del medio a Leandra y a la madre de Juan. Hay otras maneras de deshacerse de enemigos sin involucrar a la Oscuridad. Métodos más clásicos, menos desgastantes, que todos los de la Orden conocemos. Pero ella prefiere este. Los enjaulados, o alguno de ellos, logran, en el trance del sufrimiento, hacer aparecer al dios y entonces hay que pedir. La aparición es breve pero rogarle funciona. Por supuesto, no se trata solo de mantenerlos encerrados, sino de practicar con ellos invocaciones que yo, entonces, me había negado a aprender, y por eso el castigo. Ahora las conozco, pero no las ejerzo. Mi abuelo y algunos miembros mayores creen que lo que viene no es la Oscuridad en absoluto, sino un figmento que se le parece, una sombra, aunque a veces una habitación entera se oscurece. No es la misma Oscuridad indomable que trae el médium, que habla y que corta y que toma. Es una copia, el otro lado de un espejo: es falsa. Pero es muy eficaz para destruir, inexorable e impiadosa. En Misiones, la empresa yerbatera de mi padre tenía competencia, otra familia muy rica, que además cultivaba té. No había lugar para las dos. Mi madre se encargó de pedirle a la Oscuridad que los sacara del medio. La otra familia yerbatera tenía una casa hermosa, de columnas blancas neoclásicas, sobre una laguna: fuimos a verla cuando la destrucción se completó. El cielo era rosado y las palmeras proyectaban una sombra alargada sobre el agua. No nos quedamos con la casa: cuando algo es tocado por ese tipo de desdicha, es mejor abandonarlo. El hijo mayor, que heredaría todo, se ahogó en la laguna, frente a su palacio de la selva.

Vi llegar a Juan desde la ventana de mi habitación en Chascomús. Mi tío y mi abuelo lo traían. Quedaba cerca de Buenos Aires y por eso le permitían viajar. Yo tenía once años ese verano; él tenía ocho. Se bajó del auto y subió las escaleras despacio, todo lo hacía despacio cuando era chico. En eso cambió por completo. Lo esperé sentada en la cama. Desde la puerta dijo: no voy a dejarte sola. Yo me puse a llorar y estiré las manos, le pedí que entrara. Apoyó la cabeza sobre mis rodillas desnudas, para que le acariciara el pelo. Lloramos juntos. Sabía acerca de los enjaulados. Mi madre se lo contó, sin necesidad alguna, por supuesto, solo para asustarlo. Desde que llegó, hicimos el trabajo juntos. El tío se quedó a cuidarlo y Juan entró conmigo cada día al rancho. Con él era más fácil porque se orientaba en la oscuridad y me llevaba de la mano hacia cada jaula. No murió ninguno mientras estuvo él.

A pesar de los enjaulados, como estábamos juntos podíamos divertirnos: éramos chicos. Por la tarde jugábamos con los vidrios de colores de las ventanas del recibidor. Una mano azul, un ojo verde, un pie amarillo. Nos movíamos para que la luz nos pintara. Muchos años después recordé esos juegos cuando, al mover las manos, el LSD creaba un arco iris entre mis dedos.

En Buenos Aires, a la vuelta, mi madre gritó: si este pendejo de mierda no nos sirve pronto, lo tiro a la calle. Yo le dije que nos tiraba a los dos y ella me golpeó con su bastón en la espalda. Durante días me costó respirar. Era posible que me hubiese fisurado una costilla, pero le prohibió a mi tío hacerme radiografías. Esa misma noche bajé las escaleras y desde entonces viví bajo el mismo techo que Juan. Y aunque después pasamos algunos años separados, en realidad ninguno de los dos se fue del lado del otro jamás.

Me gustaría decir que me enamoré de Juan antes que de cualquier otro hombre, que lo amaba desde la infancia, pero la verdad es que mi primer amor fue George Mathers, el hombre que encontró a la médium Olanna. Incluso tenía su foto y la guardaba en mi cartera infantil: una vez se la pedí a Florence y ella me envió una copia por carta, desde Londres. George Mathers tenía la cara de un héroe romántico, con los pómulos altos y los ojos redondos, ingenuos; la mandíbula dura, homínida, lo hacía parecer fuerte y viril. Era perfecto.

George Mathers fue el tío abuelo de Florence, la actual líder de la Orden. Él encontró a Olanna cuando la National African Company, la compañía para la que trabajaba, se estableció en Ibadan, un protectorado británico que en el futuro sería Nigeria. Toda su historia está contada en detalle en sus diarios: vi los originales cuando fui a Londres, con sus hermosas ilustraciones a lápiz, preservados por los proteccionistas expertos de la Orden, pero de chica leí la edición facsimilar que todos los Iniciados reciben. Era mi libro favorito. George amaba la región, la belleza de los nativos altos y delgados, la ropa blanca, el bosque y hasta la comida que los demás británicos detestaban. Era el que más y mejor se comunicaba con los nativos y pronto resultó el elegido para negociar con los jefes. En pocos meses recibía invitaciones a banquetes y presenciaba danzas locales; estaba interesado en la religión y los ritos de los nativos, veía en su sofisticada simplicidad algo profundo, algo que desde Inglaterra y los salones, donde los miembros de la Orden se vestían con túnicas y usaban espadas y redomas, era inimaginable.

En una de las ceremonias a las que asistió le dejaron ver a Olanna, sobrina en grado lejano del rey sacerdote de Nri. La familia real era descendiente, se creía, de un ser celestial. El reino ya no existía: poco antes, en 1911, tropas del Imperio habían obligado al rey a renunciar a su poder ritual y político. Olanna había escapado, ayudada por sacerdotes, hasta Ibadan. Tenía quince años, era frágil, con la frente marcada por cicatrices, un laberinto de piel inflamada para siempre sobre los ojos. George Mathers se enamoró de ella pero no podía hablarle, no podían comunicarse; y ella, Olanna, de familia noble, sacerdotisa, jamás hubiese tocado a un hombre blanco. El retrato que hace George de Olanna, muy delicado y retocado varias veces —se notan los trazos erráticos, luego delineados con prolijidad—, muestra a una adolescente de mirada cansada.

Le decían La Que Trae la Noche. También La Serpiente de la Luna. Entre el escaso inglés que hablaban sus guías y jefes amigos, con lo poco del idioma nativo que él mismo comprendía más algunas frases en dialecto, George Mathers entendió que Olanna no era solamente una sacerdotisa poseída por espíritus. Era la que se comunicaba con los dioses ocultos, los que dormían bajo la tierra, en el lecho de los ríos y entre las estrellas. Lo que su familia, integrante de la Orden, llamaba una médium. En el primer ritual que le dejaron presenciar, en un claro del bosque, de noche, borracho de vino de palmera, vio cómo el cuerpo de Olanna se movía con una fluidez imposible bajo la mano del sacerdote, y cómo sangraba. También sangraban las mujeres participantes, que, a diferencia de Olanna, estaban vestidas. El olor metálico y carnívoro llenaba el bosque de una manera que lo mareaba y excitaba. Después de los rituales, Olanna era retirada por los curanderos locales y la llevaban a su amplia choza: quemaba de fiebre y a veces se negaba a beber, lo que empeoraba su estado. Cuando se recuperaba, le permitía a George tomarla de la mano y le hablaba de otros y muchos dioses, y de un bosque secreto. George Mathers aprendía, anotaba, a veces incluso rechazaba a la mujer que le habían asignado como compañera nocturna para escribir solo en su cama, protegido por el mosquitero blanco. Los sacerdotes le hablaban de Champana, el dios deforme de la enfermedad, que aparecía como mosquitos y moscas; no comprendían cómo estaba a salvo de él. Todos sus compañeros habían sufrido alguna forma de enfermedad, muchos habían muerto de malaria. Él apenas estaba un poco más delgado y más moreno que cuando había salido de Londres. Les daba poca importancia a los negocios de la National African Company, pero nadie le reclamaba que atendiera la empresa. Iba a las oficinas todos los días, aunque estuviese muy cansado. Escuchaba a sus compañeros hablar del río Níger, de las tribus rebeldes, de la riqueza del país, de los parientes y amigos muertos en Europa, en la Gran Guerra.

Era 1919. Una noche de septiembre, en el bosque, George por fin vio cómo Olanna traía la Oscuridad. La luminosidad plateada, reflejo de la luna sobre su piel sudorosa, era ganada de a poco por una oscuridad que provenía de ella, se le escapaba por los poros. Las mujeres y los sacerdotes gritaban: los tambores ahogaban la noche y George Mathers vio cómo de la boca de Olanna colgaba una lengua bífida y cómo cada mariposa nocturna que se le acercaba caía muerta ni bien la luz negra la tocaba.

Después de ese ritual particularmente intenso, George Mathers recibió en la puerta de su casa una estatua de arcilla muy pequeña que representaba a un hombre sentado, con las manos en las rodillas, desnudo y con un largo falo extendido. ¿El gran dios Pan, pensó, en Ibadan, en los bosques de África? Tuvo miedo y decidió volver a Inglaterra. Pero no quería volver solo: quería llevarse a Olanna y darle un médium a la Orden. Ella había venido hasta él, para él: estaba seguro.

Llevársela fue muy sencillo para un hombre de su posición. Siempre es fácil, para nosotros, conseguir lo que queremos.

El viaje por tierra y mar resultó agotador para la joven, que además era observada y señalada; George Mathers se dio cuenta entonces de que su debilidad no era solo efecto del ritual, sino que Olanna estaba enferma. Perdía el conocimiento con frecuencia. El balanceo del barco la mareaba al punto de que no podía levantarse de la cama. Pero en la penumbra del camarote, necesaria para aliviar sus constantes dolores de cabeza, aprendía inglés con una rapidez asombrosa. Él le hablaba de Londres, de su esposa, Lily, que lo esperaba aunque él se había ausentado durante más de un año. Le habló del mar frío y la nieve. Olanna escuchaba seria: George notaba cómo aprendía pero, al mismo tiempo, no consideraba nada de lo dicho una maravilla. Sencillamente era distinto a lo que ella conocía. Ella también hablaba y, cuando no podía hacerse entender, dibujaba en el aire, con las manos. Le contaba sobre un bosque donde vivían miles de demonios pero reinaba uno que solía colgarse de los árboles y tenía los dos pies dados vuelta, de modo que sus huellas nunca delataban hacia dónde se dirigía. Le contaba sobre las tallas en madera que hacía su tío y sobre la riqueza y el honor de su padre. Extrañaba sus joyas. Le contaba sobre bosques de huesos, sobre calaveras que rodaban entre los árboles. Una noche, cuando el barco se mecía con delicadeza, le dijo que ciertos seres se conformaban con vino y flores, pero que los dioses verdaderos requerían sangre.

Cuando llegaron a Londres, ella delgada y ojerosa, él sano como si el viaje no hubiese durado meses, Olanna de Nri hablaba inglés y George Mathers la amaba pero se prohibía tocarla. En Londres esperaban los miembros de la Orden, que parecieron decepcionados cuando la vieron bajar del Vauxhall. Imaginaban, según contó George después, a una mujer alta y delgada, más parecida a las de las fotografías de África Este, con sus largos cuellos; no esperaban a esta chica menuda, con la cara marcada de cicatrices y la cabeza redonda. Pero la trataron con reverencia. Ella parecía asombrada ante la ciudad pero de ninguna manera apabullada. Quiero ver el tren bajo la tierra, le dijo a George. Y él la acompañó a pasear en el *underground*, a caminar por Hyde Park, a admirar Kensington. Olanna llegó muy cansada al Palacio y tenía frío; él la cubrió con su chaqueta y tuvo el impulso de llevarla en brazos hasta la casa de su padre en St John's Wood.

Su padre, Christopher Mathers, líder de la Orden en ese momento, y los principales integrantes del culto esperaban en el salón principal de la casa, en los sillones rojos, bajo el candelabro. Olanna miraba la decoración parpadeando y George estudiaba la rigidez de su madre, la envidia en los ojos de las mujeres y en los de su hermano menor. Supo que no iba a poder salvar a Olanna y comprendió: la Orden estaba primero. Llevaban años de frustraciones y, aunque sus prácticas los habían hecho ricos y poderosos, necesitaban algo más. Papá siempre creyó que la Orden y los rituales ayudan a mantener la riqueza, pero hay que ayudarla con herencias o buenos negocios. Tiene razón. Estuve leyendo a Ramon Llull y dice exactamente lo mismo sobre la alquimia: para hacer oro es preciso, primero, tener oro. No se hace nada de la nada. La riqueza, en aquellos años, ya no les resultaba suficiente. Ahora querían evitar la muerte y creían que la Oscuridad iba a darles ese don. Es lo mismo que creemos ahora, por supuesto. Christopher Mathers sabía que, para construir una fe, se requería una promesa incalculable.

La madre de George decidió el Ceremonial. Era una mujer amarga, anotaba él, que se pasaba horas frente a la chimenea, llorando con rabia porque había perdido a su hijo favorito, el mayor, en esa Gran Guerra que juzgaba estúpida e innecesaria. Su hermoso hijo que había muerto en una trinchera enfermo de tifus, y que había ido voluntariamente a esa masacre, desobedeciéndola y desobedeciendo a la Orden. El único de la familia, además, que tenía el don. No era un don notable, pero era más que la nulidad de George y de Charles, el joven y ambicioso Charles, que estudiaba ocho horas por día y podía explicar durante horas el significado del Sephirot pero era incapaz del más mínimo destello de magia natural. O que la incapacidad de George, que prefería viajar y tomar notas, pero siempre resultaba el hechizado receptor de la magia de los demás.

El Ceremonial fue organizado para el 31 de octubre de 1919. Sería realizado en la sala especialmente acondicionada de la casa de St. John's Wood. Es la misma sala que se usa en la actualidad, donde yo misma tracé círculos de tiza y me enseñaron la más exquisita caligrafía para mejorar mis sellos. George Mathers prometió estar presente y volvió a su casa y a su esposa, Lily, que se decoraba el pelo con cintas doradas y atendía el jardín durante horas. Lily, que escribía poemas de amor violentos y románticos. La abrazó contra la puerta de hierro y se lamentó porque no podía darle un hijo, un chico sonriente que la acompañara durante sus ausencias. Los demás, sus padres, incluso los médicos, creían que Lily era estéril pero él sabía la verdad porque había estado con muchas mujeres, no tanto por gusto sino más bien como una prueba, y ninguna había quedado embarazada. Los Mathers se extinguían y solo quedaba Charles, tan joven.

Abrió la valija con los regalos que tenía para Lily: máscaras talladas, las extraordinarias telas de África Oeste, los perfumes que había comprado en París –a ella le gustaban los frascos de colores inesperados–, litografías de Alphonse Mucha, un ilustrador que ya se consideraba algo anticuado pero que Lily amaba. En la valija también estaba la estatuilla de arcilla que alguien le había dejado en la puerta de la casa de Ibadán, posiblemente como advertencia. Cuando Lily la tuvo entre sus manos, George se la sacó con firmeza. El Gran Dios Pan también vive tan lejos, dijo ella. Lily era una devota desordenada, incapaz de nombrar las constelaciones o trazar un sello, pero creía. Y quería saber si la médium realmente era poderosa. La verás pronto, le dijo George, y le mostró un collar, el último regalo, que la hizo sonreír. El viento abrió una de las ventanas y Lily la cerró pero no pudo impedir que entrara a la sala una ráfaga de hojas secas.

La estatua, ahora, está protegida detrás de varios vidrios, en la biblioteca de la Orden, en Londres. Me recuerda, salvo por el falo, a San La Muerte. Hay algo en la posición sentada, un gesto idéntico a una representación particular del Santo Esqueleto a la que llamamos Señor de la Paciencia porque parece estar esperando. Estudio para encontrar esas correspondencias y esas familiaridades, pero siempre me dan un poco de vértigo. La estatuilla parece seguir con los ojos a quien la mira y es repulsiva de una manera inexplicable.

Los Iniciados llegaron a la hora señalada. Muchos preferían usar máscaras, la mayoría venecianas, algunos de animales: querían ser conocidos solo por los jefes de la Orden.

Olanna esperaba, desnuda y boca abajo, sobre el altar. La única luz era la de las velas. Todo sucedió muy rápido. Empezaron los cánticos y enseguida las mujeres, algunas con un grito, otras con expresiones ahogadas, sintieron la sangre chorrear entre sus piernas. Olanna se movía sobre la mesa como un ofidio: la fragancia del semen y la sangre le ensanchaba la nariz. Pronto se arrojó al piso. La Serpiente estaba fuera de su control. No debían tocarla cuando se iluminara de luz negra, y no lo hicieron.

¿La escuchan?, gritaba Christopher Mathers, el jefe. ¿La escuchan? Muchos asintieron y Mathers rompió toda regla y protocolo y salió del círculo protector. Fue a buscar papel y lápiz, que entregó a quienes podían escuchar. La Serpiente hablaba y ellos transcribían esas palabras que se murmuraban en los espacios entre las estrellas, entre la vida y la muerte. Cada cual usaba su sistema de escritura favorito, y cada cual escribía en el idioma que escuchaba. Así se hace hasta hoy, aunque el Ceremonial es muy distinto, porque nadie sangra –no sangre menstrual, al menos–, porque ya no es sexual y porque continúa hasta la madrugada, cuando el médium se retira. Las transcripciones, como ahora, resultaban muy diferentes y algunas imposibles de comprender. No importa, decía alborozado Christopher Mathers: la Serpiente Oscura nos habla y dice más de lo que podemos comprender, pero lo poco que seamos capaces de aprender bastará.

Christopher Mathers llamó a esta etapa «la fase de oráculo». Cuando terminó, Olanna estaba inconsciente en un charco de su propia sangre; la lengua bífida colgaba de sus labios entreabiertos. Mujeres y hombres lloraban abrazados, desnudos; algunos no podían mirarla, otros dejaban caer sus máscaras. Solamente George reaccionó y, cuando el aura negra abandonó a Olanna, se acercó a ella y la alzó en brazos. No habían preparado una habitación para ella, a pesar de que George les había explicado el procedimiento. La acostó sobre la primera cama que encontró, y enseguida las sábanas quedaron empapadas. La fiebre la sacudía. Supo que iba a morir. No esa noche, pero pronto. Ningún cuerpo podía soportar la intensidad de la visita de la Oscuridad. Y su padre iba a usarla seguido. Si podía, a diario. Había visto su ambición. Todos lo apoyarían: Olanna era la médium pero también era una salvaje, ninguno de los Iniciados la creía del todo humana.

Lily irrumpió en la habitación y cubrió a Olanna y mandó a buscar hielo, agua fresca, jazmines. En la otra habitación se escuchaba a Christopher Mathers explicar a los Iniciados hombres que debían contener el semen y golpeaba a los que habían eyaculado. También preguntaba sobre las visiones extáticas que habían tenido. Olanna ardió de fiebre durante dos noches. Christopher Mathers no quería llamar a un médico, decía que los químicos podían arruinar el fluido de la energía, habló de apanga y bindu y la pureza de las secreciones. Estaba preocupado, sin embargo. Al tercer día, Olanna salió de la semiinconsciencia y aceptó una sopa que Lily había mandado preparar. Esa misma noche se convocó a otro Ceremonial.

Olanna sobrevivió dos meses. La noche del último ritual no fue diferente en casi nada, salvo en que la Oscuridad que rodeaba a Olanna saltó, no había otra forma de explicar lo sucedido, según el diario de George, y cuando rozó a una de las Iniciadas, una mujer joven con la cara cubierta, le abrió un tajo profundo en la piel de su brazo izquierdo. Ella no se dio cuenta del dolor, sumida en el éxtasis, pero luego había estado a punto de perder el brazo, que requirió varias operaciones. Después del salto de la Oscuridad, Olanna quedó inmóvil, como siempre, plateada y roja, pero ahora espantosamente delgada, con los dientes que sobresalían, la calavera perfecta bajo la piel, los ojos hundidos. Ya no sacaba la lengua. Cuando George la cargó en brazos se sorprendió: estaba fría. No tenía fiebre. No le pareció una buena señal. En su último delirio, Olanna lloraba. Lily le secaba las lágrimas: su suegro le había ordenado juntarlas en pequeños recipientes que parecían tubos de ensayo, pero ella solo lo había hecho una vez y después le había dicho a su marido que no iba a hacerle caso a ese hombre cruel, acaso no veía las costillas que parecían querer romper la piel de Olanna, cómo su hermoso color se volvía gris, cómo las cicatrices de la cara parecían blancas. Olanna, no es tu obligación, le había dicho Lily, desnuda salvo por su vincha dorada de flapper que le partía la frente y le mantenía el pelo corto en su lugar. En menos de una hora, la princesa de Nri y médium de la Oscuridad dejó de respirar. Lily lloró con las manos hundidas en una palangana llena de hielo.

Lily y George se encargaron del entierro de Olanna en Highgate, el cementerio más hermoso de Londres, aunque, entonces, se encontraba en decadencia. Lily le mandó a construir una esfinge de piedra y ordenó que fuera ubicada bajo un roble. La tumba no tenía nombre ni fechas: el entierro de una adolescente africana en estado de desnutrición llamó la atención de las autoridades, pero el dinero de los Mathers podía callar cualquier escándalo. Christopher hubiese preferido conservar su cuerpo o usar sus cenizas para rituales, pero George se impuso. No le quites toda dignidad, le pidió. Ella nos dio mucho. Su padre permitió la tumba.

Años después, sin embargo, sería desecada. Pocos lo saben, pero el cráneo de Olanna, decorado con joyas para engalanarlo, es usado por las mujeres de la Orden en reuniones secretas, en danzas e invocaciones. Yo asistí a por lo menos dos, en Londres. Digo por lo menos dos porque Florence me permitía usar drogas psicodélicas en ciertos rituales y a veces, en sueños, recuerdo la calavera con la frente brillando en rojo –tiene incrustados rubíes– y recuerdo a una mujer que se levanta la falda y deja ver, entre las piernas, lo que parece una cola larga.

Fue Lily quien quiso acompañar a su marido a África: George debía volver a controlar los negocios de la familia, esta vez en puestos comerciales sobre el río Níger. En el largo y feliz viaje de ida Lily quedó embarazada. Pero no volvieron atrás: el niño nacería en tierras cálidas y, con suerte, sería un gran maestro, poderoso y compasivo. Un niño que vendría a cambiar a la Orden y su explotación de los médiums.

George Mathers, que nunca antes se había enfermado en África, ni siquiera de un malestar estomacal, fue atacado por la malaria durante su primera semana cerca del Níger. Murió sin recuperar el conocimiento. Lily perdió a su hijo y ella misma sufrió fiebres –qué enfermedad era exactamente, los médicos occidentales no lo sabían, se parecía a la malaria, podía ser cualquier cosa– y lo sobrevivió, pero apenas unos meses.

Las noticias llegaron pronto a Londres. Christopher Mathers le entregó el control de la Orden a su hijo menor, Charles. Había perdido ya dos hijos y se sentía gastado y viejo.

Sería la hija de Charles Mathers, Florence, la que confirmaría la llegada del médium más poderoso que hubiese encontrado la Orden en Argentina, una noche de invierno de 1962, el chico rubio y frágil que le trajo la Oscuridad, esta vez en la casa de la otra familia de la sangre, los Bradford. Otra vez en la selva y el calor. Ella confirmó la llegada, pero yo lo encontré. El médium se manifestó ante mí y para mí.

Lo que la Oscuridad dicta a la Orden son las instrucciones acerca de cómo obtener la supervivencia de la conciencia. Llamarlas «instrucciones» es inapropiado, pero es el término más sencillo para ayudar a entender lo que ocurre. Cada vez que habla y se comunica a través del médium, dicta los pasos necesarios para esa transición. Eso dictaba la Oscuridad cuando vino con Olanna; también durante los trances del joven escocés, aunque en aquellas primeras sesiones no lograron descifrar del todo el significado de las palabras. Dicta el método de manera muy lenta, espaciada y enigmática. Todo se anota en un Libro. Lo que creemos y lo que la Oscuridad y, por lo tanto, la Orden ofrecen es la posibilidad de mantener la existencia para siempre en este plano. Pero la Oscuridad es caprichosa. A veces habla y es imposible encontrarles un sentido a sus palabras. A veces dice solo palabras sueltas. A veces dicta métodos para otros propósitos, en general dañinos, porque un dios así no puede ser más que cruel. Con frecuencia narra pequeñas historias sobre su existencia solitaria en un páramo vacío: nos invita a visitarlo, pero no dice cómo, porque su naturaleza es el capricho.

Solo los médiums pueden hacer venir esta Oscuridad que habla y que nos ayudará a vivir para siempre, a caminar como dioses. Los mortales son el pasado, me dijo una vez Florence. El método de supervivencia tardó mucho en revelarse y es, por supuesto, repugnante. Debo agregar además que, por el momento, además de repugnante ha resultado un rotundo fracaso. La fe, sin embargo, no se discute. Y es imposible descreer cuando la Oscuridad viene. Así que confiamos y seguimos. Al menos, muchos de nosotros nos comportamos así. Otros estamos enfermos de dudas.

Antes de 1962, pasé dos años viviendo en el departamento de mi tío, con Juan. La mitad del día la pasaba en el colegio, donde me veía con Betty como si nuestras familias no hubiesen decidido una separación que entonces parecía definitiva o, al menos, inusualmente larga. Nunca más pisé el campo de Chascomús aunque lo extrañaba: el monte de talas, las acacias, las espinas de Cristo, especialmente los perros. Entiendo y siempre entendí que la Orden tiene que tocar los extremos para obtener conocimiento y que, en muchos casos, eso implica olvidar el afecto o abrazar la locura, implica crueldades difíciles de entender, incluso para los Iniciados. Pero cuando tuve que dar de comer a los enjaulados supe que ese era mi límite, o uno de mis límites.

Mi abuelo me enseñó a trazar los círculos de tiza; decía que eran magníficos. No me dejaban invocar, todavía: en aquel momento, se preservaba a los más jóvenes de la Orden hasta la adolescencia. (Florence rompió esa regla con su hijo menor, pero nadie lo supo hasta que el daño fue inocultable.) Mi abuelo, sin embargo, me permitía conocimientos que él consideraba menores. El Tarot. Los trazos. Algunos ritos locales que a Tali y a mí nos divertían y nos daban asco, como crucificar sapos rodeados de un círculo de sal, para evitar las tormentas. También me dejaba ayudar a Juan, que, cuando se sentía muy mal, perdía las defensas que lo mantenían alejado de presencias y desencarnados. Así que yo le dejaba un signo al lado de la puerta o un talismán debajo de la almohada. Siempre necesitó de estas pequeñas ayudas en ciertos momentos de su vida, aunque la mayor parte del tiempo podía evitar cualquier intrusión solo. Me explicó una vez que, cuando logró manejar el método que mi tío le enseñó con naturalidad, le pareció absolutamente normal, como no orinarse en la cama.

Esos dos años fueron mi formación más apacible, lejos de mi madre, a quien nunca volví a llamar madre y empecé a llamar Mercedes. Lejos de ella y cerca de los hombres de mi familia, fallados y alcohólicos, cazadores, coleccionistas, que me recordaban a los fundadores de la Orden y a George Mathers, mi primer amor.

En Puerto Reyes empecé a hacer listas. Siempre me gustó anotar todo: recetas e instrucciones, catálogos e indicaciones, diccionarios e índices. Cuando Juan se reveló, yo estaba haciendo un elemental diccionario de todos los seres que vivían en la zona de Puerto Reyes. Hablaba con la gente, recogía los testimonios, llevaba cuadernos. Mi abuelo me dijo que podía estudiar religiones y culturas, si quería; que podía cursar Antropología en Oxford o Cambridge o la universidad que eligiese. La Orden siempre mantuvo su perfil de investigación y estudio: la Oscuridad debía ser interpretada, no solo alabada ciegamente. Era difícil mantener el equilibrio, pero se lograba incorporando otras tradiciones esotéricas y sistemas de magia; así, había especialistas en cábala y la doctrina mística del judaísmo, en sufismo, espiritualismo, necromancia, alquimia. La Orden congregaba a los más destacados entre los estudiosos de la tradición mistérica e incluso reunía a médicos, especialmente neurólogos, porque la epilepsia, la esquizofrenia, la hiperia, el éxtasis místico, todo era pensado e investigado. Yo quería ser parte de esta tradición que, por supuesto, también implicaba prácticas. Conocer, atreverse, querer y guardar silencio: la definición que dio Eliphas Lévi, un chanta, como decía mi abuelo, pero un chanta que escribía muy bien.

Recuerdo perfectamente el día y la noche de la revelación: además, con los años, tuve que relatarla a diferentes Iniciados. Yo estaba cansada de nadar y del sol; también algo mareada por el barco. Tali se había insolado hacía unos días y estaba con Marcelina, la mujer que cuidaba de nosotros y de la casa. Solo por esa casualidad no estuvo presente esa noche. Le oculté la revelación hasta que mi padre decidió que era el momento de iniciarla. Tali no es de la sangre, para ella los tiempos fueron distintos. Nunca me lo reprochó.

Ese invierno, mi tío había aceptado que Juan viajase al norte por primera vez. Lo trajo él, en avión. Pasamos el día juntos y yo misma lo acompañé hasta su habitación esa noche: no estaba tan cansado después de todo un día de navegar, o a lo mejor las novedades lo excitaban tanto que no le daban sueño. Le dije dejate de joder y cerrá los ojos, que si nos encuentran charlando despiertos, nos matan.

Subí a mi habitación, encendí el ventilador y me acosté con el cuaderno azul y el camisón de seda que me había traído mi abuelo de París, precioso, fresco, con detalles delicados en los breteles. Recuerdo que escribí con una lapicera Parker con el capuchón bañado en oro, otro regalo de mi abuelo, que ya perdí. Mi padre también me hacía hermosos regalos: cada año, por ejemplo, una alhaja con una piedra distinta. Ese año me había regalado un anillo de Lalique. Entre mis compañeras de colegio los anillos que todos deseaban eran los Vendôme, pero yo prefería los que elegía mi padre, mucho más extraños y más caros, piezas de museo.

Abrí el cuaderno y anoté dos nuevos seres. El Guachu Ja Eté. Escribí: le dicen «el dueño de los venados» y silba. También convierte en venados a los que roban. Eso me había dicho Marcelina, pero no qué forma tenía este silbador en particular. Hay muchos silbadores y gritadores. El gritador más impresionante, idéntico a la banshee irlandesa, es el Mbogua. Cuando grita, anuncia una desgracia, pero el grito solo lo escucha el que la va a sufrir. Tracé con una flecha la correspondencia: banshee, y keening, el nombre del aullido. Marcelina me estaba enseñando un poco de guaraní. Yo soñaba con hacer libros sobre los mitos locales, iguales a los que leía en inglés sobre los seres de las islas británicas.

Como no tenía sueño, guardé el cuaderno y salí de la habitación a buscar un vaso de agua. La casa estaba en silencio. Mi abuelo y mi padre ya dormían, se habían retirado temprano. Mi tío también dormía. Tenía que pasar por la puerta de la habitación de Juan en la planta baja para ir al baño y recuerdo que caminé en puntas de pie, para no despertarlo. Reyes, de noche, es una casa hermosa. Mercedes nunca iba, por eso también resultaba, para mí, un santuario. En Reyes estaba lejos de su furia. Seguía pegándome con frecuencia, aunque ya no vivía con ella. Solía pedir que subiera a cenar y después se descargaba si yo decía algo inconveniente –y siempre decía algo que le disgustaba–. Los golpes de Mercedes nunca me hicieron llorar y si alguna vez se me humedecieron los ojos, más de rabia que de dolor, no se lo dejé ver a nadie. Solamente a Juan.

Bajar por las escaleras sin hacer ruido era fácil, porque estaban alfombradas, pero los pasillos tenían piso de madera y crujían. Mi padre solía decir que tendrían que haberlos hecho de mármol o de baldosas, que era una locura la madera con el calor, pero sin duda quedaban más lindos. Me estiré el camisón, que no era corto, pero no quería cruzarme con alguien de noche, algún hombre, y que me mirase las piernas. No eran muy largas pero eran lindas, al menos entonces lo eran, mi cuerpo cambió mucho con el embarazo. Cuando se secaban al sol, en la playa del río, tomaban un color muy suave, parecido al barniz.

Cuando llegué en puntas de pie a la puerta del cuarto de Juan, la encontré abierta. No era raro: mi tío lo obligaba a mantenerla así. Tuve un presentimiento, sin embargo, y me asomé. No estaba en su cama. Supuse que había ido al baño y esperé. Diez minutos, quince minutos, hasta que me alarmé. ¿Y si se sentía mal? Fui a buscarlo al baño. Estaba vacío. Después salí al jardín y lo llamé. Solamente tuve la respuesta de algunos pájaros nocturnos, que se quedaron en silencio, y de los perros de la casa, que se me acercaron. Había mucho silencio, lo que me alarmó, porque la selva aturde de ruidosa. Cuando está callada, es porque está alerta. Acaricié el lomo de Osman, el perro más joven, un cachorro manto negro muy dulce que debía recibir señales constantes de tranquilidad o se ponía en guardia.

No quise, recuerdo, que la desaparición fuese mi responsabilidad. Volví a entrar en la casa, todavía descalza, y golpeé la puerta de la habitación de mi tío, que se levantó muy rápido, con la camisa desprendida pero ya puesta y los pantalones sueltos.

Juan se fue, le anuncié. No estaba segura de que se hubiese ido, por supuesto, pero me salió eso, a borbotones. Los golpes en la puerta despertaron a mi padre. La gran siete, qué carajos pasa, dijo él, y le expliqué la situación. Mi tío se retorció las manos y yo sentí una oleada de asco.

Los hombres se organizaron para salir a buscarlo y ordenaron que me quedara, pero no les hice caso, me importaban un bledo sus indicaciones de borrachos. Salieron los tres, medio desvestidos; mi abuelo cargaba un sol de noche, los otros linternas. Los acompañaban los perros, ladrando. Gritaban el nombre de Juan. Salí detrás de ellos, en camisón y botas.

No sé por qué estuvimos tan seguros de que Juan no estaba escondido en la casa, pero ninguno discutió la intuición. Osman dejó a los hombres y retrocedió, para acompañarme. Le acaricié la cabeza y levanté la linterna a la altura de mi cabeza. Pensé en Juan ahogado en el río. Pensé en Juan caído en algún pozo, inalcanzable. Pensé en Juan atacado por un animal. Entonces vi la ropa en el piso, mejor dicho, la pisé. Apunté con la linterna y me di cuenta de que era la que había usado para dormir, un camisón manga corta, largo, a rayas blancas y azules. ¿Estaba desnudo en la selva? Grité su nombre, grité soy yo, Rosario, dónde estás, y corrí entre los árboles, raspándome las piernas con los pastos crecidos. Después copié algo que había visto en alguna película: le hice oler a Osman la ropa de Juan. El perro no entendió y gimió.

Corrí hasta que entré a la selva y paré en un claro, entre varios árboles. La linterna titilaba un poco, pero la sacudí y otra vez la luz fue firme. Desde ahí ya no distinguía la casa y pensé que no podía internarme más sin perderme en el monte. Iluminé los árboles y entonces vi a Juan. Osman, que estaba a mi lado, gemía como si lo torturaran. No lo hice callar porque el susto me dejó muda. Juan estaba totalmente desnudo y caminaba entre los árboles como un sonámbulo; no se daba cuenta de nuestra presencia ni de la luz de la linterna, y tropezaba. Tenía los ojos recubiertos por una película amarillenta, como el segundo párpado de un animal, y estaba agotado: se llevó un tronco por delante y, aunque no se cayó, se detuvo agitado, transpirando. Moví la linterna e iluminé sus manos. Ya no eran las de un chico. Eran muy grandes y tenían uñas muy largas, doradas, como las de un animal de bronce. Dudé, pensé que ese chico no era Juan, pero le vi en el pecho la cicatriz de la cirugía. Volvió a caminar en círculos, en cuatro patas, las manos enormes rascando la tierra del suelo, los árboles, su propia piel. Estaba buscando algo, desesperadamente, y no respondía cuando yo decía su nombre. Entendí lo que pasaba. Esperé la luz negra. Recuerdo que el orgullo hizo que me temblaran las piernas. También tenía miedo. Dios mío, dije, y por primera vez en mi vida lo decía no como una exclamación o una frase hecha, sino como un reconocimiento.

Él se puso de pie. El cuerpo delgado y demasiado alto de Juan estaba rodeado de lo que parecían insectos, muchísimos cascarudos o mariposas negras, zumbando, más oscuros que la oscuridad de la selva. Hizo algo muy sencillo cuando la negrura empezó a rodearlo: extendió los brazos y juntó las manos, palma contra palma, a la altura de su pecho, como si estuviera por arrojarse al agua. El silencio era absoluto: Osman enmudeció, ni un insecto, ni una hoja, ni el viento, ni el río lejano, nada, el silencio y esa película oscura que recortaba a Juan, una línea de sombra a su alrededor, todo me hizo saber que algo cambiaba y que el cambio era terrible y maravilloso.

Su cuerpo quedó solo y flotando en la negrura y entonces retrocedí, porque sabía que la Oscuridad podía saltar, cortar, lastimar.

Los hombres llegaron en ese momento con el calor de sus alientos y el fulgor de sus linternas. Mi abuelo elevó su sol de noche y vimos que la Oscuridad tapaba los árboles como una cortina pesada y en apariencia impenetrable. Él cayó de rodillas y retrocedió, como un promesante cristiano. El silencio se rompió con el ruido de la Oscuridad, que era marino y voraz, era un ruido de agua. No tenía olor. Nunca le sentí olor. Alguna gente huele descomposición; otra, frescura. Es distinto para todos. Mi padre estaba boquiabierto, como un imbécil, pero mi tío estaba llorando y se acercaba a Juan rápido, se arrojaba hacia él con los brazos extendidos, gritaba, no recuerdo qué o no entendí qué; mi abuelo trató de detenerlo y lo logró, pero no antes de que su mano izquierda rozara la Oscuridad abierta. Después cayó al suelo, con la mano ensangrentada: le faltaban varios dedos. Gritaba, pero nosotros no le prestábamos atención. Mirábamos a Juan, que tenía la cabeza colgando, el pelo sobre la cara y parecía muerto. Siguió suspendido unos instantes más hasta que la Oscuridad pareció reingresar a su cuerpo. (Yo sigo creyendo que eso es lo que sucede: él saca a la Oscuridad y después la recupera.) Cuando levantó la cabeza, no le reconocí los ojos. Todavía no eran los suyos. Caminó seguro y erguido, dejó el espacio entre los árboles, la sombra lo seguía rodeando como humo, y se agachó al lado de mi tío, que dejó de quejarse cuando lo vio. Juan rozó la lastimadura con sus manos enormes y la herida se cauterizó. Antes, la sangre le manchó el cuerpo desnudo.

Entonces se apagó el sol de noche de mi abuelo y los hombres rodearon a mi tío. Dejaron de prestarle atención a Juan, que se alejaba de ellos en cuatro patas, desnudo. No sé por qué no lo vieron o no lo siguieron, quizá porque la Oscuridad deseaba que él y yo estuviésemos solos. Juan no podía llegar lejos, no tenía fuerza para hacerlo, chorreaba sudor, se tocaba el pecho, que le dolía, con la mano. Parecía un recién nacido grandote, húmedo, medio ahogado. Me senté sobre el pasto y lo llamé como se llama a un perro, porque él no iba a entender otra cosa. Vino a mi arrastrándose y yo lo abracé, lo tomé en brazos, estaba tan mojado que se escurría pero me miraba, y yo le pedí que se tranquilizara, que estaba conmigo. Entonces lo besé. Un beso muy infantil, con la boca cerrada, pero largo e inadecuado. ¿Por qué hice eso? Todavía me lo pregunto. Estaba loca. Él me rodeó el cuello con los brazos y me puse a llorar, lo único que sentía era su cuerpo mojándome la ropa, las manos calientes, la respiración que me quemaba las mejillas, los latidos irregulares de su corazón.

Los hombres vinieron a buscarlo y me resistí, no se lo quería dar, pero por supuesto no podía pelear con ellos. Empecé a menstruar en ese momento, la sangre me manchaba el camisón, sentía cómo humedecía el pasto. Se lo llevaron corriendo a la casa, para atenderlo. Cuando los seguí, con las piernas ensangrentadas, pensaba todo el tiempo yo lo encontré, es mío, no me lo van a sacar.

Creo que estuve loca esos minutos, tocada por la Oscuridad. Si papá no me hubiese dado el sopapo bien puesto que me dio cuando llegué a la casa, no habría salido de la histeria. Mi padre siempre dice que en la Orden, al final, todos se vuelven locos; yo lo entendí esa vez. Una vez papá entró a saludarme con su whisky el día después de un Ceremonial y le pregunté: cómo podemos seguir después de esto, cómo pueden ustedes, el mundo es estúpido, la gente que lo ignora todo es despreciable. Y me contestó algo que de tan cierto a veces lo repito en voz alta. Es que no pasa nada después de esto, hija. Al día siguiente tenemos hambre y comemos, queremos estar al sol y nadamos, nos tenemos que afeitar, hay que atender a los contadores y visitar los campos porque queremos seguir teniendo dinero. Lo que pasa es real, pero la vida también.

Quisieron alejarlo de mí durante los primeros días, que fueron de corridas y autos que salían a toda velocidad levantando tierra roja. Vino Mercedes. Traté de meterme en la habitación de Juan en un momento de distracción y ella me arrastró de los pelos y terminé en el piso. Olía a perfume de rosas, una fragancia barata, asquerosa, podía comprarse cualquier botella pero quería ese, porque le gustaba apestar. A Tali la habían devuelto a Corrientes, donde la cuidaba su tía.

Yo no podía dormir ni pensar ni escribir, y me cerraban las puertas en la cara, pero podía escuchar. Mi tío hablaba de sus dedos perdidos. Decía que había sentido frío en las manos de Juan. Lo decía llorando. También se lamentaba porque nunca iba a volver a operar. Estaba destrozado y a la vez contento, como mi abuelo. La única entera era Mercedes. Andaba por la casa y los jardines con una camisa blanca y pantalones de tiro alto color beige. Si hubiese sido otra mujer, con el pelo por los hombros, un sombrerito para tapar las peladillas y los anteojos oscuros que usaba adentro de la casa, habría dicho que estaba linda, que al menos mantenía cierta elegancia en el medio del caos y las corridas, pero yo solamente podía ver la satisfacción y la arrogancia. Caminaba con superioridad, se burlaba de los hombres, se burlaba de mí. Gritaba: ¡ninguno tiene el carácter para manejar esto, manga de capones! Capones: así llamaban a los toros castrados de la estancia.

Aguanté dos días sin ver a Juan y fui a buscar a mi abuelo. Lo encontré sentado en uno de los sillones de hierro, fumando. Tenía la piel de los brazos muy irritada. Cuando me vio, me hizo una seña para que me sentara a su lado. Abajo, en el río, un hombre y una mujer, a bordo de una lancha oxidada, tiraban flores blancas al agua. Le pedí permiso para ver a Juan. Yo lo encontré, le dije. Tengo derecho y, además, él me necesita.

Mi abuelo negó con la cabeza y agregó: mañana llega Florence Mathers. Ella nos va a explicar qué hacer. Y te va a explicar a vos, también, porque vas a tener que encargarte de él, vos sos la custodia. Como era George de Olanna. Es tuya la responsabilidad primera.

¿Se lo va a llevar?, le pregunté, y la reacción de mi abuelo fue sorprendente. Me agarró de los hombros y vi que sus ojos estaban distintos, se movían mucho, como si esperase que alguien viniera a capturarlo. No, me dijo. No se lo van a llevar. Él vino a nosotros. Nos buscó. Se podría haber muerto de chico pero aguantó. Lo esperamos y cumplió. Después empezó a murmurar sin mucha coherencia, decía qué honor, la puerta estaba acá, está acá, ¿adónde se lo van a llevar? No quise estar más con él y corrí hacia la plataforma. Yo no estaba tan segura. Si se lo llevan, me voy con él, pensé. No nos van a separar nunca, el abuelo acaba de decirlo. Los hombres no lo habrían encontrado. Sin mí, pensé, el médium no habría aparecido.

2

Vomité durante todo el vuelo. Las azafatas pensaban que estaba nerviosa o mareada: no dejaban de darme bolsas, servilletas y hasta una toalla. Me cambiaron de asiento para que dejase de asquear y molestar al pasajero sentado a mi lado: viajaba en primera clase y había varios lugares libres. El avión temblaba y las turbulencias eran incesantes, pero eso no me importaba en absoluto, no tenía miedo, como los demás pasajeros. Ir a estudiar y a vivir en Inglaterra, dejar a Juan por algunos años, era lo más decisivo que había hecho en mi vida, y aunque estaba segura, no podía dejar de repasar la despedida, que había sido larga y desesperada y rabiosa. Juan hizo todo lo que pudo para retenerme. Juró que iba a suicidarse si lo abandonaba. Que no volvería a convocar en el Ceremonial. Que no volvería a hablarme. Lo escuché todas las veces con los brazos cruzados en el living del departamento de mi tío, y todas las noches dejé que me besara empapado de lágrimas, y cada vez le repetí lo mismo: necesitaba estar lejos de él, quería ser alguien sin él. Lo había pensado muy bien. Tenía quien lo acompañase en el Ceremonial: Stephen, el hijo mayor de Florence. Mi deber en el ritual podía ser reemplazado por un tiempo. No quería lanzarme a una existencia dedicada a Juan sin haber tenido la posibilidad de conocer cómo era posible vivir sin ese vínculo obsesivo y devocional. Estaba agotada de todas las formas posibles, y asustada, porque me daba cuenta de que él y yo íbamos a estar juntos, íbamos a ser la pareja, los herederos, y en aquel momento quería huir de esa certeza. Sentía que, si no aprovechaba el tiempo, toda mi vida iba a consistir en acompañarlo. Eso lo enfureció: qué tenía de malo, él necesitaba mi compañía, él se me había revelado porque yo debía ser su compañera y estábamos enamorados, algo que él repetía sin saber, porque tenía quince años nada más y nunca había conocido a otra chica, ni siquiera le había gustado otra, y yo no quería eso para él ni para mí. No sabía si mi partida iba a solucionarlo, pero mi presencia ciertamente no ayudaba. Podés visitarme, le dije, lo que era una crueldad porque no se le permitía viajar en avión, al menos por el momento: estaba descompensado y, pronto, debía volver a operarse. En las discusiones, también me culpó de su recaída, y supongo que tenía razón. Entre los Ceremoniales, bastante frecuentes, cuatro por año en ese momento, y la angustia, se habían acentuado los síntomas de su insuficiencia cardíaca. A pesar de su deterioro y debilidad, pensé que sería capaz de pegarme en alguna discusión. Era tan alto y demoledor en su tamaño y yo tan pequeña y torpe; él me deseaba con la rabia de un adolescente y la arrogancia de un semidios. Una sola vez no quiso desprenderse del abrazo después de los besos, y tuve que empujarlo brutalmente, sacármelo de encima y acusarlo de macho violento e idiota. Podés abusar de tu poder con todos los demás, le grité, pero no conmigo. Pasó la noche del otro lado de la puerta de mi habitación, pidiendo perdón. Es lo que hace cualquier hombre violento, le dije, pedir perdón. Fue lo único, en toda nuestra horrible despedida, que sirvió para algo.

Juan no fue el primer hombre con el que tuve sexo. Antes de irme, cuando lo supo, buscó una de las escopetas de mi abuelo y les disparó a las copas de cristal y las cerámicas francesas de Mercedes. Vino la policía porque los vecinos denunciaron los disparos. Faltaban pocos días para la Navidad, y mentimos que la pirotecnia guardada para los festejos había estallado por el calor. Se lo creyeron parcialmente. Mi primer amante fue un corredor de larga distancia que había conocido en el club Regatas. Me atrajo porque parecía entender mi sensación de apuro, de falta de tiempo. Él me había dicho que, como era deportista, tenía una noción del tiempo diferente. El corredor no era muy atractivo y nunca lo volví a ver, pero pienso seguido en él porque me habló de la importancia de los segundos, de que nada era más complicado que luchar contra ellos, dos o tres hacían toda la diferencia, y al mismo tiempo resultaba tan estúpido, tan fútil, pelear todos los días contra milésimas, contra eso que los relojes apenas registraban, contra algo que casi nadie más tenía en cuenta.

Mi abuelo dijo puta que sabe disparar Juancito, esta no me la esperaba, y eso fue todo. Ya estaba muy deprimido en esa época y se suicidó pocos años después. Extraño a mi abuelo todos los días aunque es un destino predecible para los miembros de la Orden y se nos enseña a aceptarlo. La casa olió a pólvora durante semanas y Juan las pasó encerrado. Le dije, cuando salió de su habitación, que él también podía buscar a alguien y me gritó quién va a quererme a mí. Ah, cualquiera va a quererte, podés elegir. Desdeñó mis palabras con un gesto de derrota. Nunca entendió el desconcierto y la fascinación que provoca en los demás. Le decía la verdad. A los quince, Juan no parecía un adolescente y, aunque delicado y pálido, tenía todo el aspecto de un hombre, la espalda ancha, los brazos con las venas prominentes, una expresión triste y arrogante en la mirada.

Me fui de noche y lo dejé llorando: el chofer me esperaba, las valijas ya estaban en el coche. El viaje a Ezeiza fue largo pero hipnótico y no me sentí enferma hasta que subí al avión. No sabía cuánto iba a extrañarlo ni lo insoportable que resultaría su ausencia, pero me sentía libre y lejos y sola. Era lo que quería. Vomitar durante todo el viaje fue una limpieza.

En el aeropuerto me esperaba Stephen. El viento lo había despeinado y su mechón de pelo blanco le cubría los ojos. Las canas habían aparecido el día siguiente a su primer Ceremonial:

Juan le marcó la espalda con las uñas doradas. Fue un momento inolvidable, porque Stephen era muy joven, era el hijo de Florence y porque las heridas fueron profundas y largas, desde debajo de los omóplatos hasta la cintura. Todos los asistentes gritaron: pensaron que lo había matado. La curación fue tan terminante, inmediata y perfecta como cuando cauterizó la mutilación de la mano de mi tío. Las dos líneas elegantes, solía decir Stephen ahora, probaban que él era un ángel caído y resultaban muy atractivas para sus amantes. Sin embargo entonces, cuando las recibió, el trauma lo dejó mudo y con esas canas repentinas. La marca también indicaba que él era el compañero del médium, si lo deseaba. Nunca sentí celos: al contrario, fue un alivio tener con quien compartir la tarea.

Nos abrazamos como novios: él me alzó y me hizo girar entre los viajeros y los turistas, los maleteros, la voz que anunciaba próximos vuelos. Yo adoraba a Stephen, tenía toda la alegría y el desafío que a mí me faltaban, al menos en esa época. Cargó las valijas hasta el auto que nos llevaría a la casa central de la Orden, la de su madre, en St. John's Wood. Aunque mi familia tenía casas en Londres y también podían alquilarme una, Florence prefería que, al principio, fuese su huésped. Quiere entender por qué abandonas a Juan, me había dicho Stephen. Pero yo no lo abandonaba. ¿Era tan difícil de explicar? Hacía seis años que mi vida estaba dedicada a él. Quería extrañarlo y volver a él con verdadero deseo. Quería que se convirtiera en un hombre. Yo lo comprendo perfectamente, amiga mía. Ojalá Juan lo entienda también. Lo entenderá y, si no, se lo explicaré a patadas. Me reí y besé a Stephen en la mejilla. Él también estaba enamorado de Juan, pero nunca interfirió entre nosotros y yo siempre quise tenerlo cerca, como el otro esposo, el pacificador.

La casa de St. John's Wood, que no podía verse desde la calle porque la rodeaba un muro de ladrillos. Ya la conocía: la había visitado hacía algunos años, en un breve viaje anterior. Tenía un jardín precioso pero triste, con una fuente de piedra, rosas rojas y amarillas y caminos de grava. El verde muy intenso del césped obligaba a entrecerrar los ojos. La casa albergaba la biblioteca principal de la Orden. Un grupo de expertos cuidaba más de tres mil libros; también había dos habitaciones dedicadas a ediciones contemporáneas. Y en el lugar más custodiado, el libro que se escribía con las palabras de la Oscuridad, el texto sagrado de la Orden, al que Juan le había dado las mejores y más extensas páginas. Esa contribución crucial ayudó a que se le concediera una vida normal, con ceremoniales espaciados y un método completamente distinto al de usarlo hasta el agotamiento, como a todos sus predecesores. Florence se enorgullecía de haber tomado esa decisión, porque los resultados eran evidentes: nunca la Oscuridad había dado tanta información, aunque a veces errática y confusa. Es nuestra tarea interpretarla, decía, debemos aprender la paciencia.

Nos recibió con un abrazo: estaba sola salvo por los sirvientes y por Eddie, el hijo menor, que vivía con ella porque no había institución que pudiese contenerlo. Lo primero que hizo fue preguntarme si quería tomar un baño antes de comer, porque debía estar agotada después del vuelo nocturno. Yo estaba agotada y famélica: ya no sentía náuseas ni asco. Subí con Florence hasta la habitación de huéspedes y uno de los sirvientes varones dejó mi valija sobre el elástico del mueble destinado al equipaje. El empapelado era de rosas con espinas, como las del jardín. Desde la ventana se veía la calle húmeda y a la gente que caminaba rápido, helada en el frío de febrero. La bañera, para mi sorpresa, ya estaba llena. Florence tenía esos detalles que, en mi casa, mi madre nunca había aprendido a organizar. Salí del agua cuando sentí frío y me puse un sencillo vestido negro, largo, suelto, y mocasines abotinados. La casa era bastante cálida y no necesitaba abrigo.

Tuvimos un almuerzo algo incómodo, los tres. Florence escuchó mis planes de estudiar en Warburg y Cambridge; solamente dijo que todo estaba arreglado, que podía comenzar a tomar cursos en dos semanas y, cuando correspondiese, comenzar el ciclo normal. No hablamos de Juan pero sí hablamos de Eddie. Mientras comíamos, él estaba atado en su cama, porque intentaba morderse y ya había logrado destrozarse las muñecas con los dientes. Florence guardaba el secreto de qué había hecho con su hijo menor, pero contaba el relato básico porque, creía, la aparición de Juan había sido un *wake up call* a su arrogancia, una manera de indicarle que ni ella ni nadie podían quebrar las decisiones de la Oscuridad. Al entrenar a su hijo para ser médium, había arrasado su psiquis. Eddie estaba loco y era peligroso, para él y para los demás. Ella lo lamentaba tanto y era sincera en su dolor, porque amaba a Eddie con desesperación.

Stephen no me dejó descansar después de comer. Cuando retiraron los platos y Florence pidió el té, me dijo hoy mismo vamos a salir, tienes que conocer la ciudad, es maravillosa. El resto del país no vale nada, pero Londres es el centro del mundo.

Florence no nos retuvo. A ella no le gustaba la compañía de los jóvenes. Le recordábamos lo que perdió en la adolescencia, cuando tuvo que hacerse cargo de la Orden. Nosotros, para ella, no teníamos responsabilidades. En la puerta de la casa, bajo el paraguas, Stephen me besó y, con la punta de la lengua, pegó un ácido sobre mi paladar. Es solo un cuarto, me dijo, a ver si tienes un mal viaje, en tu primera vez es mejor que vueles bajo. Y subimos a su Lotus Elan color verde musgo, que se podía usar como descapotable, aunque, decía, en esta maldita isla solo se puede usar sin la capota tres días por año. Exageraba, por supuesto, pero no mucho.

Antes de Florence, el jefe de la Orden fue Charles Mathers, el abuelo que Stephen nunca conoció. Charles estaba decidido a encontrar un médium para su generación, como lo había hecho su hermano mayor, George, con Olanna. Pero no lo conseguía a pesar de que su búsqueda era frenética. Él extendió la Orden por el mundo entero con la promesa que había dado la Oscuridad: que a los miembros se les daría la posibilidad de perpetuar la conciencia en este plano, es decir, una forma de inmortalidad en la Tierra. Encontró, de hecho, muchos médiums, en varios lugares del mundo, pero no pudo mantener con vida a ninguno por demasiado tiempo ni conseguir avances significativos. Todo está en el libro. Una joven que murió durante el Ceremonial. Un adolescente que se suicidó después de apenas un mes como médium de la Orden. Un hombre joven, en Estados Unidos, que intentó ahorcar a varios Iniciados antes de morir de un derrame cerebral. Charles entendió lo difícil que era mantener con vida y con lucidez a estos niños tenebrosos, pero no comprendía cómo evitarlo. Florence fue la primera en entenderlo.

La noticia de Encarnación, la adolescente hallada en Figueras, Cataluña, le llegó después de los bombardeos del invierno de 1939. Charles no tuvo miedo de viajar a un país en guerra ni de ingresar a una región tan conflictiva en ese momento. Lo hizo desde Francia. Vio a la niña todavía traumatizada, loca de duelo y terror: había perdido a toda su familia en el ataque franquista. Se llevó a la niña a Francia con la ayuda de los Margarall, una familia aristocrática que era parte de la Orden; la ciudad elegida fue Perpignan.

La niña fue violada varias veces y las llamo violaciones, a pesar de que la Orden habla de magia sexual. No se requiere ningún tipo de magia sexual en el Ceremonial ni con el médium, y Charles lo sabía. Se dejó llevar por la ambición, cedió a la perversión de miembros de la Orden que le disputaban poder y cayó en la vorágine demente de la guerra. Después de meses encerrada, Encarnación salió por una de las ventanas de la planta baja y volvió a la casa, donde la mayoría dormía, con una escopeta robada de una granja cercana. Los mató a todos. Estaba Charles con sus hijos, los hermanos de Florence –ella, por indicación de su padre, se había quedado en Londres, lo que le salvó la vida–; estaban los Margarall; estaban las familias más importantes de la Orden, al menos las que se habían atrevido a cruzar Europa. A todos los hombres de la Orden, además de matarlos, les destrozó los genitales con un cuchillo. Encarnación tenía catorce años y estaba embarazada. Stephen me mostró una foto suya: era una nena delgada, con una vincha para que el cabello oscuro no le cayera sobre la cara. Stephen dice que hay que cortar el ciclo, parar la rueda. E insiste con que a cada médium le corresponde su época. Un campesino en la revolución industrial, una mujer negra de las colonias británicas antes de la descolonización, una adolescente pobre en la guerra cuya carnicería pasa desapercibida en la carnicería general. Eso somos, dice, y es posible que la Oscuridad se alimente de ese dolor y de esta explotación. No quiero que sea así, le dije una vez, y me contestó que ya tendría oportunidad de intentar un cambio si quería liderar. Pero yo sé que no lo cree posible.

Después de matar y mutilar a todos, Encarnación se arrojó desde la ventana del piso más alto de la casa. Murió de inmediato.

El padre de Stephen, Pedro Margarall, encontró el cuerpo. Él había dejado la casa por una estupidez: hacía frío, faltaba alcohol para encender el fuego, también lamparitas, porque se quemaban seguido, y necesitaban velas para los cortes de luz, algunos relacionados con el tendido eléctrico que fallaba por la guerra, otros con las fuerzas desatadas por el Ceremonial. Encontró a la médium muerta sobre la grava, a los perros enloquecidos y a la Orden asesinada. Pedro Margarall tenía veinte años, era un estudiante de filosofía y religión, y el hijo de un marqués: no sabía resolver absolutamente nada. Así que armó su valija, tomó algunas fotos para que le creyeran y cruzó la frontera antes de que se lo llevaran preso. Llegó a Londres con las notas de los escribas, porque era un Iniciado prolijo incluso ante el desastre. Florence y su madre le pidieron que se quedara con ellas.

Pedro y Florence reconstruyeron la Orden durante y después de la guerra. Ella llamó a una reunión a la que acudieron menos de diez Iniciados y anunció que era la nueva líder. Muchos la despreciaron, pero otros se dieron cuenta de su valentía. Hacía falta una purga, les dijo, mi padre no estaba obedeciendo a la Oscuridad sino a su ambición y nos arrastró a perversiones innecesarias. Florence hizo todo, la ayuda de Pedro fue consistente pero mínima. Hasta se ocupó en persona de los negocios en Inglaterra, en Argentina, en Sudáfrica y en Australia. Stephen dice que su padre, que es un tipo totalmente diferente a Florence, *un scholar*, y una persona suave, delicada, se enamoró de la voluntad de Florence. Y ella lo eligió no solo porque era el único testigo vivo de la masacre sino porque él era, y todavía es, la persona mejor formada intelectualmente de la Orden. Pedro Margarall vive: debería llamarlo como corresponde, el Marqués de Margarall. Está recluido en su casa de Cadaqués. Solo recibe a Stephen y a Florence. Cometió un error con Eddie y no puede perdonárselo. Esa voluntad, que lo enamoró, terminó por destruirlo.

Mi año cero, 1967. Los bengalíes que vendían estolas con signos mágicos por la calle, músicos callejeros vestidos con disfraces isabelinos, brazaletes plásticos de Biba, los saris indios que nunca me quedaron bien y terminaba mandándole por correo a Tali, que estaba de novia con Juan y no me importaba, me daba un poco de celos pero entendía: él y yo necesitábamos una vida separados para volver a encontrarnos. Las boutiques de Walton Street, las botas hasta los muslos con minifaldas, que me costaba usar porque hay que tener las piernas muy delgadas para que queden bien. En Carnaby Street una diseñadora me explicó la mejor opción para mi cuerpo y mi estilo: faldas largas o pantalones pata de elefante con tacos altos, boas, aros de bronce, el pelo batido si la humedad no me permitía controlar el lacio. Le compré a una chica aros con forma de pentagrama, bien grandes, negros. Había aprendido a trazar los sellos de la llave de Salomón a la perfección. Había empezado a hacerlos de muy chica pero en Londres la Orden me perfeccionó. No usaba los materiales tradicionales: los hacía con tiza. A veces con sangre. El tiempo parecía infinito. Con mi Mustang iba a Cambridge, tomaba las clases, lograba compatibilizarlas con las de Warburg, y quedaban horas para la magia y la ropa y los paseos. El tiempo, de pronto, se había estirado. Sabía que iba a ser así: era lo que había venido a buscar. La pasta de Alvaro's cuando teníamos mucha hambre. Baghdad House, el restorán donde la gente fumaba hash abiertamente y se escuchaba música *maqam*. Acompañar a Stephen a King's Road, donde estaba su sastre favorito. El club Seven and a Half donde vi a Jimi Hendrix, un sótano tan cargado de humo y tan opresivo que el ácido me cerró la garganta y me hizo llorar. Los shows increíbles en el Marquee. Planeábamos nuestros viajes de ácido a destinos predecibles: el Caballo Blanco de Berkshire, que mirábamos durante horas desde lejos, su figura estilizada de tiza, de un minimalismo increíble; los círculos de piedra neolítica de Avebury; Glastonbury y Stonehenge, donde siempre nos encontrábamos con hippies y travellers y los cientos de neopaganos y místicos que poblaban el país: una vez nos topamos con una ceremonia «druídica» y Laura, mi compañera, que estaba en un trip y borracha, se rió tanto que nos echaron. *You don't know anything,* les gritaba, *if only,* y Stephen le tapaba la boca porque si Florence se enteraba de que andábamos por ahí insinuando nuestro secreto, el castigo podía ser importante. A mí me gustaba ir a Stonehenge: muchos músicos visitaban el círculo, y a mí nada me gustaba más que la música. Algunos llevaban guitarras y era hermoso cantar con ellos envuelta en un saco de piel afgano, fumando hachís. Casi siempre incluíamos en los paseos la casa de Edward James en West Sussex, la mansión de los surrealistas con su bosque y su coto de caza. Años después, Tali me preguntaba seguido cómo hacíamos para manejar drogados. Cómo hacía yo para estudiar en esas condiciones. La verdad es que se puede funcionar bajo los efectos de las drogas mucho más de lo que la gente cree y, además, yo era tan joven que podía deambular de ácido un día entero y el siguiente asistir a varias clases y estudiar las horas que hiciera falta. Nosotros teníamos una resistencia envidiable.

Cuando hablo de nosotros, me refiero a Stephen y a nuestros amigos, la mayoría hijos de miembros de la Orden: Sandy, que estudiaba historia de Medio Oriente en Cambridge; Tara, el amante más estable de Stephen, heredero de una empresa naviera; Robert, que nos llevaba a los mejores conciertos de la ciudad y participaba en la organización de algunos festivales libres; Lucie, que quería ser fotógrafa pero trabajaba como modelo y estaba horriblemente celosa de Penelope Tree. Pero, sobre todo, cuando digo nosotros me refiero al trío que formábamos con Stephen y Laura. No era un requisito, pero la Orden alentaba vivir bajo la premisa del andrógino mágico, es decir, podíamos elegir amantes del mismo sexo para los rituales y para la vida, para que esa energía nos abrazara y nos fuese útil en los trabajos mistéricos. Stephen tenía diecinueve años, yo dieciocho, Laura veintidós. Éramos jóvenes y atrevidos: nunca dudamos en aceptar la sugerencia porque, además, casi todas las personas de nuestra edad y nuestro círculo vivían así. El ácido es una droga muy sexual y, bajo sus efectos, la idea de que los sexos se relacionen exclusivamente con sus opuestos resulta absurda.

El mundo se parece a la Orden, decía Stephen, y, claro, no se refería al mundo en su totalidad sino al nuestro, al de la juventud bohemia y heredera, libertina y poderosa, que había inventado la escena de Londres en los sesenta. Posiciones políticas radicales, hedonismo, promiscuidad sexual, ropa extraña, chicos con demasiado dinero: eso era *parecido* a la Orden. Pero el espíritu de la época, el canon hippie, eso sí era idéntico. Nunca resultó más fácil camuflarse, decía Florence, y por eso, en parte, permitía que los Iniciados jóvenes participaran del esoterismo ambiental. En las fiestas se hablaba de la policía del pensamiento, William Blake y Hölderlin, se leía a Castaneda y a Blavatsky, se miraban cuadros de Escher para estimular los viajes, se discutía sobre ovnis y hadas en el campo. Era común fumar hachís y, mientras la pipa circulaba, hojear *Le mystère des cathédrales* o discutir sobre si el mejor Tarot era el de Crowley o el de Waite (o, como Laura y yo insistíamos, el de Frieda Harris o el de Pamela Colman). Se consultaba el I Ching, se usaba la ouija, se iba a Primrose Hill, donde nacen las líneas Ley, el mapa del territorio mágico de las islas con sus megalitos alineados; se buscaba ver el sol espiritual que había avistado Blake. Una mañana, Sandy creyó ver una luz negra, los cuervos del dios Bran, en Tower Hill. Nos pusimos alerta, pero no pasó nada. Tara, con su enorme fortuna, nos traía objetos, alfombras y ropa de Marruecos, su lugar favorito en el mundo, que no pude conocer.

Nuestro epicentro era la casa de Stephen en Cheyne Walk, cerca del río, en Chelsea. Stephen la había elegido porque tenía una escalera diseñada en los años treinta por Sir Edwin Lutyens, con una baranda de hierro maravillosa y, debajo, porque hacía una curva de serpiente, una pequeña mesa sobre mosaicos de diseño art déco ligeramente arcano. Me mudé con él dos meses después de llegar a Londres. Quedaba lejos de St. John's Wood y de Florence, pero eso me ayudaba a conocer un poco la ciudad. Mi cama siempre estaba cubierta de libros y discos, como las camas de todos los que conocía: era el lugar de reunión, algo normal entre gente que pasaba del Mandrax al hachís, toda esa languidez y lentitud en la que vivíamos. A Robert, a veces, no le entendíamos lo que decía y tenía que escribir las fechas y horarios de los conciertos porque se le trababa la lengua. Incienso, *tiger balm* y sueño.

Laura era la única que no llevaba esa vida. Ella se acostaba a mi lado, fumaba tabaco y se sacaba los pantalones que usaba, rectos y masculinos; yo admiraba sus piernas delgadas y firmes y ella me preguntaba por Juan. Nunca había asistido a un Ceremonial, así que no lo conocía. Laura era la hija adoptiva de Anne Clarke, la tía de Florence. Le faltaba el ojo izquierdo y se vestía de manera tal que era imposible adivinar la forma de su cuerpo: su ropa no solo era de varón, sino varios talles más grande. Tenía el pelo largo, sin embargo, siempre grasoso, y bebía de una manera atroz, tanto que solía perderse y Stephen debía salir a buscarla por la ciudad. La encontraba durmiendo en parques y en cementerios, sus lugares favoritos, porque Laura era, de entre todos nosotros, la que mejor había estudiado la comunicación con los muertos o, como se llamaban en la Orden, los desencarnados. Sus manos solían oler a tierra y a veces a sangre; si no se bañaba, podían apestar a descomposición. Yo me encargaba de limpiarla, a veces: le raspaba la piel con la esponja y le recorría las cicatrices que ella misma se había hecho cuando estaba demasiado borracha. Leíamos *La diosa blanca* en voz alta hasta que el agua se enfriaba y después, cuando nos secábamos, nos hacíamos cosquillas y ella me mordía el culo. Conservaba el párpado del ojo, pero se negaba a usar una prótesis de vidrio: prefería un parche de cuero. Para mí era hermosa. La conocí en un ritual en casa de Florence y me impresionó su ferocidad: cómo usó un cuchillo para hacerse un corte en el brazo, cómo hizo callar a la mujer que chilló cuando tuvo que cortarla también, cómo pronunció las palabras, con autoridad y sin temblores, cómo me estimuló hasta que la energía sexual se convirtió en algo palpable sobre mi círculo de tiza, cómo se dirigió a la entidad convocada, con una familiaridad sorprendente. Laura era infalible y se hacía respetar: no acudía a todos los rituales, ni aceptaba trabajos menores. Solíamos recorrer Highgate y nos acariciábamos sobre las tumbas. Yo le confesé que George Mathers había sido mi primer amor; ella lamentaba que la Orden no hubiese recuperado su cuerpo, que estaba enterrado en Nigeria.

En la cama de Cheyne Walk, Laura quería saber sobre Juan. ¿Sabés lo que él piensa acerca de lo que dicta la Oscuridad?, le dije una vez. Juan creía que lo dictado era solo sugestión de los escribas. O que, en todo caso, lo que la Oscuridad decía no podía interpretarse en este plano. Laura se daba vuelta en la cama y, de su camisa blanca desprendida, se asomaba un pecho tatuado; se tatuaba sola, si podía, o se lo pedía a una amiga suya que conocí apenas, una criadora de zorros que leía vísceras como sistema de adivinación y me odiaba porque quería ser la única amante de Laura.

He's right, me decía, y el humo de su cigarrillo tomaba el olor del peligro, porque lo que estábamos diciendo era sacudir los cimientos de la Orden: cuestionar el Libro. Ella seguía con su parloteo alcohólico y yo ponía un disco para que no pudieran escucharnos desde afuera. El Libro contiene fragmentos que no valen nada, decía. Hay pasajes del texto dictados, en teoría, por la Oscuridad que son idénticos a fragmentos de grimorios que existen en la biblioteca de la Orden. O incluso reproducen más o menos fielmente textos más modernos, de ocultistas de este siglo. ¡Hay fragmentos de la *Clavicula Salomonis!* «Ars Paulina» está entera. Es burdo. ¿Y acaso Florence no lo sabe?, le preguntaba yo. Ella repetía: Florence es una de las escribas, al menos cuando desea serlo. Es una gran mujer pero no es la primera vez que se equivoca y, si reconoce un fraude, tiene que reconocer también que el método para preservar la conciencia que dicta la Oscuridad también puede ser falso. Y eso no puede admitirlo, porque perdería su poder.

Cuando Laura me decía esto, me angustiaba. Se me cerraba la garganta, me dolía el pecho. Todo una mentira. La posibilidad de vivir para siempre, o al menos una vida muy larga, una mentira. Ella me besaba en los labios y, mientras chocaba sus dientes con los míos, decía *I can be wrong, baby.* Un culto que no ofrece beneficios para siempre, o al menos durante un tiempo inusualmente largo, no construye una fe. Y creer no tiene discusión. Florence creía. Necesitaba hacerlo, no solo por su propio poder, sino porque había destruido a su hijo en el proceso. Hermes es el dios de la escritura, pero también es el dios de las falsificaciones, pensé, y no se lo dije a Laura: preferí desenredarle el pelo, que estaba a punto de convertirse en las rastas que llevaban los antillanos de Brixton.

403

Fuera de la habitación, de mis libros, mis discos y mi compañera, el departamento de Stephen era glorioso. Tara se paseaba desnudo entre la ropa, los diarios y las revistas, los almohadones, las alfombras. Vivíamos en el suelo, incluso para comer; Sandy se pintaba los labios de blanco porque quería parecerse a Juliette Greco y escuchaba *chansons* mientras leía a Camus. Lucie nos tomaba fotos sin avisar. Cheyne Walk era una mezcla extraña de terciopelos, William Morris y alguna extravagancia victoriana con pinturas obscenas, que Stephen coleccionaba, junto a la decoración hippie clásica de pashminas sobre lámparas para amortiguar la luz, panderos marroquíes, máscaras africanas, fotos de Rimbaud y libros de arquitectura. Stephen solía decir que el *tailoring* de la época era el más exquisito desde la Restauración, y yo tenía que darle la razón especialmente cuando nos visitaba David, un músico amigo de Lucie, para mí extraordinario, con su largo pelo rubio y camisas femeninas, diseñadas por Michael Fish. Era como una muñeca de dientes extraños, tan atractivo que el sexo con él me daba un poco de miedo, no quería ningún enamoramiento con ese chico. Una vez le escribí su propio nombre en la espalda, con ceniza, sobre la columna vertebral; David tenía algo de reptil, incluso en su boca de dientes ingleses, qué desgracia nacional. Esa vez él se puso a hablar del espejo, de su miedo a los espejos. Le conté el relato de Borges sobre la guerra del espejo, cómo un día el azogue iba a rebelarse y dejar de reflejarnos, iba a desobedecer y dejar de replicar nuestros movimientos mientras nosotros mirábamos, asombrados y muertos de miedo. Y cómo lo primero que aparecería, en el fondo del espejo, sería un color desconocido; después, el rumor de las armas y la conquista. David se sentó frente al espejo y buscó el color y creo que lo encontró: estaba de ácido, como siempre y como todos. Tuvo miedo. Conocer, atreverse, desear y guardar silencio, le dije, para tranquilizarlo. Y se tranquilizó, durmió sobre una de las mantas doradas de Tara, la manta destinada para Juan. Estamos armando su corte, decía Stephen, la corte del dios dorado. Cuando él venga a Londres, pensaba, voy a envolverlo con esta manta que huele a duraznos. Lo extrañaba mucho y nunca lo decía. Secretamente lo llamaba mi Perséfone, cómo sacarte del infierno, no puedo, soy una de las dueñas del infierno, pero tiene rincones, y podemos reinar ahí, reinar y no obedecer. El abuelo nos leía a Milton en el jardín de orquídeas pero a él le gustaba más Blake, cuando llegara a Londres iba a llevarlo a ver los Blake de la Tate Britain y todas las casas de los poetas que le gustaban.

En esa época, la primavera de 1967, mientras seguíamos en los diarios y le televisión el juicio a Mick Jagger, Keith Richards y sus amigos, que habían sido atrapados con drogas en una casa de campo de Sussex, volví a hablar por teléfono con Juan. Y empezamos a comunicarnos todos los días. A cualquier hora. Él estaba, en general, en el departamento de Libertador; cuando se iba a Reyes, me avisaba. A veces se lo escuchaba agitado a pesar del ruido en la línea, cada vez que hablaba con él me imaginaba cables por debajo del agua, rozando el fondo del océano, mordidos por peces ciegos de dientes enormes. Jorge le había anunciado que su cirugía iba a hacerse en Londres. Tenía miedo de morirse. Tali lo ayudaba con sus terrores nocturnos, pero nadie lo ayudaba como yo. Estaba desolado porque Florence le había dicho que, cuando morían, los médiums eran reclamados por la Oscuridad, que ahí pasaban la eternidad, como en el mito cristiano. Una noche lloró hasta quedarse dormido y no colgó hasta la madrugada, o le colgó alguien, posiblemente mi tío. No hablaba de estas cosas con Tali, lo que me daba un impreciso orgullo.

Qué mierdas que son, le dije a Stephen. Por qué lo asustan así, hablándole de una eternidad con los dioses. Porque van a evitar por todos los medios que abandone, me contestó Stephen. Un profesor de Warburg me había explicado que la alquimia nunca fue una técnica para multiplicar la riqueza. Era y es un ejercicio místico. La búsqueda del oro es el intento de encontrar la sustancia de la inmortalidad. Juan abría el camino hacia esa sustancia. Nunca iban a dejarlo en paz, nunca iban a decir ya es suficiente, su cuerpo no puede más.

Todavía sueño con el empapelado de mi habitación que se transformaba en arañas y bailarinas; todavía recuerdo cómo mi mano, si la extendía hacia el sol, quedaba envuelta en los colores del arco iris. También los rituales donde bailábamos hasta que nuestros cuerpos se descomponían en partículas de luz y cómo Laura abría el vientre de una liebre sobre mi círculo de tiza en la casa de Florence. Juan, por teléfono, mezclaba a Tali con mi abuelo, a quien a veces había que ir a buscar a la selva, donde se escondía desnudo y borracho, aterrorizado. En la selva, debajo de un árbol, finalmente se pegó un tiro. Yo estaba todavía en Londres y no fui a su funeral. Una noche me habló de puertas que podía abrir y de casas que, por fuera, tenían un aspecto pero, por adentro, eran completamente distintas. Qué estás haciendo, susurré. Nada, me contestó, simplemente sucedió. Pasé por la puerta de una casa que me pareció extraña y, cuando la abrí, me encontré con que no era una casa en absoluto. No se lo digas a nadie y no entres, le advertí. Hablé con Laura sobre estas puertas: yo pensaba en espacios liminares, ella me sugirió que no mencionáramos más las puertas por teléfono, por si alguien escuchaba, y era casi seguro que lo hacían. Si se desencadenaba un nuevo camino tenía que proteger a Juan. Era una horrible mañana en Londres, el cielo parecía de azúcar húmedo y la gente, por lo general acostumbrada, corría por la calle bajo los paraguas, tratando de evitar la lluvia helada. Hay que protegerlo, me dijo Laura. Tengo un mal presentimiento, dijo ella, y nunca me equivoco.

Solíamos ir a un club de Soho que se llamaba Colmena. Quedaba al lado de un edificio en ruinas que no había sido reconstruido desde el Blitz. Era un lugar para homosexuales, para queers, que cerró a principios de 1969. David una vez tocó ahí, y también varios de nuestros músicos amigos. Para entrar había que tocar una pequeña puerta marcada de verde en una calle corta, y un ojo del otro lado de la mirilla preguntaba si éramos miembros, aunque no había membresía, Colmena no era White's, se trataba de un método para evitar a la policía. El espejo sucio en la pared, las boas de plumas, los tacos baratos, los hombres altísimos sobre plataformas y la mejor música de la ciudad. Durante un tiempo tiré Tarot en una mesita cerca de la barra. Una noche, yo estaba borracha, pidió una tirada un chico de ojos azules, tan delgado que parecía enfermo de tuberculosis, y tan hermoso que parecía una chica de Carnaby Street. De hecho, tardé en decidir si era hombre o mujer. Sin poder contenerme, le describí la teoría del andrógino mágico: *solve et coagula* y por qué Baphomet tiene torso de hombre y senos de mujer. Le expliqué sobre el número 11, el de la magia homoerótica, que representa el doble falo. Le enseñé que todos los instrumentos mágicos deben ser dobles, dos espadas, dos varitas, dos copas, dos pentáculos, y por qué los ocultistas debían ser todos homosexuales. Le dio risa. No le interesaba lo que yo decía. Me escuchaba como se escucha a una loca. El chico hablaba *polari* con una facilidad abrumadora y le dije a Stephen que por favor se fuera con él, que por favor me dejase verlos juntos, pero a Stephen le gustan los hombres masculinos y tuve que conformarme con mirarlo hasta que se fue. Deja de reclutar, me dijo Stephen, malhumorado.

En Colmena, Stephen hacía chistes bestiales, groseros, y conocía a media concurrencia porque con la mitad se había acostado y con la otra mitad había ido al colegio. Una vez me llevé a Laura al baño de la mano y terminamos gritando, yo agarrada del lavatorio, ella de rodillas, hicimos tanto escándalo que unas *queens* que estaban drogándose en un rincón aplaudieron y pidieron un bis. Solíamos perder a Stephen y también a Tara, que se iban a Regent's con sus amantes ocasionales, o volvían con ellos a Cheyne Walk. Pero Laura y yo caminábamos hasta el amanecer, seguíamos diferentes rutas. Llegábamos hasta la iglesia de Hawksmoor, en Spitafields, el lugar de los crímenes del Destripador. Cuando conoció a Juan, Laura pasó horas explicándole las iglesias de Hawksmoor: él les sacó fotos para su hermano Luis y se las mandó con una larga carta. Laura elaboraba cartografías alternativas. Líneas en mapas que son un texto subterráneo capaz de adivinación y profecía. Había que recorrer esos caminos alternativos sin pensar, trazar los sellos a pie, y finalmente se revelarían. Como en la alquimia, le dije: parecen paseos pero son un proceso. El sentido es el tiempo destinado a ese proceso, no el resultado: la disciplina de la repetición. *Enlightened boredom. That's it,* me contestó ella. Una noche le conté sobre cómo Mercedes me hacía darles de comer a los chicos que encerraba en jaulas, cómo Juan me había aliviado la tarea, cómo Mercedes me pegaba todos los días para que supiera que yo había encontrado a Juan pero que la jefa era ella; cómo Juan me dejaba dormir a su lado después de los golpes y me prometió matar a mi madre pero no lo había hecho: para defenderme, sin embargo, le dijo a Mercedes que, si volvía a tocarme, él iba a inyectarse una sobredosis de su medicación. Morir es muy fácil para mí, le gritó, y vas a perderlo todo. Mercedes no volvió a pegarme.

Él es fiel, me dijo. Yo lo quiero mucho, le contesté, y lo extraño. Nos sentamos sobre el pasto y escuché las corridas de las ardillas por los troncos. Laura me pasó una botella de vino que había comprado en Colmena. ¿Quién te sacó el ojo?, le pregunté al oído. El olor a grasa de su pelo me gustaba, también el color con el que brillaba cuando estaba tan sucio. Tu madre, me dijo. Lo hizo en la casa de Florence. Lo hicieron sin anestesiarme, pero no me desvanecí de dolor. *You're strong,* le dije. *No, I was just surprised.*

Algún día vamos a eliminarla, le aseguré. Si no es Juan, será algún otro.

Juan llegó a Londres en el invierno de 1969. Después del Ceremonial de ese año, su salud se deterioró. La cirugía que, de todas maneras, estaba programada –la de la infancia había sido paliativa o, en todo caso, con el crecimiento se había vuelto obsoleta– se decidió para el mes de julio en el National Heart Hospital, donde mi tío había estudiado y donde lo invitaban a dar clase y él rara vez aceptaba, porque estar lejos de Juan le resultaba insoportable. Por supuesto no iba a operar él, porque la Oscuridad se había llevado sus dedos, aunque era aún más legendario después de la mutilación o gracias a ella, atribuida públicamente a un accidente de caza. Iba a ser una cirugía larga y riesgosa.

Me costó mantener la calma cuando se abrió la puerta de arribos. Vi a Juan agotado, débil, no llevaba encima ni un bolso y tenía que apoyarse en Graciela Biedma, la médica que lo acompañaría desde entonces. Mi tío ya estaba en Londres, preparando el equipo de cirujanos. Los Oxford marrones, la camisa blanca y el pelo rubio casi hasta los hombros; ya había alcanzado dos metros de altura y no era nada torpe como otros grandotes, era elegante y lento, *regal,* dirían los ingleses, tenía algo de gato enorme. Se desprendió de la médica para abrazarme: con una mano podía tomarme toda la cara, los dedos entrelazados con el pelo, la palma sobre la mejilla, la muñeca en el mentón. Había perdido todos los restos de adolescencia, era puro pómulos agresivos, el mentón partido que parecía lastimado, los ojos oscurecidos. Ni siquiera la sonrisa de reconocimiento era la misma: Juan solía sonreír con algo de timidez y ahora era un gesto seco, sesgado, solo reconocible como alegre o aliviado para mí, porque yo lo conocía bien. Hundí la cabeza en su pecho, olí su camisa transpirada, no sé si tenía fiebre, supongo que sí, y sentí cómo respiraba con dificultad, el corazón latiendo rápido e irregular, siempre lo mismo, tantas noches de dormir a su lado, junto a ese cuerpo. Él se agachó para besarme y le rodeé el cuello con los brazos y recibí su aliento pesado por las horas de encierro y el disgusto de volar, los labios suaves y la agresividad de la barba que ya le crecía como la de un hombre. Estaba por cumplir dieciocho años: parecía de, por lo menos, veinticinco. Le acaricié la frente con los pulgares para que dejara de fruncir el ceño: le dolía la cabeza. Él me acarició la espalda por debajo de la camisa; cerré los ojos, la mano de Juan en la espalda me recordó a una garra; me obligué a separar el abrazo porque si no, alguien más lo haría por nosotros, posiblemente mi tío o Florence, que esperaban ansiosos.

Fuimos a la casa de St. John's Wood en auto. Ahí esperaría Juan para ser operado, y ahí sería la recuperación cuando se le diera el alta. Los médicos lo atendieron en la habitación y esperé afuera. Mi tío salió contrariado, se restregaba las manos.

—El cirujano que tiene que operar está resfriado y debemos posponer hasta que se recupere. Es una pésima noticia.

—¿Cuánto tiempo?

—No lo sé. Esta semana Juan tiene que ir al instituto todas las mañanas para estudios. No voy a internarlo, no quiero que se estrese. Tuvo un vuelo complicado y necesita dormir, pero quiere verte. Entrá antes de que le haga efecto el tranquilizante. Después tenemos que hablar de tu comportamiento en el aeropuerto. Fuiste a marcar tu territorio, como una gata. Como una puta.

Sentí cómo se me llenaban los ojos de lágrimas ante el insulto y el desprecio, pero no dije nada. Entre nosotros había una guerra sorda. Afuera había empezado a llover intensamente, tanto que no parecía poco después del mediodía, el cielo gris oscuro, un árbol golpeaba la ventana. Juan tenía las piernas cubiertas por una manta verde. La habitación estaba calefaccionada; él ahora llevaba apenas una camiseta blanca de algodón. A pesar de la palidez y de los párpados pesados, parecía poderoso sobre las almohadas. Él era frágil solo porque estaba enfermo. Frágil como las reliquias, las ruinas antiguas, los huesos sagrados que debían ser cuidados y protegidos porque eran incalculablemente valiosos, porque su destrucción era irreparable.

La recuperación fue muy lenta. Me permitían visitarlo en el hospital, pero a él no le servía mi presencia. Estaba inconsciente, asistido para respirar, irreconocible. Perdía peso y no tenía lugar en los brazos para más vías. Cuando pudiese dejar el hospital, iba a terminar la recuperación en casa de Florence, conmigo. Stephen había peleado con su madre porque le parecía mal que Juan tuviese que pasar la convalecencia bajo el mismo techo que su hermano Eddie. Él lo odia, cree que usurpó su lugar, le dijo, y es capaz de cualquier cosa. Y tiene un don para escabullirse. ¿Acaso no recuerdas cuando, de pequeño, lograba entrar a cualquier casa y, de noche, cambiaba objetos de lugar, ensuciaba las camas, despertaba a los que dormían mordiéndoles las piernas? Anne lo encontró arrastrándose hace poco, como una anguila. Puede entrar a la habitación de Juan, si quiere.

Ella no estaba de acuerdo. No lo conoce, no sabe de su existencia, le decía. Eddie no habla, madre, pero no es un imbécil: escucha, entiende y percibe tantísimo más que cualquiera de nosotros. Y sabes bien lo que quiere: morir y matar a quien usurpó su lugar. Florence negaba con la cabeza e insistía en que Juan estaría perfectamente seguro: Eddie vivía en el ala oeste de la casa, custodiado por un pequeño ejército. Stephen abandonó la discusión y acudió a mí. Está ciega, me explicó. ¿Sabes cómo se escapó mi hermano de la clínica psiquiátrica? Les habló a los enfermeros y los convenció de inyectarse sobredosis de tranquilizantes. Ella lo entrenó y sabe de lo que es capaz, es ridículo que crea tener el control. Es dueña de decenas de casas en Londres y Juan puede ir a cualquiera. Joder, cuánta omnipotencia. Quiere tener a los dos en la misma casa vete a saber por qué.

Yo no veía a Eddie desde hacía meses. La última vez noté que le faltaba un dedo, el meñique. Se lo había arrancado él mismo, con los dientes. Eddie se mutilaba progresivamente. El dolor lo aliviaba, según Stephen. Tenía el pelo rojo, como su madre, y los ojos muy claros, de un gris transparente: era daltónico. A veces, cuando caminaba por el jardín, me veía por la ventaba y me saludaba, sonriendo. Sus dientes me espantaban. Habían sido afilados y eran agudos y amarillentos.

Siempre necesité estar bien vestida para tener conversaciones serias. Con la ropa adecuada, toda mi inseguridad desaparece. Llamé a Sandy y a Lucie para ir de compras. Juan iba a recibir el alta en cuestión de días, salvo alguna complicación. A mí me dolía la espalda por dormir en una cama de hospital, a su lado. Ya podía caminar solo; no le temblaban las piernas y no tenía dolor; manejar el dolor había sido lo más difícil porque solo toleraba analgésicos leves. Me iba a hacer bien, además, salir del hospital, llevaba días entre esas paredes verdosas, escuchando gemidos y llantos.

Sandy estaba loca, desde hacía años, por los pantalones de chiffon de Ossie Clark, pero ese nunca fue mi estilo, así que la dejé probarse la ropa y esperé. Todo le quedaba bien. Yo debía ser más cautelosa. Me volvían locas las telas de Ken Scott, un diseñador italiano que había conocido en un fugaz viaje a Roma con Stephen: Lucie me sacó fotos con un vestido estampado suyo, con caras de búhos, tan psicodélico que solían pedirme que me lo pusiera y bailara cuando tomaban un ácido poderoso. Había visto un vestido maravilloso cerca de nuestra casa, en las Fulham Road Clothes Shops; negro, largo y amplio, de seda y lana, con un cuello en V del que colgaban hilos con cuentas rojas, amarillas y verdes. Tenía algo de túnica, algo de ceremonia, algo africano. Con unas botas altas de Biba, verdes, de gamuza, estaría perfecta. No necesitaba nada más. Ir a Biba, en Kensington, siempre me daba una alegría eufórica: era un local oscuro, de una luminiscencia tenue y dorada, y había espejos y plumas de pavo real por cada rincón. Estaban sus modelos dando vueltas por los salones: la propia Biba decía que habían sufrido desnutrición en la posguerra y por eso ahora eran hermosas y delgadas. Yo había sido criada como una millonaria de América del

Sur, puras proteínas y lácteos, y no me parecía a esos chicos que deambulaban por el local y a veces conversaban con los actores y las celebridades. El chisme, esos días, era que Anita Pallenberg, la mujer de Keith Richards –ahora: antes había sido la novia de Brian Jones; era tan hermosa que me disgustaba verla–, tenía una Mano de Gloria. No sé qué entendían las chicas que chusmeaban sobre eso: solo sabían que era algo de magia negra. Yo me moría por tener una y se la había pedido a Laura varias veces; la Orden conservaba las suyas en la biblioteca, cerca de la estatuillas del dios africano de George Mathers. Las usaban seguido aunque eran reliquias preciadas: la mano izquierda de un ahorcado que se le cortaba al cadáver cuando aún estaba colgado. La mano, después, se preparaba con cera para convertirla en una vela. ¿Como podía tener una Anita? Ella no tenía relación alguna con la Orden, aunque sí flirteaba con ocultistas, como todos los jóvenes ricos de Londres. Una Mano de Gloria, bien usada, podía conseguir muchas cosas: la que más me interesaba era la capacidad de abrir puertas. Ya habíamos hablado muchas veces con Juan sobre su hallazgo en Argentina, sobre esas puertas que podía abrir. No ingresé allá, nos dijo, porque en el pasillo el aire parecía viciado y yo no me sentía bien. Cuando me recupere, me pidió, tenemos que buscar esos pasajes. Lo besé: ya no tenía los labios lastimados, aunque la nariz le seguía sangrando, porque el material plástico de las sondas le lastimaba las mucosas delicadas. Había cumplido años en el hospital, semiinconsciente y dolorido. Toda mi determinación, entonces, se orientaba a que pudiera quedarse conmigo, con nosotros, compartir nuestra vida. Estaba segura de que era posible.

Tenía que convencer a Florence. Siempre olvido, porque no lo creí entonces ni lo creo ahora, que ella estaba convencida de que otros miembros de la Orden conspiraban para quitarle –¿debería decir quitarnos?– a Juan. También otros cultos secretos, los que se llamaban a sí mismos cultos de la sombra o del camino de mano izquierda. En su esquema, los guardaespaldas eran necesarios de manera constante para evitar este secuestro y como garantía de que el médium no se lastimaría o intentaría huir, situación altamente improbable.

No llovía, así que dejé a Sandy en Warburg y a Lucie en Biba y caminé hasta la casa de Florence. La ciudad se pone más gris y más verde, al mismo tiempo, cuando se ingresa en los barrios más elegantes. Extrañaba, sin embargo, las flores color lila de los jacarandás, que las glicinas no podían reemplazar, aunque también eran hermosas: una planta frondosa crecía al lado de nuestra casa de Cheyne Walk. A Florence debía decirle toda la verdad y exponerle un plan sencillo. Juan y yo estábamos juntos y enamorados. Eso lo sabía y lo desaprobaba. Para ella, el amor es una impureza. Yo, en cambio, tuve tan poco amor que me parece un joya delicada y tengo terror de perderla. No solo miedo a que se extravíe como un aro en una noche de sexo o de baile transpirado, sino que se evapore como el alcohol.

La esperé semirrecostada en la *chaise longue* frente a la chimenea. Me trajeron un té. Escuchaba pasos todo el tiempo, aunque estaba sola. En esa casa, los sonidos eran engañosos, había corrientes de aire frío en cada rincón. Me senté bien derecha y me acomodé el pelo cuando Florence llegó. Escuchó con atención. El pedido sonó razonable. Juan iba a pasar los primeros días fuera del hospital en esta casa pero después, por favor Flo, no lo envíes de vuelta a Argentina, quiero que conozca la ciudad y también sería bueno, sobre todo para él, que pasara un tiempo solo, conmigo.

Se disgustó, pero no lo suficiente para negarse. Debemos hablarlo primero con tu tío, y también quiero escuchar lo que tiene para decir Juan. ¿Acaso no confía en mí?

Por supuesto que confía, pero está muy cansado. Queremos estar juntos, Florence. Aceptamos la vigilancia, aceptamos que monten un hospital en la habitación de al lado si es necesario. A él le resulta más fácil comunicarse a través de mí, por ahora. No lo estoy manipulando, jamás me atrevería. No hubo ningún médium como él y eso se debe, en parte, a que ha sido menos presionado. Te pido un tiempo de tranquilidad.

Florence me miró de una manera que nunca olvidaré y le tuve miedo por primera vez. Su poder se diluía; yo estaba tranquila y muy segura, y en mi tono había una amenaza velada, aunque, por supuesto, también estaba en peligro. No podía transformarme en un estorbo porque me eliminarían.

Seguiremos con esta conversación cuando él ya esté fuera del hospital.

No necesitaba, entonces, más que eso.

Stephen se sentó en la cama con una alegría que nunca le había visto, y abrazó a Juan con la ternura que compartían. Reprimí una inesperada oleada de celos que me agrió la boca. De todos modos me excitaba bastante verlos besarse sin pudor, con esa incomodidad de los besos entre hombres que al principio se parece a una pelea y después se desborda hacia una emoción que yo no comprendía, una fraternidad perdida y recuperada.

Estás helado, le dijo Juan. En esta ciudad hace un frío de cripta, le contestó Stephen, y sé a lo que se refería: el frío húmedo que se te pega a la piel y no se va más, esa frase de cala hasta los huesos es una tontería, el problema es que se forma una segunda piel, como la de un animal preparado para un mar caliente. Stephen se levantó para buscar los discos que nos había traído: los americanos que yo le había pedido, The Byrds y Leonard Cohen y The Velvet Underground. Ni él ni Juan entendían la música. Juan un poco más, porque le gustaba la poesía. Stephen prefería las estructuras, los edificios, la noche.

Le agregó mucho azúcar a su té para, como decía siempre, olvidarse de que era té. Por qué no hacen café en este país: moriré con la pregunta entre los labios. Tendrán que usar los discos de noche para evitar los gritos de mi hermano. No lo escuchen. Deberían tener algo más que esto para protegerse de él.

Cuando grita, tu hermano habla de manos, dijo Juan de repente. Stephen y yo nos miramos, sorprendidos. Juan llevaba apenas una noche en St. John's Wood. ¿No dormiste? Dijo que sí, con la cabeza un poco ladeada, como si oyese algo en ese preciso momento. Los gritos me despertaron. Hay manos que lo tocan. ¿No pueden ayudarlo? Yo puedo hacerlo, sentí lo mismo varias veces. Sé cómo lograr que se vayan.

Mi hermano habla de manos y de violaciones, dijo Stephen, y bajó la cabeza. No puedes ayudar a mi hermano, nadie puede, ni siquiera tú. No pienses en mi hermano, joder.

Juan insistió. Le preguntó si a Eddie también lo tuvieron en una jaula y Stephen dijo que no sabía los detalles acerca de lo que habían hecho con su hermano. Mi padre me confesó ciertas prácticas pero no la totalidad. Lo que ha hecho es su secreto sucio y lo avergüenza. Lo que buscaron con Eddie es el estado de hiperia, esto es, encender un número excesivo de neuronas en su sistema nervioso. Juan nos miró. Me dijeron que lo violaron usando restos humanos. ¿Quién te dijo eso?, me horroricé. Mercedes, contestó Juan, y Stephen tragó saliva. No lo sé, pero si Mercedes lo ha dicho, es posible. ¿Por qué iba a contarte eso en tu convalecencia? Porque ella es una mierda, dije yo. En fin, lograron el estado de hiperia en mi hermano y por eso está loco. El estado de clarividencia, cuando es permanente, es locura.

Esa vez, Juan no volvió a preguntar sobre Eddie. Stephen sacó de una enorme bolsa un saco afgano muy largo, de gamuza y piel de cabra: era lo suficientemente grande para Juan. Con esto estarás abrigado, aseguró. Esa tarde visitamos Kew Gardens y los días siguientes, de lluvia, los museos. En la Tate están los favoritos de Juan, Turner y Waterhouse. Le dije que me gustaría hacerme una foto como la de la mujer de *The Magic Circle:* ir al campo, reproducirla, fotografiarme así, los cuervos, el caldero y el vestido sensacional de la bruja, ella haciendo el círculo sin mirar, como si se apoyara en la vara. Lucie podía ayudarme. Juan se pasó media hora frente a su Blake favorito, el monstruo amarillo, la Pulga. Unas chicas de escuela de arte lo miraban descaradamente, se reían nerviosas. Si hubieran sabido la verdad, sin embargo, se habrían muerto de miedo.

De vuelta en St. John's Wood, Stephen decidió ir a Colmena; Laura, nos dijo, estaba borracha desde hacía tres días. Tiene miedo de conocerme, reconoció Juan. Ya vendrá, cuando pueda, dijo Stephen, restándole importancia. En nuestra habitación, Juan abrió la ventana porque había una brisa perfecta y yo lo abracé de atrás. Me preguntó si quería saber la verdad sobre Eddie. Le dije que me daba mucha curiosidad. Lo puedo averiguar, si vamos cerca de él. Todo el piso está custodiado, no quieren que te le acerques y voy a obedecerles, porque tienen razón. El hijo de Florence no puede controlarme, susurró, pero los guardias sí. Se desprendió de mi abrazo y resopló, de malhumor. Traeme algo de él. Cualquier cosa. Pelo, por ejemplo. ¿O acaso tampoco te dejan pasar? ¿Por qué lo tienen preso? Tenés más curiosidad que yo, le dije, y él murmuró: quiero saber de qué fueron capaces.

Esa noche no pude ir a la parte de la casa que ocupaba Eddie, tampoco los días siguientes, pero me ocupé de estudiar los movimientos de los guardias. Logré entrar a la habitación de Eddie cuando sus cuidadores lo sacaban a pasear por el jardín. Lo acompañaban siempre dos y Eddie levantaba la cara al sol. Cuando él bajaba, en el ala izquierda se relajaba la vigilancia, que solo estaba ahí para evitar que él escapara. Así que pude pasar a su habitación. Me quedé un rato observando. La mantenían ordenada, pero era imposible no ver las manchas de sangre seca en las sábanas, las rejas en la ventana y los dibujos de Eddie en las paredes. Los lápices y témperas estaban tirados por el piso. Sobre el respaldo de su cama, en la pared, como un mural, había pintado una enorme lápida negra, sin nombre. Y en otras partes, arcanos del Tarot, pero sobre todo, y de una forma abrumadora, el Ahorcado. No parecía la habitación de un loco, sino la de un místico. Un monje en lucha con Satanás. Me acerqué a la almohada y recogí varios cabellos erizados, casi un manojo: se le caía el pelo, lo había notado hacía meses, la última vez que lo vi de cerca. O quizá se lo arrancaba. Se lo llevé de vuelta a Juan sin cruzarme con nadie, pero sobresaltada por los constantes crujidos y quejidos de esa casa.

Le puse el pelo en las manos y él se levantó. La habitación pareció más grande y tuve vértigo: Juan me sostuvo, me agarró fuerte de los brazos y entonces se derramó, no sé cómo explicarlo, a pesar de que lo haría varias veces más conmigo en el futuro. A lo mejor la palabra no es derrame: quizá sea transfusión. Una invasión sanguínea de imágenes: miembros cortados, la sangre coagulada en uñas doradas, un lago negro del que salía una mano como si fuese una boya en el Paraná, acantilados en el horizonte, hombres desnudos colgando de una lámpara con caireles gigantes, un cuerpo muerto muy seco y hermoso acariciado por una mujer delgada con la cara cubierta por un pañuelo oscuro, un estanque rodeado de juncos, un estero, un pantano del que salían manos desesperadas por atrapar algo, tanteando el aire, un ahorcado muy quieto colgando de una rama. Y después, con una enorme calidad, un sacudón que me tumbó en el suelo y una voz que contaba:

otro hijo, dijo ella y la rama ardía en el desierto. Lo demás era frío y la oscuridad en el cielo. El fuego no dejaba ver las estrellas. Ahora mismo, que vengan los demonios del polvo. Un hijo que pueda abrirnos las puertas. El olor a hachís y el olor a humo y Pedro desnudó a Florence sobre la arena mientras ella decía las palabras requeridas y alguien en la penumbra trazaba el círculo de protección con una rama ardiendo. No era protección suficiente. Ella gritaba que no importaba, que la dejaran sin la sangre de la luna, no era importante, nada era importante salvo el hijo del desierto que tendría el pelo como el fuego y los ojos sin color.

Si cerraba el círculo de tiza alrededor de la casa no podrían salir hasta que hubiese terminado el ritual. Quedarían encerrados por el tiempo que el ritual durara, y algunos duraban meses. El libro decía claramente que no podía usarse a un niño ni confiar en su escritura o sus palabras. Pero Florence creía que el niño era especial, lo había visto en el parque, con los ojos cerrados y las manos extendidas, jugando, riendo. El niño aprendía y repetía las palabras indicadas como si fuesen propias. Son su lenguaje, decía Florence. Fue concebido cuando correspondía y como correspondía. Pedro cerró la casa. Había provisiones adentro para meses. El niño estaba bañado un cuarto de hora antes del amanecer, vestido de blanco, una camisa muy suelta. Su rostro pecoso miraba la ventana por la que saldría el sol. Le darían de comer poco en los siguientes días y cada amanecer estaría en esta habitación. Le darían gotas del alucinógeno experimental que lo llevaría más lejos de lo que ellos podían ir. Era imprudente usarlo en un niño, pero ellos debían ser imprudentes, el camino de la mano izquierda era la imprudencia. Las mujeres trazaban el símbolo en el suelo, con tiza. Eddie repetía con Pedro las palabras frente al oratorio. Seis lunas. El padre cubrió de cenizas el pelo del niño. Seis lunas.

Si se pronunciaba mal una palabra, los espíritus se volvían en contra de la persona. También si la persona decía las palabras con mala intención o con burla. Eddie las había pronunciado bien y sin embargo todos habían visto cómo las sombras le tiraban de la mano y lo arrancaban de la habitación. Portazos y corridas. Una puerta cerrada y detrás la voz de Eddie llamando a su madre y después sus pies corriendo en el piso de arriba, clarísimas las pisadas de sus pies pequeños. Florence detrás de una puerta cerrada, las rodillas lastimadas de arrastrarse por debajo de los muebles porque veía ahí los ojos de Eddie, el hijo perdido en la casa, llevado por la Oscuridad, y no servía que su tía gritara que debían volver al oratorio, proteger la lámpara, que el niño volvería si continuaban con el ritual. Pedro volvió al oratorio. Anne también. Ellos dos continuaron. Florence se resistía a abandonar a su hijo a las sombras, lo quiere demasiado, dijo Anne mientras encendía la lámpara, y el amor es impuro.

Florence volvió y pidió ser lavada. Anne la desnudó y usó agua fría. El niño volvió solo al amanecer. Decía que estaba ciego y lloraba. Tenía los ojos en blanco.

El niño eligió la forma que tomarían los espíritus en la Invocación. Eligió bocas. Rezaba mirando al Este e invocaba mirando al Oeste sin que se lo tuvieran que indicar.

Hicieron falta días de hambre y frío para lograr despedir a los espíritus. Eddie no dejaba que se fueran. La batalla de voluntades enfermó a Pedro, que estuvo en cama durante meses, el cuerpo carcomido por un sarpullido que no lo dejaba dormir. Succionado por cientos de pequeñas bocas. Todo el cuerpo ardiendo mordisqueado.

El niño no podía retener los símbolos, no podía recordarlos y en consecuencia no podía ubicarlos bajo almohadas y camas, en umbrales y puertas, en los lugares necesarios. Que sienta solamente la noche, escuchó Florence. Es la única manera de que solo pueda pensar en los símbolos. Puso a Eddie en el sótano pequeño. Antes, trazó los símbolos en el aire y le ordenó que los recordara. Le dejó una palangana de agua. Lo dejó gritar noche y día. El niño no gritaba de miedo, gritaba de hambre y rabia, el niño no tenía miedo, no había tenido miedo caminando ciego y con las manos atadas, no había tenido miedo cuando había sido ofrecido a los hombres y a los muertos para que gozaran con él. Había llorado después, pero porque lo habían lastimado en el Ofrecimiento, había llorado de dolor. Tampoco tendría miedo cuando fuese llevado cerca de la muerte. Ella sí tendría miedo. El amor es impuro, decía su hermana, pero Florence creía que el amor era inevitable y también podía ser dejado de lado. Ese era el signo de verdadera fortaleza. Dejar de lado el amor. Cuando saliera de la oscuridad, sucio y hambriento, el niño recordaría los símbolos y ella podría ignorar que el niño, cuando estaba solo, se lastimaba los brazos con sus propias uñas y amanecía con los labios ensangrentados de tanto apretar los dientes y masticarse las mejillas. Empezó a hablarle, a explicarle que sería la puerta, que sería la sangre que traía la noche, que sería el médium, que se pondrían de rodillas frente a él y que ahora dolía pero

cuando fuese tocado entonces todo valdría la pena y nadie iba a reem-
plazarlo nunca, ella lo había elegido, sería el único, no podía du-
dar de eso. Sería como un dios. El Ofrecimiento final.

Traté de moverme. No quería ver más. Juan me soltó las
manos y abrí los ojos, aunque ya los tenía abiertos. Los abrí de
vuelta, los abrí a esta realidad.

No puedo más, le dije. Tenía que procesar lo que había escuchado y visto.

Juan hizo un atado con el pelo de Eddie y lo guardó en el
bolsillo de su saco. Después me tendió una mano para ayudarme. Me senté en el suelo. ¿Qué hiciste?, le pregunté. No podías
hacer esto antes. Juan se encogió de hombros. Aprendí a hacer
muchas cosas durante estos años. Algunas quise contártelas por
teléfono, pero me pediste que no hablara y te hice caso. Otras
me las guardé. Nadie me enseñó a mostrar así. Lo practiqué con
Tali. Ella lo odia. Las primeras veces me cansaba, ahora no tanto. Pero no sé si les hace bien. A los demás. Voy a guardar esto,
y señaló el bolsillo, para cuando quieras saber más sobre Eddie.

Me senté con las piernas cruzadas y a Juan una sombra de
preocupación le cruzó la frente. ¿Te doy miedo? Nunca, le dije.
Estoy sorprendida. Y tengo frío.

Eso suele pasar, dijo él.

Florence nos invitó a comer para despedirnos. Yo tenía una
clase ese día, pero la suspendí, porque me pareció que el almuerzo era importante. Juan llevaba tres semanas en Londres y
ya había pasado la etapa crítica de su recuperación. De hecho,
se la pasaba caminando por la ciudad con Laura mientras yo estudiaba. Se habían hecho amigos cuando ella logró quebrar su
resistencia a conocerlo, ese respeto sagrado que sentía por él, y
a veces volvían tarde, lo que irritaba a Florence.

Comimos y tomamos cerveza y Florence habló del Libro,
de los progresos, y me regaló dos volúmenes, *The Palm Wine*

Drunkard y *Tell my Horse*, de una antropóloga que admiro. Estuvo muy amable a pesar de la ansiedad, porque ella deseaba más que nada el regreso de Juan a Misiones y la continuidad de los Ceremoniales. Pero accedió a darnos una especie de vacación. Es que, decía, la Revelación está muy cerca, y eso me urge, pero comprendí que una pausa también puede ser beneficiosa.

Como yo estaba un poco borracha, le pregunté por qué creía ella que la Oscuridad nos daría esa revelación. Y a cambio de qué. Cuáles eran los términos del intercambio. En los Ceremoniales les damos de comer, dije: todos los dioses, en todas las culturas, piden y reciben ofrendas de comida. ¿Pero eso vale la inmortalidad? Me parece que entregamos poco.

Ella se incomodó y dijo que no era el momento de tener esa charla. Sabía que iba a escaparse del cuestionamiento y que evitaría las explicaciones. Hablar de todo eso frente a Juan, de todas maneras, resultaba incómodo, porque siempre es hablar de él, porque la Orden depende de su cuerpo enfermo para la Revelación. Él no puede huir. Si lo hace, es posible que vuelvan al método tradicional, el que apoya Mercedes: usarlo con mayor frecuencia, tratarlo apenas como un mensajero o un esclavo, y que viva lo que su cuerpo aguante, que no será mucho.

Necesito que estés feliz, Juan, le dijo repentinamente, y él se sorprendió pero apenas un segundo. Su inexpresividad es de estatua, cuando quiere. Florence lo tomó de las manos. Todo esto es tuyo. Nada sería posible sin tu ayuda. A veces tenemos disputas, a veces te sentirás prisionero. Es normal. Tu situación es única. El mundo será para siempre y para nosotros, Juan. Los mortales son el pasado, suelo decir, y así lo creo. Nunca podré agradecerte. Ni a los otros, los anteriores, que sufrieron tanto. Quiero que la tuya sea una vida diferente. No dejaré que un médium sufra así nunca más. Yo misma caí en esa trampa, la del sufrimiento, con mi propio hijo. ¿Te gusta tu vida, Juan? Es la que puedo darte.

Juan no se soltó de sus manos y tampoco bajó la cabeza. Después habló más de lo que lo escuché hablar con Florence en toda mi vida. Voy a contarte lo que quiero, le dijo. Quiero vivir con ella cerca del mar. Acá o en otro lugar, mejor si el agua es caliente, así puedo nadar. Quiero esperar a Rosario cuando vuelva de estudiar o de trabajar, quiero aprender a cocinar. Quiero llegar a viejo. Si ella me acompaña, quiero tener un hijo. No creo que entiendas lo que es no ser dueño de nada: un hijo sería mío, lo único propio. Y quiero poder abrir la Oscuridad cuando tenga ganas, sin fechas, sin obligaciones, sin tener miedo de morirme cada vez. No quiero guardaespaldas, no quiero vigilancia. No podés darme eso y lo entiendo, pero no me preguntes si me gusta mi vida ni si soy feliz. Soy pobre y estoy enfermo. No tengo educación, no tengo familia, no tengo dinero. No creo ser capaz de trabajar. Necesito la asistencia que ustedes me ofrecen. Soy un sirviente.

Recién después se soltó de sus manos.

Yo no supe qué decir, de inmediato. Juan se puso de pie y pidió disculpas antes de irse. Yo también le pedí disculpas a Florence, y lo seguí.

En la habitación nos esperaban Stephen y Laura. En el pasillo nos cruzamos con Genesis y Crimson, la pareja que usaba nombres sin género y había iniciado cambios de sexo quirúrgicos para llevar lo más lejos posible la idea de los andróginos mágicos. Crimson ya tiene tetas, me dijo Stephen, me las acaba de mostrar, se lo han perdido. Le quedaron bastante bonitas.

Las cirugías se hacen en el mismo hospital donde operaron a Juan. Si los ciudadanos británicos supieran que el National Heart Hospital y tantos otros centros de salud pública están infiltrados por la Orden, sería un escándalo.

De qué les habló mi madre, preguntó Stephen, y puso un disco. *Beggar's Banquet.* ¿Qué profirió? ¿Aquello de que somos el futuro y los mortales son el pasado? Algo que podría decir el monstruo de Frankenstein, si el monstruo fuera capaz de pensar, claro está.

Algo así, le contestó Juan, y lo empujó para que le hiciera lugar en la cama. Me permite vivir en tu casa un tiempo.

Tengo una historia sobre una mujer que vivió para siempre, dijo Laura, excitada. Se paró sobre la cama y abrió los brazos, para declamar, como en una obra de teatro. Una dama comía y bebía alegremente, y tenía cuanto puede anhelar el corazón y deseó vivir para siempre. En los primeros cien años todo fue bien, pero después empezó a encogerse y a arrugarse, hasta que no pudo andar, ni estar de pie, ni comer ni beber. Pero tampoco podía morir. Al principio la alimentaban como si fuera una niñita, pero llegó a ser tan diminuta que la metieron en una botella de vidrio y la colgaron en una iglesia. Todavía está ahí. Es del tamaño de una rata y una vez al año se mueve.

Por cómo se rió de esa historia, que era mucho más macabra que graciosa, me di cuenta de que Stephen había tomado ácido. Una vez al año se mueve, repetía. Y después encendió su pipa de marihuana. Mientras hablaban y se reían, pensé que, si la inmortalidad era posible, quería compartirla con ellos. No con los viejos. Ojalá Juan pudiera controlar la Oscuridad para deshacerse de los demás.

Las primeras semanas fueron hermosas. Stephen se fue, para dejarnos solos; Juan y yo no nos separábamos ni para desayunar. Juntos en la cama y en la bañadera y en el hermoso jardín de invierno, hablando en voz baja. Comprar fruta y chocolates, la sorpresa de descubrir que él podía dormir toda la noche sin despertarse tosiendo; la cirugía lo había ayudado mucho, especialmente con la disnea, ya no estaba cianótico, no tenía los dedos azules, se los miraba asombrado y también se estudiaba los labios en el espejo cada mañana, como si esperase un regreso del color de la muerte. Lo miraba dormir con las piernas enredadas en las sábanas en nuestra habitación, que apestaba a sexo y sal. Pasábamos días enteros en la cama y yo lo acariciaba en silencio, el vello dorado de las piernas, el pecho ancho y maltratado, el vientre hundido, las cicatrices, las venas de los brazos gris oscuro bajo la piel clara, el pelo muy largo que no le daba aspecto ni de vikingo ni de rocker ni de hippie sino de algo que solo estaba de visita en el presente, algo salvaje y desolado.

Graciela, la médica, dos guardaespaldas y algunos asistentes se habían mudado a la casa de al lado: los vecinos, que alquilaban, la cedieron de inmediato, mediante una oferta de dinero exorbitante. Sin embargo, podíamos ignorar su cercanía. Mi tío también nos visitaba. Los amigos no iban a venir hasta que no fuesen invitados. Nada interrumpía nuestros días de paseos y lecturas, de bailar desnudos en la cocina iluminados por la luz de la heladera, o de contarnos secretos sin miedo a ser escuchados. Pensé que había quedado embarazada esas semanas y lloré cuando encontré la sangre en las sábanas. Juan dio vuelta el colchón, que también se había manchado.

Después de las dos primeras semanas, empezaron los cambios sutiles. Stephen aún no estaba de vuelta: creo que se había ido a Atenas, uno de sus destinos favoritos, buscaba el calor como un animal faldero. El primer signo ocurrió de noche, cuando Juan se levantó y no regresó a la cama. Yo no estaba dormida aún, leía con el velador encendido, y lo esperé, segura de que había ido al baño. Cuando no volvió, tuve un *déjà vu* de la noche de su Manifestación en Puerto Reyes. Al principio tuve la esperanza, leve, de que se sintiera mal. A pesar de la medicación, tenía arritmias prolongadas y no se lo habíamos informado a los médicos: él me lo había pedido y le hice caso porque entendí que también necesitaba un freno al constante chequeo y manoseo de su cuerpo. Lo encontré en el pasillo del primer piso, mirando alrededor y hacia la escalera, esa escalera de hierro que había enamorado a Stephen. ¿Escuchaste algo?, pregunté. Él y yo sabíamos que la posibilidad de un intruso era remota, teniendo en cuenta que uno de los guardaespaldas permanecía despierto toda la noche y que la casa no tenía muchas entradas, apenas la principal y una de emergencia. Me dijo que sí con la cabeza: los ojos le brillaban. ¿Podés abrir la puerta? La señaló. Era de una de las habitaciones más pequeñas. Me temblaban las manos cuando aferré el picaporte, pero detrás de la puerta había solo una cama estrecha iluminada por la luna, un pequeño sillón y dos cuadros de Forrest Bess que Stephen le había comprado a una galerista neoyorquina.

Volvió a la cama mudo. ¿Pensaste que era una de esas puertas que pudiste abrir en Argentina? Me abrazó y dijo que sí con la cabeza, pero esa noche no volvió a levantarse. Por la mañana, apenas habló en el desayuno. Hay algo ahí, me dijo, después de jugar con las tostadas que no podía comer. No es una presencia ni un desencarnado, es mucho más poderoso. No puedo explorarlo solo. Somos dos. No es suficiente. ¿Por qué eligió Stephen esta casa? ¿Nunca se dieron cuenta? ¿Ni siquiera Laura?

Juan siempre fue muy desconfiado, mucho más que yo.

Entremos, le dije.

No. Para eso, necesito a Laura y Stephen. Con vos no basta.

Me fui a caminar sola, frustrada. Quería ser su compañera también en esto, seguirlo a lo desconocido, nunca tuve miedo. Pero solo puedo ayudarlo en cuestiones menores, mis estúpidas protecciones, él odia que las llame estúpidas porque me quiere y me respeta, pero lo son. Todos los pequeños hechizos de este mundo son polvo, son nada, son tierra en la sangre de alguien como él.

Cuando volví del paseo llamé a Laura, que llegó en menos de media hora. Pensaba, por la expresión que tenía cuando abrí la puerta, que la invitábamos a una cena, a alguna de las noches divertidas de Cheyne Walk. Se dio cuenta de su error cuando vio a Juan. Se sentaron sobre las alfombras y él le contó lo que sentía. Ella negó haber percibido una puerta antes –yo se lo creí, y se lo creo– y, para mi sorpresa, se negó a acompañarlo. La excusa que puso me hizo resoplar de asombro.

El Libro no dice nada acerca de abrir puertas, murmuró. ¿Y qué importa eso?, preguntó Juan. Se levantó del suelo desde donde había hablado, en calma y con las manos entrecruzadas, y se acercó a ella, que parecía tan menuda, le llegaba a las rodillas. ¿Por qué estás hablando del Libro? Laura temblaba un poco: la abracé por los hombros. En las transcripciones no hay nada sobre ninguna puerta ni ninguna casa, repitió. Juan se enojó y le dijo: no tengo dudas de que hay algo importante y repulsivo detrás de esa puerta y yo no creo en las transcripciones, y vos tampoco. ¿Por qué te da tanto miedo? La miró y sus ojos estaban verde oscuro.

Porque seguirte es desobedecer, le dijo.

Con su dedo índice, Juan tocó, apenas, el parche de Laura.

¿Quién te lo arrancó? Rosario no me contó nada. Ella guarda ese tipo de secretos crueles. En la Orden cuentan que te lo arrancó tu padre y que por eso Anne te adoptó. Esa es la mentira que sostienen. Un padre brutal que te vació la cuenca para evitar tener una hija con segunda vista. ¿Tu padre era gitano? ¿Traveler? ¿Eso sí es cierto? Seguramente lo hizo Mercedes, con sus propias manos. Aunque Florence también es capaz. Creen en el dolor como en ninguna otra cosa, mienten cuando dicen que esos métodos quedaron atrás. Si, como dice Rosario, los dioses se parecen a sus creyentes, entonces este dios cruel es el que quiere y permite que te mutilen. No voy a enumerar lo que hicieron conmigo, o con Eddie, o con todos los demás. ¿Tu padre también te vendió, como el mío? Somos los sirvientes de esta gente, somos la carne que torturan. Los que cargan con las señoritas en la India, yo soy el hachero que se coge a la hija del estanciero. Vas a tener que desobedecerlos si querés seguirme. Hay algo detrás de la puerta y yo te necesito. No seas cobarde.

Laura se escabulló y pasó entre nosotros. Salió de la casa, pero se quedó sentada en las escaleras de la entrada. Estaba llorando.

Juan subió la escalera. Lo seguí enojada. Le dije que no tenía por qué tratarla así. Pero él no estaba furioso: estaba desolado. Le pregunté si se sentía mal y me dijo que no con la cabeza, pero le tomé el pulso y estaba tan rápido que lo obligué a acostarse. Él mismo puso mi mano sobre su pecho, para que juntos controlemos la taquicardia. No me gusta hablarle así, dijo, pero la necesito. Si me sigue, va a tener que guardar el secreto y ponerse en contra de ellos. Vos vas a seguirme y no te importa traicionarlos. Pero ella es distinta.

Se puso una almohada bajo la cabeza y se desprendió el pantalón. Ese verano usaba unos corderoys muy oscuros, que lo hacían parecer todavía más alto. Vení, me dijo, y subí sobre él. Por qué Laura tiene ese olor, me preguntó. Nunca se higieniza bien la sangre que sobra cuando hace sus trabajos, le expliqué. Apesta a carnicero, me sonrió, y yo le agregué que a veces también apesta a muerte. Cuando me penetró sentí vértigo, una sensibilidad en el útero que me dio miedo. Me quedé quieta mirando su cara gloriosa sobre la almohada, él es glorioso, su cuerpo, su frialdad actuada, su transpiración que huele a químicos. No destruyas a Laura, le pedí, y él me dijo que buscaba todo lo contrario. Cerré los ojos y nos imaginé a los tres sobre los círculos de tiza, él puede partir en dos a Laura, tan menuda. De la boca para afuera me la paso diciendo que me gustan los hombres suaves, dos semanas atrás discutía, en clase, sobre lo autoritario y supermasculino en el cristianismo, decía que estaba harta del falocentrismo y del eucentrismo, pero cuando Juan domina y manda, jadeo como una mascota sumisa. Él se sentó y jugó con mis aros, los pentagramas negros enormes y livianos que siempre reemplazo cuando se rompen.

Juan me dijo que le gustaría comprar esta casa. Yo le guié la mano para que me acariciara como me gusta. Pensé en tomar un ácido, Stephen había traído muchos cartones que guardé en mi cajón. Le dije que la casa iba a ser suya, que todo iba a ser suyo, porque nos vamos a casar. Me había quedado pensando en la última charla con Florence. No puede ser que no tengas nada. La Orden te debe todo. Le pedí que me mordiera el vientre y le rodeé con las manos el cuello para sentir su pulso irregular en la punta de mis dedos. Siempre me gustó ver en sus ojos que no tiene miedo de morirse o, al menos, que le da igual si se muere conmigo.

Cuando Juan se quedó dormido, salí a buscar a Laura. La encontré sentada mirando el río. Hacía calor y se había desprendido la camisa. Sus tatuajes parecían bichos sobre la piel. Si fuera de noche, le dije, tendríamos que desnudarnos y mirar las estrellas desde acá. Lo podemos hacer cuando quieras, me contestó. En invierno es mejor. El viento del río resulta doloroso. Se había sacado el parche y el párpado, hundido y flojo, temblaba. Cada vez que hablaba, el aire se llenaba de olor a alcohol. Si tiene razón acerca de que hay algo en la casa, tal como lo describe, es un pasaje, dijo. Quiere que lo ayude a atravesar el umbral y que no informe de nada a la Orden. Me pide mucho. No sé por qué te trató mal, dije. Yo sí, me contestó. *He wants to know how broken I am.* Voy a hacerlo, pero tengo miedo, porque si se enteran, serán implacables. Y él también me da miedo. Le dije que no había nada que temer de Juan y se rió, se descostilló de risa hasta que pensé que iba a caerse al agua: se encendieron algunas luces de las casas cercanas, en protesta.

Le pregunté, en voz baja, qué se nos iba a pedir a cambio de la mudanza de la conciencia a otro cuerpo. Lo pensó, con las piernas cruzadas, y me pidió un cigarrillo. El sol, que caía sobre nosotras antes de la hora azul, no nos molestaba. No lo sé, me dijo finalmente, pero será algo obsceno: yo decidí que no lo quiero. Me sorprendió su respuesta. ¿Quién no desea mantener su conciencia con vida? ¿Quién se niega a ser prácticamente inmortal? Le pregunté si sabía que, antes de comprender para qué servía, los chinos habían pensado que la pólvora podía ser el componente de un elixir de inmortalidad. Cómo supieron que estaban equivocados, me preguntó. De la manera más lógica: les explotó en la cara y desde entonces la usan para fuegos artificiales. Y la verdad es que yo, cuando veo fuegos artificiales particularmente hermosos, me siento inmortal. Somos distintas, me contestó.

Apagó el cigarrillo y regresamos juntas.

Para ingresar detrás de la puerta, esperamos a Stephen. Él consideró que nadie más debía enterarse, ni Tara, ni Sandy, ni ninguno de nuestros amigos. No, al menos, por ahora. Juan le pidió a Stephen, como lo había hecho conmigo, que abriera la puerta. Él lo hizo y vimos una habitación normal, con la cama, las cortinas turquesa, los cuadros. Un lavatorio cerca de la ventana que se comunicaba con un baño pequeño. Los ingleses son absurdos, dijo Stephen, qué clase de gentuza pone alfombras de tela sobre el piso del cuarto de baño, es claro que no lo usan, dime si miento, y Juan estuvo a punto de sonreír. Salimos, y Juan cerró la puerta. Cuando fue él quien la abrió, del otro lado ya no había una habitación. Ni cama ni cuadros ni lavatorio. Había un túnel oscuro, parecido a los que llaman *underpass*, un pasaje subterráneo que es muy común en las estaciones de tren. Algo lo iluminaba pero no parecía luz eléctrica. Pensé enseguida en Arnold van Gennep y Turner y los espacios liminales, los umbrales, internos o externos. Cruces de caminos, puentes, orillas. No dije nada. Laura se puso en cuclillas.

Detrás de la puerta enseguida faltaba el aire. Paré a Juan cuando sentí el ahogo, me dio miedo por él, y le puse la mano sobre el pecho: el corazón le latía rápido, con demasiada fuerza, pero regular. Laura estaba agitada, sin aliento. Lo que se siente es igual al mal de altura, es como en las montañas, dijo. Asentí. Me recordaba a La Paz. Cuando fuimos con papá yo no había podido caminar y me asusté. Pensé: así se siente Juan todo el tiempo, y lloré en una esquina con olor a orín mientras papá me gritaba porque llegábamos tarde a una reunión con el embajador.

La cañería o el pasaje subterráneo terminaba en un camino de montaña muy ancho. Cerca corría agua. Un río sin demasiado caudal. Era de noche detrás de la puerta, aunque no estaba oscuro. No hizo falta la linterna que llevamos. Laura y yo quedamos agotadas después de trescientos metros, Juan no tanto. Se acercó al borde, lo seguimos, y vimos que no era un balcón al vacío. Había un sendero entre los árboles por donde se podía bajar sin demasiado vértigo ni dificultad aparente. Debajo vimos los reflejos plateados de un río.

El silencio era poderoso y horrible. Un lugar así, un bosque con un río, no puede estar tan quieto. ¿Los animales, los pájaros, las hojas que se quiebran? A lo mejor la altura tapaba los oídos. Tampoco hacía frío o calor. El lugar estaba quieto en todo sentido. Laura dijo que le recordaba las montañas de Gales, pero que parecían una copia imprecisa. Un boceto. Hace frío en las montañas, hay niebla, dijo, y los colores están mal.

Todo está mal, dijo Juan. Es una escenografía. Siguió adelante. El camino después de la curva volvía a ensancharse y se abría a una pasarela flanqueada por árboles. Laura apuntó con el dedo a las ramas y Juan se acercó. Las ramas y el suelo estaban llenos de huesos. Roídos la mayoría, limpísimos, y viejos. En los árboles se armaban extrañas decoraciones, adornos de falanges y fémures entrelazados, unidos con ramas finas, formas delicadas, geometrías de carnívoro. Juan tocó algunas, trató de memorizarlas. Parecen una escritura, le dijo Laura. En el suelo, los huesos estaban desparramados sin objetivo claro. ¿Vendría alguien, más tarde, a entretenerse armando estos colgantes? Juan tocó una de las decoraciones, que se desprendió y cayó en su mano abierta, como una fruta madura. La observamos. Formaba un signo, un sello. Juan dejó la mano abierta y cayeron tres más. Él agradeció y las guardó en el bolsillo.

El camino estaba cubierto de huesos hasta donde alcanzamos a ver. Había de todas partes del cuerpo y de todos los tamaños. ¿Eran restos de banquetes de siglos? ¿Se traía gente aquí a morir? ¿O solamente habían trasladado huesos para hacer este camino mortuorio? No había olor. Eran huesos antiguos o habían sido degustados hasta que no quedó sobre ellos ni un resto de carne.

Bajar al río fue más fácil de lo que esperaba. El aire seguía reseco a pesar de la cercanía con la humedad. Estuve a punto de tocar el agua pero Juan me detuvo, con bastante violencia, como si me hubiese arrancado de una hipnosis. Tiene razón, todos sabemos lo que pasa si robamos algo de *faery*. Pero este no es el país de las hadas. Las reglas, sin embargo, no tienen por qué ser diferentes. Las reglas casi nunca lo son. Las formas pueden variar, las reglas no.

Alguien duerme en el Otro Lugar. Así lo llama Juan. Por eso hay silencio. Es para cuidar su sueño. Y los huesos son un templo. Respiró hondo. No hay absolutamente nada acá, dijo. El río no tiene peces. Ni un insecto. ¿Cuánto más vamos a recorrer este lugar hasta encontrar algo?

Laura le pidió paciencia. *It's our first time.*

Él se miró las manos y habló. Lo escuchamos porque, por su tono, adivinamos que contaba un secreto. Cuando convoco a la Oscuridad, o cuando la Oscuridad me toma, ustedes elijan el término, no puedo ver lo que sucede. En el trance estoy ciego. Sé que la Oscuridad corta y se lleva a los Iniciados porque me lo cuentan. Una vez Florence me mostró una filmación del Ceremonial, que quemó. Yo no sé lo que sucede hasta que regreso y curo las heridas, y marco a quienes debo marcar con cicatrices. Pero, en el trance, no estoy inconsciente. Voy a un lugar o, mejor dicho, veo escenas. Pensé que eran alucinaciones, como las que se sufren en un coma o durante un paro cardíaco.

¿Se parecen a este lugar?, quiso saber Laura.

Sí y no. Veo un pasillo por el que no me atrevo a caminar. Hay personas, o seres, colgando de lámparas. Vi un piano. Y hay una ventana desde la que se ve un bosque; ese bosque sí se parece a este.

Todos los bosques son parecidos, lo interrumpí.

Lo sé, pero son idénticos. Vi esa ventana muchas veces, en cada Ceremonial. A veces está más cerca que otras. Y es este lugar, podría distinguirlo entre miles de imágenes similares.

Laura le dio la mano y él se la aferró. Entrelazaron los dedos. Sigamos, dijo él.

Del otro lado del río había más bosque y una suave colina que apenas se veía en la oscuridad. Volvimos al camino de huesos y a los adornos: los fémures organizados en formas intrincadas, las calaveras colgando como en llamadores, quietísimas, los pequeños huesos de manos y pies montados como joyas delicadas y en el suelo huesos pisoteados, cuántos metros habría, en cuánto tiempo los huesos se habían hecho tierra, algunos bordeaban el camino como centinelas, costillares completos erguidos, y había delicados caminos de columnas vertebrales, algunas enteras, con la colita final de animales acuáticos.

Entonces me pasó algo raro. Sentí asco. Un sabor amargo me llenó la boca y tuve arcadas. Estamos profanando este lugar, le dije a Juan, y él me apoyó las manos en el vientre y logró tranquilizarme para que no vomitara ahí, sobre los huesos. Las arcadas me quitaron todo el aire que me quedaba y buscamos la salida.

Del otro lado, Laura y yo nos tiramos en el pasillo para recuperarnos. Stephen solo le prestó atención a Juan, que se apretaba los ojos, ciego del dolor de cabeza, una migraña monstruosa. Se lo llevó a la cama. Los seguí. Stephen me pidió que fuese a buscar hielo y agua. No quiso escuchar sobre la expedición, no en ese momento, hay que ocuparse de él, me dijo, y yo bajé la escalera apretando los puños. Le dejé agua y hielo en la mesa de luz y me fui con Laura, inexplicablemente ofuscada. Ella y yo no íbamos a descansar ni a dormir, estábamos excitadas. Nos tuvimos que pasar aceite por los labios, los teníamos secos, el Lugar pone la piel áspera, el aire raspa en la nariz, si nos quedamos más tiempo nos puede hacer sangrar. Discutimos si convenía volver a abrir la puerta pronto o si teníamos que esperar para volver. Le hablé de San La Muerte y de los huesos de los guaraníes, y de que era tan obvio que buscaban a Juan, que lo habían buscado hasta acá. Laura dibujó, en el suelo, el recorrido: recordaba detalles increíbles, yo estuve más distraída de lo que pensaba. No había mirado el cielo, por ejemplo, no había levantado la cabeza. Laura sí, y había visto un cielo negro, sin estrellas ni luna. Siento que estoy divulgando un secreto, trazando el mapa de una tierra prohibida, me dijo. Tenemos que documentar todo, le contesté. Y copió el plano del piso en un papel que había traído, porque ella siempre dibuja sus mapas y planos alternativos. Lo bueno es que nadie que vea el mapa pensará nada malo. Puede ser un plano de la Tierra Media, me reí.

Me sentí enorme esa primera vez, porque ese lugar era nuestro. Con esto podemos tomar el control, pensé. Volví a nuestra habitación, a chequear cómo estaba Juan, y lo encontré bien, tranquilo, en brazos de Stephen.

Hicimos una segunda expedición cuando Juan decidió que iba a hacerle una ofrenda al lugar, y pedirle algo a cambio. Qué cosa. Tener mis secretos, me contestó. Me pareció tan raro. Por qué no pedir curarte. Me necesita enfermo, dijo, apuntando a la puerta. Solo es capaz de encontrarme porque estoy cerca de la muerte.

Había más huesos en el camino en esta expedición. Más cantidad. También había crecido el número de adornos que colgaban de las ramas. Juan se sacó la remera, se arrodilló sobre los huesos y hundió las manos entre los restos. Su espalda, desnuda, se ensanchó; el ruido de sus rodillas rompiendo osamentas antiguas. El río sonaba más caudaloso. Crece porque come. Juan es su boca y los dioses siempre tienen hambre.

Pasar demasiado tiempo detrás de la puerta es igual a perder horas mirando por un telescopio. De tanto mirar las estrellas, uno se siente perdido, fuera del mundo. En el espacio, la vida humana no tiene significado. En este lugar tampoco. Juan desmenuzó los huesos con los dedos. Estaba sangrando y dejaba su sangre como ofrenda. Laura rasuró una parte del cuero cabelludo de Juan, sobre la oreja izquierda. Traté de no mirar porque creía que llevar hierro al Otro Lugar era un error, se lo dije, no me escucharon. Juan usó el filo de un hueso para trazar un diseño sobre su cuero cabelludo. Apenas se mordía el labio por el dolor. No sé cómo pudo hacerlo sin espejo, pero el dibujo resultó perfecto.

Esta comunión era peligrosa pero necesaria. Necesitábamos que Laura descifrara los trazos de los adornos. Necesitamos mantener estos recorridos, este lugar, en secreto. Para eso, es necesario que Juan le entregue algo. Cuando terminó de trazar el diseño sobre su cráneo y dejó el hueso sobre los demás, cayó un adorno frente a él de la larga rama de un árbol; un adorno pequeño. Él miró alrededor y creo que en sus ojos había agradecimiento.

Había un camino nuevo, junto al de huesos, del color gris de la noche y el verde muy oscuro de una vegetación extraña, musgos y líquenes sobre los árboles. El suelo era similar al de un bosque de pinos. Sentí que el silencio iba a quebrarse mucho antes de escuchar un sonido lejano, no puedo llamarlo música, los sonidos desarticulados y torpes de un instrumento de viento, y esporádicos, como si el flautista se quedara sin aire. Duró menos de un minuto. Había alguien, pero muy lejos de nosotros.

No sé si es un instrumento, dijo Juan. Quizá sea un animal. La boca de algo o de alguien. Un canto. Me apoyé en su hombro y él me pasó el pulgar ensangrentado por los labios. Su sangre es deliciosa. ¿Qué puede pasar si tenemos sexo acá, bajo el cielo sin luna? ¿Qué hijo podemos concebir?

Seguimos caminando. Había más oxígeno, también. Los troncos de los árboles se hicieron más delgados. Laura notó antes que nosotros qué había sobre los troncos: no resultaba fácil de distinguir a simple vista. Tenían manos que los abrazaban. Muchas: unas sobre otras. Manos cortadas, sueltas, prendidas al tronco, toda la palma doblada, los dedos arqueados, manos humanas, rígidas y en posición de garra. El bosque entero era así en ese tramo. Troncos y troncos con manos muertas. Alguien las engarzaba cuando les llegaba el *rigor mortis*. El primer tronco que vimos tenía doce manos. Algunos tenían más. Otros apenas una. Pensé en la Mano de Gloria que tanto deseaba.

Es un coleccionista, dije. Un artista. O varios. A la derecha del Bosque de las Manos, así lo bautizamos, estaba lo que más tarde Juan marcaría en el mapa como el Valle de los Torsos. Parecían piedras erectas o lápidas; un cementerio de soldados, por su simetría. Pero eran torsos humanos. Sin los brazos, sin la cabeza, sin las piernas. Torsos con la piel manchada de un hombre mayor, torsos con senos hermosos de jovencita, torsos de niños, de varones gordos, de varones delgados, torsos de piel oscura y torsos de piel muy pálida, vientres hundidos, grandes panzas de obesos, torsos de mujeres que habían dado de mamar. Reconocí en una espalda marcas de uñas, como las que Juan deja en el Ceremonial, como las que tiene Stephen en la espalda.

Nunca nos dejes solas en este lugar, dijo Laura. No podríamos sobrevivir lejos de ti. Esto es una boca. A lo mejor está dormida, a lo mejor come en otra parte, pero solo nos respeta porque estamos en tu compañía.

En este punto, Juan nos dijo que era suficiente, que debíamos volver. Le dolía la cabeza otra vez. Tenía los ojos irritados y parecía a punto de llorar.

Laura descifró el significado de los adornos al día siguiente. Sorprendida, nos dijo que se había distraído con otras posibilidades en vez de considerar la más obvia, quizá porque era la más cercana a ella. Estuve buscando símbolos diferentes, sellos, y no podía encontrarles sentido. Es que son letras. Tuve en cuenta los detalles, las imperfecciones del adorno de huesos, hay muescas, quieren comunicarse con precisión y exactitud. Es una sola palabra, dijo, y un número.

Puso sus dibujos sobre la mesa, la progresión de cómo los había descifrado, sus errores en busca de un significado más complejo.

HUNGRY, decía.

Juan se apoyó contra el marco de la puerta de la cocina y me pidió un cigarrillo con la mano.

¿Tiene hambre? ¿Cuál es el número?

El 4, contestó Laura. No lo entiendo, salvo que se refiera a la casa de al lado, donde viven los guardaespaldas y tu médica.

Miré a Juan, que había cerrado los ojos.

Yo sé reconocer un Lugar de Poder. El mío quedó en Misiones.

No tiene por qué ser así, insistió Laura. El dogma no dice que el Lugar de Poder siempre le resulte obvio al médium. A veces tiene que buscarlo. Las mujeres lo llevan consigo y pueden invocarlo. Los hombres deben encontrarlo.

¿Y no lo habría notado ya?

No necesariamente. ¿Alguna vez fuiste a la casa de al lado?

Nunca, reconoció Juan, siempre viene ella o su asistente.

Podemos hacerles una visita.

La casa del número 4 era extraordinaria, más amplia que la nuestra y más anticuada: Graciela no había cambiado los muebles y, además, ella no era una hippie ni tenía más intereses que ser la mejor discípula posible de Jorge Bradford. Juan no quería dañarla, así que decidió explorar la casa en el horario en que Graciela tomaba clases o hacía prácticas en el hospital, nunca supe bien cuáles eran sus actividades en Londres, ella no hablaba conmigo. En el 4 de Cheyne Walk estaban los guardaespaldas y el asistente de Graciela, un estudiante de Medicina muy joven que siempre nos saludaba con una sonrisa sincera. Él nos ofreció algo de beber y pidió disculpas porque Graciela estaba ausente. Juan le pidió permiso para recorrer la casa, entonces: no la conozco, explicó. El asistente, no me acuerdo de su nombre, dijo que era una casa muy bonita. Juan asintió y entró, decidido. Los guardaespaldas se quedaron afuera.

El hallazgo fue tan increíblemente rápido que, hasta hoy, no me lo explico, no comprendo cómo no lo encontró antes, cómo pudo pasar desapercibido tantos días. Cuando Juan llegó al centro de la sala, lo escuchamos respirar hondo y hablar en voz baja, muy rápido, palabras de reconocimiento y de alivio. Nos daba la espalda. Cuando se dio vuelta, casi no pudimos reconocerlo. Extendió los brazos en un gesto claro: nos pedía que no avanzáramos más. Vi la transformación antes que los demás, en las manos. Grité, no pude contenerme, y el grito fue tan agudo y tan histérico que uno de los guardaespaldas abrió la puerta. Stephen reaccionó. Le pidió que pasara y que llamara a su compañero. Entendí. Juan iba a abrir la Oscuridad, y la Oscuridad vendría a comer. El asistente de Graciela preguntaba qué estaba pasando, y nadie le prestaba atención.

Juan se sacó la ropa. Siempre debía estar desnudo ante la Oscuridad. Era necesario, era parte del ritual. Los rituales no se discuten porque los rituales protegen. Los guardaespaldas seguramente pensaron, en esos segundos antes de que la Oscuridad invadiera la casa, que estábamos en mitad de una orgía y ellos habían sido invitados. No creo que tuvieran tiempo de imaginar mucho más. Juan se paró en el lugar indicado y tocó el suelo con sus manos de bestia. Algo le respondió y todos pudimos sentirlo. Cuando se puso de pie, una línea oscura le contorneó el cuerpo y se fue ensanchando, como si la irradiara. La Oscuridad es distinta cuando se despliega bajo techo, en un lugar cerrado. Encerrada, ruge. Es un trueno continuo de vibraciones bajas. Retrocedí todo lo que pude, pero de esto era más difícil escapar.

El cuerpo de Juan se elevó en la Oscuridad apenas unos centímetros: no había lugar suficiente, pero quedó suspendido en una mancha negra que se agrandaba. Laura avanzó unos pasos y Stephen corrió a detenerla, la tiró al suelo, escuché cómo se golpeaba contra el suelo.

La Oscuridad se hizo tan grande y pulsátil que ya no se veían las paredes, ni la escalera, ni nada. Estaba hambrienta, lo sentí en mi cuerpo. Stephen fue quien guió a los guardaespaldas. Como estaban estupefactos, quedaron muy cerca de Juan y Stephen les dijo *c'mon, go*, y ellos le hicieron caso, por supuesto, porque ya no pertenecían a este mundo y nunca atinaron a escapar. Recibieron el zarpazo. La Oscuridad se extendió como un látigo para llevarse lo que quería. No tuvieron tiempo ni de gritar. En un instante no estaban más, tragados de un bocado. El asistente marchó solo hacia el abrazo de la negrura, atraído por una fuerza que no hubiese sido capaz de explicar. La cara de Juan no mostraba ningún cambio. Yo rogué que fuese el final porque, si la Oscuridad quería más, nada tendría el poder de detenerla ni nosotros podríamos escapar. Ya no se distinguía la puerta de calle. La Oscuridad se conformó con la carnada. Después de unos instantes de duda, volvió lentamente a convertirse en un contorno alrededor de Juan y lo dejó en el suelo, de pie, pero aún rodeado del halo negro. Stephen se acercó antes que yo y lo acostó sobre el suelo con seguridad y delicadeza. Por algo Juan le dio, hace muchos años, su marca y su confianza. Con su propia ropa le secó a Juan el sudor del pecho y el cuello con suavidad. Después se sentó a su lado. Si no despertaba pronto, había que salir a buscar a Graciela. Le tomé el pulso y me sorprendí: era muy rápido pero muy regular; él respiraba con ansiedad pero sin desesperación. Cuando Laura finalmente se atrevió a acercarse, Juan estaba casi tranquilo, pero todavía inconsciente. No estaba afiebrado, tampoco. No hizo falta llevarlo al hospital ni acudir a la doctora. Lo sacamos entre los tres y volvimos a nuestra casa.

Laura nos contó, después, que había escuchado la voz de la Oscuridad. Se abrió un whisky y lo tomó del pico para agregar que no había entendido nada, en ninguna lengua, que le había resultado un idioma completamente desconocido. Nadie la entiende, amiga, le dijo Juan, que descansaba con los ojos cerrados pero perfectamente lúcido. El problema no es si es posible entenderla. El problema es si habla para nosotros o solamente habla en su abismo, si lo que habla es el hambre sobre el vacío. Si tiene algo más que la inteligencia de la tormenta o la tierra cuando tiembla. Si es algo más que otra ceguera, solo que nos parece iluminada porque no la conocemos.

Ese mismo día nos enteramos, por un llamado de Florence, de que Eddie se había escapado. Ella quería saber si estaba con nosotros. La desaparición de Eddie y la aparición del Lugar de Poder estaban relacionadas, sin duda, pero no nos atrevimos a conjeturar cómo.

Me desperté sola en la cama y encontré a Juan sentado, en un sillón, mirando por la ventana. Afuera el cielo estaba muy azul y había pájaros en los árboles de la vereda de enfrente. Me senté sobre sus piernas: él había estado llorando y me alarmé, porque Juan casi nunca lloraba. Le saqué la remera y me apoyé desnuda sobre él: necesitaba hacerle sentir mi cuerpo.

–Lo siento mucho –le dije–. Quería que este lugar fuese diferente para vos. No sabés todas las cosas que me imaginé. Tomar el tren, irnos a Brighton, no sabés qué rico es el pescado ahí, aunque los pájaros son reatrevidos y te lo afanan. Acá lo comen en la playa, como nosotros comemos los churros. Pensaba pedirle a papá que nos comprara una casa cerca del mar. También me imaginé que podíamos hacer fiestas en esta casa, con los chicos, nadie se queja por la música fuerte. Pensaba llenar este cuarto de discos y libros, cuidarte, retrasar la vuelta, nos iban a dejar. Y pasó esto, primero la puerta, y el Otro Lugar: al principio me gustó, somos como exploradores pensé, vos sabés que a mí me vuelan la peluca las expediciones, yo envidio a las mujeres que abrieron las pirámides, las envidio. Pero cada vez que volvíamos del otro lugar pensaba qué injusto, es injusto. No te deja en paz. Yo quería otra vida para nosotros, un tiempo. Un respiro. Y ahora esto. Un Lugar de Poder a metros. Te traje a una trampa.

—Las trampas me encuentran. Por eso te fuiste de mi lado, ¿no? —preguntó, besándome la mejilla con delicadeza. Tenía los labios resecos—. Porque sabías, en el fondo, que esa vida era imposible conmigo y querías probarla sola; porque sabías que, conmigo, siempre van a estar los dioses primero.

—¿Me vas a perdonar?

—Nunca hubo nada que perdonar. Me alegro de que lo hayas hecho.

Me acurruqué sobre él. Le tomé las manos, las ubiqué sobre mi cuello, sobre mi estómago, quería que él sintiera el movimiento de mi vientre y mi respiración. Tenía los ojos demasiado muertos.

—Andate, mi amor. Dejame. Yo no puedo irme pero vos sí, podés escapar de mí, de ellos. No hay nada, Rosario, son campos de muerte y locura, no hay nada y yo soy la puerta de esa nada y no voy a poder cerrarla. No hay nada que buscar, nada que entender.

—Nunca voy a dejarte. Pedime otra cosa.

—Si no vas a irte, no me dejes solo. Ni aunque te mueras. Perseguime como un fantasma, *haunt me*.

—Por supuesto —le contesté—. Haría cualquier cosa por vos.

Florence pidió que el Ceremonial se hiciera rápido y Juan accedió: entendía que ella necesitaba ver para creer. Casi se había desmayado cuando le dijimos que había un lugar de poder en Cheyne Walk. No es posible, repetía. ¿En Chelsea? Deberías haberlo sentido. Lo buscó y lo encontró, le decía yo. Jamás le

441

dijimos cómo y por qué lo había encontrado, exactamente. Nos prohibimos hablar del Otro Lugar. Era nuestro. Para qué, no lo sabíamos aún, pero nos pertenecía.

Los Iniciados encendieron las velas. Se parecía tanto a una vigilia cristiana: tenía la misma belleza tenue y siniestra, las calles iluminadas de luz ámbar, las iglesias de pueblo y los susurros de los fieles. Era peligroso, en Londres, sostenía Florence, y por eso les había pedido a todos que se vistieron como para una fiesta. Llegaron con máscaras y vestidos de seda; con cravats exquisitas y tacos vertiginosos. Algunos se quedaron con la ropa. Otros, como Stephen, esperaron desnudos. Le envidié las dos cicatrices en la espalda. Yo también las deseaba, pero esa noche no iba a ser posible. Juan me pidió que no participara. Los escribas se ubicaron al costado, como siempre. No había lugar para muchos Iniciados. Graciela fue reubicada en otra casa cercana. A ella, porque era la médica del médium, no se le permitía asistir al Ceremonial. Mi tío no se perdía ni uno. Una imprudencia, pero él era la sangre.

Juan levantó las manos en la habitación que elegimos para prepararlo. Iba a bajar por las escaleras para presidir el Ceremonial. Yo pensé en Laura y pedí: ojalá esta noche sea ella quien reciba sus cicatrices, sus medallas, las merece. Lo vestí, lo cubrí con una hermosa túnica de encaje negro que le tapaba la cara y caía sobre su pecho. Mi madre estaba presente entre los Iniciados, con su cuero cabelludo asomando entre las escasas canas, casi pelada, su cuerpo horrible, seco, con la poca grasa en todos los lugares equivocados. Tomé a Juan del cuello, sin delicadeza, no hacía falta, sentí su pulso en la palma de las manos. No te mueras hoy, le ordené, y lo miré a los ojos un poco verdes y un poco amarillos. No te mueras y si podés, llevate a mi madre.

Ya preparado, me tomó la mano y la apoyó sobre la cicatriz que tiene en el brazo, esa otra mano marcada, quemada, la mano izquierda de la Oscuridad. No te mueras esta noche, le repetí, aunque ya no me escuchaba. Lo vi irse, el pasillo, la esca-

442

lera, y acaricié la pluma de caburé que Juan me entregó antes de irse, el payé que le di hace mucho y que él nunca se lleva a los Ceremoniales donde los pequeños hechizos de este mundo son nada. Sola, escuchando los gritos de los Iniciados que eran mutilados y comidos encerrados con la Oscuridad implacable, cada vez entendía más el poder del secreto. Uno camina entre los demás sin ser parte de ellos. Algunos, supongo que Florence por ejemplo, deben sentir que caminan por sobre los demás, pero yo no. Yo siento que camino por pasadizos de colores que nadie más conoce, siento que los demás están iluminados por una bombita débil y a mí me ilumina una luz que encandila. Es extraño que piense en luz, porque siempre me explicaron que somos para la oscuridad.

Después del Ceremonial, que según los estándares de Florence había sido exitoso, Juan decidió que íbamos a pasar unos meses sin ir al Otro Lugar y que el otoño iba a ser para que yo empezara mi tesis. Ya tenía el título: *El culto a los huesos en la etnia mbyá. Origen y resignificación urbanomigratoria: la figura de San La Muerte en la cultura criolla del Litoral*. Me faltaba, por supuesto, gran parte del trabajo de campo, las entrevistas, el territorio. Planeaba una visita a Misiones exclusivamente para recoger testimonios: Tali había prometido ayudarme y ya me había puesto en contacto con un antropólogo paraguayo que sabía más que nadie sobre religiosidad guaraní. Juan quería estudiar, con Laura, y ella estaba fascinada. La casa se llenó de círculos y ellos parecían chicos, encerrados en la habitación o paseando por los cementerios de Londres, como si el trato con espíritus fuese un chiste. Stephen y Juan eran perfectos como andróginos mágicos: la doble corriente, como llamaban al encuentro sexual ritual, funcionaba a la perfección entre ellos. Me dejaban sin aliento: eran capaces de convocar a varias entidades en un solo día, y lo hacían con tanto descuido y desenfreno que mi prolijidad innata se resistía a acompañarlos. Yo era la chica de los libros y las listas: aunque me arriesgaba, también me gustaba el orden. Un día me negué a trazar el círculo y el sello porque, les dije, para ustedes esto es joda y me tienen harta. Juan me alzó en brazos y, riéndose, prometió que, cuando supiera de algún suicida, me conseguía la Mano de Gloria con la que estaba obsesionada. Y que dejara de estar tan seria. Justo él.

En ese tiempo, además, Laura y Stephen y Juan habían conseguido comunicarse en secreto. Laura lo llamaba *pishogue*. No podía usarlo muy seguido y tampoco sin Juan, porque irradiaba de él: era consecuencia del sello que se había trazado sobre el cuero cabelludo en el Otro Lugar, cuando había pedido la capacidad del secreto. Se trataba de alterar la percepción de los demás, que, en consecuencia, veían y escuchaban lo que ellos querían. Un parpadeo en la realidad. Ellos hablaban y los demás entendían otra cosa. Lo hacían delante de mí, sin consideración alguna, y era desesperante. Juan me había enseñado el método en detalle y no funcionaba, aunque lo intentamos muchas veces, durante horas, hasta que me cansé y me encerré en el baño a llorar. No podía hacerlo y tampoco podía quedar embarazada y garantizar la continuidad de la sangre. Stephen no podía tener hijos y Eddie seguía ausente. Yo no podía o no sabía cómo adquirir alguna habilidad por fuera de los mecánicos círculos de tiza. No tenía ganas de estudiar. Solo quería ir al Otro Lugar y llevarme una de las manos muertas que aferraban los troncos en el bosque. Pero Juan se negaba a acompañarme. Estaba frustrada y furiosa. Hasta le dije ¿y si sos vos el que no puede tener hijos?, pero no se ofendió en lo más mínimo. Es posible, dijo. Tenemos que pedirle a Jorge que nos haga exámenes.

Es que, querida amiga, no es como andar en bici, me dijo Stephen. Es como tocar el piano. Quita a Juan de esta charla, porque él es distinto de nosotros. Si no aprendes ciertas cosas de pequeño, nunca más alcanzarás el nivel que hace falta. Laura y yo recibimos instrucción de niños. Tú también, pero de otro

444

tipo. Se lo tienes que agradecer a tu padre, porque no está bien usar así a los niños. Mercedes siempre me acusó de nula y estéril, y tenía razón. Tu madre nunca tiene razón. Serás la madre de su hijo, Rosario. Y él te ama. Yo tengo mis cicatrices, pero no tengo nada más.

Para relajarme, Stephen propuso un viaje. Podemos recuperar a Tara y los demás e irnos juntos a España, a Italia, a Grecia. Viajaríamos con los guardaespaldas, con Graciela y con toda la comitiva, pero no seríamos tan diferentes de otros jóvenes millonarios. ¿Acaso no viajaban así los herederos de Getty y los Rolling Stones? Y nos alejaríamos de la Oscuridad, de esta isla y de la obsesión por encontrar a Eddie, que estaba enloqueciendo a Florence. Había detectives por toda Gran Bretaña buscando pistas del hijo menor y, por supuesto, también lo buscaba la policía. Imaginé el sol sobre el mar y las casas blancas de Cadaqués y dije que sí de inmediato, y me alegré tanto que casi me puse a hacer la valija, tenía que comprar una bikini, gafas de sol más bonitas, sandalias para caminar por Roma. Llevaría mis libros. Iba a ser la primera doctora en antropología argentina graduada en Cambridge y me daba un orgullo ridículo. Alguien lo tenía que sentir, porque, salvo a Juan, a nadie más le importaba. Tenía que repasar *Purity and Danger* de Mary Douglas y *Les structures* de Lévi-Strauss. Eso me podía llevar un mes. Laura también aceptó viajar: ella apenas había salido de Inglaterra. A Juan costó convencerlo, pero no mucho. Él estaba preocupado por Eddie. Decía que era un cabo suelto y estaba convencido de que, mientras faltara, no estaríamos a salvo.

La huida de Eddie había sido violentísima. Lo hizo por la mañana y nadie escuchó el ataque a los guardias que lo cuidaban, a pesar de que sin duda gritaron, porque Eddie les comió los ojos con sus dientes afilados, los dientes que le serrucharon cuando era un niño. Había logrado paralizarlos o dormirlos, nadie lo sabía del todo, los hombres no recordaban qué había sucedido, despertaron del trance ciegos y locos de dolor. Eddie se llevó ropa y dinero, signos claros de que no estaba tan loco como creían los demás. Yo lamentaba no haber hablado nunca con él. Florence me lo habría permitido. Stephen decía que una relación con Eddie siempre terminaba igual y enumeró a los animales que había maltratado, los compañeros de colegio que había impulsado al suicidio, los diversos cuidadores que habían terminado muertos o mutilados. Juan escuchaba. Tienen que encontrarlo, repetía. ¿Por qué lo dejaron vivir?

A ti también te dejan vivir, le contestó una vez Stephen.

Y quizá se equivocan, le dijo Juan en voz baja.

La noche anterior al viaje planeado, nos visitaron Tara y Sandy. Vinieron con otros amigos, todos integrantes de la Orden, hijos de altos Iniciados. Navid, que era el amante de Sandy; Lucian, uno de los hijos de Anne y hermanastro de Laura —el otro hijo era un verdadero *old etonian*, con sus trajes y sus zapatos lustrados: quería ser el miembro más joven del Parlamento—. Susie, que vivía en Escocia y siempre nos invitaba a su casa cerca del mar, en Portobello. Lucie, con su cámara. Los gemelos Crimson y Genesis. Entre todos, casi pudimos reproducir la vida en Cheyne Walk antes de la llegada de Juan. Pusimos *Blonde on Blonde* y Otis Redding y Velvet Underground, tomamos ácido y bailamos hasta que dejamos de ver nuestros cuerpos, desintegrados en partículas brillantes. Laura gritaba que nadie debía salir de la casa, que no había que desconectar el viaje, que el grupo debía quedarse unido. Es cierto que es raro cuando alguien abandona el trip: algo se perturba. Juan no bailaba pero Sandy se le sentó en las rodillas y lo besó. Dejé que lo hiciera. Recuerdo que ella tenía una boa de plumas brillante, roja, que parecía un chorro de sangre falsa. Tuve un presentimiento horrible y, para quitarme el miedo, puse el nuevo disco de David y me acosté al lado del parlante. La primera canción me hizo llorar y me dio risa, porque hablaba de ir a la Luna y, recién entonces, me di cuenta de que nos habíamos perdido el alunizaje, hacía unos meses. Peor, ¡nos habíamos olvidado! No lo habíamos visto. Jamás habíamos encendido el televisor. ¿Dónde habríamos estado esa tarde? ¿Observando los torsos? ¿Las manos? ¿Caminando sobre huesos?

Creo que me dormí un rato y, cuando desperté, todos estaban sentados en círculo. Creí que estaban mirando las acuarelas del Otro Lugar y casi pongo el grito en el cielo, los tarados de Laura y Stephen, drogados, mostrándoles el secreto a nuestros amigos, a quienes no podíamos confiarles semejante cosa. Cuando vi que Juan escuchaba muy interesado supe que él jamás permitiría algo así y que, por lo tanto, debía tratarse de otra cosa.

Tara leía una carta. Sandy me dijo que la habían pasado debajo de la puerta, pero no sabían cuándo. El tiempo, con el ácido, era imposible de demarcar. La habían visto cuando yo me alejé de ellos, pero no sabían cuánto hacía que esperaba que alguien la abriera.

Era una carta de Eddie.

¿Están seguros?, grité, y Stephen me dijo que sí, reconocía la letra de su hermano.

Recordé la lápida que Eddie había dibujado sobre su cama, los dibujos de ahorcados en las paredes y miré a Stephen y a Laura: estaban pálidos de miedo. Escuché con atención la voz de Tara. *Encerrado nunca más, hay manos en la oscuridad y no me dejan en paz. No te importa que me duela, madre, tampoco a la vieja, ella me afiló los dientes, ella busca que la muerda. Nadie ayuda.*

La vieja. Mercedes, dije. Los chicos de la jaula tenían dientes filosos. Tenía que evitar que me mordieran porque, me había advertido ella, podían transmitir la rabia y yo moriría entre espasmos y me pegarían un tiro como a los perros del campo. ¿Le habrá dejado una carta a Florence, también? No lo sé, dijo Stephen. Mi madre no está en Inglaterra. Salió de viaje ayer. Visita a mi padre.

Nadie ayuda. Quiero ir a las montañas, puedo dejarme caer y las piedras van a golpearme todo el cuerpo, y después tendré los

moretones para tocarlos y sentir el dolor. Estoy en la oscuridad y el
dolor. ¿El usurpador también? Él no es el médium. La embaraza-
da me lo dijo. Ustedes creen que no, pero lo conozco. Se parece a
un león. Yo soy como un zorro y me muevo mejor que él.

La lucidez paranoica del ácido, que ya no era una placidez
de colores sino una alerta en todo el cuerpo, el pelo erizado, cosido por alambres, me obligó a romper el círculo y tomar a Stephen de los hombros. Tu hermano lo está buscando. Tenemos
que irnos ya mismo.

La sin ojo también es una usurpadora, como el león. Ellos no se
merecen nada, no son la sangre. Madre, le arrancaste el ojo con tus
dientes. O fue la vieja. ¿Ella también estuvo en la Oscuridad?
Nunca se sabe quién es real y quién no, todos son reales, no tiene
sentido tratar de distinguirlos. No sé si las manos son reales. No me
dejan dormir. Madre, tampoco me dejabas dormir, hay que mante-
nerlo despierto, decías, yo te escuchaba, estaba de pie. Siempre creen
que no escucho porque no hablo. Ustedes son inteligentes porque
dañar con sencillez es ser inteligente. Yo también soy inteligente.

Stephen le preguntó a Juan si Eddie lo había visto alguna
vez. No lo sé, le contestó Juan. Me recuperé en la casa de tu
madre y él vivía ahí. Pasé las noches con Rosario, pero ella salía
durante el día y yo me quedaba solo. No recuerdo haber sentido la presencia de alguien en la habitación, pero la medicación
para el dolor es bastante fuerte y pasaba muchas horas dormido.

Entiendes por qué te lo pregunto. Desde pequeño, mi hermano juega a este juego tan sencillo, se introduce en habitaciones, en casas, y, por la noche, cambia objetos de lugar. O hace
otras tonterías, dejar alguna marca en las paredes, un dibujo. Si
hay jardín, pisotea un cantero con flores. Por la mañana, el dueño de casa ve los cambios y los modestos vandalismos, pero no
puede entender el porqué. Les llama *creepy crawlers.* Antes de que
mi madre lo encerrara, los hacía con unos amigos que se había
agenciado en Mayfair, unos dementes, ahora ellos han viajado a
California. Creo que te ha visto. De alguna manera, te conoce.

Miré a Juan. Nosotros habíamos robado pelo de Eddie para saber su historia. Quizá se había dado cuenta. Juan me devolvió la mirada y entendí la orden de sus ojos: no digas nada. Traté de tranquilizarme pero no podía dejar de pensar en que las puertas de la casa no estaban cerradas con llave.

¿Qué puede hacer él, exactamente?, preguntó al fin Tara. Eddie no puede tener poder sobre nada ni nadie, no tiene control sobre sus actos. Eso no es verdad, dijo Juan.

No van a encontrarme. Siempre hay formas de cambiar cómo se siente una persona, solo tengo que encontrar las palabras. Puedo anotarlas en mi piel. ¿El león tiene cicatrices? Todos los hijos tienen cicatrices. Nunca quise morir porque no hay tanta diferencia entre la muerte y la vida, madre, me lo enseñaste en esta casa y me lo enseñaron los pozos, algo vivo moría y no era tan diferente. La embarazada lo sabe, por eso me visita. Le enseñaron mal. Ustedes enseñan mal. Deben dejar de enseñarnos así, con las manos, con la noche y con el dolor.

La embarazada es Encarnación, dijo Laura, pero no todos le prestaron atención. Es que muchos de los Iniciados no saben que la médium estaba embarazada cuando se mató. Solo saben sobre el suicidio y la masacre. Sandy se paró: le había contagiado mi inquietud. Hay que revisar la casa, dijo. Todos entendimos. Había que buscar a Eddie escondido. Juan me tomó de la cintura y en voz baja, al oído, susurró: no te preocupes si abren la puerta. Ellos solo pueden ver una habitación. La llave al Otro Lugar es mía.

Esta casa ya no es segura, dijo Stephen. Salimos cuanto antes. Tenemos los autos, tenemos los pasaportes. Tenemos a los guardaespaldas. La púa se retiró del disco y quedamos en silencio. Nos dividimos en grupos para requisar la casa. La cocina, cada uno de los cajones y los aparadores. Escuché a alguien levantar las tablas de la escalera que estaban sueltas: era Laura, la única que sabía de ese defecto. No sé cuánto tiempo pasamos así, drogados, sobresaltados, revisando inútilmente cada rincón, a veces muertos de risa, a veces gritando de miedo porque, en el fondo de un cajón, sentíamos el apretón de una mano fantasma. Hicimos un ritual para encontrarlo, pero no pudimos concentrarnos y Laura lo anuló. No lo recuerdo con claridad, tampoco. Yo tracé el círculo, como siempre.

Nos dormimos en la casa cerrada con todas las llaves que encontramos, seguros de que no había alguien adentro, pero todavía con miedo. No sé por qué no nos fuimos. Estábamos demasiado drogados como para mantener una decisión. Todos compartieron camas: recuerdo que en una se acomodaron cinco de nuestros amigos. Stephen logró hablar con Florence de madrugada. Ya estaba en Cadaqués. Le leyó la carta y ella ordenó que partiéramos de inmediato. Eddie no podía salir de Inglaterra, no tenía pasaporte y tenía orden de búsqueda en las fronteras. No le hicimos caso a Florence.

Lo repaso, pero nunca termino de reconstruir por qué exactamente no nos fuimos al día siguiente. El ácido es la excusa, pero no es suficiente. Sandy se sentía mal, eso seguro: a ella le hacía pésimo mezclar ácido con alcohol y lo había hecho toda la noche. Pero Sandy no importaba: los que teníamos que dejar el país éramos Juan, Stephen, Laura y yo. La revisión frenética de la casa había durado mucho más tiempo del que pensamos: hasta Juan se despertó después del mediodía. No habíamos preparado las valijas. Los guardaespaldas nos tranquilizaron: no había nadie en la propiedad, ni ningún peligro. Esa era una de las calles más elegantes de Londres, vivíamos rodeados de vecinos ricos y célebres, con su propia custodia. Un intruso hubiese sido detectado. Teníamos hambre, así que Susie y Tara improvisaron unos espaguetis y de alguna manera el ánimo cambió. Éramos jóvenes. La noche anterior empezó a ser recordada como un mal viaje, el fantasma del hijo perdido de la Orden, el que nosotros, de alguna manera, habíamos evitado ser. Aunque Eddie lo decía en su carta: todos los hijos tienen sus cicatrices.

Pasamos la tarde sobre almohadones y alfombras, como siempre, tomando vino para tranquilizarnos porque la marihuana podía ponernos paranoicos otra vez. No hicimos más que yacer por la casa, escuchar la tormenta, sobresaltarnos por los truenos. Preparamos nuestras valijas con una lentitud anormal, al menos lo recuerdo así. Yo pasé horas eligiendo si llevar uno o dos saris, por ejemplo, y nunca usaba saris. Genesis hizo té y comimos un dulce de grosellas que la cocinera nos había regalado. La tormenta era fuertísima y nos convencimos de que era imposible salir así a la ruta; estábamos seguros, además, de que el ferry no podría zarpar. Ninguno de nuestros amigos se fue, tampoco. Como si algo se lo impidiera.

Genesis y Crimson se abrazaron, tapados por una manta, y fueron los primeros en dormirse. Los demás se retiraron poco a poco: bostezaban, se estiraban, decían que el estrés de la noche anterior los había agotado. Stephen dijo podemos irnos igual, nosotros cuatro, dejarlos a ellos, pero no parecía entusiasmado. Fui yo quien tuvo la última palabra: es mejor si salimos cuando deje de llover. Mañana por la mañana. Temprano, me dijo él. Muy temprano, le contesté. Pondré el despertador a las seis.

Me dejé abrazar por Juan, que tenía olor a vino y tierra en las manos y en el aliento. Lo besé, pero no tuvimos sexo esa noche. Nos dormimos bajo una manta afgana blanca que no puedo olvidar, con la que todavía sueño.

El disparo partió la noche: un trueno que despierta del sueño, una piedra que rompe un vidrio, un lago helado que se resquebraja. Juan se sentó en la cama y yo salté. No era la tormenta, no era un mueble caído, no era un fenómeno mágico o sobrenatural: era el disparo de un arma. Conocía ese ruido seco, mi abuelo y mi padre me habían enseñado a tirar. Esa era un arma grande, de caza, y también la reconocía, porque mi padre cazó toda su vida y porque, borracho, solía dispararla adentro de Puerto Reyes.

El segundo disparo llegó acompañado de gritos de hombre indescifrables. Juan salió de la cama también, descalzo. Por un pudor insólito se puso pantalones rápido. Cuando quise asomarme al pasillo, me agarró del brazo con fuerza pero me desprendí para mirar por la ventana. Desde nuestra habitación podíamos ver a los guardaespaldas. No estaban en su lugar. Oí a Genesis, su inconfundible voz, el acento escocés, pidiendo por favor. Dijo el nombre de Eddie. Hubo corridas. Cuerpos que caían al piso. Más gritos. La puerta se abrió unos minutos después. Grité, no pude contenerme. Era Stephen. Estaba semidesnudo, pálido y furioso, como siempre que tenía miedo. Es mi hermano, dijo. Viene por ti.

Un grito más, de mujer, junto con un nuevo disparo. Laura. Más gritos y muebles que caían. Tres disparos más. La sucesión era lenta. Eddie tenía que recargar la escopeta pero los estaba matando a todos. Después de los disparos, un aullido.

Estaba acá, entonces, dijo Juan.

¡Pero si buscamos en cada rincón!, le grité.

Estaba en el Otro Lugar, Rosario, murmuró Juan.

Comprendí, pero era tarde. Juan también había comprendido tarde. Soy un zorro, pensé, y sé moverme mejor que él.

No hay que correr, susurró Stephen. Yo me había cubierto con la manta blanca, porque estaba desnuda. El objetivo era alcanzar la escalera de servicio, al final del pasillo, que llevaba a la cocina. Escuchamos más disparos y puertas que se cerraban. Las corridas no llegaban demasiado lejos. Nosotros tampoco. Dos disparos más y Eddie salió de la habitación de la esquina, se dio vuelta y nos vio. La sangre le manchaba la cara y la ropa. La luz del pasillo no estaba encendida, pero se lo veía bien. En su cara muy joven, pecosa, de ojos pálidos y el pelo tan rojo como el de su madre, apareció una expresión de alivio. Había encontrado a quien buscaba. Y apuntó. Increíblemente, no le acertó a Juan. Erró por poco. Le falta un dedo, pensé. No puede manejar el arma del todo bien. El proyectil me rozó el hombro, que sangró y manchó la manta. Era una herida sin importancia, pero fue suficiente para enfurecer a Juan: cuando Eddie intentó recargar el arma, torpemente, porque son dos los cartuchos de una escopeta de caza, Juan se abalanzó sobre él y, de un solo movimiento, le quitó la escopeta y la arrojó por sobre la baranda. Cayó al piso de abajo. No sé cómo se atrevió a hacerlo: la maniobra requería los reflejos de un animal. No tuve miedo por él, recuerdo. Siempre intuí que iba a ganar esa pelea. Quería ayudarlo, eso también me lo acuerdo, pero no sabía cómo. No era mi historia, pienso ahora. Debían resolverlo ellos dos. Juan agarró del cuello a Eddie y lo arrastró hasta la puerta que llevaba al Otro Lugar. La abrió. Yo los seguí. El hombro me ardía como si estuviera en llamas. De una patada, hizo entrar a Eddie al Otro Lugar y lo llevó a la rastra hasta el final del pasaje. Los seguí corriendo y en silencio. Juan sabía lo que hacía. Caminaba con la seguridad de un predador.

Stephen fue quien cerró la puerta, supe después. No quiso presenciar el destino de su hermano.

Eddie intentó levantarse, pero Juan le puso un pie sobre el pecho. Debían tener la misma edad, pero Eddie parecía un adolescente e incluso un chico. Intentaba resistirse, pero estaba muy delgado y Juan tenía una ventaja imposible: el Otro Lugar estaba de su lado.

Cuándo te metiste acá, le gritó Juan. Eddie le mordió la pierna y recibió una patada en la cara que le rompió la nariz y lo ahogó en sangre. En el Otro Lugar había subido la temperatura. Era un calor similar al del aliento. Entendí al fin por qué Laura decía que era una boca. Juan soltó a Eddie, que intentó levantarse otra vez y no lo logró: se desplomó boca arriba, boqueando. Juan se le acercó con tranquilidad y se sentó sobre sus caderas raquíticas. El hijo de Florence: el que habían entrenado para médium como si eso fuese posible, como si todos los experimentos intentados durante muchos años no hubiesen demostrado largamente que la Oscuridad encontraba al médium, y no al revés. Por qué querés matarme, le preguntó Juan, y acercó su boca a la Eddie. Era una escena amorosa. Las lágrimas no me dejaban verlos bien. Eran hermosos peleando bajo el cielo sin estrellas, con la respiración pesada del Otro Lugar alrededor.

—Dijo que estabas en la primera, pero no era verdad. Estúpida, estúpida.

Se refería a la primera habitación, la de la planta baja, donde empezó a disparar.

—¿Quién te lo dijo?

—La chica embarazada. ¡Ella no ve bien! Le quemaron los ojos.

—¿Conocías este lugar?

—Esta puerta no, pero estuve antes. En otro lado. No tiene límites. No hay que abrirlo. Ella me señaló la puerta. La chica embarazada. No hay que abrirla.

No sé en qué idioma hablaban, pero escuchaba la conversación con claridad. Eddie hacía esfuerzos para incorporarse y abría la boca: los dientes de niño zorro eran todo lo que le quedaba contra Juan. *It has to end*, entendí, en un momento y la voz que se lo dijo era la de Eddie, llena de calma, convincente.

—Ustedes tienen razón —le contestó Juan—. No hay que abrirla. Tiene que terminar. Pero yo no puedo hacerlo, porque esta es mi tierra.

Eddie siguió peleando y dando dentelladas al aire. Creo que no tenía miedo porque sabía dónde estaba. El Otro Lugar acompañaba los mordiscones de Eddie con jadeos fétidos: ahora todo hedía como una boca con hambre. Juan le dio un puñetazo y escuché, en el silencio del valle, el crujido del pómulo al romperse. Eddie no sabía pelear, solo era tenaz y no sentía el dolor.

—Por qué —gritó Juan. De un tirón dislocó el hombro de Eddie. El Otro Lugar pareció aplaudir, acompañar el chasquido de la articulación.

Eddie al fin le contestó. Por impostor. Porque todo esto debía ser mío, me lo prometieron. No podía ser de nadie más. La chica embarazada le había dicho que debía terminar con la descendencia, no podía haber más hijos, las puertas tenían que cerrarse.

Eddie ya no se resistía. Se quejaba. No es el dolor, le dijo, el dolor no me importa, el dolor es perder y perder y perder.

–Ayudame –me dijo Juan, sin mirarme.

Me acerqué y, cuando estuve a su lado, se puso de pie y le quebró el esternón a Eddie de una patada. El chico gritó y se desmayó. ¿Por qué estaba tan débil? Había peleado y el aire en el Otro Lugar dejaba sin aliento, pero sentí que no se había resistido lo suficiente. Afuera, había matado. Adentro, se rendía. Eddie empezó a toser sangre, y sangraba por la nariz. Reaccioné y le di la manta de piel blanca a Juan. Estar desnuda en el Otro Lugar me hizo sentir vulnerable de una manera nueva y obscena. Esperaba un zarpazo, una mano entre las piernas, alguien que me llevara hasta el valle de los torsos para usar mi cuerpo como decoración. Pero yo estaba con Juan y él era el guardián; iba a cuidarme.

Juan colocó a Eddie sobre la manta y me indicó que la levantara del lado de los pies. Él lo hizo del otro extremo. Lo cargamos como a un soldado herido retirado del campo de batalla en una camilla improvisada. Me lastimé los pies desnudos con los huesos y sentí directamente sobre la piel la respiración del Otro Lugar. Eddie pesaba muy poco, pero a mí me faltaba el aire. Juan me miró una sola vez, para comprobar que podía hacerlo, y le dije que sí.

No sabía adónde íbamos, pero el camino de huesos que seguíamos se había ensanchado. Era una avenida, ahora. Encontramos un pasaje estrecho en el sentido opuesto al que llevaba al Valle de los Torsos. Bajamos con dificultad hasta llegar a un claro parecido a los demás pero con árboles muy separados, algunos sencillamente troncos, otros de copa alta. Le pedí a Juan un descanso y me lo concedió. Eddie gemía. Cuando pude enfocar el claro y sus árboles, vi las figuras colgadas de las ramas. Eran personas. Juan sacó a Eddie de la manta y empujó el cuerpo para que rodara colina abajo. Después bajamos, solos, con mayor facilidad. Juan cargó con la manta y me dio la mano: estaba helada, a diferencia de la mía, que ardía. Es porque estás viva, dijo él, y no le respondí. Iba a colgar a Eddie junto a los demás. Era un acto mecánico, un trabajo viejo y repetido. Había varios árboles vacíos y eligió uno con la copa relativamente baja, las ramas a su alcance.

No iba a colgarlo vivo, sin embargo. Bajo el árbol, le rodeó el cuello a Eddie con las manos y apretó. Lo miré fascinada. Juan mataba serio y seguro, como si lo hubiese hecho muchas veces antes. Era el sacrificio que quería el Otro Lugar. Casi se lo escuchaba saborearlo. Se oían chasquidos por todo el valle y no eran las ramas, era la satisfacción de una lengua enorme. Me daba pena Eddie, pero me fascinaba verlo morir. No había decepción peor que creerse el elegido y no serlo. Creo, hasta hoy, que aceptó su fin. Quizá incluso lo buscó. Eddie tenía los ojos rojos, la boca azul, sangre en los labios, el cuello, el esternón hundido. Estaba destrozado. Se había cortado la lengua con los dientes. Juan se puso de pie. El aire del Otro Lugar apestaba. Me había preguntado tantas veces por qué un lugar decorado de restos humanos no olía en absoluto y, me daba cuenta, era una cuestión de percepción, de reconocimiento del territorio. El lugar entregaba de a poco: como si encendiera las luces de rincones oscuros y revelara nuevos escenarios, puertas ocultas, horizontes que hasta el momento parecían pinturas.

Al lado de cada árbol había sogas: todo estaba preparado. Juan no sabía hacer nudos, pero yo sí. Mi padre me había enseñado en el barco. Le mostré cómo atarlos. Tenía que colgarlo él, pero yo podía ofrecerle mis consejos. Antes me acerqué a los que estaban colgados alrededor, para entender el procedimiento. Era muy sencillo. Estaban cabeza abajo. Juan debía amarrar el pie derecho de Eddie a una rama y dejarlo caer.

Cuando lo tomó en brazos, le costó izarlo: Juan ya estaba cansado. Cuánto iba a pagar el esfuerzo era incalculable. Para que Eddie no se cayera, lo sostuvo con la fuerza de su propio cuerpo, pero se deslizó al piso varias veces. Quise ayudarlo, pero me detuvo con un gesto de la mano. Yo no debía profanar el sacrificio. Eddie tenía los ojos abiertos y, desde el suelo, boca arriba, parecía mirar el cielo sin estrellas. Logró colgarlo al tercer intento. Dobló la pierna izquierda de Eddie de modo que quedara por detrás de la que estaba colgada. Después le amarró la cintura al árbol con la cuerda; usó el resto para atarle las manos por detrás del tronco. Algunas versiones del Tarot dejaban las manos sueltas pero ahí, en el Otro Lugar, parecía adecuado respetar la versión tradicional.

Cuando estuvo listo, contemplé su obra. El Arcano 12. Eddie lo había pintado en su habitación. Esa historia era antigua. Nos alejamos de Eddie para visitar a los colgados más cercanos. Algunos nudos eran profesionales, otros parecían moños: no era realmente la cuerda lo que los sostenía. Había hombres y mujeres y sus cuerpos estaban conservados; ninguno tenía signos de putrefacción ni, en apariencia, de violencia aunque, por supuesto, todos habían sido asesinados de una manera u otra. Ya no había más que hacer pero algo nos retenía y Juan comprendió. Podía llevarse algo, como siempre que ofrecía un sacrificio: el Lugar quería recompensarlo. Le miré las manos. Estaban rodeadas de luz negra. Gracias, dijo Juan en voz alta. Con un roce certero, porque ahora él era filo y arma, cortó una de las manos de Eddie. Para mi mujer, dijo. Su Mano de Gloria, que tanto quiere. Me la ofreció y lloré, con desconsuelo y con agradecimiento.

Volvimos a la casa. Stephen nos esperaba. No iba a llamar a la policía: la Orden se encargaría del desastre. El arma que había usado su hermano seguía en la planta baja, la evidencia que necesitábamos para no ser los acusados, ahora que Eddie jamás volvería a ser encontrado en este mundo.

Los muertos estaban muertos y era culpa de esta vida elegida o condenada, según se la mirara. El sacrificio de Eddie había sido necesario y también la purga. Solo sobrevivimos Stephen, Juan y yo. Me irritaba que Juan no pudiese entenderlo y creyese, con una desesperación negra y, yo creía, exagerada, que todo era su responsabilidad. El monstruo siempre acecha en el laberinto y el que ingresa sabe que, si no está en la primera curva, estará en la siguiente. Algunos saben cómo tender un hilo y escapar. El que llega demasiado lejos, llega sabiendo el precio. Juan creía que el disparo de Eddie podría haberme alcanzado y se culpaba. Pero yo no quería que me cuidara. Se lo había dicho tantas veces. A quién podía cuidar él, que estaba destinado a vivir en el abismo.

Viajamos, como estaba previsto, a Cadaqués. En la hermosa casa de los Margarall seguimos las noticias de la masacre de Cheyne Walk, que se mezcló con otras terribles matanzas de 1969. Eddie Mathers, Charles Manson, los Ángeles del Infierno, la bomba en Piazza Fontana, el artículo sobre My Lai. Eddie fue considerado el responsable: el arma tenía sus huellas y también las había dejado por toda la casa. Dijimos a la policía que se había escapado; yo, herida, no pude perseguirlo, Juan debió abandonar la persecución por su salud y Stephen llegó más lejos, pero lo perdió. También les contamos esta historia a Florence y Pedro, y la creyeron: cómo no, si ellos se habían conocido gracias a una purga similar. A Florence le sorprendió que Eddie no se suicidara; ella tenía sus propias e imprecisas dudas. Buscaban su cuerpo en el río, sin suerte. El otro testigo vivo era Graciela, la médica: cuando escuchó los disparos quiso llamar a la policía, pero el teléfono estaba muerto. Eddie había cortado los cables.

En la terraza, mirando el mar tan azul, los barcos enclenques, las casas blancas, tuve tiempo de pensar. Encarnación, muerta y embarazada, suicida, violada por los hombres de la Orden. Eddie, el hijo destrozado. Los dos querían detener la estirpe y los dos casi habían acabado con la Orden de diferentes maneras: Encarnación terminó con los viejos, Eddie con los hijos. No con todos, por supuesto. Tenían razón, decía Juan, pero ahora, más que nunca, yo quería un hijo. Mi hijo no sería entregado ni maltratado. Y sería el primer hijo de un médium. Tendría una familia con Juan y, cuando llegara el momento de liderar la Orden, o cuando llegara la interpretación correcta de cómo mantener con vida la conciencia, no serían Florence, Mercedes y Anne las que dieran las órdenes. O, al menos, deberían negociar conmigo.

Lidiar con la depresión de Juan fue lo más difícil. En los días de Cadaqués, no salió de su habitación. No soportaba estar en la casa de los padres de Eddie y siempre estaba a punto de confesar el crimen. No se suicidó solo porque estaba siempre vigilado. A mí no me prestaba atención. A Stephen no quería verlo. Yo entendía que debía esperar y estaba segura, además, de que un hijo lo restablecería. Necesitaba cuidar de alguien propio e indefenso. Olvidarse de sí mismo.

La depresión de Juan no se relacionaba solo con las muertes de las que se creía responsable. Ni con el sacrificio de Eddie. Después de la masacre, pasamos un día declarando. Y el siguiente en casa de Florence. No teníamos por qué regresar a Cheyne Walk: si necesitábamos ropa o documentos, un asistente podía buscarlos. Juan quiso volver porque tenía una certeza y Stephen lo acompañó. El pasaje al Otro Lugar se había cerrado. Ahora, cuando Juan abría la puerta, estaban la cama, los cuadros, la ventana. Insistió varias veces. Pidió por favor, apoyado contra la madera. El Otro Lugar se había ido después de recibir su sacrificio. Pájaro que comió, voló, como decían en Argentina. Eddie estaba perdido en ese mundo muerto. Por supuesto, el Lugar de Poder también se había secado. Florence recibió esa noticia con un grito. No sabía cómo interpretarla. Por supuesto, la relacionaba con la purga que había ejecutado Eddie pero le faltaban datos para comprender del todo lo que había sucedido. Un solo Ceremonial en Londres, me dijo. Qué desperdicio.

Juan se sintió libre y al mismo tiempo desesperado cuando descubrió que sus centros de poder se habían desvanecido. Pensé en irme. Caminar hasta la estación de trenes más cercana, bajar en un pueblo, tomar una cerveza en el pub, ocupar alguna de las granjas abandonadas, dejarme morir en las ruinas de algún castillo o al costado de alguna ruta.

¿Por qué no lo hiciste?, le pregunté. Siempre dicen que pueden encontrarte, pero ¿si sos el cabo suelto, el que puede escapar? Estábamos en la penumbra de su habitación de Cadaqués y yo podía sentir cómo latía su corazón, arrítmico y desenfrenado, contra mi propio pecho.

No quiero morir ahogado en un hotel de pueblo con los pulmones llenos de fluidos y medio cuerpo paralizado. No sé trabajar. No sé orientarme con un mapa. Es fácil hablar de abandonar, dejar, morir, cambiar, cuando dejar todo no significa nada. Sentir el poder en todo el cuerpo, desgarrar espaldas, mi parte como compañero del dios de la noche, eso significa algo. Eso es mío.

Y yo, le dije en voz baja.

Y vos, me contestó.

Volver a la Argentina, para Juan, era un fracaso y para mí era la lengua recuperada, las manos que se soltaban, la sangre limpia de drogas, terminar de estudiar en mi casa, buscar a mi hijo ahí donde iba a encontrarlo. Puerto Reyes, las tormentas de verano, tomar un trago en el barco de mi padre, ir con Tali a la selva y las reservas, viajar al Paraguay muertas de risa. Tener un matrimonio burgués, mi marido frágil y hermoso esperando en la galería, leyendo poesía. Era una vida de jóvenes millonarios esperando al heredero. Aunque ya no éramos jóvenes, después de la masacre. Antes de volver a Argentina pude, por fin, visitar la tumba de Laura. También quería irme para olvidarla. Toda la ciudad me la recordaba. Cada calle tenía un significado en sus mapas alternativos. Habíamos caminado cada parque y cada cementerio. La habían ubicado cerca de la médium Olanna, en Highgate. Crecían plantas de frutillas sobre las tumbas. Stephen me había dicho que, en su primera visita, había visto un zorro. Me acosté sobre la tumba de Laura, recordé su cuerpo sucio y tatuado y le dijo adiós y le prometí pensar en ella, pero cuando me levanté y sentí el tirón en el hombro, el dolor sordo del disparo inofensivo que, sin embargo, a veces dolía, pensé que era mi momento y el de Juan y que esa muerte y las otras debían ser dejadas atrás, como, en su momento, las había dejado atrás Florence.

El Otro Lugar también me había cambiado. Caminar desnuda con su aliento sobre mi piel me dejó una especie de coraza. Y, aunque nos costó, pudimos recuperar la intimidad con Juan. Ahora compartíamos un secreto. Ahora los dos estábamos marcados. Teníamos sexo con dulzura y con frenesí, y más que nunca. Yo perdía los embarazos y no se lo decía. Me quedaba mirando la sangre espesa y fuera de término que flotaba en el agua del inodoro, o en la bañadera. El momento llegaría. Mi hijo sería concebido en Puerto Reyes. Allá, también, se iría la depresión negra de Juan, que sería reemplazada por un enojo permanente: no pude arrancárselo nunca. Él tenía miedo por nuestro hijo. Temía no poder o no saber cuidarlo, morirse antes de conocerlo; amarlo demasiado o que le fuera indiferente. No sé qué debo sentir, me dijo una vez.

Vas a sentir lo que haga falta, le contesté.

3

—Creo que Marcelina me enterró el cuchillito. No le aguanto más la manía.

Tali se acarició el pelo largo. Hacía calor pero el viento, que anunciaba lluvia, movía los árboles y refrescaba el patio de atrás de Puerto Reyes, justo antes del jardín y más allá el parque, la casa de huéspedes, el resto de la propiedad que se fundía con la selva. Después de acomodarse en los almohadones, sirvió un mate y me lo pasó. No lo tomábamos frío ni siquiera en verano. Juan todavía se recuperaba del Ceremonial en la habitación-hospital y nosotras estábamos cerca de él pero afuera: estar en ese cuarto era insoportable, con los médicos, las máquinas ruidosas, la espera. La mayoría de los Iniciados había regresado a sus lugares de origen y solo quedaba en Puerto Reyes la familia. Mi padre, paseando su borrachera en la playa. Las tres mujeres, encerradas, con los escribas, desde hacía días. Stephen, que sí se quedaba acompañando a Juan, el más fiel, mucho más fiel incluso desde la muerte de Eddie. A mis pies estaba Gaspar, gateando y tratando de comer hojas, flores, bichos.

—¿Le llevaste a la criatura? Le hace bien.

—A él sí, pero a Gaspar no. Hoy se dio cuenta de que Juan estaba sufriendo y me costó horas calmarlo.

—*Angá,* no me dijiste nada.

—Fue esta mañana.

Tali le sacó de la boca a Gaspar una flor de jacarandá. Le gustaban con locura y las comía como caramelos.

—Ese cuchillito me gustaba mucho.

—Preguntale dónde está y te lo da. Los guaraníes son locos de enterrar, le quedó la costumbre de la abuela.

—Cuando el padre se recupere, tenemos que volver a Asunción. Lo podemos llevar al nene. Podemos ir los cuatro.

Estábamos colaborando con el armado de la sala de artesanías del Museo Regional de Asunción y habíamos logrado que el director nos dejara ocupar una sala entera para la colección de estatuillas de San La Muerte. Mi padre se había quejado, pero él ya no tenía autoridad: la mayor parte del tiempo estaba tan borracho que era incapaz de recordar qué quería. Por supuesto, no era una donación: la colección estaba en préstamo por tiempo indeterminado. Y las estatuillas más importantes quedaban en el templo de Tali, en Corrientes. Ella nunca iba a desprenderse de las poderosas.

Terminé mi tesis en Puerto Reyes y viajé sola a defenderla a Cambridge. Estuve solo una semana en Inglaterra y fui a visitar la tumba de Laura todos los días. Después, publiqué la tesis en revistas de antropología de varios países. Pronto empezaría a dar clases en la Universidad de Buenos Aires y necesitaba una casa en la capital que no fuera en el edificio de mi familia, al que no quería volver. Juan, mientras tanto, se dedicaba a cuidar de Gaspar, a estudiar y leer y, con Stephen, a buscar una puerta, un pasaje hacia el Otro Lugar. No habían encontrado nada aún: Juan creía que Puerto Reyes podía albergar un portal, pero no estaba a su alcance, solo lo presentía. ¿Dónde buscar, sin embargo? Stephen tenía una idea: cerca del hospital donde Jorge lo operó y donde por primera vez Juan fue alcanzado por la Oscuridad. Viajaban seguido a Buenos Aires con cualquier pretexto, aunque ya no les pedían tantas explicaciones. En la nueva etapa de la Orden, después de la desaparición de Eddie y de la masacre, muchas cosas habían cambiado.

Otras no habían cambiado para nada. Después de grandes discusiones, Florence aceptó monitorear a Gaspar en un ritual aceptado, sencillo y efectivo, que yo propuse. Dos veces por año debía ser llevado al Lugar de Poder de Juan, y las mujeres trazaban a su alrededor un círculo con sangre. Sangre arterial, que es la que busca y encuentra, como enseñaba Laura, sangre que los propios Iniciados ofrecían. Usaban, también, la calavera de Olanna con sus incrustaciones de rubíes. A los dos años, Gaspar ya había estado en el círculo varias veces, y todas había gateado y mirado a los expectantes miembros de la Orden con una mezcla de curiosidad y preocupación, nunca con miedo. No daba un solo signo de comprender lo que pasaba o de estar en contacto con alguna energía que surgiera del Lugar de Poder. Juan y yo siempre estábamos presentes. Gaspar era un bebé normal, a lo mejor más aferrado a su padre de lo que era común a su edad. Dormía mucho, lloraba poco y a veces se quedaba mirando algún insecto, o la televisión, con demasiada concentración.

Peleábamos mucho respecto de Gaspar, Juan y yo. Mucho y a diario.

—Si se manifiesta, sé cómo evitarlo —me decía—. Hay muchas maneras de anularlo y las conocés.

Yo me disgustaba.

—Gaspar tiene derecho a ser parte de la Orden, si quiere. Yo también tengo poder. No van a hacer cualquier cosa con él.

—Confío en vos pero no confío en ellos. También puedo evitar que sea parte de la Orden, si lo deseo.

No me gustaba discutir, pero si no era con él, no tenía a nadie con quien hablar sobre mi hijo y sobre lo que le esperaba. Antes de que naciera, yo deseaba que sucediese lo improbable: que heredase las capacidades del padre. Realmente creía que podía suceder y que Gaspar sería un médium distinto. Lo había concebido en la fecha indicada y con los signos indicados. Juan no se había opuesto, al menos no activamente. El embarazo había sido increíblemente sencillo. Solo estuve con náuseas y malestar el primer mes. Después, fue como si me hubiesen inyectado luz. Había trabajado todos los días, estaba llena de energía. Ideas, escritura, entrevistas en la selva, incluso peleas con mi padre sobre el yerbatal. Con Tali y Betty, que estaba totalmente dedicada a la política y a veces nos visitaba —su pareja, Eduardo, era un militante de izquierda y sentía un enorme desprecio por nuestra familia—, habíamos prácticamente obligado al yerbatal a formalizar a los trabajadores. Ahora cobraban una miseria, pero cobraban algo. Y así casi todos los días, desde entonces: ni siquiera tenía sueño, solo un hambre feroz. Estaba gorda y lloraba por estar gorda, cosa que hacía reír a Juan. Pero nunca fui desdichada: la excitación no me lo permitía.

Juan fumaba, ahora. Mi tío estaba desesperado por eso, pero nadie podía convencerlo de cambiar hábito alguno. Fumaba más cuando discutíamos a los gritos. La Oscuridad había dictado cómo perpetuar la conciencia: debíamos trasladarla de un cuerpo a otro. Transmigrar, dirían en otras tradiciones. Yo lo llamaba ocupar, porque de eso se trataba: de robar un cuerpo. Era un método repulsivo, porque era apropiarse de otra vida y de otra identidad. Lo que aún no sabían eran los detalles del método: quiénes serían los receptores de la conciencia, si podían ser elegidos o debían ser marcados, o determinados. La Oscuridad debía dictar los pasos a seguir y, como de costumbre, era hermética y caprichosa. Según Juan, no había nada verdadero en el dictado: jamás lograrán el traslado de la conciencia porque estaban interpretando mal o directamente inventando, sugestionados. La discusión empezaba porque yo no estaba de acuerdo con esa afirmación. Yo no desconfiaba del dictado como él, o como lo había hecho Laura. Yo creía. ¿Acaso la Oscuridad no salía de Juan y cortaba? Sus manos se transformaban en garras, ¿eso no era, también, imposible? La diferencia de opiniones, sin embargo, no nos distanciaba. Pasábamos las noches despiertos, hablando, y ninguna pelea era amarga del todo, aunque terminara a los portazos y a los gritos. Era imposible la certeza y era imposible descreer, porque existían las pruebas físicas. Era imposible confiar, porque todo era borroso. Y ahí estábamos, en un lugar que se parecía al fin del mundo, llenos de secretos y dudas.

–¿Para qué querés el cuchillito, hermana?

–Para unas plantas. Ya sé que hay jardinero, ni me digas, pero estas son plantas mías. Me gusta trabajarlas yo.

La anticipación a la tormenta era sofocante: hasta Gaspar se había acostado sobre la manta y miraba el cielo. ¿Eso era normal?, me preguntaba. ¿La atención que presta a las cosas? Lo distraje y Gaspar, que rara vez se enojaba, pareció a punto de llorar. Osman, el perro viejo, jadeaba cerca de nosotros. Era cruel que tuviera que pasar sus últimos días en el calor de Misiones.

Vi llegar a Stephen desde la casa. Entraba al pequeño jardín tan pálido que me asustó. Juan está bien, despierto y alerta, dijo, y aflojé los hombros. Se trata de mi madre. Necesita verte a solas.

–No puede ser nada bueno si tenés esa cara.

Gaspar se abrazó a la pierna de Stephen, que lo alzó.

—Venga, vamos a ver a tu padre. —Y agregó—: Ya no necesita el oxígeno, no se asustará.

Me esperaban en la habitación del primer piso, donde siempre se reunían. La escalera de madera crujía y la alfombra estaba muy húmeda. Perdí un poco de tiempo, para no llegar nerviosa, mirando los cuadros de mi padre. El de Cándido López, tan hermoso, estaba empezando a resquebrajarse. Debía llevármelo algún día, robárselo, entregarlo a un museo. Él no lo notaría. Entré con algo de desconfianza en el cuarto donde me esperaban Florence, Anne y mi madre. Siempre había que desconfiar de ellas cuando estaban juntas. ¿Cómo decía el poema que me había leído Juan algunos días antes? Una es una puta, la otra una niña que nunca miró a un hombre con deseo, y la otra puede ser una reina.

Florence me saludó con un beso y me acomodó el pelo. Sus manos olían a *tiger balm* y las pulseras de sus muñecas tintineaban. Mercedes me miró de arriba abajo: posesión mezclada con burla. La manera habitual de mirarme, desde siempre.

—Querida, este es un día maravilloso —dijo Florence, y abrió una botella de vino. Un Leroy. El aroma del borgoña llenó la sala. La alegría desmedida de Florence solía ser un presagio de malas noticias. Me molestó especialmente que estuviera festejando lo que sea que festejaba mientras Juan, en el piso de abajo, sufría los estragos del Ceremonial sobre su cuerpo.

—No podía esperar, querida. Juan debería estar aquí, lo sé, pero no es conveniente darle la noticia en su estado, *it might upset him*. Esperaré hasta que esté fuerte. Le debemos tanto, le debemos todo. Hija mía, ya sabemos cómo mantener viva la conciencia. *The words were so clear. I heard them too.* Los dioses han dictado el Rito para el médium y su recipiente. El médium trasladará su conciencia al cuerpo de su hijo. La continuidad de la vida les será dada a ellos, primero, y luego llegará nuestro turno. Lo que queremos decir, *I'm so excited,* me cuesta hallar las palabras, es que el Rito está completo. Los detalles de ejecución nos han sido dados. Primero para ellos dos, luego para los demás. Los puedes consultar.

Me acerqué a las páginas abiertas sobre la mesa, junto a la ventana. No podía leer porque estaba mareada, pero fingí hacerlo. Por supuesto no se trataba del Libro, cuya versión física se conservaba en Londres. Había copias que nadie en la Orden, ni siquiera yo, sabía dónde estaban. Leí signos trazados por la elegante mano de Anne.

Cuando terminé de pasar las páginas y me volví hacia ellas, las tres brindaron. Había dejado mi copa sobre la mesa y me obligué a tomarla. Sentí que la sangre me invadía la cabeza, que mi cuerpo se enfriaba y el mareo me hizo trastabillar. ¿Eso era todo? ¿Así ocurría? ¿No habría truenos ni un signo en el cielo? ¿Ni grandes discursos para los Iniciados desde un púlpito en la selva? ¿No iban a reunirse para una fiesta que durara días en Londres, o en la estancia pampeana, o a orillas del Mediterráneo? ¿Solamente esa celebración de viejas en un cuarto caluroso? ¿Debía pasar la vida eterna con ellas?

¿Quería eso?

—Ah, está impresionada —dijo Florence. Y encendió un cigarrillo como un hombre festejando el nacimiento de su primogénito.

Estaban eufóricas, con los rostros vulgares enrojecidos por el vino. Mi madre, con el pelo canoso cada vez más escaso, habló.

—Si Gaspar no es un médium capaz de continuar el trabajo de su padre, ya no importa. Si no heredó el don, no interesa. ¡Porque de alguna manera lo es! La Oscuridad dijo que la conciencia se conserva trasladándola a otro cuerpo. Eso lo sabíamos. Ahora nos ha dicho que el médium podrá continuar indefinidamente. Es lo que la Oscuridad desea, por supuesto. Y tu hijo será su Recipiente.

—Ya entendí, Mercedes. —Traté de que el fastidio en mi voz fuese claro, pero no quería, tampoco, insultarla. Detestaba, eso sí, que siempre repitiera lo explicado por Florence, como si sus aclaraciones fueran necesarias. El Recipiente. Así lo llamaron. Como a un balde. El cuerpo que recibiría la conciencia de Juan sería el de Gaspar. Ya sabían cómo hacerlo. Traté de no llorar, no delante de ellas. Hablé y la voz no me tembló.

—¿Y cuándo podrá hacerse ese traslado? ¿Cuándo deberá dejar su cuerpo Juan para trasladarse al de nuestro hijo?

Florence frunció el ceño. No le había gustado que dijera Juan y nuestro hijo. Le causaba dudas. ¿Acaso espera que no me resista?, pensé. ¿Que deje ir tan fácilmente a mi bebé y que pierda, también, a mi hombre? Porque, por supuesto, ¡yo no iba a ser la pareja de quien ocupara el cuerpo de mi hijo, aunque se tratara de Juan! Pero ellas no soportarían una conversación en estos términos. En estas charlas formales, se exigía distancia y precisión en los términos. Sabía que debería haber dicho «el médium y el recipiente», pero que intuyeran mi malestar no me importaba. El amor es impuro, lo decían los ojos de Anne. Y era verdad. Contamina y te vuelve posesiva, salvaje, destructiva. Florence me había dicho una vez: amamos a nuestros hijos y a nuestros compañeros hasta que debemos dejarlos ir. El sacrificio por algo mayor exige nuestro desprendimiento.

—No de inmediato, *we'll have to wait*. El niño debe tener doce años. Esa es la edad que la Oscuridad señaló.

—¿Van a intentarlo con otros, antes?

—No nos ha prohibido el intento.

—No faltarán candidatos —dije.

Tu hijo es la continuidad, me repitieron. Podrán seguir con la vida normal que les prometimos hasta que llegue el momento. El Rito será en diez años. El médium y el Recipiente deben ser preservados con vida durante diez años.

—Quiero que le exijan menos al médium, entonces. Si quieren que llegue a vivir diez años, habrá que espaciar los Ceremoniales aún más. Ayer tuvieron que reanimarlo. Jorge planea más cirugías. No va a soportar este ritmo tantos años. Ya hablamos de esto demasiadas veces.

–Tengo un entendimiento con el médium que puede renegociarse. Los Ceremoniales ya se hacen *when he wants to do them*. No voy a ir a la guerra cuando hay buenas noticias. Todas estamos agitadas. Lo importante es que *we can go on*. Alégrate, hija. Tu familia será la que traiga el futuro.

Tomé el vino en varios tragos y pedí permiso para salir y pensar. Por supuesto, me dijo Florence. Lo entendemos. ¡Es tanta responsabilidad! Nadie es más importante que tú, hoy, en este mundo. Claro que necesitas estar sola.

Cuando cerró la puerta, caminé lo más lento que pude hasta que, estaba segura, no podían escucharme. Entonces corrí hacia el río. Bajé las escaleras tan rápido que, cuando llegué a la playa, estaba agitada. Me senté, me sequé el sudor con la pollera y agujereé la arena con el dedo gordo del pie. Había llegado a la playa por el otro extremo de la casa, el de la entrada. No podía volver todavía con Gaspar y con Juan, tampoco con Tali y Stephen. Tenía que recomponerme, tenía que saber qué pensaba después de la primera reacción.

Había parido un reemplazo para el cuerpo de Juan. Quizá lo había intuido.

Miré el agua marrón, tornasolada en partes por el aceite de los barcos. Lo circular del proceso me seducía. Era un cierre. Yo había visto al médium convocar la Oscuridad por primera vez, en la selva: yo lo había encontrado. Nos habíamos enamorado. Eso era inevitable. Le había dado un hijo en el mismo lugar donde él se había revelado ante mí. Finalmente, le ofrecía ese cuerpo para que siguiera vivo. La Oscuridad me había guiado de la mano en cada paso. Yo era la verdadera sacerdotisa. No esas tres viejas.

Pero Juan jamás lo aceptaría. Era capaz de matarse y matarme. Y tenía razón. Yo aceptaba sus argumentos. Nunca darles un hijo para la Oscuridad, me repetía. No continuar con la esclavitud. Me rebelé contra esa idea, frente al río. No tenía por qué ser así. Gaspar ya era la sangre, Gaspar no era un esclavo. Pensé en mi hijo. No lo había querido instantáneamente, no había sentido ese amor desbordante del que hablaban las mujeres. Lo había protegido y lo había alimentado sola, sin casi ayuda, salvo la de Juan. Nunca quise niñeras. Y lo había mirado dormir cada noche para tratar de enamorarme de él. Solo me alcanzaba una oleada de ternura que no reconocía como amor. Hasta que una madrugada, cuando lo cuidaba porque estaba un poco resfriado, pensé que había dejado de respirar; por un efecto de la luz baja del pasillo, se lo veía inmóvil. Lo que heredó es la enfermedad de su padre, pensé entonces. Su corazón débil dejó de latir mientras lo miro.

Me acerqué corriendo a la cuna y, en la pequeña corrida, hasta que alcé a Gaspar en brazos, me oriné. Me empapé las piernas desnudas, dejé un charco sobre el piso de madera. Así era el miedo ante la certeza de la muerte de un hijo. Comprendí. Eso era el amor. Solo había muerte después de la muerte del hijo. Una negrura sin futuro.

Jugué con la arena y vi, en la capa humedecida, un mango de madera. Lo desenterré. Un pequeño cuchillo. Debía ser el de Tali. Lo guardé en el bolsillo de mi pollera y así armada subí las escaleras: desde la playa hasta la casa había menos de doscientos metros, pero sentí que recorría kilómetros, porque iba a una pelea sin fondo y yo era mi principal enemiga. Había fantaseado con orgullo, con soberbia y con alegría sobre la posibilidad de entregarles un hijo a los dioses crueles, porque Gaspar era la sangre, y Gaspar se merecía la posibilidad de un principado y el dominio que un hijo poderoso podía darme. Yo, que nunca había tenido dones, que envidiaba a Olanna, a Laura, incluso a Tali, me había imaginado coronada de sombras.

Volvería a imaginarme así. Siempre fui capaz de una traición. Pero cuando dudaba, me aferraba al recuerdo de esa noche, cuando creí que mi hijo estaba muerto. Y a la felicidad desmedida de cuando lo escuché llorar.

Fue nuestra peor pelea, la que pareció definitiva, y me dio miedo incluso por anticipado. Era la primera vez que Juan desconfiaba de mí. Había visto esa mirada y su oscuro fondo de decepción, pero jamás la había dirigido a mí.

—¿Cuánto hace que lo saben y me lo ocultan? ¿Por qué montaste esta farsa del hijo si lo estabas criando para la muerte?

Yo le había pedido a Tali que se llevara a Gaspar de Puerto Reyes: estaba en Corrientes con ella. Creía que Juan, en su furia, era capaz de matarnos. En Puerto Reyes, además, cerca del Lugar de Poder, podía hacerlo con gran facilidad. Terminar con todo donde había empezado. Ese era su cierre.

—Pueden chantajearme como lo deseen, pueden, no sé, torturarlos y matarlos a todos ustedes, a Tali, a Stephen. No voy a ocupar el cuerpo de Gaspar.

Traté de razonar con él, pero fue inútil. Nunca se trató solo de que le pareciera impensable tomar el cuerpo de su hijo. Juan se sentía identificado con Eddie y con Encarnación, con el joven escocés, con Olanna: ese era su linaje, el de los médiums usados contra su voluntad. Su linaje no era la Orden, sus explotadores. Al mismo tiempo, su posición en el Culto había cambiado: ahora, con Gaspar, era parte de la familia. Logré que creyera en mi ignorancia sobre el Rito. Era la verdad y Juan nunca fue necio. De lo que desconfiaba era de mi negativa a llevarlo a cabo, y en eso no se equivocaba. Las dudas me hacían gritar, la ambivalencia no me dejaba dormir. Los dos estábamos desesperados y él decidió irse. Faltó varios días, lo acompañó Stephen. Eran capaces de escaparse juntos. Mi madre me insultó, me pegó como cuando era niña, no podés conservar lo mínimo, es lo único que tenés que hacer, retener al médium, nada más. Mandó buscar a Gaspar y me advirtió que, si el chico era entregado a alguien más sin su autorización, habría consecuencias. Es el cuerpo del médium, me dijo. Es valioso. Mucho más que vos. Florence fue más piadosa. Podemos encontrarlos con facilidad, no van a escapar, tenemos empleados que pueden hacerlo y también a la policía. Sin embargo, me miró con desprecio. Yo era descartable. Había parido al heredero y creían que era prescindible. Sospechaban que Juan sería reactivo al Rito porque conocían su temperamento, pero tenían la seguridad de que, finalmente, quebrarían su voluntad. No me necesitaban. Yo estaba sola. Algunas noches dormí con Osman en el cuarto: el perro, casi agonizante, todavía me acompañaba. Murió una madrugada, antes de que Juan volviera, y lo lloré con toda la angustia de nuestra separación, del incierto futuro de mi hijo, de mis propias dudas.

Juan llegó sin Stephen, apestando a sexo y cigarrillos. Desde entonces, cada vez que se va, cuando regresa, lo primero que hago es abrirle la camisa, desprenderle los botones, levantarle la remera: necesito tocar su piel. Los días sin él me resultan físicamente dolorosos. Haberlo recuperado después de esa ausencia me hizo sentir insegura por primera vez. Él tampoco me necesitaba y era capaz de dejarme. Yo nunca había imaginado antes esa posibilidad. Así era mi omnipotencia. Cuando volvió, Juan me dijo te extraño, te necesito, te perdono, te mataría, no puedo estar lejos tuyo ni de Gaspar. Sentí su amor endurecido, y su exigencia.

Esa noche, la del regreso, dormimos juntos, con Gaspar entre los dos. Mejor dicho: Gaspar durmió, porque nosotros pusimos un disco con el volumen lo suficientemente alto para que no pudieran escucharnos. En esa habitación enorme solíamos bailar con Tali y Stephen mientras Gaspar aplaudía: yo compraba discos en Brasil y Stephen siempre traía de Europa. Ellos tres podían hablar en secreto, pero no lo hacían delante de mí. Yo nunca pude aprender. ¿Cómo podía hacerlo con Tali, que jamás había sido entrenada? Cada vez me sentía, y estaba, más sola.

Juan tomó el brazo de Gaspar con delicadeza y le dibujó un trazo fantasma con el dedo índice sobre la muñeca. Un trazo grande, que casi le llegaba al codo, del lado exterior del brazo. Después se tocó la cicatriz que tenía debajo del pelo.

—Necesito un sello específico para mantener a Gaspar lejos de la Orden cuando cumpla los doce años. Un signo que no les permita encontrarlo. Tengo que pedírselo a la Oscuridad: no será suficiente con lo que sabemos.

—¿Qué estás pensando?

—No voy a vivir diez años más y no quiero que Gaspar esté en la Orden. Si puedo marcarlo con un sello que evite que lo encuentren, voy a hacerlo. Tienen que salir bien demasiadas cosas. Tengo que encontrar el Otro Lugar y lograr que me ofrezca el signo. Seguramente exigirán otro sacrificio. Por supuesto, voy a dárselo. Un signo en el brazo, visible, que los desoriente. Si quieren encontrarlo, se perderán. No podrán averiguar dónde está, y si lo averiguan, no podrán llegar. Un signo, una marca, para esconderlo.

—¿Y yo? ¿Si no quiero separarme de mi hijo vas a ocultarlo de mí?

Él siguió trazando el sello fantasma sobre el brazo de Gaspar. Solo podía marcarse con violencia: debía ser una herida profunda y dolorosa, inolvidable, me dijo. Tenía que lastimarlo.

—Sí, también estaría oculto de vos, aunque te vayas de la Orden. Pero pretendo que el sello funcione de una sola manera. Mantendrá a la Orden lejos de Gaspar. Eso es lo que hace, y solo eso. Gaspar podría acercarse a la Orden, si lo deseara. Si quiere volver a verte, podrá hacerlo. Se merece esa libertad horrible y vos también, supongo. Espero no estar vivo si quiere volver. La marca va a alejarlo de tu lado y del mío. Yo estoy dispuesto a ese sacrificio y vos también deberías estarlo para salvarle la vida. Vivirá con mi hermano. Es el único que no está contaminado. Ya está decidido, Rosario, y no vas a poder impedirlo. Si no vas a acompañarme, tendrás que tomar tu propia decisión.

—Vas a alejar a nuestro hijo de nosotros, y a eso lo llamás amor.

—Por supuesto. ¿O es amor robarle el cuerpo?

Lo más increíble era que no discutíamos. Incluso el volumen de nuestras voces era bajo, para que la música tapara la conversación.

–¿Y el Rito, Juan? ¿Vas a marcarlo antes? Gaspar es el recipiente de tu conciencia...

–Gaspar no es el recipiente de nada. Voy a marcarlo cuando el sello me sea dado. También puedo hacer que el Rito fracase o fingir que no puedo hacerlo. Tenés que averiguar las reglas. Vos o Stephen. Así puedo elaborar mi plan, la puesta en escena del fracaso.

Gaspar se dio vuelta, en sueños, y apoyó su mano en el pecho de Juan. Solía hacer ese movimiento cuando estaba dormido. Los celos me hicieron llorar. También lloraba porque no quería decidir, pero tenía que hacerlo. El ventilador de techo distribuía la luz del velador en intervalos exactos; miré los ojos amarillentos de Juan. Él también iba a dejarme atrás. No le contesté de inmediato.

–¿Cómo podés pensar en entregarles a nuestro hijo? –me preguntó.

–Me educaron para obedecer –le dije.

–Esa comodidad se acabó. ¿Tengo que salvar a Gaspar solo? Quizá no debería contarte mis planes. ¿No puedo hacerte cambiar?

–Sí –contesté–. Puedo cambiar. Sí.

La playa todavía estaba limpia aunque el agua marrón ya dejaba ramas, flores muertas, camalotes perdidos, incluso animales. Después de una inundación siempre pasaba lo mismo: el río roba, ahoga, ensucia y desparrama. Miré a Gaspar, que jugaba en la orilla. Era muy distinto a su padre, físicamente. Tenía el pelo oscuro, los ojos azules, una energía apabullante. Ya tenía personalidad y no había cumplido los tres años. Rara vez hacía berrinches. Solo veía angustia en sus ojos cuando me iba con

Tali a pasar un día entero en Asunción o a dar clase en Buenos Aires. Pero, cuando volvía, siempre me enteraba de que había pasado mi ausencia tranquilo, con Juan, los dos solos en el mundo callado que compartían.

Desde que sabíamos la información sobre el Rito, Juan, Stephen, Tali y yo no nos separábamos. Estábamos de acuerdo en salvar a Gaspar, en detener el ciclo. La discusión había sido zanjada. Yo ya no dudaba de que era la decisión correcta, pero a veces, todavía, la posibilidad de continuar, de que Juan siguiese vivo en Gaspar, me parecía una atroz maravilla que valía la pena intentar.

Juan estaba en Buenos Aires porque había encontrado un portal. Stephen lo acompañaba. Este viaje era para asegurarse de que la puerta seguía abierta, que era en efecto un pasaje al Otro Lugar y que se volvería a abrir para él. Finalmente, después de tantos años, el Otro Lugar aparecía.

También había aparecido algo inesperado, con lo que la Orden no sabía cómo lidiar y de lo que yo debía ocuparme porque, en parte, era mi culpa.

Betty era el nuevo problema, mi prima, distanciada de la Orden desde hacía tantos años. ¿Por qué había sentido compasión por ella? Unos días atrás habíamos escuchado juntas, por la radio, el anuncio del golpe de Estado. Ella lloró; por suerte mis padres estaban en alguna habitación alejada, porque seguro lo festejarían. Mi padre me había dicho, sin embargo, que debía tener cuidado con quienes habían tomado el poder. Lo mismo decía de los militares de Stroessner cada vez que yo iba al Paraguay. Mi padre estaba de acuerdo ideológicamente con ellos, pero eran bestias, insistía. Yo sabía cuidarme. Si después de tantos años en la Orden era incapaz de protegerme de unos militares imbéciles, entonces todo era inútil. Sin contar con que era dueña de una Mano de Gloria. Nunca me había pasado nada. Ni me miraban. En la frontera, saludaban con respeto.

Betty bajó a la playa con su hija y la sentó junto a Gaspar. Les gustaba jugar juntos. Gaspar no parecía notar que a Adela le faltaba un brazo. Por supuesto, Gaspar no sabía que Juan se lo había cortado, ciertamente contra la voluntad de la bebé y contra la de su madre. No Juan, claro. La Oscuridad. La niña había sido elegida. Betty había ignorado mi orden de no salir de la casa durante los días del Ceremonial y la Oscuridad había visto a la bebé, Adela, tan pequeña, más chica de edad y más menuda que Gaspar. La mutilación, en un cuerpo tan pequeño, era impresionante.

Cuando llegó, no había podido negarme a recibirla. Era mi prima, mi amiga de la infancia, y la Orden la quería de regreso. Apareció con su hija en el medio de la noche, picada de insectos y con arañazos de ramas, en pánico, deshidratada. Había corrido por la selva con la bebé, escapando. Yo sabía que estaba instalada cerca, en la selva, con la organización de la que era parte, y siempre había intuido lo mal que terminaría ese plan, pero Betty no me había escuchado porque se tenía confianza. Ella y sus compañeros estaban entrenados, eran dueños de un arsenal. Cuando se anunció a los guardias de la entrada a Puerto Reyes, sola y derrotada, le di refugio. Hablé con Florence, con mi madre, con mi padre. Por supuesto que es bienvenida, dijeron. Es de la familia, es una Bradford. El Ceremonial era en pocos días. Debía permanecer encerrada hasta que finalizara, porque Betty no era una Iniciada. Después decidirían qué hacer con ella y su regreso, por demás esperado.

Betty, sin embargo, había escapado del encierro, a pesar de mis órdenes y ruegos. Era desobediente, no rebelde. Podía ser valiente, eso no lo discuto, pero no entendía los límites. Por qué había salido. Por qué no la encerré con llave. Era mi culpa. Su momento de curiosidad había desencadenado otro peso para Juan, que ahora también debía cargar con Betty y su hija. Cuánto había costado tranquilizarla después de asistir inesperadamente al Ceremonial. No tenía idea de lo que había visto, no lo entendía. En shock durante semanas, hablaba de una luz negra que se había llevado a su hija, aunque eso no había sucedido, nada más le había cortado el brazo, y después el hombre, gritaba, el hombre le había curado la herida con las manos. Con las manos, repetía. La luz negra y las manos. Gritaba toda la noche. Se volvía loca. Yo cuidaba a su hija a medias. Por suerte estaban Marcelina y Tali, porque yo perdía la paciencia con Adela, que era nerviosa y llorona. Además, no me gustaban los chicos. Solo me gustaba mi hijo, y no todo el tiempo. Le había dicho a Betty que el hombre de las manos era Juan, pero ella no terminaba de creerlo. Me irritaba tanto.

Cuánto se habían alegrado Mercedes, Florence y Anne de lo que consideraban un regalo, un milagro negro. Así lo llamaban: había aparecido el niño más joven jamás tocado por la Oscuridad ¡y era de la familia! Betty era un regalo para la Orden. Tíralas al río, me había dicho Stephen. Lo hubiese hecho con gusto pero tendría consecuencias y yo seguía estando en peligro, porque era descartable. Lo veía en los ojos de Mercedes. Nunca te mereciste el honor de parir a ese hijo, me decía. A esa altura, mi romance con Puerto Reyes estaba terminado. El trabajo en el museo estaba por llegar a su fin y quería vivir en una ciudad, volver a Buenos Aires, tenía propuestas no solo de la universidad sino de instituciones extranjeras que tenían extensiones en la capital.

—¿Dónde está Juan? —preguntó Betty. La miré de perfil: tenía la nariz larga de los Bradford y los ojos muy separados.

—Vuelve mañana —le contesté.

No podía ser específica. Betty no estaba autorizada a saber qué hacía Juan. Quizá algún día. A su manera, Betty podía llegar a ser una buena Iniciada. Había presenciado el Ceremonial de la manera más brutal posible, sin ninguna anticipación ni precaución ni explicación. Y no había quedado loca, finalmente. La pertenencia estaba en los genes. Su madre, la tía Marta, era una Bradford y había regresado tímidamente a la Orden en los últimos años, aterrada porque su hija era una militante revolucionaria. ¿Eso era peor que la Orden? Para ella sí. La Orden no se equivocaba en la certeza del retorno de los díscolos: ahí estaba Betty, con el regreso más espectacular alguna vez registrado. A pesar de sus esfuerzos por estar lejos de su familia de burgueses explotadores, el azar y la violencia, la noche y el terror, la habían conducido al corazón de la Orden.

Adela, el milagro negro. Ahora mismo Gaspar le metía un dedo lleno de tierra en la boca, como si quisiera darle de comer, y Betty sonreía. Si alguien nos hubiese observado desde el Paraná, habría visto una escena tierna. Dos mamitas jóvenes con sus criaturas. Estaba por llover, como siempre.

—Vamos a quedarnos mucho tiempo acá, ¿no?

—Es más seguro para todos —le contesté.

Betty se acomodó el pelo detrás de las orejas.

—Mataron a todos mis compañeros acá cerca. Ustedes me dicen que es seguro, pero no sé si confiar.

—Te vamos a cuidar. Ellos están maravillados con Adela. Vas a vivir cerca de nosotros en Buenos Aires, cuando encontremos una casa.

—¿Nos van a dejar hacer una vida normal?

—Es una de las condiciones de Juan. Quieren que Adela esté cerca de él. Vamos a estar custodiados, como siempre, pero a vos eso te viene bien.

Betty se rió con un tono amargo e irónico que me irritó.

—Si no querés nuestra protección te podés ir, Betty —le dije.

—No sé qué quiero —contestó ella—. Quiero volver el tiempo atrás, quiero estar con Eduardo, quiero olvidar todo.

Tomó a su hija en brazos y Gaspar rezongó como solía hacerlo cuando algo le molestaba, con un lloriqueo que se desvanecía enseguida. Una leve brisa trajo el perfume de los jazmines hasta la playa y vi llegar a Marcelina con tereré, hielo y naranjas.

—Hay prisiones peores que esta —le dije a Betty.

Ella no me contestó y corrió a ayudar a Marcelina, que hacía equilibrio con los vasos, el termo y la bolsa de fruta. Detrás de Marcelina, vi a Juan. Llegaba antes de tiempo de Buenos Aires. No estaba solo, pero no lo acompañaba Stephen: venía con otro hombre rubio, más bajo que él pero también imponente. No lo veía desde la adolescencia, pero lo reconocí, sorprendida por la audacia de la visita. Era Luis, el hermano mayor de Juan. Parecía agotado, los ojos color turquesa hundidos en la cara. Habían viajado juntos desde Buenos Aires.

–Por favor, Marcelina –dijo Juan–, ¿podés llevar las bebidas para adentro? Para la sala del ventanal, si no es molestia. Venimos de un viaje largo.

Me acerqué a Juan y recibí junto con el beso el olor a nafta y a sudor. Le acaricié la espalda húmeda. Betty siguió a Marcelina: no quería que la viesen desconocidos, ni a ella ni a su hija. Protegía mucho a Adela de las miradas ajenas que se concentraban en el muñón con verdadera grosería, y también se protegía ella. Toda precaución era poca y no conocía al hombre que acompañaba a Juan.

Los tres subimos hasta la casa. Juan llevaba a Gaspar en brazos. Antes de entrar, Luis se detuvo un instante.

–Qué maravilla –dijo. Desde la pasarela se veía casi toda la casa. Recordé que Luis era arquitecto.

–La diseñó Von Plessen. Es muy calurosa, no funciona en este clima. Lo más lindo son los jardines.

–Deben ser de Blanchard.

Juan entró sin prestarnos mucha atención y acompañé a Luis. Las manos grandes, de dedos anchos; arrugas al costado de los impresionantes ojos que no parecían parpadear, de un color compacto, artificial, parecidos a los de Gaspar; los jeans levemente acampanados. Si Juan tenía veinticuatro años, su hermano debía tener treinta y parecía incluso mayor. Era cortés aunque estaba asustado.

Juan se sentó en el sillón que daba al ventanal y al jardín de orquídeas. Marcelina sirvió agua fresca para todos, hielo, dejó las naranjas en el centro de la mesa y fue a buscar té frío. En la casa, Juan se sacó la camisa y sentó a Gaspar sobre una de sus piernas.

—Luis está acá porque tiene que salir para Brasil. No puede hacerlo solo y necesitamos tu ayuda.

—Serás bruto –dijo Luis.

—¿Qué vuelta querés darle?

—Vueltas no –dijo Luis–. Pero estoy pidiendo un favor. Dejame hablar a mí.

Juan levantó las manos en gesto de «me rindo».

—Tranquilo –le dije. Y después me dirigí a Luis–: Cuando tu hermano está agotado, se pone así. Ya debés saber que no anda bien de salud.

Luis se miró las manos. Llevaba un anillo ancho, dorado, pero no era una alianza de casamiento.

—Viajaron desde Buenos Aires y no se dijeron una palabra –adiviné.

—Nos turnamos para dormir –dijo Luis, y miró a Juan con algo de reproche.

—Bueno. Está bastante descompensado, así que supongo que, si te fue a buscar a Buenos Aires, habrá sido por algo importante.

—No lo fui a buscar –dijo Juan–. Fui a lo que tenía que hacer y nos encontramos. Me contó que se tiene que ir. Así que le ofrecí ayuda.

Gaspar se apoyó sobre el pecho desnudo de su padre y bostezó. Las ojeras de Juan parecían golpes. El regreso en auto lo había destrozado. Yo estaba un poco molesta por su malhumor, pero lo conocía lo suficiente como para saber que, cuando demostraba afecto, se comportaba como si el mundo fuera un puercoespín y él no pudiese encontrar un lugar donde sentarse.

Luis tomó un trago de agua y explicó. Fue preciso: agradecí que no me subestimara.

—Trabajo como arquitecto y hasta el año pasado también tenía un puesto en una fábrica de cerámicas. Mi compromiso en la fábrica era, o es, político. También tenía compromisos territoriales. En el último año se complicó todo: al secretario del

480

sindicato, muy amigo mío, lo asesinaron. Lo hicieron pasar por un accidente de auto. Seguí con mi estudio de arquitectura, pero hace dos semanas me arrinconó un tipo en la puerta y me dijo no te mato porque tenés un hijo enfermo. Se confundió: el que tiene un pibe con problemas es mi socio. No van a tardar mucho en ubicarme. Mi compañera ya aterrizó en Río. Me quiero reunir con ella, ya sé que me respiran en la nuca. Desde el 24 no estoy más a salvo acá.

–¿Tu mujer no te pudo sacar?

–Ella cree que soy un cagón porque no estoy de acuerdo con la lucha armada. Se fue sola. Si me reúno con ella, veremos qué pasa, no sé si me va a aceptar, espero que sí.

–¿Y sos? ¿Un cobarde?

–Ahora que nos están matando, no tiene importancia. Desde el punto de vista de ella soy un cobarde, pero sigo creyendo que está equivocada.

–¿No tenés hijos, Luis?

–Mi compañera tiene dos hijas y las crié como propias. No tengo hijos propios, todavía.

–¿Podemos hablar de cómo hacerlo? –dijo Juan. Lo ignoré.

–¿Querés refrescarte, Luis? En esta casa el agua caliente es un incordio, pero, si no te molesta que esté tibia, podés darte una ducha o un baño, lo que prefieras. Después vemos los detalles. Voy a Paraguay una vez por semana, a trabajar, a veces con mi hermana. Solemos cruzar a Brasil porque hay un bar muy lindo en la frontera. Podemos hacerlo hoy mismo. O mañana por la mañana. Los milicos me conocen.

–La cosa cambió –dijo Luis.

–Estoy segura de que no cambió tanto. Nos van a dejar cruzar sin problema. ¿Conocés esa frontera? Es bastante precaria y acá hay apellidos que pesan. Como el mío.

Luis se levantó para agradecer y me abrazó con sinceridad.

–Gracias –me dijo al oído–. Ni nos conocemos. Una vez prometiste ayudarme, yo no me olvido.

–Yo tampoco –dije. Y era cierto. Juan quería a ese hombre, y yo también. Había sido siempre incondicional, incluso cuando le ocultaban a su hermano detrás de amenazas y mentiras. Sin él, Juan no hubiese sido alguien capaz de lealtad y afecto. Lo recordé, años atrás, insistente, terco, esperando a su hermano en la plaza si la crueldad de Mercedes le impedía pasar al departamento. No lo había abandonado nunca. Juan tampoco. Desde Inglaterra, le había mandado por correo un libro precioso sobre el arquitecto que había diseñado el Big Ben, no me acordaba del nombre, pero sí que había muerto loco a los cuarenta años. Me había parecido tan brutal esa vida, esos monumentos, esas iglesias imaginadas por la febril insistencia de un joven que quería estar cerca de Dios y había encontrado la demencia. ¿Acaso no era siempre así?

Luis se disculpó por su abrazo transpirado y dijo que aceptaba la ducha. Tenía nada más que una muda de ropa porque no se podía escapar con una valija, debía parecer un viaje corto. Llamé a Marcelina para que le diera una camisa limpia. Cuando Luis salió de la sala, cerré la puerta y me acerqué a Juan. Él también necesitaba un baño. Le quité a Gaspar de los brazos y lo puse en el suelo, donde tenía un autito que pronto iba a volar contra el vidrio de la ventana.

–¿Cómo hiciste para evitar a los guardaespaldas y venir en auto?

Juan se tocó el costado de la cabeza para recordarle la marca.

–Son muchas horas para sostener el secreto. Por eso estás destruido.

Me mojé los dedos con el agua y le refresqué la frente. Como siempre, mi marido se excedía, conseguía lo que deseaba y, en consecuencia, la próxima vez iba a excederse aún más.

–Contame.

–El portal sigue abierto, me obedece, puedo entrar y salir. Es el Otro Lugar sin duda. Stephen se está encargando ahora mismo de conseguir una casa cerca para nosotros. No deberíamos hablar del Otro Lugar, no puedo sostener el secreto con vos y ahora no podemos irnos lejos para que no nos escuchen, porque no me puedo levantar de esta silla, francamente. ¿Vas a llevar a mi hermano? Fue imposible avisarte antes de que veníamos los dos.

Me alejé para mirarle la cara. Decía la verdad sobre el portal. Cuando se sintiera mejor, debíamos ir a nuestro lugar privado cerca de la playa, donde teníamos nuestras conversaciones secretas. Tuve un momento de histeria. El Otro Lugar había vuelto. Era nuestro. Podríamos pedir, pedir por la salud de Juan, pedir sabiduría para manejarnos políticamente en la Orden, pedir al fin la muerte de Mercedes y mi ingreso en el poder de las Tres. Por supuesto, también podríamos pedir el sello para marcar a nuestro hijo y salvarlo de su destino.

—Claro que puedo llevarlo —dije, y me sequé las lágrimas—. Los milicos nos conocen. Le voy a decir, eso sí, que no puede hablar de esto con sus compañeros. No podemos ser un puerto de salida ni poner este lugar en peligro. Ya está en riesgo con Betty, en mi opinión. Ella tampoco se puede enterar. Nos rogaría que las saquemos y es imposible. Hay planes para la nena. ¿Stephen está enterado?

—Busca casa para ellas también.

Juan se masajeó las sienes y reconocí los signos de la migraña, los ojos enrojecidos, el lado derecho de la cara un poco paralizado. Le tomé el pulso. Lo encontré débil y peligrosamente rápido. Era una arritmia severa.

—Puedo acompañarlos. Cuando esté todo listo, tenemos que pasarle nuestra dirección a Luis. No podemos perder el contacto con él. Tus padres no van a entender por qué queremos vivir en ese barrio y no quiero que sospechen. Es lejos de Libertador y es cerca del hospital, como habíamos intuido.

—Van a pensar que queremos contrariarlos y eso es todo. Sabés por qué quieren que Beatriz y Adela vivan cerca de nosotros, ¿no? Se les metió en la cabeza que la chica va a potenciarse al lado tuyo y de Gaspar. No es el mejor momento para ir a Buenos Aires ahora, pero ya no espero que algo nos resulte fácil y no aguanto más esta casa, necesito trabajar.

Saqué a Gaspar de abajo de la mesa, para que no se golpeara, y lo alcé. Tenía sueño.

—No hace falta que vengas conmigo. De todas maneras, los milicos te van a confundir con tu hermano. No te conocen tanto como para diferenciarlos. Saben que mi marido es un hombre alto y rubio y eso es suficiente. Tenés que descansar.

—Ya lo sé —me contestó.

Abajo, el jardinero se preparaba para regar las plantas. Era mejor salir al día siguiente. Los guardaespaldas no me seguían hasta la frontera si no cargaba con Gaspar. Teníamos tiempo. Viajaríamos hasta Asunción, como cada semana. Antes, haría un pequeño desvío hacia Foz. Me dejarían pasar. La hija del yerbatero. La hija de los poderosos. Los guardias de frontera tenían arreglos con mi padre. En Foz, Luis podía tomarse cualquier transporte o alquilar un auto. Una vez en Brasil, estaba seguro. Podía llegar en dos días a Río.

Todos íbamos a sobrevivir. Lo presentía. Mi hijo, Juan, Luis, Betty, Adela. Por un tiempo, al menos. La Oscuridad estaba abierta y la noche no estaba cerrada.

El pozo de Zañartú,
por Olga Gallardo, 1993

—Aquí sabíamos —dice la mujer, con los ojos arrasados por las cataratas y una piel demasiado tersa para alguien que se acerca a los cien años—. Metieron los cuerpitos allí.

Señala la dirección exacta de la fosa común, como si no estuviese ciega.

—¿Pero nosotros qué íbamos a decir, señorita? Mi hermana les escuchaba pedir de noche.

—¿A quién?

—A las almitas. *Angá.* ¡Cientos hay!

Ella, Margarita Gómez, es guaraní, vive en una casa de troncos y barro que se viene abajo, tuvo diez hijos y se le murieron cinco, sus nietitos «están barrigudos». Todavía, sin embargo, se trenza el largo pelo gris. Todavía se pone una flor detrás de la oreja cuando termina el trenzado y los pétalos rojos le iluminan las canas. Se acuerda de la guerra. Así la llama. Se acuerda de los muchachitos acribillados en pleno día. Los recuerda con pena pero sin horror, porque Margarita Gómez ha visto mucho. Ha visto morir a sus hijos, ha visto a sus hijos sobrevivientes llorar de hambre, ha visto a sus vecinos apaleados y con la espalda marcada por los latigazos de los capataces de las plantaciones. Siente pena por los muchachitos, pero no es la primera ni la única desgracia que ha visto su pueblo. Así que prefiere regar las plantas y ofrecer tereré antes que seguir conversando conmigo.

Estoy cansada aunque el viaje no es agotador: desde Posadas hasta el pueblo no hay más de dos horas. El calor, la vegetación tupida, una humedad que hace crecer branquias, todo contagia pereza y, después de hablar con Margarita, mi primera entrevistada en el pueblo de Zañartú, a quince kilómetros de Puerto Iguazú, en Misiones, el sueño me derrumba en la cama del modesto parador donde nos acomodamos un puñado de periodistas. Hemos llegado por el mismo motivo: la Justicia, finalmente, ordenó excavaciones en los terrenos aledaños a la Casita de Zañartú, el destacamento de subprefectura que fue utilizado como centro clandestino de detención en la zona. Fue, además, el centro de operaciones desde el que se lanzó el Operativo Itatí, quizá el menos resonante de todos los ensayos represivos para el genocidio antes del golpe de marzo de 1976. Y en las excavaciones dieron con una fosa común inédita: un pozo de veinticinco metros de profundidad de los que, hasta el momento, se han excavado apenas diez y, sin embargo, en ese tramo ya recuperaron unos treinta cuerpos. La identificación de los NN es compleja: en Misiones los antropólogos forenses no cuentan con la tecnología necesaria, así que los restos son enviados a Corrientes: se trabaja ahí, en la morgue del hospital central, con ayuda de la universidad. En este primer tramo, se convocó a un grupo de periodistas para asistir a los procedimientos. Somos llamativamente pocos para la dimensión del hallazgo. En el parador, mientras me resigno a que tendré que dormir sobresaltada por insectos de tamaños espeluznantes, anoto los medios que aceptaron la invitación del gobierno de Misiones y me asombro. La mayoría somos independientes. Por ahora, el pozo de Zañartú no es un tema que venda diarios.

Es que, a diferencia de otros operativos de preparación para el genocidio –notablemente el Independencia en Tucumán–, el enfrentamiento entre el EL (Ejército de Liberación) y el Ejército argentino casi no resonó fuera del ámbito local, por muchos motivos; sobre todo, por lo corto de las acciones de unos y otros. El Ejército de Liberación se instaló en Zañartú y los alrededores y trató de abarcar demasiado: por un lado intentaron concientizar a los históricamente explotados y maltratados trabajadores de la yerba mate y, por otro, mejorar las condiciones de vida de la población aborigen mbya-guaraní. Lograron cierta prédica entre los tareferos de la provincia (cuando se escribe esta crónica, casi el 70% vive de empleo en negro que en muchos casos puede considerarse esclavo, habita viviendas precarias, no tiene acceso a servicios básicos y se registran índices altos de trabajo infantil), la mayoría empleados de la empresa Isondú, propiedad de la poderosa familia Reyes Bradford, y en menor medida de la Obereña, propiedad de la familia Larraquy. La extrema concentración de la propiedad hizo que el Ejército, muy presente en zona de frontera y en connivencia con las empresas –con las que desde siempre tiene relación e incluso cumple para ellas tareas de seguridad–, atacase a los guerrilleros con rapidez aunque no con eficacia. Los jóvenes estaban entrenados, lo que sorprendió a los militares, y resistieron en la selva durante casi una semana. Al final, casi todos fueron abatidos y, excepto los sobrevivientes, Agustín Pérez Rossi (veintidós años, de Béccar, Buenos Aires) y Mónica Lynch (veintitrés años, de Martínez, Buenos Aires; casi ninguno era oriundo de las provincias del norte), todos permanecen desaparecidos. Pérez Rossi y Lynch, que hablaron con esta cronista desde el exilio –viven en París y conservan la amistad–, están convencidos de que sus compañeros yacen en esta fosa común que acaba de darse a conocer al público. Ninguno de los dos quiere volver a la Argentina; dicen que lo harán, solo de visita, cuando los cuerpos empiecen a ser identificados.

Lo que ni Lynch ni Pérez Rossi mencionan, y yo tampoco, porque a veces cuesta nombrar el horror, es que la guerrilla del EL tenía veintidós miembros en la selva. Y que, si ya han desenterrado más de treinta cadáveres de la fosa, quiere decir que el ejército la usaba como cementerio de todas sus operaciones clandestinas en la frontera. Es decir: hay muchos más muertos ahí que los caídos en la Operación Itatí.

HUESOS EN LA SELVA

Nuestra Señora de Itatí es la iglesia más importante del Litoral. Queda en la provincia de Corrientes, pero la devoción a la Virgen de Itatí es uniforme en la zona y se mezcla con otras creencias populares. Alguien ha colocado, fuera del perímetro que la Justicia demarcó para los trabajos en el pozo, una imagen de la Virgen bajo un árbol, un lapacho. En el bar más grande del pueblo –hay solamente dos para unos 700 habitantes– la gente toma aguardiente de ruda macho y todos comentan a quién pedirle el payé (amuleto) más efectivo. Les tienen miedo a los huesos. No a todos, claro. El señor Segundo, dueño del bar, dice que en su casa siempre hubo la devoción de San La Muerte y que a él no le impresionan los huesos.

«Lo impresionante fue», cuenta, «ver a esos chicos de Buenos Aires instalarse acá, regalados. Cómo se les pudo ocurrir que podían poner de su lado a la gente. Acá la gente es muy de bajar la cabeza y dejarla ahí.» Intento defenderlos, a los militantes, pero me doy cuenta de que el señor Segundo no los está atacando. Simplemente recuerda con cierto asombro lo que sucedió hace más de veinte años. E insiste en que estaban bien preparados militarmente, a pesar de su ingenuidad. Habían alquilado unas casitas. Se vinieron a vivir con muebles. Hasta una pareja tuvo una criatura. No es el primero que me habla de la criatura (nadie la llama bebé). Es la hija de Liliana Falco, desaparecida, posiblemente cazada en el operativo. ¿Estarán madre e hija en la fosa común? No se sabe la identidad de los restos, pero por ahora se trata de huesos de adultos.

Pérez Rossi y Lynch me hablaron de la niña hace meses. Ninguno de los dos sabe si fue asesinada o si se la quitaron a su madre para dársela a una familia apropiadora. «La nena era rubia», me dijo Mónica Lynch. «Ideal para que alguien la comprara o la quisiera.» Pérez Rossi recordó a su madre, Liliana Falco. «Era la típica chica de zona norte, como todos nosotros. A mí siempre me extrañó no haberla conocido de antes, pero se movía en otros círculos, se había ido de su casa. Ella vino con Eduardo, su pareja, desde zona sur. Ya vivían juntos y ella estaba embarazada. Llevarla a Misiones embarazada ahora puede sonar a locura, pero en ese momento nos parecía que como revolucionarios teníamos la obligación de no amoldarnos a las normas de la familia burguesa. Además, no hubo manera de dejarla atrás. Liliana quiso ir a Zañartú y no nos pareció un problema de seguridad. Nosotros queríamos niños revolucionarios.» Lo cierto es que, según cuentan, la niña nació en un hospital de Puerto Iguazú y tenía más de un año cuando el Operativo Itatí arrancó a los militantes de sus casas a patadas y tiros. Pérez Rossi y Lynch no creen que la madre haya sobrevivido. De la muerte del padre están seguros, porque vieron cómo lo acribillaron por la espalda la segunda mañana de la resistencia en la selva.

Los sobrevivientes no saben por qué les perdonaron la vida. Detenerlos fue muy fácil: los dos se quedaron sin municiones y sencillamente escaparon corriendo hasta que no pudieron correr más. Pérez Rossi pasó seis años detenido en la Unidad II de Oberá; durante los primeros años, vio cómo torturaban y se llevaban a otros presos, de quienes se desconoce el paradero. Mónica Lynch fue trasladada a la cárcel de mujeres Nuestra Señora del Rosario de Corrientes y su familia acomodada logró una amnistía después de un año. Ambos dicen que nunca pudieron superar la culpa y la pregunta de por qué. Por qué todos fueron asesinados y desaparecidos y ellos tuvieron el privilegio de sobrevivir. «Es una forma refinada de tortura», dice Pérez Rossi y se arrepiente de haber dicho lo que dijo. «En realidad, no quiero comparar. Nosotros no sufrimos nada.»

El trabajo de recuperación de restos no es lento, pero sí minucioso. El segundo día dejan pasar a la prensa. El pozo está cubierto por un techo de esteras, una especie de carpa para proteger a los que descienden hacia el brutal calor –afuera es bochornoso; en el pozo, dicen los antropólogos, es un infierno–. Con trajes blancos, bajan los diez metros con una plataforma que funciona como un ascensor. En caso de que se rompa hay escaleras pegadas a las paredes. Sacan los huesos con las manos. Los cuerpos, dicen, están entremezclados. Como si los hubiesen arrojado con un camión recolector de basura. Quizá en efecto fue eso lo que hicieron. En el pueblo no saben qué vehículo se utilizaba: esa zona estaba aislada por un retén militar. Recuerdan, sí, que las luces de la Casita estaban encendidas toda la noche y que llegaban camiones desde la ruta, en las dos direcciones.

El señor Segundo cuenta que la noche del ataque su obsesión (lo dice así: obsesión) era buscar a la criatura. «Ellos vivían nomás acá, en el pueblo, la Liliana y el Eduardo. La Liliana era fina, pero feúcha la pobre. Yo pensaba que era muy loable lo que ellos querían hacer, dar educación a la gente y así. Acá la gente es analfabeta. Cuando me enteré de que tenían las armas, ahí ya me enchinché. Igual quise salvar a la criatura, corrí hasta la casa. Estaban a los tiros. Ni llegué.»

La mayoría de los huesos se agrupan por tipo. Fémures con fémures, caderas con caderas, vértebra con vértebra. Solo en algunos casos se pueden reunir como pertenecientes al mismo cuerpo: la posición los delata. En otros, es imposible de establecer. Le pregunto a un antropólogo por qué en poco más de diez años de entierro están así, descarnados. Me explica que es debido a la humedad. No tiene autorización para decirnos mucho más. Responden las preguntas técnicas, que son las menos importantes, aunque puedan causar una mórbida fascinación. Hay un pozo con huesos a metros de un centro clandestino de detención. No hay ningún detenido ni lo habrá, porque en el país rigen las leyes del perdón para las Fuerzas Armadas. Las víctimas tendrán identificación, pero no tendrán justicia.

El fiscal que atiende en la causa, el doctor Germán Ríos, llama a una conferencia de prensa a metros de la fosa común. Es una locación inquietante, otra carpa blanca, más propia de un cóctel que de la instancia de dar información sobre el hallazgo y la identificación de los restos. Ríos confirma treinta y dos cuerpos, todos de adultos. El equipo de Antropología está trabajando en las identificaciones, pero, a diferencia de los bancos de datos de Buenos Aires, en el norte del país la población no se ha acercado a aportar información genética para los estudios de ADN y no tiene claro de qué trata el proceso que, por otra parte, no es publicitado. Los organismos de derechos humanos lanzaron su propia campaña y esperan obtener resultados. En general, sus campañas son exitosas.

–Muchos de los militantes aquí enterrados, sin embargo, proceden de Buenos Aires –intervengo.

–Es cierto –responde el fiscal–. Sospechamos que la fosa se usó también para enterrar a desaparecidos de Corrientes, Misiones y Formosa. Incluso a trabajadores del tabaco y tareferos que participaban de reclamos gremiales. Hasta ahora teníamos denuncias, pero ningún dato sobre sus cuerpos, sí sobre dónde habían sido detenidos y las fechas. En sesenta kilómetros a la redonda se registran tres centros clandestinos de detención confirmados. Creemos que los tres usaban esta fosa común para enterrar los restos.

Hay silencio en la selva. Descubro, en estos días, que la selva es mucho más silenciosa de lo que creía. Imaginaba un pandemónium de pájaros y de otros animales, incluso pensaba que se podía escuchar crecer a las plantas, que, de hecho, parecen crecer todos los días muchos centímetros, con una vitalidad anormal, estimulada. Hay vida por todas partes, pero la quietud es llamativa. De noche se suele cortar la luz en el hostal y algunos compañeros se ponen nerviosos. Es por el calor y la humedad que traspasa las paredes y hace apestar los colchones y es por saber que estamos en un territorio de masacres y secretos. La selva está en silencio y también los habitantes de Zañartú. Después de los primeros días, cuando contaban lo recordado en el bar, se retiraron a sus tareas y nadie menciona las luces de los camiones por la noche ni a los tareferos detenidos, muchos conocidos en el pueblo, incluso parroquianos.

Pasar otra tarde junto al pozo me parece gratuito. Sueño con huesos. No entiendo qué más puedo hacer. Quizá ir a Corrientes, donde se realizan las identificaciones. Ya he asistido al proceso en Buenos Aires: es triste y minucioso. Quiero conocer sobre las vidas de los trabajadores detenidos y desaparecidos. Quiero saber qué recuerdan los vecinos sobre la invasión de los jóvenes del EL, pero me cuesta conseguir testimonios. El hijo de doña Margarita Gómez me dice que ella está cansada y no puede hablar, pero la madre sale del rancho, me ofrece un chipá algo duro y una naranja y se sienta conmigo en el patio. Una chica, quizá una nieta, limpia el suelo con una escoba hecha de ramas de palmera. Doña Margarita dice que ellos siempre han estado calladitos, calladitos y a lo mejor así tiene que ser porque solamente grita Dios. Es posible que su hijo, trabajador de la yerba, esté en el pozo. Ella no lo dice de esta manera.

—Era un hombre orgulloso y el orgullo lo ponía malo. La bebida también. Pero yo le quería a mi hijo, les quiero a todos mis hijos.

—Él era uno de los dirigentes. ¿Hablaba con usted de eso?

—Los maltrataban, se quejaba muchito. Y que no tenía para comer ni ropa para las criaturas. Siempre ha sido así.

Siempre ha sido así. Margarita tiene razón. El Pozo rompe el cotidiano de resignación con su monstruosidad, tan lejana de este pueblo detenido en el tiempo con sus heladeras ruidosas y las marcas de gaseosas importadas del Paraguay. Los antropólogos limpian los huesos con cuidado. Hay que sacarles el barro, pero no hay que romperlos ni afectarlos ante la posibilidad de que conserven alguna evidencia. Un disparo, por ejemplo. Voy al pozo de todos modos, a pesar de mi resistencia, en el segundo horario de visita, el de la tarde. Uno de los antropólogos nos muestra un cráneo sin mandíbula, con un agujero en el parietal izquierdo. Le preguntamos si es un disparo y él, profesional como es, contesta que no puede asegurarlo, pero el aspecto es de una lesión compatible con arma de fuego.

Esa noche cenamos en silencio. Nos vamos al día siguiente. La sensación es de derrota. Hay una tumba, hay crímenes, no habrá investigación sobre los perpetradores. Ante el agobio, he decidido hacer una pequeña excursión antes de volver a Buenos Aires. Hay un pueblo cerca, de turismo local, organizado alrededor de una laguna llamada Totora. Mucha gente prefiere la tranquilidad de la pesca en la laguna, las puestas de sol sobre los pajonales antes que el río, más impredecible. En la laguna están prohibidas las lanchas a motor y no hay palometas, la versión local y menos temible de las pirañas. No voy en busca de tranquilidad, aunque quizá pueda escribir un poco: tiene hoteles mejores que el parador –en realidad, el parador no está pensado para alojar gente más de una noche o quizá unas horas– y cuentan que ahí se juntan familiares de los desaparecidos-asesinados que podrían estar en el pozo. Como si necesitaran estar cerca, velarlos. ¿Por qué no vienen al pueblo?, me pregunto. Y me doy cuenta de que es una pregunta que debería hacerles a ellos, si es verdad que han ocupado el pueblo de la laguna con su duelo suspendido.

EL OSCURO ATARDECER

El pueblo de la laguna Totora se llama San Cosme del Palmar y toma el nombre de un santo muy venerado de forma local y de un palmar cercano, que se ve desde la orilla, en la distancia. Me sorprende, derrumba mis prejuicios. Uno de los hoteles es sencillo pero francamente cómodo y bonito, con las habitaciones aireadas, los muebles de mimbre, olor a madera y a naranjo. La conserje es la dueña, una mujer de aproximadamente sesenta años, propietaria desde la década de los ochenta. La casa, dice, estaba bastante abandonada y era una de las propiedades de fin de semana de una familia de dinero de la zona, que cayó en la miseria por varias desgracias. No enumera las desgracias, como si contarlas pudiera contaminar el ambiente diáfano de su adorable hotel. Después de darme las indicaciones, el horario del desayuno, las direcciones al balneario, el lugar donde puedo comprar crema bronceadora si no tengo, los pocos pero, asegura, buenos restoranes —«tiene que probar el pacú, lo hacen empanado en yerba mate, no suena muy rico pero es una delicia, no se va a arrepentir»—, me acompaña hasta mi habitación, la única libre. En la puerta, mientras me explica que la llave tiene un pequeño truco («pero la habitación queda bien cerrada, además aquí es totalmente seguro»), le pregunto si se hospedan en el hotel familiares de los muertos del pozo de Zañartú. Se lo pregunto así, sin vueltas, porque hace días que el silencio me deprime y paraliza. La mujer se endereza y dice, sinceramente, que no les pregunta a los huéspedes por qué vienen y que no le corresponde decírmelo. Que los dueños de los hoteles, como los barmans, tienen algo de psicólogos, escuchan confesiones y el secreto está implícito. «Les puede preguntar a ellos», me dice y enciende la luz. La habitación no la necesita: es muy luminosa y da a un patio interno con limoneros y el pasto recién cortado.

El pacú rebozado con yerba mate es, en efecto, delicioso. Y me sorprende que casi no haya mesas vacías en el restorán. El pequeño embarcadero, junto al cual caminé, rebosa de lanchas. A esta hora, pasado el mediodía, no hay gente pescando, vienen al crepúsculo. Cerca del hotel hay una pequeña costanera y una pasarela con jacarandás: se distinguen los restos de la casa de fin de semana que supo dominar esa parte de la laguna. Me pregunto cuál de las familias ricas de la región habrá sido la dueña. El pueblo tiene un museo regional donde puedo averiguar la historia –la conserje del hotel exagera su discreción–, pero está cerrado y es posible que, como pasa con frecuencia en los pueblos, no tenga empleados o quizá solo uno, que acude a su oficina de vez en cuando y ordena papeles viejos.

Después de comer mucha gente se va a dormir la siesta. Yo no puedo acostumbrarme, ni siquiera lo hice en Zañartú, donde la pesadez de la humedad y del pueblo anestesiado daban ganas de dormir por horas y sin sueños. Prefiero cargar agua para el mate en el hotel y acomodarme en la costanera, bajo los árboles, en uno de los sillones de mimbre que resultan más cómodos de lo que parece. Tomo notas en un cuaderno. De a ratos leo. Hay otros que se sientan en la playita o prefieren la Costanera. Desde donde estoy veo a una pareja, hombre y mujer, de unos sesenta años, y a una mujer joven, muy delgada, con un vestido largo y los brazos pálidos. Me acerco a la pareja y no tardo en preguntarles lo que quiero saber. Ellos se abren enseguida. Quieren hablar. Esto sucede seguido y, sin embargo, me sorprende. La gente siempre quiere hablar, quiere contarle a un desconocido su historia, aun sabiendo que ese desconocido publicará y con seguridad distorsionará lo dicho, porque esa es la naturaleza del oficio.

Son padre y madre de un joven correntino, dirigente estudiantil en la Universidad del Litoral. Se lo llevaron en abril de 1976, justo después del golpe. Vivía con ellos, la suya es una de esas casas grandes de provincia, donde sobre un terreno se va construyendo para todos los integrantes de la familia: el negocio da a la vereda; el edificio principal es para los padres; el de atrás, pasando el patio de las azaleas, para los hijos. A ellos los ataron y los amordazaron. No lo pudieron defender. Se lo llevaron solo, tenía novia, pero no estaba en la casa.

–Él no creía que se lo iban a llevar. Decía que esas cosas pasaban en la capital. ¿Se da cuenta? Nosotros también creíamos. Él tenía compañeros que se habían ido a Brasil y otros que estaban escondidos, clandestinos, usted sabe. Sinceramente, nosotros creíamos que venían... Mi hijo militaba en la facultad nada más. Se lo puedo asegurar porque él nos contaba y nos decía que no tuviéramos miedo. Con esto no justifico lo que hicieron con los muchachos que eligieron la lucha armada, pero no era el caso de Gustavo.

La mujer participa de la pequeña agrupación de Madres de Desaparecidos de Corrientes Capital. Lo hubiese adivinado por su forma de expresarse. El hombre se queda en silencio. Los padres de las víctimas suelen ser compañeros silenciosos. Muchos han muerto durante estos años acompañando en un segundo plano a sus esposas. Los matan la impotencia y el amor, no están preparados para eso. Las mujeres saben manejar mejor esas emociones.

Me proponen presentarme a otros padres, incluso a algunas esposas. No son tantos, afirman, creen que son ocho, hay algunos que no hablan o les da vergüenza. Yo quiero saber por qué están en la laguna Totora y, a la noche, cuando nos juntamos todos a cenar en el restaurante que sirve pacú a la yerba mate –yo soy la única que lo come–, todos me dan una explicación distinta pero similar. No los dejan estar cerca del pozo y en Zañartú no hay espacio para todos. Los vecinos del pueblo les recomendaron este lugar por cómodo y cercano. No se quedan mucho tiempo. Están viniendo hace dos meses, cuando se supo del pozo. Todos van a Zañartú cada día, a ver si hay suerte, si los dejan pasar, si alguien les habla. Ya entendieron que no hay mucho que hacer.

–A lo mejor tendrían que ir a Corrientes, adonde se hace la identificación.

–Es lo más lógico –cree una madre de Castelar, provincia de Buenos Aires. Su hijo, Guillermo Blanco, alias Piru, era uno de los militantes del EL. Es la única madre de un miembro del EL presente. Le hablo de los sobrevivientes que entrevisté, pero la información le llena los ojos de lágrimas y le endurece la cara. Nunca conoció sus nombres, su hijo no le nombró nunca a sus compañeros. No quiere saber sobre los vivos: no puede evitar la rabia.

–De la identificación nos enteraremos igual: ya les di material para el ADN, cuando lo identifiquen me llamarán a casa. Allá está mi marido esperando. Él no puede venir. Está mal de salud. Estaba peleado con Guille cuando él se vino para acá. Yo ni sabía que estaba en el norte. Me lo contó mi otro hijo, su hermano, cuando ya había pasado todo.

–Estar acá es lo más parecido a un funeral –me explica Sonia, la madre del militante estudiantil de Corrientes, Gustavo–. Queremos estar cerca, velar los restos. Son varios kilómetros, pero yo sé que él me siente. Les ponemos flores, acá en la laguna y allá cerca del pozo, en los árboles. ¿Vio a la Itatí? No nos dejan llegar tan cerca. Deberían, ¿no le parece? Es un destrato.

–Este país destrata a las víctimas –dice María Eugenia, de unos cincuenta años, la mujer de un capataz del yerbatal que apoyó un intento de huelga. Ella, cuando lo mataron (así lo dice, aunque no tiene el cuerpo, sabe que lo mataron), estaba en desacuerdo con él.

–«Cómo vas a parar, el patrón te va a echar, qué les damos de comer a los chicos.» Así le gritaba mañana, tarde y noche. Él me decía que la gente la pasaba mal. Ahora lo entiendo y no sabe cómo me arrepiento.

–¿Para quién trabajaba?

–Para los Reyes, acá más de la mitad trabaja para ellos. Yo lo conocí al dueño, Adolfo Reyes. Hasta pensé que era buen tipo. Ni me quiso recibir cuando desapareció mi marido.

María Eugenia llora y el mozo le trae un té Cachamay. Afuera, la luna besa los esteros y los insectos golpean contra la bombita del restaurante. Hay cascarudos. Pienso que les tengo miedo a los cascarudos, pero sé que, si se me cae uno encima, me lo sacaré del pelo como si fuese solo una hebilla. El miedo cambia, se proporciona. No quiero acostumbrarme a eso. Por la noche no sueño con huesos, pero sí con una enorme oscuridad sobre la laguna, una tormenta gorda y cargada de granizo.

En el desayuno me despido de algunos familiares. Los que se van a Zañartú a dejar sus flores y ver si hay suerte y los que se vuelven. Unos a Corrientes. Otros a Posadas. María Eugenia y la madre de Castelar se quedan unos días más. Anoche las vi juntas, al borde de la laguna, encendiendo velas. Es un ritual secreto el de estas familias, íntimo, cobijado por el agua y el calor, de gran delicadeza. También saludo a nuevos huéspedes. Vienen de Zañartú algunos, así lo dicen en la recepción, no encontraron alojamiento allí, los enviaron a San Cosme, la misma historia. Otros ya saben que deben quedarse aquí, me cuenta María Eugenia. Sobre todo, los que son de la zona.

Hay una mujer, la llamo la mujer flaca, que no vino a la cena de la noche anterior y que desayuna sola, fumando, en una mesa del patio. Tiene una cara extraordinaria que, además, me resulta conocida. Quizá se trata solo de la peculiaridad de sus facciones: es una cara tan angulosa que de frente es bonita, pero de perfil y con cierta luz parece de una de las Señoritas de Aviñón. Sé que ella está por los huesos también. Quiero respetar su distancia, pero ella me fascina, su pelo largo apenas canoso, y los vestidos, siempre distintos, que la cubren hasta los pies.

Encuentro oportunidad de hablarle después del desayuno. Es ella la que se me acerca. Me pide fuego en la costanera. Le doy. Fuma constantemente y yo también. Ahora que la veo a la luz impiadosa del mediodía, la reconozco, pero no puedo creer lo que veo o me niego a creerlo. Hace unos diez años, en el límite de los barrios de Caballito y Parque Chacabuco, en Buenos Aires, secuestraron a una niña de doce años. Una niña que llamó la atención de la prensa porque le faltaba un brazo, nunca se supo si era un defecto congénito o producto de un accidente. La situación había sido resultado de un juego que se volvió macabro: la nena y sus amigos entraron en una casa del barrio que estaba abandonada. Una travesura. Algo pasó en la casa, que los chicos no pudieron ver bien, y la nena nunca salió.

Llamativamente, la desaparición, que se caratuló como secuestro, estuvo poco tiempo en los medios aunque se le hicieron muchos reportajes a la madre de la nena, que no esquivaba las cámaras de televisión. La hipótesis era que el secuestrador era un hombre misterioso, nunca atrapado: la policía encontró ropa de adulto ensangrentada en el interior de la casa, aunque no se pudo establecer la relación de la ropa con ninguna persona concreta y la chica nunca apareció. Quise entrevistar a la madre entonces, pero mi editor no estaba interesado. Recurrí al jefe de redacción. Me dijo que la gente no tenía ganas de escuchar una historia tan morbosa, que debíamos llevar buenas noticias. Nunca le creí. Me lo decía de una manera mecánica. En otras circunstancias, él hubiese matado por una historia así. Cierto que 1987 fue un año horrible, con los levantamientos carapintadas y la profanación del cuerpo de Perón: nadie podía creer que alguien le hubiese cortado las manos al cadáver más custodiado de la nación. La historia de la chica sin brazo desaparecida tenía algo tétrico, sí, y quizá por eso no le dieron impulso. Esas cosas pasan en el periodismo. La imaginación del público se enamora de ciertos horrores y es indiferente a otros. Cuando intenté entrevistar a la madre de todos modos, quizá para otro medio, la mujer ya había dejado su casa y el barrio. Su paradero era un misterio.

—Vine por mi pareja —dijo la mujer flaca y, cuando habló, no tuve dudas. La voz suele operar como una patada a la memoria. Si no era la madre de la chica desaparecida, era una gemela. O el parecido era sobrenatural. Era pleno día y el calor podía matar a pájaros en vuelo, pero recuerdo que sentí un escalofrío. Tuve miedo. La coincidencia parecía una ficción siniestra.

Ella se dio cuenta pero tardó en decir algo.

—Mi marido y yo éramos militantes del Ejército de Liberación Maoísta Leninista. Así era el nombre completo aunque hasta los libros de historia y todo el periodismo le dice EL. Yo sobreviví.

Me impresionó. Le pregunté su nombre. Me lo dijo. Beatriz Bradford. La miré fijo. Había reconstruido el Operativo Itatí y no tenía constancia de que ninguno de los militantes llevase ese nombre. La chica desaparecida tampoco tenía ese apellido. Se llamaba Adela Álvarez. Lo recordaba ahora, después de años de ni siquiera pensar en ella.

–Está bien que dude –dijo. Tenía la voz gruesa y, me di cuenta, marcas en el cuello y los brazos. Pequeñas cicatrices de cortes superficiales y finos. Como si se hubiese rascado demasiado con uñas largas–. Mi nombre de guerra era Liliana Falco. Solo mi pareja sabía mi verdadera identidad y también nuestro jefe operativo, porque parte del plan, que fracasó, era secuestrar a alguien de mi familia para financiarnos. Mi familia, usted sabrá, es inmensamente rica. Son también unos terribles hijos de puta, cómplices de la dictadura, usaron sus medios y sus influencias para ayudar a desaparecer cuerpos. Por eso no me acerco a la gente que viene. Mi familia fue cómplice de los crímenes de muchos de sus seres queridos. Eduardo quería salvarme de ellos, nunca supo a qué se enfrentaba. Yo tampoco lo sabía del todo.

Sentí una especie de mareo. Si en su militancia usaba el nombre de Liliana Falco, entonces en efecto era la madre de la niña quizá asesinada o entregada a una familia. Y si en realidad era miembro de la familia Bradford, tenía ante mí una historia monumental. Y creíble, porque la legendaria casa de la familia estaba apenas diez kilómetros río arriba. ¿Cómo podía ser también la madre de la chica sin brazo desaparecida en Caballito?

Traté de que mi pregunta fuera certera. Temía que se escapara. Había algo elusivo en ella. Ya en esa primera charla me di cuenta de su desequilibrio, de los estragos que su familia y su historia habían causado sobre su psiquis.

–Compañeros suyos me dijeron que usted tuvo una hija en Zañartú. Ellos se preguntan por el destino de la niña.

–Adela no está en el pozo. Posiblemente Eduardo está ahí. No sé por qué tardan tanto en la identificación. La madre de

Eduardo ya donó sangre. Ella no me quiere mucho, pero me confirmó que lo hizo. A Eduardo se lo digo todas las noches, le digo que intenté salvar a la nena. Los que vienen acá no saben cómo llegar cerca del pozo pero porque no estudian el terreno. Hay que estudiar el terreno.

Yo había encendido el grabador sin preguntarle, vibraba en mi mano debajo del libro que estaba leyendo. Ella dijo:

–No lo esconda. Me puede grabar si quiere. No tengo nada que perder. Además, si ellos no quieren que esta conversación se conozca, no se conocerá. Manejan otras reglas. Ya no están nerviosos. Usted ya sabe que aquí cerca está la casa de mi tía, Mercedes Bradford. Es mi tía, eso téngalo claro, no quiero aparecer como la hija de ese monstruo. Mi madre y mi padre son muy diferentes a ella, a pesar de todo.

–¿Usted tiene relación con ellos?

–¿Con mi tía o con mis padres?

–Con todos.

–No voy a hablarle de mi tía. No puedo. Con mis padres hago lo que puedo y ellos también.

A partir de aquí transcribo la conversación. Me resultaría muy difícil parafrasearla. Fue breve la charla de esa tarde. Fue también corta la de la noche, pero ambas me parecieron larguísimas y recuerdo haber mirado varias veces el grabador para asegurarme de que la cinta del casete no se trabara.

–¿Recuerda el operativo?

–Nos despertaron los disparos y sabíamos que eran ellos, así que corrimos. Mejor dicho corrí yo, con mi hija. Sabía qué camino hacer en la selva para ponernos a resguardo. Lo habíamos planeado, tenía que llegar a la casa de una mujer que nos ayudaba, la esposa de un tarefero. La única que nos ayudaba en ese pueblo de mierda. Nunca hubiese dicho que era gente de mierda entonces, pero ya no puedo hablar ni de conciencia de clase ni de las contradicciones ni tengo paciencia. Ni me importan. No encontré la casa, estaba desorientada. Así que llegué como pude hasta la casa de mi tía. Tenía que salvar a mi hija y pensaba dejarla ahí y volver a buscar a Eduardo. Estaba cansada y aterrada. Mi familia tiene guardias privados. Preferí quedarme con la nena en la casa. Esa noche deberíamos haber muerto. A veces, burlar a la muerte es lo peor que puede ocurrir.

La voz de Beatriz, gruesa, de fumadora, no se quebraba nunca. Hablaba con la frialdad de una persona a la que no le importa morir o que quiere morirse pero antes debe resolver dos o tres cosas.

—Me quedé con ellos en la casa. Con mi prima Rosario y los demás. No voy a contarle mi vida. Quiero decirle que lo que intuye es verdad: mi hija es Adela Álvarez, la nena desaparecida. Yo nunca oculté mi nombre: a las cámaras les dije que me llamaba Beatriz Álvarez. Nunca estuve casada con Eduardo, pero tomé su apellido. Adela fue anotada con su nombre real y no murió en la selva. No la mataron en el operativo. Intenté salvarla. Se lo digo a Eduardo. Lo intenté, pero había otros planes para nuestra hija.

—¿Usted es la madre de la chica desaparecida en Buenos Aires?

—Se lo acabo de decir. La nena que entró en la casa de la calle Villarreal con sus amigos, cerca del parque Castelli.

—La reconocí de la televisión. Su familia es muy rica. Por lo que recuerdo, su casa en Caballito era bastante modesta, me refiero a la casa donde vivía con su hija.

—La casa estaba bien. Era la que yo quería. No vivía con ellos ni como ellos, si a eso se refiere.

—¿Su hija perdió un brazo en la represión?

—Mi hija salió intacta de la selva. Perdió el brazo en la casa de mis tíos.

—¿Tuvo un accidente?

—¿Usted sabe lo que hay en esta selva? Yo tampoco. Nunca lo entendí del todo. Es grande y terrible. Es voraz. Mi familia lo venera desde hace cientos de años. Lo que vive en esta selva, que ahora está dormido, se llevó el brazo de mi hija y la marcó como propia. Dejó de ser mía. Siempre quise escaparme de los Bradford y, cuando me enamoré de Eduardo, creí en lo que él creía, porque era una manera de alejarme de ellos, una manera noble además. Lograron que volviese y se quedaron con mi hija.

—No la entiendo.

—Mejor para usted.

Creí, entonces, que estaba desequilibrada. Pero cuando se fue y me dejó sola en el silencio, apenas quebrado por los chapoteos de los animales de la laguna, sentí una aprensión irracional hacia la selva y hacia todo ese paisaje hermoso y hostil, capaz de albergar tanto sufrimiento y tanta muerte. ¿A qué se refería con que su familia «veneraba» algo terrible en esos montes? ¿Era una metáfora, era literal? Así terminó la primera parte de la conversación. Quedé perturbada por el encuentro, por la coincidencia y por su desequilibrio, evidente en la manera de mover los ojos oscuros, en el pelo que, de cerca, se notaba quebradizo y fino, en las uñas descuidadas. Era una mujer elegante y destrozada. También quedé perturbada por la insinuación de ese monstruo voraz al que se había referido, y al que relacionaba con la desaparición de su hija. Ella se fue a caminar bajo el sol, sin sombrero. No la seguí y volví al hotel, a desgrabar. Quería preguntarle más. En la lista de los integrantes del Operativo Itatí figura Eduardo Álvarez (alias el Mono Álvez). Desaparecido y pareja de (alias) Liliana Falco. No me había mentido. Las metáforas que usaba para comprender la tragedia de su vida me conmovían, pero también me estremecían, especialmente esa especie de delirio místico sobre los poderes de la selva. Aunque entendía por qué podía enloquecer en ese sentido. Si uno viaja en auto por un camino que atraviesa la espesura, en Misiones, la selva es una prisión con muros a ambos lados, la tierra roja es un río de lava. Ahí, cerca de la laguna, la selva parecía más alejada. A lo mejor por eso elegían el pueblo los familiares, por su apertura. Imaginé los cuerpos en camiones, atravesando caminos embarrados, arrojados a un pozo, los pájaros nocturnos callados por el ruido de los motores. Había visto, más temprano, un altar a San la Muerte. Y el primer día, cuando llegábamos con el auto desde Posadas, el de San Güesito, un niño muerto y venerado, un animita, como los llaman en Chile. Pensé en los huesos secos que deja el calor, el calor que come la carne hasta que no queda nada.

Encontré a Beatriz Bradford otra vez, esa noche, en el pasillo del hotel. Su habitación quedaba en el extremo que daba al desayunador. Estaba borracha. Tanto que sentí compasión o solidaridad y la metí en mi habitación. Cerré con llave y ella se arrojó en la cama, boca arriba. Tuve miedo de que se ahogase con su propio vómito. No la había visto comer y no creo que comiera mucho. Estaba borracha, pero bastante lúcida. Quería hablar. Volví a grabarla.

—Nadie se acuerda de mi hija. Usted sí.

—Decime Olga.

—Olga. Qué feo nombre, como Beatriz. Rosario, en cambio, ella tenía un nombre hermoso. Pobrecita, Rosario. Era una perra pero quería salvarnos y salvarse. Era una perra, pero tenía amor, ¿sabés, Olga? Ella tenía amor.

—¿Quién es Rosario?

—Mi prima, la hija de Mercedes. Ella me dejó entrar esa noche y ella me dijo Betty, no salgas, Betty, esta noche no, viene gente, se hace la ceremonia, vos sabés que no tenés que participar de la ceremonia, que no estás autorizada. Quedate adentro, Betty. Pero yo salí. Qué pelotuda.

Empezó a rascarse los brazos, a pasarse las uñas por el cuello, así se hacía las cicatrices. Le entraba una desesperación que era terrible ver. Le saqué las manos del cuerpo y le ofrecí agua, pero quiso un cigarrillo. La obligué a fumarlo sentada, para que no incendiara las sábanas.

—Salí aunque ella me pidió: Betty, no. Y eso le cortó el brazo a mi hija. No me pida que le explique qué es eso, no tiene nombre. Lo hizo a través de Juan, que ya no era Juan, y la luz negra tocó a mi hija. ¿Por qué salí con mi hija del cuarto, Olga? ¿Por qué no le hice caso a Rosario? Ella siempre fue sensata. Juan era oscuro, pero ella lo amaba, sin el amor de Rosario no sé qué hubiese pasado con él. ¡Qué digo! Sí sé. Él entregó a mi hija. Me engañó, me dijo que iba a salvarla, iba a salvar a su hijo y a mi hija, ese era el pacto y no lo cumplió. Me tendría que haber dado cuenta, ¡si ni me hablaba! Ahora no puedo acercarme a su hijo. Gaspar se llama, se llama Gaspar. Es como él, pero no lo sabe, alguien se lo tiene que decir. ¿Se lo querés decir, Olga? Mi tía quiere que lo sepa. Hace mucho que no veo a mi tía. Se puede escapar de ellos un tiempo, esperan, saben que uno vuelve. Ay, no sé si te vas a poder acercar a Gaspar. Lo marcó, también, y cuando lo marcó lo alejó para siempre de nosotros. No lo pueden encontrar, yo tampoco lo puedo encontrar. Por la marca. La marca lo aleja. Está protegido. Lo odian, sabés, Olga, a Juan lo odian porque les ganó, un poco. Es lo único que me alegra. Estoy viva porque ellos lo odian y porque quiero enterrar a Eduardo y decirles a sus huesos que cuidé a nuestra hija pero no la pude alejar de mi familia. Vos no sos tu apellido, me decía él. No estás condenada a ser la explotadora. A eso no, pero condenada estaba. Él no sabía. Él tenía amor, también.

Le dio una larga pitada al cigarrillo. Está en la grabación. Suena como si se lo fumara entero. Después, se incorporó en la cama.

—Juan me traicionó y cambió a mi hija por el suyo. La entregó. Al suyo lo salvó. A cambio de la mía. Aunque a veces pienso que también la salvó, de alguna manera. Cuando ella se perdió en la casa, la salvó. Mi familia ya no va a tenerla ni a usarla. Lo odian por eso también. Había planes para Adela. ¡Pero dónde está ella! Y su hijo vive tranquilo. Es injusto, Olga. ¿Te puedo decir Olga? Es injusto.

—¿Su hija fue secuestrada?

—Olga, no quieras saber. ¡No quieras saber! Ya estás en peligro por mi culpa. Todo lo que toco lo arruino. No la supe cuidar. Pero Eduardo tiene que saber que la quise salvar y no pude, no pude, pero es culpa de ellos y del dios negro que los guía. El dios negro, Olga, le decían el dios dorado, pero es negro. Juan le tenía miedo al dios. Era decente, igual. Yo también hubiese entregado a su hijo por la mía. Por eso se callaba los planes, porque sabía cómo soy yo. Prefería hacerse el loco. Garpa, eh, hacerse el loco. Él sabía que no era nadie. El dios vive en la sombra, tené cuidado, duerme, pero vive.

Se fue de mi pieza corriendo, corrió hasta la suya y se encerró. La oí gritar y llorar, pedir perdón y, creo, pegarse. Se escuchaban los golpes secos de una cabeza contra la pared. Después, silencio. La conserje decidió entrar en la habitación y comprobó que Beatriz estaba dormida. Borracha, desmayada.

—No es la primera vez —me dijo, y chasqueó la lengua—. Pobre, tiene mala bebida. No es la única, a algunos de los que vienen también les pasa. Ella come como un pajarito.

—¿Ya fue su huésped antes?

—Dos veces. Creo que vive cerca, aunque no le pregunto. Una vez me la trajeron porque llegó cerca de la fosa, no sé cómo pasó los controles. La trajo la policía. Ella se fue y pensé que no volvía más, pero volvió.

Quise decirle a la conserje quién era esa mujer, lo que le había pasado, pero me callé la boca. Nunca me había pedido discreción ni secreto, pero no quise desparramar su historia. Consideré que tenía el permiso para escribirla, como hago ahora.

A pesar de que creí que no iba a lograr conciliar el sueño, dormí esa noche y sin pesadillas que recuerde, aunque desperté muy transpirada. Se había cortado la luz y eso había detenido el ventilador de techo. Me di una larga ducha. El agua caliente dejaba de salir pronto, pero el agua fría, después del primer sobresalto, me alegró.

Llegué tarde al desayuno. Beatriz Bradford no estaba en el salón. La conserje me dijo que se había ido de madrugada, en su auto.

508

–No creo que vuelva hasta dentro de unos meses –me dijo–. A veces cuando toma mucho y hace algún destrozo, se va antes de tiempo. Le da vergüenza. Es una mujer fina.

Me quedé unos segundos más con la conserje. No sé por qué pensé que Beatriz me podía haber dejado algo. Su dirección, su teléfono, pero no lo había hecho. Pasé ese día conociendo a los familiares recién llegados y por la noche reservé un vuelo de Posadas a Buenos Aires. No volví a Zañartú ni al pozo.

LA NIÑA OLVIDADA

En Buenos Aires, escribí la crónica sobre el pozo, la última de una serie sobre el Operativo Itatí y la represión en los yerbatales del Litoral cercanos a la frontera. Esta crónica, sin embargo, es distinta: pertenece a una escritura íntima, menos ligada a la información y a la historia. El encuentro con Beatriz Bradford me impactó muchísimo y, después de cumplir con la entrega del artículo, me ocupé de confirmar su identidad, saber si era en verdad la madre de Adela Álvarez.

No me había mentido. Los artículos de la prensa sobre el caso de Adela Álvarez no son muchos, pero remito a los lectores al de Guillermo Triuso publicado en *Panorama* dos meses después de la desaparición (*Revista Panorama,* n.º 139, «La desaparición de Adela», 27 de noviembre de 1986). Es un documento único, porque cita los expedientes de la causa, que, guardados en un subsuelo de Tribunales, poco después se perdieron, insólitamente porque era un caso activo, en la inundación de julio de 1987. Eran apenas dos cuerpos, nada extravagante. Se les prestó muy poca atención a esa chica y sus circunstancias, así como a las declaraciones de los menores, Pablo Fonzi, Victoria Peirano y Gaspar Peterson, que no eran contradictorias pero sí muy fantasiosas. Si bien ya no hay expediente judicial que contenga la declaración de Gaspar Peterson, se conserva en sede de la comisaría 5.ª de San José de Flores su testimonio ante la policía y ahí consta su nombre completo y filiación. Beatriz Bradford no me había mentido: los padres del chico eran Juan Peterson y Rosario Reyes Bradford. Los dos fallecidos. Había sido adoptado legalmente por su tío, Luis Peterson. La declaración incluye una descripción de la escena ocurrida la noche de la desaparición. Según dijeron los chicos, estuvieron en la casa alrededor de una hora y media. Adela entró en una de las habitaciones de la casa unos cuarenta minutos después del ingreso: el resto del tiempo lo pasaron tratando de abrir la puerta detrás de la cual la nena desapareció, que quedó herméticamente cerrada. Se dieron por vencidos después de casi una hora. Entonces, salieron y avisaron a los padres de Victoria Peirano, que hicieron la denuncia a la policía.

Los tres dijeron, en resumen, que en el interior de la casa había luz, que era enorme, que tenía estantes con restos humanos acomodados como adornos: dientes, huesos y uñas. Adela entró en una habitación, cerró la puerta tras de sí y no pudieron volver a abrirla. Victoria estaba convencida, declaró el oficial, de que alguien en la casa había cerrado esa puerta con llave. Los policías tardaron más de cinco horas en acercarse a la casa, ya de madrugada. A partir de ahí, todos son despropósitos. La jueza Carmen Molina ordenó una serie de allanamientos, los días siguientes, en las casas vecinas, incluso en la de Adela Álvarez. Resulta llamativo que no ordenase la inspección de la casa de Gaspar Peterson. Hasta el día de hoy no hay sospechosos ni pistas sobre quién se llevó a Adela Álvarez, si es que se la llevó alguien. Entre que se hizo la denuncia y la presentación de los policías en la escena, el o los secuestradores tuvieron tiempo de borrar cualquier indicio. Las declaraciones de los chicos son increíbles y constan, citadas, en la investigación de mi colega para *Panorama:* le recomiendo al lector remitirse a su trabajo. Por desgracia, Guillermo Triuso dejó la Argentina a principios de 1988 debido a la situación económica y se desempeña como periodista en México. Lo llamé para consultarle algunos detalles y fue amable, pero el tema ha quedado saldado para él. Lo que sí señaló, en la conversación telefónica, fue su perplejidad ante las declaraciones de los chicos acerca de las dimensiones de la casa. La casa de la calle Villarreal n.º 525 tiene 40 metros cuadrados, 44 para ser exactos, más 10 metros cuadrados extra repartidos entre el pequeño jardín de la entrada y un patio trasero que incluye un sencillo galpón, según los planos originales, accesibles en los archivos del municipio. La distribución, además, es muy sencilla: un ambiente de usos múltiples en la entrada, una cocina con espacio para el comedor diario, una única habitación y un baño. Los chicos hablan de ambientes amplísimos, pasillos y varias habitaciones. No hay duda de que ingresaron en esa casa y no en otra. Es decir: declararon que era mucho más grande por dentro que por fuera, una imposibilidad física. Además, cuando los policías ingresaron, se encontraron con que la pared que separaba el comedor de la habitación había sido derrumbada. También las paredes del baño, que estaba a la vista. Los montones de escombros permanecían adentro y apenas una parte se acumulaba en el pequeño patio del fondo. La casa se vende como terreno: está en ruinas. No tenía electricidad, aunque los chicos aseguraron que había luz, y no tenía ninguna puerta: la del baño y la del cuarto habían sido retiradas. La casa estaba en venta aunque no tenía un cartel: una inmobiliaria la ofrecía en privado y le pertenecía a la familia Ordóñez; el hijo de los dueños también declaró, pero sus dichos son irrelevantes: hacía años que no pasaba siquiera por Buenos Aires; él y su hermana habían migrado, por cuestiones de negocios, a Córdoba. Después de la muerte de la madre, habían puesto la casa en venta. No había motivos de sospecha, tenían una coartada imbatible.

La jueza confrontó a los chicos con esta información, según consta en la nota de Triuso para *Panorama,* y aunque se mostraron sorprendidos, mantuvieron sus declaraciones.

Un caso frío, dicen los penalistas, y resulta un tema viejo para los periodistas. No podía volver a buscar a Beatriz Bradford, por el momento. Cuestiones laborales y personales me retenían en Buenos Aires. Logré hablar con la madre de Eduardo Álvarez, que me pidió discreción. Había donado una muestra de ADN para identificar a su hijo, pero no militaba en ninguna organización de derechos humanos. Estaba enojada con su nuera y con su hijo y creía que la desaparición de la nieta, a la que veía de vez en cuando («culpa de Beatriz, que es una mala persona»), podía estar relacionada con la militancia de su hijo. No pude obtener más de ella excepto la promesa de una entrevista que no se concretó.

A la familia de Beatriz no tuve acceso. Después de un llamado a sus oficinas, de inmediato recibí la respuesta de un abogado: si continuaba, sería denunciada por acoso. El abogado tenía un tono amenazante. ¿Era posible que Beatriz viviera con su madre? Algunas de mis fuentes con llegada a rumores sobre la familia Bradford me aseguraron que su madre es quien la cuida. Insistí por otras vías, pero acceder a los Bradford resultó extremadamente complejo: ante cada intento, tuve respuesta de sus abogados. Los teléfonos siempre eran atendidos por secretarios gélidos. Las propiedades estaban custodiadas. La familia es un país dentro del país.

Mientras tanto, quería hablar con alguno de los chicos que habían ingresado en la casa con Adela. Ya no eran chicos, además. No fue tan sencillo. Los padres de Victoria Peirano no quisieron recibirme y su madre, por teléfono, me dijo que bastante le había costado a su hija superar lo ocurrido como para que yo se lo recordara solo por mi vanidad tantos años después. Quise discutirle que nada tenía que ver mi vanidad, pero me cortó. Una respuesta similar obtuve de la familia Fonzi, aunque, insólitamente, me dieron la dirección de Gaspar Peterson, el tercer chico, que vivía con su tío. Me la dieron con cierta displicencia, como si no les importase. No me dieron el teléfono, que tampoco figuraba en la guía telefónica. Decidí hacerle una visita. Vivía en Villa Elisa, un suburbio de clase media cerca de La Plata.

Villa Elisa es una localidad pequeña en la cual resulta difícil perderse. Las calles están numeradas: de norte a sur van de la calle 31 a la 1, y de este a oeste, de la 32 a la 60. Curiosamente, las avenidas y calles más amplias se numeran del 403 al 426, pero esta aparente dificultad queda muy clara en un mapa. Además, la municipalidad es eficiente y las calles tienen su número en cada esquina. La casa de Luis Peterson quedaba en 6 y 43, cerca de la estación de trenes. Fui con el auto y enseguida encontré hacia dónde debía dirigirme.

Y aquí empieza lo que no comprendo y lo que, al final, me hizo abandonar la investigación. Lo que me hace renunciar a este caso y a mi instinto periodístico y me hace sospechar que me encuentro al principio de una historia que no quiero conocer. Porque lo que pasó esa tarde, y la siguiente, es imposible.

No pude encontrar la casa. No estoy diciendo que me perdiese. Llegaba al cruce de las calles 6 y 43, doblaba por 6 y buscaba el número, 147. La dirección era 6 n.º 147. No había duda. Pregunté a vecinos. Todos conocían al señor Luis Peterson. Arquitecto, me informaron. También a Gaspar. Un amor de chico, lo describieron. Todos me indicaban el mismo camino, sencillo. Pero, cuando tomaba la calle 6, los números no coincidían. Eran 451, 453, 455... y luego, cuando retrocedía, me daba cuenta de que había doblado por otra calle. Por la 7 la mayoría de las veces. También por la 8, por la 43, por la 44. Lo intenté con un taxista que se mareó ni bien dobló y vomitó sobre el volante. Creí que estaba borracho y discutí con él, pero el hombre me dijo que jamás bebía trabajando y que había sentido un dolor de cabeza repentino que lo había asustado, «como un derrame cerebral».

Abandoné el intento esa tarde. Había algo extraño en el aire o en mi cabeza: la sensación cenagosa de esas pesadillas en las que no se puede gritar o caminar, los sueños en los que uno está seguro de que la casa de la que no logra salir está ocupada por algo que se esconde.

Volví al día siguiente, enfrentando mis miedos.

En esta segunda oportunidad, probé pidiendo ayuda a un vecino. Le dije la verdad, que no podía encontrar la casa. El hombre se ofreció a ayudarme y fuimos juntos. Nos perdimos. Dos veces. El hombre se enojó un poco, se contrarió: sentía, creo, esa irrealidad de sueño. «Arréglese sola, señora, que no tengo todo el día.» Lo intenté algunas veces más, pero recordé las palabras de Beatriz Bradford. No vas a poder encontrarlo. Él lo marcó. No vas a poder. Me di cuenta con la lucidez de lo irracional de que llegar a la casa de 6 y 43 me estaba vedado. No comprendo por qué. Pasé algunas horas en la esquina: creí que, si me quedaba lo suficiente, vería a alguno de ellos. No fue así y, además, yo no sabía qué aspecto tenían: a quienes les pregunté me señalaron que fuese a la casa de 6 y 43. Uno de ellos me dio el teléfono. Llamé desde el público de la ruta. Dio ocupado al principio. Luego, me atendió un contestador automático. Cuando volví a la esquina, sentí miedo e impotencia y decidí regresar. La próxima, me dije, volvería con un compañero fotógrafo para documentar este derrotero extraño, o para encontrar, finalmente, la esquiva casa.

No pude llegar en ese tercer intento. Fui en tren hasta Villa Elisa. La línea Roca tenía mala fama con justicia: ventanillas sin vidrios, muchos asientos destrozados, robos a repetición en algunas de las estaciones de las localidades empobrecidas y una cantidad inusitada de vendedores ambulantes y artistas callejeros. A la altura de la estación Hudson, en general una de las menos frecuentadas, vi a un mendigo que recorría los vagones. Había siempre tantos mendigos que no hubiese tenido por qué llamarme la atención, pero no pude menos que observarlo. Al hombre le faltaba un brazo. La coincidencia con la falta de brazo de Adela me desconcertó. Traté de tranquilizarme. Había muchos mendigos con amputaciones. Muchos. Nunca ninguno me había dado miedo ni tenía por qué asustarme. La gente con mutilaciones, si es pobre, se inserta muy mal en la sociedad.

El hombre vendía lapiceras. Las anunciaba como las mejores del mercado a un precio insólito. Le compraban: tenía algo amable, simpático, entrador. Mi aversión crecía. Y, cuando se acercó a mi asiento –que yo no compartía: la persona que había estado a mi lado tuvo como destino la estación Pereyra–, el hombre se detuvo. Guardó las lapiceras que ofrecía en un pequeño bolso que cargaba del hombro. Me di cuenta de que estaba bien vestido: una camisa de manga corta de calidad, los pantalones con bordes de cuero o cuerina para evitar la mugre del suelo y asegurar la vida de la prenda, un reloj digital nuevo y el pelo limpio, bien peinado. De cerca, no parecía un vendedor ambulante. Con prótesis, pasaría por un oficinista.

–Todos queremos verlo. Pero no va a poder –dijo.

–¿Qué? –contesté, y la adrenalina me hizo tomarlo del hombro. No quería que se fuera. No se fue.

–No tiene sentido.

Nos miramos a los ojos. Los suyos eran castaños, grandes. Tenía las canas bien peinadas.

–¿A quién? –dije.

–Usted sabe a quién. No va a llegar a él. No puede interferir. Déjelo.

Me miró fijo, pero su rostro no demostraba nada. Era inescrutable. Saltó del tren aún en movimiento, aunque lento, y lo vi alejarse veloz por el andén. Me bajé del tren con la intención del seguirlo. No noté que los cordones de una de mis zapatillas se habían desatado. Y lentamente caí entre el andén y el vagón, en ese espacio terrible tan cercano a los rieles y las ruedas del tren. El olor del metal caliente me inundó la boca: yo grité y mi grito se escuchó a pesar del chirrido. No es verdad que, cuando se está cerca de la muerte, se ve pasar la vida. Lo único que se siente es un miedo atroz y pena, pena por lo que quedó por hacer, por los hijos, por la propia estupidez, por el desperdicio, pero, sobre todo, miedo.

El tren se detuvo justo antes de lastimarme. A menos de un centímetro. El jefe de estación llamó a una ambulancia y me sacaron de la trampa. Estaba convencida de que el tren volvería a arrancar, pero no quería moverme por si el más leve roce acercaba la rueda de metal a mi vientre. Cuando lograron sacarme, y digo lograron porque insólitamente me resistí, me quedé sentada en el andén, llorando, mientras los médicos me revisaban. Ilesa aunque muy asustada, juré que iba a abandonar esta investigación que había empezado junto a un pozo de huesos.

No sé quién era el hombre del tren. Pensé en hacer una denuncia, pero ¿qué diría? Pude haberlo alucinado. Me pregunto si la imposibilidad de hallar la casa y el encuentro con este hombre no son parte de la misma alucinación, o si, en cambio, se trata de un plan con reglas que no conozco. Apenas puedo salir de mi casa sin mirar sobre mi hombro. Temo incluso que el hombre sin brazo se lleve a mi hija, que tiene la edad de Adela cuando desapareció. Pongo punto final a esta crónica con dudas sobre su publicación.

Las flores negras que crecen en el cielo, 1987-1997

One need not be a Chamber –to be Haunted

EMILY DICKINSON

Luis Peterson se mudó a una quinta descuidada que había comprado barata con el dinero ahorrado en Brasil; una casa en Villa Elisa, cerca de La Plata, que se venía abajo, pero era hermosa y Luis quería recuperarla, así que se puso a trabajar con obsesión en la reconstrucción de la casa y en la reconstrucción de Gaspar.

El chico estaba enojado y, cuando no estaba enojado, estaba deprimido, con una depresión adulta que lo derrumbaba en la cama. No podía ir al colegio. Apenas comía, merendaba bocados, dándole muchas vueltas a un sándwich de jamón crudo (solamente quería comer eso: jamón crudo y queso en pan francés), y lloraba lágrimas pesadas que dejaban pequeños charcos en la mesa de madera, como las primeras gotas espesas de una lluvia de verano.

El tratamiento con la primera psicóloga había sido un desastre. Ella recomendó un psiquiatra; le dijo a Luis que, creía, Gaspar sufría esquizofrenia. Fueron al psiquiatra, que confirmó el diagnóstico y recetó pastillas. Gaspar las tomaba a veces; a veces las vomitaba. Los dolores de cabeza lo hacían retorcerse en la cama. Se peleaba con el psiquiatra y le gritaba a Luis que no quería verlo más, que lo iban a internar, que era obvio que querían deshacerse de él. ¿Por qué dicen que no distingo lo que es real?, le gritó una noche, en la cocina, con hielo envuelto en un pañuelo apoyado en la sien para mitigar la migraña. El psiquiatra había combinado una entrevista con los peritos de los Tribunales que apenas examinaron a Gaspar aceptaron su diagnóstico sin más: la entrevista había durado cinco minutos. Mientras siguiera diciendo que el interior de la casa era diferente al exterior, no había demasiadas posibilidades de una segunda opinión. No pasaba lo mismo con los otros chicos y Luis adivinaba por qué: Gaspar era el que venía de una familia extraña, el hijo del viudo, el chico que se criaba solo. El chico raro. Los otros, le había dicho la jueza, solo le siguieron la corriente.

La tarde que Luis le encontró a Gaspar un cuchillo debajo del colchón casi estuvo de acuerdo con los médicos y tuvo miedo. Pero lo llamó, puso el cuchillo en la mesa, entre ambos, y le preguntó para qué lo escondía. Gaspar suspiró, pero no lloró. Para matarme, le dijo. Estaba pensando si es mejor clavarlo en el cuello, y se señaló la yugular, o acá en el pecho. Pero me parece más difícil por el hueso. Luis no lo conocía tanto, pero se dio cuenta de que no mentía, de que no pretendía usar el cuchillo para atacarlo a él o a alguien más. Esa misma tarde, después de esconder el cuchillo, decidió hablar con Julieta, la mujer que había conocido recién llegado de Brasil, una amante joven y sorpresiva, que estaba rodeada de amigas psicólogas. Hacía meses que no la veía, desde que había tenido que mudarse a casa de Juan. Ella lo entendería, pensó. Dejó a Gaspar con el Negro Sánchez, un compañero de militancia de los setenta, exdelegado, como él, que había sido uno de sus mejores amigos antes del exilio y que ahora vivía cerca; él lo había ayudado a encontrar esa casa barata. Luis confiaba en el Negro Sánchez más que en cualquier otra persona del mundo.

En un bar de La Plata le contó todo a Julieta. Que el juez le había dado la tenencia de Gaspar: ahora era técnicamente su hijo. Le contó sobre el cuchillo debajo de la cama y cómo Gaspar le había dicho que quería morirse, que no quería vivir si estaba loco. Le habían diagnosticado esquizofrenia. Él insiste con que no está loco. Me dijeron que es normal que lo niegue, que no distingue la realidad de sus propias alucinaciones. Pero no sé por qué, Julieta, yo le creo a él. Ya sé que es un disparate, es una criatura, cómo va a tener más razón que los médicos. Pasa que es muy racional. Habla como un viejo.

Le contó lo que sabía de los últimos años de su hermano. Le contó sobre la muerte de Rosario, sobre el psiquiatra y sobre cómo Gaspar no podía ir a la escuela porque las pastillas le daban dolor de cabeza y un cansancio brutal y ahí estaba, a los trece años, sin hacer nada en todo el día, pensando en sí mismo, dándose la cabeza contra la pared cuando no soportaba más la culpa por su amiga Adela; es obsceno, le dijo Luis a Julieta, es un espectáculo obsceno en un chico de esa edad.

Qué querés que haga, dijo ella.

Quiero que lo conozcas y que me ayudes a buscar una profesional que le sirva, no este hijo de puta que nomás lo quiere medicar, internar, no sé qué carajo.

Vamos ahora, dijo ella, llevame. Cenemos todos juntos. Una cosa normal. No entiendo cómo lo dejaste con el Negro. El Negro es lo más leal del mundo, dijo Luis. Seguro, pero no sabe cómo cuidar a un chico con problemas. Nadie sabe, dijo Luis.

En el camino, hablaron de política, para relajarse; por eso se habían conocido, él había evitado hablar de su situación familiar en los primeros encuentros. Luis todavía estaba amargado porque Menem había ganado la interna. Alfonsín va a adelantar las elecciones, dijo ella, y Menem va a ser presidente: te lo vas a tener que bancar. Ella había apoyado al gobernador riojano en la interna. Lo que nos vamos a tener que bancar es el desastre estos meses; por suerte, tengo dólares y Gaspar recibe una mensualidad, también en dólares.

La casa de Villa Elisa, con sus tejas rojas y las paredes blancas, parecía y estaba bastante arruinada. La recuperación iba a tardar mucho tiempo si la economía no mejoraba, pero Luis había podido arreglar la cocina. La habitación de Gaspar estaba bien, aunque el piso de parquet necesitaba un recambio o meses de cera y pulido. Lo más difícil era la humedad, las filtraciones, pero por ahora no podía pagarlo y tenía que conformarse. Después de un muy buen contrato, gracias al que se había comprado la casa, no había vuelto a conseguir trabajo. Le quedaban algunos ahorros y por fin había logrado terminar el engorroso trámite de separar su dinero del de su expareja, en Brasil. Conseguir un trabajo, en marzo de 1987, parecía una locura. Lo mismo que conseguir una buena psicóloga. Todo el mundo estaba asustado, empobrecido, preocupado por nadie más que por sí mismo.

Gaspar y el Negro Sánchez estaban en la cocina, amasando pizzas. Luis sintió un alivio visible –relajó los hombros, aflojó los dedos de la mano izquierda que siempre apretaba inconscientemente en un puño– cuando vio que Gaspar espolvoreaba harina y levantaba la cabeza al verlo llegar. Era apenas una ráfaga de normalidad, eso él ya lo sabía; pero eran ráfagas tan limpias, tan frescas que lo hacían ilusionarse con ver a Gaspar saludable o sufriendo un poco menos.

El Negro Sánchez saludó a Julieta y los miró con curiosidad; Luis le hizo un gesto con la cabeza que podía significar tené paciencia o callate la boca. Salió con Julieta al jardín, para mostrarle los progresos. Era un jardinero aficionado, y muy bueno.

Son todos lindos en esta familia, dijo ella. Ese pendejo es de cuento de hadas.

Le agarró la cara con las manos a Luis y lo besó, pero no dijo nada más. Él se dio cuenta, sin embargo, de que ella no estaba enojada, que ahora entendía por qué había tenido que dejar de verla todo ese tiempo, entendía que los quilombos lo habían desbordado. Comieron pizza en la cocina: era marzo, pero ya hacía un poco de frío. Gaspar logró tragar una porción y media –Luis las contaba obsesivamente– y preguntó mucho, de esa forma directa, un poco brutal, que usaba a veces y que se alternaba con los períodos de mutismo.

–¿Vos sos la novia de mi tío?

–Hace un tiempo que no nos vemos.

–¿Y qué pasó? ¿Fue culpa mía?

–Vos no tenés la culpa de nada, Gaspar, por favor –dijo Luis.

–Es normal que ella no quiera estar con vos ahora que estás a cargo de mí.

–Yo no sabía mucho cómo era la historia con vos –le explicó Julieta, sonriente–. Tu tío me dejó antes de explicarme. Quedate tranquilo, los varones no saben administrar dos crisis al mismo tiempo.

–¿De qué trabajás? ¿Trabajás?

–Soy abogada. Pero no soy hija de puta.

–La mayoría de los abogados son hijos de puta, ¿no?

–Lamentablemente.

Después Gaspar encendió el televisor y dejó de prestarles atención. Julieta intentó otra conversación pero ya las respuestas eran telegráficas.

–¿Qué estás mirando?

–Nada.

–¿Te gusta la tele?

–No me gusta nada.

–A todo el mundo le gusta algo.

–A mí no.

–Dale, algo te tiene que gustar. Decime o no te dejo tranquilo.

Gaspar la miró y Julieta pensó que, en unos años, si el estirón y la adolescencia no lo deformaban demasiado, esa mirada iba a enloquecer a las mujeres, o a los hombres si el chico prefería hombres. O a quien fuera.

–Me gusta nadar. Correr también, jugar al fútbol.

–¿Sabe tu tío?

–No sé si le dije. Creo que no.

–¿Y por qué no nadás, si te gusta? En este barrio hay varios clubes con pileta.

–Porque estoy cansado todo el día.

Y con eso dio por terminada la charla y subió el volumen del televisor. Julieta fue hasta la cocina, para ayudar. Esa noche se quedó a dormir con Luis, que se levantaba varias veces por noche para fumar en el patio y, cuando volvía a su habitación, siempre se detenía unos segundos frente a la de Gaspar.

Costó mucho convencer a Gaspar de ir a otra psiquiatra. Según la recomendación de Julieta, esta era especialista en chicos con muchos problemas –especialista en psicóticos, pero esa palabra no se mencionaba–, era hermana de un pediatra famoso en La Plata, una mujer de izquierda, muy gorila, muy dulce. Luis fue a conocerla antes de pedir una entrevista para su sobrino: le gustó todo, la casa con sus escaleras de madera, los adornos sobrios sobre las mesas –artesanías, fotos familiares–, los gatos que apenas abrían los ojos cuando detectaban movimiento y sobre todo le gustó ella, bajita y algo encorvada, una mujer de más de sesenta años que lo abrazó como si lo conociera y pareció entenderlo de inmediato: no hizo falta que le contara las semanas de resaca del primer y fallido tratamiento, Gaspar gritando que veía a Adela por los rincones de la casa o al padre a su lado, en la cama. Así se despertaba el chico, abría los ojos y veía a su padre acostado, la cabeza en la misma almohada, a veces lo veía muerto, a veces vivo, pero siempre lo primero que pasaba cuando empezaba el día eran esos gritos y en ocasiones horas inmóvil en la cama con los ojos abiertos y las pupilas dilatadas. Luis le hablaba y el chico no decía nada, no lo escuchaba, parpadeaba y fruncía el ceño, estaba en otro lado.

–Otro psiquiatra me dijo que las alucinaciones pueden ser comunes después de un trauma.

–Eso lo vamos a evaluar, siga contándome. Haber estado presente cuando su amiga desapareció es una enormidad. ¿Gaspar habla de la muerte?

–Dice que si está loco no tiene sentido vivir.

–Me acaba de contar que le encontró un cuchillo debajo del colchón y que le habló de suicidio.

–Tiene trece años, no sé si tomarlo en serio.

–Los adolescentes se suicidan con frecuencia.

Hablaron también de cómo iniciar un tratamiento y abandonar al otro psiquiatra. Déjeme a mí, lo conozco, nos conocemos todos en esta profesión. Es para el bien de Gaspar que su médico esté cerca de donde vive y no tenga que viajar a Buenos Aires varias veces por semana. Una mala relación con el médico puede provocar crisis innecesarias. Yo me encargo. No habrá problemas legales, conozco también el sistema, alguna vez trabajé en instituciones.

–¿Y la medicación? Gaspar dice que no le hace nada y se siente peor.

La psiquiatra dudó.

–Vamos a bajar la dosis –dijo–. En una primera entrevista no puedo hacer un diagnóstico, pero sí intentar otra aproximación. Tampoco quiero que lo obligue a venir a las sesiones. Necesita venir, pero usted actúe como si no lo estuviera obligando. Insista. Que él sienta que se preocupa. Insista todos los días.

Insistió tanto que quedó agotado: por el llanto de Gaspar, por la violencia de sus gritos. Eso no había sido lo peor, ni tampoco la horrible flacura de Gaspar, que, pensaba Luis, si no fuese porque el país era un infierno de cortes de luz, protestas, hiperinflación y adelanto de elecciones, y porque nadie del juzgado los visitaba, (¿estarían de huelga?), hubiese ameritado la intervención urgente de una asistente social. Lo peor había sido esa tarde cuando, después de una discusión extraña, casi silenciosa, Gaspar quiso volver a su habitación –como hacía todos los días, pasaba demasiado tiempo acostado, en la cama o en el sillón del living– y se quedó en la puerta, inmóvil. Luis vio, desde el pasillo, que al chico se le aflojaban las rodillas y corrió para alcanzarlo antes de que cayera al piso. No se desmayó, pero estaba transpirado a pesar de que la tarde de otoño era bastante fría, y Luis, al abrazarlo, sintió cómo el cuerpo se le sacudía.

—Papá está en la pieza, no entres —le dijo el chico.

Luis lo levantó en brazos. Pesa menos que una silla, pensó, y lo sacó al jardín porque no se le ocurría qué otra cosa hacer; pero no pudo evitar echarle una mirada rápida a la habitación, por la puerta que había quedado abierta, y creyó ver la estatura intimidante, inconfundible, de su hermano menor, un reflejo de pelo rubio y los hombros anchos, los dedos larguísimos de la mano, los brazos colgando a los costados del cuerpo. Acunó al chico sentado en el banco del jardín, asustado. Vas a estar bien, le repetía, vas a estar bien, hasta que el chico lo interrumpió, inesperadamente:

—No mientas más.

—Vas a estar bien, Gaspar, yo te voy a ayudar.

—Era él. Prefiero que venga él. Adela viene a la noche. Me saluda con la mano. Le comieron la cara.

—No hay nadie en la casa, estamos solamente nosotros dos.

El silencio afirmó lo que decía. Lejos, se escuchaba que algún vecino cortaba el pasto. También el murmullo de un televisor, algunos pájaros. Todavía había sol. Era un día hermoso. Las rosas amarillas se movían apenas, por el viento: Luis había logrado revivir el rosal del patio. Que Gaspar no pudiera disfrutar de esa tarde le parecía a Luis una injusticia. Y se lo dijo. Le contó de la escuela a la que pensaba mandarlo, de cómo se imaginaba que arreglaban la casa y el jardín juntos, de las ganas que tenía de empezar a trabajar y de un club que quedaba ahí cerca donde podía hacer deportes de vuelta, si quería. No sabía si el chico podía oírlo, tampoco supo cuándo se quedó dormido, pero finalmente lo llevó al sillón del living y esperó, sentado, en silencio, hasta que se durmió también y soñó con pasillos y rejas y el mar. Cuando se despertó, Gaspar lo estaba mirando, en la semioscuridad; las luces del jardín estaban encendidas, la casa estaba llena de sombras.

–¿No estás incómodo ahí?

–Mañana me va a doler todo.

Gaspar se sentó, con la manta sobre los hombros.

–¿Esa doctora atiende mañana? –preguntó.

Luis se dio cuenta de lo mucho que quería a su sobrino cuando lo vio entrar en el consultorio de Isabel, la psiquiatra; antes de que se cerrara la puerta, lo miró y Luis le hizo un saludo tonto con la mano, que Gaspar no respondió. Nunca se había sentido tan desamparado, ni cuando tuvo que exiliarse ni cuando en su casa de Brasil se enteraba de las detenciones y asesinatos de sus compañeros y sus amigos. Todo eso había sido monstruoso, pero la mirada de Gaspar había sido peor. Había imaginado varias noches que lo encontraba muerto en la bañadera, había tenido sueños donde aparecía cubierto de sangre y otros donde sencillamente moría dormido.

Gaspar salió con el brazo de la psiquiatra sobre los hombros. Habían estado mucho tiempo en la consulta, casi dos horas.

–¿Nos vemos el viernes? Con Gaspar decidimos que tenemos que vernos dos veces por semana. Si hace falta, a lo mejor agregamos una tercera vez.

Luis esperó que la psiquiatra lo invitara a pasar, pero ella los saludó a los dos con un beso y dijo me pagan la próxima.

Y eso fue todo.

En el auto, Gaspar dijo solamente: me parece que esta es mejor que el otro.

Su mamá finalmente la había dejado llamar a la casa donde ahora vivía Gaspar con su tío. ¿Por qué se lo había llevado así, sin avisar? Gaspar tiene problemas, hija. ¿Qué? Todos tenemos problemas. Adela desapareció o la mataron, qué sé yo, en la casa maldita embrujada, y ahora a Gaspar también se lo llevaron.

Y Victoria lloraba y no podía dormir y su mamá se comunicó con el tío de Gaspar y le contó la situación y él le contó la suya y se quedaron hablando.

—El tío me prometió que vamos a quedar en contacto. Yo lo llamo una vez por semana. No hay problema. Gaspar está en tratamiento.

—En tratamiento de qué.

—Vicky, vos también vas al psicólogo, es lo mismo.

—No es lo mismo si no lo puedo ver.

—Gaspar está peor que vos.

—No está loco.

—Ya se van a ver, pero tiene que estar mejor.

—¿Por qué piensan que le voy a hacer mal?

Y su mamá la abrazaba, pero no le explicaba más que eso. Y Vicky veía a Adela por lo menos una vez por semana, pero de reojo, como una sombra justo a su espalda, y cuando se daba vuelta, no había nadie. Se lo contó a Pablo y él, después de escucharla en el fresco living de su casa, que a Victoria le parecía tan silencioso, fue hasta la biblioteca, sacó un libro corto de tapas verdes y le leyó: «El Hidebehind siempre está detrás de algo. Por más vueltas que diera un hombre, siempre lo tenía detrás y por eso nadie lo ha visto, aunque ha matado y devorado a muchos leñadores.»

—¿Por qué carajo me leés eso?

—Me hizo acordar. Es de Borges.

Le mostró la tapa del libro.

—¿Es un cuento?

—No, no es un cuento, es una leyenda. Una leyenda de Estados Unidos, acá dice.

—Pablo, sos un mogólico. Te vengo a contar lo que me pasa y me salís con Borges y la concha de su madre.

Se fue enojada ignorando las disculpas de Pablo y pensando que él también estaba reloco. Pensando que Gaspar sí la entendería. Cómo le voy a hacer mal yo, explicame, le preguntó después a su madre. Soy la mejor amiga. Dame el teléfono, no seas hija de puta.

—Me volvés a putear y te reviento.

—Siempre me decís lo mismo, la misma mierda, te reviento, qué me vas a reventar. ¡Dame el teléfono!

—¿Se puede hablar sin puteadas en esta casa? —dijo el padre de Victoria, que se había asomado desde la cocina, con una taza de café y el diario bajo el brazo.

—Hugo, no te metas.

Él cerró la cocina de un portazo.

—Te doy el teléfono, pero Luis no te va a pasar con Gaspar. Podés hablar con él.

Le arrancó el papel con el número de la mano a su madre y llamó: le temblaban los dedos, le costaba marcar en el teléfono nuevo. Luis fue muy amable con ella y le explicó que Gaspar estaba enfermo, que necesitaba tiempo.

—Tiempo para qué.

—Para recuperarse.

—Yo a usted nunca lo vi con Gaspar. Con su hermano hecho un loco y reenfermo él siempre estaba solo. Pablo y yo lo íbamos a buscar. ¿Usted qué? ¿Quién se cree que es? Usted no sé qué hacía. Nosotros somos amigos. Yo lo extraño, él me tiene que extrañar.

Silencio del otro lado. Viejo choto, pensó Victoria.

—Tenés razón.

Mirá vos, pensó Victoria.

—Pero ahora es mi responsabilidad. Yo lo estoy cuidando y la psicóloga que lo atiende dice que por ahora, para cuidarlo, lo mejor es que esté alejado, no de ustedes, de todo lo que le recuerde lo que pasó.

—Usted es un forro.

—Nena, dale tiempo. Va a estar mejor.

Victoria le cortó y se metió en la pieza. Al otro día tenía que volver al colegio, cómo iba a hacer no sabía, era la secundaria, era distinto, por suerte ya no era de monjas, iba ir a un colegio normal, donde no conocía a nadie, aunque algunos iban a saber que ella era la chica de la casa de Adela y, con que lo supiera uno, se enteraban todos. Llamó a Pablo. Te perdono y venite para acá, pero no me salgas con boludeces para asustarme, que ya estoy reasustada. ¿Vos no estás asustado, qué te pasa?

Voy y te cuento, dijo Pablo.

Lo que tenía para contarle era tan sencillo y tan horrible que Victoria tuvo ganas de llamar a su mamá y pedirle que solucionara algo; ella, que era adulta, tenía que poder cambiar y mejorar las cosas. Pablo le contó algo que le había pasado solamente dos veces, pero ahora no se movía de su pieza hasta que no volvía el sol. Si tenía que mear, se aguantaba; se había traído un balde por las dudas. Salir de noche, nunca más. Había ido a hacer pis, algo normal. En el pasillo antes de llegar al baño lo habían agarrado de la mano. No una agarrada amable; había sido un tirón fuerte, casi había perdido el equilibrio y la mano estaba caliente y seca, como con fiebre. Gritó pensando que había alguien en serio, la casa estaba totalmente oscura, podía haberse metido un ladrón. Su padre se levantó, mandó a Pablo a la pieza, revisó, su madre gritaba no te hagas el macho, pensá en el bebé y así, hasta quería llamar a la policía, pero al final su padre se negó. Dijo que no quería hacer un papelón. Dijo que Pablo había tenido miedo en la oscuridad. Y mandó a todo el mundo a dormir.

Le había pasado de vuelta, pocas noches después. Quería aguantar el pis hasta la mañana, pero llegó un momento en que resultó imposible y se levantó. Decidió encender la luz. La mano lo había agarrado cuando él tanteaba en la oscuridad, cuando caminaba a oscuras con los brazos extendidos para no tirar algo. Esta segunda vez, la mano lo había agarrado del hombro: estaba detrás, en la oscuridad del living. Y lo había tirado al piso. No pudo ver nada. No había nada o la mano se escapaba muy rápido. Él también se escapó a la habitación y desde entonces no salía de noche. Tenía el balde si lo necesitaba. Quería mudarse.

—Te mato si te vas —le dijo Victoria—. ¿No le avisaste a tu papá?

—No. Es la misma mano de cuando pasó lo de Adela. En la casa me tocaron, por atrás.

—Sí, me contaste.

—Es igual, se siente igual. Y no le voy a decir nada a mi papá, cada vez que le cuento que tengo miedo me trata de marica. Tiene razón, además. No por el miedo.

Victoria se quedó callada. Era la primera vez que Pablo se lo decía.

—¿Se lo contaste a alguien más?

—¿Estás loca? Gaspar sabe, se dio cuenta. Igual a él no le importa.

—A él le parece normal —dijo Victoria.

—Lo reextraño, tengo miedo de que le pase algo.

—¿Te gusta él?

—Obvio, Vicky.

Ella suspiró y dijo: escuchame una cosa. Tenemos que armar un plan para que no te digan marica en el colegio, porque te van a gastar y vos no te sabés pelear. Después pensamos.

Esa noche durmieron juntos, abrazados, en la cama de una plaza de Victoria, y antes de dormir se pincharon el dedo con agujas y mezclaron la sangre y prometieron que no se iban a separar nunca. Después, para dormir sin sueños, se tomaron las pastillas que Victoria robaba todas las semanas de la farmacia de su padre.

Gaspar iba puntualmente a sus citas y casi nunca parecía enojado con Isabel. Ahora era Isabel, no «la doctora» ni «la psiquiatra», nomás Isabel. De a poco le había quitado la medicación antipsicótica y había dejado apenas ansiolíticos y antidepresivos que lo ayudaban a comer. Pero seguía teniendo esas ausencias durante las que quedaba paralizado, con las pupilas dilatadas, despatarrado en la cama, sordo, sin respuesta cuando lo tocaban.

Luis había tenido una entrevista con la psiquiatra. Ella le había dicho que creía que Gaspar había sido mal diagnosticado. Luis sintió que el alivio le despejaba la frente. Las ausencias que Gaspar sufre, le dijo, son escenas retrospectivas: experimenta el trauma de vuelta con las mismas sensaciones y emociones. Es estrés postraumático, las escenas retrospectivas y los ataques de ansiedad son síntomas obvios. Quiero que vuelva a consultar a un neurólogo por si se trata, además, de un caso de epilepsia.

—No tiene convulsiones. Que yo haya visto.

—No todas las epilepsias son con crisis tonicoclónicas, con convulsiones. Hay algunas con ausencias: usted las describió, Gaspar no las recuerda. Hay episodios que se parecen a terrores nocturnos. La epilepsia también puede estar acompañada de alucinaciones visuales complejas. En general, las alucinaciones son muy sencillas, pero podemos estar ante una excepción.

—¿Se cura? —quiso saber Luis.

—Se trata —dijo ella—. Gaspar me habló de un accidente y un golpe en la cabeza. Tuvo amnesia, cuenta. Le hicieron estudios y los mandé a pedir. Tengo un buen amigo neurólogo, con quien suelo trabajar. Me extrañó que no hubiesen pedido antes estos estudios pero Gaspar no les habló del choque ni de su pérdida de memoria a los otros médicos, y asumo que a usted tampoco. Lo entiendo, no tiene por qué saber. Algunas epilepsias son consecuencia de lesiones. Es cierto que no parece haber signos en los estudios que le hicieron hasta ahora, pero, insisto, algunas epilepsias son difíciles de diagnosticar y son todas distintas.

—Yo no sé lo que pasaba con mi hermano. Gaspar me contó muy poco, me habló de un accidente de auto, pero le dio poca importancia.

—Lo que tenga que saber, se lo contará él. Lo que él me cuenta a mí, lo que pasa entre nosotros dos, es secreto profesional. Yo no considero, todavía, que haya algo que usted deba saber por mí. Cuando se recuerda el pasado, los recuerdos autobiográficos son verbalmente accesibles, eso quiere decir que uno puede contarlos. En el trauma, están aislados y no se puede acceder a ellos voluntariamente, por eso Gaspar los revive en pesadillas y en escenas retrospectivas. No es solo la desaparición de su amiga. La muerte de su padre lo desestructuró: eran muy cercanos. Mi trabajo es tratar de que algunos de esos recuerdos se vuelvan biográficos, que los integre, que los pueda contar.

—¿Y eso es posible?

—A veces no. Veo pacientes con años de maltrato que apenas sufren una depresión leve. Otros se derrumban. Gaspar estuvo muy vulnerable. Pero lo vamos a intentar.

Y le dio tres indicaciones: una rutina —las cuatro comidas, horarios, paseos, cine—, control de la medicación y deporte. Luis quiso saber si podía volver a ver a sus amigos: los chicos habían llamado para preguntar. Todavía no, dijo la psiquiatra. No podemos arriesgarnos a que sean un disparador. Cuando él pida verlos lo tendremos en cuenta.

—Le gusta leer.

—También, entonces. Hágalo socio de una biblioteca. Así sale de la casa y tiene el compromiso de devolver los libros. Necesito que establezca lazos, que tenga responsabilidades sencillas.

Toda la semana anterior habían visto, por televisión, a los carapintadas tomar Campo de Mayo. Un intento de golpe de Estado, pero esta vez la gente había salido a la calle a defender al gobierno democrático. Luis quería ir a la movilización, pero prefirió quedarse con Gaspar. El Negro Sánchez y Julieta sí fueron a Buenos Aires y se quedaron en la Plaza hasta que Alfonsín salió al balcón y dijo «felices pascuas», el saludo que dio por terminado el copamiento del cuartel. Gaspar le había dicho: con esto de mi locura, ni nos dimos cuenta de que el país se estaba yendo a la mierda. En vez de angustiarlo, a Luis el chiste le había dado esperanzas. Cuando Carlos Menem ganó las elecciones en medio de un desastre que apenas reverberaba en la casa de Villa Elisa, hubo fuegos artificiales en una unidad básica de la otra cuadra y Luis llevó a Gaspar. Se encontró con un conocido que le habló maravillas del nuevo presidente. Gaspar tomó una Coca-Cola y Luis lo perdió de vista. Cuando volvió, estaba comiendo un choripán.

—Un milagro peronista que tengas hambre.

—Está riquísimo —dijo Gaspar con la boca llena. Esa noche comió un choripán y medio, más de lo que había comido en toda la semana. En dos meses, Luis notó que los flashbacks, esas ausencias aterradoras, ya no tenían una frecuencia tan implacable. Para fin de año, ocurrían tan de vez en cuando que hasta Gaspar se animó a decirlo en voz alta, durante el desayuno: ahora tengo miedo a que me agarre un episodio porque me agarran mucho menos, ¿no? Los llamó así, «episodios», seguramente un término tomado de la terapia. Luis empezó a invitar a gente a su casa, amigos suyos, amigos de Julieta. Se quedaban hasta tarde, hablaban de política, tomaban cerveza y fumaban. Gaspar desconfiaba, a quiénes vas a traer, le preguntaba. Finalmente lo aceptó. Y cuando pudo confiar, se quedaba con ellos, comía pizza, preguntaba con curiosidad. Para fin de año, Gaspar comía casi normalmente, tanto que hasta pedía distintos gustos de pizza y reclamaba la presencia de Julieta para que no se quemaran las salsas y basta de tarta de zapallitos, es un asco. También aceptó ir al neurólogo. Cuando Luis miraba el noticiero o los programas políticos y le gritaba al televisor, Gaspar le decía tío, no te enloquezcas que no te escuchan, y los dos se reían. Quiso anotarse en el club para nadar y correr; recién entonces Luis se enteró de que Gaspar jugaba mal al fútbol, y no le quiso creer hasta que armaron un picado improvisado y terminaron riéndose en el piso, agarrándose la panza, porque los dos eran igual de torpes.

—Y de qué cuadro sos hincha, boludo, es una falta de respeto cómo te reís de mí.

—No me digas boludo, soy un enfermo mental, me tenés que cuidar. De San Lorenzo.

—Mirá vos. Yo también.

—Papá decía que todos los hombres de la familia eran de San Lorenzo.

—Es cierto, tu abuelo también.

Hicieron un silencio.

—Papá no fue siempre malo conmigo, sabés, tío. Había épocas en que me leía todas las noches. A veces leía yo.

—Qué te leía.

—Poesía. Pero no digas nada que después me tratan de maricón.

—No es de maricón leer poesía.

—Ya sé, pero no estoy para tener ese problema, ya sé que no tiene nada de malo ni la poesía ni ser maricón, él me enseñó todo eso. Bueno, eso quería decir, que no era siempre malo, muchas veces era rebueno.

—Tu papá sufrió mucho y hay gente que se vuelve resentida cuando la pasa tan mal.

Gaspar apoyó un codo en el pasto y la cabeza en la mano para mirar de frente a su tío, que estaba sentado con la piernas cruzadas y la pelota sobre una de las rodillas.

—También. Pero no era eso solo. Yo le cuento a Isabel. Me acuerdo de montones de cosas, pero es como si me hubiese olvidado de algo importante. Me acuerdo muy poco de cuando fuimos juntos solos a Misiones, por ejemplo, a la casa de mis abuelos. Mamá se había muerto recién. Y algo pasó ahí.

—¿Cómo fueron?

—En auto.

—¿Y manejaba él? Qué loco de mierda. Se podrían haber matado. ¿De los abuelos no te acordás?

—Apenas. Pero papá no quería que estuviera con ellos, decía que mamá tampoco. Ellos nunca me buscaron.

—Es cierto eso. Pero puta madre que estuviste solo. Perdón por haberte abandonado, hijo.

—Vos no me abandonaste.

Luis trató de abrazarlo, pero Gaspar extendió el brazo para alejarlo: quería hablar.

—Cuando volvamos a mi casa, tenemos que entrar en la pieza que usaba para sus cosas, ahí vas a ver los libros, aparte quiero traerme algunos, a mí me gusta leer. A veces se encerraba un montón de días, yo no lo podía molestar.

—¿Y quién te daba de comer?

—Yo sé cocinar. Había una señora que nos preparaba comida. Y si no me iba a comer a lo de Pablo o a lo de Vicky o al bar del parque. Papá también se iba. A veces como una semana. No sé adónde, nunca me dijo. Yo lo extraño mucho.

Ahora Gaspar estaba sentado y tenía los ojos llenos de lágrimas. Luis tuvo miedo de que pasara algo, un ataque de ansiedad, un episodio. Gaspar solamente le dijo:

—Me gustaría volver a verlos, a Pablo y a Vicky. Pero no sé si puedo.

—¿Y si esperamos al año que viene?

—Dale. ¿Ellos llamaron alguna vez?

—Papu, ellos llaman muy seguido. Tu amiga Victoria me cagó a puteadas una vez, es bravísima.

Ahora Gaspar sonreía y le había cambiado tanto la cara que Luis no lo reconoció.

—Vos deciles que me esperen, porque me parece que estoy mejor.

—¿Viste? Qué te dije.

Ese fin de año, Luis dejó que Gaspar tomara una copa de champagne. En el verano de 1988 se fueron con Julieta a una casa en Mar del Tuyú: Gaspar acompañó a Luis a pescar. Comió cornalitos, nadó en compañía de su tía y cuando les jugaba carreras a otros chicos en la playa, los dejaba de rodillas o medio muertos. No hizo falta llamar a Isabel ni una vez por alguna crisis. Gaspar le pidió a Julieta algún libro de poesía. Ella se sor-

536

prendió y Gaspar sencillamente le dijo que su papá tenía muchos libros, que los dos leían mucho; que quería volver a la casa a buscar libros, su tío nada más le había traído los discos y a él le gustaba la música, sí, pero más le gustaba leer. Una tarde, cuando los hombres dormían la siesta y ellos tomaban mate en la playa, Gaspar le dijo a Julieta que quería saber cosas, que estar enfermo lo había «dejado bruto». Que, cuando estaba con sus amigos, escuchaba música, veía películas. Que los extrañaba.

–Vos nos decís y nosotros gestionamos cuándo se ven. ¿Querés tostadas?

–Quiero con dulce de leche pero con esta arena de mierda se pegotea todo.

–Traje churros. ¿Estás harto de estar entre viejos, Gaspar?

–Harto no. Me parece que tendría que ir a la escuela.

Gaspar empezó la secundaria en un colegio vespertino de La Plata; la exigencia era menor y los profesores, acostumbrados a trabajar con adultos y con alumnos problemáticos, menos estrictos y más comprensivos. Después del primer día, cuando lo fue a buscar en auto, Luis le prometió que ahora él iba a buscar trabajo. Eso va a ser más difícil que mi locura, me parece, le dijo Gaspar. Hay que ser optimista, se rió Luis.

El colegio quedaba frente a una plaza y muchos de los compañeros de Gaspar, más grandes que él la mayoría, llegaban temprano y antes de entrar a clase se sentaban sobre el pasto a fumar marihuana y escuchar música. Los primeros días no le prestaron atención, pero un viernes, cuando les avisaron que entraban una hora más tarde porque la profesora de historia tenía que faltar, lo invitaron a una cerveza. Gaspar aceptó, pero solamente tomó un par de sorbos y dijo que no al porro. Ni se te ocurra chupar o drogarte, le había dicho su tío hacía poco, mientras juntos trataban de arreglar la puerta del baño, que cerraba mal. Vos sabés que no es una cuestión de moralina, me importa tres carajos, yo no soy ningún santo, pero estás tomando pastillas. Y el año pasado fue bravísimo. Por ahora iba a hacerle caso. Los otros no se burlaron, no dijeron nada. Quisieron saber por qué iba a «la nocturna». Gaspar les mintió a medias, diciendo que había estado recuperándose de un accidente casi todo el año anterior. La cicatriz del brazo, que era grande y muy evidente, lo ayudaba en la mentira.

Había hablado mucho con Isabel sobre cómo hacer si lo reconocían. Si alguien se daba cuenta de que era uno de los chicos de la Casa de Adela. Ella le había dicho que, si le preguntaban, no tenía por qué contestar. Que podía decir: no hablo de eso. A él no le resultaba tan sencillo negarse de plano a hablar, pero tenía una ventaja: la gente no conocía su cara. Las cámaras, cuando vinieron al barrio, no lo habían filmado: él había estado casi todo el tiempo en la clínica, acompañando a su padre. Sí se conocían las de Victoria, Pablo, Betty. Y la de Adela gracias a las fotos que se mostraban durante la búsqueda inútil. La gente sabía que él existía, sabía su nombre, pero no lo habían visto y los nombres no resonaban de la misma manera.

Además, pasaban otras cosas. Los saqueos a supermercados, la gente que en las villas era tan pobre que comía gatos, un camión de vacas que había chocado y algunos vecinos, sin vergüenza alguna, habían faenado los animales para recuperar los asados perdidos. La casa de Adela era una noticia vieja. No para él, que cada vez que soñaba con ella se despertaba a vomitar y vomitaba toda la noche, noches enteras en el baño, su tío le traía la almohada y se sentaba al lado de la bañera, esperando a que se le pasara. Al menos ya no la veía despierto.

No podía hablar de eso con sus compañeros.

Tampoco hizo falta. Los chicos de la plaza lo trataban bien y siempre lo invitaban a jugar al fútbol. Gaspar les decía que él era horrible, que nadie lo iba a querer en el equipo. Pero, si querían, iba. Es nomás en una canchita de acá cerca, hay varios troncos, dijo el dueño del grabador. Fue; como solía pasar, jugó muy mal pero se la pasó muy bien y se divirtió con los chistes de sus compañeros. La canchita quedaba cerca del colegio y de un club de rugby que tenía pileta y una pista de atletismo. Gaspar se hizo socio para volver a correr y a nadar. Se llevaba bien con la gente que iba al club. Corría o nadaba todos los días, si podía, si no llovía; muchas veces, después de clase, antes de cenar, solo, acompañado nada más que por la luz del buffet del club y el dueño del bar, que escuchaba música detrás de la barra. En el club, tarde, fumaba algunos cigarrillos sentado en el pasto; cuando corría, dejaba el atado a un costado de la pista, con las llaves, la botella de agua y el buzo que se ponía sobre la transpiración. Su tío y Julieta no sabían que fumaba. Isabel sí: lo dejaba fumar en la sesión, pero nunca más de dos cigarrillos.

Cuando se hacía de noche fumaba en silencio y solía mirar las luciérnagas, que se asomaban entre los eucaliptos y sobre el camino de tierra que llevaba a las piletas y las canchas de tenis y de rugby. Eran más lindas cuando todavía había un poco de luz: al atardecer parecían chispas desprendidas del sol. Pero, ya de noche, Gaspar no sabía bien si le gustaban o no: lo hacían pensar en ojos que parpadeaban y de pronto no estaban más o se le acercaban demasiado. Y sin embargo eran hermosas, mezcladas entre los pastos altos y los troncos.

La casa de Villa Elisa era tan diferente a la casa que había compartido con su padre que Gaspar la sentía profundamente ajena al mismo tiempo que la disfrutaba y la quería como si las paredes fueran una persona cuidadosa que siempre pensaba antes de hablar. Y nunca estaba en silencio: su tío solía tener la radio encendida y, si no, cuando Julieta se quedaba varios días —cada vez estaban más cerca de vivir juntos—, ella escuchaba música en un minicomponente que había traído o subía el volumen de la tele, decía que la acompañaba. Los dos se levantaban temprano, incluso cuando trasnochaban —y trasnochaban seguido, las botellas de vino vacías quedaban como adornos de vidrio verde sobre la mesa del patio y la cocina—, y abrían las persianas para que entrara el sol. Al principio a Gaspar le molestaba la luz, pero, cuando se acostumbró, desayunaba afuera, en la mesa del patio, salvo que hiciese mucho frío.

No había nada en la casa, además. Nada peligroso, nada malo. La casa estaba limpia. Lo que veía, las apariciones de su padre o Adela, eran cosa suya: no del lugar. Las iba a llevar donde fuese. Desde que su padre lo había lastimado, la cicatriz le servía como una especie de alarma: palpitaba y le ardía cuando pasaba cerca de ciertas casas, algunas que por su aspecto tenían un aire amenazante, otras perfectamente inocentes. Gaspar entendía que le indicaba dónde no debía entrar, dónde había otros lugares como el que se había tragado a Adela. Eso tampoco podía compartirlo con nadie. Solo podía contárselo a Vicky y a Pablo, pero todavía no se animaba a verlos.

Esa sensación y el inexplicable horror que le causaban ciertos lugares podía ser atribuido a lo que fuese que se disputaban médicos y psiquiatras: secuelas del trauma, una epilepsia derivada del accidente, algún tipo de trastorno mental. Gaspar fingía ignorancia, pero los escuchaba hablar. Y pensaba que a lo mejor alguno tenía razón. Adela casi se había ido, pero todavía aparecía en el rincón de su habitación y lo miraba acusándolo. Yo te quería, le decía sin mover los labios, y me traicionaste. Sin embargo, podía vivir con esas sensaciones y con la culpa. Mientras existiera la casa de Villa Elisa, su tío peleándose con la radio por la mañana, el Negro Sánchez ensayando distintos tipos de pizza y Julieta consiguiéndole libros de poesía, podía confiar en que algún día volvería a ver a sus amigos. Y, si algún recuerdo imposible lo dejaba mudo y paralizado, ya sabía que también era posible salir de la inmovilidad y sentarse al sol con el chocolate que su tío siempre le guardaba en la heladera.

El jardín del fondo de la casa de Villa Elisa había sido lo primero en mejorar, y Luis lo había hecho solo porque era lo único que había mencionado Gaspar. Sin demasiado entusiasmo, no fue un pedido, no pedía nada aquellos primeros días, le dijo que sería lindo tener un jardín. Luis, sorprendido, recordó las postales que le había enviado su hermano cuando estuvo en Londres para operarse y recibir un tratamiento de mayor calidad. Siempre le mencionaba jardines y flores y el verde inglés; le mandaba fotos de jardines escondidos y antiguos, de parques públicos, también de edificios y castillos e iglesias. A él le parecían postales muy raras para un chico que, aunque con limitaciones físicas, estaba viviendo y pasándola bien en una de las capitales del mundo. Decidió no mostrarle las postales a Gaspar, no todavía, pero de a poco levantó el cemento, las baldosas, compró tierra, césped, desempolvó algunas ideas de un curso de paisajismo que había tomado en Río y pasó tardes en el vivero eligiendo plantas ya crecidas. Pensó en agregar una pileta, pero no le alcanzaba el dinero. Con una Pelopincho era suficiente. Además, prefería que Gaspar fuese a la pileta del club: era mejor que saliese de la casa, era también lo que indicaba la psicóloga. Los dos se entretenían arreglando el jardín. Gaspar era muy bueno para seguir instrucciones y le gustaban los trabajos repetitivos. Luis creía que lo ayudaban a darse cierto orden y lo entendía porque a él le pasaba lo mismo.

Con la mejora de Gaspar llegaron los ajustes. Luis trataba de hacerle entender que, si quería dinero, tenía que pedírselo, pero Gaspar apenas tomaba esa indicación como una sugerencia. Cuando se le terminaba su dinero de la semana, entraba en la habitación de Luis y tomaba lo que quería del cajón. Y a veces se llevaba demasiado. No pedía ayuda para nada: si quería alcanzar algo que estaba demasiado alto, se trepaba; si se le caía un botón, lo cosía y de paso cosía los de Luis. Eso era bueno, enternecedor. Pero si iba al centro de La Plata y se le hacía tarde o estaba cansado, se tomaba un taxi de vuelta: eran varios kilómetros, el taxi era carísimo, no podían pagarlo. Peor aún: a veces no volvía hasta muy tarde, entrada la madrugada, y cuando llegaba y se encontraba con Luis despierto e inquieto, le preguntaba qué le pasaba, como si fuese lo más normal del mundo pasar la noche entera en la calle a los catorce años y con una enfermedad mental. Si Luis lo retaba, se encogía de hombros no exactamente con rebeldía o desinterés, sino con desconocimiento. No entendía por qué no podía retrasarse y no entendía que eso angustiara a los demás. Cocinaba, cosas sencillas, pero las hacía bien: fideos con salsa, empanadas de jamón y queso, a veces se animaba con mucho esmero a un pastel de papas, tortillas, bizcochuelo, merluzas al horno con queso. Pero no limpiaba la cocina ni cambiaba las sábanas ni levantaba la mesa ni se le ocurría dar una mano los fines de semana con alguna baldeada. Es hijo de ricos, le decía Julieta a Luis cuando él se enojaba.

Desde hacía meses, Julieta tenía reuniones con abogados de la familia de la madre de Gaspar. Le habían comunicado que los abuelos de Gaspar no reclamarían custodia ni visitas. En realidad, no podían intervenir en la cuestión de la custodia, porque era un trámite que el padre había hecho en vida, aunque Julieta tenía la sensación, peculiar pero concreta, de que Juan los había puenteado al darle su hijo a Luis antes de morir y eso les molestaba muchísimo, por eso le mencionaban la custodia sin motivo. ¿Puenteado? ¿Qué querés decir?, preguntaba Luis, y ella no sabía qué quería decir. Era su olfato. Los abogados parecían conceder que el chico no estuviese con sus abuelos como una jugada perdida que no iban a disputar. Las reuniones se hacían en una de las inmobiliarias de la familia materna de Gaspar, no en la sede principal, sino en una oficina pequeña. La sala de reuniones era bizarra, creía Julieta. Además de la chimenea, que ya estaba pasando de moda, con los falsos leños que cubrían la pantalla de gas, había una salamandra y un samovar que parecía auténtico. Jamás hacía tanto frío en Buenos Aires como para justificar ese despliegue de calefacción. Las paredes estaban cubiertas de lo que ella suponía eran trofeos de caza, pero solo había cuernos de varios animales. Bueyes, ciervos, según le habían explicado. Sin las cabezas. La mesa era de madera de roble, muy grande, y a ella siempre la hacían sentar en una punta. Los abogados, un hombre y una mujer, eran amables y prolijos, pero tardaron mucho tiempo, meses, en blanquear la sucesión de Gaspar, la lista de bienes que le corresponderían. Siempre que se iba de una reunión, Julieta tenía la sensación de que no iba a volver a encontrarlos. Pero la mensualidad de Gaspar, que era alta, seguía apareciendo en el banco puntualmente. Luis no quería tocar el dinero: quería que fuese un ahorro para Gaspar. Julieta se lo discutía. Se lo había dicho, los dos fumando en la cama, conversando en voz baja para que Gaspar no los escuchara, aunque el chico solía dormirse con los auriculares puestos o la radio encendida.

—Es maduro, lo decimos siempre. Va a compartir su plata con gusto.

—En otro momento. No quiero guita de ellos. Es una historia perversa, pero yo nunca supe o nunca tuve el coraje de desarmarla. No sé de qué estoy hablando. Este tipo, el médico, secuestró a mi hermano para su beneficio profesional y quién sabe para qué más.

Hubo un silencio y Luis consumió su cigarrillo en tres pitadas.

—¿Sospechás algo?

—Sospecho, pero Juan nunca me dejó saber nada. Bradford era una eminencia, el médico más respetado del país, puta madre, el otro día fui a La Plata y me entero de que le pusieron su nombre al edificio nuevo de Medicina. El tipo era raro y, cuando perdió la mano, peor, era como Narciso Ibáñez Menta pero más inglés. Como el de las películas de los sábados.

—Christopher Lee.

—El otro.

—Vincent Price. Luis, no se parecía en nada a Vincent Price, era un tipo físico totalmente distinto.

—Te estoy hablando de la onda que tenía. Medio degenerado. Le salvó la vida a mi hermano e incluso lo siguió tratando después de perder los dedos. Tuvo una muerte muy rara, que un tipo así

543

manejara y no tuviera un chofer, encima todo quemado porque no llegaron a tiempo para apagar el incendio del coche, no sé.

–A mí me extraña que tus viejos no peleasen por quedárselo. A tu hermano.

–Mamá lo intentó. Mi viejo no quería ese problema, decía que con los ricachos iba a estar mejor. Papá no era el mejor de los tipos. Cuando me enteré de que le pagaron por Juan, ahí yo me peleé con mi viejo y no le hablé más, ni sé si está vivo.

–Le pagaron, entonces.

–Le compraron a mi hermano estos hijos de puta. Y, encima, con esa guita mi viejo me bancó cuando estudié. Yo les debo también. No sabés la bronca que me da. Por eso no quiero plata de ellos. Yo sé que Gaspar la compartiría, no es eso. Él es un amor, como era su madre, una mina bárbara, corajuda. Para mí conocerla fue un impacto porque yo pensaba que no podía salir nada bueno de esa familia. La madre era fantástica, y no creo que supiera cómo llegó mi hermano a su familia.

–¿Gaspar sabe que ella te sacó del país?

–No sé cómo hablarle de eso. Tengo miedo de que se desestabilice.

–¿Y por qué le va a hacer mal? Es la madre, tiene derecho a saber. Bueno, es cosa de ustedes. Otra cosa: cuando me den la lista completa de los bienes y se sepa lo que va a heredar Gaspar, te vas a caer de culo. Hice una investigación informal. No tenés idea. Encima, no tienen deudas, parece. Gaspar es rico.

–Justo a mí me viene a pasar esto.

–Mal no te va a venir.

Luis gruñó en la oscuridad.

–Mi hermano me dejó muy en claro que no quería que tuviese contacto con sus abuelos. ¿Ellos siguen sin pedir verlo?

–Aunque pidieran, vos sos el padre, no tienen derecho legal.

–Pero tienen los fierros.

–Eso no lo largan más.

Ese verano no salieron de vacaciones, pero vino de visita la exmujer de Luis, desde Brasil, con sus dos hijas, una más grande que Gaspar, la otra más chica. Las chicas habían ignorado un poco a Gaspar o a lo mejor eran tímidas y hablaban más portugués que castellano. Luis las había criado como a sus hijas, las extrañaba, quería verlas y su exmujer había accedido a una visita. Durante una semana, Luis llevó a las chicas de paseo por todas partes y Gaspar le agradeció que no insistiera en que él los acompañara.

Ya estaba acostumbrado al desfile de gente en la casa y casi nunca se sentía abrumado. Las charlas le interesaban. La forma de hablar de los varones. Especialmente el Negro y sus comparaciones futbolísticas. Lo que dijo este tipo fue como un gol olímpico de córner. El infierno es ir ganando y que te den vuelta el partido en dos minutos. O sus sentencias: el férreo argumento defensivo del rival ante nuestra sólida demostración de buen juego. O sus acusaciones: te volviste bilardista. Le hacía acordar a Hugo Peirano, un poco; cada vez extrañaba más a Vicky y a Pablo, no se había hecho nuevos amigos; no amigos así, al menos. Una de esas noches, el Negro, que tocaba la guitarra, le había dedicado una canción a la exmujer de su tío, Mónica, una canción que decía cosas hermosas y terribles, «y pagarán su culpa los traidores», cantaba con voz temblorosa y todos lloraron y gritaron un nombre y después «presente, ahora y siempre». Eso le parecía hermoso. Era hermoso que su tío se abrazara con las nenas y con su exmujer y que Julieta estuviera emocionada: eran como gente perfecta, creía Gaspar. Había siempre un momento en que ponían música para bailar. Y el Negro gritaba un sapucay. Y se volvía una fiesta, se rompían vasos, los hombres transpiraban, las mujeres perdían zapatos y aros y se les corría el maquillaje –a las que se maquillaban, no muchas– y se abrazaban, se decían cuánto se amaban, así, te amo, negro de mierda, y Gaspar sentía que él no podía subir hasta ese escalón. Se lo había dicho a Isabel. Es como si subiéramos juntos una escalera y en un momento yo digo «hasta acá llegué». Y en ese escalón, más arriba, ellos son felices y yo los miro. ¿Habría sido siempre así? No era timidez ni retraimiento ni adolescencia, como pensaban los demás. No se le iba a pasar. Podía bailar solo, podía emocionarse en su habitación con un libro, pero cuando llegaba la fiesta se desconectaba, los demás se convertían en una película que podía ver y en la que no podía participar. Así que se hacía invisible, lo que no era difícil porque estaban todos borrachos. Y retrocedía hasta su pieza. Y sentía el más puro alivio.

Una vez, en su retirada, se había chocado con el Negro.

–¿Te sentís mal, campeón? –le preguntó.

Gaspar le contestó que no. Después escuchó que el Negro le decía a su tío «es un pibe triste». Y esperó la afirmación de su tío, el sí, la decepción. Pero él lo sorprendió. No, le dijo al Negro. No es triste. Es su temperamento. Y si fuese triste, cuál es el problema. Es como es. Andar en pedo y a los gritos no le gusta a todo el mundo. Nosotros hacemos ruido para tapar el agujero que tenemos adentro.

Gaspar se tiró esa noche en la cama con los auriculares y pensó que tenía que volver a su casa, en la que había vivido con su padre. Quería revisar todo. ¿Se habría llevado alguien las cosas? Su tío le había dicho que todo estaba intacto. ¿Por qué no llamaba Esteban? Prefería que no estuviera más en su vida, pero le daba curiosidad qué le habría pasado. Y a Tali. ¿Tali tampoco tenía interés en él?

Esa noche, por primera vez desde que estaba en Villa Elisa, había pensado sin miedo –o controlando el miedo– en Adela y la casa. La recordó. Recordó la calle. Recordó la caminata en la oscuridad. Cerró los ojos y volvió a verla en la puerta donde había desaparecido, saludando. Las sombras detrás de ella. La oscuridad detrás de ella. El recuerdo de Adela lo había hecho temblar. No tanto. Ni con náuseas.

Al mediodía, cuando se despertara, le iba a pedir a su tío el teléfono para poder llamar a Vicky. No quería hacerlo en medio de la noche, para no asustar a su familia. Y quería que su tío estuviese presente, por si se ponía mal.

Pero no iba a ponerse mal, estaba seguro.

De su casa no había quedado mucho porque, en primer lugar, no había tanto. Su tío había limpiado las habitaciones para que, cuando Gaspar se encontrara con los libros, los objetos, la ropa, no diera con el abandono. Entrar lo puso nervioso, pero no le dio miedo. Cruzar la puerta de la habitación de su padre había sido lo más difícil pero, una vez que estuvo adentro, el olor a polvo le ocultó los recuerdos.

Lo que sí evitó fue pasar por la calle Villarreal y ver la casa donde había desaparecido Adela. Para eso no estaba preparado y creía que no iba a estar listo nunca.

En su casa tuvo un impulso supersticioso. Quemó la ropa en el patio, como había visto a su padre quemar la de su madre años atrás. Vicky y Pablo, mientras tanto, metían libros en canastos y él tocaba las llamas con un palo para controlarlas y recordaba ese pantalón, la camisa arremangada, la remera blanca con algunos agujeros de polilla después de años de encierro. Su padre había sido cremado. No sabía dónde estaban sus cenizas: no había querido preguntar. Le parecía justo incendiar su ropa.

Vicky y Pablo ya estaban reincorporados a su vida. Durante un tiempo el contacto con Vicky había sido solo telefónico pero siempre torrencial y directo, sin rodeos, sin conversaciones cuidadosas. Vicky había sido la primera: lo interrogó, le contó que de noche dormía con medias porque sentía la cabeza de Omaira; que no evitaba pasar frente a la casa de la calle Villarreal, pero tenía que escaparse para verla, porque no la dejaban ir, que se había cambiado de escuela y, si sus compañeros la identificaban, nunca se lo habían dicho. Te quiero ver, no te va a hacer mal, por algo no podemos tener amigos nuevos, ¿o vos tenés? Gaspar le reconoció que no. Ella vino a la casa de Villa Elisa feliz y ansiosa; Gaspar pensó, además, que estaba muy distinta, alta y con el pelo pesado de siempre ahora larguísimo, cuidado, y la piel tan fina que se le veían venitas azules en las mejillas. El regreso de Pablo había sido más cuidadoso. Las llamadas telefónicas eran incómodas y nerviosas, pero la primera visita fue un alivio inmenso, una tarde de frío bajo una frazada en el sillón, como llegar a la orilla y poder amarrar y olvidarse del mal tiempo. Siempre las visitas eran de los chicos a la casa de Villa Elisa, nunca al revés. Las visitas de Pablo pronto serían más frecuentes: su padre, que se había hecho rico con la empresa de GNC, tenía un convenio con el Ministerio de Producción de la provincia y lo más conveniente era mudarse a La Plata, la capital. Ya alquilaba un departamento en el centro, que por ahora usaba como oficina, pero pronto necesitaría una casa para la familia. Gaspar le dijo a Pablo que sentía que alguien los estaba juntando. Pablo lo escuchó, pensó en la mano que a veces lo tocaba en la oscuridad y no dijo nada. Vicky también quería mudarse, cuando terminara la secundaria, para estudiar Medicina en la universidad de la ciudad. Luis tenía sus reparos ante esta reunión: que los chicos volvieran a juntarse le parecía una recreación del drama, hubiese preferido que mantuvieran una amistad de llamados, fiestas de cumpleaños, algún recital. La manera en que se entendían lo inquietaba. Lo habló con Isabel y la psiquiatra lo sorprendió cuando le dijo que a ella tampoco le parecía lo más conveniente. Pero eran adolescentes: obligarlos a separarse ya no cabía como opción. Sugerirles distancia después de años de mantenerlos alejados también podía ser contraproducente.

Gaspar le había pedido a Vicky que revisara los cajones de su padre, él no se atrevía. No había mucho. Unas pocas fotos de su madre, que Gaspar se guardó en la mochila. Varios mazos de cartas: también se los llevó. Tiró toda la medicación vencida. Encontró cajones de velas y tizas y ollitas de aluminio manchadas de algo marrón que podía ser herrumbre o café. Se llevó también algunas postales de Europa y cuadernos con anotaciones. Los libros fueron a parar a una valija.

Pablo le confesó, mientras se lavaba las manos en el baño –Luis seguía pagando la luz y el agua–, que él había intentado entrar algunas veces en la casa. No tenía llave, pero levantar las persianas no parecía tan difícil, tampoco trepar por el techo abierto del garaje. Y nunca pude; era como si la casa no me quisiera, no me dejara. Me terminó dando miedo. Aparte, la última vez que traté de meterme, esa noche, la mano esa que me tocaba me agarró del hombro en el baño de mi casa. Y ahí se terminó.

Gaspar le pasó la toalla y se apoyó con los brazos cruzados contra la pared del baño.

–Estoy seguro de que la casa te echó.

Lo dijo y sintió que le ardía la herida. La acarició: delante de Pablo no tenía pudor en esconderla.

–Hace meses que no siento la mano, que no me agarra. Casi un año.

–No se fue, ¿o creés que sí?

Pablo dijo que no con la cabeza.

–Me parece que espera. Yo también tenía miedo de juntarme con vos, ya te dije. Pensaba que, si te veía, la mano me iba a encontrar de una vez, que no me iba a soltar. Pasó al revés.

–Vamos –dijo Gaspar. Había empezado a sentir una leve punzada en el ojo, el signo de una migraña; tenía que tomar algo antes de que se desencadenara y tenía las pastillas en la mochila. Pablo lo siguió por el pasillo vacío; pasaron por frente a la habitación vacía que alguna vez había servido como lugar de castigo, miraron el salón, que parecía esperar una fiesta, invitados, gente riéndose, todo lo que nunca había pasado en la casa. Cuando bajaron la escalera, Gaspar vio que el vidrio de la ventana que lo había lastimado estaba reparado; no se había fijado antes. ¿Quién lo había reemplazado? Pablo lo abrazó por la cintura justo cuando empezó a temblar. Bajamos juntos, le dijo al oído, no pasa nada.

El cuidado, el cuidado constante; Gaspar estaba harto de esa protección, que le parecía desmedida, y entendía a su padre, su rechazo, la confrontación con sus médicos y a veces con él o con

Esteban. Sin embargo, podía dejarse cuidar por Pablo. Se entendía con él, confiaba en él, aunque Pablo había cambiado mucho. Los tres habían cambiado, pero el cambio de Pablo era más significativo porque era homosexual (él prefería llamarse gay y todos se estaban acostumbrando a la palabra, mucho más amable), no lo ocultaba y tenía su grupo de amigas del colegio que salían con él, lo llamaban por teléfono, le servían de compañía y escudo contra los varones crueles. Además, quería estudiar Bellas Artes y pintaba grafitis. Se había acostado con varios compañeros, decía. Ojo, le advertía Vicky, tené cuidado, no sabés la cantidad de enfermos que recibe mi mamá en el hospital. Ay, no seas tonta, yo me cuido, respondía él, aparte se contagia gente más grande.

Gaspar volvió a la habitación de su padre. Hojeó los cuadernos que iba a llevarse en su mochila. Tenía la sensación de que faltaba alguno: recordaba un cuaderno con dibujos, con muchos signos, que su padre repasaba y corregía con mucha atención. No eran garabatos; no sabía qué significado tenían esos trazos geométricos y su padre siempre le había mentido diciendo que los hacía para entretenerse. Siempre pensaste que me creía tus mentiras, dijo Gaspar en voz baja mientras abría la mochila. Pero yo también estaba metido en tu cabeza. No tanto, nunca pude pasar la barrera, pero sabía que estaba la barrera, papá, la sentía. ¿Por qué tuviste que levantarla?, eso me pregunto.

Buscó el cuaderno en cada cajón, incluso en la cocina. No pudo encontrarlo. Le preguntó a su tío, que le dijo yo no toqué nada. No sé si el amigo de tu viejo tenía llave, no sé si se llevó algo. Esteban: Gaspar podía imaginarlo tomando las cosas especiales, esas que compartían, los secretos que seguro guardaban. Los cuadernos que sí se llevaba, sin embargo, tenían algunas anotaciones inquietantes. «Cuando se llama al diablo con las ceremonias requeridas, el diablo acude y se lo ve. Para no morir de espanto ante su presencia, para no volverse loco, es preciso estar loco. Lévi», decía una. Así que esto hacías. Invocar al diablo. O a lo mejor a su padre solo le interesaba el tema de puro aburrido. De pasársela en la cama solo, sin nadie con quien hablar. Pero no, había algo más, no era aburrimiento. Los cortes, los que le había hecho y los que se hacía él mismo. La noche en que habían tirado al río las cenizas de su madre. El hecho de que adivinara cosas. Su padre podía encontrar lo perdido. Su padre sabía cuándo alguien iba a morirse. Su padre le había hablado de los muertos que venían con el viento. *The dead travel fast.*

El último año de la secundaria, Gaspar descubrió, a doscientos metros de su colegio, el centro cultural Princesa. La pared estaba pintada de rojo y la pintura era reciente, porque el color era imposible de disimular, parecía una casa sobre la que se había derramado sangre. Tenía, también, el nombre del lugar escrito en grafiti y en neón, para que se viera de noche. A Gaspar, la primera vez, las siete de la tarde, con el neón ya encendido y la música que salía de la puerta abierta, el lugar lo atrajo lo suficiente como para cruzar la calle corriendo e ignorar las bocinas. Llovía un poco y se mojó las zapatillas negras.

Afuera, bajo el balcón de la terraza que hacía de techo, una chica fumaba con una pierna doblada, el pie apoyado contra la pared. Tenía shorts de jean cortados, la piel morena, borceguíes de policía, una musculosa blanca y muchas pulseras en las dos muñecas; algunas brillaban, parecían de brillantina, de nena, otras eran de plástico negro. Llevaba el pelo corto y oscuro. Gaspar pensó que era hermosa como ninguna otra chica que él hubiese visto alguna vez. Se le acercó sin vergüenza, atraído como si él estuviese muerto de calor y ella fuera un hielo que se derretía, había que ser rápido, había que ser decidido.

–¿Está abierto? –le preguntó, después de saludarla.

Desde adentro llegaba una canción que hablaba de piel que volaba todo alrededor. Qué letra rara, pensó Gaspar. La guitarra perezosa resultaba muy apropiada para esa tarde de humedad y lluvia.

—Ahora solamente podés tomar cerveza en la barra, pero a la noche hay un recital de poesía. Después toca una banda.

La chica lo miraba con curiosidad.

—No había visto el lugar antes –dijo Gaspar.

—Está hace como un año, pero lo pintamos de rojo para que se note. ¿Vas a la escuela?

—Al Normal de acá a dos cuadras. Estoy atrasado. Estoy en quinto, pero ya tengo dieciocho.

—Repetiste.

—No –dijo Gaspar, y no explicó más.

Ella era más grande, se dio cuenta. No mucho, algunos años. Debía estar en la facultad. No había estado con muchas chicas, algo que ocultaba y le resultaba vergonzoso. A Belén, una compañera, le había besado el ombligo en el parque; ella había tenido cosquillas y él una erección repentina y algo dolorosa cuando ella movió las piernas y le llegó el olor de su bombacha. Había intentado acostarse sobre ella y la besó detrás de la oreja, pero Belén se asustó y él dejó de insistir de inmediato. Me gustás mucho, dijo Belén, pero no quiero. Él sintió que le latía la cabeza, pero como ella estaba a punto de llorar le dijo no hay problema, y perdón, es que sos muy linda. Vamos, te acompaño a la parada, ¿querés?, y ella dijo que sí y al rato estaban hablando de otra cosa, Gaspar no se acordaba de qué porque le dolía la erección y cuando esperaban el colectivo le dijo que iba a hacer pis y se hizo una paja breve y furiosa detrás de un árbol, ante la mirada curiosa de un gato blanco y mugriento que parpadeaba. Cuando volvió, más tranquilo, llegó el colectivo y Belén le contó sobre sus vacaciones en el Valle de la Luna y cómo el paisaje se parecía al de *La guerra de las galaxias*. No la había vuelto a ver. Se había acostado con otras chicas, después, pero todas las veces habían sido memorables y profundamente insatisfactorias; estaba seguro de que debía haber algo más, que no podía ser nada más esa sensación desesperante de apuro y alegría y después la incomodidad de no saber si a la chica le había gustado, si lo que hacía estaba bien, si se había puesto el forro de manera correcta, si estaba mal dormir después, si tenía que parar o estaba permitido pedirles otra vez, cuándo pedirles y cuándo no. Se lo había preguntado a Vicky y ella le había respondido «es reobvio, Gaspar». ¿Cómo podía ser tan obvio si para él era tan difícil?

—¿Tenés un cigarrillo? —pidió la chica.

Gaspar buscó en el bolsillo del buzo y le alcanzó el atado. Ella lo miró con desconfianza.

—¿Le Mans suaves?

—Me quedé sin plata. Son de la mujer de mi tío. Ella no se da cuenta cuando se los robo. Él sí.

—¿Él fuma algo mejor?

—No. Jockey.

La chica dejó que le encendiera el cigarrillo. Gaspar le miró las piernas. Tenía los músculos marcados. La luz del encendedor le había iluminado los ojos muy oscuros, delineados de azul, como una Cleopatra punk. Ella dijo que se llamaba Marita, y cuando él contestó con su propio nombre la presentación, ella le dijo que Gaspar le parecía un nombre genial. Un rey mago.

—Eso decía mi papá, que por eso lo había elegido mi mamá. Por el rey mago.

Marita lo miró por entre el humo del cigarrillo y Gaspar se apuró a explicar porque no le gustaban las preguntas incómodas.

—No tengo papás. Se murieron hace mucho. Vivo con mi tío.

En la cara de ella no hubo compasión ni lástima, solamente dijo que sí con la cabeza y murmuró qué bajón. Se quedó con el cigarrillo entre los labios cuando se agachó para atarse los borceguíes. Y así, haciéndose la que no le daba ninguna importancia, que era algo tan casual como arreglarse los cordones largos, le contó que, desde el centro cultural, ella lo veía pasar algunas noches, correr hasta la parada del micro. ¿Vivís lejos? No, le contestó Gaspar, en Villa Elisa. Me quedo a la noche acá, a veces.

—Vení a bailar cuando quieras —dijo Marita—. Los sábados hacemos fiestas. No creo que te guste la poesía.

–Yo no sé bailar pero me encanta la poesía –contestó Gaspar.

–Qué raro –dijo ella–. Lo de la poesía. Porque ningún varón sabe bailar. Salvo los gays, claro.

Marita le pasó el cigarrillo para que lo terminara. El filtro estaba pegajoso por su brillo labial, pero a Gaspar no le importó. Le gustaba el mundo de las chicas y de las mujeres, aunque no lo entendiera del todo. Le gustaba cómo las chicas se reían a escondidas, cómo se escribían la ropa y las zapatillas y preferían las cosas brillantes y plateadas, cómo se preocupaban por combinar los colores y decorar las carpetas con calcomanías de sus grupos preferidos, o con fotos de actores protegidas por tiras de cinta scotch que las volvían transparentes, adhesivas y menos frágiles al mismo tiempo. Le gustaba que lloraran y se preocuparan por los olores, los buenos y los malos, y la intensidad de los aromas, si aquella se había puesto demasiado perfume, si el importado que habían comprado en el free shop era increíble o un gasto inútil, si la piel de los varones tenía olor y si era cierto que las bombachas húmedas olían a durazno o a pescado. Le gustaba que Julieta puteara más que su tío y que se pasara horas en la peluquería, y aunque no entendía por qué un corte de pelo feo la hacía llorar, le daba lástima verla triste por eso, no lo irritaba (como obviamente irritaba a su tío, que rezongaba no me entran en la cabeza estas pelotudeces). Le gustaba que Julieta se diera cuenta cuando se le rompía el cierre de la campera y que supiera arreglarlo; sabía que era mejor no discutirle cuando le había ido mal en el juzgado. Le gustaba que Vicky lo llamara por teléfono y le dijera: ya sé cómo hacer para evitar las cargadas en el colegio. Hay que ser lindo o hay que ser raro. Por eso no te gastan a vos: porque sos lindo y sos raro.

Gaspar no se quedó esa noche en el Princesa, pero decidió que sería su lugar: le gustaba incluso antes de conocer sus paredes pintadas de rojo para ocultar las manchas de humedad, el escenario crujiente, la cerveza que nunca estaba del todo fría, el tablón sobre patas de hierro donde se vendían fanzines, vinilos usados, libros de arte con algunas hojas sueltas.

Vicky apoyó la cara sobre el volante del auto y suspiró. Estoy tan cansada que no me puedo enojar, dijo.

Gaspar le encendió un cigarrillo.

—Nos quedamos en el auto hasta que arranque, no tengo nada que hacer.

La mudanza a La Plata se estaba volviendo tortuosa. El departamento que Vicky había conseguido era oscuro, no tenía balcón y la cocina era tan pequeña que resultaba imposible hacer ingresar a dos personas. Se preguntaba qué tamaño de heladera debía comprar: la que su padre le ofrecía, una ya vieja pero que funcionaba, era demasiado grande. Lo había alquilado de todos modos: el precio era bajo, adecuado a su aspecto miserable. En la inmobiliaria, para consolarla, la dueña le había dicho que estaba bien ubicado y le quedaba cerca de la facultad.

Ella solo preguntó si en el edificio o el barrio se cortaba la luz. Si había apagones. Gaspar, que la había acompañado en el trámite durante sus vacaciones —estaba solo: Luis y Julieta se habían ido a Brasil, él había preferido quedarse en Villa Elisa y pasar el verano con Marita—, levantó una ceja cuando escuchó la pregunta y sintió la ansiedad en la voz temblorosa de Vicky. A mí nunca se me cortó, le aseguró la dueña, salvo en los cortes programados de Alfonsín.

Ahora, en el auto, fumando, Gaspar quiso saber por qué había preguntado sobre la electricidad.

—No es verdad lo que decís, entonces.

—Qué digo, a ver.

—Que tenés superado lo de Adela.

—Lo tengo superado. Me quedan estas secuelas. La oscuridad me da miedo. No soporto los apagones. Cuando tiembla una lamparita me da pánico. No lo puedo manejar.

Gaspar tiró la ceniza fuera de la ventanilla y se rascó la cicatriz del brazo. Hacía calor.

—¿Podés dormir sin medias?

—¿Y vos la seguís viendo a Adela en los rincones?

—Menos. Le conté todo a Marita.

—¿Y?

—Le doy lástima, creo. No me importa. Por lo menos no le doy miedo.

Vicky se apoyó en el hombro de Gaspar.

—Me alegro, por vos y Marita. Ella te quiere, me parece.

—Vamos al Princesa esta noche. Ya tenés casa y si no te quedás con nosotros. Pablo colgó sus dibujos y Marita me dijo que los vino a ver Andrés Sigal.

—¿Quién es?

—No seas bruta, es famoso. Es un fotógrafo. Dirige la foto-galería de Bellas Artes y tiene una galería propia que es muy top.

—Yo voy a estudiar Medicina, amigo. Otro palo. Igual dale, voy esta noche.

El auto arrancó y Gaspar pensó que nunca debía dejar sola a Vicky en la oscuridad. Tenía que asegurarse de que consiguiera un teléfono de línea pronto, así podía llamarlo, a él o a Pablo, si había un corte. En el verano solía haber apagones en la ciudad: la dueña del departamento había mentido. Gaspar, además, había notado en la mujer detalles molestos. Las medias, por ejemplo. Se le veían debajo de la pollera tableada y aparentemente elegante y eran medias de hombre, una verde militar, la otra azul marino. La verde militar parecía cubrir una herida, se imaginó un tajo que no había producido un gato ni la esquina de una mesa, accidentes que podía imaginar para una mujer de su edad. Un raspón de garras. Recordó la mano que tocaba a Pablo. No era fría como solían ser las manos fantasmas. Era una mano afiebrada, un cuchillo calentado al fuego. Una herramienta para dejar marcas. El maquillaje de la mujer era exagerado, como si debiera tapar piel exangüe, especialmente bajo los ojos, ahí donde las mejillas empezaban a caerse a cierta edad. Y cuando lo miró, Gaspar vio un deseo horrible, cierta envidia: esa mujer podía morderlo. Isabel le había dicho muchas veces que esas sensaciones podían ser auras, manifestaciones de la epilepsia, alucinaciones muy particulares. Aunque confiaba en Isabel, sobre todo en su buena voluntad, hacía tiempo que, cuando ella le explicaba los síntomas, él asentía sin creer. Ya no estaba seguro. Esa mujer intuía algo, ocultaba algo o sencillamente él le había provocado algo que llevaba dormido, agazapado.

Y por eso Vicky no debía estar sola a oscuras. Si se quedaba sola podía ser atrapada. Llevada, como se habían llevado a Adela. No podía explicar esa intuición ni ninguna otra, como no podía explicar la aversión por ciertas casas, por ciertas esquinas, por pastizales abandonados. En el cuaderno de su padre lo había impresionado el fragmento de un poema de Neruda. A Julieta le gustaba Neruda, leía poemas de amor y políticos, típico de ella. Era un viejo de mierda, le decía, un pésimo tipo con las minas, pero qué poeta. Gaspar le había indicado el fragmento del poema copiado en la letra nerviosa pero clara de su padre y ella le había señalado el libro en el que podía encontrarlo. Ahora lo tenía en su habitación, en la enorme pila de la mesa de luz. «Y me empuja a ciertos rincones, a ciertas casas húmedas / a hospitales donde los huesos salen por la ventana, / a ciertas zapaterías con olor a vinagre, / a calles espantosas como grietas. / Hay pájaros de color de azufre y horribles intestinos / colgando de las puertas de las casas que odio.»

Las casas que odio. No había sentido odio en el departamento feo que Vicky había alquilado. No creía que fuese peligroso, a pesar de la piel muerta que su dueña trataba de ocultar. Iba a visitarlo seguido para comprobar que se trataba de un lugar seguro. No podía perder a nadie más.

El cine Moreno tenía ese nombre ilustre pero era el único porno de La Plata, y toda persona que más o menos supiera algo sobre la calle y la noche entendía que no era un lugar de valijeros, ni de chicos que se iban a masturbar, ni un sitio de aventuras. Lo había sido hasta hacía poco. En 1992, los que querían ver porno tenían los videoclubes. Y el cine era el epicentro del yiro, el lugar donde se encontraban los hombres gays de la ciudad para tener sexo a cualquier hora, todos los días de la semana menos el lunes, cuando se hacía una limpieza discreta, de la que dejaba testimonio el olor a desinfectante barato.

—Yo me embiché ahí —decía Max, el DJ y encargado de sonido en general del Princesa, mientras se limpiaba los dedos sucios de aceite; también se ocupaba del precario mantenimiento—. No piso más. Es un hospital de infecciosas.

—Yo quiero ver qué onda pero me cuido —dijo Pablo—. Vos sabés que yo uso capita doble.

—Mirá, Paul, si estás tanática es tu problema. Yo no te llevo ni me hago cargo si revientan el lugar. No estoy en condiciones psicofísicas de andar sacando maricas de comisarías, ya lo hice mucho. Y menos nenas menores.

Gaspar rechazó el mate que le ofrecía Max.

—Me da curiosidad, es eso. Y no soy menor, cumplí dieciocho hace meses, estás con demencia senil.

—Qué atrevida. Hacé lo que quieras, no hay quien pueda parar a una pendeja en celo. No vayas solo, llevate algún noviecito. A vos —dijo, apuntando a Gaspar— ni se te ocurra acompañarlo para experimentar, que con lo lindo que sos te violan en masa.

—Ni en pedo me meto ahí.

—Es tan chongo esta criatura, con esa cara trágica, me enloquecés.

Max estaba terminando de poner en su lugar la puerta del baño, que se había caído hacía ya varias noches. Quería tener el lugar presentable porque Andrés Sigal había venido por segunda vez y esperaba, al menos, que les donara dinero. El puto eminente podría hacer una colecta para nosotros, los putos pobres y vanguardistas, decía. Los dibujos de Pablo ahora compartían espacio con fotos de chicas travestis que vivían todas juntas en un hotel tomado, cerca de la estación. Andrés, que era coleccionista, había comprado una: las chicas festejaban un cumpleaños alrededor de una torta cubierta de merengue y se las veía felices. Era la única foto feliz. Andrés era rico porque fotografiaba los lugares turísticos de Argentina y sus libros se vendían en hoteles y aeropuertos y negocios de souvenirs para turistas. Además de estas fotos comerciales, Andrés había recorrido el país varias veces para retratar la vida de gays y travestis desde la dictadura hasta entrados los años ochenta. En su última visita había contado que pensaba en hacer una retrospectiva mezclada, con un poco de todo, las fotos de la Argentina, las de gays, las de toda la gente que había conocido en casi quince años de idas y vueltas.

El centro cultural Princesa se había convertido en un polo de agitación en La Plata. Max y Marita, que eran muy amigos y habían sido compañeros de colegio, lo dirigían, con enorme flexibilidad. Los recitales de poesía explotaban de gente. Había poetas locales que leían sus textos y otros que interpretaban los de autores famosos; las noches de Pizarnik y Plath eran un éxito. También había salido de ahí la hasta ahora primera y única marcha del orgullo gay, poco concurrida pero intensa. Marita, además, había empezado a grabar conversaciones con los amigos de Max infectados con vih. Le interesaba saber sobre el trato de los vecinos, de los familiares, de los médicos; sobre las dificultades para conseguir la medicación; si eran discriminados, si se sentían representados por los activistas de Buenos Aires, si tenían idea de lo que era Act Up. Pablo, a veces, se quedaba a escuchar estas charlas y a veces intervenía con preguntas. Marita aceptaba encantada su presencia. Ella quería algún día, cuando por fin encontraran la medicación adecuada, o la vacuna —y estaba segura de que eso ocurriría—, escribir un libro con estos testimonios o sencillamente publicarlos. Estudiaba Periodismo. Tenía miles de planes. Una noche, después de acariciarse en el sillón de la casa vacía de Villa Elisa, Marita le había preguntado a Gaspar por qué él no se sentía incómodo entre tantos gays.

Gaspar, jugando con sus aros de calaveras, le había dicho casi sin pensarlo: creo que mi papá era puto. O bisexual, porque a mi mamá sé que la quería y tenía amantes mujeres, una al menos. Tali. Catalina.

–¿En serio? ¿Y se sabía abiertamente?

–Nada era abiertamente con mi papá. Tenía un novio, sí, un amante, se veían poco.

–¿No lo volviste a ver?

–Él desapareció y me parece tan de cagón que no me interesa volver a verlo. Mi problema es con él, igual, no con que fuese novio de mi papá. Al contrario: yo quería que viviesen juntos.

–Por eso estás cómodo.

–No sé por qué tendría que estar incómodo.

Y no mentía: le resultaba una compañía tan cómoda como la de su equipo de fútbol 5. A veces Gaspar creía que, en realidad, no podía acercarse del todo a nadie, entonces le resultaba más fácil la aceptación. También en el Princesa, cuando las fiestas hacían transpirar las paredes y todos bailaban con los vasos de cerveza en la mano y gritando, tenía que salir al patio. Es el miedo al descontrol, decía Isabel. Durante muchos años, por el caos en que vivías, necesitabas el control, estar alerta. El desenfreno podría desestabilizarte, eso es lo que creés. Me gustaría cambiar, le había dicho a Isabel, pero ella, como siempre que expresaba algún deseo, se callaba y le sonreía.

–Gaspar, vida mía, haceme un favor –dijo Max cuando terminó de limpiarse el pulgar derecho–. ¿Trajiste las cartas, como te solicité?

Marita, que era la encargada de la pava –el agua para el mate era su obsesión, creía que nadie más era capaz de dar con la temperatura justa–, le dijo:

–No te pongas hincha con eso que a él no le copa mucho tirar.

–Qué sobreprotectora sos.

–Okey, soy: tengo un novio medio esquizo y mi mejor amigo tiene sida. Dale, soy sobreprotectora. No me jodas.

—Eso porque te gustan los locos y te juntás con putos. No te hagas la Florence Nightingale ahora. Por favor. No sé cómo la aguantás. Es linda, pero de morochas así está lleno.

Gaspar les pidió que no se pelearan y sacó el mazo. Max tuvo que mezclarlo y dárselo. El mazo no estaba demasiado usado, salvo por una carta, el Ahorcado, que había sido manoseada tanto que parecía provenir de un juego distinto. ¿Qué haría su padre acariciando con la punta de los dedos esa carta, justo la más extraña, para Gaspar la más temible?

Pablo limpió la mesa para que la superficie no humedeciera las cartas. Recibió el mazo de las manos de Max y lo miró antes de tirar. Max estaba serio. Le brillaban, a lo mejor porque tenía fiebre, los ojos oscuros. Marita se acostó sobre unos almohadones y Gaspar sintió su mano, los dedos llenos de anillos, acariciándole la espalda.

—¿Me decís vos o pregunto?

—Preguntá.

—Tengo preguntas pesadas.

Gaspar levantó la ceja izquierda. Era un gesto que había heredado de su padre y que trataba de evitar sin éxito.

—Todas las preguntas son. Pesadas, quiero decir. No conozco a nadie que le pongas las cartas y pregunte pavadas. No existe eso.

Y para sí mismo pensó: el Tarot es un lenguaje viejo. Había leído en un libro de su padre, por encima, pero no lo olvidaba, que las cartas guardan un secreto de algo que quizá se ha olvidado. Las cartas son ese secreto.

—Preguntales si me voy a morir de sida.

—Ay, Max —dijo Marita, y dejó de acariciarle la espalda, como si quisiera evitar distraerlo.

Gaspar esperaba la pregunta, así que no se inmutó. Siempre que tiraba, y lo hacía poco, pasaba lo mismo: tenía una tranquilidad de experto. Eligió una tirada sencilla, la que le había enseñado su madre cuando era muy chico. Tan chico que apenas se acordaba de esa lección. Puso las cartas sobre la mesa y no hizo ningún silencio misterioso porque nunca actuaba, de la misma manera que no podía mentir desenfreno.

–Vas a estar bien, Máxima, así que te voy a tener menos paciencia. Mirá acá, la de abajo, es la única que importa porque es ¿el futuro, digamos? La conclusión. Y lo que dice es el Sol, que es la mejor carta. Capaz te morís de otra cosa y todo.

Max no pudo ocultar un temblor en la garganta, así que no habló por unos segundos. Los ojos de Gaspar parecían parpadear con una frecuencia menor, como los ojos de ciertos reptiles, y esa fijeza les daba una frialdad especial; también provocaba cierta desconfianza, la de estar enfrente de una especie híbrida.

–Si me mentís, te mato.

–No me vas a poder matar desde tu lecho de muerte.

Max se apretó los ojos con la punta de los dedos y después dijo:

–Ahora quiero preguntar por el chongo de la verdulería.

–Eso te lo contesto sin las cartas: si le tirás onda, te baja los dientes.

–Mucha confianza tenés en los chongos vos, muñeca.

Gaspar puso las cartas una sobre otra, reunió el mazo, y miró alrededor.

–¿No querés que te tire? –le preguntó a Pablo.

Pablo lo miró muy serio.

–Hoy no. Mañana si nos vemos.

Claro que se veían. Se veían todos los días. Pablo estudiaba Bellas Artes y ya era tan bueno, en primer año, que le habían ofrecido ser ayudante de cátedra *ad honorem*. Gaspar había visto y leído algunos de sus proyectos y sus dibujos. Era arriesgado y brillante. Si Andrés Sigal le daba una mano, iba a ser una estrella.

Pablo creía que era temprano para ir al cine, las siete de la tarde, pero Julián le dijo que era así, que se venía a esa hora para evitar a la policía. Los dueños pagaban, pero a veces se les pasaba la fecha y entonces los milicos podían caer y eran viciosos con los putos, burlones, violentos. Julián era un chico que había conocido en el Princesa y con el que solía ir a bailar a otros boliches, menos artísticos, más divertidos; alguien con quien podía ser tonto y borracho y besar a cualquiera. Le gustaba Julián y poco más, pero era un compañero ideal para ir al cine, para aprender cómo se conocían y se encontraban los putos grandes, cómo era eso de garchar con alguien sin cara y en la oscuridad.

No había nadie en la puerta, lo que le resultó raro, pero cuando entraron los recibió un hombre medio oculto detrás del vidrio de la boletería: se le pagaba a él. Después se bajaba un piso, hacia las salas. En el piso, junto a las paredes, bordeándolas como un hilo plateado, un tubo de luz de neón: la única luz para guiarse de una sala a otra. Julián se rió, una risita tonta y excitada, y Pablo sintió un arrebato de bronca, de ganas de cachetearlo y de salir de ahí. De pronto tenía miedo, una claustrofobia indefinida, era la luz artificial, que se parecía tanto a la de la casa de Adela.

Había tres salas y Julián le dijo que tenían que entrar primero en la Wilde y después ir a lo que llamaban el Túnel; él nunca había estado pero era lo máximo, decían, no sabés la pija de quién te estás comiendo, no sabés nada. Lo siguió. La sala Wilde tenía la luz de la película que estaban pasando y ninguna otra, salvo dos pequeñas para marcar la entrada. Algunos hombres cogían sobre las butacas, otros paseaban por los pasillos del medio y los costados, paraban a tocarse unos a otros, pedían fuego, incluso charlaban. Era casi un boliche gracias a la música de la película, una película hetero con chicas de tetas plásticas, pelo rubio y semen en los ojos, los hombres brutales de pelo en pecho, piel de cama solar y pijas desproporcionadas. Perdió a Julián en la sala. Un hombre con el jean desprendido se le acercó y le dijo al oído que se la chupase y Pablo se arrodilló y obedeció, él mismo excitado por obedecer esa voz gruesa, y mientras chupaba, con la mano del tipo, mucho mayor que él, que se le metía entre los rulos, él también se desprendió de los pantalones y se masturbó. Mucho después iba a pensar sobre si tenía alguna llaga en la boca, o por qué no había mirado si el pene del hombre estaba lastimado. Tenía miedo cada vez que era descuidado, pero una vez que la ansiedad se le pasaba llegaba el deseo otra vez. Las ganas de encontrarse con un hombre en una esquina y llevarlo a la plaza y reírse cuando alguien caminaba cerca, a ver si los denunciaban. Las ganas de meterse en un auto que apestara a semen y a mierda. Las ganas de sentirse debajo de un pecho fuerte y de pasarse una noche entera tomando vino del pico de una botella y merca de un plato o una espalda, un cenicero lleno hasta el tope.

Encontró a Julián cerca de la pantalla: estaba agitado, como si se hubiese corrido, y cuando lo besó, sintió los restos de la cocaína. Pablo le preguntó al oído por qué no le convidaba, pero Julián no lo escuchaba y le contaba de este chongo y del otro y se felicitaba porque había logrado que se pusieran forro, sonaba orgulloso, y Pablo se dijo que era el peor momento para pensar en eso y se preguntó cómo había sido para los más viejos, que no pensaban en cuidarse ni en morir o enfermarse, pero también era cierto que antes los viejos estaban siempre tapados y se casaban. ¿En algún momento había estado bueno ser puto? Se dio vuelta y, en la puerta, le pareció ver las sutiles canas de Andrés Sigal, con la camisa abierta y un cigarrillo en la mano. Él debía ser su objetivo pero Julián insistía con cambiar de rumbo y Pablo pensó que había tiempo para conocer a Andrés. Todos decían que le gustaban con locura los pendejos.

Fueron hasta el Túnel. A Pablo no le cerraba mucho el nombre, pero pensó que, si el lugar le daba claustrofobia otra vez, podía salir y ya. Era un sótano y se sentía subterráneo hasta en cómo iban asordinándose los ruidos con cada escalón. Los hombres no eran tantos. Había que bajar otra pequeña escalera. Pero, a la mitad, Pablo dejó de ver los escalones. Julián tuvo que ayudarlo a bajar, tropezando con la baranda, con los cuerpos. Abajo no había luz. Nada. No había pantalla ni película. Algún encendedor furtivo mostraba cuerpos que parecían demasiado pálidos y no se veían paredes de tan oscuro, como si el sótano fuese infinito.

Pablo retrocedió y alguien le tironeó el brazo, y entonces sintió la inconfundible descarga de adrenalina del pánico. Después, hablando con otros amigos, les diría que ese lugar era muy peligroso, que podía morir gente ahí, que había música para tapar los gritos, que era fácil imaginar a alguien con un cuchillo, nadie te revisaba, un *serial killer* gay, un mataputos, un loco. Asesinar ahí abajo era lo más sencillo del mundo. Pensaba eso: el lugar era una trampa. Pero la verdad la supieron solamente Gaspar y Vicky porque ellos eran los únicos que entendían. Él supo que el tirón era la mano fantasma, esa mano que lo había esperado en la oscuridad de los pasillos durante tanto tiempo, la mano afiebrada que quería llevarlo, que, si se le apoyaba más tiempo, creía Pablo, podía dejarle una marca. Ahora estaba a salvo, en el departamento platense que su madre describía con orgullo como «racionalista» y con «pisos de roble esloveno». Él lo odiaba, sin embargo, y quería mudarse y todavía no tenía el dinero. Odiaba a su hermano menor, tan malcriado, y el olor de la infelicidad en el aire. Pero, tenía que reconocer, al menos la mano ya no lo esperaba en los pasillos.

En el Túnel, en el sótano negro del cine, la mano –que podía haber sido la de Julián, aunque él nunca había podido convencerse de esa posibilidad racional– volvió a ser aquella que creía perdida. Y ahora en vez de pelos y pieles y culos veía a un hombre en el piso con la cabeza entre las piernas de otro, pero ese otro era una momia, un hombre con la cabeza entre las piernas de la muerte; veía una botella rota en las manos de una mujer sin ojos; veía a un hombre con una cuerda alrededor del cuello: le faltaba un brazo. No quiso ver más. El túnel era una fiesta de muertos, era una habitación más de la casa que se había llevado a Adela. No podía acordarse de si había gritado, seguramente sí, la música había tapado esa humillación y subió corriendo los escalones, cayó, pensó que alguien lo arrastraba hacia abajo y pateó en la oscuridad a un desconocido y también corrió por el pasillo hasta la salida, no se dio cuenta de si alguien lo miraba raro, si alguien se alertaba, si alguien lo insultaba o se preocupaba. No había nada más que la salida y la calle 2 con sus tilos y la gente cansada que iba a la estación o venía de la estación. Cruzó corriendo, no se fijó en el tránsito, y por instinto llamó a Gaspar desde el teléfono público de la esquina con el único cospel que le quedaba. Rogó que estuviera mientras se secaba las lágrimas y se agachaba en la cabina, tratando de controlar el temblor de las piernas y el corazón, que latía fuerte y no lo dejaba hablar.

–Tomate un taxi –le dijo Gaspar–. Lo pago yo. Llamamos y te quedás en casa. Tomate un taxi ya.

Pablo nunca volvió al cine. En seis meses, Julián estaba infectado y las visitas al hospital eran una procesión. En los pasillos Pablo recordaba ese sótano, al hombre sin brazo, a la momia con una erección. Julián murió rápido, en meses: pasó los últimos días hablando con la voz delgada de un niño y repasando los juguetes de su infancia. Lo velaron en la única casa velatoria que aceptaba a los infectados de vih en la ciudad. Max, el DJ del Princesa y amigo de Marita, murió tres semanas después. Ella lloraba bajo las frazadas en la cama de Gaspar y estaba enojada, furiosa y un poco asustada: no quería tener sexo casi nunca. O pedía medidas exageradas.

–Le mentiste –le dijo una tarde a Gaspar, cuando fue a llevarle flores al cementerio–. Le dijiste que no iba a morirse de sida.

–Y qué le iba a decir.

–Él creía que se iba a salvar. Hablaba del Sol, decía que era la mejor carta. ¿Eso también es mentira?

–Es la mejor carta, pero le salió al revés. Cuando salen dadas vuelta son lo contrario.

Marita se sentó sobre una tumba y se secó las lágrimas.

–No quiero que me mientas, no me mientas nunca.

Gaspar le dijo que sí y la besó en las mejillas manchadas de máscara corrida, pero pensó: a veces hay que mentir para cuidar. Ya te miento. Te oculto. Y te voy a seguir mintiendo.

Pablo le había pedido a Gaspar una tirada después del velorio de Max. Le había salido lo mismo que decían sus análisis: no estaba en peligro. Era cierto que se cuidaba, que después del cine había decidido no incursionar más en encuentros peligrosos, pero lo asombraba ser el único sano en ese huracán de enfermos. Ese invierno se habían muerto dos amigos más que solían venir al centro cultural. Uno era grande, de unos veintisiete años. El otro recién había empezado la facultad. En la marcha organizada por Marita y Max antes de morir, de tan débiles algunos iban en sillas de ruedas. Igual cantaban y agarraban el micrófono en el escenario frente al Ministerio de Salud; siempre terminaban con puteadas y después vuelta al canto y las lentejuelas en el aire.

Ese invierno, la casa de infancia de Gaspar por fin se había alquilado. Una familia joven, con hijos. El alquiler era alto. Es una casa cara, decía Luis, porque es una casa noble. Tu padre no hizo mayor esfuerzo para mantenerla y, sin embargo, no tiene grandes problemas, ni humedad tiene.

Habían sido meses tan tristes e intensos que Gaspar casi no le había prestado atención al embarazo de Julieta, un acontecimiento empezando porque la noticia había terminado en una pelea con su tío. Gaspar le había preguntado: ¿no estás muy viejo para ser padre?, y la pregunta había desatado una discusión con reproches (¿querés tener un hijo normal, no te bancás al hijo loco?) y algunas burlas (¿lo vas a llevar al fútbol con bastón?). La pelea había escalado y Gaspar, en uno de los ataques de ira que a veces lo consumían, había arrojado una jarra contra la pared, una jarra de granadina: el líquido, rojo, había manchado el piso y el mantel. Luis le había exigido que lo limpiase y Gaspar se había negado a hacerlo con un portazo.

Julieta quería ser madre: era una mujer joven pero no tanto; si deseaba hijos, era el momento. No le habían ofrecido esa información a Gaspar, pero, después de todo, él podía y debía suponerlo. El enojo se le pasó al día siguiente y pidió tantas disculpas que Luis lo hizo callar. Felicitame al menos, carajo, cómo te podés poner celoso, si supieras lo que te quiero. Gaspar no estaba celoso, creía. Odiaba los cambios: era eso. Ojalá las cosas pudieran ser siempre igual, ojalá esta casa, que es como un puerto en la tormenta, estuviera en pie para siempre, y siempre para nosotros, sin agregados, sin tiempo, sin futuro. Que los bebés fuesen mellizos resultó una noticia rara: dos hijos serían caros, darían mucho trabajo y significaría que Julieta debería dejar de trabajar por un tiempo más largo del que había planeado.

Los chicos nacieron por cesárea y los bautizaron Salvador y Juan. A Gaspar le dio vértigo sentir apenas una vaga ternura por ellos y mucho aburrimiento. Nunca voy a tener hijos, pensó cuando los sostenía en brazos y solo quería devolverlos, alejarse del olor a leche y de las sonrisas emocionadas, de las preocupaciones por el dinero y el precio de los pañales descartables, de las lágrimas. ¿Qué iba a hacer si Marita quería un bebé? Jamás habían hablado del tema y últimamente tampoco tenían demasiado sexo, porque ella estaba paranoica. O algo más. No sabía. Entendía que estaba haciendo el duelo por sus amigos y que eso era difícil; la dejaba en paz. Si se le ocurría quedar embarazada, pensó, mejor que se lo dijera, porque tenía que dejarla. Aunque la quisiera mucho. Cuando los trajeron a la casa, los mellizos se revelaron molestos y llorones y, en la opinión de Gaspar, ocupaban demasiado espacio aunque eran tan chicos. Él, a pesar del pedido callado en los ojos de su tío y de Julieta, decidió no ocuparse un segundo de los bebés. Eso significaba pasar cada vez menos tiempo en la casa. Tenía muchos lugares donde quedarse, incluso a dormir. Su tío quería que fuese a la facultad, pero Gaspar no sabía qué estudiar ni para qué y pasaba su tiempo en el Princesa. Pablo casi se había mudado ahí. Soy otro expulsado por las criaturas, le dijo una tarde. Mi hermano es el mal y mi madre no quiere que estemos cerca, porque tiene miedo de que lo apeste. El Princesa era una casa okupada y los dueños nunca habían aparecido para reclamar el lugar. Marita había averiguado, porque una casa tan cerca del centro tenía mucho valor y ella no quería ser expulsada y, decía, tampoco tenía la energía para atrincherarse y defender el lugar. Había dueños, tenían sus nombres, pero mientras no reclamaran, ahí estaba la casa para ser usada.

A Gaspar esa información acerca de los dueños lo había inquietado. Lo mismo había pasado con la casa de la calle Villarreal: nadie la reclamaba. Él jamás había percibido algo perturbador en el Princesa y confiaba en su instinto, pero los dueños fantasmas no le gustaban, no le gustaban las casas que nadie quería y que invitaban a ser visitadas con sus ventanas como ojos entrecerrados, casas como putas que mostraban las piernas en las esquinas, la boca roja y las luces de neón, la luz enferma que era igual a las luces del hospital donde se morían los amigos y donde Vicky hacía sus prácticas y donde había despedido a su padre, que tenía los ojos, al final, negros como escarabajos, como los de Omaira, que todavía volvía a tocarle los pies a Vicky por la noche, negros y brillantes como insectos, como los cascarudos que se golpeaban contra las luces del patio de la casa de Villa Elisa las noches de verano. Tenía que pensar menos, a veces, desactivar las conexiones. Marita siempre quería que fumase marihuana, te va a relajar, le decía.

Pablo estaba terminando su proyecto de dibujos y fotos de amantes con cara de poetas. Gaspar lo ayudaba a hacer las máscaras y también le enseñaba a leer poesía. Quiero que sean todos de menos de treinta porque el proyecto se va a llamar «30 de menos de 30» y van a ser treinta chabones, algunos en foto, otros en dibujo. Ahora que lo pienso, en realidad puedo meter minas.

Gaspar se había puesto a investigar. Conocía a varios poetas muertos antes de los treinta, pero para otros había tenido que revisar bibliotecas. Los libros de su padre también ayudaron mucho. Cada día aumentaba la lista para Pablo. Sylvia

Plath, tenía treinta, queda justo. Se suicidó metiendo la cabeza en el horno, sus hijos estaban en la habitación de al lado, la cerró con cinta, toallas y ropa para que no les llegara el gas y les dejó leche. ¿Por qué se mató?, quiso saber Vicky, que iba poco al centro cultural porque Medicina era una carrera demandante. Estaba recién separada y parece que eso la deprimió. Emily Brontë también queda justo, treinta, ella se murió de tuberculosis. Keats. Era el favorito de mi papá y a mí también me encanta. Se murió de tuberculosis a los veinticinco. Me costaba leerlo, de chico, ahora es de los que más me gustan. Chatterton, creo que tenía diecisiete, ese se mató con arsénico. Shelley se ahogó a los treinta, era el marido de Mary Shelley, la de *Frankenstein*. Novalis, tuberculoso, veintiocho. Hay uno que tiene más, treinta y cinco, se cayó borracho al piso en Londres, pero pará, el tipo era un puto reprimido y primo de Bosie, Lord Alfred Douglas, el novio de Oscar Wilde. Lionel Johnson se llamaba el borracho este, estaba reloco. A mí me gusta mucho. Un libro de mi papá tenía una selección de sus poemas elegidos por Yeats. ¿No lo tenés a Yeats? Ganó el Nobel. No importa. Ponelo a Lionel Johnson, es más grande, pero cierra. Asunción Silva se pegó un tiro en el corazón, le hizo dibujar a su médico el lugar donde debía disparar. Qué pelotudo el médico, que no se dio cuenta, dijo Vicky. Georg Trakl, veintisiete años, de una sobredosis de cocaína, podés creer, en esa época. Teresa Wilms Montt, una chica de clase alta chilena. Se suicidó en París a los veintiocho. A ella la encontré en la biblioteca y me fotocopié todo. Ves una foto y te enamorás. Hay uno de acá también, de La Plata, ya es una locura total, parece que en el cementerio de Tolosa encontraron su cuerpo momificado. Matías Behety se llamaba. Murió loco, borracho, pero a la momia la pusieron en la capilla un tiempo y tenía fieles, parece que curaba, le armaron como un altar. También tenía más de treinta, pero decime si la historia no es fantástica. Busqué sus poemas, pero el pobre era malísimo. ¿Por qué no los citás, a los buenos? Trakl tiene unas cosas tremendas, muy oscuras. Podés poner las fotos o los dibujos y alguna cita. Sí, dijo Pablo, pero tampoco que sea algo esquemático. Citas si dan y del que dé. Elegime vos las citas, que lo tenés más claro. Después yo descarto, o no. Y no me busques a los grandes, aunque tengan historias buenísimas. Y menos ese de la momia, no quiero saber nada de momias.

—No sé si te va a alcanzar con poetas, pero hay pintores también —dijo Gaspar.

—De esos sé —dijo Pablo—. Y ya lo pensé. No quiero. Todos poetas. Y lo que menos quiero es músicos, es muy obvio y es muy grasa.

Voy a seguir buscando, dijo Gaspar, y se pasaba las noches, con Marita durmiendo a su lado, subrayando a poetas muertos jóvenes, la mayoría suicidas. A veces le leía en la cama y ella pedía que le repitiera. ¿No lo van a poner a Rimbaud?, le había preguntado ella. Era un punk. Era hermoso, como vos. Gaspar resopló. Quiere que sean más chicos, todos menos de treinta, y aparte hay un fotógrafo famoso que ya hizo un laburo parecido solamente con la cara de Rimbaud.

—Ah, entonces se está copiando —dijo Marita.

—Él dice «citando».

—Son chicos con la cara de Rimbaud en Nueva York —le contó Gaspar—. Algunas de las fotos están sacadas en unos edificios abandonados cerca del río. Tienen una careta de Rimbaud, son muy flacos. Algunos se están inyectando heroína en el brazo, otros leen el diario, otros caminan de noche por la ciudad. Pablo tiene las fotos. Son muy lindas.

—¿Cómo se llama el fotógrafo? —preguntó Marita, y se tapó las piernas, que habían quedado desnudas.

—No me acuerdo, pero se murió de sida hace algunos años.

—Ay, no, basta de muertos —le contestó, y le pidió apagar la luz y cuando Gaspar quiso acariciarle la panza se dio vuelta, con una queja leve, como si tuviese sueño. Él sabía que no era cansancio ni malhumor, era rechazo, y cómo iba a hacer para manejar el rechazo, se preguntaba; se le pasaría, era un momento, no lo quería más, todo lo que tenía para preguntarle se quedaba suspendido en la oscuridad de la habitación, en la lamparita que titilaba, en la incomodidad de dos cuerpos juntos que querían estar separados.

Marita le había gritado en una pelea, le había dicho que ella tenía derecho a estar en las reuniones, que ella se había bancado muchas cosas. Gaspar entendió a medias el significado del reproche, pero sabía que no eran celos. Marita le estaba, como decía su tío, pasando factura. No podía permitirle estar presente en las reuniones con Vicky y Pablo. Eran de ellos. Los de afuera son de palo, y volvía a citar a su tío, que tenía dichos para todo: era el tipo más anticuado y más moderno del mundo, creía Gaspar. Y nunca le había pasado factura después de años de cuidarlo, años de sobrino loco y neurólogos, psiquiatras, diagnósticos, esquizofrenia, epilepsia, alucinaciones y ahora este limbo, compensado, se llamaba, estaba compensado, tan equilibrado que Luis se había atrevido a tener su propia familia. Después de los primeros meses, había dejado de reclamarle ayuda con los mellizos. Eso tenía un significado no tan bueno. Luis confiaba en Gaspar salvo en una cosa: muy de vez en cuando, pero con mucha intensidad, se enojaba. Y, cuando se enojaba, rompía cosas y se lastimaba y era imparable, fuerte, tenía algo de animal aterrado. Había roto a patadas el placard, que todavía tenía agujeros. Todos los platos una noche, después de una pelea no demasiado importante. Había tirado su ropa a la calle, y una vez se había lastimado delante de su tío a propósito, sentado a la mesa había usado el tenedor, que golpeaba nerviosamente durante la discusión, para clavárselo en la mano. Isabel, la psiquiatra hablaba de manejo de la ira pero no había recomendado nada urgente. Mi hija me grita que me odia, dejate de joder, es un pibe bárbaro, había escuchado una vez Gaspar durante un asado; el Negro levantaba demasiado la voz cuando estaba borracho. Por ahora Gaspar no había sido violento con nadie más que consigo mismo. Pero a veces, cuando volvía de nadar o de lo de Marita, o de la cancha, se le ocurría que podía insultar a alguien en la calle porque sí, y agarrarse a piñas para descargarse. Las ganas de romper algo o a alguien a veces eran como las ganas de correr o la sed: urgentes. Tranquilizadoras.

La casa era lo suficientemente grande para tener privacidad, de todos modos. En el amplio fondo, Luis y algunos obreros amigos habían levantado un quincho pequeño, no demasiado cómodo, pero bien hecho. Como las fiestas en la casa habían disminuido en frecuencia con el nacimiento de los bebés, Gaspar lo había tomado como lugar propio y nadie se lo cuestionaba. Era su monoambiente y era cálido en invierno y fresco en verano: el quincho tenía estufa y ventilador. Llevó el colchón, llevó el equipo, se llevó una de las teles chicas, los libros. Se volvió un lugar mucho más conveniente para estar con Marita, que había dejado ahí algunas bombachas, un pantalón y toallitas higiénicas en la mesa de luz, todo con sus detalles: los pantalones con corazones negros pintados con fibrón, la bombacha blanca de algodón, las toallitas adentro de una bolsita de falso terciopelo negro para que no pudiera adivinarse su contenido.

Ahí, en el quincho, con la estufa encendida y la ventana un poco abierta, sobre el colchón de cama matrimonial, Vicky, Gaspar y Pablo se juntaban cuando podían, y podían seguido. A esas reuniones no estaba invitada Marita. Se sentaban y recordaban y hablaban de lo que seguía pasando ahora. Juntos no les hacía mal recordar. Gaspar, a veces, cuando el recuerdo era muy intenso, tenía que respirar hondo y anunciar que paraba porque, si no, sentía cómo llegaba esa caricia horrible del miedo que lo paralizaba, que lo obligaba a meterse en la cama, que incluso le fijaba las pupilas. Un neurólogo le había explicado que ciertas epilepsias tenían síntomas solo psíquicos, la sensación de miedo –a veces de euforia–, de *déjà vu,* y a veces ese miedo era paralizante. Nunca le habían encontrado de forma definitiva los signos de la epilepsia o de una lesión cerebral. Los estudios siempre eran dudosos, interpretables. Tomaba la medicación de manera errática, por lo general fingía hacerlo. Vicky se enojaba, Vicky la doctora, la racional. Las migrañas durante mucho tiempo se diagnosticaron como epilepsia, le decía, y vos tenés muy seguido, demasiado seguido. Cierto, pero su padre había sufrido migrañas, su tío las sufría, y ninguno de los dos era epiléptico.

No hablaban de eso, igual. Hablaban de Adela y de la casa. Había sido demolida hacía poco con autorización de los dueños, que nunca lograron venderla y que, claramente, no lo lograrían jamás. Vicky había ido hasta el terreno varias veces, sus padres todavía vivían a pocas cuadras. Algunos chicos habían grafiteado la única pared que quedaba en pie, pero no mucho. El lugar le daba miedo a todo el mundo. Tenía el aspecto que tienen los lugares donde ocurrió algo malo: un aire de expectativa. Los lugares malos esperan, o buscan, que lo malo vuelva a suceder.

–Es como un imán –decía Pablo, que había pasado por enfrente en una visita a los padres de Vicky–. Siempre fue.

Y Gaspar decía que prefería evitar visitas al barrio de su infancia. Le daba lástima por Hugo y Lidia Peirano porque los extrañaba. No quiero que piensen que soy un desagradecido, le dijo a Vicky, y ella lo tranquilizó. Llamalos de vez en cuando. Con eso se van a quedar tranquilos. Gaspar sentía con los Peirano, a veces, la misma sensación que con Esteban o Tali: no entendía por qué habían dejado de verlo. O por qué se habían ido, como Betty, la madre de Adela. Como si su padre les hubiera dado a todos órdenes de no molestarlo.

Gaspar había tomado uno de los papeles de dibujo de su tío, muy grandes, los que usaba para proyectar. Y ahí, de a poco, con los recuerdos de los tres, desde hacía más o menos un año estaban reconstruyendo la casa que habían visto cuando Adela desapareció. Pablo dibujaba el plano. Les había llevado tiempo recordar la ubicación de los estantes. Dónde estaba la escalera. Las puertas. El piano. La ropa vieja. Los libros de medicina. ¿Qué serían esos libros, por qué estaban ahí? Uno era verde, decía Vicky. Pablo lo recordaba celeste. En el dibujo no lo pintaban. Ponían al lado del dibujo: «Color dudoso».

–Poné que rojo no era –dijo una vez Vicky–. Eliminemos dudas.

Hacía poco ella había empezado a hablar del zumbido y las voces que había escuchado. Le costaba recordar qué decían, pero se acordaba de ciertos tonos. Una voz de mando, una voz asustada, una voz monótona.

Pablo hablaba de las manos que lo habían tocado en la casa. Le habían tocado la espalda, sobre todo. Y el brazo. Siempre el brazo. A lo mejor, la mano que lo atrapaba en pasillos no era una mano fantasma sino un recuerdo que se materializaba, pensaba Vicky.

–Yo veía, vos escuchaste, él sintió –dijo Gaspar–. Algo vamos a lograr con esto.

Vicky, con la espalda contra la pared, puso un disco que le gustaba y dijo:

–No vamos a encontrar a Adela, Gaspar.

Él acarició el dibujo, el plano, y se quejó con un chasquido de lengua porque el dibujo le parecía incompleto. No le contestó a Vicky. Todos creían que era posible encontrarla. Si no, no hubiesen estado ahí, recordando los pasos en la oscuridad con el zumbido en los oídos.

–Ah –le dijo a Pablo, cambiando de tema–. Encontré dos poetas más, Rupert Brooke, se murió de una infección en la guerra, tenía veintiséis. La Primera Guerra Mundial. Le decían el chico más lindo de Inglaterra, buscá fotos. ¿Leíste *Este lado del paraíso?* Bueno, el título es un verso de él. Ustedes leen repoco. Era gay o bisexual. Y Wilfred Owen, más chico, veinticinco, se murió una semana antes del final de la guerra, en serio. Es buenísimo.

—¿Y a estos de dónde los sacaste?

—De un libro de mi mamá sobre el arte y la Guerra de 1914. Tiene unas pinturas increíbles. Es un libro muy triste.

Enterarse no lo había sorprendido porque hacía meses que Marita estaba buscando una excusa. Gaspar, porque no sabía qué hacer, había decidido correr. Hacía tiempo que se había armado un circuito ahí donde se terminaban las calles asfaltadas de Villa Elisa y empezaban las de tierra, las primeras con casas quinta a cada lado, después baldíos, después pequeñas chacras hasta llegar al campo. Tomaba agua de a poco antes de pegar la vuelta, sentado en el pasto. Lo había visto venir. Ella no quería salir con él o, cuando finalmente aceptaba, de repente le dolía la cabeza o tenía frío y prefería quedarse en su casa. También le había gritado por teléfono después de una discusión tonta por unos discos que él había olvidado devolver. Pendejo de mierda, le había dicho, para lastimarlo. Buscaba que él se ofendiera. Y ahora Gaspar sabía por qué. Enterarse de que le estaba metiendo los cuernos no lo sorprendió. Lo que lo sorprendió fue su propia furia. Apenas conocía al chico en cuestión. Se llamaba Guille. Sabía que estaba con Marita porque los siguió. Los había visto tomando unas cervezas en el bar Meridiano. Era hijo de alguien, no estaba seguro de quién, un político, un legislador. Morocho, alto, usaba camperas militares y borceguíes y a Gaspar le parecía más nazi que punk. Lo conocía como se conocían todos en La Plata: de ir a buscar tarjetas para entrar a boliches en calle 8, de los recitales, de las marchas, incluso del Princesa alguna vez. No le caía ni mal ni bien, nunca había pensado en ese chico. Hasta ahora, que imaginarlos juntos lo enloquecía de celos. Los había visto besarse en el bar. Guille metía los dedos bajo la remera de Marita, una remera a rayas negras y blancas que Gaspar conocía perfectamente, ella la perfumaba con su favorito, Calvin Klein Obsession, que era caro y a veces le traían amigos de su papá del duty free cuando viajaban a Uruguay. A pesar de eso, la remera a veces apestaba a churrasco, porque la casa de Marita no tenía buena ventilación y el olor a comida solía impregnarle la ropa si dejaba la puerta de la habitación abierta. La otra mano se la apoyaba en los jeans, unos muy ajustados que Gaspar odiaba porque eran difíciles de sacar. No le tocaba el pelo, el imbécil. El pelo de Marita tenía el olor de la lluvia sobre la tierra seca.

No había podido dormir después de verlos, por eso ahora corría insomne y agotado, con las rodillas algo temblorosas y el pecho cerrado como el de un asmático. Había querido correr hasta desmayarse, pero su cuerpo no funcionaba así. No estaba débil. Volvió a la casa pensando en si debía pelearse con Guille o llamar a Marita, pero cuando se metió en la ducha y el agua caliente le pegó en la nuca, sintió unas ganas feroces de lastimarse. No había logrado que Marita se quedara con él. Ella sabía que no tenía sentido quedarse con un loco, con un enfermo, con alguien arruinado. ¿Qué podía darle? Ni siquiera se emborrachaban juntos porque él y sus pastillas le impedían divertirse; muchas veces tenía que irse a dormir temprano porque estaba muerto de sueño. Le hablaba de poetas y de su infancia en una casa vacía. La había acompañado a enterrar a sus amigos porque él de eso sabía, de la muerte y de amigos que se iban para siempre. Se golpeó la frente contra los azulejos del baño y el dolor lo alegró, le llenó el cuerpo de euforia, así que siguió hasta que vio que el agua se mezclaba con la sangre. Salió de la ducha y se miró al espejo, la frente lastimada, los ojos de pupilas dilatadas, el pelo un poco largo chorreando sobre sus hombros. Le dio un puñetazo al botiquín, y otro, hasta que se astilló, y entonces arrancó el vidrio para cortarse, había leído que debía ser un corte vertical en la parte interior del brazo, en las muñecas no servía, no se alcanzaba ninguna arteria.

Había empezado a rasgar la piel cuando Luis entró en el baño.

—¿Qué estás haciendo, hijo? —le gritó, y enseguida le sacó el trozo de espejo de la mano. Gaspar se enfureció e intentó pegarle, pero Luis era rápido y lo abrazó desde atrás, le apretó el vientre hasta ahogarlo, inmovilizarlo, y lo sacó del baño a la rastra. Con un solo movimiento, recuperó el pantalón y la remera de Gaspar. No habló del corte en el brazo ni de lo que había visto. No dijo suicidio, no habló de intento, nada. Solamente dijo: Gaspar, secate y vestite. Y vamos a la cocina.

Gaspar le hizo caso, pero estaba furioso. Cuando llegó a la cocina, agarró la botella de vino que estaba sobre la mesa y la arrojó al piso. Los vidrios saltaron para todos lados. Julieta se asomó desde la habitación, con uno de los bebés en brazos.

–¿Qué mierda está pasando? –gritó.

–Nada, nos arreglamos –dijo Luis, con voz calma.

–Controlá a ese borrego, ¿me escuchás? –Julieta cerró de un portazo y Luis respiró hondo.

–Qué –dijo Gaspar–. ¿Te da miedo discutir con ella? Sos un cagón. Por eso te fuiste del país, ¿no?

Luis sentó a Gaspar de un empujón y después se ubicó frente a él, cara a cara, uno de cada lado de la mesa.

–No me vas a ofender, Gaspar. Ni me vas a hacer calentar. No sabés lo que pasé y lo que no pasé y no me importa tu opinión acerca de mis decisiones. En lo más mínimo. Si estás buscando que te ponga una mano encima, sabelo ya: yo no te voy a pegar nunca, jamás. Podés tratarme de cobarde horas, si se te canta.

Gaspar se llevó las dos manos a la cabeza y de repente, antes de que Luis pudiera ponerse de pie y acercarse para pararlo, golpeó la mesa con la mano lastimada, una y otra vez, muy fuerte, y Luis lo detuvo cuando se iba a golpear la cabeza otra vez. Lo abrazó de atrás, le pidió al oído que se calmara, como había hecho cuando era más chico, pero resultaba difícil contenerlo ahora, ya un hombre, los dos igual de altos y Gaspar con un estado físico extraordinario y la fuerza de una persona entrenada.

–Qué querés, hijo.

–Que me caguen a patadas –dijo Gaspar, y aunque la voz le salía de una garganta endurecida, aunque la voz era más gruesa, no lloraba y no iba a llorar–. Que me maten a golpes quiero. Maté a una nena, me merezco todo. Marita me dejó, está con otro, soy una mierda.

–No mataste a nadie, ¿otra vez eso?

Luis resopló y soltó a Gaspar, que apoyó las manos sobre la mesa y se quedó callado.

–La llevaste a la casa. Pero de ahí a pensar que la mataste. Cuántas veces lo mismo, Gaspar. Bueno, en esta casa no te vamos a castigar por lo que no hiciste. Podés ir a reventarte a trompadas por una mina si se te canta. Minas no te van a faltar. ¿Tan enojado estás? ¿La querés mucho a ella?

Gaspar se levantó para buscar una botella de agua fresca. La sacó de la heladera, se la apoyó en la frente. Después sirvió dos vasos. Temblaba. Luis le pidió que le trajera vino. Tomaron en silencio un rato.

–Todos hacemos cagadas, hijo. Yo le metí los cuernos a Mónica y no sabés lo que la quería. Vos a lo mejor la terminás perdonando a Marita.

–Si no quería estar conmigo, me podía decir que la cortaba un tiempo. Cagarme es de hija de puta.

–No seas tan duro. La vida es distinta.

Afuera ya se hacía de noche y Luis dijo que iba a cocinar algo, si Gaspar quería comer. Gaspar prefirió esperar la comida en una reposera, mirando el cielo de la noche. Le había empezado a doler la cabeza y, como siempre antes de una migraña, tenía pequeñas alucinaciones. Ahora mismo, por ejemplo, la luz tenue de las estrellas producía un reflejo raro, una especie de muesca que se sacudía y se abría, la primera flor. Las flores negras que crecen en el cielo. De pronto, la presencia de su padre fue tan abrumadora que lo adivinó de pie detrás de él, pero no tuvo miedo. Levantó la mano sana, a ver si sentía que su padre podía tocarlo.

Gaspar se durmió en la reposera y no se despertó ni cuando su tío le puso una manta encima antes de comer su cena, solo, en la mesa de la cocina. Julieta no había querido salir de su habitación. Estaba muy enojada.

Cuando se despertó, la casa olía a pasto, leche y el perfume de Julieta. El dolor de cabeza se insinuaba con saña detrás del ojo derecho; la cara estaba adormecida y los dedos apenas podía estirarlos, pero sentía, aún, una especie de euforia.

Escuchó los pasos inconfundibles de su tío, que iba al baño. Tenía que cruzar el living para llegar.

—Qué hacés ahí, me asustaste.

En vez de volver a la cama, cuando salió del baño su tío se trajo un vaso de vino de la cocina. Tampoco podía dormir. No encendió la luz: la luna iluminaba el living, también estaba prendido el farol del patio y la cortina de la ventana corrida.

Gaspar extendió su brazo en dirección a Luis. Era el brazo con la marca, la cicatriz oscura de una herida profunda.

—Esto no fue un accidente, tío. Esto me lo hizo papá.

Luis detuvo el vaso a medio camino, antes de llevárselo a la boca.

—¿Qué cosa te hizo?

—Me cortó el brazo con un vidrio. Me mordió, también. Lo sabe solamente Pablo.

—Te caíste en tu casa, te llevaste una ventana por delante, Gaspar.

—No. Esa es la mentira que dije. Lo encubrí. No me lo pidió él, eh, a él le importaba un carajo. Bah, no sé: a lo mejor le importaba. A veces pienso que necesitó hacerme esto.

—Necesitó, Dios querido. Qué estás diciendo.

—Tiene forma, ¿ves? Me acuerdo de cómo le daba forma. Me movía el brazo como si dibujara el corte. No paró ni cuando el vidrio golpeó el hueso. Él era así y a lo mejor yo también soy así.

Luis se levantó del sillón y se sentó al lado de Gaspar, para abrazarlo, pero se encontró con que el brazo de la cicatriz, extendido, le impedía acercarse. Eso y los ojos de Gaspar, que no querían consuelo. Luis habló después de un rato. Quiso saber detalles.

Quiso saber cuánto le había contado de esto a Isabel, la psicóloga. No dudaba de él. A Gaspar contarlo no le había resultado un alivio. Al contrario. Ahora la cicatriz le ardía y podía imaginar el gesto de desprecio de su padre, diciéndole que era un flojo y un traidor. Especialmente, un traidor. Sentía que lo había delatado.

A Vicky le gustaba ese verano en el hospital, el primero de sus prácticas. Incluso prefería estar en el hospital y no en la facultad, a pesar de la tensión y las demasiadas horas sin dormir y ese estado febril del insomnio forzado. Algunos de sus compañeros tomaban estimulantes –anfetaminas la mayoría, todos café, algunos cocaína–, pero ella había aprendido que después de un tiempo la falta de sueño se volvía una especie de estufa encendida en piloto: estaba alerta, ardía y economizaba energía. No hacía falta avivar el fuego.

En el hospital faltaban gasas y guantes, los colchones eran viejos y muchos tenían humedad de años y apestaban, había habitaciones con rajaduras y goteras. Se trabajaba bien a pesar de eso, aunque algunos sábados de madrugada tuviesen que acomodar a los heridos de peleas y a los borrachos en los pasillos; aunque a veces tuvieran que discutir con amigos y familiares de los lastimados a los que nadie contenía ni les prohibía pasar más allá de los límites de la sala de espera de la guardia, a veces violentamente. El jefe de servicio era un médico joven, muy arrogante y muy atractivo. Hacía meses que Vicky había llamado su atención después de un mediodía extraño. Había entrado una mujer joven con el párpado caído, dificultad para tragar, la cara inerte. Uno de sus compañeros dijo que podía ser una parálisis facial. El jefe de servicio se inclinó por un accidente cerebrovascular cuando la chica agregó que tenía hipertensión y le dolía la cabeza de vez en cuando. Victoria había tenido una certeza tan clara que la discutió incluso levantando la voz. Es miastenia, dijo. No la desautorizaron, pero descartaron empezar la exploración de la paciente por ese camino porque, dijo el jefe, era la posibilidad estadística menos probable. Es lo que tiene, insistió Victoria, y fue muy enfática; y, cuando se vio a punto de perder la discusión, le preguntó a la paciente si veía doble. La chica le dijo que sí. Que creía necesitar anteojos o a lo mejor era el cansancio. A Vicky se le ocurrió algo muy sencillo. Hagamos una radiografía de tórax, dijo. La miastenia puede ser causada por un timoma. Si tiene un timoma, ya sabemos que tengo razón. Y es solo una radio, dos minutos, es de rutina.

Hubo algo en su insistencia y en la pertinencia de las preguntas (si le costaba hablar, por ejemplo, pronunciar la erre, si a veces, de noche, estaba muy cansada al punto de no poder mover los brazos), que atravesó la barrera de la displicencia y el jefe ordenó la radiografía. En efecto, aparecía un timo agrandado. Victoria recibió una felicitación que la hizo sentir eufórica y después se dio cuenta de que su diagnóstico certero era una catástrofe para la paciente y ni siquiera se había acercado a explicarle qué significaba el hallazgo. Más tarde, cuando se lo contó a Pablo, él le dijo que esa parte de la medicina, la empatía, no la tenía tan desarrollada y ella le pegó un empujón, ofendida pero también dolida, porque había algo de razón en lo que decía. Le costaba ver a la gente detrás de las patologías. Su madre le había dicho que a lo mejor debía especializarse en una rama científica. Como tu hermana, que va a hacer farmacología. Vicky no podía ni quería forzar calidez. No creía que fuese su función. Ella debía ser eficiente y certera para curar. Que otro se encargara de secar las lágrimas y calmar el pánico: ella estaba demasiado ocupada.

Los diagnósticos precisos siguieron ocurriendo. No con una frecuencia de relojería, pero sí la suficiente cantidad de veces para que sus compañeros alternaran la admiración con la envidia, para que su jefe oscilara entre la agresión y la confianza y para que en el hospital se difundiera su «habilidad» y la llamaran la brujita y la doctora bola de cristal.

A Victoria le gustaba, pero también la inquietaba. Sentía que esa habilidad venía de un lugar irracional. No tenía que ver con que aplicara métodos deductivos. Cada vez que acertaba un diagnóstico –no siempre malo: a veces descartaba como inofensivos cuadros que simulaban gravedad, o se daba cuenta de que el niño que aparentaba un ataque de asma tenía una insuficiencia cardíaca–, sentía un apagón en su cabeza. Un apagón momentáneo, el reverso de un fogonazo, y entonces lo sabía sin duda alguna. Muchas noches, después de un diagnóstico así, le costaba dormir o, si dormía, soñaba con la casa o con Adela. Los sueños de Adela no eran terroríficos, en un sentido estricto. Su amiga aparecía en la guardia, por ejemplo, quejándose de un dolor fantasma en el brazo. En los sueños era una mujer y se la veía distinta, había crecido al mismo tiempo que ella. No podía ser coincidencia. Sabía que la casa le había quitado cosas y, antes que nada, a su amiga. Sentía que esa distancia que ponía con los pacientes era otra consecuencia de la casa, cierta empatía perdida aquella noche para defenderse de un derrumbe mental como el que había sufrido y sufría Gaspar. A lo mejor la casa le había dado esta habilidad. A veces pensaba que era un agradecimiento por entregarle a Adela. Cuando hacía un diagnóstico, tenía que dormir no solo con medias, como siempre, sino cubierta por una sábana si era posible: sin duda alguna, esa noche sentiría en los pies la cabeza de Omaira en su agonía. No era el único recuerdo molesto, pero podía manejarlos a todos.

Adela no era la única que se le aparecía en sueños. También soñaba con Betty. A veces aparecía por la guardia igual que su hija. No le daba miedo. Despierta, Vicky hasta deseaba que alguna vez apareciera de verdad. Nunca más se había sabido nada de ella. La policía no la había buscado, creían que se había ido voluntariamente, pero adónde. Es tan fácil desaparecer, pensaba Vicky. En la guardia solían recibir a gente sin amigos, sin familia, sin pasado. Los encontraban desmayados en la calle, a veces por hambre, a veces de borrachos, a veces por alguna enfermedad.

Recordaba a una mujer con un cáncer terminal nunca tratado. No era exactamente una linyera. Se había ido de su casa, le contó, cuando supo el diagnóstico y que era inútil el tratamiento. De eso hacía al menos un año. La mujer no tenía los tiempos tan claros. Estaba desorientada, con metástasis en el cerebro. Sencillamente había agarrado dinero, un bolso y se había ido. No quiso decirle de dónde se había ido ni dio un nombre para que alguien la acompañara en sus últimos días. Hablaba con distancia pero con afecto de sus hijos y su marido. Dijo que había salido en el diario y en la tele y que mirar su foto le había dado risa porque era otra ahora: desde que me entró este bicho (le decía «bicho» al cáncer), fui otra. La gente veía la foto en la tele, me miraba y no me reconocía. Eso pasaba, le contó, en las estaciones de servicio.

Desaparecer era fácil. La mujer no había dado nombres. No tenía DNI. Nadie consideró necesario hacer pruebas que determinasen su identidad. Estaba lúcida. No quería que la encontraran. Era su derecho. Los otros procesarían su dolor lo mejor posible. Vicky esperaba, alguna vez, que apareciera Betty de la misma manera y se preguntaba si sería capaz de reconocerla. Una vez, charlando con su madre en el patio de su casa, con las perras jugando sobre el cemento, ella le había confesado que también esperaba a Betty. Y que Hugo, su padre, una vez había creído verla cuando cerraba la farmacia. La llamó, pero esa mujer que se parecía a Betty salió corriendo. A Hugo lo inquietó, como si se hubiese tratado de un fantasma, un detalle mínimo: la mujer que se le había escapado estaba descalza.

Gaspar la iba a visitar muy seguido. Él ahora también tenía horarios raros. Había empezado a trabajar filmando fiestas de cumpleaños de quince y casamientos y a veces pasaba de madrugada, cansado pero despierto, y tomaban un café con leche en el bar del hospital. Una vez ella le había preguntado si no lo inquietaba estar en un hospital. Por tu papá. Por vos mismo. Me dio miedo cuando se enfermaron tantos chicos gays y vos ibas a visitarlos, pensé que te ibas a brotar. No soy tan obvio, le había dicho Gaspar. Además, había agregado mientras untaba una tostada, los momentos con mi papá internado nunca fueron ni de lejos los peores momentos con él.

Una de esas mañanas, durante el desayuno, Vicky se había sentido rara y pensó que era el momento de intentar un diagnóstico para Gaspar y su elusiva epilepsia. No tenía que hacer nada en especial, ni tocar ni tomar de las manos, ni siquiera necesitaba decirle algo al paciente, si no quería. Dejó que ocurriera el apagón mientras Gaspar le ponía leche a su café y le agradecía con una sonrisa a la moza. La certeza no llegó y, al contrario, el apagón no volvía a encenderse como ocurría siempre y Vicky sintió que perdía la conciencia, que en la oscuridad que veía aparecían puntos luminosos como luciérnagas: estaba a punto de desmayarse. Gaspar también se dio cuenta, porque le tomó una mano por sobre la mesa y ella se aferró como se había aferrado en la casa, y entonces la cortina negra se levantó y ella se retiró como del borde de un pozo ciego, como si se hubiera asomado a una guarida. ¿Estás bien?, le había preguntado él. Me mareé un poco nomás, estoy cansada, las guardias son matadoras. ¿Me pedís un tostado? En el buffet del hospital había que hacer el pedido en el mostrador y Vicky necesitaba que Gaspar se alejara un poco para poder respirar y secarse el sudor y, sobre todo, no tener que responder ninguna pregunta incómoda. Gaspar nunca le había pedido que usara con él su habilidad diagnóstica. Era raro que nunca se lo hubiera pedido, pero ahora Vicky entendía por qué. Gaspar siempre sabía un poco más, por eso los había sacado de la casa. Había que respetar sus silencios y sus evasivas. Siempre tenían motivo. Solo volvería a intentarlo si él se lo pedía.

Esas mañanas, Gaspar solía hablarle de sus alucinaciones. Su neurólogo era muy prestigioso y confiable, pero él insistía en que ciertas apariciones eran demasiado vívidas y extrañas; ni el neurólogo ni Isabel podían convencerlo de que eran síntomas raros pero posibles, normales dentro de la patología. Vicky le recomendó a Gaspar un libro que podía interesarle, *Epilepsy*, de

William Gowers, un neurólogo inglés de fines del siglo XIX. Ya solo se leía como curiosidad, pero, le dijo, algunas de las descripciones son tan alucinantes que a lo mejor sirve más que lo que te podemos decir yo o tus médicos. Vicky tenía razón. Gowers escribía sobre una mujer que olía nomeolvides aunque, claro, la flor no tiene olor alguno. Una señora B. le contaba que siempre escuchaba una voz a la derecha que pronunciaba su nombre y no era como la voz de un sueño, decía. Tampoco era una voz de hombre o de mujer. Después de la voz, sufría convulsiones.

¿A lo mejor su padre sufría lo mismo y por eso había coleccionado todos esos libros de ocultismo y magia? ¿Creía que se trataba de mensajes de otros mundos y en realidad era epiléptico? Según Vicky, era muy posible que en alguna de las primeras cirugías cardíacas, hechas en los años cincuenta, su padre hubiese sufrido una lesión cerebral por la falta de oxígeno. Podía ser la causa de sus alucinaciones, si las tenía, y que él creyese que era algo místico, una realidad paralela. No la llamaban la enfermedad sagrada por nada.

A lo mejor las dos cosas son verdad, pensaba Gaspar. No tenía por qué ser incompatible. No era una lesión cerebral lo que perseguía a su padre. La desaparición de Adela no era un delirio. Resultaba tranquilizador pensar la enfermedad como respuesta y el trastorno como explicación. Pero la verdad tenía maneras de llegar a la superficie, de raspar la piel, de dar patadas en la nuca.

En el libro de Gowers había muchas historias de despersonalizaciones. Eso también le ocurría a él. Sabía que estaba en la habitación con su tío, con sus amigos, pero sentía que estaba en otro lado, todo era familiar y desconocido. Duraba segundos. En esos segundos. si alguno de esos conocidos-desconocidos lo tocaba, él podía reaccionar a la defensiva. En una fiesta de casamiento que le había tocado filmar, se había sentido ajeno después de tomar una copa de champagne: a veces el alcohol disparaba síntomas. Para él, el alcohol aflojaba lo que estaba amarrado, una cadena bien ajustada a la que hacía años estaba tratando de encontrarle el candado. El padrino de la novia se le había acercado para pedirle que filmara unas palabras dedicadas al novio y Gaspar lo escuchó, lo entendió, pero no pudo contestarle. En su realidad privada, estaba en una habitación de hotel, alguien dormía en la otra cama, la figura acostada era enorme pero no resultaba amenazante. Lo que le daba miedo era una mujer embarazada, desnuda y pelada, en un rincón de la habitación. Y el padrino, que Gaspar reconocía, pero al mismo tiempo le parecía un extraño, este hombre le pedía claramente vamos afuera, quiero que sea una sorpresa. El hombre estaba un poco borracho y lo tomó del brazo. Gaspar lo rechazó con un empujón desmedido que lo hizo caer sobre una mesa y arrastrar el mantel: aunque pudo hacer equilibrio para no tocar el piso, los platos se estrellaron, las copas, los arreglos florales desparramados. El ruido desvaneció la habitación, la figura en la cama y la mujer desnuda antes de que el padrino pudiera acomodarse, y Gaspar tartamudeó disculpas: un grupo de hombres había formado un círculo alrededor de ellos y parecían a punto de golpearlo. Insólitamente, el hombre atacado le creyó la mentira: hice un mal movimiento, se me estaba por caer la cámara y traté de sacarte del medio para agarrarla con las dos manos, no medí mi fuerza. Yo tampoco la sé medir, dijo el padrino, tengo la mano pesada. Sonreía. A lo mejor no quería arruinar la fiesta. No pasa nada, les dijo a los otros hombres, y Gaspar lo siguió hasta el patio del salón de fiestas y filmó sus palabras para el novio. No había pasado a mayores. Un empujón. El hombre nunca lo recordaría más que como un accidente y un malentendido, si lo recordaba. Había sido un clarísimo *déjà vu*, pero era verdadero. El recuerdo de algo cierto. Sabía que la figura en la cama era su padre.

Pablo se estiró en la cama de Andrés, los brazos detrás de la espalda, y dejó que el hombre usara unos aceititos (los llamaba así, «aceititos») que había traído de Tailandia. Cerró los ojos y trató de pensar en alguien que no fuese Gaspar pero no pudo y la frustración llegó a la erección, que se desvaneció a pesar del olor a coco. No importaba. Habían pasado la noche anterior con un empleado de la estación de GNC de su padre. El tipo les había hablado de un taxista de Quilmes, casado y con dos hijas, que se ponía como loco en los tríos. La próxima, le habían dicho. Andrés era mucho más entusiasta que él; Pablo era más cuidadoso. Sabía que los chongos se podían poner violentos. Por eso jamás había que pagar. Andrés se calentaba cuando pagaba. Tenía cuarenta y tres años y era casi el único sobreviviente de su grupo de amigos. Y era rico. Rico de siempre, una familia judía dueña de concesionarias de autos. Su novio había muerto hacía dos años y había fotos por todo el departamento. A veces, cuando estaba muy drogado, lloraba porque su novio no había llegado a tiempo a las pastillas, un año nomás y tenía el cóctel, me entendés, me entendés. Pablo decía que sí pero no entendía: dos años era un montón de tiempo. En ese lapso, Pablo recordaba al menos cinco amigos y conocidos muertos. No podía creer no estar infectado. Vicky se lo había vaticinado en una de sus intuiciones monstruosas: no te vas a infectar nunca. Hay gente así. Yo creo que los tienen que estudiar, a lo mejor ya lo están haciendo. Inmunes. Por las dudas, igual, cuidate siempre. Tanto se lo habían repetido y Pablo, que era obediente por naturaleza, se había cuidado. Y ahora estaba sano y solo. Él y Andrés estaban solos: uno extrañaba a su novio muerto, el otro estaba enamorado de su amigo heterosexual. Juntos eran un manual de insatisfacción y por eso, a lo mejor, se llevaban tan bien.

Pablo estaba planeando una muestra en la galería de Andrés. Era La Plata, cierto, pero tenía tanto prestigio como una de Buenos Aires, un poco porque era de Andrés y otro poco porque el extrarradio le acarreaba una especie de glamour suburbano, algo de descubrimiento. Andrés lo sabía y por eso, aunque tenía mucho dinero, no abría una sucursal en Buenos Aires. Eso hubiese sido lo obvio y perdería todo el encanto esnob, que en el mundo del arte valía más que cualquier otra cosa. Andrés tenía muchas ideas de título para la muestra, pero a Pablo no le gustaba ninguna. Es medio grasa Andrés, imaginate que yo no le puedo poner *El sobreviviente* a la muestra, es un setentazo total, le había dicho a Gaspar. ¿A vos se te ocurre algo? Y Gaspar había sugerido *Los años de la plaga*. Ay no. Sos un trágico. Por el momento, Pablo tenía un título tentativo: *Este se murió, este llegó a las pastis, este se fue.* O algo por el estilo. No le había dicho su idea de título a Andrés, pero seguro iba a aceptarla. No era un persona caprichosa. Hacía poco que eran amantes. Se llevaban veinte años y jamás hubiesen dicho que eran novios. Andrés tampoco sabía que Pablo estaba enamorado de Gaspar. Solía pedirle traeme a ese amigo tuyo espectacular. Qué cosa endemoniada por favor, no se puede ser tan hermoso. ¿Estás seguro de que no lo convencemos? Está muy cómodo entre putos. Me da sospecha.

Estoy seguro, decía siempre Pablo. Y pensaba: además, no te lo entrego ni que me tortures.

Lo único desagradable de su tiempo con Andrés era que había vuelto la mano fantasma que le agarraba el brazo. La sintió, clara y con cada uno de sus dedos, una noche cuando iba al baño en el departamento de Andrés. La misma situación de la infancia. El baño, la noche, el pasillo. Pero él era distinto ahora. Cerró los ojos y no se la sacudió de encima, no corrió, no se encerró asustado en el baño. Dejó que la mano lo tocara. Sintió su apretón, su calor, su violencia contenida. Y entonces la mano lo soltó. Más tarde, temblando, se miró el brazo: no tenía marcas de la mano fantasma. Ya no creía que fuese sugestión. Había comprendido que la mano también estaba perdida en la oscuridad, como el resto olvidado de un recuerdo incompleto que tenía como misión tocar, rodear con los dedos, apretar, empujar débilmente y luego ignoraba cómo seguir. La mano era un resto de la casa y parte de los efectos secundarios, como las medias que usaba Vicky para dormir o su terror a la oscuridad; ahora mismo, por ejemplo, ella estaba por comprar un generador usado. Seguía sintiendo repulsión y en ocasiones terror por los lugares oscuros donde los cuerpos se rozaban —evitaba tener sexo con la luz totalmente apagada— y no le gustaban las manos demasiado calientes porque le recordaban el apretón afiebrado. A lo mejor la mano había sido una advertencia. A lo mejor Vicky no tenía razón cuando decía que era inmune, o no tenía razón desde un punto de vista científico. En los años anteriores al cóctel había visto enfermarse y morir a tanta gente, a sus amigos, a sus amantes, que muchas veces había pensado que su supervivencia tenía algo de antinatural, como si la mano lo estuviese esperando, como si quisiera conservarlo vivo, mantenerlo vivo para que, en el futuro, pudiera encargarle alguna tarea. O porque, en el futuro, alguien iba a necesitarlo.

Gaspar le dio sus restos de carne a Pocho, el perro de Luis y Julieta. No había podido comer mucho: demasiado calor, cerca de la parrilla todos se asaban menos los mellizos en la mini Pelopincho recién comprada. Julieta estaba enojada con Gaspar, pero él no iba a cambiar su decisión por nada del mundo. Se iba a vivir solo. Y a Julieta le parecía egoísta que, dado el contexto, no pusiera esa plata que iba a gastar en el alquiler en su familia. Tenemos que salir de esta juntos, decía. Es poco solidario, repetía, con tranquilidad pero con firmeza. Sería bueno que te quedaras hasta que mejore la situación económica. Y Gaspar se había negado de plano. La situación económica nunca mejora en este país. Si necesitan, les presto plata, todos los meses, no hay problema. Me quiero ir.

A ella la sugerencia de un préstamo la había ofendido, Gaspar no entendía por qué. Si, después de todo, era lo mismo. Él no ayudaba con los chicos. No estaba casi nunca. ¿Por qué lo quería retener? Había algo extraño en la demanda, algo que no tenía que ver con la personalidad de Julieta, siempre tan desprendida. Después de cumplir los dieciocho, Gaspar había tenido acceso a las cuentas bancarias y los números de la herencia y las propiedades. Era un número apabullante, que le cambiaba la vida, y que potencialmente podía cambiársela a Luis, Julieta y los chicos. Luis no quería saber nada de la plata, es toda tuya, hijo, le decía, es el dinero que te dejó tu madre; Julieta no pensaba igual. En una pelea muy desagradable, Gaspar le había dicho es como si quisieras que te pagara por la molestia de cuidarme. ¡Y si querés te pago! Arreglemos una mensualidad. Ella había llorado, no me entendés, le había gritado, y Gaspar le respondió que no, que sinceramente no entendía. Ahora no estaban peleados pero la situación era tensa. Julieta nunca dejaba que olvidase quién era la familia de su madre. Los Bradford, los Reyes. Terratenientes. Yerbateros. Rentistas. Explotadores. Y buscaba signos de ese origen en él, como si la clase fuese una cuestión de genética. Ahora creía que esa muestra de «individualismo» –así le decía– era un capricho.

También por eso prefería vivir solo. Porque con Julieta, el prejuicio se mezclaba con los abrazos, la confianza con la supervisión, la preocupación con el hartazgo. Había cambiado mucho desde que tenía hijos. Gaspar podía entenderlo. Que él no ocultara el poco entusiasmo que sentía por los chicos no ayudaba; pero, de todos modos, no entendía esta necesidad tan imperiosa de que no dejara la casa. Ella se lo había dicho así una vez: no podés dejar la casa. Por qué, había preguntado él, y ella se había quedado muda, como si no supiera la respuesta porque no le había sido informada.

Luis, el Negro y Gaspar llegaron en el mismo auto al centro de La Plata, después de comer. Los tres iban a participar de una marcha que sería multitudinaria y posiblemente peligrosa, por eso Julieta había decidido quedarse en casa con los chicos. Los rumores de represión eran ya un grito. Estaba por sancionarse la nueva ley de educación cuyo objetivo obvio era recortar presupuesto para pagar deuda, la eterna calesita argentina,

591

decía su tío. El recorte en todos los sectores era de ahogo. Nadie tenía plata y ningún salario aumentaba y se despedía gente cada día y cerraban fábricas y la sensación de desastre era tan inminente que el calor de un verano que no terminaba en pleno marzo era asfixiante.

El Negro y su tío habían empezado a trabajar como docentes por salarios de hambre porque no conseguían otro trabajo. El Negro, para sorpresa de Gaspar, había sido asistente de cámara en varias películas míticas, prohibidas por la dictadura. De ahí su exilio. El Negro había visto algunas cosas filmadas por Gaspar: recitales de poesía, marchas, alguna pequeña viñeta de Pablo en su estudio. Le había dicho que tenía un ojo especial. Después le había conseguido la changa de filmar cumpleaños de quince y algunos actos de la facultad. Mirá lo que hace el pendejo, decía el Negro cuando veía los valses de quince, los vestidos rosas como flores, los padres transpirados con una expresión entre orgullosa y asustada, el maquillaje exagerado y demasiado maduro para los rasgos de una nena. Mirá lo que hace: a esta fiesta de mierda y a esta pendeja fea les da belleza, les da dignidad.

Hacía tanto calor que hasta el bombo sonaba solo de a ratos, por el cansancio de los que tocaban. Gaspar se unió a los cantos. «Vamos, compañeros, hay que poner un poco más de huevos...», «A luchar, a luchar, por una educación nacional y popular...», y la más gritada, «Universidad de los trabajadores y al que no le gusta, se jode, se jode». Gaspar vio, en la columna de la facultad de Periodismo, a Marita. Ella hacía tiempo que había vuelto a saludarlo e incluso charlaban. Se le había pasado el enojo. A lo mejor podían volver a ser amigos. Él le había perdonado lo de Guille; ella nunca se había enterado de cuánto le había dolido. Ahora Marita trabajaba en la editorial de la facultad y militaba seriamente; su nuevo novio, a quien llamaba el Hueso, era uno de los dirigentes estudiantiles más conocidos. Estaba lejísimos de Gaspar y sus filmaciones de cumpleaños de quince que, además, hacía por hacer algo, para no aburrirse, para tener un dinero extra que en realidad no necesitaba. Así, lejana y con otra vida, Marita le gustaba más todavía. La había visto pintando carteles sentada sobre el pavimento, la cara manchada de blanco, riéndose; usaba siempre unos borceguíes muy gastados que, seguramente, había comprado usados; tenía los dedos manchados de tinta y las uñas pintadas de negro. Iba al Princesa seguido, aunque le había dejado la responsabilidad de dirigirlo a Pablo, y él lo hacía con mucha inteligencia y con un placer en dar órdenes que divertía tremendamente a Gaspar.

La asamblea en plaza San Martín estaba en el momento aburrido de la lectura de adhesiones, pero Gaspar notó enseguida la cantidad de policía en los alrededores y una rareza mayor: la montada. Caballos. Se metió entre la multitud para buscar a su tío y lo encontró. Estaba igual de inquieto. Esperemos, le dijo, pero, si dan la orden, corré. No lo dudes y corré. Después, Luis lo miró a los ojos y le dijo: o andate ahora, hijo.

Capaz no pasa nada, dijo Gaspar. Justo cuando uno de Periodismo iba a tomar la palabra, el micrófono acopló y después hubo una explosión. Y, más lejos, corridas. Las corridas, en una plaza, se notan en las copas de los árboles, que se mueven sacudidas por los que intentan escapar subiendo por los troncos. Cuando hace calor, también se notan en las oleadas de aire pesado que dejan los espacios vacíos. Y después llegan los gritos y el ruido de los pies. Si hay suerte, no llegan tiros.

Esa tarde llegaron tiros. La policía, a caballo y a pie, obligaba a desconcentrar y perseguía a la gente por la calle, por las avenidas. Después, se enteraría Gaspar, los detenidos iban a llegar a ser más de doscientos. Vendría un día entero de vigilia y de padres y familiares aterrorizados, policías mudos, el gobernador diciendo estupideces en la televisión. Ahora había que correr.

Lo mejor no era huir por calle 7, demasiado ancha y abierta, pero no quedaba otra. La idea de Gaspar era sencilla: alcanzar la facultad de Económicas. Quedaba cerca y, más importante, la policía no podía entrar en las facultades, que eran autónomas. En la corrida, se encontró al lado de Marita y el Hueso, que boqueaban. Para él, a pesar del calor, estaban corriendo todos demasiado despacio. Escuchó los tiros. Balas de goma. Ya sabía distinguirlas. No era su primera corrida en una marcha. Lejos, llegaba el olor inconfundible del gas lacrimógeno. La mejor manera de evitar sus efectos era hundir la nariz en un paño mojado con orín. Esperaba no tener que llegar a eso. Había gente que llevaba limón a las marchas pero, decía su tío, no servía para un carajo. Mejor mearse la ropa.

Sintió los cascos de los caballos, escuchó un quejido de Marita y vio el palo del policía. Le gritó al Hueso que corriera más rápido y los guió, por la vereda, metiéndose entre la gente, a su velocidad. Ella gritaba no puedo más y él no le respondía. No iba a pasar esa noche en la cárcel ni dejar que ellos la pasaran, si podía.

La facultad de Económicas había sido diseñada con los planos de una cárcel, le había explicado su tío. Es un panóptico, ¿te das cuenta? Las galerías alrededor y en el medio una torre de vigilancia. La torre en cuestión era para el ascensor, no para un guardia, pero la idea es la misma. Son unos cráneos del Mal estos tipos. Gaspar apenas conocía Económicas, alguna vez había ido a una fiesta o a buscar a una chica. Nada más. Igual, no hacía falta tener un mapa del lugar: con solo pisarlo estaban a salvo. La policía no podía entrar.

Solo que, esa tarde, entró.

Gaspar vio al caballo luchando con los escalones de la entrada con incredulidad. Desde las ventanas de más arriba gente asomada cantaba «hijos de puta, hijos de puta», y la policía, con cascos, los obligaba a meterse de vuelta en las aulas mientras tiraba gases al aire. Gaspar decidió entrar igual: Marita y el Hueso lo siguieron. La facultad estaba llena de gente y habían ingresado muchos policías. Se llevaban estudiantes a la rastra. El vientre de una chica casi desnudo, la remera levantada por el roce contra el suelo, una de sus sandalias abandonada frente a la puerta de un aula. Chicos esposados por resistirse, uno con la sien sangrando. El Hueso gritó que no podían entrar en la facultad, que la ley, que es una cacería y Marita le dijo que se callara. Estaban en un rincón y los policías se apuraban a subir las escaleras y ya entraban en las aulas. Detenían al azar. Gaspar decidió doblar por un pasillo estrecho que conocía, donde estaban los baños del personal de limpieza, menos usados. Cuando se dio vuelta, vio que lo seguían, trotando, medio agotados, dos policías gordos. De acá no salimos, dijo el Hueso, pero Gaspar abrió la puerta que decía PRIVADO, donde se guardaban los elementos de trabajo de los empleados de mantenimiento, y la cerró. Los tres se quedaron en la oscuridad, esperando que el policía abriera la puerta. Sintieron el sacudón del picaporte y escucharon las puteadas. ¿Tenías una llave?, quiso saber Marita. Y Gaspar, en voz baja, dijo que no. Más sacudones del picaporte, tan fuertes que parecía a punto de romperse, una patada a la puerta y después un grito y los pasos furiosos que se alejaban, corriendo. Todavía no, dijo el Hueso, aunque ninguno había intentado salir.

Se quedaron escuchando. Los ruidos no eran claros. Algunos gritos, las sirenas en la calle. Ningún disparo, no más disparos, al menos cerca. Marita se sentó en el piso y, para ver, sacó un encendedor. Cuando Gaspar oyó los chasquidos –no se encendió en el primer intento– le pidió que no lo hiciera, en voz alta y tomándole suavemente el brazo. Era el gesto más contenido que podía hacer en ese lugar estrecho y tratando de mantener la calma. El cuartito no tenía nada de malo. No iba a darse vuelta y ver estantes con dientes ni un piano ni a Adela rubia saludando en la oscuridad. Pero, si Marita usaba el encendedor, iba a gritar, y posiblemente después de los gritos terminaría abrazándose las rodillas en el suelo, con los ojos secos. Marita le hizo caso: a lo mejor pensó que era una estrategia relacionada con ocultarse de la policía. Mientras esperaban, los ruidos del edificio se aquietaron. Las razzias no duraban, por definición, demasiado tiempo. Gaspar sentía el brazo de Marita rozándole el suyo y eso le despejó el miedo. Quería llamarle la atención, defenderla; quería que ella saliera de esa habitación pensando que el Hueso era un cobarde y un inútil y Gaspar un héroe que, además, se la cogía mejor.

—Salgamos —dijo el Hueso.

Gaspar abrió la puerta. Por un segundo pensó que, a su lado, estaba parado su padre, diciéndole muy bien, podés cerrar, podés abrir, muy bien. Fue un instante y la sensación se desvaneció. Marita comentó sobre la increíble suerte, qué justo se trabó el picaporte y con qué fuerza, alucinante. No puedo creer que ahora la abras tan fácil. Es que se trabó de afuera, dijo Gaspar, una explicación disparatada, pero que, entre el pánico y la adrenalina, la conformó. Cuando salían del cuartito y avanzaban con cuidado hacia el pasillo, Marita se retrasó, se soltó de la mano de su novio y le preguntó: ¿te dio miedo estar encerrado ahí, que estaba tan oscuro? ¿Estás bien?

Estaba bien. Un poco angustiado: le dolía el pecho cuando respiraba hondo. Pero nada más. Marita le rozó la mejilla con sus manos de uñas pintadas de negro y le dijo gracias.

Después ella y su novio se perdieron, se mezclaron con compañeros que conocían, ya se estaban organizando para averiguar adónde se habían llevado a los detenidos, ya estaban llamando a abogados desde los teléfonos de los pasillos. Gaspar salió corriendo hacia Plaza Italia, la cruzó y llegó al bar donde había quedado en encontrarse con su tío si había represión. Estaba abierto, a diferencia de todos los demás de calle 7. Y reconoció enseguida la espalda de su tío, la camisa a cuadros de mangas cortas, la transpiración en las axilas y el pelo entre rubio y anaranjado que se volvía cada vez más claro por las canas.

Gaspar se acomodó los anteojos oscuros para que el sol no le provocase un dolor de cabeza. Iban a llegar un poco tarde porque le había pedido a Pablo que lo pasara a buscar. Se había olvidado de la inauguración de la muestra de Andrés Sigal y había prometido ir. La noche anterior la había pasado con una residente compañera de Vicky y había sido muy divertido: no se esperaba que una médica bebiera y fumara tanto. Había terminado bastante borracho. Así que Pablo llegó, con su moto, y lo hizo subir sin casco.

—No te voy a tirar.

—No tengo miedo —dijo Gaspar.

Pocho, el perro, se excitó tanto con la moto que los corrió doscientos metros, hasta que salieron a la ruta.

—¿Y la amiga de Vicky? —quiso saber Pablo.

—Todo bien.

—Y nada más.

—Es linda, es loca, qué sé yo.

—Ah, yo sí sé. Vos la querés a Marita.

—Vos prestale atención al tránsito, que tu novio nos va a tener que pagar el velorio.

—No es mi novio.

—Amigo, dejate de joder.

La inauguración de la muestra de Andrés Sigal era un acontecimiento: fotos de la Argentina durante su viaje de juventud por el interior en los últimos años de la dictadura. Pablo debía ir porque era el amante de Andrés y porque no le terminaba de confirmar fecha de su propia inauguración, pero además iban periodistas y coleccionistas, porque era una muestra importante. No podía fallarle. Andrés le había pedido que llevara a Gaspar. No te cuesta nada. Te lo pido por favor. Pablo se lo había contado: se muere por vos, lo volvés loco. Si te llevo de regalito, en una semana me habilita mi muestra. Es un favor para tu amiga marica talentosa y después me pedís lo que quieras. Gaspar se había reído un poco, pero había aceptado. Él también quería ver las fotos, después de todo, y Andrés le caía bien.

La galería de Andrés había sido un garaje de autos y ahora, acondicionada, tenía tres salas. Su frente era completamente blanco al punto de que cuando estaba cerrada costaba distinguir los bordes de la pesada puerta de hierro, también blanca. Ahora estaba abierta y había gente fumando en la vereda. Contra la pared, cerca de la entrada, una mesa cubierta por un paño negro, con vino tinto y champagne y vasos de agua y Coca-Cola. Algunos mozos, vestidos casualmente de jean y remera, ofrecían empanadas, detalle popular que Gaspar agradeció porque no le gustaban mucho los bocaditos que se servían en ese tipo de eventos que varias veces ya había filmado para su trabajo, especialmente en la fotogalería de Bellas Artes, porque la mayoría de sus encargos eran para la facultad. En las caras de la gente, que había bebido pero no estaba borracha, había burla y una especie trivial de crueldad, las caras de personas que están pensando en la próxima frase ingeniosa, la próxima crítica lapidaria, la manera más eficaz de ofender a otro con impunidad, porque nadie podía darse el lujo de un desplante en ese lugar, con un champagne en la mano y con un pedido en la punta de la lengua. Pablo rápidamente se mezcló con artistas que conocía: se presentaba, lo presentaban, se escuchaban sus carcajadas en la rara acústica del lugar. Todavía nadie había visto las nuevas obras de Pablo, las del último año: muñecos hechos con cables de suero sobre colchones de gomaespuma, miniaturas armadas con las pastillas que no habían alcanzado a tomar sus amigos y conocidos muertos, sábanas que parecían sudarios con las figuras en stencil de cuerpos en diferentes posiciones, en muchos casos sábanas reales manchadas de sudor y mierda reales. Eso pensaba mostrar. Andrés estaba en la otra punta de la sala, rodeado de amigos y de algunos periodistas.

Pablo se desprendió de sus conocidos con algunos besos, tomó de un trago la copa de vino y volvió con Gaspar, que se había quedado cerca de la mesa de bebidas. Te quieren conocer todos. Creen que sos mi novio.

–Les dijiste la verdad.

–Dejá que me envidien un poco, son todas serpientes y encima no son talentosas. Vamos a ver las fotos, dale.

—¿A qué hora me entregás en bandeja al señor fotógrafo?

—Cuando te vea el señor fotógrafo deja todo, pero ahora tiene que atender a la corte.

—Menos mal que son amantes, si no le sacarías el cuero con los dientes.

Pablo se encogió de hombros.

—Es un buen tipo, pero le gusta con locura que le digan que es genial.

Las fotos, pensó Gaspar, sin embargo, eran bastante geniales. Ninguna gritaba dictadura, represión ni muerte, pero la selección era inquietante. Un soldado con su novia, frente a una casa precaria y bajo un sol cruel. Los dos sonreían. La foto era de 1979. ¿Ese soldado de piel morena y dientes blancos habría participado de algún operativo? Al lado, la ruta embarrada por la lluvia. Un templo rutero de San Güesito. Gaspar estuvo a punto de contarle la historia del santo niño asesinado a Pablo, que estaba a su lado, pero se contuvo porque no recordaba exactamente cómo o por qué la sabía (¿se la había contado su padre, de chico?) y le había parecido reconocer el lugar de la foto. La siguiente foto era de un niño jugando a disparar con los dedos en forma de arma. Era una foto hermosa. También era hermosa la del hombre joven, vestido de traje en una casucha de madera, que posaba al lado de un radiograbador, seguramente recién comprado.

—Son muy buenas —dijo Gaspar.

Pablo tuvo que reconocer que era cierto. Pasó un mozo con empanadas y los dos comieron. Dejaron sus copas sobre otra bandeja y Pablo vio cómo Andrés lo saludaba de lejos, todavía rodeado de gente. Gaspar ya se había acercado de vuelta a las fotos.

La vieron al mismo tiempo. Era de un tamaño algo más grande que las demás. Pablo tardó más en darse cuenta que Gaspar, sobre todo por la sorpresa, la casualidad inaudita. Gaspar se había llevado la mano a la boca y no decía nada. Ahí estaba él, en la foto, de chico, cinco o seis años. Tenía los mismos ojos redondos y el pelo oscuro y era delgado, ya había perdido la redondez de bebé. Y estaba serio, con ojeras, parecía cansado. No había mucho de infantil en su expresión. Se apoyaba en la pierna de su padre con abandono y tranquilidad. Los dos sobre una pared blanca. Pablo reconoció a Juan Peterson. En la foto se lo veía saludable y majestuoso, con una camisa negra entreabierta, las manos en los bolsillos, el pelo rubio muy fino y bastante largo y esa cara, esa cara inolvidable que en la foto estaba llena de ternura y agotamiento, pero con los ojos cargados de violencia, un hartazgo potente que se transmitía desde la muerte y los años, como también llegaba su atractivo demoníaco. Juan Peterson no era guapo como una estrella de cine, ni era hermoso como un modelo. Había algo inhumano en su aspecto y muchos de los que miraban la foto fruncían el ceño porque la pareja de padre e hijo no resultaba tierna, sino levemente peligrosa. Pablo sintió una erección leve, el recuerdo de aquella vez: Juan Peterson y el que quizá era su pareja secreta, el hombre canoso, cogiendo como bestias en una sala vacía. Mi primera vez, pensó Pablo.

Gaspar enfiló hacia Andrés y Pablo quiso pararlo, porque intuyó en la forma de caminar de Gaspar cierta furia y sabía que cuando tenía esos arranques de rabia las cosas podían terminar mal. No hizo falta: Gaspar también cambió de idea y se desvió hacia el baño. Pablo lo siguió. Gaspar trabó la puerta del baño con una silla que había junto al lavatorio. Estaba enojado, pero también impactado. Por eso se había metido en el baño: tenía que tranquilizarse.

—¿La habías visto? ¿Por qué no me dijiste? —preguntó Gaspar. Le temblaba la voz.

—¿Cómo la voy a ver y no te voy a decir? No la había visto.

Gaspar apoyó los brazos en el mármol del lavatorio con tal fuerza que los dedos se le pusieron blancos.

—Perdón —murmuró entre dientes. Y se restregó los ojos como si le ardieran, peleando con las lágrimas. Pablo lo abrazó y cuando escuchó que golpeaban la puerta gritó «ocupado». Podía quedarse en ese baño para siempre, sosteniendo de la cintura a Gaspar, que tenía el vientre rígido. Lo quiero tanto, pensó. Los demás no me importan, Andrés, los otros, esta galería. Si te quedaras conmigo. Yo te armo una casa. Te hago de comer, no le tengo miedo a nada. Que me hables al oído en la moto. El sol y el vientito de frente y después cogemos toda la noche. Para siempre o para lo que dure.

Pablo besó en la frente a Gaspar, que se enderezó un poco y se desprendió del abrazo con suavidad. Sacó toallitas de papel para secarse la cara. Vio un fantasma, pensó Pablo y tuvo miedo de que sufriera una de esas crisis que él nunca había visto pero que le habían descripto tantas veces.

—Perdón —repitió Gaspar—. Abrí, que nos van a matar.

Salieron y se ubicaron debajo de la escalera, junto al baño, un sector que estaba a oscuras. Arriba, en el primer piso, estaban las oficinas de la galería. Gaspar dijo: no me acuerdo de esa foto. Debió ser cuando viajamos a las cataratas, te hablé muchas veces de ese viaje. Me puse mal por la sorpresa, pero también porque, aunque no me acuerdo mucho, me vino algo superespecífico, no sé dónde ni cuándo era, pero me acuerdo de que me dolió la cabeza y mi papá me acostó en una cama. Hacía calor. Me dejó solo, pero yo estaba tranquilo.

—¿Querés hablar con Andrés?

Gaspar se volvió a secar la cara y dijo que sí. Andrés los vio venir y abrió los brazos para recibirlos. Estaba al lado de la foto más importante de la muestra, la de unos militares arrodillados en una iglesia, rezando, en primer plano; en segundo, algo fuera de foco, chicos tomando la comunión. Con dominio del salón se sacó de encima a una mujer delgada con un cigarrillo largo entre los dedos y su elegante amiga, de canas perfectas, suaves, de peluquería. Abrazó a Pablo el tiempo suficiente como para que quienes no lo sabían aún, se dieran cuenta de que ese joven atractivo era su amante. Y después le dio un beso a Gaspar en la mejilla, pero hubo algo en la expresión y la palidez del chico que detuvo su flirteo y lo puso serio.

–¿Qué pasa?

Gaspar señaló con el dedo la pared que estaba detrás, la foto, la gente que la miraba.

–Ese es mi papá. Se llamaba Juan. Y ese soy yo de chico. Quería saber dónde habías sacado la foto. No me la acuerdo, quiero decir, no me acuerdo de que me la hayas sacado. No puedo creer que sea casualidad encontrarla acá, no puedo creer que ya nos conozcamos y no nos dimos cuenta, no puedo creer que hayas elegido esta foto hoy.

–Santa madre de Dios –dijo Andrés–. Dejemos estas boludeces. Vamos arriba, a mi oficina.

Gaspar abrió el mapa de las dos casas: la casa original de la calle Villarreal y la que se había llevado a Adela superpuestas. Había empezado otro plano, basado en la Capilla del Diablo y la proveeduría Karlen, los lugares indicados por Andrés Sigal. La capilla existía; había llamado por teléfono a la dirección de turismo de Corrientes para comprobar su existencia. Era una rareza arquitectónica. Las fotos que le había hecho Andrés no eran buenas, por eso no las había expuesto. Según su relato, había podido entrar por una ventana, esperando algo siniestro, pero adentro apenas se trataba de un altar de tallado excéntrico, un bajorrelieve que trataba de imitar al Bosco sin sutileza, con trazos grotescos y torpes. Después, Andrés se había desviado en vano hacia Posadas. Tuvo la intuición de que Juan y Gaspar quizá estaban tratando de cruzar la frontera. Era 1980, los peores años de la dictadura habían quedado atrás y pensó que se iban al exilio. Pensó, incluso, que las cicatrices que Juan le había dicho que eran de una operación podían ser heridas de un enfrentamiento. Gaspar le confirmó que no. Y Andrés le abrió una puerta inesperada cuando Gaspar le contó que era cierto lo que le había dicho su padre: iban a la casa de sus abuelos. Él la recordaba apenas. Una pasarela de madera sobre árboles. El río. Un parque que tenía un jardín de orquídeas. No mucho más. Un zoológico cerca, recordaba algunos pájaros coloridos y un extraño juego de las escondidas con su abuelo y otras personas grandes. Andrés se quedó callado un momento y le preguntó su apellido materno. Madre santa, esa casa es Puerto Reyes, se entusiasmó. Legendaria. Tienen policía privada para que nadie pueda entrar a fotografiarla. La familia, tu familia, no deja que nadie se acerque desde hace décadas. Es posible espiarla desde el zoológico, que también es de la familia pero está abierto al público. Igual no se ve mucho. Como está alta, para que el río no la alcance si sube, desde cierta parte del camino más cercano se ven los techos. Hay fotos de los años cuarenta en el museo de historia local de Puerto Iguazú. Es una maravilla. ¿Va a ser tuya? ¿Por qué no volviste? ¿Me vas a invitar a la casa cuando sea tuya? Me encantaría fotografiarla.

Gaspar le resumió más o menos los deseos de su padre mientras trataba de no rascarse la cicatriz del brazo, que le ardía como si alguien le estuviese goteando cera encima. No te preocupes, papá, pensó, no voy a dar detalles inconvenientes. No tenés relación con ellos, entonces. Es una familia rara, sí. No se sabe nada de ellos, son ricos discretos. No como mi familia, igual ni punto de comparación la fortuna. Ellos son los dueños del país, en serio. ¡Sos! Yo no soy nada, dijo Gaspar. Intenté fotografiarla hace años, siguió Andrés, la casa. Hay un pueblo cerca y la gente ve poco movimiento. No llegué ni a cien metros del camino privado, que es largo. El misterio, para mí, es que sigan usando esa casa aislada, que no puede ser demasiado cómoda. Los ricos tan ricos prefieren otro tipo de lugares de veraneo. Se van a Punta del Este, qué sé yo. La gente se pregunta qué hacen ahí. Tienen otras casas, dijo Gaspar, supongo que estarán un rato en cada una. Deben tener muchísimas, me imagino, le contestó Andrés. Puerto Reyes es cerca de Puerto Iguazú. Tu papá me mandó a Posadas. No quería que lo siguiera, se ve.

Gaspar se preguntó qué había pasado entre Andrés y su padre, porque en el relato del fotógrafo había cierta nostalgia y, en fin, recordaba los detalles demasiado bien. Pero no iba a preguntarle. Que Pablo lo hiciera por él.

Con un mapa, ubicó en otro plano la Capilla del Diablo y, más al norte, Puerto Reyes. Desde que había visto la foto en la galería y después de haber cerrado la puerta en la facultad, las alucinaciones de la epilepsia se habían vuelto tan vívidas que había empezado a tomar nota de lo que veía. Cerca de Plaza Rocha, la puerta de hierro pintada de blanco de una casa abandonada se abría a un pantano nocturno. Lo había creído un jardín con sus juncos altos, pero detrás de la puerta era de noche, aunque se veía bien gracias a una luz que no venía de la luna, no había luna. Pudo acercarse hasta el borde del pantano o, más bien un estero, era un paisaje reconocible, antes de que volviese a ser una puerta y el dolor de cabeza le destrozara los ojos. En el borde del pantano vio el cuerpo de un hombre, colgado de una rama, rígido y antiguo y seco, marrón de tan momificado, desnudo. Nunca pensó que podía ser un muñeco. No se balanceaba.

Esa noche había soñado con cuerpos y con árboles; con cuerpos colgando de árboles. Cuando comió con su familia se sintió sucio de compartir la mesa con los mellizos, sonreírles, lavar sus chupetes cuando los tiraban al suelo. Sentía el cuerpo momificado en la piel, tan quieto, en esa noche de otro mundo. Julieta pareció notar su incomodidad: le había hecho otro chiste pesado sobre su familia. Había vuelto a pedirle que se quedara a vivir con ellos. Era, pensaba ahora Gaspar, una danza. Una manera de alejarlo insinuando el deseo de conservarlo, una forma muy inteligente de dar vueltas a su alrededor. Julieta lo quería. Julieta lo había salvado tanto como su tío. Pero ahora quería alejarse de él.

Cuando le contó a Vicky sobre la avalancha de síntomas, ella pidió una cita y habló con especialistas en epilepsia del hospital. Venían poco, eran muy peculiares. Científicos locos, decía.

Y le habían contado cosas que sonaban imposibles. Pacientes que veían, durante una crisis, campos arrasados, bombardeados. Los llaman paisajes oníricos. Si hablaras con ellos y les contaras, no tendrías dudas de que esto es epilepsia.

–Ya me lo dice mi neurólogo, Vicky. También es medio científico loco.

–Tomá la medicación. No es joda esto.

–Justo ahora la estoy tomando. Y resulta que es peor. Hacía mucho que no la veía a Adela. El otro día viajé con ella en el ascensor. Me puteaba, no tenía dientes. Además, ¿cómo se explica lo que les pasa a ustedes? Vos decís que escuchás voces cuando no hay luz. A Pablo lo agarra una mano, la siente. La epilepsia no es contagiosa.

–Lo nuestro puede ser sugestión. Trauma. Además no nos impide funcionar. Esto puede ser incapacitante.

Pablo, que estaba medio acostado en el sillón del departamento de Vicky, dijo: yo no me siento sugestionado. Ya conozco a la mano. Y no la busco. Ni le tengo miedo. Si dejo que me agarre mucho tiempo, me suelta. Como si no supiera qué hacer. La pobre.

–Puede ser sugestión –insistió Vicky, y Pablo resopló.

–Esa actitud nos va a matar, amiga. Yo sé que querés tener una vida. Todos queremos. Yo, últimamente, hasta quiero un novio, mirá si seré ridículo.

–Es mi culpa –dijo Gaspar–. Díganme la verdad: ¿empeoraron? Lo que sienten que les pasa, ¿es peor?

–Es más frecuente –dijo Pablo–. No es peor porque ya no me da miedo.

–Es peor –dijo Vicky–. Pero lo bueno también. Yo diagnostiqué mejor que nunca estos últimos días.

Pablo se incorporó en el sillón y dijo:

–Amiga, ¿por qué no tratás de diagnosticarlo a él?

Vicky se cruzó de piernas, incómoda.

–No es así. No lo puedo decidir, es algo que viene.

–Qué raro que nunca te haya venido con él, ¿no? Intentalo. Estoy seguro de que si hacés el esfuerzo, podrías.

Vicky abrió la boca para volver a explicar, pero entonces intervino Gaspar.

–No. –dijo–. No intentes meterte en mi cabeza ni nada parecido. Mi papá lo hacía. Es repugnante.

Ella se miró las manos, con los ojos llenos de lágrimas.

–Ya lo intentaste.

–Ni te diste cuenta.

–¿Y qué había?

–Un pozo –dijo Vicky, y levantó la cabeza–. Un pozo negro. No lo volvería a hacer.

–¿Por qué no me lo dijiste? ¡No podés mentirme!

–No se peleen –dijo Pablo–. Es peor si nos peleamos, porque a nadie le importa. Ya lo repasamos mil veces. Vicky, ¿no te das cuenta de que, por ejemplo, apenas salieron notas en el diario después de que desapareció Adela? Gaspar las tiene todas. Son seis. Nada más. Cualquier pavada tiene el cuádruple. Una nena se pierde en una casa y no se la encuentra más. Una nena sin brazo. Y después la mamá desaparece. Estaban ahí solas como dos claveles del aire. Yo me empiezo a coger a este tipo nomás por pasar el rato, porque, como es viejo, coge bien o mejor. No son tantos, te diré. O por conveniencia, porque es poderoso, porque tiene una galería y es alguien en el mundillo que a mí me interesa. Lo que sea. Y resulta que el viejo me apadrina y, cuando hace una muestra de fotos, hay una donde está Gaspar con su papá. Una foto enorme, impresionante, imposible dejar de verla. Vicky, pasaron diez años y estamos en el mismo lugar de mierda. No se peleen por si pudiste diagnosticarlo o no. Es lo de menos.

–No podés ocultarme algo así, Vicky. Se están acercando –dijo Gaspar–. Quieren que note algo.

–¿Quiénes? –preguntó Vicky, resignada–. Estás hablando como un paranoico. Qué querés hacer, Pablo, a ver, qué querés hacer. Qué podemos hacer.

–Yo no decido qué hacer. Acá está el comandante. Siempre mandó él.

Gaspar, que estaba sentado cruzado de brazos, dijo que no con la cabeza. Y después: yo no sé qué hacer ni qué significa esto. Todavía no. Pero, por ahora, esperamos. Y nos contamos todo. En detalle. Creo que podemos aguantar un poco más.

Marita había aceptado la invitación de Gaspar a tomar una cerveza después de un encuentro en el Princesa. Lo había visto como tantas otras veces, sentado en uno de los sillones, fumando, las piernas delgadas, las zapatillas negras, la delicadeza de sus pómulos altos y las manos de dedos largos siempre con pequeñas lastimaduras. Estaba más delgado. Por primera vez desde que conocía a Gaspar se sintió intimidada y no porque él actuase diferente. La chica que recitaba lo hacía en un estilo dramático, declamatorio, era un poema sobre la falta de trabajo, los astilleros, las rutas cortadas del país. Era poesía política, mejor que los émulos de Morrison, pero extraordinariamente mala, y a ella le había dado risa. Era de pésimo gusto reírse de alguien que recitaba sobre esos temas, así que salió a la calle. Gaspar la siguió; cuando se encontraron afuera, él se agachó con las manos en la rodillas y la carcajada contenida y compartida fue un alivio para Marita. Gaspar imitó un poco el estilo engolado de la chica y después, ya sentado a su lado, le dijo que, así como esa chica hacía un papelón, a veces pasaban cosas increíbles en el Princesa durante los recitales de poesía, los últimos meses.

–Tenés que venir más seguido.

–Ando con mucho trabajo en la facu, empecé a dar clase en prácticos, soy docente alumna.

–O sea que no te pagan nada.

–A lo mejor después me sirve.

–El otro día vino un señor que nadie conocía. Antes un poetastro muy patético que se hace el suicida leyó algo onda Pizarnik, desastre. Después leyó una piba más convencional, aburrida, Orozco sin onda. Y después se subió este señor, un desconocido. Recitó entero, sin leer, *Explico algunas cosas* de Neruda. La mayoría lo miraba como a un viejo loco, así como son, condescendientes. A mí me hizo llorar.

–Qué te va a hacer llorar.

Marita sabía que Gaspar rara vez lloraba en público.

Entonces Gaspar dijo partes del poema, las que se acordaba, y terminó «y por las calles la sangre de los niños / corría simplemente, como sangre de niños» y sacudió la cabeza.

–Fue increíble, Mari. Y ver a estos que no entendieron nada, no sabés qué odio me dio.

Y se miraron mientras, adentro, empezaba la música. Algo de los ochenta. Bronski Beat. Marita pensó que iban a besarse, pero él le dio un trago a la cerveza, del pico.

–Extraño cuando me leías en la cama –dijo ella.

–Yo también –le contestó Gaspar, y se puso de pie. Extendió la mano, la ayudó a levantarse del piso. Entraron y ella se pasó la noche hablando con otra gente, sin perderlo de vista. Le gustaba, pero eso no era un problema. El día que lo había visto por primera vez afuera del Princesa, tímido, recién salido del colegio, hermoso, con el pelo oscuro peinado hacia atrás, había pensado que tenía una cara trágica que le recordó a todos esos chicos peligrosos y delicados que la enamoraban, James Dean mirando las estrellas, el Chico de la Motocicleta jugando al pool. Esa primera sensación se había diluido con el tiempo y, en los últimos meses juntos, había quedado apenas su melancolía y también su enojo: si se enojaba, podía destruir algo valioso (había tirado, se acordaba, una cámara de fotos contra la pared una vez solamente porque era lo que más a mano tenía) o incluso lastimarse si estaba demasiado enojado. Esa tensión seguía diciéndole que era mejor no volver con él, pero al mismo tiempo le resultaba imposible ignorar a Gaspar como un incendio doméstico.

Días después del encuentro en el Princesa, había ido a casa de Gaspar, que todavía vivía en Villa Elisa pero, le había dicho, estaba buscando departamento en La Plata. Marita tenía que hacerle una entrevista a Luis: la editorial de la facultad donde trabajaba estaba armando un libro sobre la resistencia del sindicalismo peronista. Se armó una reunión sencilla de amigos, pizza casera, fumar porro. La casa le pareció cálida en comparación con la suya, con la de su novio, con las de sus compañeros que vivían calentándose con las hornallas, siempre dejaban las ventanas abiertas para que las habitaciones no se llenaran de humo, tenían mantas livianas y agujereadas, gastadas en viajes por la Patagonia o Jujuy, casas que olían a perro siempre hambriento y donde todos tomaban mate con facturas. Entendía que, en parte, sentía hartazgo. La militancia era sorprendentemente homogénea, las discusiones eran circulares, las ofensas idénticas, el derecho de piso insalvable. Hacía un año, el modo en que el Hueso monopolizaba las asambleas en la facultad le daba una especie de orgullo. Ahora tenía ganas de gritarle que dejara hablar, veía la frustración en la cara de sus compañeros cuando perdían votaciones y cada vez la retórica le parecía más inútil, justo ahora que en todo el país las huelgas eran despidos y los despidos piquetes. La rama estudiantil del partido solo contestaba con artículos en su diario, en los que expresaba solidaridad, denunciaba a la patronal, al neoliberalismo, y pedía movilización de obreros y estudiantes. Pero los obreros seguían fuera de la fábrica, cortando la ruta o tratando de recuperar su trabajo con una cooperativa, y Marita creía que debían participar plenamente de esas acciones o acompañar con movilizaciones, pero basta de hablar y hablar y teorizar y tomar mate. Lo había conversado con Luis durante la entrevista.

–No hay solución –dijo el Negro, que había pasado a tomar unos vinos–. Son troskos, no saben hacer política y les repugna la felicidad del pueblo.

Julieta, desde la cocina, gritó que ella también se merecía un poco de felicidad y a ver si alguno se dignaba a ayudarla a limpiar la cocina. Comían como cerdos, ensuciaban como cerdos, dijo. El Negro resopló un poco pero se levantó a ayudar. Volvió de la cocina con Gaspar, que estaba preparando un postre, y se tiró en la reposera. Después de mucho tiempo, Luis tenía un trabajo en un edificio en el centro. Hacía de todo: maestro mayor de obras, un poco de ingeniero. Pero no podían pagarle bien a tanta gente. Gaspar quiso saber cómo iba la obra.

—Va bien, los muchachos laburan como bestias y además técnicamente son mucho mejores que yo.

—No cuesta mucho eso —dijo el Negro.

—Andate a la puta. Qué querés, hermano, no contratan ingeniero. Igual, Sixto, el jefe de los pibes, es un ingeniero intuitivo impresionante. Lo que me mata es no poder dar trabajo.

Gaspar se sentó al lado de Marita y les ofreció frutillas con crema. Ella se dio cuenta, en ese gesto, de que extrañaba su olor y su piel elástica, el cloro en el pelo cuando volvía de nadar, el sexo en ese mismo patio donde ahora comían postre, sobre el césped húmedo, de noche.

—Sí que das trabajo —dijo Gaspar, y les sirvió a todos un spritz que había aprendido a hacer hacía poco—. No sé si es mejor Cynar o Campari. Ustedes me dicen.

—Este te salió James Bond —dijo el Negro—. Es la gota de sangre inglesa.

—No seas bruto —dijo Gaspar—. Este trago es italiano.

—No hay nada más lindo que dar trabajo y me pone del tomate tener que rechazar gente todos los días. Todos los días viene un pibe pidiendo, vienen con un casco que les habrá quedado de otra obra. Necesitamos gente, pero no puedo tomar a nadie. Algunos se van a las puteadas, que está bien, pero muchos se van resignados. Hace dos años nomás hacíamos asados. Ahora estamos con sánguches de paleta.

Esa tarde Marita tuvo ganas de ser parte otra vez de esa familia. Se quedó en la casa incluso cuando Gaspar se fue, sin decir adónde. Sospechó que iba a encontrarse con una chica y disfrutó de la punzada de los celos. Pocos días después se enteró de que Gaspar había pasado por la obra donde trabajaba su tío con una tapa de asado y algunos chorizos; Luis se lo contó cuando se cruzó con ella en el buffet de la facultad. Estaba emocionado y ella sonrió porque Gaspar seguía teniendo esa manera de escuchar, pensar y actuar sin hacer anuncios. Igual, le dijo, estoy preocupado. No anda bien, está deprimido, no sé si está tomando la medicación. A mí no me da ni cinco de pelota, ya es un hombre. Si podés hablarle, Marita, me hacés un favor.

No había podido hablarle, todavía. Lo iba a intentar la próxima vez.

De cuatro horas dejarlo en una. Siempre era fácil cortar, pero en este caso, esta fiesta en particular, un video de diez minutos hubiese sido lo ideal. Una hora era un exceso. La isla de edición de la facultad de Periodismo era un cuarto sin ventanas y Gaspar odiaba el encierro porque, cuando editaba, le gustaba fumar y ahí adentro hasta el fumador más insistente se sentía ahogado. No tenía mucho tiempo: alquilaba la isla los sábados, cuando no había clases. Esa tarde lo acompañaba Marita, que le había pedido por favor, antes de ir a tomar cerveza, que le mostrara esos videos. Le daban curiosidad. Gaspar esperaba que no le dieran risa. Detestaba cuando la gente se reía de esas fiestas donde la gente trataba de ser feliz.

Ahora la tenía sentada al lado, ella y sus jeans gastados, una camiseta blanca sin mangas, la piel morena y el pelo algo más largo, pero siempre corto. No me lo puedo dejar crecer, decía, porque se enrula demasiado. Los genes de mi abuelo uruguayo y negro. Me dejó una piel divina y un pelo complicado. Gaspar no quería pensar en que Marita no llevaba corpiño ni quería

611

mirar cómo los jeans le marcaban las caderas, entonces le dio un cuaderno y le pidió que anotara los tiempos. Ella ya había cursado producción audiovisual y sabía cómo hacerlo.

La chica de los quince. Valentina. La había filmado con lágrimas en los ojos demasiadas veces. Despeinada. Total y desmesuradamente consciente de que su fiesta se caía a pedazos. Los adultos borrachos. Su propio padre tratando de tocarles el culo a sus compañeras. La madre peleándose a gritos con los mozos porque traían las cosas frías y siempre tarde. Un DJ tan malo que no podía hacer bailar a nadie.

–Nunca vi algo más deprimente que esto –dijo Marita, mientras Gaspar decidía cortar una hora entera de pequeñas catástrofes, incluido un plano de la torta arruinada por la mano torpe de una abuela bienintencionada que, al tratar de acomodar la muñeca vestida de rosa que coronaba los pisos de bizcochuelo y merengue, la había empujado y casi quedó derrumbada. La única opción que le quedaba era una toma preventiva: había filmado la torta en la cocina del salón de fiestas, antes de que la trajeran adonde estaban los invitados. El carnaval carioca era un desastre de hombres transpirados, mujeres que escapaban de ataques de celos y el éxodo de las adolescentes: algunas se habían burlado de la chica. Valentina. Un nombre precioso.

–Tristeza incurable, ¿no? –dijo Gaspar, antes de poner pausa–. Fue todo así esa noche. Grabé a unas chicas que hablaban y tomaban un champagne, se lo habían llevado afuera, al parque. Es un salón muy lindo, ¿lo conocés? La Casona, en City Bell. Bueno, la cuestión es que me invitaron champagne y yo trato de no tomar en el trabajo, no porque me emborrache, que no me emborracho, pero queda mal. No sé, te ven los padres chupando con las chicas y está mal, tienen quince años. La cuestión es que siempre que me hablan las pibas, me hablan de pavadas o me tiran onda, esas cosas que les pasan con los tipos más grandes. Estas me empezaron a contar que se atienden en la terapia ambulatoria del Melchor Romero, hay una sede de desórdenes alimenticios. Las miré y estaban flaquísimas, ojerosas atrás del maquillaje, supermal. Todo fue así esa noche. Una me dijo *hunger hurts but starving works*. Eran chicas de una escuela bilingüe muy buena, muy cheta.

—¿Eran lindas?

—No me gustan las chicas tan flacas. No sé.

—La gente siempre te cuenta cosas. Tenés ese aire. El aire de yo tengo el poder de una experiencia oscura, vengan a mí.

Gaspar reanudó la pausa: el video temblaba. Miró a Marita.

—No seas cruel conmigo.

—No lo digo de mala. Vos lo tenés, lo tiene Vicky, lo tiene Pablo. Tu tío, con el exilio. El Negro. Yo no tengo nada. A veces siento que soy tan aburrida. No tenés idea.

Como Marita no dijo nada más, Gaspar volvió a trabajar. Terminaron de hacer el visionado del video hasta que quedó en una hora y tres minutos. Gaspar volvería solo, durante la semana, a hacer la edición real. Habían tomado varias cervezas. Gaspar no estaba borracho, Marita un poco, aunque había comido dos bolsas de papas fritas. Hablaron de otras cosas, de las chicas anoréxicas sobre todo, de las compañeras de Marita que se vestían con ropa grande y después se miraban en el espejo del baño, metían la panza adentro, dejaban ver las costillas, se cortaban y la sangre se les escurría por el pubis. Yo nunca fui así, le dijo, cuando cruzaban Plaza Moreno.

—¿Por qué seguís diciendo eso?

Marita se pasó la mano por el pelo corto y se lo tironeó un poco.

—Porque quiero decir otra cosa y no me sale.

—No puedo seguir caminando con vos si me das tantas vueltas. Es nuevo esto de que me hagas sufrir, la verdad, y no me gusta.

Marita dijo perdón, perdón y abrazó a Gaspar antes de buscarle la cara con las manos.

–¿Vos estuviste conmigo por eso? ¿Porque soy una persona sin rollos, común, sin dramas?

–¿Qué tiene de malo eso?

–De malo nada, pero es un plomazo.

–Yo soy aburrido –dijo Gaspar–. Vos no. A vos te importa la gente, querés cambiar las cosas, no te bajoneás por pavadas. A vos te quiere todo el mundo. Como a mi tío. No se me ocurre nada mejor que eso, de verdad. Nada.

Marita lo besó. Gaspar se sacó la mochila y respiró hondo.

–Lo dejé al Hueso –dijo ella–. Quiero estar con vos. ¿Querés volver conmigo?

Armar una casa podía ser un alivio. Había funcionado la primera vez: atravesar el dolor de cabeza constante tratando de hacer entrar una mesa en la cocina. Ignorar los sueños y las alucinaciones pintando una pared con el rodillo, de arriba abajo, de derecha a izquierda, cinta en las terminaciones de las puertas para no mancharlas, el olor penetrante en el pelo y en la piel que se iba con la ducha del atardecer. Elegir las lámparas y temer la electrocución parado en el anteúltimo escalón de una escalera enclenque. Ahora que habían vuelto con frecuencia de una vez por día lo que el neurólogo llamaba *déjà vu* y él prefería llamar recuerdos, estaba armando una casa con Marita. Alquilada, por ahora, recomendación de su tío. Tenés mucha guita y muchas casas: tomate tu tiempo, para comprar hay que elegir bien. Así que ahí estaba, pintando paredes de color púrpura, una casa púrpura como Paisley Park, ese era el sueño de ella, y, después de pintar, dos vasos de vino sentados en el suelo como en una publicidad de televisión e instalar programas en la computadora. Cuando ella se dormía profundo y sin sueños, él se desprendía de sus piernas y miraba el techo y sentía el agotamiento del sexo y la infelicidad como un peso alrededor del cuello. Que ella estuviera le traía apenas momentos de alivio, pinchazos agradables. No quería describirle las escenas que le daban miedo. No iba a contarle, y no le contaba, que no podía volver a la casa donde había desaparecido Adela en la realidad, porque la habían demolido, pero volvía casi todas las noches en sueños y la buscaba con desesperación detrás de cientos de puertas. Los sueños eran larguísimos, eran verdaderas películas, Gaspar no sabía si la gente normal soñaba tan largo. El neurólogo había dicho que experimentaba escenas retrospectivas visuales y emocionales de un sueño o una serie de sueños. Esa era su última conclusión. Tenía *déjà vu* de sueños. Gaspar se lo había discutido, cómo podía ser, y el médico le dijo que era poco común, pero enteramente sintomatológico de la epilepsia, que era raro pero no inédito y más y más. Vicky estaba de acuerdo. Marita decía que le parecía una trama de ciencia ficción, es de Philip K. Dick. ¿Cómo vas a tener *déjà vu* de sueños olvidados? Para mí tenés que consultar con otro médico.

Recorrían la ciudad después de armar la casa. A veces hablaban acostados en el pasto que rodeaba la catedral, Marita fumando marihuana mientras se iba la luz y se encendían los faroles de Plaza Moreno. A veces tomaban cerveza con maní en los bares de diagonal 74 mientras se quejaban por la música. A veces pasaban la tarde a la orilla del lago artificial del parque al que le decían el Bosque, y Marita siempre señalaba las ratas nadando en el agua estancada y se preguntaba cómo no tenía olor, cómo la gente seguía usando los botes como si se tratara de un paseo romántico y no lo que era, semejante mugre, y cómo podían comer en los puestos al paso que, sin duda, recibían las visitas de los animales.

Ella quería saber sobre los años que habían pasado separados. Y él le contaba cómo de a poco habían dejado de interesarle las cosas. De chico, le contaba, había sido hincha obsesivo de fútbol. Y eso nunca lo había recuperado. Mejor, decía ella, son unos energúmenos. Pero entiendo, ¿eh? Hay una alegría ahí. Cuando sale campeón Estudiantes, mi papá es feliz de verdad, nada lo pone tan contento. Ni ganar guita ni que nos vaya bien a mí o a mi hermano. Es una felicidad distinta, debe ser un bajón haberla perdido.

—Y no consigo que me interese nada. Vos vas a empezar a escribir en el diario, tenés pensado un libro, la radio. Pablo es una bestia trabajando, pensando, tiene siete cuadernos de bocetos. Va a ser famoso. Vicky es un genio. Y yo filmo boludeces. Empecé a filmar porque, de chico, me encantaba el cine. Ahora me gusta, me distrae, no me interesa demasiado. Antes lloraba en el cine, imitaba escenas. Se fue yendo, también.

—Estás deprimido, mi amor.

—Sí, claro que estoy deprimido. A veces creo que filmo las fiestas de quince porque ahí hay algo, no sé cómo expresarlo, una especie de confianza en la vida muy elemental que me alivia. ¿Estoy diciendo una pavada?

—No. Estoy pensando. Leer todavía te gusta, te entusiasma.

—Eso es lo único, sí. Leer. Y las chicas. Nunca me dejaron de entusiasmar las chicas.

—Andate a la mierda.

—Esperá. Igual, había algo muy amargo en las chicas, eh, un rechazo muy bestia a engancharme, poner mil excusas, negarme a sentir. Tampoco negarme: no sentía nada. Vos sos la única y eso me preocupa.

—Por qué te preocupa.

—Porque vos no tendrías que estar conmigo.

—Gaspar, detesto y me revienta esa autocompasión, es de cuarta, es la excusa número uno de los tipos, es el «no te convengo», «no sos vos soy yo», la misma mierda de siempre.

—No lo digo en ese sentido.

—Por eso no me levanto y me voy, porque sé que estás deprimido. ¿Isabel qué dice?

—Isabel está vieja y me conoce demasiado. Tengo que cambiar de terapeuta, no puedo seguir con mi médica de la infancia, es de una inmadurez muy alarmante, yo creo. Algunos de los medicamentos para la epilepsia son antidepresivos. Así que eso: ya estoy medicado.

–Tendrías que estudiar. Podés estudiar Letras. Te veo profesor.

–No entiendo por qué tengo que estudiar.

–Es lo que hacemos los chicos medio pelo, ¿no? Cierto que vos sos rico.

–No empieces con eso vos también.

Antes de dormir, Gaspar le leía, le mostraba sus descubrimientos. Este murió a los veintidós años, una locura. Lo descubrí cuando Pablo hizo esa muestra de las fotos y los poetas, no sé si te acordás. Era esloveno. No sé decir el nombre, pero el apellido es Kosovel. Escribió como mil poemas, dicen que son todos buenos, al menos buenos para un pendejo. Este me gusta: «En las sienes late, late. La sombra. El frío cañón de la pistola. 10 toneladas. En mi corazón un semitono en modo menor.» Y en el cuaderno mi papá anotaba nombres, sueltos, se ve que eran autores que quería leer. Acá anotó Sara Teasdale. La estuve traduciendo. Es muy genial.

–Podrías enseñar inglés, por ejemplo. No me gusta que leas sobre suicidas.

–No me voy a matar. Y no necesito plata. Es lo único bueno que tengo.

–Basta de pobrecito. ¿Esa cuenta donde te depositan plata está acá? Porque tendría que estar en Colonia. Un día vamos y depositamos guita en Colonia.

–Ya está en Colonia, hace años.

–Vamos igual. Fui de chica, es precioso. Leeme lo que tradujiste.

–«Siempre va a haber estrellas sobre este lugar. Aunque la casa que amamos y la calle que amamos esté perdida.»

–Yo quería estudiar Astronomía, pero no sé dividir por dos cifras. Por eso estudié Periodismo.

–Nunca me lo dijiste.

–Tampoco es una frustración. Cuando quieras te enseño los nombres de las constelaciones, que seguro no los sabés. No los sabe nadie, es raro que a la gente no le interese el espacio. Se deben ver mejor desde Colonia, ¿no?

Eso quería ella: viajar. Quería ir a la Patagonia y escribir sobre los colonos galeses. Quería ir a Valparaíso, aunque les tenía miedo a los terremotos. Y a Minneapolis, a ver la casa de Prince. Se merecía un mejor compañero. No tenía importancia que quisiera estar con él y fuese sincera. Él tenía que irse, dejarla, y era tan difícil. Quiero que viajemos juntos, pedía ella, y Gaspar le respondía que por supuesto, la besaba en el cuello y dejaba los labios apoyados ahí, sobre el pulso que latía, y pensaba que jamás la llevaría a ningún lado porque él solamente debía ir hacia los que lo buscaban, había un corazón negro que lo necesitaba y algún día él cumpliría sus deseos porque, cuando no se puede pelear, la única manera de estar en paz es rendirse.

Aunque la tensión con Julieta seguía siendo sorda pero evidente, Gaspar fue al cumpleaños del Negro en Villa Elisa: lo festejaba en casa de Luis. Estaban invitados los obreros del edificio que trabajaban con su tío, algunos vecinos y alumnos del Negro y su hija. Gaspar no tenía ganas de ayudar con las ensaladas ni la mesa esta vez. Estaba cansado. Julieta tenía los labios finos de desaprobación y él sabía por qué: en una reciente discusión con Luis, Gaspar había golpeado la puerta con tanta fuerza que todavía estaba el agujero del puño. Seguía sacándose astillas de los nudillos una semana después. Su tío había reaccionado como siempre ante los ataques de furia: sin miedo, con las manos extendidas, buscándole el cuello como un animal dominante, doblegándolo en un abrazo de cariño hasta que Gaspar se veía obligado a abrir la manos y respirar lentamente. De chico, su padre solía abrirle la palma de la mano para corregirle ese gesto de tensión. Luis había hecho lo mismo durante mucho tiempo. De vez en cuando, todavía, le acariciaba el brazo por debajo de la mesa para que Gaspar se diera cuenta de que debía estirar los dedos.

Julieta se había asustado con el puñetazo a la puerta. Está todo controlado, había dicho Luis, y ella, sin poder contenerse, había casi gritado, con la voz llena de bronca:

—Todo controlado hasta que un día se enoje con tus hijos y los cague a trompadas. Dónde mierda están tus prioridades.

Y cuando Luis había ido detrás de ella para tranquilizarla, Gaspar se había pasado una mano por la nariz, se había limpiado los mocos en el jean y había dejado la casa con la idea de no volver por un tiempo. Al día siguiente había aparecido por el trabajo de su tío para pedirle disculpas y escuchar lo mismo de siempre: tenés que contenerte, hijo, tenés que aprender a manejar esa rabia o trabajarlo más en terapia, y Julieta cambió mucho desde que nacieron los nenes, no sé si son las hormonas o si ser madre es esto o qué, pero se volvió más miedosa. Gaspar había pensado en faltar al cumpleaños del Negro, llamarlo por teléfono, pero no lo quería ofender. Prefirió sentarse a la mesa, esperar, aplaudir al asador. Los chicos no estaban, lo que era bueno: los habían dejado con sus abuelos para poder hacer una fiesta de adultos, con vino, peleas y posiblemente llantos de madrugada.

—¿Sabés a quién vi? Al Josecito Viola. Estaba de visita en Buenos Aires, de paseo. Vive en Francia. ¿Te acordás de la agarrada que tuvimos?

—En Plaza Francia, justamente.

—Yo le decía boludeces como que el rock era cultura de las grandes empresas, mamita querida. Qué pelotudo. Bueno, vive allá y parece que da clases de sociología. Lo vi bien.

Marita quiso saber más y los dos hombres pasaron media hora entusiasmadísimos hablándole de los años setenta. Gaspar ya había escuchado casi todos los relatos, pero lo divertía vagamente verlos emocionados ante la atención de una chica joven y «nada tonta» (eso le decían siempre: «nada tonta tu compañera»: así eran de machistas aunque juraran lo contrario) que además tenía un interés marcado y sostenido en política, algo poco común («no tienen ningún compromiso» era la queja más habitual cuando hablaban de sus estudiantes). Ella participaba de sus discusiones y no era condescendiente y tampoco estaba fascinada: los usaba como fuentes de información, creía Gaspar. Y ellos lo disfrutaban.

La sobremesa se hizo larga y el Negro hasta cantó un poco, pero no pudo llevar a los demás a lo que llamaba «la situación de coro». Cuando ya estaba demasiado borracho y empezaba a pelear –la borrachera lo ponía chicanero– los otros se alejaron para que rumiara solo y, finalmente, empezara a cabecear. Entonces era el momento de invitarlo a dormir y él siempre decía que sí. Gaspar lo acompañó hasta la habitación con la excusa de que necesitaba ayuda, pero en realidad quería estar solo un rato, tener un poco de silencio antes de volver. Julieta estaba siendo amable con él, por el momento. La hija del Negro se había ido temprano porque no le gustaba discutir con su padre borracho. Las cosas no estaban tan mal. Cuando Gaspar volvió del baño, la gente empezaba a despedirse. Los alumnos del Negro, los obreros del edificio de Luis. Gaspar rebuscó en la parrilla y se hizo un sándwich tardío con algo de entraña. Julieta también anunció que se iba a dormir. Y en la madrugada solamente quedaron Luis, Gaspar y Marita con todos los platos sucios sobre la mesa y tres ceniceros llenos.

Gaspar estaba esperando la señal de Marita para irse y, un poco aburrido, se puso a jugar con el perro, que estaba excitado de carne, olores y gente. Entre revolcadas y falsas mordidas, Gaspar se perdió el principio de la conversación. Cuando el perro le saltó encima para seguir jugando, lo distrajo con un hueso del asado. Había captado algo que le interesaba.

–¿Entonces saliste por Paraguay?

–Por Brasil. Dos meses después del golpe más o menos. Los papás de Gaspar me sacaron. La mamá, mejor dicho, ella me llevó en auto.

Gaspar se sentó derecho y encendió un cigarrillo.

–¿Mi mamá te sacó? ¿Ella te sacó del país? Nunca me lo contaste, ¿por qué?

Luis parecía un poco avergonzado. Había hablado de más. Estaba borracho y entusiasmado, como siempre que hablaba de su pasado con alguien que tenía interés en escucharlo.

–No sé, hijo. Son cosas duras.

–¿Por qué es duro eso? Te ayudó, no le veo el trauma. Me revientan los secretos. Vos sabés perfecto que me vuelan la cabeza.

–Estás exagerando, te estás pasando de vuelta. Controlate, no nos vamos a pelear por esto.

–Vamos a ver si peleamos o no. Decime por qué no me contaste.

El silencio en el patio era pesado y rumiante, cargado de borrachera y de sueño. Marita le apoyó una mano en el hombro a Gaspar, que se había acercado a la mesa con los brazos cruzados.

–Mi mamá te sacó del país y nunca se te ocurrió contármelo. En quince años. Nada, ni una palabra.

–Te lo estoy contando ahora. Hay cosas que no son fáciles.

–No me lo estás contando, te estás luciendo con Marita. Ustedes y sus vidas difíciles me tienen los huevos al plato. Realmente.

–Córtenla –dijo Marita–. Gaspar, si no pudo, no pudo, ¿está bien? Vos también te callás cosas. Todos nos callamos cosas.

Luis decidió cortar la tensión explicando la verdad.

–Tus padres vivían en Misiones, en la casa de la familia de tu mamá. Yo me encontré con tu papá acá. Bueno, acá no, en Buenos Aires. No fue de casualidad, él me llamó, quedamos en vernos. Había venido a hacer otra cosa, creo que había venido al médico, pero a lo mejor me mintió. No me contaba demasiado de nada. Sabés cómo era él. Bueno, directamente me dijo que hiciera el bolso y me sacaba del país. No sé por qué sabía que yo me tenía que ir. No eran cosas que se dijeran por teléfono y yo no le había dicho nada. Manejamos turnándonos hasta Misiones, el viaje fue demencial, él estaba mal de salud.

—Yo hice ese viaje con papá.

—Ya sé. Capaz que por eso no te conté.

—Qué tiene que ver. Entonces conocés la casa.

—Estuve pocas horas. Pegarme un baño, comer algo. Me sacaron de día. Tu mamá conocía a los milicos de la frontera porque ella estaba laburando en Asunción y aparte porque tu familia de parte de ella, bueno, estaban en buenas relaciones.

—Mi mamá te sacó en auto. Mi mamá. Nunca me contaste de ella ni de la casa. Sabías que sueño con la casa, que alucino con la casa, lo que puta sea que me pasa con la casa, y nunca mencionaste que la conocías. Sabés que quiero saber de mi mamá, que apenas me acuerdo de ella, que la extraño. Y vos la conociste. Qué traidor que sos. Estaría bueno que se lo contaras a Julieta, que mi mamá te sacó, así se le pasan los ataques de concha y se deja de juzgarnos a mí y a mi familia.

—No te voy a permitir, Gaspar.

—No me permitas. ¿Por qué no me contaste? Decime la verdad.

Luis bajó la cabeza y suspiró.

—Juan me pidió que no te lo dijera nunca, y le respeté el deseo. Él no quería que tuvieses ninguna referencia, nada, de la familia de tu madre.

Gaspar agarró un vaso vacío y Marita lo agarró fuerte del codo para evitar que lo lanzara, para evitar que la noche terminara con una descarga violenta. El vaso cayó sobre la mesa, pero no se rompió.

—Me voy —dijo Gaspar.

Marita se levantó para seguirlo pero Gaspar salió caminando rápido y solo, sin esperarla, obligándola a correr por la calle, de noche. Era tarde para volver a La Plata pero Gaspar enfiló hacia la ruta, hacia la parada de colectivos. Marita lo siguió tan rápido como pudo: no era fácil alcanzarlo. También lo siguieron los gritos de su tío en la oscuridad, que le decía dejate de joder, quedate a dormir que ya les preparamos la cama, mañana hablamos más tranquilos. Gaspar no podía ir más allá de la ruta: a esa hora no había remises, tampoco taxis en Villa Elisa, y no pasaba el tren. Lo único que quedaba era esperar un colectivo, pasaban cada hora, o hacer dedo o quedarse en la casa de los padres de Marita. Cuando lo alcanzó, ella estuvo a punto de darle un cachetazo. Dejarla así, corriendo como una imbécil a la noche, rogándole como una protagonista de telenovela. Pero se contuvo.

—Ahora no me hables —le dijo él—. Por favor.

—Se lo pidió tu papá. No fue culpa de él.

—No me hables.

Marita se paró en medio de la ruta e, incrédula, vio a unos cien metros los colores blanco y rojo del colectivo que los llevaría de vuelta a La Plata.

—Tenemos que comprar un auto —dijo.

En el colectivo, dejó que Gaspar se sentara, solo, en la última fila. Cuando llegaron a La Plata, ella volvió al departamento pero él se quedó por la calle, solo, caminando.

Marita entró corriendo en la oficina del profesor Herrera, el encargado de la editorial de la facultad. Llegaba tarde porque Gaspar, enojadísimo como estaba, no la había dejado dormir bien. Y ella tenía que trabajar. Gaspar era egoísta a veces: su drama estaba ante todo. Sabía, igual, que, cuando volviera a la tarde, él pediría disculpas y, probablemente, estaría tranquilo. Se daba cuenta de que ese círculo tenía que ser cortado de alguna manera y confiaba en que sería así, con la terapia adecuada. Gaspar tenía razón cuando decía que ya no era viable seguir atendiéndose con su psiquiatra de la infancia.

El pasillo de la facultad estaba empapelado por todos los costados; las banderas de papel con consignas también colgaban del techo y las puertas. Se acercaban las elecciones y era la primera vez desde que había ingresado que Marita no estaba involucrada en el proceso. Ese año el trabajo en la editorial la había absorbido por completo. Ahora mismo colaboraba en la colección de rescates de grandes crónicas de los años sesenta en adelante. Textos que habían aparecido sin pena ni gloria en revistas o medios alternativos, de autores que, con el tiempo, se hicieron famosos. También notas de periodistas desaparecidos, algún tesoro ignorado. El criterio era ecléctico porque el seleccionador era Herrera, el titular de la cátedra en la que era ella ayudante alumna, el profesor más admirado y más temido de la facultad por su carácter, aunque ella sabía que era un personaje para plantarse ante la clase: fuera del aula era muy amable. A Marita le faltaban leer apenas las crónicas del último libro, el que esa tarde llegaba de la imprenta, porque se había tomado una semana de licencia. Y a la vuelta, en vez de llegar a horario y entusiasmada, aparecía ojerosa y medio dormida. A Herrera le gustaba la prolijidad y Marita quería ese trabajo; quería conservarlo para los años siguientes. Todavía no le pagaban, pero era posible que pronto la contrataran. Además, quería mostrarle a Herrera los testimonios que había recogido sobre la crisis del sida en la ciudad y el registro de las primeras marchas del orgullo. Era una investigación modesta pero, con trabajo y más material, podía publicarse. Eso no iba a pasar si llegaba tarde y no demostraba seriedad.

—Por fin —dijo Herrera sin saludar—. Tenemos que hablar.

Marita dejó la mochila en el piso y se pasó la lengua por los labios, por si tenía restos de pan o manchas de café del desayuno. Quería parecer profesional.

—Tenemos que mandar el volumen 12 a imprenta. Usted no lo corrigió, hubo una suplencia esa semana, por eso no la hago responsable, pero la corrección es un desastre. No se puede mandar así. Necesito que se siente y que la haga ahora.

—Profesor, no hay tiempo de corregir todo el libro, y yo tampoco soy correctora.

—No, querida, no le pido de todo el libro, no estoy loco. Es el último artículo, el de Olga Gallardo. No sé qué pasó: la persona encargada ni lo miró, da esa impresión. Fíjese. Le faltan tildes, hay saltos imposibles, es un desastre. Está claro que no va a tener la misma calidad que con la correctora, pero ella no puede venir hoy. Nos tenemos que arreglar usted y yo.

—No hay problema.

—¿Usted leyó ese texto?

—Todavía no.

—Dudé sobre incluirlo hasta último momento porque Olga fue, en sus últimos años, una persona muy particular. Es terrible la enfermedad mental, Marita, nos derrumba. Yo la conocí de joven y era una profesional excelente, arriesgada, un poco pasada de bohemia, como todos. Y, al final, era una sombra. Se obsesionó con ese caso que va a leer, pero no solamente eso. Nunca es solamente eso.

Marita había escuchado el nombre de Olga Gallardo antes, la gran cronista mujer en un mundo de hombres, alcohólica y suicida. Creía que toda la mitología era una exageración y una injusticia porque, aunque todos insistían en lo buena que había sido, nunca la daban a leer en las clases. El mismo Herrera una vez había dicho que, con ella, era difícil saber dónde terminaban los hechos y dónde empezaba la ficción. Y que eso era el pecado mortal de un periodista, que, aunque debía y tenía que usar las herramientas narrativas de la literatura, nunca podía apelar a la imaginación, la responsabilidad pública y el compromiso de veracidad con los lectores eran irrenunciables. Marita se preparó un café instantáneo y después imprimió la nota desde la computadora. Se llamaba «El pozo de Zañartú» y tenía pocos años: ella se había suicidado apenas después de publicada, era una nota suicida. Sintió un poco de aprensión cuando se sentó a leer el texto, lápiz en mano. Era leer palabras de una mujer posiblemente loca, las palabras que había dejado como un testamento antes de matarse, y había sido una muerte horrible, con veneno de ratas, eso también era parte de mitología, la dolorosa agonía en un hotel, porque se había ido de su casa para morir. Herrera estaba de espaldas, al teléfono, retorciendo el cable. Marita se acomodó en la silla y entró en la selva, en un pozo de huesos, en el calor.

El teléfono sonaba, también el timbre, el celular, nuevísimo, no tenía batería y no pensaba cargarla. No estaba dispuesto a atender a nadie. Había echado a Marita, lo había hecho porque ella estaba en peligro, y ella, claro, no había podido entenderlo. Estaba asustada. Quería saber si era cierto lo que decía la nota sobre la casa donde había desaparecido Adela, los restos humanos, si era cierta la diferencia de tamaño y espacio entre el afuera y el adentro. Él no había querido contestarle: no podía hacerlo, pero tampoco se lo negaba. Mientras Marita le gritaba, veía en la esquina del departamento, iluminada por la luz del atardecer que venía del balcón, a Adela desnuda, el cuerpo cubierto de hilos de sangre o quizá de hilos de lana roja, bailando una danza infantil y elástica, el pelo rubio sobre los ojos negros, tan negros como los de Omaira y como los de su padre antes de morir. Trataba de mirar a Marita pero no podía dejar de ver ese cuerpo de nena, blanco y obsceno, dando saltitos cerca de la cortina. Marita insistía. Gallardo es una fabuladora, le dijo, todo el mundo lo sabía. Todo el mundo, todo el mundo, quién es todo el mundo. Esa mujer se había matado por él. Su segunda muerta. Iba a haber más, lo tenía clarísimo. Que esta nota hubiese llegado a las manos de Marita era el mensaje final. Como no podía explicarle porque eran años de explicaciones y silencios, la había echado. Hacete el bolso, no puedo cuidarte, Marita, no puedo cuidarte en serio, no tenés idea de lo que es esto, yo tampoco tengo idea pero siento, sé, siempre supe, que es el final y te buscaron a vos. Y con vos no: si te pasa algo a vos no me lo perdono. Y te va a pasar. Andate.

Estás loco, lloraba Marita, tenemos que llamar a tu psiquiatra, y Gaspar, mientras ella lloraba, empezó a vaciar sus cajones y a sacar la ropa colgada del ropero, y a llenar las valijas, que se habían vaciado hacía tan pronto, cuando recién habían ocupado la casa que todavía olía a pintura. En el fondo del placard, cuando quedó vacío, vio una cabeza. Mejor dicho, una nuca. Alguien la había masticado, tenía marcas de dientes. Cerró las puertas de un golpe antes de que la cabeza se diera vuelta y le mostrara su cara. Tenía miedo de que fuese una cara conocida.

Tenía que reconocerle a Marita que ella había venido de inmediato con la nota a contarle todo. No como su tío. Ella no le ocultaba cosas. Era valiente. Estaba asustada y lloraba, y aunque había aullado cuando le puso la ropa en la valija, de alguna manera se lo esperaba. No podía haber otra conclusión. Gaspar podía entender el miedo y la rabia, pero no el secreto. El precio de develar el secreto, claro, era este. Cuando Marita se fue, Adela dejó de bailar: ahora estaba vestida, tenía puesto el buzo color rosa viejo que solía usar cuando todavía era su amiga y no este fantasma danzarín. Gaspar no pudo sentir nada más que alivio cuando Marita se fue diciéndole que no iba a volver más. Era lo que quería.

El teléfono volvió a sonar. A lo mejor era su tío. Podía ser Vicky, o Pablo. ¿Y si su tío había conocido a Betty allá en Puerto Reyes? Si había conocido a su madre, no, peor, si su madre lo había sacado del país por la frontera, podía haber pasado cualquier cosa. No tenía importancia. La nota mencionaba la casa de sus abuelos. Estaban llegando demasiado cerca. Me están rodeando. Leyó la nota hasta aprenderla de memoria. Tenía que ser práctico. Tenía que entender que en todos los años desde la desaparición de Adela, este era el momento más cercano a encontrar algún tipo de camino hacia ella y entender qué había pasado, cuál era su historia, la de sus padres, la de su familia. Adela, según Gallardo, era su prima. Betty nunca se lo había mencionado ni insinuado. Cuánta frialdad. Esperaba esa frialdad de su padre, pero ¿de Betty? Ocultaban algo monstruoso. Se imaginó a Betty en ese hotel de provincia, borracha, hablando de un monstruo que vivía en la selva.

Decía la verdad. Esa casa, Puerto Reyes. Tenía que ir. La Garganta del Diablo, pensó. Él le había preguntado a su padre si lo iba a arrojar ahí y él le había jurado que no. A lo mejor había mentido.

Gaspar salió poco del departamento durante dos días: para comprar comida y cigarrillos, para comprar un mapa de Misiones en el Automóvil Club. No encontró uno demasiado grande, pero sí lo suficiente. Zañartú figuraba en el mapa. También San Cosme y Puerto Libertad. Desde Libertad era fácil llegar a Puerto Reyes, le había dicho Andrés Sigal. Puerto Reyes, la Moby Dick de las mansiones de la aristocracia. Su abuela era renga, ahora se acordaba apenas. Verla subir una escalera con bastón. Abuela Ahab. Tenía que trazar el itinerario de viaje. Betty podía seguir en Cosme. Las excavaciones en el pozo habían terminado. Lo recordaba, lo habían comentado en algún asado en casa de su tío. Tenía que averiguar la lista de identificados. ¿Habrían encontrado al padre de Adela? ¿Qué había hecho Betty con él? Morgue de Corrientes. Ahí tenía que ir también. Era mucho. ¿Estaba Betty en Puerto Reyes? Si había alguien más en la casa, a él le abrirían la puerta. Olga Gallardo no era la única que estaba detrás de él. No lo buscaban para ser recibido como el hijo pródigo, con afecto. Eso lo sabía aunque no supiera nada más. Tenía que ir o el círculo que se cerraba iba a empezar a apretar. Si no podían alcanzarlo a él, iban a alcanzar a alguien más. Si llegaban a Marita, no podía imaginarse cómo seguir su vida, la vida.

Desconectó el teléfono.

La guardia había estado insoportable desde muy temprano. Apenas ingresar y ya lo peor de todo: un embarazo con complicaciones. Vicky detestaba los partos complicados porque la familia no los entendía. Se enojaban, creían que la culpa de la mujer desangrándose, del bebé atravesado, de la cesárea de urgencia, en el mejor de los casos, creían que todo era responsabilidad de los médicos y no comprendían la sencilla explicación de que esas cosas ocurrían, de que era la naturaleza, las mujeres habían muerto de parto durante siglos. No podían entender que un parto no era algo sagrado y esas tonterías. Estos médicos arruinando sus felicidades estúpidas. Detestaba a los parientes.

Y, después de la embarazada, un chico convulsionando de fiebre con ese tipo de madres histéricas que no dejaban trabajar y creían saber más que los médicos. Era bastante cierto lo que le decía su madre: ella no tenía empatía. Lo único que quería era que la dejaran resolver. ¿Por qué además debía ser amable?

Ahora estaba a punto de llegar un paciente en ambulancia y el reporte era que se trataba de un accidente. Nunca les decían con claridad con qué iban a encontrarse en la guardia. La comunicación entre el hospital, las ambulancias y la policía era un desastre. Así que podía ser cualquier cosa, una contusión, un atropellado, una masacre.

Vicky esperó con sus compañeros en la explanada, fumando el cigarrillo de rigor antes de entrar por otros quince minutos de estrés. Los camilleros bajaron al accidentado y, cuando les preguntaron, dijeron lo de siempre, no sabemos qué pasó, apareció así en la rambla de 32. Vicky se acercó. La rambla de 32 era cerca de la villa y solía haber peleas por drogas, cuchillazos, tiros. Se quedó boquiabierta cuando vio al hombre en la camilla. Era tan impensable que en una primera mirada creyó ver lo imposible: a Juan, al padre de Gaspar, con la cicatriz de la cirugía en el pecho, la palidez, las ojeras. Parpadeó, se alejó y comprendió lo que pasaba con un sacudón de su propio cuerpo: el hombre en la camilla era Luis Peterson. Estaba desnudo y con una herida en el pecho, justo sobre el esternón, una herida vertical y cosida con brutalidad. No podía distinguirse, en la luz de la explanada, si era superficial o no. 39,5 de temperatura, nueve seis de presión, informó el médico de la ambulancia, y Vicky se dio una cachetada mental. Tocó la herida. No parecía superficial. Parecía, a primera vista, que tenía el esternón roto como en una cirugía torácica. Luis estaba inconsciente. Tenía heridas pequeñas en todo el cuerpo, ya algo secas. Cortes finos pero continuos. Salvo en la cara, todo su cuerpo había sido delicadamente tajeado.

Intentó forzar su facilidad para un diagnóstico, hizo un esfuerzo por intuir cuanto antes y su instinto le indicaba que lo más urgente era una radiografía. Saber, de inmediato, qué era esa herida. Análisis de sangre, oxígeno, suero, control de signos vitales. La taquicardia era obvia y era otro mal signo, como también la inconsciencia. Estaba en shock. Y la herida no era reciente: tenía el rojo enfermizo de la infección.

La radiografía dejó a todos boquiabiertos. Uno de los estudiantes tuvo que salir de la sala de rayos y Vicky lo oyó vomitar, lejos, como en un sueño. Ella y el jefe de guardia miraban la radiografía y se miraban entre ellos y volvían a la radiografía. El esternón estaba partido y no por la sierra de un cirujano. Los cortes parecían de una gran tijera, astillados, irregulares. Posiblemente se habían hecho con algo similar. Una podadora, por ejemplo. Y el hueso estaba abierto, no lo habían intentado cerrar con ningún método: solo habían cosido la piel. En el espacio que quedaba entre los huesos del esternón partido, presionando los pulmones, había un brazo. Un brazo muy pequeño, no el de un adulto. Un brazo de niño. Que no sea el brazo de uno de sus hijos, pensó Vicky, por favor, por favor. El brazo se veía clarísimo. Había sido cortado bajo el codo. Tenía los cinco dedos y sus huesos.

Dios quiera que sea de un maniquí, dijo el médico de guardia, y salió corriendo. No es de un maniquí, pensó Vicky, y él lo sabe, pero no lo quiere reconocer, no puede decirlo en voz alta. El jefe pidió un quirófano, pidió cultivos, pidió antibióticos. Está en shock séptico, se dijo Vicky. Mientras esperaba el resultado de la cirugía en la guardia, ahora atendiendo a un hombre que se había cortado un dedo con un cuchillo de asador al intentar despegar carne congelada del freezer, pudo pensar racionalmente y con toda claridad se dio cuenta de que Luis se iba a morir. Era un brazo humano. Tenía huesos. Estaba en el espacio entre el corazón y los pulmones. Era posible que hubiese dañado todos los órganos con una infección. El brazo sin duda estaba ya en descomposición. Eso había causado la sepsis.

Y ese era solo el comienzo del problema. Vicky pidió disculpas a su jefe de guardia y le dijo la verdad: conocía al hombre que había entrado en shock. Era el padre de un amigo suyo. Necesitaba salir. El jefe le dijo que por supuesto lo hiciera y Vicky se sentó en el pasillo de cirugía: le dejaron un brazo como el que le faltaba a Adela, pensó. Se lo dejaron en el pecho. Como al invunche. De dónde venía ese recuerdo. Chiloé, la Brujería. Adela en el bosque. El río, Betty furiosa y borracha, ese verano en el sur. Está idéntico a su hermano y no es una casualidad. Esto es un ataque. Un ataque y un mensaje. Primero para Gaspar, pero también para todos nosotros. Vicky sintió que le soplaban la nuca, que le hablaban al oído y la voz siempre le decía lo mismo. Vas a ser la siguiente. O Pablo. Gaspar tiene que mover sus piezas.

El cirujano salió de la sala y Vicky se le acercó. Le dijo la verdad, como se la había dicho al jefe de guardia. El cirujano la miró con frustración, la del médico que había fallado o que se había encontrado con algo imposible. Después con pena y después con algo de desconfianza. Él también era consciente de lo macabra que era la situación. Esto es magia negra, es macumba, es demoníaco, pensó Vicky.

—Es un brazo humano, doctora, y la sepsis está muy avanzada. Si conoce a la familia, es mejor que los llame. Las heridas del cuerpo son superficiales. Vamos a hacer la denuncia: este hombre fue torturado.

Vicky salió corriendo. No podía localizar a Gaspar desde hacía un par de días. Se había peleado con Marita, la había echado. Ella se lo había contado, llorando, pero no le había contado nada más. A veces Marita también era complicada, aunque tenía fama de chica fácil de tratar. No quería llamar a Julieta: ¿qué iba a decirle y cómo? Lo único que pudo hacer fue llamar a Pablo, pero cuando la atendió, el teléfono le temblaba tanto que tuvo que agarrarlo con las dos manos y le dijo:

—Traelo a Gaspar al hospital. Pateale la puerta porque no me atiende. Luis está acá y se está muriendo.

Después colgó y, despacio, caminó hasta el office de enfermería porque necesitaba acostarse, apoyar la cabeza que le daba vueltas de mareo y llorar tranquila, con las mujeres, sin explicarles lo que no podía ni pensar, nada más decirles chicas no saben qué cagada, qué garrón, qué pesadilla.

El odio le salía de los ojos con las lágrimas y Gaspar la escuchó gritar es tu culpa aunque no lo hayas hecho y sí lo hiciste. Ella no pensaba que él hubiese abierto el pecho de su tío como un cazador loco para meterle en el cuerpo el brazo de un chico, de una nena en realidad, porque tenía las uñitas pintadas, eso decía al menos una de las enfermeras, muy chusmas las enfermeras, las uñitas pintadas de rosa coral, específicas además de chusmas, las enfermeras. Ella no decía que él hubiese cometido el crimen, en pocas palabras decía que el crimen era su culpa y en eso tenía razón, eso no podía discutírselo, así que se dejó golpear, dejó que le arañara la cara y le gustó el sabor salado de su propia sangre en la boca. Solamente podía pensar en que no era el brazo de uno de los mellizos y eso le parecía un triunfo, un insolente rasgo de piedad impostada. No quiero pasar a verlo, Vicky, no puedo verlo. No voy a pasar, punto. Y no iba a verlo, era el encuentro con un fantasma, sería igual a su padre, no se parecían tanto, nunca se habían parecido muchísimo, pero el aire de familia, y así, en el hospital, con los tubos, con el olor de la muerte, con el pecho partido, era igual a su padre y él no quería tener esa imagen y no iba a tenerla. Tenés que pasar, decía Vicky, porque tiene todo el cuerpo cortado y las miré, son inscripciones, son letras. Descifralas vos. Copialas, anotá qué dicen. Sacale fotos. Julieta gritaba después de escuchar al médico que le anunciaba lo inevitable y en un rato iba a venir la policía a hacer las primeras preguntas y en pocas horas iban a atar cabos, uno dos tres nudos. El bracito de la nena. Vicky y Pablo y él, sobre todo él, por supuesto, los que habían entrado en la casa con Adela. Adela sin brazo. Un brazo de nena. Adela mi prima, Adela mi sangre, quién había puesto veneno en esa sangre. El padre muerto, el tío muerto, los dos con la marca en el medio del pecho. Y él que se había pasado días encerrado mientras esto pasaba. Esto pasaba. Julieta le decía a un policía se fue hace tres días. Pensé que se había quedado en La Plata por trabajo o con su hijo mayor. Sí, el hijo mayor es él. Adoptivo. Es el sobrino. A veces se quedaba a dormir en su casa pero siempre me avisaba, siempre me avisaba, tenemos chicos muy chicos, siempre me avisaba. Así que llamé a Gaspar pero no lo encontré, Gaspar es el hijo, el sobrino, ese de allá. No lo encontré, daba ocupado y pensé que pasaba eso, el teléfono no andaba, me avisarían al día siguiente. Fui a trabajar y un día complicado, cuando terminé llamé a casa y nada, fui a la obra y nada, pero ahí me dijeron que tenían días libres porque llovía y no se podía trabajar con lluvia, así que pensé se fue a algún lado con los días libres, pensé en otra mina, no sé lo que digo, discúlpeme, pensé en cualquier cosa, hasta me enojé. ¿Por qué no fui a la casa del hijo? Porque me hice esta película de otra mujer, no sé, ¿por negar? ¿Porque no podía entender que no volviera? Esto pasaba, pensó Gaspar. Alguien se había llevado a su tío cuando iba para La Plata porque el auto ya había aparecido, intacto, en Gonnet. Cerca de la ciudad. Un lugar precioso Gonnet, más lindo que Villa Elisa, con casas modernas, horribles eso sí los boliches de la ruta, horribles, algunos peligrosos inclusive, Gaspar había ido y las chicas que bailaban sobre los parlantes estaban siempre drogadas y eran hermosas y feroces. Las uñitas pintadas, ¿de qué color era? ¿Salmón? ¿Coral? Ahora había muchos colores con nombres acuáticos además del viejo azul marino, que no era marino por el mar sino por la Marina, era Navy, entender eso le había costado una ridícula cantidad de tiempo. Como la cantidad ridícula de tiempo que había perdido en su casa haciendo mapas y planes y reservando pasajes de avión mientras esto pasaba. Entonces Gonnet. Una casa en Gonnet, una de esas casas lindas. Una casa hacia donde habían arrastrado a su tío después de sacarlo del auto. Seguramente él había pensado que al fin lo secuestraban y tenía razón, porque lo secuestraban. ¿Lo habrían desmayado para cortarle el esternón? Seguro, porque se hubiese resistido y era fuerte, tenía mucha fuerza, las veces que lo había alzado, cómo lo ponía contra la pared cuando tenía que tranquilizarlo, cómo serruchaba más rápido que los demás y transpirando menos que todos. Así que lo habían dormido y después de dormirlo usaron la podadora y a lo mejor un poco de sierra, eso se sabría con la autopsia, porque iba a haber autopsia, era un asesinato. Entonces la casa en Gonnet. ¿Cuántos? ¿Dos o tres? ¿Quiénes? Ya se lo dirían. En Misiones. Porque ya no estaban en la ciudad. Le habían tirado un muerto como se tiraban muertos en la Argentina. En la Argentina te tiran muertos. Ahora entendía lo que quería decir eso. El brazo era de una nena cualquiera, una nena a lo mejor ya muerta, harían bien en revisar tumbas removidas o incluso hospitales. Quizá aparecía la denuncia de una nena desaparecida. Ellos trabajan de noche, trabajan en la oscuridad. ¿Para qué lo querían tanto? Lo querían y lo dañaban. Lo querían dañado. Dañado era más fácil de manejar. Por eso se negaba a ver el cuerpo. Pronto lo iba a interrogar a él la policía. No tenía coartada. Había echado a Marita. ¿Había pedido comida por delivery? No podía acordarse. Había bajado a comprar, eso sí. Comida y el mapa. Seguro el tipo del Automóvil Club se acordaba, porque le había pedido uno más grande, más grande, como si estuviera medio ciego. No tenía coartada pero no le importaba. Era verdad lo que decía Julieta. Era su culpa. Era un mensaje para él, le habían tirado un muerto. No quería verlo. Una vez Luis había metido bananas en el freezer y las había sacado heladas y les había chorreado encima chocolate caliente. Su idea de un postre barato y rico. Siempre le daba el control remoto del televisor. En la cancha nunca se enojaba. Decía que quería irse a vivir a la montaña algún día, pero también le gustaba mucho la playa, lo que más extrañaba de Río era poder salir a caminar cerca del mar, el viento, el olor a sal en el pelo. Había estado en el parto de sus dos hijos y no se había emborrachado después y odiaba que lo felicitaran, yo no hice nada, es solamente una alegría. Una alegría, él era una alegría y hubiese tenido un futuro tranquilo y dulce. La casa en Gonnet, entonces metían el brazo ahí y lo dejaban inconsciente o a lo mejor no, a lo mejor lo despertaban y lo dejaban gritar y morir, había un alimento en eso, él lo había sentido, el sufrimiento que se comía. Y después, con la fiebre y la infección del bracito, lo dejaron tirado en la rambla de 32, ahí donde empezaba o terminaba la ciudad según desde donde se la pensara. Había baladas para calmar el sufrimiento, canciones de cuna, pero él no podía entrar a cantarle ninguna porque era su culpa, porque él había dado ese permiso de matar y mutilar. Julieta lo sabía, por eso lloraba así también, con tanta rabia, porque ella sabía. Vicky salió de la terapia y lo llevó a un rincón. Lo agarró de la cara para que la mirara. Los ojos oscuros de Vicky. Era tan hermosa. Más que Marita. Más que todas. Lo único que tiene escrito en el cuerpo es que venga. Eso dicen los cortes. ¿Cómo que venga? Eso, Gaspar: «que venga». Está bien, dijo él. ¿Se va a morir?, decime la verdad. Es cuestión de horas. Está bien. Me voy esta noche. Tenés que hablar con la policía. Después de hablar con ellos, me voy. No me van a detener esta noche. Escuchame bien, Vicky, y explicale a Pablo. Pablo está abajo. No tengo tiempo de hablar con él. Cruzaron el límite. No puedo vivir más entre ustedes. Si sigo entre ustedes, van a ser los próximos. No puede haber próximos. Me quieren, soy su sangre. Esta es la llave de casa. Vicky escuchaba, ahora. En casa, sobre la cama, dejé algo, quiero que lo leas. Es una nota impresa, de Olga Gallardo, se llama «El pozo de Zañartú». No te puedo explicar ahora. Quiero que vayas y la leas. Que la lea Pablo. Va a estar ahí porque ellos en mi casa no pueden entrar y Marita no va a volver. ¿Sabés que Luis decía que algunas veces le tenía miedo a mi papá? Me contó una cosa muy extraña una vez. Que, cuando cuidaba a mi papá, era chico mi viejo, ponele que seis años, lo habían operado recién y mi tío lo cuidaba. Mis abuelos no sé, trabajando. No importa, ¿no? No importa. Lo cuidaba y me decía que mi papá tenía los labios llenos de sangre, como si hubiese comido carne cruda. Él le ponía agua en los labios porque estaban secos y una enfermera le había traído manteca de cacao, y después la usó y dejaron de sangrar. Pero esa vez, que sangraban y mi papá gritaba de dolor, tendrían malos analgésicos en esa época, cómo vas a dejar que un chico grite de dolor. A lo mejor no le podían dar, es posible que le mandaran la presión al piso, dijo Vicky. Qué presión. La presión de la sangre, Gaspar. Si el analgésico le bajaba la presión, se moría. Ah, puede ser. En fin, esas noches en el hospital decía que eran horribles, él también era un chico. Bueno, papá gritó, de repente, gritó: nadie escucha cantar a los huesos. Esa frase, como un reproche. A Luis le dio mucho miedo. Mis abuelos le tenían miedo a mi papá. Mi papá veía fantasmas. Luis no, porque a Luis no lo marcaron. No lo quiero ver. Va a gritar lo mismo. Ahora también lo marcaron a él, pero no lo pueden hacer durar. La verdad es que tendría que haberme quedado en la casa, con Adela. Ahí se terminaba. Todo esto, este tiempo, no importa, Vicky. No es tiempo. Marita ya sabe que debería haber sido en otra vida, no le digas que no es vida y que no es tiempo.

¿Cuántas veces había pensado «quiero ser como él»? La forma de decirle, mientras manejaba, tenés que ser siempre respetuoso con las minas, aunque no las quieras. Cómo, después de enojarse por algo y levantar la voz y gritar, siempre se rendía ante un chiste y se reía sacudiendo la cabeza. Los chicos iban a olvidarlo, se iban a perder: los permisos para hacer los deberes en el patio, las carreras en la calle de tierra, los pescados a la parrilla en la playa, está buenísimo lo que escribiste, esa profesora es medio tonta, no tiene por qué entender todo, pero es una lástima que no haya entendido esto, porque la redacción está buenísima, ¡y es larga!, ¡y las palabras que usás!, se iban a perder que él siempre los aceptara aunque hicieran cagadas, aunque tuvieran problemas ridículos mentales psiquiátricos emocionales, saber que alguien no abandonaba, nunca retrocedía, poder darse la cabeza contra la pared hasta romper la cabeza y la pared y él atrás, con los brazos cruzados diciendo bueno, a ver si empezamos el arreglo por los huesos, por tu rabia o por los ladrillos. Lo que te parezca mejor.

Gaspar le pagó una cantidad infame al taxista que lo llevó hasta el aeropuerto de Ezeiza y esperó su vuelo en silencio, con la mochila entre las piernas. No llevaba mucho y, si necesitaba algo, podía comprar en el lugar adonde iba. Era su primera vez en avión solo. No quería pensar en las anteriores, todas eran con Luis, tampoco eran tantas. El vuelo era breve, pero igual servían comida, aunque no la tocó porque no podía comer, no sabía si iba a volver a comer. Recordó la cara de Pablo cuando lo vio salir del hospital: había estado a punto de pedirle que lo acompañara. Pablo lo hubiese hecho. Vicky debía quedarse con su tío. Iban a seguirlo, creía. Los dos. Sabían adónde iba.

En Posadas buscó durante una hora un lugar donde alquilar autos. El calor le iba a hacer doler la cabeza a pesar de los anteojos oscuros y a pesar de que se había humedecido el pelo varias veces. Empezó a tragar pastillas: con el estómago vacío iban a funcionar mejor. Encontró un Clío relativamente barato, lo alquiló por una semana y, después de comprobar durante un kilómetro que podía manejarlo con facilidad, abrió el mapa del Automóvil Club. Puerto Libertad, el pueblo vecino de la casa, quedaba cerca de Iguazú, a metros del Paraná: del otro lado del río estaba Paraguay. Trescientos kilómetros. Cómo iba a hacer para no pensar durante trescientos kilómetros. Giró el mapa y encendió un cigarrillo tratando de no quemarlo ni quemarse. El auto tenía aire acondicionado, pero apestaba a nafta cuando lo encendía, así que lo apagó. No era experto en autos. En teoría no debía manejar, por la epilepsia, pero Luis le había enseñado porque, sostenía, una persona tenía que saber manejar o no era del todo libre. Luis tampoco era experto. Todos los autos que había comprado resultaron una cagada. Lo recordaba diciendo qué mala suerte ante cada auto arruinado, con las manos en la cintura y frente a un capot levantado del que salía humo. La cagada no es el auto, le había gritado el Negro una vez, es que te olvidaste de ponerle agua, qué clase de pelotudo no le pone agua al coche, explicame. Estaban yendo a Punta Lara. ¿Un pícnic o a pescar? Era antes de los chicos, antes del embarazo. ¿Por qué nunca nombraba a los chicos? Salvador y Juan. Gaspar había creído que Juan era por su padre, pero Luis, un poco avergonzado, le confesó que se llamaba así por Perón. No había podido negociar con Julieta el nombre completo, Juan Domingo. Puso la radio. Enganchaba radios brasileñas con facilidad pero no quería escuchar ese idioma, era obvio, ¿alguien les contaría a Mónica y a las chicas? Hacía mucho que no venían, pero las postales de Año Nuevo seguían llegando y los llamados en los cumpleaños y a veces regalos. Luis había ido a visitarlas dos veces, solo, apenas una semana cada vez. Gaspar se había quedado las dos veces con Julieta. Había vuelto con Garotos y discos y algunos libros, decía que en Brasil la encuadernación era mucho mejor que en Argentina. Le había prometido llevarlo a conocer Río, promesa atrasada por los chicos. A Gaspar no le gustaba mucho la playa, pero Río no era solo Copabacana, era calles oscuras y escalinatas y atardeceres en bares de los barrios internos. Eso también se lo iban a perder, él, los chicos, todos.

—No le van a dejar entrar.

El bar de la estación de servicio tenía nombre, Los Lapachos.

—Tienen su policía ellos, imagínese. Mucha gente viene por las fotos. ¡Mucha! Una obsesión por la foto. Yo le digo el camino, pero no va a pasar, y si le dejan pasar, me avisa, que tengo gente interesada.

—Lo voy a intentar, veremos —dijo Gaspar, y sorbió la Coca-Cola helada con dos pastillas para el dolor de cabeza. No era tan intenso como había imaginado, con el sol de frente todo el viaje había esperado las flores negras en el cielo azul, creciendo, ocupando todo. En cambio era un dolor leve, molesto. Podía reducirlo con una comida.

—¿Usted los ve de vez en cuando?

—No y tampoco compran acá, tienen la gente del servicio que compra más arriba. Mi tata cuenta que hace muchos años hacían fiestas y ahí veíamos los autos, pero no se quedaban acá. El patrón también venía, antes. A tomarse unos tragos, compraba para pescar. Hace mucho que no. Le gusta el trago al patrón.

El patrón, pensó Gaspar. Mi abuelo.

Tenía que ir hasta el final de la avenida principal y entrar por un camino que no estaba asfaltado. Decidió caminar un poco antes. Veredas rojas, cordones pintados de un rojo aún más profundo, locales de venta de hielo, chicas con paraguas que usaban como parasol, el cielo en perpetua amenaza de tormenta, las casas blancas. ¿Su madre habría caminado por el pueblo? ¿Habría comprado algo en los supermercados? ¿Alguien la conocería, si preguntaba? Una vez Marita le había dicho, después de coger —ella decía las cosas más fuertes después de coger—, que si quería vivir tenía que renunciar a sus muertos, dejarlos ir. Muchas motos, tierra roja. Ya tenía las suelas de las zapatillas totalmente enrojecidas. La feria municipal de productores y artesanos estaba cerrada, como casi todos los negocios. La siesta sagrada. No había mucho que ver. Volvió al auto y abrió un agua fresca antes de recorrer la avenida y llegar al camino. De un lado y del otro, selva, espesa, de muchas profundidades de verde. Ningún animal. Tenía que ir a la casa porque lo habían llamado. Eso se repetía desde que había salido y lo seguía repitiendo para combatir el sueño, el hambre, el vacío.

Me buscaban, acá estoy. No sé dejar ir a los muertos.

Esperaba el abandono, los locos encerrados en la selva, gobelinos con hongos, las plantas crecidas, un pajonal que atravesar antes de llegar a la casa. Cuando detuvo el auto, después de pasar una garita de seguridad vacía –pero no abandonada: había un mate sobre la mesita de recepción y la radio estaba encendida–, vio la casa de lejos. Bajó y entró: las puertas, de hierro, portones en realidad, estaban abiertas.

Una amplia extensión de césped recién cortado se anteponía a la casa de paredes color mostaza por las que trepaban plantas, pero no como signo de abandono, sino de deliberado adorno. Los techos rojos como la tierra misionera, palmeras y árboles rodeando su forma hexagonal, que más atrás y más adelante se descomponía en dependencias; se alcanzaban a ver, por un camino lateral, al menos dos casas más, una pequeña y la otra, en la distancia, también enorme. El césped no tenía interrupción: si había fuentes, estaban detrás. Y se escuchaba el río. Ahí están las pasarelas, pensó Gaspar, cerca del río, y miró el cielo porque el paisaje, de repente, se había oscurecido. Una nube amenazante, baja y panzona, de tormenta cargada de granizo, pendía sobre la tarde. Cuando la miró, el dolor de cabeza se desencadenó junto con las flores negras que se abrían con intensidad carnívora. Tuvo la horrible certeza –un *déjà vu*, otro más, pero muy poderoso– de que sus padres iban a salir de la casa. La casa fantasma de las palmeras y los padres fantasmas; incluso esperó ver salir a su tío, color ceniza, ceniza en el pelo, el brazo podrido en la mano, el brazo podrido con el que iba a atacarlo, a pegarle en la cabeza y en el cuerpo. Se apoyó en el auto y vio que alguien salía de la casa, un hombre. Se le acercó y lo enderezó tomándolo de los hombros, para que lo mirara a la cara. Las canas elegantes, los ojos azules hundidos y oscuros, una frente que Pablo hubiese llamado «teutona» cuando hacía su taxonomía de hombres. Teutones, nenonas, chongazos, bestias, tacheros, cero pluma. El recuerdo de Pablo casi lo hizo sonreír. Conocía a ese hombre. Esteban. No esperaba encontrarlo ahí.

En las escalinatas de la casa se había reunido un grupo de personas que Gaspar podía ver bien en la luz rosada del atardecer, con un aura de oro, el brillo disminuido. Dos mujeres, viejas, una de ellas elegante, con un vestido vaporoso, indio. La otra con una máscara en la cara que le ocultaba la boca y la mandíbula, el pelo canoso muy corto, pantalones y una camisa de cuello cerrado. Detrás de ellas, unas cinco o seis personas más, que desde donde estaba no distinguía con tanta facilidad.

Gaspar, con un esfuerzo, se sacó de encima a Esteban de un empujón. Lamentó no haber pensado en traer armas, pero ¿qué sentido tenía si no sabía usarlas? Nunca había disparado. Nunca había usado una navaja. Solamente podía pelear: se sentía débil, pero todavía capaz de lidiar con Esteban. Así que cuando Esteban trataba de estabilizarse Gaspar se le acercó rápido, le trabó los brazos en la espalda y lo arrojó sobre el césped. Esteban también sabía pelear y logró ponerse de pie y sacarse los brazos de Gaspar del cuello con un movimiento corto y casi profesional. Respirándose, midiéndose, quedaron a un metro de distancia.

Desde la puerta, la mujer elegante bajó las escaleras y abrió los brazos, en señal de bienvenida. Tenía el pelo blanco con mechones anaranjados. Pecas por toda la cara. Había sido pelirroja. Detrás vino la mujer de la máscara. Era renga. Es mi abuela, pensó Gaspar. Se sacó la máscara antes de hablarle. Para alguien con una mutilación tan horrible como la de ella, lo que decía se entendía con bastante claridad.

–Yo fui quien ordenó la muerte de tu tío. Quieto, sos tan salvaje como tu padre.

Gaspar reconoció la voz de su abuela a pesar de la dicción babeante. Tampoco dudó y se abalanzó sobre ella, no le importaba que fuese una vieja ni que fuese mujer ni que fuese su familia. Acababa de confesar sin que mediara siquiera una pregunta. Logró tirarla al suelo, logró sentarse sobre sus caderas de pájaro, no podía ser tan difícil matarla. Antes de que muchas manos, no sabía cuántas, lo arrastraran lejos de ella, logró golpearla en la cara, sentir cómo cedía la nariz bajo los nudillos, escuchar los insultos. Después, un solo golpe experto, de guardaespaldas, de hombre que de verdad sabía cómo y dónde pegar, lo desmayó y lo último que vio fue el sol detrás de los árboles y una intuición del río.

Subirse al mirador era una salida. Podía estar en buenas condiciones, y si la escalera cedía, también estaba bien. Aunque caer entre los escalones destruidos no era una muerte segura, podían rescatarlo y no quería que lo rescataran. Lo seguían permanentemente, pero podía hacerlo si era rápido, no podían vigilarlo todo el tiempo. También podía dejar de comer. Esa era otra manera de morir que no podrían controlar. Escapar era imposible. Había intentado todo lo obvio, el río, la noche, la selva, y lo habían atrapado cada vez. Las palizas no eran tan brutales como eficientes. Ellos sabían torturar, infligir dolor, lastimar sin dañar con riesgo. No llegaba lejos. No podía huir. Lo que querían de él era demencial, pero lo demencial era posible en esa casa y con esa gente, y él no podía dárselo.

Las mujeres, especialmente, creían que sí. Debía dejar de llamarlas las mujeres. Florence y Mercedes. Su abuela Mercedes. La que no tenía labios. Sus dientes se entrechocaban todo el tiempo, como si tiritara. No siempre usaba la máscara y nunca frente a él. Quería que la viera.

Tu padre hizo eso, decía Florence, y señalaba la mutilación de Mercedes, su cara horrible. Tu padre también mató a mi hijo y nunca me dijo dónde escondió el cuerpo. Creyó que había organizado tu salvación y su venganza. También nos sacó a la niña, que era de la sangre. Siempre nos despreció, siempre quiso destruirnos, ah, era posible vérselo en los ojos, *those yellow eyes, a reptile*. Confío en que pueda ver, desde algún lugar, que lo hemos conseguido. Tenemos al médium que quiso quitarnos a pesar del signo tan eficiente con el que te marcó. Siempre fue más talentoso que inteligente. Le tengo compasión. Un médium tiene demasiada responsabilidad. Todos son peligrosos, todos enloquecen.

–No sé de qué están hablando –repetía Gaspar.

Su abuela se le acercaba y de entre los dientes le salían las palabras:

–Él no quería que supieras nada y te ocultó tu herencia. Mejor, mejor, yo creo que los médiums deben ser solo un instrumento. Igual, voy a contarte algo, para que te enteres, no te aguanto esos ojos de cachorro.

Gaspar le observó el cráneo. Estaba casi pelada. Los mechones cortísimos de pelo blanco asomaban erizados en un desierto calvo. Y la falta de labios. No tenía un aspecto del todo humano y, quizá por eso, no resultaba horrible sino más bien interesante, como un animal fantástico.

–Nunca te lo dijo, por supuesto, pero lo que la Orden busca, y lo que podrías darnos, y vas a darnos porque te obligaremos, es la inmortalidad. Ya te veo, Florence, que decís no con la cabeza, todo tiene que ser preciso con esta mujer. Lo llamamos en realidad retener la conciencia en este plano. Mantener con vida la conciencia. Eso se logra, como ha dictado la Oscuridad, trasladándola de un cuerpo a otro.

Esteban entró en la habitación y Gaspar reprimió una risa.

–¿Qué es la Oscuridad?

–Es lo que se llevó a Adela –le contestó Esteban, y Gaspar dejó de reírse, se tapó los ojos con las manos, murmuró están locos.

–Eso mismo, ahí te lo dice el amigo de tu padre, que también te mintió toda la vida. Sabemos que podés abrir la Oscuridad como lo hacía Juan, y vas a hacerlo para nosotros. La Oscuridad nos dice cómo hacer ese traslado y así mantenernos vivos para siempre. Tu padre lo intentó con vos, ¿no te acordás? Es como un retrasado este chico, ¿no te parece, Flo? Qué lástima, mi único nieto es un idiota y encima hizo desaparecer a Adelita, que sí prometía, esa nena tenía carácter. En fin.

Mercedes se sentó en el sillón de cuero cercano a la ventana y refrescó la habitación con el control remoto del aire acondicionado.

–Qué tarde estúpida fue esa, para nosotros, al menos. Tu padre nos engañó. ¿Te borraron la memoria, que no te acordás de nada? ¿O esa marca que tenés en el brazo también sirve para dejarte sin recuerdos? Es una muy buena marca, me sorprende. Sabés que te cortó para eso, me imagino. Para alejarte de nosotros. Bueno: el traspaso de tu padre a tu cuerpo lo hicimos en el campo de Chascomús, yo le tengo mucho afecto porque es de mi familia, no como este armatoste en el medio de la selva, que le gustaba a mi padre, a mi marido cuando le quedaba algo de cerebro y a todo el mundo. No hay nada como el vacío de la pampa. Me distraigo, estoy vieja, necesito un cuerpo nuevo ya, es mi derecho y me lo vas a dar. Los llevamos ahí a los dos. Hay algo que tenés que saber del Rito. Logramos muchas veces trasladar la conciencia, lo que no conseguimos es que permanezca. Por eso le creímos a tu padre.

Gaspar la escuchó con atención. Se refería al accidente en Chascomús, cuando él había despertado lastimado, en una cama desconocida, y con la horrible certeza de que su padre lo había dañado. Recordaba el tobillo esguinzado, el golpe en la cabeza que, en teoría, había causado su epilepsia, ese verano perezoso al lado de la pileta con Tali y Esteban.

644

—El Rito requiere preparaciones que no vienen al caso y que además tu padre no necesitaba llevar a cabo, porque era un médium extraordinario. Los pusimos sobre los altares. Y él logró trasladar su conciencia a tu cuerpo. ¡Ah, fue maravilloso! ¿Te acordás, Flo? Los rodeamos, fue sagrado. Tu cuerpo abrió los ojos y era la mirada de Juan. Pero después vino la resistencia. El cuerpo recipiente siempre se resiste. Nunca, sin embargo, vi una resistencia igual. No sé ustedes.

Florence dijo que ella había asistido a todos los Ritos y, en efecto, no recordaba una resistencia tan violenta. Se lo describieron. Cuando abrió los ojos y todos vieron la mirada de Juan, trató de escapar. No se puede atar al Recipiente en el Rito. Creemos que es una estupidez, pero seguimos las reglas de la Oscuridad tal como las dicta, porque alguna vez no las hemos seguido y ah, qué desastres, ¿no, Esteban? Vos presenciaste unos cuantos. Son como abortos. Eso dice siempre Florence.

—*Like losing a child.*

—Y las dos perdimos hijos, se siente exactamente así. Aunque a tu madre era mejor perderla que encontrarla. ¡Entonces! Te resististe tanto para sacarte a tu padre de encima que tuvimos que pararte entre todos. A este pobre Esteban le mordiste el cuello. El hijo de Florence, el más chico, también mordía. En un momento, cuando quisimos pararte, que dejaras de lastimarte, porque ese es uno de los desafortunados efectos colaterales del Rito, los Recipientes se desesperan y se lastiman para sacarse al Huésped de adentro, te tiramos al suelo y te golpeaste la cabeza.

—*Oh, that was dreadful.*

—Pensamos que habíamos arruinado tu cuerpo. Pero no. ¿Dicen que sos epiléptico? Estupideces.

Gaspar cerró los ojos tratando de procesar la información. El accidente no había sido tal. Sus heridas eran consecuencia de esta demencia, esta transmigración forzosa que le parecía absolutamente increíble y estúpida, pero en la que ellos creían, sin duda alguna. Quizá no tanto Esteban, que callaba.

–¿Ustedes quieren que yo les de mi cuerpo? Tómenlo, no me importa.

–No –intervino Florence–. Necesitamos un médium *and you are one*. Nos dirás cómo continuar. *We can't complete the Rite* y somos viejas. No podemos morir y no deberíamos morir. *The messages stopped* por culpa de tu padre, que decidió de manera unilateral interrumpir el contacto. Lo continuaremos contigo.

–No sé cómo hacerlo.

–Aprenderás. Eres joven.

Gaspar intentó levantarse, pero un mareo se lo impidió. Estaba comiendo poco y nada, no tomaba su medicación, le temblaban las rodillas por la debilidad. Pero no era eso, se dio cuenta, no solamente. El mareo le hizo perder el equilibrio y cayó de la silla. Escuchó a su abuela decir: «ahí le están agarrando convulsiones, parece, al final capaz que si es epiléptico nomás», pero nadie lo tocó. Trató de decirle que él nunca había tenido convulsiones y entonces el recuerdo lo abrumó, la recuperación en detalle de ese Rito al que se referían. Sentarse y abrir los ojos y ver a toda esa gente alrededor, la mayoría desnuda, algunos con sábanas o túnicas, estaba oscuro, y sacarse algo de adentro, un parásito, y entonces se levantó y corrió, porque había visto la puerta, y lo agarraban de las piernas y de los brazos, por qué me quieren agarrar quiénes son qué les pasa, me escapo ya, ¡ayudame! Ahora no puedo ayudarte, pero peleales, decía la voz de su padre, cansada y gruesa, esa voz que extrañaba tanto. Se puso a llorar en el piso y el recuerdo seguía, implacable. Son muchos, ¿dónde estamos? Peleá. Hay una vieja horrible, qué son. Levantate. Escapate. Los demás querían mantenerlo en su lugar, no podían, y en el forcejeo, en el intento de devolverlo y recostarlo, le clavaban las uñas, le apretaban las costillas y, cuando gritaba, el cuerpo compartido tenía la voz de los dos, la suya y la de su padre. Lograron devolverlo a la tabla, al altar como había dicho su abuela, y al hacerlo le golpearon la cabeza con violencia, un ruido sordo y después de un instante de silencio. Gaspar creyó que así el recuerdo iba a terminar, que su cuerpo, ahora, en la sala helada en Misiones, iba a dejar de temblar, pero continuó. Es un monstruo que me agarra de los pies, pateale la cara, hacé un esfuerzo más y pateale la cara, yo te ayudo, y Mercedes recibió la certera patada en el cuello, tuvo que retroceder ahogada, pero enseguida volvió y le retorció el tobillo hasta casi romper el ligamento, sonreía, ganaba, vos me trajiste acá por qué. La sangre del cuello de Stephen cuando intentó escapar otra vez, más vale que voy a salir, y el final súbito, cuando su padre se retiró. Mi padre podría haberse quedado dentro de mí, se retiró porque quiso, me pidió que peleara, papá, me lo tendrías que haber contado todo, las cosas habrían sido diferentes, quizá yo nunca habría llegado acá, quizá tu hermano estaría vivo. Gaspar sintió las manos de Esteban, que lo incorporaban suavemente y le ofrecían un vaso de agua, pero el recuerdo le ofreció una imagen más: otras manos lo acunaban, las de su padre, pero eran enormes, de uñas doradas, y deformes como garras. Miró a Esteban, que no insistió con el vaso de agua.

–¿Quiso cuidarme?

–Él jamás hubiese tomado tu cuerpo. Jamás.

No pudo responderle.

–No se va a morir este, ¿no? A ver si lo obligan a comer, está raquítico. Una cagada tras otra.

Cada tarde lo visitaban en la habitación que le tenían reservada. Desde ahí podía ver el jardín y poco más. Era la planta baja, para evitar que se arrojase por la ventana. De todos modos, la ventana tenía rejas. Estaban las dos mujeres y un hombre de la misma edad que ellas, que le hablaba en inglés. Las mujeres se iban y lo dejaban con el hombre. Él explicaba técnicas. *Death posture. Inhale the sigil.* Lo acostaba y en la cama le enseñaba a respirar. Si se resistía, ahí estaban los guardias para persuadirlo con alguna forma de dolor. El hombre a veces fruncía el ceño o la boca: quizá no estaba de acuerdo con los métodos, pero las mujeres lo dominaban y algo más, algo que, como decía Betty en la nota, vivía en la selva. Mi familia lo venera desde hace siglos. Su familia. El hombre creía que Gaspar podía establecer contacto con lo que vivía en la selva, tal como lo había hecho su padre. Gaspar no quería hablar con ellos y no sabía si tenía permiso para hacerlo ni si hacerlo significaría más golpes, más pinchazos, más uñas arrancadas, más hundirle la cabeza en el agua. Pero le dijo en inglés: *I can't give you what you want. I am not my father.*

El hombre insistía como si su vida dependiera de eso. A lo mejor dependía. *Shut the lid of your unconscious. You know how to do this, I'm sure your father taught you.*

Así cada tarde. Gaspar había empezado a disfrutar de las visitas del viejo. Le estaba enseñando una especie de meditación que lo ayudaba a pensar menos. Y, cuando el viejo se iba, volvía a su método habitual, el mismo que usaba para intentar dormir. La letra A. Un apellido de un poeta con A. La primera línea, o la que se acordara, de un poema de un poeta con A. Si era en inglés, traducirla. Ejemplo: A. Ashbery. *Alone with our madness and favourite flower.* Qué apropiado. Solos con nuestra locura y nuestra flor favorita. B. Blake. El favorito de su padre. Uno de ellos, al menos. El otro: Keats. *He whose face gives no light shall never become a star.* Aquel cuyo rostro no de luz nunca se convertirá en una estrella. C. Cendrars. Es mi estrella, tiene forma de mano. D. Una letra difícil. Había pocos con D o él no conocía a tantos. D'Annunzio. En fin. No se acordaba de ninguno. Darío. Lo obvio. *La princesa está triste... ¿Qué tendrá la princesa?* E. Eliot. Más de una línea. *Fiddle with pentagrams or barbituric acids, or dissect the recurrent image into pre-conscious terrors. To explore the womb, or tomb, or dreams.* Las tumbas y los sueños. Las cartas, los pentagramas. El libro de Eliot de su padre estaba casi ilegible de tan subrayado.

A veces lo visitaba su abuelo, que estaba en silla de ruedas aunque, Gaspar lo había notado, podía mover las piernas. Tenía un vaso con una bombilla. Lo que tomaba tenía apariencia de té frío, pero era whisky. Su piel era amarilla como la de los alcohólicos terminales. Su abuela venía seguido y a veces le costaba entender lo que decía. Tenía la lengua blanca de sarro. La nena fue tocada. Tu padre también nos la sacó, a través tuyo. Tu padre tiene que pagar. Sacrificamos a nuestros hijos por su culpa. Le salvamos la vida a él. Un desagradecido.

Cada noche lo llevaban a un claro detrás de la casa, lo suficientemente lejano como para que quedase oculto por los árboles. Pasando un jardín que él recordaba, lejos de las pasarelas que todavía no le habían permitido recorrer –no tenían barandas altas–, ya en plena selva. Un claro, eso era, como en los libros: «en el claro del bosque». Lo desnudaban en un lugar en particular y el hombre que hablaba en inglés lo instaba a repetir los ejercicios que le había enseñado, con concentración. Le daba indicaciones sobre qué decir y qué movimientos repetir. Gaspar obedecía. Era ridículo. Los veía expectantes y después frustrados. Había otra mujer pelirroja, más menuda y muy anciana. Esteban ocultaba su cara en las sombras de los árboles. Había un número cambiante de hombres y mujeres más jóvenes que no vivían en la casa principal, se retiraban de noche a la de atrás, la de huéspedes: eran los responsables de mantener los jardines y la limpieza y el buen estado de la casa. No le daba vergüenza que lo vieran desnudo. Estaba perdiendo mucho peso: lo obligaban a comer, pero se resistía y matarse de hambre estaba dando resultado. De noche se sentía afiebrado y no podía dormir. De todos modos, sabía que podía resistir muchos días en huelga de hambre aunque la sed lo vencía más que el miedo, los golpes y la desesperanza. Si no tomaba líquido, además, le habían asegurado que sería conectado a un suero.

Los guardias se turnaban, ocho horas. No le permitían leer ni ver televisión ni escuchar radio. Podía recorrer la casa si quería. Y lo hacía todos los días. Buscaba a Esteban. No había vuelto a verlo, salvo en las ceremonias de la noche, y no en todas.

El mirador era una buena idea. Lo acompañarían si quería subir. No tenía restricciones en la propiedad, pero la compañía era permanente. Se llegaba por un camino rodeado de hortensias y nomeolvides. Lo podía ver desde la ventana de su habitación en la planta baja. Las del primer piso también habían sido enrejadas. Esta era su casa, sin embargo. Suya. El mirador: en la luz de la tormenta nocturna parecía un faro sin luz. No tenía rejas, hasta donde alcanzaba a ver. Los guardias a lo mejor eran lo bastante rápidos como para detenerlo, pero él debía intentar ser aún más rápido. Un movimiento, un salto y el final.

No tuvo que hablarles, sencillamente los guió hasta el mirador. Los hombres lo siguieron y, cuando llegó a las escaleras, uno se puso delante de él, de modo que Gaspar lo siguió por el interior de la estructura, iluminada con muchas ventanas pequeñas. Rápido, rápido. Llegar y correr directo a la baranda y arrojarse sin pensar, no tenía a nadie, no tenía nada, no importaba la vida antes de la habitación en Puerto Reyes. Además, las noches en el claro del bosque eran de furia, ahora, con su abuela sin labios gritando como un animal, Florence dándole órdenes y cachetazos, los jóvenes escupiendo. Nada antes, nadie había venido a buscarlo, si habían venido seguro estaban muertos, podían matar, yo ordené la muerte de tu tío, yo ordené la de tu madre, esa turra traidora, eso había dicho Mercedes, él le había preguntado por qué mi tío, antes creíamos en tratar bien a los que son como vos, pero ahora sabemos, son instrumentos, solo instrumentos.

Florence la escuchaba y sonreía, esta vez no vamos a equivocarnos. Yo sé quién eres. Todos sabemos quién eres. Tenemos maneras de conseguir lo que queremos.

Pero la verdad es que no tenían maneras de conseguir lo que querían, pensaba Gaspar mientras subía las escaleras. No las tenían. De otro modo, ya hubiesen conseguido cualquier cosa de él porque él solamente quería morir. Ya no tenía ni el consuelo de las imágenes de la epilepsia. Se habían ido. La casa lo había curado. No sentía nada en esa casa, en ninguno de los rincones. Estaba muerta, era una ruina, era el lugar donde iba a morir: era su tumba.

Llegaron a lo más alto del mirador, a la terraza. El hombre delante de él se distrajo por un segundo y Gaspar corrió, apoyó un pie en la baranda y de pronto su otro pie estaba en el aire, sobre los árboles, se olía el río, un pájaro graznaba y el sol, implacable, y cerró los ojos.

Imbéciles, escuchó Gaspar desde el piso, mientras trataba de entender lo que sucedía. Dos brazos habían detenido su salto, pero no los brazos de los guardias, a quienes había esquivado con precisión y con elegancia. Había alguien más en el mirador, alguien a quien, en la concentración por huir, no había visto.

Era Esteban. De espaldas a los guardias, vio cómo le decía, moviendo los labios, «por favor, Gaspar». Y después:

—Buscad ya mismo al médico, que se ha golpeado. Luego tendréis que rendirle cuentas a mi madre.

Uno de los guardias bajó corriendo y Gaspar se apoyó contra el muro y pensó en la libertad del instante en el aire, el cielo tormentoso, la belleza de la caída. No se atrevía a intentarlo otra vez ahora mismo.

Tu padre tenía un truco, dijo Esteban, y Gaspar percibió un cambio en la voz que lo obligó a prestar atención. *Lo estoy intentando ahora. Tú y yo hablamos y este imbécil de aquí escucha una conversación distinta. Mira, no sé si funciona, él prometió dejármelo antes de morir, mira, me hizo esta marca en la cabeza, pero no se puede intentar con cualquiera y hace tiempo que no tengo con quien practicar, Tali ya no me lo permite.*

Qué estás diciendo.

Tú no quieres morirte. O quizá quieres, pero también puedes escapar de aquí.

Gaspar miró al guardia y después a Esteban, que transpiraba como si estuviese levantando algo pesado. Su padre hacía esto mismo, lo que Esteban intentaba ahora. Se metía en su cabeza. Gaspar siempre había pensado que era una comunicación exclusiva entre ellos dos y su rareza no le había resultado evidente hasta muchos años después.

Él no nos escucha, quién sabe lo que escucha. Pero vamos, que tengo poco tiempo. Para mí es doloroso sostener este truco. Pregunta, anda.

¿Por qué estás con ellos?

No estoy del lado de ellos, si es lo que quieres saber. Son mi familia. Son la tuya. Hay planes para ellos y debes llevarlos a cabo.

No te creo.

Pues no te quedan muchas opciones, Gaspar, deberías confiar en mí.

¿Por qué mataron a mi tío? ¿Por qué se llevaron a Adela?

Lo de Luis estuvo fuera de mi control. Ni siquiera lo supe. Adela iba a irse de todos modos y, además, te la llevaste tú, aunque te pese. No puedo resumir décadas de historia en los diez minutos entre que venga el médico y mi escasa resistencia. Tu padre decidió la desaparición de Adela: la entregó para salvarte de ellos y te usó como instrumento. Creo que al hacerlo desató fuerzas desconocidas.

Gaspar sonrió, casi contra su voluntad.

La salvación no está funcionando, me parece.

Te burlas. Al menos es una reacción distinta a la resignación de estos días. Yo te recordaba como un niño brillante, de carácter. Nuestra familia es brutal, Gaspar. No puedes permitirte la debilidad. Nunca fuiste débil.

Eso fue hace muchos años. Yo te recordaba como a un amigo.

Está bien de sentimentalismos. Espabila, Gaspar. Tú no podrás hacer nada allí, donde te llevan, en la selva, pero sí puedes hacer otras cosas. ¿No has sentido ninguna puerta?

Gaspar miró al hombre transpirado, su húmedo pelo gris, y observó al guardia, que parecía nervioso pero no les prestaba atención. El guardia miraba el camino. Era evidente que Esteban tenía razón: o no oía la conversación o no la entendía.

No siento nada en esta casa.

No la has recorrido entera. Hay dos edificios más. Puedes pedir que te lleven.

Gaspar sintió un sacudón en las piernas, después en las manos y de pronto estaba temblando, en el suelo. Cuatro pies subían las escaleras del mirador.

Es normal que tiembles, es la adrenalina, no te preocupes. Mira, voy a dejar de hablarte en secreto, ¿vale? Lo que haga a partir de ahora no tiene importancia. Vuelvo al papel del hijo de mi madre.

¿Tu madre?

La pelirroja. Ella es mi madre.

Cuando Esteban se desconectó, Gaspar lo sintió. Fue como si un viento caliente dejara de soplarle en la cara, como si, después de estar encerrado al lado de una estufa, saliera al aire libre. Lo bajaron entre los dos guardias con una aparatosidad innecesaria: no le dolía la cabeza, Esteban había usado su propio brazo para amortiguar el golpe. Se dejó llevar. Escuchó corridas y frases en inglés. *You were friends and lovers. You cannot be trusted. I just saved him but of course it's not enough,* y se fijó en el cielo, donde crecían las flores junto a su migraña, que no había producido el golpe, sino la doble adrenalina del salto fallido y de lo que había hecho Esteban, esa conversación secreta en voz alta que le parecía tan imposible como familiar. Lo revisaron, obedeció cada orden: todo le recordaba paso por paso el falso accidente poco antes de la muerte de su padre, esa farsa que, ahora sabía, montaron para ocultarle el Rito repugnante donde pretendían robarle el cuerpo. La sensación era tan vívida, tan obvia que no le quedaron dudas. Era cuestión de recordar. En eso tenía que concentrarse. En recordar incluso lo que no había presenciado. Quizá volver a comer. No quieres morirte, le había dicho Esteban, y puedes escapar.

Tenía que encontrar la puerta.

Era difícil encontrar momentos con Gaspar. Toleraban que él se le acercara porque era la sangre y ya habían perdido demasiados miembros de sangre, pero Stephen no quería cometer ninguna acción sospechosa. El encuentro en el mirador había sido una intuición. Stephen vivía en la casa de huéspedes. Desde su ventana veía el parque y había visto a Gaspar y sus guardianes enfilar hacia el más obvio lugar de la casa desde donde arrojarse. Que el joven quería suicidarse era tan obvio que solo personas ya locas por falta de contacto con otros seres humanos podían no percatarse. Era tan distinto al niño que recordaba. Había sido un verdadero golpe ver a Gaspar en ruinas, veinticinco años sencillamente extraordinarios en apariencia, sanos pero cargados de muerte. Escucharle la voz gruesa en el mirador, tan parecida a la de Juan, había sido un golpe de virilidad inesperada para esa cara de fauno, con los pómulos sobresalientes por la huelga de hambre, lo mismo que sus manos ásperas de dedos anchos y largos.

Cuando lo vio entrar en la casa de huéspedes, Stephen estaba preparándose para encontrarse con Tali al día siguiente. En la Orden creían que la hija de Adolfo se había suicidado en el río después de la muerte de Juan. Su propio padre había reconocido el cadáver, que era de otra mujer, pero, en su borrachera, él era incapaz de distinguir a una mujer de un ciervo. Tali había logrado la confusión, en parte, gracias a la Mano de Gloria heredada de Rosario. La mano de Eddie, mi hermano, pensó Stephen. Pues bien, si sirve para que Tali viva «en la clandestinidad», como dice ella, es una buena cosa. A ella le había costado abandonar su casa y su templo, pero tenía personas de confianza que lo cuidaban y se había llevado consigo todas las reliquias valiosas. Vivía cerca, pero en un lugar más convencional. Mercedes, que dudaba de esa muerte porque su naturaleza era la desconfianza, jamás la buscaría. Por fin se fue a la mierda esa india, decía.

Stephen siguió adelante con su plan. Cruzó el parque y entró en la oficina de Mercedes, que tenía preparadas las cuentas y los trámites que debía hacer. A veces lo acompañaba algún otro miembro de la Orden, incluso el propio Adolfo Reyes, que se aburría terriblemente y quería pasar algún tiempo en Buenos Aires de vez en cuando. Mercedes tenía puesta su máscara y los anteojos: parecía un insecto asesino. También era bastante fácil de engañar, porque era perezosa. Hacía años que Stephen había iniciado la sucesión de los bienes para Gaspar. Ella no debía firmar nada porque bastaba con la firma de Adolfo. Y Adolfo, que estaba siempre borracho, firmaba cualquier cosa. La casa ya no era solamente suya. Todo su dinero estaba, para ser protegido del desastre financiero de la Argentina, en cuentas de Uruguay y de Inglaterra, aunque de eso no se ocupaba él. Había contadores y abogados por todas partes. Cambiar de manos las empresas, el yerbatal, las inmobiliarias sería mucho más fácil después. Ni hacía falta que murieran. Habían dejado todo en vida, eran ancianos, era lógico el pase al nieto joven. Nadie los veía desde hacía tiempo y él, en las reuniones, dejaba claro el alcoholismo de Adolfo Reyes y la insania de Mercedes. La ausencia de Gaspar era un alivio para los abogados y contadores y gerentes que imaginaban un joven playboy capaz de arruinarlo todo. Por qué habían confiado en él para que fuese el gestor de una parte de la fortuna fue una decisión mediada por la enorme desconfianza que sentía Mercedes por los miembros vivos de su familia, que no eran muchos. Prefería que el encargado fuese alguien de la Orden. Florence no tenía esas paranoias, pero no se metía en asuntos ajenos. No le importaba el imperio de Mercedes. Florence creía que era indestructible, que el poder y la influencia de las familias eran imposibles de derribar por razones ajenas a pasar horas vestido de traje en bancos y oficinas. En pocas palabras, creía que el trabajo de Stephen era inútil y no intervenía.

—Mi nieto es un fiasco, un fracasado —dijo Mercedes—. Ya no quiere ni escaparse.

En el lenguaje de Mercedes, eso significaba que se estaban perdiendo una magnífica persecución con perros por la selva con la que podría desplegar un poco de sadismo. Esteban todavía no le había dicho nada a Gaspar sobre los que Mercedes guardaba en el túnel.

–En fin. Ya logrará la Invocación. No me gusta esperar. ¡Siempre fui impaciente!

–Salgo esta noche. Si se te ofrece algo más, me lo dices. Estaré por aquí.

Mercedes lo despidió con un gesto y se acarició el pelo ralo. Stephen la recordaba hacía cuarenta años, en esta misma casa. Entonces a él, casi un niño, le había parecido repulsiva. Juan se lo decía siempre: Mercedes es sacerdotisa de dioses repulsivos y siempre nos parecemos a los dioses que adoramos.

Quería ver a Gaspar antes de irse. La visita a la casa de huéspedes era resultado de su charla en el mirador y estaba seguro de que encontraría la puerta. Si hasta él la sentía, él, que nunca se había atrevido a pisar la tierra del Otro Lugar.

Lo encontró en la playa, con los guardias en alerta: el río cercano los ponía nerviosos. Eran guardias nuevos: después del intento de suicidio, Florence había decidido cambiarlos. Ella incluso había jugado con la idea de que, cada vez que Gaspar saliera de su habitación, lo hiciera esposado a uno de los guardias. La idea fue descartada cuando Gaspar volvió a aceptar sus comidas y a explorar el terreno con una curiosidad renovada. Ella no era estúpida. Sabía que tenía que dejarlo encontrar su lugar. Que fuese capaz de convocar en el mismo lugar que su padre era posible, pero improbable. Y si no daba resultado, Florence era capaz de hacer viajar al joven por el mundo aun a riesgo de perderlo. Necesitaba un médium para mantener un poder que se deshilachaba, como siempre ocurría cuando una decepción era tan grande. Y con Juan la decepción había sido doble: había muerto y, al no poder ocupar el cuerpo de su hijo, había dejado en evidencia que o el médium había desobedecido o que ni siquiera el más poderoso miembro de la Orden era capaz de ejecutar la técnica ordenada por los dioses. Ella insistía: la técnica no nos ha sido dada completa aún. Necesitamos a un médium para completarla. Atesoraba esos pequeños momentos de sobrevida de la conciencia en otro cuerpo. Había visto diferentes duraciones. De minutos la abrumadora mayoría de las veces. De horas en una oportunidad que la había hecho llorar. El poder se le escapaba de las manos, de a poco, y también se le escapaba la vida.

Stephen se acercó a Gaspar y se quedó parado a su lado. Los guardias estaban molestos y le dijeron: la señora Florence prefiere que no tengan contacto. Lo sé, les dijo.

Ya podemos hablar, le dijo después a Gaspar.

Podrías perfeccionar la técnica y que ni siquiera te escuchen.

Quieres pelear. Me alegro, me recuerda al chico que conocí.

Nunca me conociste y no confío en vos. Es la segunda puerta del pasillo de arriba. Donde guardan unos cuadros.

Tienes que llevarlos allí.

¿Va a ser fácil convencerlos?

Ellos saben que tú encontraste la puerta que se abrió para Adela. No saben nada acerca de la extensión de lo que está más allá.

Yo tampoco sé.

Lo explorarán juntos. Lo exploraremos. Y luego podrás hacer lo que tienes que hacer.

Vos tenés que asegurarte de que me sigan todos. ¿Alguna vez estuviste detrás de la puerta en el otro lugar?

Hablas como tu padre.

Te agarró la nostalgia. Yo no me olvido, no los paraste cuando decidieron abrir a mi tío como a un pollo. ¿Vos pensás que mi papá te lo hubiese perdonado?

Tu padre mató a mi hermano y yo se lo perdoné.

No te creo. En el fondo sos un hijo de puta, pero sos lo que tengo. No me importa tu hermano y menos si está muerto. ¿Alguna vez fuiste del otro lado de la puerta? Yo sé volver. No sé si te voy a dejar volver, vas a tener que arriesgarte.

Gaspar levantó el brazo.

¿Podés sostener esto durante más tiempo?

No. Y no es seguro.

¿Es posible llamar a todos los miembros de la Orden que existen?

No. Son muchos y no sé cuántos son.

Voy a hacerles a los que están acá una pequeña demostración, primero. Ahora desconectá.

Esteban se fue de la playa caminando despacio. Estaba destinado a ser un sirviente, pensó. De su familia y de Juan y ahora de Gaspar. Un sirviente y un traidor. Pero estaba a punto de encender el fuego, a días de ver las llamas en el horizonte.

Era una procesión y él la lideraba.

Los escuchaba jadear y arrastrarse. Él fingía agotamiento y disfrutaba al verlos desesperados cuando atravesaban el pantano, que se podía cruzar por un camino entre pajonales. Les había costado hacerlo, porque de entre los pajonales salían manos. Manos como las que tocaban a Pablo, pensó la primera vez que las vio. La mano que había marcado a su padre en el brazo. A él no lo tocaban.

Las manos habían arrastrado hacia los pastos y adentro del agua quieta a algunos Iniciados. Así se llamaban entre ellos. Gaspar aprendía la jerga solo por lo que escuchaba. Era un sirviente. Stephen le había dicho que él también era un sirviente. No. Una cosa es ser la oveja negra. Vos sos la oveja negra, el hijo pródigo, la vergüenza de la familia. Vos podés conformarte. Yo solo me puedo rebelar. Mi papá solo se podía rebelar. El inconformismo es posible para los que no son esclavos. Los demás tienen que pelear.

Los que eran atrapados y hundidos por las manos en el pantano, desde los pajonales, se iban a la rastra con una sonrisa de éxtasis. No gritaban. Desaparecían en instantes. Tu padre decía que solo son comida, pero ellos no lo saben. Y, si lo saben, no les importa, quieren alimentar a su dios. Gaspar no le prestaba demasiada atención. Las manos no lo podían rozar. Con él eran estúpidas y lentas. Stephen había aprendido a pararse cerca de Gaspar para evitarlas.

Cuando el pantano quedaba atrás, Gaspar se daba vuelta a ver el paisaje. Era hermoso aunque descolorido, probablemente por la falta de luz. Terminaba en un campo abierto, no muy grande y vacío, la soledad de un páramo en un mundo hueco. Ahí, en el páramo, les dejaban cosas a ellos, los visitantes. Cosas pequeñas, ubicadas justo en el centro del campo, muy visibles. Regalos. Había que ir a buscarlos. Los Iniciados que se ofrecían a recoger los regalos parecían pequeños y asustados. Los regalos eran todos distintos. Parecían alhajas, aros algunas veces, o brazaletes. En la primera excursión se dieron cuenta de que estaban hechos de hueso. Gaspar no sabía qué pasaba después porque tras las excursiones todos se retiraban a descansar y él también. Fingía estar agotado. No se cansaba. Los guardias no pasaban detrás de la puerta.

Mi madre dice que los huesos forman letras. Cree que le están hablando otra vez, le explicó Stephen. ¿Y qué le dicen? No tengo acceso a esas reuniones, contestó Stephen. Ahora les resultaba más fácil verse: los miembros de la Orden quedaban tan desgastados después de las excursiones que nadie los controlaba salvo los guardias y ellos estaban molestos por no ser invitados tras la puerta y no les importaba demasiado permitir ese contacto que Florence prefería evitar.

Aún no habían visto, y Gaspar no se lo señalaba, que del otro lado del pequeño valle, donde empezaba el bosque, un hombre colgaba de un árbol. Colgaba quieto. Detrás de la puerta no había viento. Gaspar empezó a soñar con el hombre. En los sueños se sacaba la soga del cuello y arrancaba de los árboles los frutos de hueso.

Una noche Gaspar despertó y encontró a su abuelo en la habitación: había ingresado con su silla de ruedas, muy borracho. El viejo no dijo nada: solo le tiró sobre la sábana uno de los objetos, huesos pequeños atados con una especie de hilo vegetal. Gaspar lo observó a la luz de la luna. Era idéntico, en la forma, a la cicatriz de su brazo. Los guardias no hicieron nada. No sabían qué hacer si el que entraba era Adolfo Reyes. Y no sabían qué había arrojado a la cama.

—No deberían sacarlos de ahí —dijo el viejo—. No se traen cosas de lugares como ese.

Los guardias, que notaron la profundidad de su borrachera, se lo llevaron. Y Adolfo Reyes salió gritando que era su nieto y que él hablaba con su nieto cuando se le cantaba. Gaspar lo escuchó gritar hasta que volvió el silencio pesado sobre Puerto Reyes y tomó la alhaja entre sus manos. Ya habían traído muchos regalos. ¿Cuántas excursiones? Seis. Siete. Ya habían infestado la tierra. Se acercó los huesos engarzados a la boca y susurró papá, sos vos, vos estuviste acá, conocés estos lugares.

Hay que entrar en el bosque, les dijo durante la siguiente excursión. Cuando estaba del Otro Lado les hablaba, se ponía frente a ellos, los guiaba. Florence y Mercedes lo seguían. No se dejaba intimidar por ellas ni fingía obediencia. Del Otro Lado él dominaba porque además tenía el secreto: todos se cansaban menos él. Los viejos quedaban destrozados. Cruzar el pantano hasta el prado no eran más que quinientos metros y llegaban casi sin conocimiento. Le gustaba especialmente ver desfallecer a su abuela. Verla respirar con la boca abierta era extraordinario, un espectáculo desde el infierno. ¿Cómo la habría lastimado así su padre? ¿Y por qué? Ya tendría las respuestas. Faltaba poco.

Hay que llegar al bosque, dijo, e hizo que lo siguieran. Los guardias estaban afuera, nunca los dejaban pasar. Eso significaba que tenía que salir con Esteban. Él sabía pelear. Lo necesitaba. No quería necesitarlo, no quería otro padre nunca más. De no ser por los guardias, lo dejaría del Otro Lado, pero era el único testigo de la vida de su padre. Él y Tali. Lo necesitaba vivo. Tenía mucho que contarle.

El bosque no era denso. Los árboles estaban muy separados. Los miembros de la Orden vieron al hombre colgado. Una momia. La piel seca. No se movía. Gaspar retrocedió y dejó que avanzaran solos. Todos encontraban algo fascinante. Mercedes: un árbol de manos, es decir, un tronco en el que estaban encastradas manos agarrotadas, algunas momificadas, otras pudriéndose. Abuelo Reyes: un torso ensartado en un tronco delgado. Había varios. A algunos les habían reemplazado la cabeza humana con la de algún animal. Alguien se divertía detrás de la puerta. Gaspar lo había sabido desde la casa de Adela. Había algo de coleccionista en aquellos estantes con sus uñitas, con los dientes. Recordó la caja de párpados de su padre. No podía distraerse. Tenía que terminar y el brazo le indicaba hacia dónde ir, su propio brazo. La cicatriz ardía. Seguir el brazo. Un poco más. Pasar el bosque. No sabía qué buscaba, pero sabía hacia dónde ir.

El grito de Florence le reveló el objetivo de la marcha por el bosque. Esteban, detrás de él, lo agarró del brazo.

Había muchos árboles con hombres colgando. El primer hombre, el momificado, colgaba del cuello. Y muy alto. Le faltaba una mano. Pero la posición de todos estos hombres y mujeres colgados era la misma. Gaspar la reconoció: habían sido colgados en la posición del Ahorcado del Tarot, cabeza abajo.

—Ese es el cuerpo de mi hermano —dijo Esteban.

Florence había dejado de gritar. Ahora estaba en el suelo, su cara contra la cara del cadáver de un joven de piel muy blanca, comprobando que era, en efecto, su hijo. Le hablaba a esa cabeza muerta. No parecía descompuesta, pero los ojos estaban fijos y el cuello estaba doblado, roto. Tenía sangre seca en la cara y el pelo, largo, era rojo y estaba seco, como paja. Gaspar sintió cierta compasión, a pesar de todo. Florence ya no jadeaba, parecía rejuvenecida mientras besaba a su hijo en la boca. ¿Por qué no se habría podrido? ¿Qué edad tenía? Era un adolescente, se dio cuenta Gaspar. Tenía los brazos muy delgados y el cuello negro, como si el tiempo no hubiese sido capaz de ocultar los moretones del ahorcamiento. Su padre había hecho eso. Esteban le contaría cómo.

Florence le hablaba en su idioma al adolescente muerto, le hablaba en inglés, lo arrullaba. Mi niño mágico, repetía, cuánto habrás aprendido en este lugar, en el país de los dioses.

Les pidió a los demás que la ayudaran a bajarlo, pero no tuvo respuesta, nadie se movió. Mercedes señaló a los demás ahorcados: había hasta el horizonte, como en un cementerio de soldados, un valle de los caídos.

Florence insistió, con toda la firmeza de la que era capaz en su agotamiento y su desesperación. Nadie prestaba atención a lo que sucedía alrededor y tampoco le prestaban atención a Gaspar, que retrocedía lentamente, acompañado de Esteban.

La única alerta era Mercedes. Con su cara de bestia olisqueaba el aire. Había notado la diferencia que los demás, aturdidos frente a ese campo de colgados y sobre todo ante la aparición del heredero desaparecido, de Eddie, no eran capaces del percibir. El lugar detrás de la puerta nunca había tenido olor en las anteriores excursiones lideradas por Gaspar. Ahora, sin embargo, había un bochorno en el aire, un tufo de carne vieja y cripta bajo el sol, de leche en mal estado, de sangre menstrual y aliento de hambre, de dientes sucios. La respiración de una boca mugrienta.

Hay que irse, dijo, pero no la escucharon. No le prestaron atención. Ella se había dado cuenta. El lugar era una boca.

Gaspar encontró la mirada de su abuela y le dijo que sí con la cabeza. Tenía razón. Había que irse. Así que empujó a varios miembros de la Orden que, sin comprender, no intentaron atraparlo y corrió. Esteban iba detrás de él, rezagado. Algunos trataron de seguirlos pero la ventaja de pocos metros en ese lugar sin el suficiente oxígeno resultaba inalcanzable. No podían correr, no había aire salvo para Gaspar, que tenía tiempo de darse vuelta, ver los esfuerzos inútiles, levantar la cabeza hacia la noche sin luna y preguntarse por qué, si no había luna, tampoco estrellas, ¿de dónde venía esa luz rasante, de amanecer nublado? Cuando alcanzó los pajonales, el olor del pantano ahora apestaba y le dio náuseas. Escuchó, detrás, la tos agotada y asqueada de Esteban. No quería ayudarlo, pero, si lograba salir, iba a necesitar de él para pelear con los guardias. Retrocedió para encontrarlo y arrastrarlo del brazo, empujarlo. Tenían tiempo en relación con los miembros de la Orden que caían de rodillas en el prado, boqueando, pero no sabía cuánto tiempo tenían en relación con el renacimiento del mundo alrededor. Todo despertaba y reptaba, fluía, sacaba la lengua, babeaba. El ahorcado empezaba a balancearse aunque el viento era imperceptible. Había ruidos en el agua. No había manos en el camino que cruzaba el pantano, sin embargo. Los dejaban pasar. Gaspar tocó la pared de piedra, como de montaña, y encontró el pasaje, un túnel corto y alto. Al final, estaba el picaporte que abría la puerta. Y después, el pasillo de la casa de huéspedes de Puerto Reyes.

Los guardias estaban del otro lado, como siempre. Gaspar sacó a Esteban de un tirón; cayó al piso, la cara de un rojo tan oscuro que se acercaba al violeta. Cerró la puerta tras de sí. Los guardias lo interrogaron con la mirada. No les dijo nada. Ellos, desconcertados, recurrieron a Esteban, que no pudo hablarles, no podía respirar.

Gaspar entendió lo que debía hacer. Era tan sencillo.

—Vinimos a buscarlos —dijo—. La señora Florence dice que ustedes también deben ver lo que encontramos.

Y abrió la puerta para que pasaran. Por un momento pensó en acompañarlos. Hasta el pantano, nada más. Tirarlos al agua estancada. Clavarlos en los troncos que estaban esperando sus torsos. Pero no era suya esa matanza. Y seguirlos sería peligroso. Cerró la puerta en cuanto la cruzaron.

Esteban se había levantado y estaba medio asomado a la ventana, tratando de respirar. Fuera de sus jadeos, la casa estaba completamente silenciosa.

–Y ahora qué sigue –preguntó Gaspar.

–Mañana cerraremos esta puerta con ladrillos.

Gaspar sintió el temblor en las manos, primero leve y después sacudones. Las náuseas fueron tan violentas que empapó de vómito sus pantalones, el piso de madera. El pelo largo se le pegoteó a la cara. Cerró los ojos y, cuando los abrió, estaba solo. Salió inseguro de la casa de huéspedes: afuera el sol brillaba ignorante e idiota y no podía ver a Esteban por ningún lado.

Lo esperaban, querían verlo. Había dicho que no. Por teléfono, Vicky había amenazado con aparecer sin avisar por la casa, una vez ya quisiste alejarnos y así salió y así terminó. Podés volver. Nadie te busca. Saben que no tuviste que ver con lo de Luis. No me hables nunca de Luis, había gritado Gaspar. Nunca. ¿Quién les dio este número? Tali, le contestó Vicky, y Gaspar no pensó en ella. Pensó: ya mismo tengo que llamar para cambiar el número o para, directamente, cortar el teléfono. Pablo argumentaba con menos convicción. No iban a atreverse a ir hasta él si no quería verlos, si él no se lo pedía. Las conversaciones eran tensas. Gaspar había cortado la última y no había vuelto a atender. Stephen –ahora lo llamaba así: él se lo había pedido– recorría la casa sin hablarle demasiado pero escuchó lo que Gaspar necesitaba decirle. A Pablo y a Vicky el Otro Lugar –lo llamaba así, como lo había bautizado su padre, sin saberlo– les había dado una compensación. Los dos tenían buenas vidas. No quería arruinarlas.

–Ya no los necesitas –le dijo Stephen–. Todo esto es tuyo. Ya decidirás.

La vimos a tu tía, le había dicho Vicky. El hombre que vive con vos nos dijo dónde estaba y la visitamos. Ella no nos dejó acercarnos a la casa y le hicimos caso. Gaspar sintió otra oleada de rabia. Tali. La recordaba bien. Su padre nunca le había contado que era la hermana de su madre y ella jamás lo había mencionado. Otra mentirosa. ¿Y por qué Stephen andaba dando indicaciones? Por ahora no podía enfrentarse a ella. No podía verle la cara a Tali ni escuchar sus explicaciones. Podía ser su aliada, pero todavía no.

Stephen no lo abandonaba. Gaspar había matado a su familia y él seguía en la casa, tambaleante, deambulando, pero sin intenciones de irse. Si una noche me pega un tiro, pensaba Gaspar, es justo. Sin embargo, se sentía a salvo. No estaba seguro de qué hacer con Stephen y creía que Stephen tampoco sabía si debía dejarlo atrás. Por el momento, solo habían sido capaces de resolver cuestiones prácticas. Ir a comer al pueblo. Comprar comida. Hablar, en el bar de Puerto Libertad, medio borrachos. Stephen le hablaba de su padre con rodeos y con detalles al mismo tiempo. Necesitarían contratar trabajadores para la casa. El desempleo en el país y en la zona era tan alto que no iba a costar, pero Gaspar recordaba a una mujer que lo había hecho dormir con canciones, su delantal de retazos de tela. No recordaba su nombre, pero Stephen sí: Marcelina. Podemos encontrarla. Puedes hacer lo que quieras. Ya no hay a quién responder.

—Estás seguro de que ellos no están vivos, en el Otro Lugar. Que no pueden volver.

—Tú también estás seguro de que no queda nada de ellos. El lugar estaba muerto de hambre.

De noche, cuando salía a fumar a la playa, Gaspar pensaba en la procesión que había liderado. Había sido otro sacrificio, como el de Adela, pero esta vez él sabía lo que hacía. No se arrepentía. No tenía miedo a represalias. Dormía con una tranquilidad desconocida. Stephen, en cambio, aunque lo había guiado en la matanza, planeada tantas veces con su padre, estaba desamparado como el último hablante de una lengua que se extinguía. Una noche lo había visto perderse por el camino donde estaba el Lugar de Poder de su padre. Horas después, había escuchado una explosión. Corrió. Había sido una explosión subterránea. Era en el túnel que tenía una puerta de hierro. Le preguntó a Stephen por qué había hecho explotar el túnel y él le dijo que porque le traía recuerdos. Estaba vacío, agregó. Gaspar no le creyó, pero, cuando le pareciera seguro, visitaría las ruinas. Después de la explosión, Stephen se fue varios días. A encontrarse con Tali, le dijo. Quizá también tenía algún amante. Una semana de ausencia. No más. En la casa comía poco y bebía mucho. A lo mejor una mañana iba a encontrar su cuerpo en la playa, devuelto por el río. O a lo mejor iban a ser dos hombres solos con un secreto en la casa quieta, año tras año, que se encontraban en la madrugada, insomnes, incapaces de olvidar que el ahorcado movido por el viento no tenía sombra.

Después de fumar, todas las noches, Gaspar volvía por la pasarela, pasaba el jardín de orquídeas y recorría el camino que llevaba desde el mirador hasta la casa de huéspedes. Subía hasta el primer piso. La puerta no había sido tapiada, a pesar de la insistencia de Stephen. Seguía la madera tallada, el picaporte de bronce, el pasillo en silencio.

No había vuelto a abrirla aún. Golpeó, tímidamente, como hacía todos los días.

—Adela —dijo.

No hubo respuesta. Cerró los ojos. Vio a una chica rubia, desnuda, que caminaba bajo un cielo sin estrellas. Perdida, pero no asustada. La vio bailando sobre un camino de tierra roja, con hilos de lana colgando del brazo y de las piernas, desprendida, desatada. Vio un planeta negro sobre el río. Vio a su abuela sin labios y sin nariz. Vio velas en el bosque y a una joven en cuatro patas caminando sobre huesos. Vio a hombres y mujeres corriendo, todos mutilados, algunos sin piernas, se arrastraban o giraban sobre sí mismos. Vio a un perro blanco hambriento, el espinazo como bolas de metal incrustadas en el lomo. Vio a una chica de vestido rojo, sentada junto al pantano; algo que salía del agua le comía las piernas, pero ella no se quejaba. Vio un torso pálido en un campo de flores amarillas.

En esa tierra él podía entrar y salir y buscar. En esa tierra él era bienvenido. Si ella seguía ahí, podía encontrarla. ¿Sería una niña todavía? ¿Qué le habían dado de comer? ¿El lugar había sido una boca para ella? Tenía que estar seguro. Del otro lado, el tiempo era otra cosa. Podía buscarla.

Se alejó de la puerta.

—Adela.

No hubo golpes. Tampoco la voz de Adela, aunque él ya no la recordaba. Lo primero que se pierde de los ausentes es la voz.

—Voy a volver —le dijo—. Necesito tiempo. Nunca fui valiente. Estoy aprendiendo.

Y dejaba la puerta, el pasillo, la casa de huéspedes. Ignoraba el teléfono que sonaba todos los días. Era Vicky o era Pablo. No lo desconectaba aún. Quería comprobar cómo se rendían, esperaba que los llamados se espaciaran, que ya no fueran sirenas en la selva, que se desvanecieran. Si llovía, no cruzaba el parque corriendo. Le gustaban las lluvias violentas y cortas de Misiones, los ríos de tierra roja, el preludio a la noche negra y caliente con las estrellas que latían en el cielo. Un brillo, el silencio, otro brillo, como un corazón exhausto.

AGRADECIMIENTOS

Gracias a Paul Harper y a Emily.

Gracias por su ayuda, entusiasmo, lecturas, sugerencias, discusiones y trabajo (¡según corresponda!) a Ariel Álvarez, Mauricio Bach, Salvador Biedma, Ariadna Castellarnau, Rodrigo Fresán, María Lynch, Sandra Pareja, Carolina Marcucci, Vanina Osci y Silvia Sesé.